한국 불교 가사의 구조적 성격

전재강 지음

보고사

머리말

　불교 가사는 한국 문학사에서 여러 가지 중요한 의미를 가진다. 장차 조선 시대에 꽃 필 가사 문학의 시작을 알리는 발원 역할을 수행한 것을 비롯하여 가사 문학이 어떤 성격의 문학 갈래로 발전할 것인가를 처음부터 보여주는 모범 제시의 역할을 하였고, 더 나아가서는 심원한 불교 사상을 어떻게 문학적으로 형상화해 내는가라는 과제를 선구적으로 완수해 보이는 역할까지 해 왔기 때문이다.

　지금까지는 이런 불교 가사 문학을 두고 주로 두 가지 방향에서 작업이 이루어졌다. 가장 중요한 과제로서 불교 가사 원전 작품을 모으고 정리하는 작업이 그 하나였고, 이런 기초 위에서 작품의 유통이나 작가와 사상적 배경 등을 연구하는 것이 그 다른 하나였다. 그러나 이러한 두 가지 작업의 진행에도 불구하고 불교 가사 작품의 수집과 정리 작업이 완료된 것으로 보이지는 않는다. 전국에 산재한 사찰이나 유관 기관에는 발굴되지 않은 불교 가사가 남아 있을 가능성이 여전히 높기 때문이다. 불교 서적에 가끔 새로운 불교 가사가 소개되기도 하고, 지금도 사찰에서 불교 가사를 돌려보는 경우가 간혹 발견되는 예로 봐서 더욱 그러하다. 그리고 불교 가사를 역사주의적 방법에 따라 서지의 현황이나 작가의 상황, 작품들 간의 상호 연관성 등 작품 이해에 필요한 기초적 연구 역시 완결되었다고 할 수는 없다. 따라서 불교 가사 작품을 발굴하여 자료를 풍부하게 확보하려는 노력을 진행하면서 이를 작자, 사상, 유통 관계 등 다양한 문학적 현실에 기반한 연구를 진행함으로써 불교 가사의 실상을 더 분명하게 드러내야 할 필요가 있다. 이것은 불교 가사 작품을 새로운 방향으로 이해하는 데 기본적이고 중요한 발판을 마련해 줄 수 있기 때문이다.

완결되지는 않았지만 불교 가사 작품에 대한 이와 같은 두 방향의 연구가 상당 기간 지속되면서 이제는 또 다른 방향의 연구를 모색하고 실행해야 할 단계에 이르렀다. 두 방향의 선행 연구가 완결되지 않았다고 하여 그 작업을 완결할 때까지 기다릴 수는 없는 것이고 이미 이루어진 선행 연구를 바탕으로 새로운 연구를 진행할 필요가 있다. 다시 말하자면 앞의 두 연구에서 자료의 도움을 받고, 기존 연구 방향을 참고하면서 이제는 실제 작품 자체를 집중적으로 연구하는 새로운 방향으로 나아감으로써 불교 가사 문학 작품 자체의 실상을 분명하게 구명해야 할 단계에 이르렀다고 본다. 작품에 대한 정치한 분석적 연구가 결국은 작품 자체의 실상을 드러내는 것은 물론 역으로 작품을 생산한 작가와 환경에 대한 이해를 하는 데에도 중요한 도움을 줄 수 있으며, 더 근원적으로는 불교 가사 문학의 전체를 종합적이고 체계적, 심층적으로 이해하는 데에 더 큰 역할을 할 수 있다고 생각한다.

이 책에서 필자는 이와 같은 문제의식에서 작품 자체에 집중하여 유명씨의 불교 가사를 연구하였다. 지난 몇 년간 연구한 성과를 정리하였는데 모두 12장의 글로 구성되어 있다. 작품들은 작가의 성향과 유관하게 매우 개성적 모습을 보여주었다. 따라서 작품 자체를 다루면서도 해당 작가의 작품마다 서로 다른 접근이 필요했다. 작품 자체의 연구는 크게 보아 형식과 내용의 두 가지 측면에서 이루어졌는데 이런 기본적 방향성을 가지고 있으면서 세부적으로는 작품마다 색다른 연구 분석을 하고자 하였다.

이 책에서 제시한 각 장별 내용을 간단히 소개하면 먼저 제1장에서는 책의 서론 격으로 불교 가사의 시원을 알린 나옹화상의 문학 전반을 그의 불교 가사와 한문시가 중심으로 살펴보았다. 그의 불교 가사 창작과 관련된 한문시가와 연관하여 양자의 차별성과 동일성을 논의하였다. 제2장에서는 나옹화상의 가사에 집중하여 작품에서 시적 화자가 말한 중요한 내용과 시적 화자가 말한 상대를 살펴보았다. 내용에는 교시와 서정, 대상 인물은 불명시적 인물, 명시적 인물이 모두 나타났다는 것을 밝혀 보았다. 다음 제3장에서는 〈회심가〉를 다루었다. 〈회심가〉의 이념 구도를 먼저 논의하고 작자로 알려진 청허의 사유 체계를 분석하면서 양자의 상관성을 구명하였다. 제4, 5장에서는 침굉의 불교 가사를 다루었다. 제4장에서는 이 작품이 가진 구조를 문장과 단락의 전개상에서 논의하고 그가 말하는 정사(正邪)와 선(禪)의 성격을 간략하게 살폈고, 제5장에서는 그의 작품에 나타난 선의 성격을 간화선적 성격과 염불선적 성격이라는 두 가지로 나누어 더 세밀하게 다루고, 진술 방식에서 서사적, 묘사적, 논증적 진술 등 표현방식에서 다양성이 드러나 있음을 밝혔다. 다음 제6장에서는 승려가 아닌 일반 신도의 한 사람으로 알려진 지형의 불교 가사의 구조적 성격을 논의하였다. 작품 내적 청자와 담화 방식의 성격, 작품 내적 대상과 세계 인식의 성격을 나누어 살피고 양자의 유기적 맥락을 구체적으로 살펴보았다.

제7장부터는 주로 근세의 불교 가사 작품들을 다루었다. 제7장에서는 전통 간화선을 부흥시킨 인물로 알려진 경허의 가사에 나타난 수행법과 표현의 방식을 분석하였다. 초월적 수행 방법에 인과적 수행 방법을 병행하여 수준에 따른 대중 교화에 철저했던 모습을 작품에 나타냈고 교화를 위해 직설적 문장을 사용했으며 언제나 문제와 해결 방안을 연계하여 작품의 단락을 전개하는 양상을 보여 준다는 사실을 확인했

다. 제8장에서는 33인의 한 사람으로서 민족 해방의 독립 운동과 대각회 운동이라는 대중 자각 운동을 펼쳤던 백용성의 불교 가사를 다루었다. 표현에서 그는 제시, 강조, 요구의 담화 방식을 보여 주었고, 현상을 유기적으로 인식하는 데서 출발하여 유정(有情)을 양면적으로 인식하고 수행에 다층적으로 접근하는 특이한 인식의 구도를 보여준다는 사실을 논증하였다. 제9장에서는 선과 농사의 일치를 주장하면서 선수행에 몰두했던 학명의 불교 가사를 다루었다. 그의 가사에는 전통 조사선과 여기에서 한 발 더 나아간 간화선의 모습이 드러났고 표현 방식에서는 제시와 요구, 문제와 해결을 병치하는 모습을 보여 주었다는 점을 밝혔다.

제10장에서는 조사선의 전통을 잘 계승한 만공 선사의 불교 가사를 살폈다. 그는 몇 편의 가사 작품들 상호간, 가사작품과 산문을 유기적으로 상관하여 작품을 저술하는 특징을 보였으며 담화 방식에서도 이와 같은 유기적 상관성이 내재하고 있음을 밝혀 보았다. 다음 제11장에서는 근세 한국 불교의 가장 핵심 계열인 조계종의 초대 종정을 역임한 방한암 선사의 〈참선곡〉을 집중적으로 분석했다. 그는 작품에서 시적 화자, 담화 방식, 단락 구성 등의 중요한 기준에서 매우 역동적 성향을 보여 주었다. 선이라는 불교 핵심의 수행 방법을 효과적으로 전하기 위하여 한 편의 작품 안에 다양한 화자를 세우고, 입체적 담화를 구사하며 이를 표현하기에 적절하게 단락을 전개하는 등의 특징을 가지고 있음을 구명하였다. 끝으로 제12장에서는 승려로 출발하여 현대 문물을 적극 수용하고 세속에서 여러 가지 활동을 전개했던 퇴경 권상로의 불교 가사를 살폈다. 종교가사로서 그의 가사는 교시적 성격을 가지고 있었으나 내용이 매우 추상적이었고 막연했으며 주로 부처를 칭송하는 송도적 성격을 보여 주는 특징이 있음을 논의하였다.

지금까지 그간의 불교 가사 논의의 개략적 흐름과 이 책이 입각한 입장, 전체 내용을 간략하게 소개해 보았다. 필자는 불교 가사의 연구에 이와 같이 작품 자체만을 중시하는 연구가 유일한 방법이 될 수는 없지만 기본적으로 여러 가지 연구 방법 가운데 가장 중요한 연구의 한 방법이기 때문에 작품을 중심으로 연구를 진행해야 한다는 생각을 한다. 이 책에서는 주로 특정 불교 가사 작자의 개별 작품을 주로 분석하고 해석하는 방향으로 연구를 진행했다. 그러나 실제 불교 가사 작품은 불교 공동체의 의식이나 생활과 깊은 연관을 가지기 때문에 이런 배경을 고려하면서 작품을 유형별로 묶어서 연구하는 작업 역시 진행해야 한다고 생각한다. 작품 자체 연구에 치중하면서도 작품의 유형 설정, 유형들 간의 상호 연관성 등을 다룸으로써 작품 이해의 깊이와 폭을 더 넓힐 수 있다고 보기 때문이다.

　우리 시대에 인문학은 그 어느 때보다 필요하지만 밖으로만 추구하는 세태의 영향으로 오히려 인문학 관련 서적의 출판이 어려워지는 상황에 처해 있다. 그럼에도 불구하고 이 책의 출간을 흔쾌히 허락해준 보고사 사장님, 그리고 원고를 끝까지 꼼꼼하게 살피고 훌륭한 책으로 만들어 주신 여러 편집 담당자 선생님들께 깊이 감사드린다.

신열암재(新悅菴齋)에서 전재강(全在康) 쓰다.

차 례

나옹 문학의 담화 방식과 갈래 성격

1. 나옹의 가사와 한문시가

　고려말 삼사(三師)[1]의 한 사람으로 알려진 나옹화상은 불교 관점에
서뿐만 아니라 국문학사상에서도 매우 논쟁적이고 문제적 인물이다.
승려로서 수행과 포교라는 과업을 일생동안 치열하게 추구한 것은 물
론이고 이와 관련하여 그가 보여준 문학 활동이 한국 문학사상 중요한
변화를 불러오는 계기를 마련했기 때문이다. 당시 불교 문학의 관행에
서 벗어나 그는 새로운 시도를 하였고 이것은 작가 당대가 안고 있는
여러 가지 문제에 적극적으로 대응하고 해결하기 위한 노력을 기울였
던 작가의 시대 정신에서 연출된 것이었다. 불교가 기득권 세력과 결
탁하여 세속적 부귀영화를 구가하던 시대에 나옹은 출가 수행자 본연
의 자세를 지키며 사회가 안고 있던 문제를 풀어보고자 노력하였다.
그 방법을 나옹은 수행자로서 철저한 삶을 살아가면서 세속 가치에 매
몰된 대중을 깨우치는 것이라고 보고 그 길을 흔들림 없이 걸어갔다.
그런 의미에서 고려말 백운 경한(白雲景閑)이나 태고 보우(太古普愚)와
같은 위대한 선승이 있었으나 나옹은 이들과 다른 길을 걸었다고 할

---

1) 백운 경한(1298~1375), 태고 보우(1301~1382), 나옹 혜근(1320~1376).

수 있다. 그는 선가에서 전통적으로 지켜오던 문학의 관행을 따르면서
도 기존 문학의 과감한 변혁과 새로운 문학의 창출을 통하여 변화하는
시대에 대응하려는 문제 제기적 인물이었다고 할 수 있다.

그는 전통적 문학 활동이나 새롭게 시도한 가사 문학의 창출을 통하
여 가치의 지속과 변화를 주도하고자 했다. 선가에서 보인 전통적 문
학 활동이란 깨달음을 한문 게송으로 읊거나, 인물들과의 교류에서 시
를 주고받으며 일상을 표현하거나, 다양한 계층의 대중을 교화하고,
법을 알리는 법문을 어록 형식으로 남기는 것이었다고 할 수 있다. 나
옹도 어록과 일반 한시 창작과 같은 문학 활동을 전통의 문학 관행에
따라 수행하고 있었다. 그러나 이와 다른 노래 형식의 한문학을 매우
적극적으로 시도하여 소위 〈나옹삼가〉2)라는 장형의 한문가요를 남겨
서 일차적 변혁을 꾀했다. 그리고 여기서 더 나아가 불교의 대중화를
위한 시대적 요구를 선도하기 위하여 대중에게 어울리는 새로운 문학
양식인 가사를 창조하여 이차적 변혁에까지 나아갔다. 그 때문에 그는
전통적으로 내려오던 문학 창작의 질서를 바꾸는 변화를 주도하였다
고 할 수 있다. 기존 한시의 형식을 파괴하는 한문가요의 창작과 같은
변화는 당대에 어느 정도 윤곽이 나타났다3)고 할 수 있지만 가사라는
새로운 갈래의 창조는 그런 변화를 뛰어넘는 것이었다고 할 수 있다.

이에 본고에서는 담화 방식과 갈래 성격이라는 기준에서 그의 가사
작품 세 편4)과 그 이외 그의 한문시가5) 문학 작품을 모두 포괄하여

---

2) 〈완주가〉, 〈백납가〉, 〈고루가〉.

3) 전재강(2010), 「불교가사 형성의 발생학적 정황」, 『우리문학연구』 31, 우리문학
   회, 205~237쪽 참고

4) 〈낙도가〉는 달리 〈증도가〉, 〈수도가〉 등의 이름으로 된 이본이 있고, 〈서왕가〉는
   '보권염불문본'과 '조선가요집성본' 소재 작품이 대표적이다. 〈승원가〉는 〈자책가〉
   라는 제목으로 된 같은 내용의 작품이 전한다. 여기서는 〈낙도가〉, '보권염불문'

살펴보고자 한다. 지금까지 나옹 문학에 관한 연구가 주로 불교 가사 작품의 작가 진위 여부, 그 작품 진위 여부, 선시 등에 주력해 왔다. 그 가운데서도 특히 가사 창작과 작품 진위 여부에 연구가 집중되었다. 이러한 연구가 축적되면서 나옹의 가사 창작에 대한 일부 부정적 견해도 제출되었지만[6] 지금은 나옹이 〈승원가〉나 〈낙도가〉, 〈서왕가〉 등의 가사를 창작한 것으로 의견이 어느 정도 모였다.[7] 물론 그의 가사 작품으로 알려진 〈승원가〉나 〈낙도가〉, 〈서왕가〉 등이 전승 과정에 상당한 변화를 겪기는 했지만 나옹의 작품으로 판단하는 데까지 이르게 된 것이다.[8]

작품과 작가에 대한 작품외적 연구가 어느 정도 진행되었기 때문에 이제는 그 문학의 전모를 체계적으로 논의할 시기에 이르렀다고 할 수 있다. 그래서 담화 방식과 갈래 성격이라는 기준에서 그의 가사 문학이 여타 그의 한문시가 문학[9]과는 어떤 상관 구도를 형성하고 있으며,

---

〈서왕가〉, 이두로 된 〈승원가〉를 주된 자료로 사용하고자 한다. '조선가요집성본' 〈서왕가〉와 구별하기 위해서 〈보권염불문본 서왕가〉는 〈보권서왕가〉로 줄여서 쓰고자 한다.

5) 여기서 한문시가는 나옹이 남긴 일반 한시 300여 수와 삼가로 알려진 한문가요 세 편을 아우른 개념으로 사용하고자 한다.

6) 강전섭은 「傳懶翁和尙作 歌辭四篇에 對하여」(『한국언어문학』 23, 동학회, 1984, 1~45쪽)"에서 나옹의 가사창작을 부정했는데 초기 학계에서 양념규, 박성의, 김준영 등도 조선 초기 가사 발생설을 주장하여 나옹의 가사 창작설을 부정하는 선례를 보였다.

7) 이른 시기 연구자 중에서도 장덕순, 서수생, 정병욱 등은 고려말 가사 발생설을 주장했는데 구수영도 「나옹화상과 〈서왕가〉 연구」(『국어국문학』 62·63, 동학회, 1973)에서 고려말 가사 창작설을 주장했고, 그 외 최근 조동일은 「7.8.경기체가·시조·가사의 형성」(『한국문학통사』 2권 4판, 지식산업사, 2005, 176~203쪽)"에서 고려말 가사 발생의 전초적 여러 유사가사 작품도 들면서 그 이전 학설들을 근거로 고려말 가사 창작설을 주장했다.

8) 논자는 나옹의 가사 창작설을 지지하는 입장에서 논의를 진행하고자 한다.

양자의 상호 유기적 질서는 어떠한 것이지를 밝혀 그 문학의 성격을 규명해 보고자 한다. 이런 작업은 조선시대에 가사 문학을 창작한 사대부 작가들이 보여주던 문학적 성취에 어떤 선구적 면모를 보일 수 있는지도 어느 정도 짐작하게 해 주는 일이라고 할 수 있다.

논의 순서는 먼저 나옹가사와 한문시가의 담화 방식을 다루고 이를 근거로 갈래 성격을 살피고자 한다. 그리고 각 장 안에서는 그의 가사 문학을 먼저 논의하고 이어서 가사 문학 이외 그의 한시와 한문가요 문학 전체를 거론하여 양자의 특징을 자연스럽게 대비하여 두 항의 상호 차이나 나옹 문학 전체의 체계와 성격을 드러내는 방향으로 논의를 진행하고자 한다. 여기에 기본 자료로는 『나옹록』10)과 『불교가사 원전연구』11)를 사용했다.

2. 표현과 전달의 담화 방식

담화 방식은 기준에 따라 다양하게 말할 수 있는 것이지만 여기서는 자기의 정서를 드러내는 표현, 일상의 인간관계에 쓰이는 친교, 자기의 의견을 내세우는 주장, 새로운 정보를 알려 주는 설명이라는 네 유형 기준을 표현과 전달이라는 크게 두 가지로 묶어서 논의를 전개하고자 한다. 여기서 표현은 표현과 친교, 전달은 주장이나 설명을 포괄하는 개념으로 사용하고자 한다. 친교적 태도 역시 정서의 하나로 볼 수 있어 표현에 포괄하며, 주장이나 설명은 모두 남에게 어떤 의미를 전

---

9) 나옹이 남긴 한문시가는 300작품에 율시, 배율의 작품 수를 따로 계산하면 삼백수 십여 수가 된다.

10) 나옹 저, 백련선서간행회 번역, 『나옹록』, 장경각, 2001, 1~361쪽, 一~二0四面.

11) 임기중, 『불교가사 원전연구』, 동국대학교출판부, 2000, 1~1155쪽.

한다는 측면에서 전달에 포함할 수 있다고 보았기 때문이다.

1) 나옹 가사의 담화 방식

나옹의 가사 작품은 이본을 하나의 작품으로 보면 〈낙도가〉, 〈서왕가〉, 〈승원가〉 세 편이다. 이들 작품에 나타난 담화의 특성을 먼저 살피고자 한다.

(1) 청산림 깁힌고딕 일간모옥 지여두고
    송문을 반개ᄒ고 석경에 배회ᄒ니
    춘풍이 건들 불어 화초를 흔동ᄒ다
    격림에 백화꼿은 처처에 피엿거든
    물외에 신선학은 백운간에 셧도난듯
    풍경도 됴커니와 물상이 더욱조타
    그중에 무심락은 세상락과 다름이라   〈낙도가〉

(2) 淸淨한 佛性을 사람마다 갖추었으나 어느 날에 생각하며
    恒沙功德은 本來 具足한들 어느 時에 내어 쓸까
    西往은 멀어지고 地獄은 가깝도다
    여보시오 어르신네 권하노니 種諸善根 심으시오   〈보권서왕가〉

(3) 물아래 피연모래 순색으로 황금이요
    지중애 연화꼿은 청련화 황련화와
    사철없이 피여있고 칠보난 자자한데
    청색이면 청광이요 황색이면 황광이요
    청황적색 사색광명 서로서로 상잡하고
    향취난 미묘한데 그위애 누각집이
    허공중애 생기시나 칠보로 장엄하니
    水下 伸如沙來 旬色疑奴 黃金而堯

地中厓 蓮花花讚 靑蓮花 黃蓮花臥
四節無時 伸如有古 七寶難 自自恨大
靑色而面 靑光以堯 黃色而面 黃光而堯
靑黃赤白 四色光明 西奴西奴 相雜何古
香臭難 美妙恨大 其上厓 樓閣家耳
虛空中厓 生其是乃 七寶奴 莊嚴何   〈승원가〉

　(1)의 시적 화자는 출가 수도하는 사람인 나이다. (1)은 이 작품의 서두로서 시적 화자가 수행 공간인 '일간모옥'을 지어 놓고 배회하면서 풍경을 완상하는 내용을 담은 작품이다. 풍경만을 보여주는 데 그치지 않고 풍경과 물상을 감상한 정서도 표현하고 있다. '됴커니와'나 '더욱 조타'라는 표현이 시적 화자의 주관적 정서를 나타내는 말이다. 이 작품 전체는 14개 문장[12])으로 구성되어 있는데 가장 많은 8개의 평서문을 통하여 자신의 심정이나 풍경을 잔잔하게 말하고 각 3개씩인 의문문과 감탄문을 통하여 고조된 감정을 드러냈다. 의사를 전달하는 데 필요한 시적 대상 인물도 세우지 않았고 그 때문에 대상 인물에게 행동의 요구를 할 필요도 없어서 명령문이나 청유문은 나타나지 않았다. 작품 내적 분위기가 겉으로는 조선시대 선비들이 강호 자연 속에서 자연을 완상하고 즐기던 경우와 유사하다. 따라서 (1)에서 시적 화자는 평서문과 의문문, 감탄문으로 자기 심정을 주로 나타내어 표현의 담화 방식을 사용한 것으로 나타난다.

　(2)에서 시적 화자는 불교가 일반적으로 말하는 사실을 전제로 주장을 펴고 있다. 청정한 불성을 사람마다 갖추고 있으며 항사 공덕을 본

---

12) 여기서 문장은 4음보 한 행을 의미하는 것이 아니라 행이 몇 개로 이루어졌든 평서형, 의문형, 감탄형, 명령형, 청유형 종결어미로 완결되어 하나의 사상을 나타내는 독립된 언어 단위를 의미하는 것으로 사용한다.

래 구족하고 있다는 불교 교설을 먼저 내세웠다. 이 글의 생략된 앞부분에서 '슬프고 설운지라 염불 않는 중생들아'라고 하여 '중생'이라는 시적 대상 인물을 설정하고 그를 향하여 이런 사실을 말하고, 가능태로서의 불성과 공덕을 갖추고 있지만 염불을 않음으로써 '西往은 멀어지고 地獄은 가깝도다'라는 현실을 일깨우고 있다. 중생의 고통이 해결된 이상향으로서의 극락이 멀어지고 무상과 고통의 지옥이 가까워지는 문제를 해결하기 위하여 필요한 것이 바로 선근을 심는 것이라면서 이를 실천할 것을 명령하고 있다. 이 글 앞부분에서 시적 대상을 중생이라고 하다가 직접 명령을 내리는 여기에서는 '어르신네'라고 높이고 있으나 실제는 염불 않는 중생이 시적 대상 인물이다. 그리고 이 작품의 문맥 관계로 보면 선근을 심는 구체적 행위는 염불을 하는 것이라는 것을 알 수 있다. 전체 작품 내용이 염불을 하여 극락 가자는 취지에 주로 치중하고 있으며 위 인용문의 생략된 다음 부분에서 '삼일 하온 염불은 百年萬劫에 다함없는 보배로세'라고 하거나, 극락세계에 염불 소리가 울려 퍼진다고 하여 염불의 가치를 절대적으로 높이고 있기 때문이다. 즉 이 작품은 불교적 교리를 전제로 '중생' 혹은 '어르신네'라는 시적 대상 인물에게 염불이라는 행위를 실천할 것을 명령하여 의사 전달의 담화 방식을 사용하고 있다. 그런데 이런 전달의 담화를, 이 작품의 첫째 단락에서 시적 화자가 출가 수행에 나서고, 셋째 단락에서 마침내 극락의 경험을 말하는 표현의 담화 뒤에 구사하여 공감력을 높였다. 이 작품에서 시적 화자는 전체 13개 문장 가운데 수사 의문문을 여섯 번이나 사용하여 긍부정적 대상에 대한 주장을 강하게 하면서 구체적 덕목을 실천할 것을 명령문으로 요구하여 정보와 주장을 시적 대상 인물에게 전해주는 전달의 담화 방식을 구사하고 있다.

(3)은 〈승원가〉의 한 부분으로 극락의 전경을 매우 사실적으로 묘사

하여 알려주고 있다. '모래가 순금이고 사색 광명의 칠보가 있으며 향취가 미묘하고 칠보로 장식된 누각집이 있는' 매우 화려한 극락의 광경을 그려 보여주고 있다. 이것은 『아미타경』이나 『무량수경』 등 정토를 내용으로 하는 불경의 내용을 그대로 가져와 전달하고 있는 것이다.[13] 이와 같이 극락세계가 아름답기만 할 뿐 아니라 사람이 살아가는 데 구체적인 이익이 있다는 것을 '底極樂隱 農事乙 不以何也道 衣食乙 生覺何面 衣食而 自來何古(저극락은 농사를 아니하야도 의식을 생각하면 의식이 자래하고)'라고 표현하기도 하고 있다. 이 작품은 전체 50개 문장 가운데 15개의 평서문을 통하여 불교 교설을 설명하고, 19개의 의문문 가운데 구체적으로는 반문(反問)이나 수사의문(修辭疑問)을 통하여 중생 현실의 부정적 측면이나 극락세계의 긍정적 측면을 부각하고, 불교 교설에 기초하여 극락 세계로 나가기 위한 염불이라는 방안을 따르고 실천할 것을 청유나 명령문을 통하여 요구하고 있다. 이 작품의 내용은 시적 화자 스스로가 불교 교설을 익히고, 중생계와 극락 정토의 실상을 이해하고 부정적 중생계를 벗어나 극락정토로 나가기 위하여 염불을 해나가는 당사자 본인의 자기 수행 과정을 진술하는 것으로 되어 있지 않다. 큰 단락이 바뀔 때마다 시적 대상 인물을 환기하여 부르고 '이러하고 이러하니 이렇게 하여 이렇게 하자(라)'[14]는 제안이나 명령을 하고 있다. 여기서 시적 대상 인물은 주로 '주인공 주인공아'라고 하여 '주인공'으로 나타나는데 작품이 진행되면서 그 주인공의 실체가 '세상 호걸들, 우리같안 조악범부, 승속남녀, 유식무식, 귀

---

13) 안경우 편역, 「제4편 관무량수경」, 「제5편 불설아미타경」, 『彌陀淨土三部經』, 이화문화사, 1994, 467~620, 623~676쪽.

14) 물론 여기서 이러하고 이러하다는 것은 불교 교설과 중생, 극락의 실상이고 '이렇게 하여'는 염불을 하는 것이고 '이렇게 하자'는 극락을 가자는 것이다.

천, 농부, 직녀, 어르신네' 등으로 매우 다양하고 구체적으로 나타난다. 나옹이 가사 작품에서 든 이와 같은 인물들은 포괄하여 보면 일체 모든 사람인데 정확히 말하자면 염불을 통하여 극락에 가지 않는 일체 모든 사람이라고 할 수 있다. 그래서 작가는 왕생극락을 위하여 염불하지 않는 모든 사람을 향하여 염불 왕생을 제안하거나 명령하고 있는 것이다. 매우 긴 장문의 작품이면서도 이와 같이 시적 대상 인물에게 특정 내용을 설명하면서 강조하고, 행동할 것을 요구하고 있어서 전달의 담화 방식을 보여 주는 작품이 되었다.

이상에서 나옹 가사의 담화 방식을 살펴보았다. (1)에서는 시적 화자가 세속을 떠나 스스로 얻은 자연 속의 즐거움을 나타내어 주관적 정서를 표출하는 표현의 담화 방식을 보여 주고 있으며, (2)(3)에서는 불교적 진리라는 객관 사실을 평서문으로 알려주고, 의문문과 감탄문으로 강조하여 이를 근거로 진리에 접근하도록 선근을 심는 일 즉 염불을 할 것을 명령문이나 청유문을 사용하여 명령이나 요구를 하여 주장하는 전달의 담화 방식을 구사했다. 가사 전체 작품의 분량으로 보아 가사 문학에서는 표현의 담화 방식보다는 전달의 담화 방식이 더 우세한 것으로 나타났다.

2) 나옹 한문시가[15)의 담화 방식

가사를 제외한 나옹의 한문시가 문학은 단형의 한시와 장형의 한문가요가 주종을 이루고 있다. 그가 남긴 자료 가운데 어록이라는 산문이 있기는 하나 불교 교설이나 선문답은 문학적 형상화를 거치지 않아서 문학적으로는 본령이 아니라 부차적 지위를 가진다고 할 수 있다.

---

15) 나옹의 전통 한시와 형식적 제한을 무시한 장형의 한문가요를 아울러 '한문시가'라는 말로 포괄하여 지칭했음을 밝혀둔다.

그래서 여기서는 게송(偈頌)이나 기증시(寄贈詩)와 같은 일반 한시, 그
외 한문가요를 주로 다루고자 한다.

　(4) 섣달의 봄바람은 눈과 함께 돌아오는데　　臘月春風帶雪還
　　　달은 한밤중에 난간에 떠오르네.　　　　　銀蟾午夜上欄干
　　　얼음의 자태, 옥의 풍모, 빛과 어울려 비치니　氷姿玉骨和光映
　　　바닥에서 하늘까지 한결같이 차네.　　　　徹底通天一味寒
　　　　　　　　　　　　　　　　　　〈매월헌(梅月軒)〉16)

　(5) 돌아가누나 돌아가누나　　　　　　　　歸去來兮歸去來兮
　　　바랑은 안팎으로 여섯 구멍 뚫려 있네.　鉢囊內外六窓開
　　　하루아침에 고향 길을 밝게 되거든　　　一朝蹋着家鄕路
　　　주장자 걸어두고 다시는 돌아오지 말라　掛在烏藤更不廻
　　　　　　　　　　　　　　　　〈송문선자참방(送文禪者參方)〉

　(6) 그해 가장 좋은 시절을 등지고서　　　　背當年最好時
　　　이리저리 허덕이며 바람 따라 날리는구나!　波波役役逐風飛
　　　권하노니 그대는 지금 빨리 머리를 돌이키라　勸君早早今廻首
　　　진공을 굳게 밟고 바른길에 돌아가라　蹋着眞空正路歸
　　　　　　　　　　　　　　　　　　〈고루가(枯髏歌)〉

　(4)는 풍경을 두고 읊은 나옹의 한시 작품이다.17) 이와 같이 나옹은
풍경이나 특정 사물, 현상을 두고 자신의 느낌이나 깨달음을 표현한
한시 작품을 많이 남기고 있다. 이 작품도 그런 유형 가운데 한 예이

---

16) 나옹,『懶翁錄』선림고경총서22, 장경각, 234(번역), 一二六～一二七(원문). 원문
　　의 해석은 기본적으로 이 책을 따르되 필요에 따라 필자가 부분적으로 고쳐 옮겼음
　　을 밝혀 둔다.
17)『나옹록』(장경각)의 원문자료에는 이를 頌이라고 했는데 이를 게송이라 번역하고
　　있다.

다. 이 작품의 기승 구에서 춘설이 함께 오는 계절의 현상을 그려 보이고 난간 위로 달이 떠오르는 광경을 묘사하고 있다. 전결 구에 와서는 춘설이 날리는 달밤을 배경으로 얼음 같이 싸늘하고 옥 같이 고운 매화가 달빛과 어울리는 모습을 그리고 매화와 달빛이 연출한 찬 기운이 천지를 관통한다고 읊고 있다. 결구의 '一味寒'은 이 작품의 시적 화자가 얻은 사물에 대한 감상이라고 할 수 있다. 그러면서 '비춘다'는 것과 '차다'는 것은 상대적이면서 시적 화자가 얻은 인식, 깨달음을 표현한 것일 수도 있다. 불교에서는 존재 원리를 상징적 표현으로 많이 나타낸다. 특히 존재의 두 가지 측면인 공(空)과 색(色)의 차원을 선가(禪家)에서는 살(殺)과 활(活)이라고 하고 이것을 문학적으로 형상화하면 여기서처럼 차가움과 빛남과 같이 대비적으로 표현하기도 한다. 300여 수에 이르는 나옹의 한시의 절반에 해당하는 작품이 이와 같이 대상이나 현상을 두고 시적 자아 자신의 감상이나 깨달음, 법열은 평서문으로 자족적으로 읊고 있어서 표현의 담화 방식을 보여 주고 있다.

(5)를『나옹록』번역 부분에서는 (4)번 작품류와 구별 없이 게송으로 분류하고 있지만 작시의 외적 계기나 내용이 (4)번류 작품과는 상당히 다르다. (4)번류가 풍경이나 특정 대상물, 현상을 두고 작가의 정서를 표현하고 있다면 (5)번류는 사람들과의 관계에서 창작되어 내용도 상당히 다르게 나타나기 때문이다. (5)는 떠나는 사람을 송별하면서 써준 작품이다. 이 작품 기구에서 훌훌 떠나는 모습을 반복을 통하여 실감나게 그렸다. 이어서 그가 가지고 가는 바랑의 모양을 묘사하고 있는데 구멍이 여섯 개나 나서 아무것도 담을 수 없는 소박한 행장을 그렸다고 할 수 있다. 그런데 육창(六窓)은 불교에서 상징적 의미로 사용하는 말이다. 중생 특히 인간이 가지고 있는 여섯 가지의 감각 기관[18]을 나타내는 말로 많이 사용되기 때문이다. 나옹은 그의 시에서 이 '六

窓'이라는 용어를 비슷한 문맥에서 매우 빈번하게 사용하고 있는데[19]
이 작품에 사용된 육창도 그야말로 여섯 구멍이라는 뜻과 함께 인간이
면 누구나 가지고 있는 여섯 가지 감각 기관을 의미하는 중의적 시구
로 볼 수 있다. 떠나가는 상대가 여섯 개 구멍이 난 바랑을 가진 소박
한 행장을 했다는 의미와 함께, 상대에게 그가 여섯 감각 기관을 가졌
다는 것을 환기해 주는 측면을 동시에 가지고 있다고 할 수 있다. 전결
에 오면 고향으로 돌아가서는 주장자를 걸어두고 다시는 돌아오지 말
라고 하였다. 문면 그대로의 의미는 역시 가고 싶은 고향에 갔으니 다
시 타향으로 떠나가지 말라고 한 것으로도 볼 수 있다. 그러나 이 부분
역시 불교가 사용하는 고향이나 주장자의 상징적 의미를 함께 고려하
면 단순히 고향 가서 편안히 쉬라는 이별의 덕담 정도가 아니다. 불교
에서 고향은 바로 깨달음의 세계를, 주장자는 교화를 각각 상징하는
말로 사용되기 때문이다. 고향은 내가 처음 본래 있던 곳인데 이것은
선에서 말하는 본래성불[20]의 입장에서 누구나 본래는 부처이기 때문
에 밖에서 구할 것이 아니라 자기 내면을 철저히 추구함으로써 본래
자기가 가진 불성을 확인한다는 인식을 표현할 때 흔히 사용된다. 이
작품에서 타향이나 다른 용어를 사용하지 않고 고향이라고 사용한 데
에는 이런 이유가 있는 것이다. 그리고 바랑이나 주장자는 행각하면서
대중을 교화할 때 사용하는 도구이다. 그런데 이런 도구를 걸어두라는
말은 집에서 단순히 휴식을 취하라는 의미보다는 일체 모든 사람이 본
래 부처인데 여기에 다시 교화한다는 말은 있을 수 없다는 본래성불의

---

18) 眼耳鼻舌身意의 六根.
19) 六窓이라는 용어를 사용하고 있는 작품을 들어 보면 〈幻庵〉, 〈笑菴〉, 〈順菴〉, 〈映
   菴〉, 〈晤菴〉, 〈璨菴〉, 〈電菴〉, 〈省菴〉, 〈正庵〉, 〈息菴〉, 〈是菴〉, 〈靜菴〉, 〈晶菴〉,
   〈曉堂〉, 〈日菴〉, 〈月堂〉, 〈坦菴〉, 〈送了禪者參方〉, 〈璨禪者求偈〉 등이 있다.
20) 고우 외 4인(조계종 전국선원수좌회), 『간화선』, 조계종출판사, 2008, 56~57쪽.

철저한 선적 입장을 더욱 공고하게 드러낸 것이라고 할 수 있다. 겉으로는 고향에 돌아가서 편안히 쉬라는 위로의 말이면서 빨리 고향인 불성을 깨달아서 남을 제도하고 중생을 구제한다는 허물을 더 이상 짓지 말라는 당부의 말이기도 하다. 후자의 해석에 의하면 시적 화자는 상대방에게 깨달음과 진정한 교시에 대하여 매우 깊은 가르침을 내린 것으로 볼 수 있다. 이런 내용과 함께 이 작품에서 전달의 담화 방식이 구사되고 있다는 사실은 마지막 문장이 명령문으로 마무리 되는 데서도 거듭 확인된다.

이 부류에 속하는 작품들은 특정 인물들에게 송별시를 지어주면서 이별을 정서로 표현하기도 하지만 대부분의 작품에서 교시를 내려 일부 작품을 제외하고는 교시하거나 상대를 칭송하는 전달의 담화 방식이 주로 사용됐다.

(6)은 나옹이 남긴 〈완주가(翫珠歌)〉, 〈백납가(百衲歌)〉, 〈고루가(枯髏歌)〉 세 편의 한문가요 가운데 〈고루가〉의 일부이다. 마른 해골을 보고 생각을 적은 것이다. 이 작품의 시적 대상 인물은 인용문 앞 구절에서 '이 마른 해골(這枯髏)'라고 지칭하고 있어서 표면적으로는 마른 해골이 시적 대상 인물이지만 현실적으로는 이 작품을 읽는 살아 있는 모든 독자가 시적 대상 인물이라고 할 수 있다. 이와 같이 중의적 시적 대상 인물을 향하여 시적 자아는 무언가 비판과 함께 권하는 것이 있다. 머리를 돌이켜 진공(眞空)을 밟고 바른 길에 돌아가라는 명령문을 사용하여 권장을 하고 있다. 이 작품의 다른 부분에서도 욕망을 벗어나 무생을 깨치라는 당부를 하고 있어서 시적 화자는 자기의 주장을 내세워 상대를 설득하고자 하는 전달의 담화 방식을 구사하고 있다.[21]

---

21) 한문가요는 작품수가 많지 않지만 장형의 형태를 취하고 있어서 작품 수에 비하여 많은 내용을 담고 있는 것이 특징이다. 〈완주가〉에서 시적 화자는 구슬로 상징된

지금까지 가사와 한시, 한문가요에 나타난 담화 방식을 살펴보았다. 가사의 경우에는 〈낙도가〉가 표현의 담화를, 〈서왕가〉는 표현의 담화를 전제로 전달의 담화를, 〈승원가〉가 전달의 담화를 각각 구사했다면, 일반 한시의 경우 대상이나 현상을 두고 읊은 작품은 표현의 담화를, 특정인에게 기증하는 시는 대부분 전달의 담화를 구사하는 것으로 나타났다. 한문가요의 경우에는 〈고루가〉 한 작품이 전달의 담화를 구사했고 〈완주가〉와 〈백납가〉는 표현의 담화를 구사한 것으로 나타났다. 요컨대 세 편의 한문가요에서는 한 작품이 전달의 담화, 두 작품이 표현의 담화 방식을 구사했고, 가사에서는 한 작품이 표현의 담화, 두 작품이 전달의 담화를 각각 구사한 것으로 나타났다. 그리고 일반 한시의 경우에는 전체 시의 절반 조금 넘게 대상이나 현상을 읊은 작품은 표현의 담화, 나머지 절반에 조금 못 미치는 특정인에게 주는 작품에서는 전달의 담화 방식을 각각 구사하는 것으로 나타났다. 다음은 이런 유형 작품에 나타난 담화 방식의 차이가 작품의 갈래 성격과는 어떤 연관을 가지고 있는지를 살피고자 한다.

불성을 본래 가지고 있으며 자기는 이를 언제나 가지고 논다는 표현을 하고 있다. 일체가 불성을 가지고 있다는 불교의 교리에 기초하기는 했으나 그런 경지에 올라 자유롭게 생활하는 시적 화자 자신의 모습을 서술하고 있다는 점에서 표현의 담화 방식을 보여준다고 할 수 있다. 〈백납가〉 역시 가난 속에서도 도를 얻어서 자유롭게 살아가는 시적 자아 자신의 생활을 노래하여 역시 표현의 담화 방식을 보여 준다고 할 수 있다. 三歌라는 한문가요에서 전달의 담화를 보이는 하나의 작품과 표현의 담화를 보이는 두 작품이 있어 앞에서 살핀 가사의 경우와 대비가 된다. 표현과 전달의 담화를 구사하는 작품 비율이 가사와 비교하면 한문가요는 표현의 담화가, 가사는 전달의 담화가 각각 더 우세한 것으로 나타났다. 이는 가사가 자족적 문학이라기보다는 교시적 문학으로 출발했음을 보여준다고 할 수 있다.

3. 서정과 교술의 갈래 성격

앞 장에서 살핀 담화의 방식에서 이미 각 유형의 작품들이 가지는 갈래 성격은 어느 정도 예상할 수 있다. 그러나 포괄적으로 서정, 교술 이라는 말에서 한 발 더 나아가서 작품을 구성하는 구체적 내용이 무 엇이라서 서정성이나 교술성을 가지게 되었는지에 대한 것은 작품을 갈래 성격의 차원에서 자세히 검토해야 밝힐 수 있다. 서정이 시적 화 자의 주관적 정서와 관계가 있고, 교술이 객관 대상이나 현상과 관계 된다는 전제 아래 정서의 구성 요소나 대상 또는 현상이 어떻게 작품 성격에 반영되었는지를 살펴봐야 한다.

1) 나옹 가사의 갈래 성격

표현은 주관적 정서를 드러내는 담화 방식이고 전달은 객관적 사실 을 알리거나 주장을 내세우는 담화 방식인데 나옹의 가사는 담화의 방 식에서 표현과 전달의 담화 방식이 모두 나타났다. 주관적 정서가 어 떠한 것이며 객관적 사실과 주장이 어떠하여 서정이나 교술의 갈래 성 격을 형성하게 되었는지를 예문을 통하여 살펴보고자 한다.

(7) 십년을 기한정코 일대사를 궁구ᄒ니
　　종전에 모르든걸 금일에사 알리로다
　　일단고명 심지월은 만고에 발갓스되
　　무명장야 업희랑에 길몰나 단엿더니
　　영취산 제불회상 처처에 뫼아거든
　　소림굴 죠사가품 엇지멀리 어들소냐 (중략)
　　청산은 묵묵ᄒ고 녹수난 잔잔ᄒᄃ
　　청풍이 실실ᄒ니 이엇더ᄒ 소식이며
　　명월이 단단ᄒ니 이 엇더ᄒ 경계던고　　　　　　〈낙도가〉

(8) 今生에 하온 功德 後生에 受하나니
　　百年貪物은 하루아침 티끌이오
　　삼일 하온 염불은 百年萬劫에 다함없는 보배로세
　　어와 이 보배 歷千劫而 不古하고 亘萬世而 長今이라
　　乾坤이 넓다 한들 이 마음에 미칠손가
　　日月이 밝다 한들 이 마음에 미칠손가　　　　　　　　　〈보권서왕가〉

(9) 주인공 주인공아
　　인사불성 부대되여 아미타불 어서하자
　　우리부터 대성존이 거짓말로 쇠기시랴
　　비방심 먹지말고 이만인생 되얏을제
　　극락국 연화대를 자장중애 결단하자
　　主人公 主人公我 人事不成 夫大道如
　　阿彌陀佛 於西何自
　　于耳佛體 大聖尊而 去之末奴 欺其是也
　　誹傍心 饐之末古 耳萬人生 道也悉除
　　極樂國 蓮花臺乙 自掌中㞃 決斷何自　　　　　　　　　〈승원가〉

(7)은 예문 (1)과 같은 작품인 〈낙도가〉의 한 부분인데 인용문 (1)에
뒤이어 나오는 부분이다. (1)에서 제시한 좋은 풍경을 배경으로 드디
어 시적 화자가 여기서는 수행을 통하여 깨달았다는 내용을 보이는 것
이 바로 (7)이다. 10년 기한을 정하고 수행하여 드디어 알게 되었다는
것을 감탄형 문장으로 표현하여 자기 내면의 법열(法悅)을 표현하고 있
다. 깨닫고 나서 업의 파도에 길을 모르고 다녔던 과거를 회상하기도
하고 제불이나 조사 가풍이 멀리 있지 않고 자기에게 있다는 것을 새
롭게 인식하는 기쁨을 인용문 후반부에서 말하고 있다. 그리고 '천경
만론'이 분명하고 '빅억찰토'에 부처가 나타났다는 것을 읊었다. 그런

깨달음의 경지를 대상의 모습으로 나타낸 것이 청산과 녹수, 청풍과 명월을 노래한 부분이다. 깨달음을 기쁨이라는 주관적 정서로 표현하기도 하고, 대상 세계의 아름다운 모습을 통하여 형상화하여 표현하기도 하고 있다. 그리고 이어 생략된 부분에서 기한(飢寒)이라는 외부 환경과 욕정(慾情)이라는 내부 장애를 극복하고, 사상(四相)이 없고 법성산(法性山)을 발견하며, 무공적과 무현금의 연주, 석호와 송풍의 화답, 진공락을 갖추며 깨달음을 꽃으로 형상화하여 시적 화자 의식 내면의 변화를 세밀하게 표현했다. 따라서 나옹의 가사가 말하는 (1)과 (7), 생략된 나머지 내용을 모두 함께 보면 자연 속의 소박한 즐거움과 수행, 수행을 통한 깨달음에서 오는 법열과 대상을 통한 깨달음의 형상화, 내외의 장애 극복, 사상극복과 법성의 발견, 음악 연주와 화답, 기쁨과 깨달음의 형상화 등으로서 시적 화자의 정서나 의식과 연관되어 서정성을 획득하게 됐음을 알 수 있다. 즉 이 작품은 자기 독백을 통하여 자연 속의 즐거움과 수행, 깨달음의 기쁨, 깨달음의 현현으로서의 자연 대상, 장애 극복과 법성의 발견, 깨달음의 형상화 등 시적 화자 내면에 일어나는 심정을 표현의 담화 방식으로 보여줌으로써 서정 갈래의 성격을 가지게 되었다.

(8)은 (2)와 같은 작품으로서 바로 그 뒷부분이다. (2)에서 선근을 심으라고 하고나서 어떻게 하는 것이 선근을 심는 것인지를 말하고 있는 것이 바로 (8)이다. '百年貪物'과 '삼일하온 念佛'을 대비하여 전자는 하루아침 티끌이고 후자는 백년 만겁의 보배라고 하고, 계속 그것은 '不古長今'이라고 하면서 그것이 바로 위대한 마음이라는 것을 건곤과 일월을 가져와서 수사 의문문을 사용하여 강하게 주장하고 있다. 즉 염불하는 마음이 중요하다는 주장을 '貪物'이나 '日月乾坤'과 같은 대상을 가져와서 대비하여 드러내고 있다. 시적 화자는 여기에서 시적

대상 인물에게 염불이 중요하다는 주장을 수사 의문문을 통하여 강조하여 염불에 나서도록 교시하고 있어서 작품의 갈래 성격이 교술성을 획득하게 되었다. (2)에서는 시적 화자가 명령을 통하여 주장을 관철하려고 했다면, (8)에서는 '貪物'과 같은 다른 행위나 '日月乾坤'과 같은 거대한 대상과 대비하여 염불하는 마음이 중요하다는 자기 주장을 입증하고, 이어서 (8) 뒤 생략된 부분에서 부처는 마음을 아는데 중생은 마음을 저버리기 때문에 윤회를 그칠 수 없다는 것, 이어 마음을 깨쳐 먹고 극락에 들어가 구경하는 것, 구름 연대와 각종 새들, 바람이 내는 염불 소리를 제시하고, 염불할 것을 제안하는 것으로 내용이 전개되고 있어서 자기 경험을 바탕으로 자기 주장을 내세워 상대를 설득하려 하여 교술적 성격을 가지게 되었다. 그런데 이 작품 맨 앞, 즉 (2)(8)앞의 생략된 부분의 내용을 보면 무상으로 죽음이 속절없음을 인식하고, 명산으로 출가하여 선지식을 친견하며, 천경만론을 추심하고 오온산(五蘊山)에 올라 육적(六賊)을 잡으며, 번뇌를 베고 지혜의 배로 삼계(三界) 바다를 건너겠다고 하여 시적 화자 스스로가 무상을 인식하고 출가, 수행, 번뇌 극복의 자기 체험 과정을 노래하여 서정적 성격을 보여 주었다. 이어서 선근을 심으라고 하고 염불의 중요성을 강조한 (2)와 (8)에서 교술적 성격을 보이고, 다시 인용문 (2)(8) 뒷부분에서는 시적 화자가 다시 마음을 고쳐먹고 태허를 생각하며 극락세계에 들어가니 일체가 염불임을 발견하고 감탄하여 자신의 경험을 진술하여 서정적 성격을 보이다가 작품 마지막 부분에서 다시 염불을 권유하여 교술적 성격을 보여 준다.

　요컨대 먼저 자기 체험을 진술하고, 이어서 선근을 심고 염불할 것을 권유하고, 다시 시적 화자 자신이 극락에 가서 풍경을 감상하는 것을 진술해서 서정적 성격을 보이다가 작품 끝 부분에서 염불을 권유하여 교술로 작품을 마무리하였다. 서정과 교술의 전개를 두 번 반복하면서 자기 체험이라는 서정에 기반하여 교시의 효과를 높이고자 하여 작품 전체적으로는 교술적 성격에 초점이 맞추어져 있다.

(9)는 (3)번 글의 아래에 나오는 부분이다. (3)에서 극락의 모습을 묘사하여 알려주었다면 (9)에서는 그런 극락에 가기 위하여 해야 할 염불이라는 행동을 실천할 것을 주장하고 있다. 시적 대상 인물인 '주인공'을 부르고 '아미타불 어서하자'고 제안하고, 이어서 '극락국 연화대'를 손 안에서 결단하자고 역시 청유하고 있다. 즉 (3)에서 보인 이상향의 극락에 이르기 위하여 염불할 것을 주장하고 있는 것이 바로 (9)번 글이다. 불경에서 보여주는 극락을 그려서 알려 주고 그 극락에 가기 위한 염불이라는 방안을 실천할 것을 호걸, 범부, 승속 남여, 유식무식, 귀천, 농부, 직녀, 어르신네 등을 대변하는 주인공이라는 대상인물에게 명령하여 이 글은 설명과 주장이 중심내용이 되어 앞에서 보인 (8)과는 달리 일관되게 교술적 성격만을 가지게 되었다. 이 작품에 나타난 전체 내용을 차례로 보면 무상과 염불왕생, 재물 욕심 경계, 깨침의 강조, 병들어 소용없음과 죽은 뒤 지옥과 축생과를 받음, 일몰관을 통한 염불과 극락왕생 권유, 극락의 묘사, 염불의 권유와 그 효능, 염불 왕생의 권유 등으로 구성되어 있다. 서두에서 무상과 염불을 강조하고, 죽은 뒤 지옥에 갈 욕심을 경계하고 여기에 대비하여 극락의 장려함을 보이고 극락에 갈 수 있는 방안인 염불과 그 효험을 들어서 염불을 권유하는 것이 이 작품의 내용이서 처음부터 끝까지 교시의 내용으로 일관하여 교술적 성격을 가지게 되었다.

이상에서 살핀 바 나옹 가사는 서정과 교술의 두 가지 성격을 모두 보여 주었는데 교술적 성격이 우세하게 나타나는 작품 현상을 보여 주고 있다. 짧은 작품 (7)이 서정적 성격을 가졌다면 이보다 훨씬 장형의

(8)(9)가 교술적 성격을 우세하게 가지고 있기 때문이다. 시적 화자의 자연 친화적 감정이나 수행과 깨달음에 따른 기쁨, 깨달음의 자연 대상을 통한 형상화, 자유자재함과 진공락 등이 서정적 성격의 세부 구성 내용이었고, 시적 화자가 시적 대상 인물들에게 극락이나 중생에 대한 불교 교설을 설명하고 염불의 효험을 말하면서 염불 수행을 실천하도록 권장하는 것이 교술적 성격의 핵심 내용이었다.

2) 나옹 한문시가의 갈래 성격

한시의 갈래 성격은 기본적으로 서정이다. 실제로 나옹의 전체 한문시가 작품을 살펴보면 서정적 측면이 다소 더 강하다는 것을 확인할 수 있다. 그러나 전체에서 절반에 조금 못 미치는 작품이 교시적 의도나 칭송의 내용을 담고 있어서 교술적 성격을 예상보다 많은 작품이 가진 것으로 나타났다.

(10) 흰 구름 쌓인 속에 세 칸 초막 있어　　　　白雲堆裏屋三間
　　　앉고 눕고 거닐기에 스스로 한가하네.　　　坐臥經行得自閑
　　　차가운 시냇물은 반야를 말하는데　　　　　礀水冷冷談般若
　　　맑은 바람은 달과 어울려 온몸에 차갑네.　清風和月遍身寒

　　　　　　　　　　　　　　　　　　　　〈산거(山居)〉

(11) 아미타불 어느 곳에 있는가?　　　　　　　阿彌陀佛在何方
　　　마음에 붙여 절대로 잊지 말지어다　　　　着得心頭切莫忘
　　　생각이 다하여 생각 없는 곳에 이르면　　念到念窮無念處
　　　여섯 문에서 언제나 紫金光을 뿜으리라　六門常放紫金光

　　　　　　　　　　　　　　　　〈시제염불인(示諸念佛人)〉

(12) 배고픔도 그것이요 목마름도 그것이니　　　飢也他渴也他

목마름 알고 배고픔 아는 것 대단한 것 아니라　知渴知飢不較多
아침에는 죽 먹고 齋할 때는 밥 먹으며　　　晨朝喫粥齋時飯
피곤하면 잠자기에 어긋남이 없어라　　　　困則打眠也不差

〈완주가(翫珠歌)〉

(10)은 전체 8수로 구성된 배율시의 네 번째 수이다. 이 작품은 시적 화자가 산에서 생활하는 자기 일상을 읊은 것이다. 앞장에서 예를 든 (4)가 '梅月軒'이라는 특정 대상을 두고 읊은 것이라면 이 작품은 일상 생활이라는 현상을 두고 자기 정서를 읊은 것이다. 백운으로 대표된 자연 속에 자리한 간소한 세 칸의 집에서 한가하게 앉고 눕고 다니는 생활은 기승 구에서 소개하고, 자기 주변의 자연 대상물인 간수(磵水) 와 청풍(清風), 달은 전결 구에서 읊고 있다. 소박하고 한가한 산중의 생활에서 시적 화자가 발견한 것은 차고 찬 산골 물이 반야를 말하고, 맑은 바람과 달이 차갑다는 느낌이다. 이것은 시적 화자가 대상으로부 터 얻은 새로운 발견이고 정서의 핵심이라고 할 수 있다. 시적 화자는 이미 발견한 내용을 가지고 남을 가르치고 있는 것이 아니다. 이 작품 은 첫수로부터 차례로 소박한 산중생활, 선정의 기쁨, 세속 명리와 영 화를 떠난 자연 속의 고요와 넉넉함, 소박한 생활 속에서 발견한 진리, 세상 인정을 떠난 자연, 휴식과 자유, 세상과 다른 자연속의 띠집 생 활, 자연과 인연이 진리라는 시적 화자 자신의 자각 등을 표현하고 있 다. 일상 속에서 시적 화자가 스스로 진리를 발견한 기쁨의 정서가 작 품의 핵심 내용을 형성하여 전형적인 서정시로서의 모습을 보여 준다 고 할 수 있다. 즉 이 작품은 소박한 산중 생활의 한가함과 일상으로부 터 진리를 발견한 기쁨을 절제된 언어로 표현하고 있어 서정성이라는 성격을 가지게 됐다. 특정 자연 혹은 인공의 대상이나 삶의 일상을 두 고 읊은 대부분의 시는 예를 들면 경계와 마음이 고요하고[月夜遊積善

地], 암자가 고요하고 샘물이 차며[養道菴作], 휴식과 노닒[安心寺作], 법의 자리와 가을 빛[季秋偶作], 가지와 바람의 진리 연설[竹笋], 만사를 쉰다는[新臺] 등의 자연 대상과 거기서 얻은 새로운 각성과 휴식, 자유 등 시적 화자의 정서를 표현하고 있어서 서정성을 갈래의 중심 성격으로 가지게 됐다고 할 수 있다.

(11)은 염불하는 사람들에게 지어서 보여준 전체 8수로 된 배율 시 가운데 여섯 번째 작품이다. (10)이 시인 자신의 자족적 독백체의 작품이라면 (11)은 특정인들에게 일정한 목적으로 어떤 뜻을 담아 지어준 작품이다. 남에게 지어준 시는 한 개인에게 지어준 것이 대부분이나 이와 같이 염불이나 선수행을 하는 특정의 다수인에게 지어준 것도 간혹 섞여 있다.[22] 화답을 하거나, 특정인의 요구에 부응하거나, 이별하며 지어주거나, 여기서처럼 목적을 가지고 다수인에게 지어주는 시 작품이 시인 스스로 자족적 이유에서 지은 (10)과 같은 종류의 시보다 다소 적기는 하지만 많이 나타난다. 그런데 대인 관계에서 지어진 시 가운데 이별의 정서를 읊어서 (10)번 작품과 같이 서정적 성격을 보이는 예가 극히 일부 섞여 있기는 하나 (11)과 같이 시를 요구하거나 떠나는 개인 혹은 특정 성격의 다수인들에게 교시를 내리는 내용의 작품이 대부분이다. (11)에서 시적 화자는 염불인이라는 특정 시적 대상 인물들에게 염불을 하는 방법을 교시하고 있다. 기승 구에서 아미타불이 어디 있는가를 묻고 염불을 마음에 붙여 절대로 잊지 말라고 염불의 방법을 가르치고 있다. 그리고 전결 구에서는 교시한 방식대로 염불하면 나타나는 효과를 말하여 교시에 따라 행동하도록 유도하고 있다. 염불을 마음에 확실하게 붙여 열심히 하게 되면 생각이 없는 데까지

---

22) 〈諸禪者求偈〉, 〈示衆〉, 〈警世外覓者二首〉, 〈警世五首〉.

이르고 마침내 육문(六門)에서 아미타불처럼 빛이 난다고 하였다. 이는 아미타불이 밖에 있는 것이 아니라 내 안에 있기 때문에 염불을 교시대로 하면 이와 같이 내재한 아미타불이 겉으로 발현된다는 주장을 하고 있는 것이다. 이 작품도 전체 8수로 구성되어 있는데 첫수부터 차례로 간단히 보면 생각을 갖는 법, 자성미타를 지속적으로 생각하기, 간단없이 아미타 염불, 생각의 실마리를 뜨거운 곳에 두기, 情 끊어짐. 무념에 이르러 육문에 자금광이 남, 인간일 때 염불 기회 놓치지 말 것, 염불로 번뇌 없는 곳에 돌아갈 것 등 염불의 방법, 염불의 효능, 염불을 해야 하는 이유 등을 매우 체계적으로 제시하여 염불 수행을 하는 시적 대상 인물들에게 좋은 지침을 교시하고 있다.

앞장에서 예를 든 (5)의 경우와 같이 남에게 준 시 가운데 일부 작품은 시적 화자의 개인적 인간관계나 이별의 정서, 상대에 대한 덕담 등이 내용인 경우도 있으나 대부분은 (11)과 같이 교시나 칭송이 중심 내용을 이루어 교술적 성격을 가지게 되었다. 남에게 준 시 가운데 대부분은 이와 같이 개인이나 집단에게 교시를 내려 교술적 성격을 보이는 작품으로 나타난다. 예를 들어 보면 구체적 공부 방법인 삼현(三玄)을 쓰라거나[送無鶴], 인연 따라 갈 것[送宗禪者參方], 다른 종(宗)을 찾지 말 것[送珠侍者], 주장자를 걸고 돌아오지 말 것[送文禪者參方], 헤아리려 하지 말 것[送湘者參方], 죽은 공(空)에 집착하지 말 것[彦禪者求偈], 본래 빈 것을 알 것[修禪者求偈] 등과 같이 제자, 어떤 인연, 게(偈)를 요구하는 사람 개인에게 교시를 내리는 경우에는 이들에게 각기 필요한 가르침을 맞춤형으로 제시하고 있다. 그리고 다수를 상대로 교시를 내리는 경우에는 (11)도 같은 사례인데 선을 하는 사람들이 계송을 청하기도 하고[諸禪者求偈], 대중에게 설법을 하거나[示衆], 밖으로 찾는 사람을 경계하기도 하며[警世外覓者二首], 세상 일반을 경계하는[警

世五首] 등이 나타나는데 이 경우에도 각 집단의 특성에 따라 교시를 거기에 맞게 내리고 있다. 특정 성격의 다수 대상 인물들이나 특정 개인에게 교시를 내리는 경우 한결같이 그 집단이나 개인의 성격에 일치하는 교시를 정확하게 핵심적 가르침을 주어 이 부류의 작품이 대부분 교술적 성격을 가지게 되었다.

(12)는 나옹의 삼가(三歌) 가운데 〈완주가〉라는 작품이다. '완주'라는 작품의 제목은 구슬을 구경하며 가지고 논다는 뜻인데 '구슬'과 '논다'는 두 가지 개념이 결부되어 무슨 의미를 형성하였는지를 살필 필요가 있다. 이 작품 전체에 일관되게 드러나 있지만 구슬은 불성 혹은 자성 등으로 표현하는 깨달음의 본질 그 자리를 상징하는 말로 사용되고 있다. (12)를 보면 이 작품의 제목이 상징한 불성이 무슨 대단한 것이 아니라 일상속의 생활에 있다는 것을 자기 체험으로 서술하고 있다. 목마르고 배고픈 것이 바로 그것 즉 불성이라는 인식을 말하고 있다. 그리고 목마르고 배고픈 것을 알고 아침에 죽 먹고 재할 때 밥 먹으며 피곤하면 잠자는 것이 역시 그것에 어긋나지 않는다고 말하고 있다. 즉 이 작품은 먹고 자는 자기의 일상이 바로 불성의 구현이라는 새로운 인식을 시적 화자가 스스로의 생활을 통하여 발견하여 말하고 있다. 작품 내용을 차례로 보면 신령한 구슬의 무한함, 이것이 세계티끌 일상에 가득하며, 집착 없이 자유로우며, 그 구슬은 잡기 어렵고, 오고가고 무궁하게 작용하는 성질을 가졌으며 상대 세계를 초월하여 빛이 나며 이름을 떠나 있다고 찬탄하는 것으로 되어 있다. 시적 화자가 자신이 가진 불성이라는 신령한 구슬의, 상대세계와 이름을 떠나 자유자재한 모습을 비유적으로 표현하여 서정적 성격을 보여주었다. 나옹은 삼가(三歌) 가운데 〈고루가〉에서 교시를 내리고 나머지 〈완주가〉와 〈백납가〉에서는 지극히 검소한 생활 속에서 진리를 깨닫고 이

를 즐기는 자신의 삶을 노래하여 서정적 성격을 보여 주었다.

　이상에서 나옹 한문시가의 갈래 성격을 살펴보았다. 남에게 써준 대부분의 일반 한시와 삼가(三歌) 가운데 〈고루가〉 한 작품만이 교시나 칭송을 내용으로 하여 교술적 성격을 보여 주었고 일반 한시의 절반 조금 넘는 작품, 한문가요 두 수는 작가 개인의 생활에서 얻은 한가한 정서와 수행, 깨달음의 기쁨과 깨달은 뒤의 자유, 대상을 통한 깨달음의 형상화와 같은 시적 화자의 내면세계를 작품 내용으로 표현하여 서정적 성격을 보여 주었다.

4. 표현과 전달, 서정과 교술

　이 장에서는 나옹문학의 전체 구도를 담화의 방식과 갈래 성격이라는 기준에서 살펴보고자 했다. 그리고 여기서 논의한 나옹 문학의 대략적 구도가 후대 문학에 가질 수 있는 선구적 의의를 끝으로 한번 떠올려 보고자 한다.

　먼저 담화의 방식에서 표현과 전달의 두 가지 기준을 가지고 나옹의 가사와 한문시가를 나누어 살폈다. 〈낙도가〉, 〈서왕가〉, 〈승원가〉의 가사 세 작품 가운데에서 〈낙도가〉는 시적 화자 자신의 소박한 자연 친화적 생활과 수행, 깨달음의 기쁨 등을 주로 노래하여 표현의 담화 방식을 사용하고 있었고, 〈서왕가〉는 전체 흐름에서 서두와 세 번째 단락에서 시적 화자 자신의 수행과 극락 체험을 표현하고 둘째와 끝 단락인 넷째 단락에서 탐착을 금하고 염불할 것을 권유하여 표현과 전달의 담화를 섞어 사용하여 전달의 담화 효과를 높였고, 〈승원가〉는 불교에서 바라본 사바세계의 부정적 현실과 극락의 이상적 모습을 묘사적으로 설명하고 극락으로 나아가기 위한 방편으로서의 염불을 다양한 방법으로 시적 대상 인물에게 교시하여 전달의 담화 방식을 구사하는 것으로 나타났다. 그래서 가사에서는 전달의 담화 방식이 다소 우세하게 사용되었음을 확인했다.

그런데 한문시가에는 일반 한시 형식과 구별되는 〈완주가〉, 〈백납가〉, 〈고루가〉라는 장형의 한문가요 작품과 삼백수십여 수의 일반 한시 작품이 있었는데 한문가요 세 작품 가운데 〈백납가〉에서는 시적 화자가 자신의 수행과 깨달음, 〈완주가〉는 깨달음을 통해 발견한 진리에 대한 새로운 인식, 거기서 누리는 자유자재한 생활의 기쁨을 노래하여 표현의 담화 방식을 주로 구사했고, 〈고루가〉는 무상한 삶을 일깨우고 마음을 돌이켜 수행하여 생사의 바다를 건너도록 시적 대상 인물을 교시하여 전달의 담화 방식을 구사하는 것으로 나타났다. 그리고 작품 수에서 가장 많은 비중을 차지하는 일반 한시는 이 가운데 절반이 조금 넘는 많은 작품에서 특정 대상이나 현상을 읊었는데 시적 화자의 정서를 주로 나타내서 표현의 담화 방식을 구사했고, 절반에 조금 못 미치는 송별이나 남의 요구 또는 개인이나 집단을 교시하며 대상 인물을 칭송하는 작품의 경우에는 시적 대상 인물인 개인이나 집단에 적합한 교시를 내리거나 인물을 송도하여 전달의 담화 방식을 구사하는 것으로 나타났다.

다음은 갈래의 성격에서 나옹 가사는 표현의 담화 방식을 구사하는 〈낙도가〉는 시적 화자 자신의 주관적 소박한 자연 생활과 수행 과정, 법열, 자유자재한 생활, 깨달음의 형상화 등과 관련한 정서적 내용을 주로 나타내서 갈래 성격이 서정적이었고, 〈서왕가〉는 출가 수행하여 지혜의 배로 삼계를 건너겠다는 시적 화자의 경험을 진술하는 데서 출발하여 염불 않는 중생에게 염불을 권유하고, 극락에 간 자기 경험을

말하고 다시 염불을 권유하여 체험과 교시의 반복을 통하여 교시의 효
과를 높이고 있어 교술적 성격을 우세하게 보여주었다. 〈승원가〉는 불
성을 본래 가지고 있다는 불교의 교설, 사바와 극락에 대한 불교 경전
의 내용을 일반 대중들에게 설명하고 때로는 염불의 방법을 알려주고
불교에서 이상향으로 내세우는 극락으로 염불을 통하여 나아갈 것을
특히 대조나 병렬의 수사를 통하여 강하게 주장하고 교시하여 교술적
성격을 가지게 되었다.

　그리고 한문시가의 경우에는 형식적 성격상 서정 갈래이면서도 담
고 있는 내용에 따라 갈래 성격이 다르게 나타났다. 일반 한시에서 전
체 절반이 넘는 작품에서 시적 화자가 자연 혹은 인공 대상이나 현상
을 대하면서 일어나는 감정이나 거기서 발견한 의미, 깨달음을 자연
대상으로 형상화하는 등 다양한 내용을 읊어서 서정적 성격을 확연하
게 보여 주었고, 나머지 절반이 조금 덜 되는 일반 한시 작품에서 송별
이나 상대의 요구, 시적 대상 인물에 대한 칭송을 하는 작품은 일부
송별이나 생활 주변을 노래하여 서정적인 성격을 보여 주기는 했으나
대부분의 작품은 시적 대상인 개인 혹은 집단의 상대방에게 그에 알맞
은 수행 방법이나 충고를 다양하게 교시하여 작품의 내용상으로는 교
술적 성격을 가지게 되었다. 제자나 시를 요구한 사람들에게는 그들
각 개인의 공부 수준이나 성향에 맞게 교시를 내렸고, 선(禪)을 하거나
염불을 하는 특정 성격의 집단에게는 각기 그 수행 방법이 요구하는
기본 개념에서부터 구체적 방법, 수행 결과 얻게 되는 효과 등을 체계
적으로 교시하여 이런 내용을 가진 율시나 배율의 일반 한시 작품 전
체가 교술적 성격을 가지게 되었다. 그리고 한문가요인 〈완주가〉, 〈백
납가〉, 〈고루가〉 가운데서는 앞 두 작품이 출가 수행에 수반되는 자연
생활과 깨달음, 그에 의거한 자유로운 생활의 기쁨 등을 노래하여 서

정적 성격을 보여 준 반면, 〈고루가〉는 대중을 향하여 마음을 돌이켜 수행하고 해탈할 것을 여러 관점에서 반복적으로 교시하여 교술적 성격을 보여 주었다.

요컨대 나옹 문학 전체 구도를 보면 한편의 가사와 삼백수십여 수에 이르는 일반 한시 전체 가운데서 자연 혹은 인공 대상이나 현상을 읊은 절반이 조금 넘는 작품과 두 편의 한문가요가 표현의 담화 방식을 구사하여 서정적 성격을, 두 편의 가사와 절반에 조금 못 미치는 송별과 요구, 칭송을 담은 그 나머지 작품과 한 편의 한문가요가 전달의 담화 방식을 구사하여 교술적 성격을 가지는 것으로 나타났다. 이런 나옹 문학에서 작가가 승려이면서 가장 이른 시기 가사를 창작했고, 그 일부 가사 작품은 작가의 자연 친화와 새로운 인식을 담아서 서정적이라는 점, 일반 한시 가운데 반에 가까운 작품이 다양한 교시를 내려 교술적이라는 점 등이 특이하다. 그래서 나옹의 문학은 국문 문학과 한문 문학을 동시에 창작한 후대 작가들의 그것에 비해 가사나 한시가 모두 교시적 성향이 강하다는 것이 두드러진 특징이다.

그러나 이와 같이 전통적 한시와 함께 새로운 한문가요, 국문 시가를 남긴 나옹 문학의 구도는 후대 사대부들이 전통의 한시 문학을 향유하면서 필요에 따라 국문 문학인 시조나 가사를 함께 남긴 것과 외형이 닮아 있다. 특히 전통 한문학의 갈래인 한시를 통하여 사대부 작가들이 개인적 정서를 표현하고 필요에 따라 백성을 교화하기 위하여 국문 문학을 창작했던 문학활동과 유사하다는 것이다. 다만 승려와 사대부의 거리 때문에 교화의 대상과 내용이 다를 뿐 자족적 문학과 교화적 문학을 창작한 것은 같은 궤적을 보이는 것이라 할 수 있어서 나옹문학은 이런 거시적 관점에서 후대 가사 문학의 남상을 이루는 데에 그치지 않고 국문과 한문 문학 전반을 향유하는 방식에서도 일정한 영향을 끼쳤다고 할 수 있다. 나옹의 문학 작품에 이색과 이달충, 백문보와 같은 당시 사대부들이 서·발문을 썼고 그 과정에서 이런 문학 창작의 구도는 자연스럽게 후대까지 영향을 끼쳤으리라는 것은 어느 정도 짐작할 수 있다.

나옹 가사에 나타난 시적 대상 내용과 대상 인물의 성격

1. 나옹 가사의 성격

나옹은 고려말 삼사(三師)라고 일컬어지는 세 사람 가운데 한 사람이다. 그는 일생동안 선 수행을 철저히 하면서도 염불 수행을 많은 사람들에게 권유하였는데 이런 면모는 그의 한시와 가사 문학에 매우 선명하게 나타난다. 나옹은 자신이 살아온 수행과 교화의 삶을 산문의 어록으로도 표현하고 장편 한문시가로도 나타냈다. 겉으로 드러난 문학 갈래상에서는 물론 작품의 구체적 성격상에서도 나옹은 매우 다양한 면모를 통하여 풍부한 문학적 성취를 보여 주고 있다. 선(禪)을 상징적으로 표현한 어록과 선시, 주관적 자기의 삶을 읊은 한시나 한문시가, 특정인들에게 구체적 교시를 내리는 한시, 수행자로서 자신의 삶을 노래한 가사, 불특정 다수에게 교시를 내리는 가사나 한문시가 등을 모두 남기고 있기 때문이다.

나옹이 가사를 지었는가에 대한 논란은 어느 정도 정리 되었다고 보고 여기서는 그의 가사로 거론되는 〈나옹화상낙도가〉, 〈보권염불문본서왕가〉, 〈나옹화상승원가〉 세 편[1]의 작품을 연구 대상으로 나옹 가

---

1) 〈나옹화상낙도가〉의 이본으로 〈나옹화상증도가〉, 〈나옹화상수도가〉가 있고, 〈보

사의 성격을 논의하고자 한다. 그리고 이런 논의에 필요한 한시를 이
와 연관하여 부차적으로 살핌으로써 가사의 성격을 드러내는 데 도움
을 받고자 한다.

논의의 순서는 먼저 작품이 보여 주는 시적 대상 내용2)의 성격을
살피고 이어서 시적 대상 인물3)의 성격을 논의하고자 한다. 시적 대상
내용에는 시적 화자 스스로의 삶과 정서도 있고, 시적 화자가 지향한
대중교화도 있다. 시적 대상 인물에는 대상자의 이름이 구체적 명시적
으로 나타나지 않은 경우도 있고, 대상자의 이름이 구체적 명시적으로
나타나는 경우도 있었다. 개념만을 보면 매우 상식적이고 논란할 것이
없어 보이지만 시적 대상 내용과 대상 인물은 그의 가사와 한시의 본
질을 이해하는 데 매우 중요한 실마리가 된다. 그래서 시적 대상 내용
과 대상 인물을 나누고 다시 하위에 서정과 교시, 불명시적(不明示的)
대상 인물과 명시적(明示的) 대상 인물로 나누어 논의를 구체화하고자
한다. 그런데 이들은 정교한 상호 연관 질서를 보이고 있어서 그의 가

권염불문본서왕가〉의 이본으로 〈가요집성본서왕가〉가 있고, 〈나옹화상승원가〉의
이본으로 〈자책가〉가 있는데 본문에 보인 세 작품을 중심 자료로 살피고자 한다.
2) 여기서 시적 대상 내용이라는 말은 시적 화자가 작품 안에서 말하는 내용이다.
시적 화자는 어떤 사람에게 무엇인가를 말하는데 여기서 '무엇인가'에 해당하는 것
을 시적 대상 내용이라는 용어로 다루고자 한다. 주관인 시적 화자가 객관 대상인
무엇인가를 말한다고 할 수 있어서 '대상'이라고 하고, 대상 전체의 구체적인 내용
을 다루고자 하여 '내용'이라는 용어를 사용하고자 한다. 시적 대상 내용이라 하지
않고 내용이라고만 하면 시적 화자 자신까지 다 포괄하기 때문에 이를 구분하기
위하여 이 용어를 사용하고자 한다.
3) 시적 대상 내용을 말하면서 어느 정도 윤곽을 드러냈는데 시에서 시적 화자는
어떤 내용을 누구에게 말한다고 할 수 있는데 여기서 '누구에게'에 해당하는 인물
로서 시적 화자의 말을 들어 주는 청자를 시적 대상 인물로 명명하고자 한다. 여기
서도 청자라고 하지 않고 시적 대상 인물이라고 한 것은 작품 안에 모습이 드러나
는 청자만을 특별히 지칭하기 위해서 이 용어를 사용하고자 한다. 이는 청자라고만
하면 작품 외적 청자까지 포괄하는 개념으로 받아들일 우려가 있기 때문이다.

사 작품들은 이런 질서의 측면에서 살필 필요가 있으며, 이런 연관 질
서는 가사에 국한되는 것이 아니라 한시, 한문시가 등과도 긴밀하게
연관되어 있어서 그 문학 전반을 이해하는 핵심 고리 역할을 한다고
본다.

여기 논의의 기초 자료로는 『나옹록』4)과 『불교가사 원전연구』5)에
실린 가사와 관련 한시를 대상으로 하며 가사를 중심에 두고 한시를
상호 비교 분석하면서 논의를 진행하고자 한다.

2. 시적 대상 내용6)의 성격7)

시인은 시적 화자를 내세워 무엇인가를 말하게 한다. 시적 화자가
말하여 대상화한 내용은 시적 화자 자신에 관한 것일 수도 있고, 시적
대상 인물에게 전달하는 어떤 것일 수도 있다. 전자가 서정의 갈래,
후자가 교술의 갈래에 상관을 가지는 것인데 이렇게 대상화하여 말한
구체적 내용이 실제 무엇이고 어떤 성격을 가지고 있는지를 살피고자
한다.

1) 서정적 대상 내용의 성격

나옹은 그의 가사와 한시에서 시적 화자를 통하여 자신의 삶을 읊은

---

4) 나옹 저, 백련선서간행회 번역, 『나옹록』, 장경각, 2001, 1~361쪽, 一~二〇四面.
5) 임기중, 『불교가사 원전연구』, 동국대학교출판부, 2000.
6) '시적 대상의 내용'이라고 하는 것이 그 자체로는 더 자연스러우나 그 뒤에 '~의
   성격'을 붙이면 부자연스러운 표현이 되어 '시적 대상 내용'이라는 표현을 그대로
   사용하고자 한다.
7) 논제나 장의 제목에 '성격'을 붙인 것은 내용과 인물의 논의를 통하여 그 성격을
   도출하려는 의도였기 때문이다.

경우를 여러 차례 보여 주고 있다. 그의 어떤 삶이 가사에 진술되고 있는지를 살펴보고자 한다.

(1) 쳥산림 깁흰고듸 일간모옥 지여두고
    송문을 반개ᄒ고 석경에 배회ᄒ니
    춘풍이 건들 불어 화초를 흔동ᄒ다
    격림에 백화ᄭᆺ은 쳐쳐에 피엿거든
    물외에 신선학은 백운간에 셧도난듯
    풍경도 됴커니와 물상이 더욱조타   〈나옹화상낙도가(懶翁和尙樂道歌)〉

(1)은 〈나옹화상낙도가(懶翁和尙樂道歌)〉의 맨 앞부분이다. 청산에 사는 시적 화자가 자기 거처의 주변을 읊은 내용이다. 앞에서부터 내용을 보면 모옥을 지어두고 송문을 반개하고 석경에 배회하면서 춘풍과 화초, 백화꽃, 신선학의 모습을 묘사하고 이를 풍경과 물상이 좋다고 묶어서 표현하고 있다. 청산림이라는 자연 공간에 집을 짓고 살면서 접하는 자연의 아름다운 풍경을 감상하고 즐기는 시적 화자 자신의 삶을 읊고 있다. 이러한 자연 속의 삶의 모습은 그의 〈산거(山居)〉라는 한시에도 나타나 있다. 여덟 수로 된 〈산거〉의 일곱 번째 수를 보면 "나는 산에 살고부터 산이 싫지 않나니/ 사립문과 모옥이 세상살이와 다르네./ 맑은 바람은 달과 어울려 추녀 끝에 부는데/ 시냇물은 가슴 뚫고 서늘하게 담(膽)을 씻어내는구나"[8]라고 하여 (1)이 보여 주는 작품 내적 배경과 〈산거〉의 그것이 공간적으로 같게 나타난다. (1)의 청산림 깊은 곳은 바로 〈산거〉의 산으로, (1)의 모옥이나 송문은 〈산거〉

---

8) 我自山居不厭山 柴門茅屋異人間 淸風和月簷前拂 磵水穿胸洗膽寒(〈山居〉,『懶翁錄』, 187쪽, 九十五面,(나옹 저·백련선서간행회 번역, 장경각, 2001). 작품 번역은 주로 이 책에 따르되 필요시 필자가 부분적으로 고쳤다.

의 모옥이나 사립문으로 각각 묘사되고 있기 때문이다. 다만 시간 배
경의 설정이 다르다. (1)에서는 꽃 피고 신선학이 보이는 봄의 낮 풍경
이라면, 〈산거〉는 바람 부는 달밤으로 그려져 있기 때문이다. 그런데
이런 자연 배경을 두고 시적 화자가 가지는 감성은 (1)에서 '됴커니와.
더욱조타'라고 하였고 〈산거〉에서는 '싫지 않나니, 가슴뚫고, 담을 씻
어내는구나'라고 하여 자연을 즐기는 것으로 나타나서 정서적으로 동
질성을 보여 주고 있다. 적어도 이런 시적 화자의 자연 친화적 생활
태도는 조선 시대 은일 가사가 자연 친화적 성향을 보여 주는 것과도
일치한다.[9]

시적 화자는 풍경 묘사와 감상을 통한 자연 친화적 태도를 드러내는
(1)에서 출발하여 그 다음에는 불교적 수행과 깨달음에까지 나아간 모
습을 보여 준다.

> (2) 그중에 무심락은 세상락과 다름이라
> 한쪼각 진보향은 옥로중에 쪼자두고
> 적적한 명월하에 무심히 홀로안저
> 십년을 기한정코 일대사를 궁구ᄒ니
> 종전에 모르든걸 금일에사 알리로다
> 일단고명 심지월은 만고에 발갓스되
> 무명장야 업희랑에 길몰나 단엿더니
> 영취산 제불회상 처처에 뫼아거든
> 소림굴 죠사가품 엇지멀리 어들소냐
> 천경만론 집법셜은 이변에 소소ᄒ고
> 빅역찰토 진불면은 안전에 현현ᄒ다　　〈나옹화상낙도가(懶翁和尙樂道歌)〉

---

9) 작품 (1)까지의 내용에서는 정극인의 〈상춘곡〉이나 송순의 〈면앙정가〉에 나타난
　 자연 친화적 태도와 별반 차이가 없다.

(2)는 같은 작품으로 (1) 바로 뒤 부분이다. 시적 화자는 (2)에서 자연에 은거하는 생활이 단순히 자연을 즐기는데 그치지 않는 모습을 보여준다. 자연 취향의 기본 태도가 '세상락'과 다른 '무심락'이라고 하여 단순한 자연 취향이 아님을 전제하고, 10년의 기한을 정하고 일대사를 궁구하는 불교적 수행을 통하여 '종전에 모르든걸 금일에사 알리로다'라고 하여 깨달음을 표현하고 있다. 이렇게 깨닫고 나서 '길몰나 단엿'던 자신의 과거를 회상하고, 깨달음을 얻은 현재의 정황을 바로 '영취산 제불회상, 소림굴 죠사가풍'을 함께 한 것으로 묘사하고 '빅억찰토'의 온 세상 부처의 모습이 드러난다고 확신하고 있다. 그래서 (2)는 불교적 수행과 깨달음의 기쁨, 깨달음의 확신을 나타내서 시적 대상의 내용에서 시적 화자의 정서가 중심을 차지하고 있다. 시적 화자 스스로가 수행하고 깨달음을 이루는 내용은 일반 한시에는 이 부분만 나타내는 경우가 있는데 예를 들면 '10여 년을 강호 두루 돌아다니다/ 갑자기 가슴속이 절로 활짝 열렸네.'[10]라고 한 것이다. 그의 다른 가사에 '善知識을 親見하여 마음을 밝히려고/ 千經 萬論을 낱낱이 推尋하여/ 六賊을 잡으리라 虛空馬를 빗기 타고/ 莫邪劍을 손에 들고 五蘊山 들어 가니/ 諸山은 疊疊하고 四相山이 더욱 높다/ 六根 門頭에 자취 없는 도적은/ 나며 들며 하는 중에 煩惱心 베어 놓고/ 智慧로 배를 만들어 三界 바다 건너리라'[11]라고 하여 선지식을 친견하고 수행을 통하여 육적을 잡고 번뇌심을 베어서 삼계의 바다를 건너겠다는 의지로 깨달음을 표명하고 있다. 표현이 다소 달랐지만 수행과 깨달음을 모두 표현한 것은 (2)와 같다고 할 수 있다.

---

10) 江湖歷盡十餘年 驀得胸中自豁然 有問淸平成底事 飢喰渴飮困安眠(〈住淸平山偶題〉,『懶翁錄』, 294쪽, 一六四面).
11) 〈보권염불문본서왕가(普勸念佛文本西往歌)〉.

시적 대상 내용으로서 시적 화자의 수행과 깨달음을 보여주는데 그 치지 않고 깨달음 이후에 보이는 진리의 세계나 법열을 읊은 부분이 역시 같은 작품의 이어진 부분에 표현되었다.

(3) 청산은 묵묵ᄒ고 녹수난 잔잔ᄒ듸
    청풍이 실실ᄒ니 이엇더ᄒ 소식이며
    명월이 단단ᄒ니 이 엇더ᄒ 경계던고
    일이졔명 ᄒ온 중에 활계조차 구죡ᄒ다
    만학천산 푸른 송엽 일발즁에 담어두고
    빅공쳔창 기은 누비 두엇계에 거럿스니
    기한에 무심ᄒ다 기한에 무심ᄒ니
    세욕졍이 잇슬소냐 욕졍이 담박ᄒ니
    인아지상 쓸듸업네 사상산 업난고듸
    법셩산이 놉고놉다 (중략)
    무공적을 빗겨불고 무현금을 노피타니
    석호난 춤을추고 송풍은 화답ᄒ다
    무위자셩 진공낙은 그중에 갓촛더라 (하략) 〈나옹화상낙도가(懶翁和尙樂道歌)〉

(3)에 사용된 '청산, 녹수, 청풍, 명월, 만학천산, 송엽' 등은 (1)에 사용된 '청산림, 춘풍, 화초, 백화꽃, 신선학, 백운' 등과 같은 자연 대상이다. 구체적 종류는 다소 다르지만 (3)에는 (1)에서와 같은 자연 대상들이 원용되고 있다. 그런데 낱낱의 대상들은 자연물이라는 겉모습은 같지만 이것이 구체적인 문장과 작품을 이루어 문맥 속에 소속되면서 (1)과 (3)의 자연 대상들은 각기 다른 의미를 가진다. (1)에서 사용된 자연물들은 단순히 인공(人工)이 아닌 자연이라는 의미를 갖지만 (3)에 사용된 자연은 (1)의 의미를 바탕으로 하면서도 더 확장된 의미를 가진다. '청산, 녹수, 청풍, 명월'을 두고 이들이 각각 '묵묵하고,

잔잔하고, 실실하고, 단단하다'고 하고, 이것을 묶어서 '일이제명'하다
고 말하고 있다. 이본인 〈나옹화상증도가(懶翁和尚證道歌)〉의 이 부분
을 보면 '一理齊平'이라고 하여 한 가지 이치가 골고루 드러났음을 말
하고 있다. (3)의 '일이제명'을 一理齊明이라고 풀어도 한 이치가 고
루 밝다고 하여 같은 의미가 된다. 그래서 (3)의 자연 대상은 있는 그대로
의 한갓 자연이기만한 대상물이 아니라 '一理'라는 진리의 현현체로서
의 자연이다. 진리 표현으로서의 자연은 유사한 심상을 담고 있는 〈산
거(山居)〉에도 '일 없이 걸음 따라 시냇가에 이르면/ 흐르는 물 차갑게
선정을 연설하네./ 물건마다 인연마다 진체(眞體)를 나타내니/공겁(空
劫) 생기기전 말해서 무엇 하리?'12)라고 하여 물이 선정을 연설하고
물건이 진체(眞體)를 나타낸다고 하여 사물이 단순히 사물이 아니라 진
리의 현현체임을 이렇게 표현하고 있다.

　(3)의 마지막 3개 행을 보면 진리의 현현인 대상물에서 시적 화자
자신의 행위를 나타내는 것으로 돌아오고 있다. 시적 화자는 '무공적'
을 불고, '무현금'을 타며 여기에 '석호'가 춤을 추고. '송풍'이 화답을
하는데 이 가운데에 진공낙을 갖췄다고 노래하고 있다. 무공적(無孔笛)
은 구멍 없는 젓대이고 무현금(無絃琴)은 줄 없는 거문고인데 이것을
'빗겨, 노피' 연주하면 돌호랑이[石虎]가 춤을 추고, 소나무 바람[松風]
이 화답(和答)을 한다고 하고 이런 창화(唱和)로 진공(眞空)의 즐거움[眞
空樂]을 가진다고 노래하고 있다. 여기서 젓대와 거문고를 연주하는 것
은 실제 악기를 연주하는 것이 아니다. 시적 화자가 깨닫고 나서 자유
롭게 살아가는 것을 이렇게 나타낸 것이다. 그러면서 누리는 즐거움을
'진공락(眞空樂)'이라고 표현하고 있다. 그래서 이 부분은 시적 화자가

---

12) 無端逐步到磎邊 流水冷冷自說禪 遇物遇緣眞體現 何論空劫未生前(〈山居〉,『懶翁
　錄』, 187쪽, 九十五面).

진리를 깨닫고 나서 자유롭게 살아가는 기쁨, 즉 법열을 표현하고 있다. 일반 시 가운데도 이런 시적 화자의 자유자재한 삶과 법열을 읊은 작품이 나타난다. 주객을 세우지 않고 양자를 일치되게 표현하여 자유자재한 삶과 법열을 읊은 작품이 나타난다. 〈무여(無餘)〉를 보면 '동서남북이 텅 비어 트였으니/ 시방 세계가 또 어디 남았는가?/ 허공이 손뼉 치며 라라라 노래하니/ 돌계집이 소리에 맞춰 쉬지 않고 춤추네.'[13) 라고 했는데 제목이 의미하듯이 시방 세계 어디 하나 남김없이 노래하고 춤추지 않는 것이 없다는 것이다. 일반 논리로 봐서는 허공이 손뼉 치고 노래한다거나 돌계집이 춤을 춘다는 표현은 논리적으로 뜻이 통하지 않는다. 그런데 이것은 불교에서 말하는 소위 연기라는 진리를 선적으로 표현한 것이다. 주객이 일치된 가운데서 자유자재하고 기쁨을 누리는 것을 허공이 노래하고 석녀가 춤춘다는 표현으로 하고 있다. 이런 자유로움과 법열은 〈청평산에 머물면서〉라는 작품의 전결구에서는 '내가 성취한 일 묻는 이가 있으면 배고프면 밥 먹고 목마르면 물마시며 피곤하면 잠잔다 하리.'[14) 라고 표현하기도 했다. 이런 예는 직설적 교시를 내리지 않는 한시에 빈번하게 사용된다. 〈서왕가〉에서는 교화의 단계도 노래하고 있다.

　이상에서 나옹 가사에 나타난 서정적 대상 내용의 구체적 성격을 살펴보았다. 나옹의 가사에는 물리적 의미의 자연을 좋아하는 자연 친화적 모습에서 출발하여 출가와 수행을 통한 깨달음, 깨달은 뒤의 자유로움과 법열을 또한 표현했다. 그의 한시는 수행을 통한 깨달음이나 물리적 자연 애호와 깨달은 뒤의 자유로움과 법열을 별도의 한 작품으

---

13) 南北東西虛豁豁 十方世界更何遺 虛空拍手囉囉哩 石女和聲舞不休 (〈無餘〉, 『懶翁錄』, 206쪽, 一百七面).

14) 有問淸平成底事 飢喰渴飮困安眠 (〈住淸平山偶題〉, 『懶翁錄』, 294쪽, 一六四面).

로 나타내고 있었다. 따라서 서정적 대상 내용을 한시에서는 자연 친화, 수행을 통한 깨달음, 깨달은 이후의 자유와 기쁨을 별도의 작품으로 각각 표현했다면, 가사에서는 그 전체 과정을 모두 보여 주고 있다. 가사라는 시가의 형식을 통하여 서술적으로 표현한 대상 내용의 성격은 자연 친화의 일상적 서정뿐 아니라 수행과 깨달음, 깨달은 이후 누리는 자유로움과 법열, 교화라는 삶의 과정 전체를 노래하여 서정이 일반적 의미에 그치지 않고 고차원의 정신성까지를 가지게 되었다. 다시 말하자면 나옹의 가사에 나타난 서술 대상의 내용은 일상의 감성적 서정성뿐 아니라 고차원의 법열적 서정성을 중요한 특징으로 가지고 있으며 이점은 그의 한시 작품과도 상통하는 것으로 확인했다. 가사에서 출가수행의 전과정을 표현했다면 한시에서는 이 가운데 자연 친화와 깨달음의 각 부분들을 별도의 작품으로 표현한 것이 달랐다.[15]

2) 교시적 대상 내용의 성격

나옹은 〈낙도가〉와 〈서왕가〉에서 출가수행의 삶을 작품의 대상 내용으로 서술하기도 하면서 〈서왕가〉의 일부분과 〈승원가〉 전체에서 불교적 교리와 권유를 작품의 대상 내용으로 표현하기도 한다. 작품의 대상 내용이 교시적인 경우를 실제 해당 작품의 예를 들어 가면서 살피고자 한다.

(4) 주인공 주인공아 세사탐착 그만하고
　　참괴심을 이와다서 일층염불 어떠하뇨

---

15) 시적 대상 내용의 성격이 서로 다르게 나타난 것은 한시가 함축적 표현을 일삼는 단형시라면, 가사는 상대적으로 서술적 표현의 긴 산문적 성격을 가지고 있기 때문에 나타난 현상이라고 할 수 있다.

어젯날 소년으로 오늘백발 황공하다
아적나잔 무병타가 저녁나잘 못다가서
손발접고 죽난인생 목전에 파다하다
오늘이사 무사한달 명조를 정하손가
곤곤이 주어모아 몇백년 살라하고
재물 부족심은 천자라도 없잔나니
탐욕심을 후리치고 정신을 떨쳐내어
기묘한 산수간에 물외인이 되려문다
사람되기 어렵거던 맹구우목 같다하니
불보살 은덕으로 이몸되야 나왔으니
이아니 다행하냐
부처님 은덕으로 촌보도 잊지말고
아미타불 어서하야 극락으로 돌아가자
慙愧心乙 而臥多西 一層念佛 何等何堯
昨日 少年乙奴 今日白髮 惶恐何多
朝積那殘 無病陀可 夕力羅自乙 未多去西
手足接古 死難人生 目前厓 頗多何多
今日以士 無事旱達 明朝乙 定爲孫可
困困而 拾我會我 幾百年 生羅何古
財物 不足心隱 天子羅道 無殘難而
貪慾心乙 揮耳治古 精神乙 振體出余
奇妙旱 山水間厓 物外人而 道汝文多
人道其 難業去等 盲龜遇木 如陀何而
佛菩薩 恩德以奴 地身道也 出臥是以
伊安耳 多幸何也
佛體主 恩德乙老 寸步道 忘之末古
阿彌陀佛 於西何也 極樂乙奴 歸我可   〈나옹화상승원가(懶翁和尙僧元歌)〉

(5) 극락세계 장엄보소

황금이 땅이되고 칠보택 넓은못이
처처애 생기시나 만택이 태와있고
물아래 피연모래 순색으로 황금이요
지중애 연화꽃은 청련화 황련화와
사철없이 피여있고 칠보난 자자한데
청색이면 청광이요 황색이면 황광이요
청황적색 사색광명 서로서로 상잡하고
향취난 미묘한데 그위애 누각집이
허공중애 생기시나 칠보로 장엄하니
황금 백은이요 유리주와 마노주로
색색으로 바치시고 칠첩마루 지은우애
칠보망을 둘러치고 칠보향수 보배목이
칠보로 둘려서라 청학백학 앵무공작
가옹가곤 공명등이 가지가지 새짐생이
칠보지 향나무새애 이리날라 저리가고
저리날라 이리오니 가며오며 우는소래
소리마당 설법이요 청풍이 소소하며
칠보행수 요동하고 은경당경 나는소래
백천풍류 울리시고 들리는 소래마당
염불설법 뿐이로다 그뿐인가 저극락은
농사를 아니하야도 의식을 생각하면
의식이 자래하고

極樂世界 莊嚴見小
黃金以 地而爲古 七寶澤 廣隱池是
處處厓 生氣是乃 滿澤而 馱臥有古
水下 伸如沙來 旬色疑奴 黃金而堯
地中厓 蓮花花讚 靑蓮花 黃蓮花臥
四節無時 伸如有古 七寶難 自自恨大
靑色而面 靑光以堯 黃色而面 黃光而堯

靑黃赤白 四色光明 西奴西奴 相雜何古
香臭難 美妙恨大 其上厓 樓閣家耳
虛空中厓 生其是乃 七寶奴 莊嚴何
黃金 白銀耳堯 琉璃柱臥 馬璃柱奴
色色矣奴 所治是古 七疊軒間 造隱上厓
七寶網乙 揮如治古 七寶香水 寶拜木以
七寶奴 揮如西羅 靑鶴白鶴 鸚鵡孔子
可鷹可鷗 功名等而 可枝可枝 鳥金生耳
七寶池 香樹厓 一以飛那 切以可古
切以飛那 一以來耳 去面來面 鳴隱聲厓
聲以馬當 說法以堯 淸風以 蕭蕭何面
七寶行樹 撓動何古 彦經當經 出隱聲厓
百千風流 泣而是古 聞而隱 聲哀麻當
念佛說法 盆以奴多 其盆仁加 底極樂隱
農事乙 不以何也道 衣食乙 生覺何面
衣食而 自來何古 　　　　〈나옹화상승원가(懶翁和尙僧元歌)〉

(4)는 〈나옹화상승원가(懶翁和尙僧元歌)〉의 시작 부분이다. 시적 대상 인물인 '주인공'에게 대뜸 세사 탐착을 말고 염불하는 것이 어떠한가라며 염불을 권하는 것으로 작품을 시작하고 있다. 이어서 소년이 백발이 되고, 아침에 무병하다가 저녁에 죽는 인생이라고 하며 재물 탐욕심을 버리고 물외인이 될 것을 권유하고 있다. 그렇게 해야 하는 이유가 불보살과 부모의 은덕으로 다행스럽게 눈먼 거북이 나무 만나듯[맹귀우목(盲龜遇木)] 어렵게 사람으로 태어났기 때문이라는 것이다. 요컨대 귀하게 사람으로 태어났지만 세월이 무상하고 질병으로 죽기 쉽기 때문에 이를 극복하기 위하여 염불을 통하여 극락으로 가야한다는 것을 강조하고 있다. 그래서 (4)는 늙음, 질병, 죽음이라는 고(苦)에

대한 불교의 교설을 말하고, 육도윤회에서 하늘 다음으로 높은 지위인 인간으로 태어난 것에 대한 불교적 가치 인식을 말하고 있다. 고통과 육도윤회상의 인간 지위에 대한 불교의 교설을 제시하고 이것을 근거로 고를 극복하고 불교가 말하는 이상세계에 나가기 위하여 염불할 것을 요구하고 있다. 따라서 (4)에서는 불교 교설과 염불 수행의 권유를 시적 대상 내용으로 보여 주고 있다.

이와 같이 불교 교설을 말하고 어떤 행동을 요구하는 예는 교시를 시적 대상 내용으로 하는 이 작품에 지속적으로 나타난다. 인용 (4)부분에 이어서는 '主人公 主人公我 殘傷古 可憐何多 주인공 주인공아 잔상코 가련하다/百年刀 牟多生隱 以一身乙 具之未陀백년도 못다사는 이한몸을 구지민아/無散慈味 見羅何古 飮古餘隱 田畓四其무산재미 보라하고 먹고남은 전답사기/用古餘隱 財物以難 時仕老 經營何也 쓰고 남은 재물로난 시사로 경영하야/無益旱 貪心乙奴 頂上厓 寶羅限多무익한 탐심으로 정상애 보라한다'라고 하여 재물에 탐착하는 것을 힐책하고 있다. 작품을 진행하면서 남을 거울삼아 깨치라고 하고, 일몰관이라는 염불 방법을 일러 주고 이를 실천하도록 권하며, 특히 젊을 때 염불을 해야 하는데 인사불성이 될 정도로 염불에 집중해야 하는 것은 말세에는 염불이 유익하기 때문이라고 했다. 끝으로 신심을 가지고 돌아가신 부모를 천도하고 중생을 제도하며 함께 극락으로 가자고 제안하고 있다. 〈서왕가〉에서도 후반부에서 선근을 심으라고 하고 염불을 권유하고 있다.

(5)는 극락의 모습을 묘사한 부분이다. 염불을 통하여 극락에 왕생할 것을 말하고 극락의 모습을 묘사적으로 설명하고 있다. 땅과 모래는 황금이고 넓은 못과 누각 집은 칠보라고 하고 미묘한 향취를 말하고, 청백의 학과 앵무공작, 새소리와 나무는 설법이라고 묘사한다. 그

런데 바로 뒤 부분에 오면 농사를 짓지 않아도, 먹고 입는 것을 생각만 해도 저절로 온다고 극락을 소개하고 있다. 극락의 이런 모습은 욕망이나 고통으로 가득 찬 인간 세상이나 염불을 하지 않아서 떨어지게 되는 지옥에 대비되면서 비할 수 없이 매력적임을 드러내는 역할을 하고, 누구나 극락으로 지향하게 유도하는 역할을 한다. 그런데 화려한 극락의 이런 모습은 세사를 탐착하지 말라는 이 작품의 요구와 어긋나 보인다. 온통 황금과 칠보, 향기로 들어찬 극락은 세속적 가치 기준에서 보아도 매우 탐나고 부러운 것이다. 더구나 인용문 끝 부분에서 농사를 짓지 않고 의식을 구하지 않아도 생각만 하면 다 이루어진다는 데 이르면 세속적 가치가 극도로 잘 성취되는 세계가 극락임을 보여주고 있는 것이다. 그런데 사실 극락의 이런 묘사는 불교가 말하는 정신 세계를 형상화한 것으로 읽을 수 있는 이중성을 동시에 보여준다. 황금과 칠보는 세속적으로 가치가 있는 물건이기도 하지만 보기에 아름답고 변하지 않는 성질을 가진 것들이다. 그래서 사찰의 불상이나 건물을 황금색으로 많이 장식하기도 하는데 여기에도 변하지 않는 불교의 진리를 찬란한 극락이라는 공간으로 형상화한 것으로 볼 수 있는 측면이 또한 있다. 교시를 담고 있는 작품의 대상 내용은 이와 같이 극락을 비롯한 지옥, 사바 등의 구체적인 세계를 그려 보이는 내용이 작품의 많은 부분을 차지하고 있다.

구체적 대상 세계를 보여주는 경우를 보면 〈서왕가〉에서는 극락을 인용문 (5)보다 다소 소략하지만 설명하고 있고, 〈승원가〉에서는 앞 부분에 이어 차례로 질병으로 고통 받는 세속, 죽음과 지옥행의 고통, 일몰관이라는 염불 방법, 극락, 염불의 효험, 일상속의 염불 방법 등을 구체적으로 설명하고 있다.

나옹은 염불이나 염불 관련 내용을 보이는 한시를 몇 작품 남기고

있다. 〈시제염불인(示諸念佛人)〉, 〈시영창대군(示永昌大君)〉, 〈시이상
서(示李尙書)〉, 〈답매씨서(答妹氏書)〉 등이 그것인데 염불하는 다수 인
에게 여덟 수로 된 장시를 주기도 하고 특정 개인에게 짧은 시를 주기
도 한다. 장형의 〈시제염불인〉16)을 보면 첫째 수부터 차례로 생각 가
지는 방법을 총괄적으로 읊고, 둘째 수에서 생각조차 잊고, 셋째 수에
서 저절로 생각이 붙으며, 넷째 다음 생각의 실마리를 뜨거운 곳에 두
며, 다섯째 아미타불 보려 말고 정이 떨어져 항상 떠나지 않으며, 여섯
째 생각이 생각 없는 곳에 이르며, 일곱째 아미타불을 생각하고 인간
으로 태어난 기회를 놓치지 말며, 여덟째 염불로 그곳에 돌아가라고
당부하는 내용으로 되어 있다. 인용문 (5)의 내용에 견주면 다른 측면
이 발견된다. 우선 극락과 지옥, 세간 등에 대한 소개가 빠져 있다는
것이다. 그리고 대부분의 내용이 실제 염불을 어떻게 하는가 하는 방
법에 대한 내용, 염불을 통하여 얻게 되는 결과를 말하여 다른 면모를
보이고 있다. (5)에서는 고통의 세간을 떠나 따로 있는 극락에 간다는
식으로 설명을 하고 있다면, 〈시제염불인〉은 염불을 하게 되면 자신의
정신세계가 전환되어 그 자신이 아미타가 되고 그 자신이 있는 곳이
바로 극락이 된다는 논리를 펴고 있다. 개인에게 준 다른 한시 작품도
이와 유사한 내용을 보이고 있다. 〈시영창대군(示永昌大君)〉17)을 보면

16) 深沈無語意彌長 妙理誰能敢度量 坐臥行來無別事 心中持念最堂堂/ 自性彌陀何處
   在 時時念念不須忘 驀然一日如忘憶 物物頭頭不覆藏/ 彌陀憶念不須間 二六時中子
   細看 驀得一朝親憶着 東西不隔一毫端/ 人人錯步不還鄕 山野殷勤又發揚 忽憶念頭
   俱熱處 翻天覆地覺花香/ 念念無忘憶自持 切忌求見老阿彌 一朝忽得情盡落 倒用橫
   拈常不離/ 阿彌陀佛在何方 着得心頭切莫忘 念到念窮無念處 六門常放紫金光/ 幾
   劫勞勞六途廻 今生人道最爲稀 勸君早念彌陀佛 切莫閑遊失好時/ 六道輪廻何日休
   思量落處實爲愁 唯憑念佛勤精進 拶透塵勞驀到頭(〈示諸念佛人〉, 『懶翁錄』, 一五
   三・一五四)
17) 一念忘時明了了 彌陀不在別家鄕 通身坐臥蓮華國 處處無非極樂堂(〈示永昌大君〉,

한 생각을 잊으면 아미타불이 다른 곳에 있지 않고 곳곳이 극락당이라고 하였다.[18] 한시로 염불이나 관련 내용을 표현한 경우에는 주로 염불의 방법을 말하고 극락을 초월적 세계로 설정하지 않고 염불을 통한 의식의 전환이 바로 극락이기 때문에 자기 자신이 아미타이고 처해 있는 현재의 공간이 극락이라는 인식을 보여 주었다.

이상에서 살핀 바 교시적 내용을 보여 주는 나옹의 〈승원가〉 전체와 〈서왕가〉 일부분에서는 극락과 지옥, 사바를 별도의 공간으로 묘사하여 설명하고 사바와 지옥을 벗어나 극락에 가기 위해서는 염불을 해야 한다고 하면서 염불의 방법도 일부 제시하였다. 이에 비하여 한시에서는 사바, 지옥, 극락과 같은 공간에 대한 설명이 없고 염불의 방법을 매우 구체적으로 설명하고 염불을 통한 자각이 극락을 이룬다는 논리를 전개하였다. 그래서 교시적 성격의 가사 작품에서는 작품의 대상 내용이 사바와 극락, 지옥에 대한 설명과 염불의 방법과 효과 등에 대한 주장을 하면서 염불할 것을 여러 가지로 권장하는 것으로 되어 있다. 이런 내용은 같은 염불을 읊었으면서도 공간에 대한 설명 없이 합리적 염불의 방법을 제시하고 있는 한시와 달랐다.

3. 시적 대상 인물의 성격

소설에는 작품을 창작한 작가가 있고 작가가 내세운 등장 인물이 있듯이 시에서 시인은 시적 화자를 내세운다. 그런데 시적 화자는 그가

『懶翁錄』, 一四九).

18) 〈示李尙書〉(重修寺院接方來 南北禪和去再廻 又向西心勤念佛 蓮花上品自然開(위의 책, 一五十))에서는 서방극락에 마음을 두고 염불 하면 연화대가 열릴 것이라고 말하고 있다. 〈答妹氏書〉에 담긴 한시는 〈示諸念佛人〉의 여섯 번째 작품과 같다.

말하는 시적 대상 내용의 성격에 따라 시적 화자의 말을 들어 주는 상대 인물이 명시적으로 드러나기도 하고 드러나지 않기도 한다.[19] 소설에는 1인칭 소설이건 3인칭 소설이건 적어도 그 상대가 되는 인물들이 함께 등장한다. 그런데 시의 경우에는 외형은 시이지만 시적 대상 내용의 성격이 서정적인가, 서사적인가, 교술적인가에 따라 시적 화자의 상대가 되는 인물을 명시적으로 드러낼 수도 있고 그렇지 않을 수도 있다. 서정시에서는 시적 화자가 스스로의 정서를 주로 토로하는 데에 그치면 시적 대상 인물을 명시적으로 세우지 않지만, 서사시는 사건 전개를 보이면서, 교술시는 어떤 객관 내용을 상대방에게 전달하는 과정에 시적 대상 인물을 명시적으로 내세운다. 나옹의 가사는 성격상 서정적인 작품과 교술적 작품이 주로 나타나서 대상 인물의 불명시적이거나 명시적 표현이라는 두 가지의 면모를 동시에 보여 주고 있다.

1) 불명시적 대상 인물의 성격

나옹 가사는 이본을 각각의 작품으로 보면 편 수가 여럿이지만 중복되는 이본을 하나의 작품으로 간주하면 〈서왕가〉, 〈낙도가〉, 〈승원가〉 세 편이다. 이 세 작품에서 모두 시적 화자는 세우고 있으나 시적 대상 인물은 명시적으로 다 세우지는 않고 있다. 〈낙도가〉는 작품 전

---

19) 작품이 서정적이든 교술적이든 시적 대상 인물은 있게 마련이다. 다만 시적 대상 인물을 명시하거나 않거나 차이가 있을 뿐이다. 그래서 이 양자의 대상 인물의 성격을 파악하는 것은 작품 이해의 한 축이 될 수 있다. '불특정 청자', '구체적 청자'라는 용어도 무난하지만 포괄하는 '작품 내적'이라는 의미망의 차원에서 '명시적, 불명시적'이라는 표현을 그대로 사용하고자 한다. 특히 '청자'라고 하지 않고 '대상 인물'이라고 한 것은 전자를 작품 내외적 의미, 후자를 작품 내적 의미로 구분하기 위해서이다.

체에서 시적 대상 인물을 명시적으로 세우지 않았고, 〈서왕가〉는 작품
의 전반부에 시적 대상 인물을 명시적으로 세우지 않다가 후반부에 와
서 세우고 있지만 교시 단계까지의 삶의 과정에 대한 시적 대상 인물
은 명시되지 않았고 교시 단계의 액자 내에서만 시적 대상 인물이 나
타난다. 그래서 시적 대상 인물이 명시적으로 나타나지 않는 작품의
경우에는 시적 화자의 삶과 작품 대상 내용을 거꾸로 추론함으로써 명
시적으로 표현되지 않은 시적 대상 인물의 성격을 유추할 수 있다.

(1)(2)(3)에 인용한 〈나옹화상낙도가〉는 시적 화자가 자신의 활동을
시간적 질서에 따라 일관되게 노래하고 있는데 이를 요약하여 보면 청
산림 속에 모옥을 짓고, 각종 자연을 사랑하며, 수행을 통하여 법을
깨닫고, 깨달은 뒤에 진리의 현현인 자연을 재발견하고 진리에 따라
자유자재하며 법열을 누리고 있는 것으로 되어 있다. 이 작품의 시적
화자는 산중의 자연 생활과 수행, 깨달음, 깨달음 이후 자유와 기쁨을
차례로 노래했다.[20] 이런 식으로 시적 화자는 자기가 살아온 삶의 과
정을 일관되게 표현하고 있다. 그런데 이런 삶의 과정은 불교 수행자
의 일반적 삶의 과정과 일치한다. 출가하여 입산하고 수행을 통하여
도를 깨달으며, 깨달음 뒤에 자유와 기쁨을 누리는 과정이 바로 그것

---

20) 우선 1장 1절에 예시한 (1)(2)(3)을 차례로 보면 청산림에 모옥을 짓고, 송문을 열
고 석경에 배회하며, 춘풍의 화초와 처처에 핀 백화꽃, 백운간에 나는 신선학 등을
바라보고 좋아하며 즐기는 사람이 (1)의 시적 화자이다. 그리고 무심락과 세상락이
다르다는 것을 먼저 인식하고 진보향을 꽂고, 홀로 앉아 일대사를 궁구하여 깨달은
뒤에 종전에 모르던 것을 금일에 알며, 심지월이 만고에 밝았으나 업 때문에 무명
장야에 길을 못 찾고 다녔다는 과거를 회상하며, 부처와 조사가 나와 함께 하며
진리와 부처가 일체 존재에 분명히 드러난 것을 확신하는 사람이 (2)의 시적 화자
이다. 마침내 청산과 청풍, 명월이 하나의 이치를 표현한 것임을 알며, 누비옷을
입었으나 기한에 무심하고 욕정이 담박하여 사상산이 없어 법성산이 높은 데서 무
공적, 무현금을 자유자재로 연주하며 진공의 즐거움을 만끽하는 사람이 (3)의 시적
화자이다.

이다. 그런데 〈낙도가〉에서 보인 이와 같은 시적 화자의 삶은 본보기
인 부처의 일생21)을 본받은 것이라고 할 수 있다. 다만 전생 이야기와
중생 교화, 열반 부분이 생략된 것 이외에는 부처의 일생과 일치하는
내용을 보여 준다. 불교 수행을 하는 모든 출가자들은 부처가 보여준
삶의 과정을 듣거나 읽는 시적 대상 인물, 즉 수용자라고 할 수 있다.

〈서왕가〉의 경우는 시적 대상 인물이 나타나지 않는 전반부에서 시
적 화자는 출가 입산, 수행, 오도 등의 과정을 보여준다. 이 작품 후반
부에 오면 드디어 깨닫고 나서 중생을 제도하는 과정을 표현하고 있
다. 그런데 중생제도까지의 전체 과정을 들어줄 시적 대상 인물 역시
없다. 출가, 수행, 깨달음, 교화의 전체 과정을 들어줄 시적 대상은 없
고, 교화 단계의 액자 안으로 들어와서는 교화해야 할 상대인 시적 대
상 인물이 나타난다. 그래서 후반부에는 중생을 제도하는 사람이 있고
제도 받는 사람이 다 나타난다. 중생을 제도하는 사람인 시적 화자는
염불이라는 특정 가르침을 가지고 시적 대상 인물인 중생을 가르치는
것으로 나타난다. 작품 안에 분명하게 시적 대상 인물을 '염불 않는
중생들아'라고 하여 명시적으로 제시하고 있다. 삶의 전체 과정을 들
어줄 시적 대상 인물은 〈낙도가〉와 〈서왕가〉 두 작품에 다 나타나지
않으며 〈서왕가〉의 교화 단계의 액자 안에서는 시적 대상 인물이 명시
적으로 나타난다.

그렇다면 시적 대상 인물이 명시적으로 드러나지 않는 〈낙도가〉와
〈서왕가〉에서는 시적 대상 인물이 누구인가를 유추할 수밖에 없다. 시

---

21) 八相은 佛菩薩이 이 세상에 출현하여 중생을 제도하려고 一生 동안에 나타내어
보이는 여덟 가지의 相, 여기에는 여러 가지 설이 있는데 대략 降兜率相, 托胎相,
出生相, 出家相, 降魔相, 成道相, 轉法輪相, 入涅槃相 등을 일컫는다.('八相, 八相成
道'(한국불교대사전편차위원회, 『한국불교대사전』 6권, 790쪽)조 참고.)

적 대상 인물은 시적 화자의 말을 들어주거나 시적 화자의 글을 읽는 사람이기 때문에 청자나 독자라는 말로 바꾸어서 쓸 수 있다. 작품을 쓰는 작가는 비록 작품 안에 대화의 상대인 시적 대상 인물을 명시적으로 드러내지 않은 경우에도 반드시 작품 외적 독자를 상정한다. 작가가 자기 작품을 읽어 줄 독자를 상정했을 때 그 독자는 실제 그 작품을 읽게 될 독자와는 다를 수가 있다. 그래서 작가가 자신의 독자라고 생각한 사람을 이상적 독자[22]라고 말하기도 한다. 그렇다면 〈낙도가〉와 〈서왕가〉의 전체의 시적 대상 인물은 누구인가? 여기에 한 가지 단서를 논의의 실마리로 사용할 수 있다. 승려인 나옹은 다른 승려와 마찬가지로 부처의 일생을 글이나 말을 통하여 접했다는 것이다.[23] 마명의 〈불소행찬〉과 같이 부처의 일대기를 기록한 글을 읽거나 말을 듣고 그런 삶에 끌려 그도 석가가 보여준 출가 수행자의 길을 일생 동안 갔다는 것이다. 이런 맥락 관계로 보면 부처 일대기의 독자는 출가 수행승인 나옹이며 다른 여러 승려들이라고 할 수 있다.[24]

---

22) 고전주의가 말하는 예술작품의 독자는 '이상적 독자'이다. 고전주의적 독자관에 따르면 '이상적 독자'는 작품을 해석할 수 있는 완전무결한 능력을 지닌 독자인데 그들은 작품에 맞는 이해 및 해석을 할 수 있다고 보아 작가-작품-독자의 삼각 관계에서 무게의 중심이 작가와 작품에 놓여 있다. 그러나 수용 미학의 관점에서는 작품이 진리를 담고 있어서 독자는 이것을 수동적으로 이해하고 감상하는 존재가 아니라 작품을 심미적으로 경험함으로써 작품 내용을 활성화할 수 있으며 이를 통해서 작품이 완성된다는 생각을 한다.(차봉희, 『수용미학』, 문학과 지성사, 1985, 62~66쪽 참고)

23) 〈佛誕日〉, 〈讚出山像〉이 부처의 탄생과 교화를 위하여 산에서 나오는 것을 읊은 작품인데 모두 선적인 입장에서 칭송을 하고 있다.

24) 〈서왕가〉에서 출가수행의 전체 과정에 대한 시적 대상 인물이 나타나지 않고, 염불을 가르치는 액자 부분에 가서는 시적 대상 인물을 명시하고 있는데 이 두 부분을 대비해 보면 출가 수행을 통하여 깨닫고 교화하는 전체 과정은 어떤 대상 인물에게 교시할 특정 덕목으로 나타낼 수 있는 성질의 것이 아니기 때문에 작품 대상 내용만 제시하고, 깨달은 뒤에 교시에 나섰을 때에는 분명히 가르쳐야 할 내용

이 단서에서 볼 때 〈낙도가〉의 작가 나옹이 스스로 부처의 일대기를 읽고 그런 삶을 재현했듯이 이 작품에서 시적 대상 인물을 명시적으로 제시하지는 않았지만 출가수행의 길을 가지 않은 일반 대중과 이미 출가 수행의 과정을 가고 있는 일반적 모든 사람이 시적 대상 인물이라고 할 수 있다. 이 같이 불특정 다수 대중이 시적 대상 인물이기 때문에 별도로 작품에서 이름을 명시할 필요가 없었다. 또한 작품 대상 내용이 특정인에게 가르칠 구체적 덕목으로 되어 있지 않고 삶의 전체 과정이었기 때문에 시적 대상 인물을 명시할 필요는 더욱 없었다고 하겠다. 시적 화자 스스로가 걸어간 출가수행의 길을 아름다운 시공간의 배경과 거기서 펼친 자유로운 삶 전체를 드러내 보임으로써 다수 일반 독자로 하여금 시적 화자와 자기 자신을 동일시하려는 욕구를 갖도록 자극하여 정서적 감염을 불러일으키고 마침내 이를 실행에 옮기게 하며, 이미 출가한 일반 독자들은 자기 삶의 여정이 시적 화자의 그것과 일치하는지를 점검하고 일치하는 길을 지향하도록 추동하는 역할을 하는 기능을 수행한다고 할 수 있다.

요컨대 작가는 출가 수행의 삶의 전 과정을 시적 대상 내용으로 표현한 작품에서는 명시적으로 시적 대상 인물을 세우지 않았으나 이것은 승속간 모든 사람들에게 자신의 삶을 보여 주며, 구체적 덕목을 특정인에게 가르치려는 의도가 없었기 때문에 시적 대상 인물을 명시적으로 작품 안에 드러내지 않았다. 작가는 삶의 모범을 읽은 독자가 자연스럽게 정서적으로 감염되어 시적 화자가 보여준 삶을 따르거나 자신을 점검하게 하는 작용을 기대했다고 할 수 있다. 앞에서 말했듯이 시적 대상 인물이 명시되지 않은 작품을 읽고 출가수행의 길을 처음

을 구체적 항목으로 보여주고, 가르침을 받을 대상 인물도 설정이 가능하여 시적 대상 인물을 명시적으로 제시하였다.

나서거나 이미 출가수행의 길을 가면서 자신의 삶을 가다듬는 모든 사람을 시적 대상 인물이라고 한다면 이들은 소위 작가가 가장 이상적으로 생각한 독자라고 할 수 있다.[25] 삶의 체험을 읊은 한시 〈산거(山居)〉에서도 구체적 작품 대상 인물이 없고 다만 전결구에서 '무슨 대단한 일이 있느냐고 누군가 불쑥 묻는다면/헤진 옷 한 벌로 백년을 지낸다 하리'[26]라고 하여 '누구(어떤 사람)'라는 일반적 대상 인물만 나타난다. 이것 역시 삶의 전체 과정을 보인 가사의 경우와 같은 이유에서 나타난 현상이라 할 수 있다. 자기 독백적 작품에서조차 시적 대상 인물 즉 독자를 상정하여 작가는 다수 대중들에게 삶의 모범을 제시하였는데 여기에 그치지 않고 교시의 내용을 작품 대상 내용으로 보여주는 작품에서는 특정 대상 인물들에게 그들이 필요로 하는 가르침을 맞춤으로 제시하고 교시하는 방안을 동시에 강구하려고 했다. 시적 대상 인물을 명시적으로 제시하는 작품이 나타난 이유를 더 살펴야 하는 이유가 이런 데에 놓여 있다고 할 수 있다.

2) 명시적 대상 인물의 성격

교시를 시적 대상의 내용으로 하는 작품 〈서왕가〉 후반부와 〈승원가〉 전체에는 시적 화자가 시적 대상 내용을 전달하는 상대인 시적 대

---

25) 그러나 실제 이 작품을 읽었다고 하여 모든 사람이 그런 길을 가거나 자기 삶을 반성한다고는 할 수 없다. 그래서 실제 이 작품의 대상 인물 가운데는 그런 길을 따라 나서지도 않고 자기를 점검하여 출가수행자로서 삶을 가다듬지도 않는 독자도 당연히 있을 수 있는 것이다. 이들은 작가 나옹이 생각한 상상의 독자, 혹은 이상적 독자가 아니라 실제적 독자이다. 실제적 독자 가운데는 그런 삶을 반드시 살아야 하는가? 출가수행의 길이 반드시 가장 바람직한 것인가? 등 반론을 제기하는 사람도 있을 수 있고 반론까지는 아니더라도 세속의 삶을 그대로 추수하는 많은 사람이 여기에 있을 수 있다.

26) 有人忽問何奇特 一領鶉衣過百年(〈山居〉, 『나옹록』, 186쪽, 九四面).

상 인물의 이름을 드러낸다. 앞장 2절 교시적 작품에서 시적 대상 내용으로 다루어진 것이 크게는 특정 대상에 대한 설명이 있고 시적 화자의 명령이나 청유로 구성된 주장 또는 제안이 있다는 것을 살펴보았다. 이 두 작품에서는 어떤 정보에 대한 설명적 제시를 바탕으로 시적 화자가 자신의 주장을 펼치고 이런 제시와 주장을 어떤 특정 대상 인물에게 전달하는 방식을 취하고 있다. 이와 같은 시적 대상 내용에 대한 이해를 바탕으로 시적 대상 인물의 성격을 논의함으로써 작품 본질을 규명해 보고자 한다. 우선 시적 대상 인물이 드러난 두 작품의 모든 표현을 인용하고 논의를 진행하고자 한다.

(6) 人間을 생각하니 슬프고 설운지라/ <u>염불 않는 중생들아</u>[27]
　　 몇 生을 살려 하고 世事만 貪着하여 愛慾에 잠겼느냐 (중략)
　　 여보시오 어르신네 권하노니 種諸善根 심으시오 (중략)
　　 어와 슬프다 우리도 인간에 나왔다가 염불 말고 어이 할꼬　〈서왕가〉

(7) <u>주인공 주인공아</u> 세사탐착 그만하고
　　 참괴심을 이와다서 일층염불 어떠하뇨 (중략)
　　 <u>주인공 주인공아</u> 잔상코 가련하다
　　 백년도 못다사는 이한몸을 .구지믿아 (중략)
　　 <u>주인공 주인공아</u> 목전애 보는것이 낱낱이
　　 거울이요귀끝애 듣난것이 낱낱이 거울이니
　　 못듣난야 <u>주인공아</u> 못보난야 <u>주인공아</u>
　　 나의용심 모르거던 남을보고 깨칠아문 (중략)
　　 <u>주인공 주인공아</u> 맹세하고 염불하야
　　 석가세존 권한염불 십륙관경 이를말삼 일몰관이 제일이라 (중략)
　　 이바세상 <u>호걸들아</u> 이고득락 하올법을

---

27) 밑줄은 필자가 그은 것임. 이하 동일.

사십구년 설법중애 가초가초 뵈였건만은 (중략)

이보세상 <u>어르신네</u> 우리도 이맘저맘

다버리고 신심으로 염불하야 선망부모

천도하고 일체중생 제도하야 세상사

다버리고 연화선을 얻어타고 극락으로 어서가자 (후략)

主人公 主人公我 世事貪着 其萬何古

慙愧心乙 而臥多西 一層念佛 何等何堯

主人公 主人公我 殘傷古 可憐何多

百年刀 车多生隱 以一身乙 具之未陀

主人公主人公我 目前厓 見銀去是 枚枚治

鏡于以堯耳末厓聞難去是 枚枚治 鏡于以耳

未聞難也 主人公我 未見難也 主人公我

吾意用心 毛於去等 南乙見古 覺治我文

主人公 主人公我 盟誓何古 念佛何也

釋迦世尊 勸恨念佛 十六觀 謂乙馬乙三

日沒觀而 第一伊羅 西山厓 知隱年乙

立我世上 豪傑野羅 離苦得樂 何吾乙法乙

四十九年說法中厓可抄可抄見余建萬隱

耳寶世上 長老信來 于耳道 其心這心

多婆而古 信心矣奴 念佛何也 先亡父母

薦道何古 一切衆生 濟渡何也 世上事

多婆而古 蓮花船乙 得加乘古 極樂矣奴

於書去自 極樂世界 好歡言乙 僧俗男女　　　　　　　　〈승원가〉

(6)에서 시적 대상 인물로 '염불 않는 중생들'과 '어르신네'의 두 얼
굴이 나타난다. 시적 대상 인물을 부를 때 '어르신네'라는 존경의 호칭
을 사용했지만 바로 앞의 '염불 않는 중생들'과 연결해서 보면 어르신
네는 염불을 않는 중생일 뿐이다. 염불을 하여 선근을 심으라는 명령

을 부드럽게 완화하여 표현하기 위한 장치로서 완곡어법을 구사한 것이다. 실제 이 노래를 듣는 대상 인물은 염불을 하지 않는 중생이지만 존대어를 들었을 때 자신은 그와 차별적으로 존경받고 선택 받았다는 생각을 가지고 염불에 나설 수 있는 기분을 조성하는 역할을 한다. 인용문 (6)의 마지막 문장에는 '우리'라는 복수 표기의 시적 화자가 등장한다. '우리'는 시적 화자 '나'의 복수로서 인칭상으로 여전히 시적 화자라고 할 수 있다. 그런데 형태상으로 보아 '우리'가 시적 화자이기만 하다면 우리의 주관적 삶이나 정서를 노래해야 하는데 내용은 그렇지가 않다. 그래서 좀 더 살펴보면 이 '우리'안에는 시적 화자인 '나'와 시적 대상 인물인 '너'를 모두 포괄하는 것처럼 보인다. 내용을 보면 '우리' 모두 함께 염불을 하자는 제안을 하는, 불러들이기의 어법28)을 구사하여 존대어를 사용한 것과 마찬가지로 더 부드럽고 완곡하게 권유하는 효과를 거두고 있다. 그래서 앞뒤 문맥을 연관하여 살펴보면 첫 행에서 인간을 두고 슬프고 서럽다고 하고 바로 이어 염불 않는 중생을 말하고 있다. 또 '우리'를 사용한 이 마지막 부분에서도 슬프다는 전제를 하고 염불을 하지 않고 어떻게 하겠는가라고 되묻고 있어서 실제 '우리'도 염불 않는 중생임을 알 수 있다. 그래서 이 작품에서 사용한 시적 대상 인물인 중생, 어르신네, 우리는 모두 실제 염불 않는 중생이다. 다른 이름으로 바꾸어 부른 것은 존대와 함께 함이라는 완곡한 표현을 통하여 독자들을 정서적으로 설득하여 염불에 나서게 하려는 의도가 만들어낸 결과라고 할 수 있다. 그래서 이 작품을 읽거나 들어주는 시적 대상 인물 즉 독자나 청자는 실제 독자와 일치하는 모습을 보여 준다. 실제 독자와 달라 보이는 높임말이나 함께 함의 용어

---

28) 김대행, 『시가 시학 연구』, 이화여자대학교출판부, 1991, 59~65쪽 참고.

는 실제적 독자를 고무하고 수행에 동참하게 하기 위한 표현 장치로
사용되고 있음을 알 수 있다.

(7)에 나타난 시적 대상 인물은 '주인공'이 압도적으로 많다. 그리고
'어르신네, 호걸, 우리'가 한 번씩 사용되고 있다. 여기서 주인공은 불
교에서 사용하는 특별한 용어이다. 특히 참선을 할 때 자신의 내면을
관조하면서 자기의식을 환기할 때에 많이 사용한다. 실제 모든 사람의
내면에 있으면서 그 사람을 움직이는 알 수 없는 본질을 주인공이라고
말한다.29) 그래서 이 작품은 겉으로 드러난 특별한 사람을 시적 대상
인물로 내세우지 않고 모든 사람의 내면의 자아라고 할 수 있는 주인
공이라는 용어로 시적 대상 인물을 범칭하고 있다. 구체적 대상 이름
이 아닌 주인공이라는 말을 계속 사용하다가 끝에 와서 '어르신네'와
'호걸'이라는 구체적 형상이 있는 말을 시적 대상 인물의 이름으로 사
용하고 있다. 이 경우에도 (6)번 작품과 같은 이유에서 상대를 높이고
존경하는 용어를 사용하여 설득의 효과를 높이고자 하고 있다. 그런데
시적 대상 인물을 부를 때마다 어떤 행동을 할 것을 요구하고 있다.
핵심 내용은 염불을 하라는 것이다. 그래서 문맥이나 작품의 내용 성
격상 (7)의 시적 대상 인물의 성격도 (6)의 그것과 다르지 않다. 염불
하지 않는 중생이 바로 이 두 작품의 시적 대상 인물의 공통된 성격이
라고 할 수 있다.

이 두 작품에 나타난 시적 대상 인물의 성격은 염불을 내용으로 하고
있는 한시 작품의 그것과 대비하면 그 성격이 더 분명하게 드러난다.
염불을 내용으로 하는 한시 작품으로 〈시제염불인(示諸念佛人)〉, 〈시영

---

29) 주인공을 主人翁이라고도 하는데 주인의 경칭. 우리의 진심에 비유하여 이르는
   말.('주인공, 주인옹(한국불교대사전편차위원회, 『한국불교대사전』 6권, 169쪽)'조
   참고)

창대군(示永昌大君)〉, 〈시이상서(示李尙書)〉, 〈답매씨서(答妹氏書)〉 등이
있는데 이 가운데 〈시제염불인(示諸念佛人)〉을 보면 제목에서 시적 대상
인물이 '염불인'이라고 제시되고 있고 작품 안에서는 다시 '인인(人人),
군(君)' 등으로 나타난다. 작품 안의 이름은 구체적이지 않고 일반칭의
용어로 되어 있다. 제목에서 말한 염불인을 시적 필요에 의하여 이렇게
바꾸어 호칭한 것이다. 시적 대상 인물은 염불인이기 때문에 가사 (6)(7)
에 나타난 염불 않는 중생이라는 시적 대상 인물과는 성격이 다르다.
대상 인물이 다르기 때문에 이들에게 교시하는 내용도 달라질 수밖에
없다. 염불 않는 사람에게는 어떻게든 염불 자체를 하게 만드는 것이
급선무라서 그 수준에 맞는 극락과 지옥, 세간의 상황을 매우 극단적으
로 그려 보여 자극을 주는 방법을 구사한다. 이미 염불 수행을 하고
있는 사람들에게는 염불하라는 말이 별도로 필요하지 않고 다만 염불을
제대로 하는 방법을 알려 주는 것이 중요하기 때문에 염불 자체를 하게
하는데 필요한 갖가지 유인책을 사용할 필요가 없고 염불 방법을 주로
가르쳤다고 하겠다. 한시 작품이 염불의 방법이 중심이 된 이유가 바로
여기에 있다고 할 수 있다. 그런데 나머지 개인에게 준 시도 이와 다소
비슷한 양상을 보여 준다. 〈시이상서〉와 〈답매씨서〉에서 염불을 권유
하고 염불의 방법과 그 효과에 대한 말을 했고, 〈시영창대군〉에서는
염불의 방법과 효과에 대하여 말하고 있다.[30]

---

30) 이를 더 자세히 보면 〈示永昌大君〉에서 시적 화자는 한 생각을 잊으면 아미타불
　　이 다른 곳에 있지 않고 온 몸이 연꽃나라이고 곳곳이 극락당이라고 하였다. 아미
　　타불이나 극락이 따로 있지 않고 생각을 잊는 그 자리가 극락이라는 교시를 내리
　　고 있는 것이다. 그런데 〈示李尙書〉에서 서방극락에 마음을 두고 부지런히 염불을
　　하면 상품 연화대가 저절로 열릴 것이라고 하였다. 앞 작품에서 생각을 잊는 것과
　　는 다소 차이가 있는 내용이다. 서방극락에 마음을 두고 염불을 하라고 하여 염불
　　을 강조하였고, 또 상품 연화대가 열린다고 한 것을 서방극락이라는 표현과 연관
　　해서 보면 현실과 상품 연화대라는 세계가 따로 있다는 인상을 준다. 〈答妹氏書〉

요컨대 교시를 시적 대상 내용으로 하는 작품은 출가 수행의 일생 가운데 교화 단계를 부각하여 드러내고 있다. 〈서왕가〉는 교화 단계를 여러 단계로 구성된 전체 작품의 하위 단계로 보여 주었고 〈승원가〉는 교화 자체가 작품 전체가 되도록 구성되었다. 또 교화를 내용으로 하는 한시 작품도 교화 단계를 작품 전체를 이루도록 구성하고 있다. 교시적 가사에서 시적 대상 인물을 어르신네, 호걸, 주인공 등 다양하게 이름 붙였지만 실제는 염불 않는 중생이 시적 대상 인물이었고, 한시에서는 이미 염불을 하고 있는 사람이 주로 시적 대상 인물로 나타났다.[31] 시적 대상 인물의 이러한 차이가 작품의 내용의 차이로 이어졌음을 앞 장에서 살폈다.

4. 시적 대상 내용과 인물

지금까지 나옹 가사의 본질을 규명해 보기 위하여 시적 대상 내용과 인물의 성격을 상호 연관하여 살펴보았다. 시적 대상 내용은 서정적인 것과 교술적인 것의 두 가지로 나타났고 작품 대상 인물 역시 이런 내용을 표현하기에 적절하게 명시적 혹은 불명시적으로 나타났는데 이런 특징을 정리하면 다음과 같다.[32]

는 속가의 누이에게 준 편지인데 염불에 관한 중요한 게송을 하나씩 주고 있다. 편지글 산문에서 아미타불을 간절히 생각하여 그 생각이 끊어지지 않는데 이르면 육도윤회를 면할 수 있다고 하고 시를 주었는데 시에서도 아미타불을 마음에 붙여 잊지 말고 계속하면 생각 없는데 이르고 그때는 육문에서 자금광이 난다고 하였다. 염불을 하도록 권하고 염불하는 방법, 그 효능을 산문과 시에 걸쳐 고루 다 말하고 있다.

31) 시적 대상 인물이 가사와 한시에서 이렇게 다르게 나타나는 것은 불교 가사가 다수의 일반 대중을 상대로 창작된다면 한시는 구체적 정황 속에서 특정인을 위하여 창작되기 때문에 나타난 현상이라 할 수 있다.

시적 대상 내용이 서정적인 경우 나옹은 〈낙도가〉와 〈서왕가〉에서 출가하여 순수한 자연을 친화하고 수행을 통하여 깨달으며 깨달은 뒤 얻은 자유로움과 법열, 교화를 주로 읊었다. 그에 비하여 이와 유사한 성격을 가진 한시 〈산거〉에서는 이런 전 과정을 모두 담고 있지 않고 자연 친화와 깨달은 뒤 자유와 법열을 주로 표현하였다. 한시에서는 수행과 깨달음을 별도의 작품으로 그것만 읊은 경우가 보이기도 했다. 갈래의 성격상 가사에서는 승려 삶의 전체 과정을 다 보여주고, 한시 는 그 가운데 부분 부분을 각기 다른 작품으로 보여 주었다.

그 내용이 교술적인 경우 나옹은 〈서왕가〉 일부와 〈승원가〉 전체에 서는 사바와 지옥, 극락을 상호 별개의 공간으로 대비적으로 묘사하여 설명하고 사바와 지옥에서 극락에 가기 위하여 염불을 해야 한다고 강 조하고 염불의 방법, 효과 등도 첨부하여 나타냈다. 즉 유형 무형의 여러 가지 대상을 제시하고 교시를 실천하도록 가르치는 것이 가사 작 품 대상 내용의 성격이었다면, 특정 수련의 방법을 실천하도록 가르치 고 효과를 알려 주는 것이 한시 작품 대상 내용의 성격이었다. 그런데 한시에서는 사바, 지옥, 극락과 같은 대상에 대한 설명이 없이 염불하 는 방법에 치중하면서 그 효과를 언급했다.

다음은 시적 대상 인물의 성격이다. 시적 대상 내용의 성격이 서정 적인 경우에는 작품 안에 시적 대상 인물이 명시되지 않았다. 그래서 작가가 시적 화자를 통해 말한 시적 대상 내용을 근거로 명시되지 않 은 시적 대상 인물을 추정하였다. 작가 나옹이 그 이전 석가의 일생을 글로 읽거나 이야기로 듣고 스스로 그런 길을 걸어갔다는 점에 착안하

---

32) 이 논의는 나옹의 한시와 대비하여 그 가사의 성격을 논의해 보았고 다른 사람의 가사와 대비하는 데까지는 나가지 않았다. 다른 가사와 대비한 나옹 가사 성격의 규명은 새로운 연구를 통하여 진행하고자 한다.

여 〈낙도가〉와 〈서왕가〉에 명시되지 않는 시적 대상 인물을 출가하지 않았거나 출가한 일반인으로 보았다. 시적 화자가 자신의 삶을 서정적으로 서술한 것은 불특정 다수에게 감성적 전념, 자기동일시의 과정을 통하여 공감을 불러일으킬 수 있어서 교시의 효과가 매우 자발적으로 발현되는 것으로 보았다.

시적 대상 내용의 성격이 교술적인 작품의 경우에는 시적 대상 인물이 명시적으로 드러났다. 〈서왕가〉 일부 교화의 단계에서 시적 대상 인물은 염불 않는 '중생, 어르신네, 우리' 등으로 나타났고 〈승원가〉에서 주인공을 중심으로 '호걸, 어르신네, 우리' 등의 이름으로 사용되었다. 이렇게 다양하게 불리는 이름은 독자나 청자에 대한 존경이나 동질감의 표시로 대상 인물을 고무하여 교시의 효과를 높이기 위한 장치이지 실제 대상 인물의 성격은 염불 않는 중생이라는 것을 밝혔다. 이미 염불하고 있는 사람이나 특정 개인에게 준 한시에서는 염불 않는 사람이 시적 대상 인물로 나타나는 경우가 일부 있었지만 그보다는 대부분 이미 염불을 하고 있는 사람이 시적 대상 인물로 나타났다.

〈회심가〉의 이념 구도와
청허 사유 체계의 상관성

1. 〈회심가〉와 청허

〈회심가〉는 〈회심곡〉, 〈특별회심곡〉, 〈육갑회심곡〉 등 매우 다양한 〈회심곡〉류 불교 가사 작품의 하나로 말하기도 하나 실제 그 나머지 회심곡류 작품과는 상당히 다른 내용 체계를 가지고 있다. 일반적으로 〈회심곡〉류 작품은 작가가 알려져 있지 않고 〈회심가〉는 청허 휴정의 작품으로 기록되어 전하고 있다. 작가에 대하여 대부분 논자들이 청허 창작설을 수용하고 있지만 최근 연구에서는 이를 부정하는 논의가 나오기도 했다.[1] 작품의 작가를 정확하게 검증하기 위하여 논의를 확대하는 것은 좋은 현상이라 할 수 있는데 이는 찬반의 논의가 더 치열하고 심각하게 진행되는 과정에서 작가와 작품의 관련 상황을 더 정확하게 구명할 수 있기 때문이다.[2]

작품의 작가를 규명하는 방법이 여러 가지가 있겠지만 이것은 남아

---

1) 김종진, 「〈회심가〉의 컨텍스트와 작가론적 전망」, 『한국시가연구』 23, 한국시가학회, 2007, 315~353쪽.

2) 여기에서는 기존 연구에 대하여 간단히 소개만 하고 본고의 방향을 설정하고자 한다.

있는 자료나 연구 대상의 성격에 따라 방법을 달리 할 필요가 있다. 〈회심가〉의 경우는 작가가 명기되어 있기도 하고 명기되지 않은 경우도 있어서 작가를 청허라고 확정하기 위해서는 논의를 다각도로 진행해야 할 필요가 있다. 〈회심가〉의 작가를 청허의 법손인 기성쾌선이라고 주장하는 최근의 논의는 쾌선이 진행했던 여러 가지 작업과 그의 사상적 특성에 근거하여 그런 주장을 전개하였다. 〈회심가〉에 나타난 이념은 기성쾌선의 사상 체계에 더 가깝고 그가 이 작품이 실린 자료를 정리하는 작업에 직접 관여한 것을 그 중요한 근거로 제시하며 기존의 청허휴정 창작설을 부정하고 기성쾌선 창작설을 새롭게 주장하였다.

　이 글에서는 〈회심가〉 작품을 더 깊이 이해하고 창작설을 더 심층적으로 논의하기 위하여 〈회심가〉 작품 자체를 정치(精緻)하게 분석하여 여기에 표현된 이념 구도를 먼저 규명하고자 한다. 〈회심가〉는 문학 작품이기 때문에 그 미세한 표현의 당의정을 걷어내고 이면에 자리잡은 이념 구도와 작가의 지향 의식을 해명할 필요가 있다. 문학 작품은 논설이 아니기 때문에 직설적이지 않고 여러 가지 표현 기법을 사용하고 있어서 그 이면을 읽어내야 내용의 고갱이를 드러낼 수 있다. 그러나 설령 이렇게 작품을 정치하게 분석하고 이해를 하더라도 거기서 읽어낸 내용이 바로 작가의 사유 체계의 전모를 그대로 반영하는 것은 또한 아니라는 점을 염두에 둘 필요가 있다. 그래서 작가의 사유 체계 전체를 조명하면서 작품과의 상관 질서를 조심스럽게 타진할 필요가 있다. 작자의 한시, 편지, 논설 등의 작품이 특정 대상 인물을 상정하고 쓰인 것이라면 가사인 〈회심가〉 역시 특정 대상인물을 전제하고 창작되었다.[3] 대상 인물에 따라서 표현 효과를 높이기에 가장 적절한 글쓰기 방식을 선택한 결과 나타난 현상이 문학작품이기 때문에 실제

작자의 사유체계와 작품의 이념 구도를 대비할 때 일대일의 도식적 대
비를 경계해야 한다. 조심스럽게 〈회심가〉에 나타난 이념 구도와 지향
성을 살피고 청허의 전체 사유 체계를 점검하여 양자의 상관 질서를
밝혀보고자 한다. 문학 작품에 대한 이해와 작자의 사유 체계에 대한
분석을 상관적으로 진행하여 양자가 보여주는 친연성의 성격과 의미
를 밝혀보고자 한다.

　이러한 논의를 하는 데 가장 중요한 〈회심가〉[4]를 먼저 분석하고 청
허의 사유가 담긴 모든 그의 저작[5]을 직접적 연구 대상 자료로 삼았
다. 그리고 이런 논의에 필요한 기존 연구 성과를 필요에 따라 참고하
고자 한다.

2. 〈회심가〉에 나타난 이념 구도

　〈회심가〉에서는 '회심'이나 '회심가'라는 말을 작품 안에 사용하고
있지 않다. 이 유형의 다른 작품에는 이 노래 자체를 중시하라는 말을
작품 안에 다시 하고 있다. 이것은 〈회심가〉가 비교적 〈회심곡〉류 작
품 군에서 초기 작품이라는 것을 알려 준다. 회심(回心, 悔心)을 하라는
직접적 언급을 하지 않으면서 어떤 방향으로 회심을 해야 할 지를 그
냥 보여주고만 있기 때문이다.[6] 다음 장에서 언급할 청허의 여러 저술

---

3) 모든 글은 독자를 상정한다는 것을 의미한다. 그런데 그 특정 독자는 개인일 수도
　있고 집단일 수도 있다.
4) 임기중, 『불교가사 원전연구』, 동국대학교출판부, 2000, 1~1155쪽. 이 책에 실린
　작품이 선본으로 판단되어 연구 자료로 사용하고자 한다.
5) 동국대학교 한국불교전서편찬위원회 편, 『한국불교전서』 7, 동국대학교출판부,
　1990, 1~830쪽./ 서산휴정 저 박경훈 역, 『청허당집』, 동국대학교 역경원, 1987,
　1~421쪽.

가운데는 이런 회심의 다른 표현인 참회나 반성에 대한 언급을 가끔 하고 있다.[7] 이 작품은 대중들에게 무엇을 어떻게 할 것을 교시하는 기본 방향을 보여주고 있다. 작가가 제시한 방향은 현재 대중들이 수용하고 따르지 않는 길이기 때문에 대중들의 마음을 돌릴 필요가 있었다. 그렇다면 시적 대상으로서 대중은 어떤 성격을 가지고 있으며 이들 시적 대상 인물[8]들에게 무엇을 교시하고 실천하게 하려는지를 살펴보고자 한다.

1) 일반 대중 교화의 이념과 지향성

〈회심가〉에 보이는 시적 대상 인물은 매우 범위가 넓다. 일반적으로 불교적 성향의 인물을 교화 대상으로 전제하는 여타 불교 가사 작품과는 상당히 다른 면모를 보여 준다. 이런 면모는 작품에 구체적으로 사용하고 있는 용어, 문장, 문체에서 고루 나타난다. 특히 시대 배경이나 인물에 대하여 유교적인 표현을 매우 빈번하게 사용함으로써 당시 보편화되어 있던 일반 유교 대중까지를 포괄하여 교화를 하고자 한 작가

---

6) 여기서는 작품 내 '회심'이라는 용어를 사용하고, 하지 않는 문맥적 논리를 가지고 작품 자료의 선후를 추정해 보았고 이본들 간의 서지학적 역사성은 별도의 논의 과제로 남겨 두고자 한다.

7) 반드시 해마다 참회하고 달마다 참회하며 날마다 참회하고 때마다 참회하며 십분 정진하여 나아가고 나아가서 물러서지 않는 것이 장부의 능사입니다.(須年悔月悔 日悔時悔十分精進 進進不退丈夫能事也〈寄五臺山一學長老〉, 『한국불교전서』 제7 권, 727쪽)/ 귀의하려 하나 길이 없어 세상 인연을 빌려 지극히 정성을 다하고 간절 히 참회합니다.(歸依無路 假托世緣 至懇至誠 切懺切悔〈雙磎寺重刱慶讚疏〉, 같은 책, 718쪽)/허물이 있거든 곧 참회하고 잘못된 일이 있으면 부끄러워할 줄 아는 데 에 대장부의 기상이 있다.(有罪卽懺悔 發業卽慙愧 有丈夫氣象〈禪家龜鑑〉, 같은 책, 643쪽)

8) 시적 대상 인물은 청자를 뜻하는 말로서 시적 화자의 상대가 되는 인물이라는 포괄적 의미로 이 용어를 사용하고자 한다.

의 지향의식을 살필 수가 있다.

  (1) 텬디이의 분흔후에 삼나만샹 일어나니
      유졍무졍 삼긴얼골 텬진면목
      졀묘호듸 범부고텨 셩인되믄 오직사름 최귀ᄒ다
      요순우탕 문무주공 삼강오샹 팔죠목을
      틱평셰에 장엄ᄒ니 금슈샹에 텸화로다
      동셔남북 간듸마다 형뎨ᄀᆺ티 화합ᄒ니
      텬하틱평 가감업서 안양국이 거의러니
      어화 황공ᄒ다 우리민심 황공ᄒ다
      태고텬디 ᄂᆞ려오고 요슌일월 불가시되
      야속ᄒᆞ셔 말셰풍쇽 츙효신힝 다ᄇᆞ리고
      애욕망에 깁히드러 형뎨투징 마단ᄂᆞ니
      가련ᄒ다 빅발부모 의로홀듸 바히업서
      문외예 바잔일며 흘니ᄂᆞ니 눈물일다
      골육샹잔 져리ᄒ니 촌외인을 의논홀가
      인심이 대변ᄒ니 텬신이 발노ᄒᆞ야
      대호악귀 모라나야 비명악ᄉ 수업ᄉ며
      한지풍상 ᄌᆞ조드러 쳔문만호 긔근ᄒ니
      김가박가 사름마다 부모쳐ᄌ 분리ᄒᆞ야
      농샹쳔변 늠의ᄯᅡ히 여긔뎌긔 긔ᄉᄒ니
      참혹ᄒ다 주검이여 다믄묘딕 가마괴라
      불슌인도 슬피시소 우텬지앙 려려ᄒ니
      텬고쳥비 ᄌᆞ조삣텨 ᄌᆞ긔촌심 바로딘녀
      일변으로 념불ᄒ고 일변으로 **츙효ᄒ소**
      구텬이 감응ᄒ면 요순태평 아니볼가
      불법어듸 일명ᄒ며 요슌어듸 시이실고
      념불ᄒᆞ면 불법이요 츙효ᄒᆞ면 요슌이니
      츙효가져 입신ᄒ고 념불가져 안양가새

    (2) 아미타불 태즈시예 념불법문 고디듯고

        발원ᄒ야 닐ᄋ샤딕 내 믄져 념불ᄒ여

        안양국에 가온후에 귀쳔남녀 노쇼업시

        나의명호 외오니면 악쥐중에 아니가고

        극낙으로 바로갈줄 ᄉ십팔원 세워시니

        셰망에 걸닌사름 불국으로 인도ᄒ니

        비감심을 니르와다 즐겨부터 념불ᄒ소

        금시태평 후시안양 만고복덕 구홀딘대

        금구소셜 무샹법을 지셩으로 봉지ᄒ소

    (1)은 〈회심가〉의 맨 앞부분이다. 작품의 배경으로서 태초에 천지가 나누어지고 삼라만상이 생기는 과정을 보이고 그 가운데 사람이 귀하다는 유불의 가치관을 제시하였다.[9] 이어서 유교의 역대 성인을 먼저 나열하고 삼강오륜, 팔조목과 같은 유교 윤리를 말하고 있다. 이런 윤리가 살아 있는 태평세상을 두고 거의 안양국(安養國)이라고 하여 유교적 태평 세상과 불교의 이상 세계인 안양국을 같은 것으로 보고 있다. 작가는 이와 같이 세상을 유교적 이상 세계인 태평세로도 표현하고 불교적 이상향인 안양국으로도 동시에 표현하고 있다.

    그렇다면 여기에 살아가는 인물은 어떻게 보았는가? 이런 유불의 공간에 살아가는 인물은 '우리민심'. '인심', '김가박가 사름', '불슌인', 'ᄌ긔'이라는 다양 명칭으로 표현되고 있다. 작품에 사용된 '民, 人, 사

---

  9) 유교에서는 '천지 사이 만물 가운데 오직 사람이 가장 귀하니 사람이 귀한 이유는 오륜을 가지고 있기 때문이다(天地之間萬物之衆 唯人最貴所貴乎人者以其有五倫 也『童蒙先習』)'라고 했고, 청허는 불법과 사람 몸 만나기 어려움을 '법은 거북이 나무에 오르는 것과 같고, 사람 몸은 바다 가운데 바늘과 같다(法如龜上木 身若海 中鍼〈示明鑑尙珠彦和諸門輩二〉,『한국불교전서』제7책,「淸虛集」권1, 동국대학 교 불전간행위원회내 한국불교전서편찬위원, 동국대학교출판부, 676쪽. 이하 청 허의 자료는 이 책에서 인용함)'고 하여 그 귀함을 말하고 있다.

람'이 바로 'ㅈ긔'이며 '우리'로 묘사되어 있다. 즉 단수인 '나'와 복수
인 '우리'는 백성이고 그냥 일반인으로 그려져 있는 것이다. 그런데 이
런 일반 대중은 '츙효신힝'을 다 버리고 애욕의 그물에 걸려 형제가 투
쟁하며 '빅발부모'가 의지할 데가 없는 상태를 만들고 있는 것으로 그
려져 있다. 그 결과 비명(非命)으로 죽는 사람이 많아지며 기근으로 굶
어 죽고 가족이 흩어지는 재앙이 발생했다고 하였다. 이런 내용을 요
약하면 유교의 충효와 불교의 신행을 저버려서 재앙을 불러온 일반 대
중이 바로 시적 대상 인물이라고 할 수 있다.

　그래서 이런 인물들에게 권하는 가르침 역시 두 가지이다. 한편으로
염불을 하고 한 편으로는 충효를 하라는 것이 그것이다. 불법이나 요
순이 따로 있지 않고 염불하면 불법이고 충효하면 바로 요순이라고 하
면서 충효를 통하여 입신하고 염불을 하여 안양에 가자고 청유하고 있
다. 엄격히 보면 유교라는 세간의 길과 불교라는 출세간의 길이 분명
히 다른데 이렇게 양자를 하나로 보고 충효와 염불의 실천을 함께 강
조하고 있다. 그러나 (1)에 이어진 다음 부분에 오면 몇 가지 불교 인
물의 사례를 통하여 교시하여 이런 균형이 불교 쪽으로 기운다.

　(2)는 인용문 (1)에 바로 뒤 이어서 나오는 부분이다. 아미타불의 이
력을 예로 들면서 그가 태자 시절부터 염불의 가르침을 믿고 스스로
발원하기를 염불을 하여 안양국에 가서 귀천과 남녀노소 없이 자기 명
호(名號)를 외우기만 하면 극락에 바로 가게 48가지 원을 세웠다고 소
개하고 염불할 것을 명령하고 있다. 예문 (2) 뒤에도 계속 다른 사례를
들어서 염불의 중요성을 부각하고 염불을 강조하고 있다. (2) 뒤 생략
된 부분에서 안락한 궁전을 떠나 수행했던 석가여래가 출가하여 고행
한 것은 염불이 가장 귀하기 때문이었다고 하였다. 염불을 하여 불국으
로 가는 데에는 신심과 공덕이 필요하다고 하면서 신심과 공덕을 보인

사례로 팔을 베어 바친 신광선사와 불에 들어간 선재동자를 역시 예로 들었다.

(1)(2)를 묶어서 보면 유불이 혼재하는 세상의 일반 대중을 시적 대상으로 충효와 염불을 함께 권유하는 데서 출발하여 염불 수행을 보인 사례를 세 가지 소개하면서 염불로 나갈 것을 더 강조하는 방향으로 작품 내용이 전개되고 있다. 일반 대중에게 충효와 염불을 교시하는 데서 출발하여 몇 가지 사례를 통하여 염불을 지향해 나가도록 강조하는 방향으로 작품을 전개하고 있다. 이러한 내용의 진행은 여기서 그치지 않고 염불의 수행에서 또 다른 변화를 보여 준다.

2) 불교 대중 교화의 이념과 지향성

일반 대중을 상대로 유불의 실천을 교시하다가 불교의 염불을 지향하는 방향으로 작품 내용이 전개 되고 작품이 중반으로 접어들면서 염불만을 더욱 강조하여 시적 대상 인물은 불교적 대중으로 그려진다.[10] 전후 문맥으로 보아 염불을 당연히 수행해야 할 대중을 시적 대상 인물로 내세우면서 염불 안에서 다시 두 가지의 방법을 순차적으로 보여 주고 작품 마지막에 이르러서는 유심정토 염불을 강조하는 구체적 방향으로 지향해 나간다. 작품의 해당 부분을 들면서 논의를 계속하고자 한다.

(3) 팔만대장 니른말과 빅쳔논소 사긴말슴
    금흔거시 탐욕이오 권흔거시 념불이니

---

10) 시적 대상 인물로서 일반 대중과 불교 대중이 순차적으로 나타나는 것은 대상 인물의 성격에 따라 교화 방법을 달리하려던 작가의 의도가 반영된 것이지, 겉으로 달라 보이는 시적 대상 인물이 나타난다고 해서 이것을 어떤 단절로 보기는 어렵다.

이리귀흔 사람인제 더리됴흔 진묘법을
못듯고눈 말녀니와 듯고촘아 아니홀가
명토문을 귀경흔니 신심으로 념불ᄒᆞ면
극낙도ᄉ 아미타불 금년으로 ᄃᆞ려가면
칠보년ᄃᆡ 옥호광에 무샹쾌락 슈홀재예
만셰만셰 디나가되 반일굿다 니ᄅᆞ시니
인간고초 하셜우니 뎌진락에 어셔가새

(4) 광대년통 무량슈불 ᄌᆞ긔샹에 명빅ᄒᆞ야
셔가여ᄅᆡ 아니나고 보리달마 못외신지
부아모아 쇼쇼ᄒᆞ고 ᄎᆞ다딥다 녁녁흔ᄃᆡ
이욕심이 밤이되야 의ᄂᆡ쥬를 바히몰나
어분아기 못어드며 가진졈심 빅골ᄒᆞ니
반야혜검 ᄲᅡ혀나야 무명황초 버히시고
아미타불 외오다가 자긔미타 친히보면
일보도 옴디아녀 극낙국에 니뢰ᄂᆞ니
부눈ᄇᆞ람 요풍이오 ᄇᆞᆯ근광명 슌일이라

(3)에서는 팔만대장경의 백 천 가지 논소가 '탐욕'을 금하고 '념불'을 권한다고 요약하여 소개하고 저렇게 좋은 법을 들었으면 당연히 실천해야 한다고 강조하고 있다. 정토문을 구경하고 신심을 가지고 염불하면 아미타불이 데려간다고 하고 거기에는 '칠보년ᄃᆡ, 옥호광'이 있으며 '무샹쾌락'을 받는다고 하면서 인간 고초를 벗어나 '뎌진락'에 어서 가자고 요구하고 있다. 여기에는 더 이상 유교적인 교설이 보이지 않는다. 그래서 팔만대장경의 말씀을 듣고, 정토문을 구경하고 신심을 가지고 염불을 하는 사람은 불교적 대중이다. 유가적 수행에 대한 언급은 없고 팔만대장경이라는 경전, 정토문, 신심, 극락을 소개하고 이를 당연히 듣고 수행할 것을 강조하여 여기서 시적 대상 인물은 불교

적 대중으로만 나타난다.

그런데 극락은 아미타불이 데려 가는 곳이고, 인간 고초가 있는 여기가 아니라 어서 가야 할 저곳에 있는 '뎌진락'이다. 그래서 (3)에서 극락은 인간의 고초가 있는 이곳이 아니라 아미타불이 데려가는 어느 다른 공간이며, 이것을 '저 眞樂'으로 표현하고 있다. 즉 극락은 중생이 살아가는 여기가 아니라 아미타불이 데려 가는 저곳으로 나타나서 사바의 이 공간과 극락의 저 공간은 분리된 곳으로 표현되고 있다. 여기가 아닌 저곳, 중생이 고통 받는 사바세계가 아닌 아미타불이 계시는 극락세계는 별도로 분리되어 나타난다. 분리된 여기에서 저곳으로 가기 위해서는 바로 염불을 해야 한다는 것을 강조하고 있다. 신심을 가지고 염불을 하면 극락의 도사 아미타불이 데려 간다고 하면서 염불을 하여 극락에 어서 가자고 제안을 하고 있다.

(4)에 오면 극락을 말하면서도 (3)에서와는 다른 모습을 보여 주고 있다. 첫 문장에서 '광대년통 무량슈불 즈긔상에 명빅ᄒᆞ야'라고 하고 있는데 광대하고 영통한 무량수불이 자기에게 분명하다고 한 것은 이미 자신의 내면에 무량수불 즉 아미타불이 분명하게 자리하고 있다는 뜻이다. 자긔 내면에 분명한 무량수불을 달리 '의ᄂᆡ쥬(衣內珠)', '업은 아기', '가진 點心', '자긔미타'라고 표현하고 있다. 옷 안의 보배 구슬, 업고 있는 아기, 이미 가지고 있는 점심, 자기 미타 등의 이름은 구슬, 아기, 점심, 미타로 다르지만 공통 특징은 자기가 본래 다 가지고 있다는 것이다. 구슬, 아기, 점심은 다 미타의 비유로 자기가 본래 미타라는 것을 더 쉽고 절실하게 알리기 위하여 사용한 표현의 도구들이다. 자기 미타를 강조하고 매우 분명하게 가르치기 위하여 재미있는 비유를 동원하고 있다. 아기를 업고 아기를 찾지만 찾지 못하고, 가지고 있는 점심을 잊어버리고 배를 곯는 모습은 본래 자기가 미타이면서 이

를 모르고 찾지도 않는다는 것을 은유적으로 표현한 것이다.

요컨대 이 내용의 핵심은 근본적으로 내가 이미 무량수불이라는 것이다. 이것은 마치 옷 안의 보배 구슬과 같고 내가 업고 있는 아기, 내가 가지고 있는 점심과 같아서 명백하게 자기 미타라는 것이다. 그럼에도 불구하고 대중들은 애욕심(愛慾心)이 밤을 만들어서 옷 안의 구슬을 모르고 업은 아기를 못 얻으며 점심을 가지고도 배가 고프다고 하였다. 여기에 아미타불을 외워서 자기 미타를 직접 보게 되면 한 걸음도 옮기지 않고 바로 '극락국(極樂國)'에 이른다고 하였다. 자기 미타를 보는 방법은 역시 (4)에서 제시한 것과 같은 염불 수행법이다. 여기서는 자기가 본래 미타라는 것을 전제했기 때문에 염불을 하면 자기 미타를 바로 보고 확인한다는 말을 하고 있다.

극락국에 이른다고 하고나서 마지막 문장에서 부는 바람이 요풍(堯風)이며, 밝은 광명이 순일(舜日)이라고 하였다. 즉 극락국에 부는 바람은 요풍이고 광명은 순일이라는 것이다. 염불을 통하여 도달한 극락 세계가 바로 요순 시대라는 말을 하고 있는 것이다. 이것은 앞 제1절에서 살핀 유불 일치적 관점을 수미쌍관의 방법으로 여기에서 다시 강조하고 있는 것이다. 이런 표현을 사용함으로써 시적 대상 인물은 일반 대중에서 시작하여 불교 대중으로 전환되고 마지막에 와서는 불교 대중이 바로 일반 대중과 일치하는 상태로 회귀하는 모습을 연출하고 있다. 그래서 일반 대중이 곧 불교 대중이고 불교 대중이 바로 일반 대중인 세계, 요순시대와 같은 극락세계를 이룩해야 한다는 지향을 보여주고 있다.

글의 전개에서 볼 때 (3)에서는 중생의 사바세계인 이곳과 다른 공간의 극락을 표현했다면 (4)에 와서는 자기가 바로 미타라는 유심정토 즉 마음 극락을 표현하였다. (3)에서는 극락이 여기가 아닌 다른 먼

곳에 따로 있고 (4)에는 극락이 바로 내 마음 속에 있다고 보았다. 극락에 대한 기본 발상은 바뀌었으나 극락에 이르는 방법은 같은 염불이다. 염불을 하면 극락 공간에 이르게 되고, 염불을 하면 자기 미타를 발견하여 자기가 본래 극락에 있음을 발견한다는 논리를 펴고 있다.

이상에서 〈회심가〉에 나타난 대중 교화의 이념과 지향성을 살펴보았다. 작품의 전반부에서는 유교와 불교를 병행하면서 일반 대중을 교화하는 데서 시작하여 염불이라는 불교적 교시를 지향해 가고, 염불을 통하여 도달할 극락이라는 이상 세계를 두고는 공간적 별세계를 따로 인정하는 서방극락의 입장과 내가 본래 미타라는 유심정토의 입장을 차례로 제시하고, 극락 세계가 유불 일치의 공간임을 드러냈다. 유불의 일반 대중을 대상으로 유불의 교시를 내리다가 염불이라는 불교 교시를 지향하고, 염불을 통해서는 공간적 극락에 가거나 마음의 극락을 회복하는 모습을 보이면서 마지막에 가면 이렇게 도달하거나 확인한 극락 세계가 본래 요순시대라는 주장을 하여 유불의 혼연 일치를 다시 지향하고 있다. 유불 병행에서 불교 수행을 지향하고, 불교 수행을 통하여 서방정토, 유심정토에 도달하고는 극락을 요순시대와 일치시켜 유불 일치를 지향하는 모습을 보여 주고 있는 것이 〈회심가〉의 특징이다. 여기에 시적 대상 인물 역시 유불의 일반 대중에서 염불의 불교 대중으로, 유불이 혼연 일치되어 일반 대중이면서 불교 대중이고, 불교 대중이면서 일반 대중인 방향으로 변모해 나갔다.

3. 청허의 사유체계

〈회심가〉의 작자로 알려진 청허는 어려서 부모를 여의고 고을 원의

손에서 자라면서 성균관에 입학하여 청년기에 유학을 본격적으로 공
부한다. 그러다가 당시 우리나라 남부 지방을 우연히 여행하다가 불교
와 인연을 맺고 승려가 된다.[11] 그래서 휴정은 유년기에 수학한 유교
사상이 일생 동안 불교와 함께 유교적 사유를 자연스럽게 하는 원동력
이 된 것으로 보인다. 노년의 나이에 임란에 참전하거나 유교적 사유
를 적은 글을 남긴 것 역시 그런 영향의 결과라고 할 수 있다. 그래서
그는 유불의 일치를 주장했고 생활의 구체적인 환경에서 유불의 이념
을 그 방식대로 실천하고자 노력했다. 그가 제자를 기르고 임란에 참
전한 것이 모두 그런 실천의 일환이었다고 할 수 있다.

1) 유불도(儒佛道)의 일치와 지향성

청허는 유가와 불가뿐 아니라 도가까지도 하나로 보는 입장을 보여
주고 있다. 특히 당대 지배 이념이었던 유교를 두고 그런 입장을 분명
하게 보여 주고 있다. 이것은 그가 수립한 이론과 그가 보여준 실천에
서도 확인이 된다. 이론으로 나타난 것이 〈삼가귀감(三家龜鑑)〉을 비롯
한 각종 전적들이며, 행동으로는 국난을 당하여 의병활동에 참여하거
나 효행을 실천한 것으로 드러났다. 이런 삼교 일치 혹은 유불 일치의
사상을 드러내는 자료를 들어보면 다음과 같다.

(5) 나는 삼교의 무리가 각기 다른 견해에 집착하여 즐겁게 하나로 모이지
않는 것을 많이 보았다. 그래서 지금 간략하게 세 문을 열어서 통하게 할
뿐이다. 아! 삼교가 다 일컫기를 도라고 하니 도는 어떤 물건인가? ○ 만약
궁구해서 철저히 해 나가면 마침내 유교와 불교와 도교가 다 헛된 이름일

---

11) 청허는 〈上完山盧府尹書〉(앞의 책, 「청허집」, 권7, 719~721쪽)에서 자기 선조와
　자신의 이력을 자세하게 서술하고 있다.

뿐이라는 것을 알 것이다. 그 혹 그러하지 않다면 이 한 권 가운데 삼교 성인의 면목이 밝게 드러났으니 치우친 견해를 소제하고 각자 높이 착안하고 다시는 그릇되게 지나치지 말라.[12]

(6) 엎드려 바라옵건대 주상전하께서는 우레와 같은 호령으로 倭塵을 쓸어 河海를 맑게 하고, 星斗와 같은 문장을 빛내고 어진 신하를 모아 사직을 튼튼히 하시며 하늘과 더불어 수명을 나란히 하시고 근심 없는 세상을 살면서 유교와 불교를 함께 숭상하여 三代의 풍월을 이루시고 文武를 竝用하여 한 나라의 歌謠를 일으키소서.[13]

(5)는 청허가 자기 저서인 〈삼가귀감(三家龜鑑)〉의 끝 부분에 밝힌 자기의 견해이다. 유불도의 삼교가 다 도를 말한다고 지적하면서 이들이 일컫는 것은 한 가지인데 각기 서로 다르다고 주장하여 자기 견해에만 집착하는 폐단을 지적하고 있다. 그래서 그는 세 가지를 서로 통하게 하며, 즐겁게 하나가 되게 하겠다는 의지를 표명하고 있다. 이 세 개의 문을 열어 통하게 하는 데에는 억지로 그렇게 하는 것이 아니라 도를 철저히 궁구해 나가면 유불도라는 말은 헛된 이름이고 실제는 같다는 판단을 주장의 이면에 깔고 있다. 철저히 궁구해서 유불도가 헛된 이름에 불과하고 실제는 같다는 것을 알지 못한다면 유불도의 모습을 밝혀 놓은 이 한 권 〈삼가귀감〉을 보고 치우친 견해를 쓸어 없애라고 충고하고 있기 때문이다. 즉 이 글은 유불도의 삼교가 근본적으

---

12) 余多見三敎之徒 各執異見 莫肯會同故 今略開三門戶 而通之爾 噫 三敎通稱曰 道 道是何物 ○ 若究得徹去 方悟儒也釋也道也 皆虛名耳 其或未然 此一卷中 三敎聖人 面目昭昭 請掃除邊見 各高着眼 更莫蹉過(〈三家龜鑑〉, 위의 책, 634쪽).
13) 伏願主上殿下 雷霆驅號令掃倭塵 而河海淸 星斗煥文章 集賢臣 而社稷固 與天齊 壽 享世無憂 儒釋俱崇 致三代之風月 文武竝用 興一國之歌謠(〈普賢寺慶讚疏〉, 위의 책, 712쪽).

로 같은 도를 말하는 것임을 밝혀서 유교와 불교도 일치한다는 이론적 근거를 보여주고 있다.

(6)은 보현사의 경찬할 일을 두고 지은 소문의 뒤 부분이다. 기원을 담은 부분인데 임금을 칭송하면서 왜란의 평정과 문장의 발전, 어진 신하를 모아 사직의 견고를 기원하고 주상의 장수를 기원했다. 그리고 이 글 마지막 부분에서 유교와 불교를 함께 숭상하여 유교 이상 시대인 하은주(夏殷周) 삼대 정치를 재현하며, 문무를 숭상하여 나라의 태평을 구가할 것을 기원하고 있다. (5)에서 유불이 같다는 이론적 배경을 말했다면 (6)에서는 현실에서 유불을 함께 숭상하여야 유교 이상국인 삼대 정치를 재현할 수 있다고 주장하고 있는 것이다.

청허는 유불에 대한 이런 견해를 가지고 있었기 때문에 승려이면서 기회 있을 때마다 유교의 충효를 말하거나 유교적 교훈을 인용하여 말하고 있다. 〈과하서묘(過河西墓)〉라는 시에서 '삼척의 땅에 굴원의 마음 묻힌 것을 누가 알겠는가?[14]'이라고 하여 하서 김인후를 두고 충언을 일삼다가 귀양 가서 죽은 굴원을 떠올리고 있고, 〈찬불(讚佛)〉과 〈찬유도(讚儒道)〉라는 불교와 유교, 도교를 찬양하는 두 시를 나란히 남기고 있는데 〈찬불〉에서 '세상을 벗어나 무엇을 꾸짖는가? 사람마다 본래 태평한 것을[15]'이라 하고, 〈찬유도〉에서 '仲尼가 이미 시작하지 않았다면 위백양(魏伯陽)이 어찌 완성했겠는가? 고요한 천지의 밖에 무궁(無窮)한 데로 승화해서 들어가네.'[16]라고 하였다. 여기서 유교와 불교를 나란히 찬미하고 있는 것은 앞에서 유불을 같게 보고 함께 발전해야 한다고 본 입장의 시적 표현의 결과라고 할 수 있다. 불교

---

14) 誰知三尺土 埋却屈原心(〈過河西墓〉, 위의 책, 683쪽).
15) 出世謂何事 人人本太平(〈讚佛〉, 위의 책, 687쪽).
16) 仲尼旣非始 伯陽安得終 寥寥天地外 乘化入無窮(〈讚儒道〉, 위의 책, 687쪽).

경전을 말하면서도 기원하는 자리에 가면 유교적 이상 세계의 구현을 비는 데로 나아가고 있다. 예를 들면『원각경(圓覺經)』을 경찬(慶讚)하면서 '엎드려 원하옵나니 나라는 태평하고 백성은 왕성하며 비바람이 순조로우며 거리마다 당우(唐虞)의 세월을 노래하게 하라'[17]고 기원하고 있는 것이 그것이다.

유불도가 근본적으로 도를 말하는 점에서 동질적이라고 보면서 유불의 숭상을 주장하였지만 그렇다고 하여 청허가 세 가지를 같은 비중으로 공부하고 실천한 것은 물론 아니다. 승려의 신분으로 그는 〈선가귀감〉을 비롯한 〈선교결〉 등 많은 불교서적을 저술하면서 불교를 궁구하고 불교적 수행으로 일생을 살아간 인물이다. 그래서 그가 유불의 동질성을 주장하면서도 실제는 불교의 가르침을 지향하는 삶을 살았던 것은 변함없는 사실임을 그의 행적은 말해 준다.[18]

제2절에서 살핀 〈회심가〉의 이념 구도는 본질적으로 청허의 이런 사유와 매우 깊은 친연성을 보여주고 있다. 〈회심가〉에서 유불 일치적 교시를 내리면서도 점차 염불이라는 불교 수행으로 지향해 간 작품의 전개가 유불의 동질성을 이론적 배경으로 하여 양자의 발전을 말하면서도 불교적 이론의 정립과 수행에 매진한 그 삶의 기본적 흐름과 닮아 있다. 그런데 그가 주로 수행한 참선[19]이 아니라 가사에서 염불을

---

17) 伏願國泰民安雨順風調 閭巷歌謠 唐虞日月(〈원각경경찬소(圓覺經慶讚疏)〉, 위의 책, 713쪽).

18) 청허가 유불도의 일치를 주장했지만 이것은 불교의 가치를 부각하기 위한 것이었다. 그가 '道'라는 원칙에서 삼위일체를 주장했으나 승려로서 일생동안 불교를 지향하는 모습을 보였다. 그리고 당대에 불교에 가장 심각한 영향을 행사하는 것이 유교였기 때문에 상대적으로 도교에 대한 논의는 가장 미약하게 나타났다.

19) 청허의 제자인 鞭羊彦機가 쓴 스승의 〈金剛山退隱 國一都大禪師禪教都摠攝 賜紫扶宗樹教 兼 登階普濟大師 淸虛堂 行狀〉(앞의 책, 735쪽)이라는 긴 제목의 글에서 스승 청허를 임제종의 법맥을 이은 석옥으로부터 내려온 법맥을 이은 것으로 기술

교시의 중심 내용으로 가져 온 것은 당대 유불의 일반 대중을 교화하기 위해서였다. 당시가 유교 사회였기 때문에 유불의 동질성을 강조해야 불교와 대중의 거리를 좁혀 교화의 길을 넓힐 수 있었고, 이를 통하여 정치적으로는 유교 사회의 불교 비판을 어느 정도 완화할 수 있었다고 하겠다.

2) 선교념(禪敎念)[20]의 일치와 지향성

유불도 삼교의 동질성을 바탕으로 유불 일치를 주로 주장하면서도 청허는 당연히 불교를 지향하는 삶을 살았는데, 불교 안에서 나누어져 있던 선과 교, 참선과 염불도 하나로 보고자 하였다. 선은 부처님 마음이고 교는 부처님 말씀이라는 유명한 말을 통하여 선과 교를 하나로 묶고, 참선문과 염불문이라는 글을 통하여 참선과 염불을 따로 설명하면서도 도달하는 최종 목적지는 같다는 주장을 하여 참선과 염불을 하나로 보고자 하였다. 구체적 사례를 들면서 논의를 계속하고자 한다.

(7) 지금 선(禪)을 하는 사람들은 '이것이 우리 스승의 법이다'라고 하고, 교(敎)를 하는 사람들은 '이것이 우리 스승의 법이다.'라고 하며 하나의 법을 가지고 같다 다르다 하며 손가락질하고 다투고 있다. 아! 그 누가 능히 판단할 것인가? 그러나 선은 부처님의 마음이고, 교는 부처님의 말씀이다. 교라는 것은 말 있는 데로부터 말이 없는 데에 이르는 것이고, 선이라는 것은 말 없는 데로부터 말 없는 데에 이르는 것이다.[21]

하고 있다.

20) 여기서 '禪敎念'은 참선, 교학, 염불의 줄인 말로 사용했다.

21) 今禪者曰 此吾師之法也 今敎者曰 此吾師之法也 一法上 同於同 異於異 而指馬交爭 嗚呼 其孰能訣之 然禪是佛心 敎是佛語也 敎也者 自有言 至於無言者也 禪也者 自無言 至於無言者也(〈禪敎訣〉, 앞의 책, 657쪽).

(8) 참선이 곧 염불이고 　　　　　　　參禪卽念佛

　　염불이 곧 참선이네. 　　　　　　　念佛卽參禪

　　근본 성품은 방편을 떠나서 　　　　本性離方便

　　소소(昭昭)하고 또 적적(寂寂)하네.[22]　昭昭寂寂然

(9) 만약 생사를 해탈하려고 하면 반드시 조사선을 참구해야 한다. 조사선은 개가 불성이 없다는 화두이다. 1,700칙의 공안 가운데 제일 공안이다. 천하의 납승이 다 무자 화두를 참구한다. 옛날 어떤 승려가 묻기를 '개가 도리어 불성이 있습니까? 없습니까?' 하니 조주가 이르기를 '없다'고 했다. 일체 함령(含靈)이 다 불성이 있는데 조주는 무엇 때문에 불성이 없다고 말했는가? 뜻이 무엇인가? 이 무자를 생각 생각 서로 이어서, 가고 머물고 앉고 누움에 눈앞에 서로 대면해야 한다. 한 덩어리 불같아서 가까이 하면 몸을 태워버린다. 그러므로 불법은 지해(知解)로 잡을 수 없다.[23]

(10) 염불이 입에 있으면 왼다고 하고 마음에 있으면 생각한다고 한다. 다만 외우기만 하고 생각을 잃어버리면 도에 이익이 없다. 아미타불 여섯 글자는 윤회를 벗어나는 지름길이다. 마음으로는 부처의 경계를 인연하여 생각하여 잊지 않고, 입으로는 부처의 이름을 불러 분명하고 어지럽지 않아서 이와 같이 마음과 입이 서로 호응하는 것을 이름하여 염불이라고 한다.[24]

(7)에서는 선과 교를 언어와 연관하여 설명하고 있다. 선을 하는 사

---

22) 〈念頌〉, 위의 책, 651쪽.

23) 若欲脫生死 須參祖師禪 祖師禪者 狗子無佛性話也 一千七百則公案中 第一公案也 天下衲僧盡參無字話 昔有僧問 狗子還有佛性也 無 州云無 一切含靈皆有佛性 趙州 因甚道無 意作麼生 此無字 念念相連 行住坐臥相對目前 如一團火 近之則燎却面門 故無佛法知解所着之處(〈參禪門〉, 위의 책, 649쪽).

24) 念佛者 在口曰誦 在心曰念 徒誦失念 於道無益 阿彌陀佛六字 定出輪廻之捷徑也 心則緣佛境界 憶持不忘 口則稱佛名號 分明不亂 如是心口相應 名曰念佛(〈念佛門〉, 위의 책, 650쪽).

람과 교를 하는 사람들이 각기 스승의 말을 내세워 자기의 주장만 내세우며 서로 다툰다고 비판하면서 청허는 선과 교의 분명한 개념을 정의해 보이고 있다. 선은 부처의 마음이고 교는 부처의 말이라는 것이다. 그래서 말이 있고 말이 없는 차이가 있을 뿐 말 없는 데에 이르는 것은 선과 교가 같다고 하여 양자의 본질이 근본적으로 같다는 것을 밝히고 있다. 그래서 선과 교는 일체의 양면을 나타내는 것으로서 일치된 것으로 분명히 말하고 있다.

(8)에서는 선과 염불의 관계를 읊고 있다. 교와 선이 일치하듯이 선과 염불도 일치한다는 것을 짧은 시로 표현하고 있다. 참선이 염불이고 염불이 참선이라고 양자의 일치를 거듭 강조하고 있다. 그런 주장을 하는 근거를 뒤 두 구절에서 밝히고 있다. 본성은 방편을 떠나 있다는 것이다. 여기서 본성은 불성이고 방편은 본성을 회복하는 수행 방법이라고 할 수 있는데 청허가 보기에 선과 염불은 본성을 회복하는 방편이라는 점에서는 같다는 것이다. 이어서 그 본성은 밝고 밝으면서 고요하고 고요하다고 표현하고 있다. 본성에 이르는 과정이고 방편이며 수단이라는 점에서 선과 염불이 같다는 것을 함축적 시로 표현한 것이 (8)이다.

이와 같이 선과 염불이 같다는 것을 다른 글에서도 여러 번 말하면서도 그는 양자의 수행을 구체적으로 어떻게 해야 하는지에 대하여 별도로 설명을 남기고 있다. 선을 별도로 설명하기 위하여 작성한 〈참선문〉의 앞부분인 (9)에서는 생사 해탈을 하기 위하여 조사선을 참구해야 하고 조사선 가운데는 조주무자 화두가 가장 좋다고 하면서 실제 참구하는 구체적 방법을 설명하고 있다. 일체 함령이 불성이 있다고 했는데 왜 조주는 개에게 불성이 없다고 했는가를 항상 의심하고 지해(知解)를 쓰지 말라고 했다. 그리고 이와 같은 참선 수행을 통하여 조사의 관문을 뚫어 생사를 넘어서야 하는데 '만일 관문(關門)을 뚫지 못하였거든 어린 아이가 어머니를 생각하듯, 닭이 알을 품듯, 굶주린 때 밥을 생각하듯, 목마를 때 물을 생각하듯 해야 한다'[25]고 다른 글에서 구체적인 참선 수행 방법을 또 말하고 있다. 청허는 화두를 참구하는 간화선을 선의 핵심으로 제시하고 있다. 그리고 구체적 수행의 방안을 어린 아이, 닭, 굶주림, 목마름 등의 몇 가지 비유를 가지고 와서 화두 참구의 방법을 설명하고 있다.

(10)에서는 염불하는 방법을 가지고 염불의 개념을 설명하고 있다. 아미타불을 입으로 부르고 마음으로 생각하는 것이 염불이라고 했다. 입으로만 부르고 마음으로 생각하지 않으면 도에는 아무 이익이 없다고 하면서 제대로 하면 염불은 윤회를 벗어나는 지름길이라고 단정하고 있다.

그런데 이런 염불에는 두 가지 종류가 있다는 것을 다른 글에서 소개하고 있다. 그는 '부처님이 상근인(上根人)을 위하여 말씀하시되 '마음이 곧 부처요, 오직 마음이 정토(淨土)이며, 자성(自性)이 미타(彌陀)라'고 하셨으니, 이른바 서방(西方)이 여기서 멀지 않다는 것이 이것이다. 하근인(下根人)을 위하여 말씀하시기를 '십만(十萬)[십악(十惡)] 팔천(八千)[팔사(八邪)]리(里)이다.' 하셨으니 이른바 여기서 서방이 멀다는 것이다. 그러므로 서방의 멀고 가까운 것은 사람에게 있지 법에 있는 것이 아니며, 서방이 드러나고 감추어짐은 말에 있지 뜻에 있는 것이 아니다[26]라고 말하였다. 그는 이 글에서 염불의 두 가지 종류를

---

25) 其未透關則如兒憶母 如鷄抱卵 如飢思食 如渴思水(〈參禪門-贈澄長老〉, 위의 책, 711쪽).

26) 佛爲上根人 說卽心卽佛 惟心淨土 自性彌陀 所謂西方去此不遠也 爲下根人 說十萬[十惡]八千[八邪]里 所謂西方去此遠矣 然則西方遠近 在於人而不在於法也 西方顯密 在語語而不在於意也(〈念佛門-贈白處士〉, 위의 책, 711쪽).

말하고 있다. 그는 석가가 수준이 높은 사람을 위하여 유심정토를 말하고, 수준이 낮은 사람을 위하여 멀리 있는 서방정토를 말했다고 소개하고 있다. 그리고 실제 멀고 가까움은 사람 수준에 달려 있고 법에 있지 않으며, 서방이 드러나고 감추어짐은 말에 있지 뜻에 있는 것이 아니라고 하였다. 수준이 낮은 사람에게는 극락이 멀리 있고 감추어진 것처럼 보이지만, 실제로는 마음이 바로 미타라는 주장을 하고 있다. 그래서 염불을 근기에 따라 유심정토와 서방정토의 그 것으로 구분하여 설명하고 있다.

이상에서 선교념의 일체를 주장한 청허의 사유 체계를 살펴보았다. 그렇다면 이런 그의 사유체계와 〈회심가〉가 어떤 상관을 가지는지를 살펴보고자 한다. 〈회심가〉에서는 염불을 주된 수행 방법으로 제시하고 그 염불을 서방정토와 유심정토로 나누어서 노래하고 있다. 작품 전반부에서 서방정토를 노래하고 후반부에서 유심정토를 노래하였다. 선에 비하여 비교적 단순하고 쉬운 염불을 대중에게 알리기 위하여 염불을 우리말 가사 작품의 중심 내용으로 가져 왔고 염불의 두 가지 방법을 순차적으로 제시함으로써 자연스럽게 염불의 본질에 접근하게 하는 배려를 한 것으로 보인다. 그리고 작품의 마지막 부분에서는 선사들을 염불 수행을 한 사람으로 그렸는데 이것은 선과 염불의 일치를 주장한 자기 입장을 바탕으로 대중 교화를 위한 염불의 가치를 부각하면서 나타난 결과로 보인다. 염불이 곧 선이라는 그의 관점에서 보면 선사를 염불 수행을 하는 사람으로 그리는 것이 대중에게 염불을 강조하려는 그로서는 당연하게 여겨졌다고 할 수 있다. 그뿐 아니라 작품에서 아미타불이나 석가의 수행을 모두 염불로 표현한 것 역시 선념 일체의 관점에서 염불을 대중에게 강조해야 할 필요에 의하여 석가를 비롯한 일체의 중요 불교 인물을 염불 수행자로 내세움으로써 대중들

이 염불에 적극적으로 나서게 하고자 하였다.27)

　청허 자신은 참선 수행을 주로 했지만 유불의 일반 대중을 교화하는 데에는 참선만을 고집하지 않고 대중의 근기에 따라 염불도 적극적으로 권하는 모습이 여러 자료에 나타난다. 그는 선을 하는 제자에게도 '마음과 입이 만약 상응하면 왕생은 손가락 퉁기는 사이에 되네.'28)라고 염불을 권하고 사미에게도 '너 역시 게으른 자이니 염불하기를 당부한다.'29)고 하고 있다. 그리고 제자에게 공부를 물을 때에도 염불을 하는지 반드시 물어보고 있다.30) 그리고 염불은 돈오, 돈수, 돈단, 돈증이기 때문에 지위(地位)가 없다고 염불의 가치를 칭송하고 있다. 그리고 염불의 방법을 입으로 외우는 것, 상(象)을 생각하는 것, 모양을 관(觀)하는 것, 실상을 보는 것 등 네 가지를 소개하고 염불 수행의 방법을 근기에 따라 시와 산문에서 읊거나 설명하고 있다.31) 또 석가의 삼구를 설명하면서 '중생이 마음 밖에서 부처를 구하면 상(相)에 막혀 부처를 구하는 것이다. 그러므로 부처는 서쪽에 있고 나는 동쪽에 있게 된다. 여기에 자성미타와 서방 미타의 이름이 성립하게 된다. 원컨대 학자는 이런 소견을 내지 말라'32)고 하여 염불의 방법을 다른 각도

---

27) 〈회심가〉의 청허 창작설을 부정하는 주장이 제기되기도 했으나 청허의 사유 체계와 작품의 이면을 면밀히 살펴보면 그 동안 알려진 청허 창작설이 매우 타당성이 있다는 것을 알 수 있다.

28) 心口若相應 往生如彈指(〈贈白蓮禪和子〉, 앞의 책, 669쪽).

29) 秀也亦懶者 念佛宜付囑(〈寄應禪子兼示神秀沙彌〉, 위의 책, 669쪽).

30) 또 요즘 참선을 하는가? 염불을 하는가? 대승경전을 보는가? 비밀주를 외우는가?
　(又邇來參禪否 念佛否 看大乘經否 誦秘密呪否 〈寄東湖禪子書〉, 위의 책, 725쪽)

31) 염불에 네 가지 종류가 있으니 첫째는 입으로 외우는 것, 둘째는 모양을 생각하는 것, 셋째는 모양을 보는 것, 넷째는 실제 모양이다. 근기에 날카롭고 둔한 것이 있으니 근기에 따라 들어간다. (念佛有四種 一口誦 二思像 三觀相 四實相 根有利鈍 隨機得入 〈三種淨觀〉, 위의 책, 650쪽)

32) 衆生心外覓佛 滯相求佛 故佛在西我在東 於此名立自性彌陀西方彌陀 願學者不惹

에서 또 설명하고 있다.

청허는 유불도의 일치, 선교념의 일치라는 넓은 사상적 폭을 가지고 있으면서도 불교 수행자로서 불교를 지향했고 불교 안에서는 다시 선교념의 일치를 주장하면서도 일반 대중을 널리 교화하기 위해 쉽고 편리한 염불 수행을 누구나 알 수 있는 우리말 가사 〈회심가〉로 표현하면서 유불 일치, 선념 일치의 입장에서 서방정토와 유심정토를 차례로 보였다고 할 수 있다. 그가 가진 폭넓은 사상을 교시에 맞게 정리하여 표현한 결과 〈회심가〉에는 유불, 선념 일치의 토대 위에 염불의 가치를 집중적으로 부각하여 표현하게 되었다고 할 수 있다.

4. 교화지향, 유불도와 선교념의 일치

지금까지 필자는 〈회심가〉에 나타난 이념 구도가 청허의 사유 체계와 어떤 상관성을 가지고 있는지를 살펴보았다. 먼저 〈회심가〉의 이념 구도를 살피고 이어서 이와 대비하여 청허의 사유 체계를 논의함으로써 양자의 상관 질서를 논의해 보았다.

〈회심가〉 전반부에서는 유교와 불교를 병행하여 일반 대중을 교화하는 데서 시작하여 염불이라는 불교적 교시를 지향하고, 염불을 통하여 도달할 극락을 공간적 별세계인 서방정토와 마음이 미타라는 유심정토의 입장을 차례로 제시하며, 정토가 바로 요순시대라는 유불 통합을 다시 지향하였다. 유불의 일반 대중을 대상으로 유불의 교시를 내리다가 염불이라는 불교 교시를 지향하고, 염불을 통해서는 서방정토에 가거나 유심정토를 회복하고 마지막에 가면 이렇게 도달하거나 확

此見(〈佛說三句〉, 위의 책, 652쪽).

인한 정토가 본래 요순시대라는 주장을 하여 유불의 혼연 일치를 다시 지향하고 있다. 〈회심가〉는 유불 병행에서 불교 수행을 지향하고, 불교 수행을 통하여 서방정토와 유심정토에 도달하고는 그 세계를 요순 시대와 일치시켜 유불 일치를 다시 지향하는 수미쌍관의 표현 기법을 보여 주었다. 여기에 시적 대상 인물 역시 유불의 일반 대중에서 염불의 불교 대중으로, 다시 유불이 혼연 일치된 즉 일반 대중이면서 불교 대중이고, 불교 대중이면서 일반 대중으로 변모해 나갔다.

청허는 유불도 삼교 일치의 사유 체계를 보여주었다. 겉만 보고 세상 사람들이 다르다고 주장하나 청허는 유불도를 포괄한 〈삼가귀감(三家龜鑑)〉이라는 글에서 삼가(三家)가 안으로 도(道)를 공통적으로 다루고 있다는 점에서 삼위일체라고 주장하였다. 그는 유불도가 근본적으로 도를 말하는 점에서 동질적이라고 하면서 유불의 숭상을 말하였지만 그렇다고 하여 청허가 세 가지를 같은 비중으로 공부하고 실천한 것은 물론 아니었다. 승려 신분으로 그는 〈선가귀감〉을 비롯한 〈선교결〉 등 많은 불교적 저술을 통하여 불교를 궁구하고 불교적 수행으로 일생을 살아간 인물이기 때문이다. 그래서 그가 유불도의 동질성을 주장하면서도 실제는 불교의 가르침을 지향하는 삶을 살았던 사실을 확인했다.

그리고 삼교 가운데 불교를 지향했던 그는 불교 안에서 다시 참선과 교학, 염불의 일치를 주장하고 대중을 교시할 때에는 염불 수행을 지향하는 모습을 보여 주었다. 참선은 부처의 마음이고 교학은 부처의 말이라고 하면서 교학은 말 있는 데서 말 없는 데 이르는 것이고 참선은 말 없는 데서 말 없는 데 이르는 것이라고 하여 본질은 같다고 보았고, 다시 염불과 선의 관계도 자성을 공부하는 방편이라는 점에서 본질에 이르면 같다고 하였다. 선교념의 일치를 불교 본질의 차원에서 주장하면서 스스로의 수행은 참선을 주로 하면서도 대중 교화에 염불을 적극적으로 제시하고 가르치는 지향성을 보여 주었다. 염불은 다시 서방정토와 유심정토의 두 가지로 나누어 구체적으로 설명하고 사람의 능력에 따라 양자 가운데 하나를 택하여 수행할 것을 권하였다. 그는 일반인들은 물론 참선하는 제자들에게도 염불을 권유했는데 수준이 높은 출가 제자에게는 유심정토를, 일반 대중에게는 서방정토의 염불을 가르치고자 하였다.

〈회심가〉의 이념 구도와 휴정의 사유 체계를 대비하여 살펴보면 〈회심가〉에서는 휴정의 유불도 삼교 일치 가운데 유불 일치와 선교념의 삼위 일치 가운데 선념의 일치에 바탕한 염불을 강조하는 것으로 나타났다. 불교 교화를 중시한 휴정은 일반 대중을 상대로 교시를 하면서 유불 일치의 바탕을 작품 안에 제시하였고 선교념 셋 가운데 가장 대중적 접근성이 수월한 염불을 강조하면서 서방정토와 유심정토라는 두 가지 염불 방법을 순차적으로 제시하여 대중을 폭넓게 교화하려고 하였다. 휴정은 교화의 이런 목적을 달성하기에 가장 적절한 이념을 〈회심가〉에 반영한 결과 유불도의 일치, 선교념의 일치라는 폭넓은 사유 가운데 유불 일체와 선념 일치의 이념을 작품의 내적 배경으로 가져오고, 나아가 염불 수행을 핵심적 가르침으로 표현하였다.

침굉 가사 〈태평곡〉의 구조와
작품에 나타난 선의 성격

1. 침굉과 〈태평곡〉

침굉(1616~1684)은 조선 후기 승려로 서산 대사의 손제자로 알려져 있다. 그의 행적이나 남긴 전적(典籍)으로 보아 그는 미타 사상에 뿌리를 둔 선사로 판단된다.[1] 가사 발생기에는 승려들의 활동이 컸으나 조선 초·중기로 내려오면서 사대부들이 가사 창작의 주류 세력이 된 것은 널리 알려진 사실이다. 전체 가사의 작품 수에 있어 승려들의 불교 가사는 절대적으로 열세에 놓여 있다. 이런 가운데 승려 작품으로서 작가가 분명하고 불교 가사의 특성을 잘 보여주고 있는 침굉의 〈태평곡〉은 매우 중요한 자료라고 할 수 있다.

일반적 관점에서 볼 때 종교 가사가 지향하는 궁극적 목표는 포교인데 〈태평곡〉 역시 종교 가사로서 이러한 선상에 놓여 있다. 다른 종교 가사를 살필 때와 마찬가지로 이 작품이 전체 불교 사상 가운데서 구체적으로 어떤 사상을 어떻게 표현하고 있는가? 또한 이러한 내용들이 당대 가사 일반과 어떻게 연관되어 있는가? 등의 문제가 중요하다.

---

1) 그는 110여 수가 넘는 한시와 27편의 산문, 한 수의 시조, 세 수의 가사를 남겼는데 염불과 선을 아우르는 염불선을 수행했음이 작품 곳곳에 보인다.

본고는 우선 대상 작품 자체를 중심에 두고 분석을 통한 작품 중심적 연구에 치중하고자 한다. 그리고 가사, 시조, 한시, 산문 등 작가의 다른 갈래 작품을 필요에 따라 논의에 원용하고자 한다. 나아가 작품이 관여하고 있다고 보이는 작품 외적인 분야인 다른 인물과의 관련성, 작품이 표현하고 있는 사상의 성격 등도 논의하고자 한다. 작품의 구조와 작품이 보이고자 한 핵심 사상의 성격을 구명함으로써 작품 전체의 이해에 도달하고자 한다. 기존의 연구들이 침굉의 작품에 대한 개별적 집중적 연구를 진행하기보다는 작가를 소개하거나 그의 작품을 종합적으로 설명하고 해설하는 차원에 머물러있기 때문에 연구가 새로운 방향으로 더 나가야 할 시기가 되었다고 하겠다. 서지를 소개하고 정확히 해석하는 일 자체는 그 나름대로 매우 중요한 작업임은 틀림이 없다. 그러나 논의가 거기에 머물러 버린다면 문제가 아닐 수 없다. 본고는 기존 연구들이 수행한 기초적이고 서지적인 연구에 힘입어 논의를 심화해 가고자 한다. 작품의 구조를 살피고 그 구조를 통하여 작가가 드러내고자 한 사상이 어떠한 것인가를 논의한다.

　연구 자료로는 우선 침굉의 문집인 『침굉집』을 사용했고, 침굉의 선사상에 지대한 영향을 끼친 것으로 보이는 대표적 선서(禪書)인 대혜종고의 『서장(書狀)』, 고봉원묘의 『선요(禪要)』 등의 작품 외적자료를 거론하고자 한다. 현대 한국 불교의 대표적 종파인 조계종에서 필수적 교과서2)로 사용되고 있는 『서장』과 『선요』라는 책이 그 작가의 이름과 함께 작품 안에 인용돼 있고 특히 『서장』에서 보이고 있는 관점들이 상당 부분 수용되어 있기 때문이다.

---

2) 조계종에서는 『書狀』, 『禪要』, 『都序』, 『節要』를 四集이라고 하여 기본 교과서로 사용하고 있다.

2. 〈태평곡〉의 구조

작품의 구조는 다양한 층위에서 논의할 수 있다. 예를 들어 언어학적 관점에서는 음운론적인 층위, 어휘론적인 층위, 통사론적 층위 등을 들 수 있다. 문학 작품이 언어 구성체이기 때문에 이러한 층위에 따른 논의가 모두 타당성을 가질 수 있겠다. 물론 그 중에서도 작품의 특성을 가장 잘 드러낼 수 있는 구조를 파악하는 일이 당연히 우선되어야 한다. 〈태평곡〉은 단락을 구성하는 문장들의 배열이 상당히 특이하며 이러한 단락들을 전개하는 방법 역시 특징적인 면을 보여 주고 있어서 구조의 여러 층위 가운데 단락 자체 내의 문장 전개 구조와 전체 글을 이루는 단락들의 전개 구조를 따져 보는 것이 작품의 의미를 파악하는 데 중요한 기제가 될 수 있다.

1) 문장 전개 구조

여기서는 단락을 구성하는 문장들의 전개를 문제 삼았다. 〈태평곡〉은 전체 11개의 단락으로 구성되어 있고 각 단락을 구성하는 행3)의 수는 차이를 보였다. 전체 글은 서사, 본사, 결사로 크게 나눠지고 본사는 다시 9개의 단락으로 세분된다. 각 단락의 크기는 일률적 형태로 되어 있지 않고 다양하다. 일부 문장을 제외한 대부분의 문장들은 둘 이상의 절로 이루어져서 문장 구성상 이어진 문장으로 되어 있다.

행의 수로 보아 가장 짧은 단락은 2행으로 구성되어 있다. 이어서

---

3) 여기서 문장과 행은 다른 의미로 사용하고자 한다. 문장은 주어 서술어가 한 번 이상 나오면서 평서형, 의문형, 명령형, 청유형, 감탄형 등으로 끝나는 완결된 문법 단위를 말하고, 행은 주어와 서술어라는 문장 형식을 갖추었거나 갖추지 않았거나 1행 4음보라는 가사의 기본 한 줄의 단위를 뜻한다.

3행, 5행, 6행, 7행, 8행, 9행, 10행, 17행으로 구성된 단락이 나타났
다. 먼저 2행 혹은 3행으로 구성된 단락부터 차례대로 살피고자 한다.
본사의 여섯째 단락과 아홉째 단락이 2행으로 구성되어 있다. 본사의
여섯째 단락은 "슬프고 설온지라 佛法이 下쇠호매 邪魔外道 熾盛ᄒ니
正知正見 펼듸젹다"라는 두 행짜리 한 문장으로 되어 있다. 이 단락의
바로 앞 단락은 그릇된 상황에 대한 대응책을 노래했고 바로 뒤 단락
은 그릇된 상황을 구체적으로 드러내는 내용으로 되어 있다. 두 행이
한 문장을 구성하여 짧지만 하나의 단락을 형성하는 것은 놓인 위치와
전체 불교의 어려움을 드러내는 독자적 내용 때문이다. 문장의 구성을
보면 통사적으로 잘 맞지 않는다. 먼저 '서럽다'는 말을 감탄적으로 제
시하고 이와는 문맥상 뚜렷한 상관없이 이어 정지정견(正知正見)을 펼
수 없는 매우 어려운 근본 상황을 구체적인 이유와 함께 단정적으로
노래하고 있기 때문이다. 2행으로 구성된 또 다른 단락은 본사 제9번
째 단락이다. "禪門이 搖動ᄒ매 法棟이 기오노매 念佛參禪 새로히 是
非나 마로되야"라는 문장이 바로 그것이다. 선문의 어려운 상황을 제
시하고 대응책을 보여 주었다. 두 문장이 인과 관계로 연결되어 구성
상 종속적으로 이어진 문장이 되었다. "念佛參禪 새로히 是非나 마로
되야"라고 하여 염불과 참선을 열심히 하고 시비를 하지 않는 것을,
'선문이 요동하고 법의 기둥이 기우는' 문제에 대한 대응책으로 제시
하였다. 강렬한 희망을 평서문으로 표현했다. 3행이 한 단락을 형성한
경우는 서사이다. 제1행에서는 비판의 대상인 인물을 불러 명령을 내
렸다. 제2행과 제3행은 호칭한 인물의 그릇된 점을 객관적으로 드러
내어 지적했다.

　이상 2행 또는 3행이 한 단락을 형성한 경우를 살폈다. 먼저 감탄하
거나 대상인물을 부르고, 이어서 인과 관계를 보이거나 객관적 사실을

나열하는 것이 문장 전개 방식이다. 이와 같이 짧은 단락들은 그릇된 상황을 제시하거나(서사, 본사의 제6단), 그릇된 상황을 지적하고 대응책을 내세우는 내용을 담고 있다. 작품 전체적인 관점에서 보면 작품을 시작하는 서두 역할을 하거나 새로운 상황이나 문제적 상황에 대한 대응책을 제시하여 전체 글 흐름을 전환하는 기능을 수행했다.

다음은 5, 6, 7, 8, 9, 10행이 한 단락을 이룬 경우를 살피고자 한다. 먼저 5행, 6행이 한 단락을 이루는 경우를 보면 다음과 같다. 본사 제3단락은 6행, 본사 제8단락은 5행으로 이루어져 있다.

(1) 그 아래 블강 學者 議論도 말려이와
　　 ᄆᆞ음이 아득ᄒᆞ야 句讀도 채 모ᄅᆞ며
　　 行實은 專혜 업고 人我山은 더옥 노파
　　 聲聞緣覺 ᄂᆞ리보고 諸佛諸祖 다 꾸지저
　　 어른네를 輕히 너겨 ᄀ으로 반일며 말 노필 뿐이로다

(2) 어와 져것들히 무슨 福德 심것관듸
　　 高峯大惠 後에 나셔 末世眼을 머로ᄂᆞ고
　　 高峯大惠 겨시더면 머리 깨쳐 개주리라
　　 그 스승 그 弟子을 다 ᄆᆞ여 겨쳐두고
　　 閻王의 鐵杖으로 萬萬千千 따리고자
　　 다시 一童 다김바다 千里萬里 보내리라

본사 제8단락이 위의 (1)번 단락인데 (2)번 단락과 길이는 비슷하나 구체적 구성 방식이나 내용은 전혀 다르다. (1)이 단락을 구성하는 다섯 개의 행이 ᄆᆞ누 하나로 이어져서 하나의 문장으로 구성되어 있다는 점이 우선 다르다. 첫 행은 부정적 인물 유형을 제시하고 이하 각행은 하나 이상의 인물의 부정적 행실에 관한 사실을 담고 있다. 그리고 길게 이어진 이 한 문장을 감탄문의 형식으로 종결함으로써 부정적 인물의 부정적 행실이 얼마나 크게 그릇되었는가를 짐작할 수 있게 배려했다. 다양한 사실을 나열하고 개탄하는 감탄문을 사용한 종결은 대상 인물의 허점을 그 자체로 은연중 드러내는 기능을 하였다.

(2)는 본론 제3단락인데 제1, 2행은 의문문, 제3행은 평서문으로 되어 있다. 제4,5,6행은 모두 평서문으로 되어 있다. 4음보 1행 기준에서 보면 단락(2)은 전체 6행으로 되어 있으나 완결된 문장으로 보면 한 행이 반드시 한 문장을 이루지 않고 때에 따라서는 두 행이 한 문장을 형성하기도 했다. 제1, 2행이 이어져서 한 문장의 의문문을 형성했고 제3행은 단독으로 한 문장의 평서문을 형성했다. 제4,5행이 한 문장의 평서문을 이루었고, 제6행은 단독으로 한 문장의 평서문을 형성했다. 문장의 전개 순서를 보면 두 행으로 구성된 의문문을 먼저 제시하고 평서문을 놓고, 이어서 두 행으로 구성된 평서문을 배열하고 한 행으로 된 평서문을 마지막에 배치했다. 문장 서술의 방법상으로는 단순히 의문문과 평서문을 배열한 것으로 되어 있으나 구체적 의미를 보면 심상치 않다. 첫 문장에서는 (2)단락의 앞에 제시한 문제적 인물들을 '저것들'이라고 비하하는 표현으로 가져와서 이들이 말세에 눈이 멸었다는 점을 설의법을 통하여 강하게 비판하고 있다. 제3행에서는 제1행에서 제시한 문제 인물들의 머리를 깨서 개를 줄 것이라고 말하여 비판의 정도를 더욱 높였다. 이 단락 전반 3행에서는 훌륭한 스승인 고봉과 대혜라는 외부 인물을 예로 들어 징치할 의지를 강하게 표현하였지만 다음에 이어지는 제4, 5, 6행에서는 시적 화자 자신의 비판적 태도를 평서문으로 드러냈다. 제4, 5행을 한 문장으로 묶어 나타내면서 제1, 2, 3행에서 보인 정도를 넘어서는 더욱 강한 비판의 뜻을 표현했다. 이 단락 후반부에서는 그 스승과 제자를 하나로 묶어서 천만 번

을 때리고 다짐을 받아 천리만리 밖으로 내치겠다는 말을 하고 있기 때문이다. 두 행으로 구성된 의문문과 한 행으로 구성된 평서문을 먼저 가져와서 작자의 강한 비판 의식을 드러내고, 이어서 단락의 후반부에서는 두 행으로 된 평서문, 한 행으로 된 평서문을 차례로 배치하여 더 강도 높은 비판의식을 표현하였다. 이것은 작가가 먼저 반문을 통하여 부정적 인물을 부각하여 강하게 비판하고 뒤이어 직설적으로 그들에 대한 엄격한 처결을 본인이 직접 내리는 결단을 주제로 표현하는 데 효과적인 문장 전개의 방법이 되었다.

(1)번 단락이 문제적 인물의 행적을 감탄문을 통하여 개탄적으로 제시했다면 (2)번 단락은 문제적 인물을 징치하고 경계하는 내용을 평서문을 통하여 단정적으로 나타냈다. 문제적 인물의 행적을 제시할 때는 행적의 하나하나를 대등한 문장으로 나열하고, 개탄하는 내용을 담은 감탄문으로 문장을 종결했고, 그런 인물을 징치하고 경계할 때에는 설의법을 통해 그릇된 행위에 대하여 반문(反問)하고 이어서 역사적으로 권위 있는 인물4)의 입장을 빌리거나 시적 화자 자신이 나서서 극단적인 징치를 내리려는 결단을 의지적 평서문으로 표현했다.

다음은 7, 8, 9, 10행이 한 단락을 이루는 경우를 일괄해서 살피고자 한다. 본사의 단락 순서에 따라 보면 본사 제1단락이 9행, 제2단락이 10행, 제4단락이 7행, 제5단락이 8행, 제7단락이 8행으로 각각 이루어져 있다. 이 가운데 제5단락을 제외하고 나머지는 그릇된 길을 가는 승려의 부류를 하나씩 제시하고 있다. 제1단락은 혼침(昏沈)과 산란(散亂)에 빠진 승려, 제2단락은 잡지견(雜知見)만 쌓은 늙은 승려, 제4단락은 불법(佛法)을 어기는 승려, 제7단락은 시비(是非)에 빠진 산문(山

---

4) 『서장』의 저자 대혜 종고와 『선요』의 저자 고봉 원묘를 말한다.

門)의 학자(學者)[학승(學僧)]들을 각각 제시하였다. 그릇된 승려를 제시한 이 단락들은 그릇된 승려들의 비행을 병렬적으로 나열하다가 개탄하는 내용의 감탄문 혹은 평서문으로 종결한다는 점에서 앞에서 살핀 (1)번 단락의 경우와 문장의 전개구조가 동일했다. 그러나 본사 제2단락, 제7단락의 경우는 비행(非行)의 예를 병렬적으로 몇 가지 제시하는 것으로 일관하지 않고 단락의 끝에 비행에서 비롯된 폐해(제2단락)나 다른 사람의 비웃음을 불러온다(제7단락)는 내용을, 서너 행에 걸쳐 개탄하는 내용의 감탄문으로 표현하고 있다는 점이 부분적으로 달랐다.

그런데 8행으로 구성된 본사 제5단락만은 비슷한 규모의 단락들 가운데 유일하게 비행(非行)에 대한 대응책을 제시하고 그릇된 승려를 깨우치려고 훈도하는 내용으로 되어 있다. 비행을 표현할 때 여러 가지 사례를 병렬하고 개탄하는 의미의 감탄문으로 종결하던 경우와는 다른 서술 방법을 사용했다. 6행이 한 단락을 형성했던 앞의 경우에도 그릇된 승려를 경계하거나 징치하는 경우에 설의법을 통한 반어를 사용했듯이 제5단락의 경우도 설의법을 통한 반어를 사용했다. 그러나 8행으로 구성된 단락은 6행으로 한 단락을 이룬 경우보다 더 다양한 문장 서술형태를 보여주었다.

　(3) 어와 어로신니 이 내 말숨 드러보소
　　　人壽定命 팔십세예 壽短이 업돗던가
　　　賤兩財寶 田地牛羊 어듸 쓸고 求得ᄒ야
　　　이 몸이 주글 제도 賤兩財寶 ᄀ져갈가
　　　公然혼 天地間의 비러나 자시과쟈
　　　白雲 낀 綠溪邊의 절로 도둔 취줄기와
　　　靑山裡 기픈 고래 ᄑᄂᆫ 松葉 어듸두고
　　　一身孤命 사로랴고 그대도록 곤고홀샤

(3)의 제1행은 하나의 완결된 명령문이다. '어로신'을 부르고 '내 말씀'을 들어 볼 것을 완곡하게 명령하고 있다. 제2행은 사람 수명에 장단이 있다는 내용을 강조하기 위하여 반어적 의문문을 사용했다. 제3행과 제4행을 한 문장으로 묶어서 역시 설의법이라는 반어적 의문문으로 종결했다. 제5행에 와서는 '비러 자시과쟈'라고 하여 욕심 부리지 말고 함께 걸식할 것을 요청하여 청유문을 사용했다. 제6, 7, 8행은 두 가지 대상을 나열하고 끝에 설의법의 의문문을 통하여 반어적 의미를 나타냈다. 단락을 이루는 전체 문장들을 보면 명령문, 의문문, 의문문, 청유문, 의문문의 순서로 전개되었다. 명령문을 통하여 상대의 관심을 끌어 오고 반어적 의문문을 통하여 그릇된 삶을 경계했다. 이어서 바람직한 삶의 길을 함께 갈 것을 요청하기 위하여 청유문을 사용하고 마지막으로 욕심 없이 살 수 있는 여건을 제시하고 삶의 욕망에 집착하여 살아가는 괴로운 삶을 역시 반어적 의문문으로 표현하였다. 그릇된 승려들의 비행을 병렬적으로 나열하고 개탄의 정서를 감탄문으로 나타내기만 했던 앞의 일반적 단락들의 단순한 문장 전개 구조와는 달리 다양하고 역동적 면모를 보여주었다.

다음은 가장 긴 17행으로 하나의 단락을 형성한 결사 단락을 살펴보고자 한다.

(4) 어와 이젓닷다 내 역시 니젓닷다
　　 出家흔 本志야 이러코쟈 홀가만는
　　 不習 懈怠 學習ᄒ야
　　 禪要書狀 都序節要 楞嚴般若 圓覺法花
　　 花嚴起信 諸子百家 다 주어 두러보고
　　 情神을 抖擻ᄒ야 栢樹子을 것거쥐고
　　 石牛鐵馬 둘러 ᄐ매 玉女木童 牽馬잡펴 無絃琴 ᄐ이며

智異山 몰근 ᄇ람 楓岳山 블근 돌과
太白山 雄峰下와 妙香山 깁픈 고래
이리가고 져리가고 任意히 노릴며
祖師關 부스치고 眞州蘿蔔 드러 슴켜
如來 廣大利의 넌즛넌즛 둔이다가
우흐로 소사올나 碧空 밧긔 떠혀 안자
無底船의 넌즛 올라 智慧月을 조쳐 싯고
大悲網 빗끼 펴 慾海魚를 건져내여
涅槃岸의 올려두고 囉囉囉 唎囉囉 太平曲을 불니리라
번님네 物外丈夫을 다시 어듸 求ᄒ고

　(4)번 단락은 작품 전체의 결사로서 시적 화자의 근본적 견해가 전체적으로 나타난 부분이다. 그릇된 승려에 대한 경계와 징치, 혹은 대응책을 제시하는 단락에서는 구체적인 문제의 유형에 따라서 경계를 내리거나 대응책을 냈는데 단락(4)에서는 선교(禪敎)의 공부나 중생교화에 대한 시적 화자의 전체적 입장과 접근 방법이 드러나 있다. 그래서 시적 화자가 중간 중간에 제시했던 구체적 문제에 대한 대응책을 단편적으로 나타냈던 앞 단락들의 경우와 달리 많은 분량에 걸쳐 포괄적으로 수도와 교화에 대한 방안을 제시하였다.

　문장의 전개 과정을 구체적으로 살펴보면 우선 첫 행은 출가한 본뜻을 잊고 살아가는 자신에 대한 자각을 자탄적인 감탄문을 두 번 반복하여 강조적으로 나타냈다. 이어서 2행부터 16행까지는 문장들을 길게 연결하여 공부의 과정과 중생 교화의 방법을 표현하고 제16행에서는 시적 화자의 강한 의지를 평서문으로 표현했다. 그리고 글 전체의 마지막 행은 반어적 의문문으로 종결했다. 따라서 전체 17행으로 구성된 이 단락은 단락의 분량에 비하여 비교적 단순한 문장 전개의

구조를 보였다. 감탄문에서 장문의 평서문으로, 평서문에서 다시 반어
적 의문문으로 종결하고 있기 때문이다. 그래서 작은 행들을 길게 연
결하여 이루어진 중간의 긴 문장 안에는 선교(禪敎)의 공부, 중생의 교
화 등의 중요한 불교적 내용을 모두 드러낼 수 있도록 배려했다.

2) 단락 전개 구조

〈태평곡〉은 크게 보아 서사, 본사, 결사의 세 단락으로 구성되어 있
다. 그리고 세부적으로는 본사가 다시 아홉 개의 단락으로 구성되어
있어 여기에 서사와 본사를 합치면 전체 글은 열 한 개의 단락으로 구
성되어 있다. 문장의 전개 구조를 논하면서 단락들의 유형을 이미 앞
에서 살폈었는데 작게는 2, 3행에서부터 크게는 17행에 이르기까지 단
락의 크기에 편차가 컸다. 다양한 길이의 단락 전개를 통하여 그릇된
승려들의 유형과 그들이 보인 비행을 밝히고, 그 구체적인 대응 방안
을 제시하며 마지막으로 시적 화자 자신이 옳다고 판단하는 수행 방법
과 중생 교화의 길을 종합적으로 드러내어 결론을 삼았다.

서사에서는 '가사(袈裟)'를 잘못 입고 도반들과 함께 하지 않으며 '종
사(宗師)'를 찾아보고도 법어(法語)의 뜻을 몰라 조서(鳥鼠)같이 살아가
는 그릇된 승려들의 실태를 총괄적으로 간단히 전제하였다. 서사는 총
체적 문제 상황을 개괄적으로 요약하여 제시함으로써 3행으로 완결될
수 있었고 길이가 가장 짧은 단락의 하나가 되었다. 이어 본사 제1,
2단락에서는 두 부류의 그릇된 승려들이 보인 비행을 9행, 10행의 비
교적 긴 단락으로 표현했고, 중간 정도 크기의 6행으로 된 본사 제3단
락에서는 그에 대한 대응책을 다양한 문장 형식으로 제시하였다. 제4
단락에서는 또 다른 그릇된 승려의 한 유형을 제시하고 제5단락에서

는 본사 제1, 2, 4단락에서 보인 비행에 대한 대안을 제시하여 제5단락
은 본사 전반부의 소결 역할을 하였다.

제6단락에서는 다시 전체 글의 서사에서와 같이 불법이 쇠하는 전반
적 상황을 제시하였다. 전체 글의 서사와 마찬가지로 불교의 일반적
상황을 두 행으로 구성된 가장 짧은 문단으로 전제하였다. 이어서 '시
비하는 학자', '불강 학자'라는 또 다른 두 부류들의 그릇된 승려들의
잘못된 행위들을 8행, 6행의 중간 크기 단락에서 병렬적으로 폭로하였
다. 본론 제9번째 단락에서 선문(禪門) 전체가 처한 어려움을 말하고
그 해결책으로 시비를 그치고 염불과 참선을 새로이 할 것을 제시했
다. 그래서 본론 제9단락은 본론 후반부의 작은 결사 구실을 하였다.
마지막으로 17행으로 되어 가장 큰 단락인 전체 결사에서는 시적 화자
자신의 반성을 전제로 사교입선(捨敎入禪)의 공부 과정과 공부한 나머
지 중생 교화에 나서는 실천을 본사의 경우와는 달리 비교적 자세하게
제시하였다.

단락 전개를 요약해 보면 서사에서 불교 전반의 문제점을 제시하고
본사 제1, 2단락에서 그릇된 승려의 구체적 예를 상술하고 본사 제3
단락에서 시적 화자의 대응책을 제시했다. 본사 제4단락에서 또 다른
그릇된 승려를 거론하고 본사 제5단락에서는 본사 전반부에서 거론
한 그릇된 승려 전체에 대한 경계와 가르침을 내렸다. 본사 후반부의
서론에 해당하는 본사 6단락에서는 다시 불교 전반의 어려운 상황을
개괄적으로 환기하였다. 이어서 본사 전반부에서와 마찬가지로 두 가
지 형태의 그릇된 승려 부류를 본사 제7, 8단락에서 구체적으로 거론
하였다. 본사 제9단락에서는 본론 후반부의 결론을 내렸다. 끝으로
전체 글의 결사에서 수행자의 본분으로 돌아가 공부하고 중생을 교화
하는 길을 그릇된 불교에 대한 작자의 근본적 대응책으로 자세하게

제시했다.

이를 간단한 도표 흐름으로 제시하면 다음과 같다.

1. 서사(3행): 조서승(鳥鼠僧)(불교 전체의 문제)
2. 본사(59행): 사법(邪法)에 대한 정법(正法)의 대응
    본사 제1단락(9행): 혼침(昏沈)과 산란(散亂)에 빠진 승려
    본사 제2단락(10행): 악지악각(惡知惡覺)만 쌓은 늙은 승려
    본사 제3단락(6행): 경계와 징치라는 대응책
    본사 제4단락(7행): 불법을 어기는 승려
    본사 제5단락(8행): 권유와 가르침이라는 대응책
    본사 제6단락(6행): 불교 전반의 어려움을 제시(본론 후반부의 서사)
    본사 제7단락(8행): 시비에 빠진 학자 같은 승려
    본사 제8단락(5행): '불강' 학자와 같은 승려
    본사 제9단락(2행): 그릇된 행위에 대한 대응책(본사 후반부의 소결)
3. 결사(17행): 사교입선의 공부, 중생 교화의 방법, 자유자재하는 삶
        (불교 전체 문제에 대한 근본적 처방)

3. 〈태평곡〉에 나타난 정사(正邪)와 선(禪)의 성격

침굉은 〈태평곡〉에서 당대 승려들의 잘못된 행실과 그 때문에 더욱 어려움에 처하게 된 불교 전체의 정황, 이를 만회하기 위하여 불교가 나아가야 할 바람직한 방향을 제시하였다. 불교 일반의 문제점을 서사에서 포괄적으로 지적하고 다섯 가지의 그릇된 불교 승려 유형을 본사에서 구체적으로 거론했다. 침굉은 불교가 안고 있는 포괄적 문제와 승려들이 보여준 구체적 문제를 극복하기 위하여 경계를 내리며 이들을 징치하려는 강한 지향을 보이기도 하였고 불교 수행과 포교의 새로

운 길을 제시하기도 했다. 불교의 부정적 정황이나 그릇된 승려들의
비행이 정사(正邪) 가운데 사(邪)에 해당한다면 단락의 전개 과정 중간
에 소개한 구체적 대응책이나 전체 글의 결사에서 소개한 수행 방법,
중생교화의 내용은 정(正)에 해당된다고 할 수 있다. 정법과 사법의 구
체적 내용과 성격이 어떠한 것인가를 검토함으로써 그가 추구했던 선
이 어떠한 성격을 가지는지 밝혀 보고자 한다.

1) 정사(正邪)의 성격

이미 서두에서 말했듯이 사법(邪法)은 불교 일반이 안고 있는 문제,
다섯 부류의 그릇된 승려들이 보인 부정적 행실 등으로 표현되어 있
다. 불교 일반이 안고 있는 포괄적 문제를 거론한 단락을 가져와 정사
의 성격을 살피고자 한다.

> (5) 避後爲僧 鳥鼠僧아 誤着袈裟 專혜 마라
>   道伴禪朋 아니붓고 割眼宗師 參禮ᄒ야
>   法語六段 바히 몰나 一介無字 둘혜내네

> (6) 슬프고 설온지라 佛法이 下쇠ᄒ매
>   邪魔外道 熾盛ᄒ니 正知正見 펼듸젹다

> (7) 禪門이 搖動ᄒ매 法棟이 기오노매
>   念佛參禪 새로히 是非나 마로되야

인용문 (5)에 따르면 도반과 함께하지 못하는 것, 법어의 뜻을 몰라
무자(無字)를 둘로 나누거나 헤아리는 것이 사법(邪法)의 중요한 내용
이다. (6)에서는 '佛法이 쇠하고 邪魔外道가 熾盛하여 正知正見을 펼

수 없는 상황'이 사법(邪法)의 중요 내용이다. (7)에서는 선문(禪門)이 흔들리고 법동(法棟)이 기운다는 사법(邪法)의 내용과 염불참선을 새롭게 한다는 대응책이 동시에 제시되어 있다. 사법의 내용을 종합해 보면 불교 일반을 지칭하는 불법(佛法)과 법동(法棟)이 쇠하거나 기우는 것, 불교 일반 안에서 한 중요한 흐름인 선문(禪門)이 흔들리는 것, 여기에 더하여 사마외도(邪魔外道)가 치성하고 무자 화두를 제대로 참구하지 못하는 것 등으로 구성되어 있다. (5)와 (7)에서 불교 일반의 큰 문제를 선과 연관하여 거론함으로써 사법의 구체적 내용이 선 수행을 장애하는 성격의 것임을 분명하게 드러냈다.

다음은 다섯 가지의 그릇된 승려의 구체적인 비행이 사법의 또 다른 내용으로 제시되었다. 부류에 따라 행했던 비행의 종류를 각기 다르게 여러 가지로 드러냈는데 작가가 살았던 당대의 사회적 현실을 반영하고 있기 때문에 사법의 역사적 성격을 파악하는데 매우 중요한 근거가된다. 다섯 가지의 그릇된 승려 부류를 작품에 제시된 순서에 따라 살펴보면 제일 먼저 혼침(昏沈)과 산란(散亂)에 빠진 승려를 비롯하여 악지악각(惡知惡覺)만 쌓은 늙은 승려, 법을 어기는 승려, 시비만 따지는 학자 같은 승려, 수준이 낮으면서 발광(發狂)하는 학자 같은 승려 등이 그것이다.

(8) 用心홀 줄 ᄀ라쳐도 일졀 아니 고지듯고
黑山下의 조오다가 鬼窟裡예 춤흘려 온긴셔길 뿐이로다
이윽고 깨ᄃᆞ르면 ᄆ음이 流蕩ᄒ야
散亂의 붓들려 飢虛을 못내 계워
도리곳갈 지버연고 깃 업슨 누리 입고
조랑망태 두러 메고 괴롭낫 겻틔 바가
조막 도채 브릅쥐고 배 따쟈 밤줏쟈

　　石茸따쟈 松栮따쟈 그러흔 머로ᄃ래

　　다 훌뜨더 무더두고 粥飯도올 뿐이로다.

(9) 그 나믄 범法僧도 病事도 더옥 만타

　　弊陽이 두혀쓰고 불희 竹杖 빗기 쥐고

　　全州 潭陽 오로ᄂ려 황화ᄀ아 ᄃ니며

　　술바다 恣飮ᄒ고 醉ᄒ야 븨거르며

　　쟈근저올 큰 저올 다 다마 짊어지고

　　全羅道 慶尙道 通八道 두로 ᄃ녀 求ᄒᄂ니 利慾이다

　(8)의 핵심 내용은 혼침(昏沈)과 산란(散亂)의 병폐다.[5] 혼침과 산란
은 선문(禪門)에서 화두를 참구할 때 가장 방해가 되는 두 가지 요소다.
이 단락에서 시적 화자가 말하는 것처럼 혼침은 '졸음'에 떨어지는 것
을 말하고 산란은 생각이 어지럽고 이리저리 흩어지는 것을 말한다.
선에서 해결해야 할 핵심 과제인 화두를 참구하지 못하고 졸음에 빠져
있거나 다른 생각에 마음이 내둘리는 것이 공부의 가장 큰 장애가 되
기 때문에 선문에서는 이 두 가지 그릇된 현상을 가장 철저히 배척한
다. 이 단락은 특히 산란한 마음의 상태가 빚어내는 폐해를 매우 실감
있게 그리고 있다. 배고픔을 못 이겨 배를 따고 밤을 줍고 석용(石茸)
과 송이, 머루와 다래 등을 따기 위하여 분주하게 돌아다니는 일들이
모두 산란에서 비롯되었다는 것이다. 마지막 행에서 오로지 죽반(粥飯)
을 도울 뿐이라고 한 것을 보면 생계에 집착하여 수행자로서 본분을

---

5) 혼침과 산란이라는 병폐가 완전히 제거되었을 때 가지는 이상적 정신의 상태를
　표현한 말은 寂寂과 惺惺이다. 화두가 간단없이 들려서 또렷한 상태가 성성이고
　화두 이외 일체의 잡념이 다 쉬어져버린 상태를 적적이라고 한다. 따라서 적적과
　성성은 다른 것이 아니라 한 마음의 양면을 말한 것이다. (고봉 저, 전재강 역주,
　『고봉화상선요』, 일지사, 2002, 42~43쪽 참조)

잊게 되는 것도 모두 산란의 폐해에서 일어난 일이기 때문에 산란이
얼마나 참선 공부에 방해가 되는지를 더욱 부각하고 있다. 참선에 방
해가 되는 혼침과 산란, 여기에서 연유한 일체의 행동들이 바로 사법
이라고 하여 이 단락에 표현된 사법 역시 선 수행과 관련된 성격의 것
임을 드러냈다.

(9)에서는 범법승(犯法僧)을 거론했는데 법을 어긴 내용이 두 가지로
요약된다. 하나는 술을 멋대로 마시고 비틀거리며 걷는 것이고 또 하
나는 저울을 가지고 다니면서 온갖 이욕(利慾)을 추구하는 것이 그것이
다. 술을 마시고 비틀거리는 것은 불교 오계6) 가운데 불음주계(不飮酒
戒)를 범한 것이고, 저울을 들고 다니며 이욕을 추구한 것은 불투도계
(不偸盜戒)를 범한 것이라 할 수 있다. 이 단락에서 보았을 때 사법(邪
法)은 불교 오계를 범하는 것으로 나타났다. 이것은 불교 전반과도 관
련되는 것이면서 선 수행에 역시 깊은 관련을 가지는 것이다. 여기서
말한 비행이 선 수행에 있어서도 매우 치명적 해악이 되기 때문이다.
실천 자체가 가지는 일반적 중요성과 이 내용을 거론한 앞뒤 문맥으로
보아 이런 내용이 선 수행과 깊이 관련된 성격의 것임이 분명하다.

여기에 인용하지 않은 사법의 예는 악지악각(惡知惡覺)7)을 쌓다가
늙어 버린 승려와 시비만 따지는 학자 같은 승려의 경우다. 선을 공부
하는데 가장 중요한 것 가운데 하나가 기존의 나쁜 지식을 완전히 비
워버리는 것과 비교하고 분석하는 알음알이를 버리는 것이다. 승려가
그 악지악각(惡知惡覺)을 쌓아서 수많은 사람을 그르치는 것, 승려가

---

6) 불교에서 말하는 오계는 생명을 죽이지 않는 것(不殺生), 술을 마시지 않는 것(不
飮酒), 부정한 남여 관계를 가지지 않는 것(不邪淫), 거짓말 하지 않는 것(不妄語),
훔치지 않는 것(不偸盜)의 다섯 가지인데 술 마시지 않는다는 계율을 범했다는 말
이다.

7) 고봉 저, 전재강 역주, 앞의 책, 41~43쪽 참조.

학자들처럼 사람을 평가하고 불교 교리를 어떻게 이해할 것인가 등 무한정 분별만 하는 것은 선의 무분별지에 나가는 것을 방해하기 때문에 사법이라는 것이다. 그릇된 견해, 이것저것 따지는 알음알이가 선 수행상의 가장 치명적 장애들이라는 점에서 여기서 말하는 사법 역시 선 수행과 관련되는 성격의 것임을 분명히 보여 준다고 할 수 있다.

사법을 언급하면서 가장 먼저 예로 가져 온 것이 참선과 직접적으로 관계있는 사항들이었다. 서사 단락이 그러하고 본사의 제1,2 단락이 모두 선과 관계된 사법들이다. 무자 화두를 제대로 참구하지 않는다는 것, 혼침과 산란에 빠져 있는 것, 악지악각만 쌓아 가진 것 등이 구체적 내용으로 되어 있기 때문이다. 그 이외 불법을 어기거나 시비만 일삼거나 무식하면서 실천도 하지 못하는 것 등 사법의 구체적 예가 차례로 거론되었다. 따라서 침굉이 말하는 사법의 핵심은 참선을 하는데 방해가 되는 모든 것으로 되어 있다. 앞장에 살핀 바 사법을 표현할 때에는 사법의 여러 구체적인 예를 병렬적으로 나열하고 개탄의 성격을 가진 감탄문으로 문장을 종결하여 사법이 지극히 배척되어야 할 과제임에도 여전히 당대 불교에 큰 병폐를 끼치고 있다는 사실을 감성적으로 부각하여 드러냈다.

이제 정법을 살필 차례다. 앞에서 제시한 사법에 대한 대응책들이 정법의 구체적 내용이 된다고 할 수 있다. 사법에 대한 대응책을 표현하고 있는 단락은 본론 제3, 5, 9 단락과 결사 단락이다. 정법을 담고 있는 이들 단락은 앞의 논의 과정에서 이미 인용하였다. 위에 인용한 단락 번호에 따르면 단락(2), (3), (4), (7)이 여기에 해당한다. 제시된 단락의 순서에 따라 이들 단락이 보여주고 있는 정법의 구체적 성격을 살피고자 한다.

먼저 단락(2) 전반부에서는 선의 전형을 보여 주었던 고봉과 대혜

스님의 입장에서 그릇된 승려들의 머리를 깨서 개를 줄 것이라고 하였고, 후반부에서는 염라대왕의 쇠몽둥이로 때리고 멀리 추방하겠다는 작자의 의지를 드러냈다. 그 자체가 정법의 실체라고 할 수는 없지만 정법을 지키기 위하여 그릇된 승려를 철저히 징치하는 것이 당연하다고 하여 정법을 수호하는 방안을 제시하였다. 단정적 평서문으로 강한 의지를 표명하여 사법에 대한 강고한 대응 의지를 드러냈다. 단락(3) 전반부에서는 인생과 재물의 무상함을 전제하고 소박하게 걸식을 할 것을 제안하였다. 후반부에서는 취줄기와 송엽과 같은 것을 자연에서 채취하여 먹고 살 일이지 생계에 너무 골몰해서는 안 된다는 점을 강조하였다. 많이 먹고 잘 먹기 위하여 생활에 빠져들지 말고 적게 소박하게 먹는 생활을 하며 수행에 매진할 것을 제안하였다. 정법을 실천하는데 필요한 긍정적 생활 습관을 권장하고 있다. 부정적 행위를 단속하는 내용을 담고 있는 (1)에서는 작자가 강력한 징치의 의지를 보였으나 단락(3)에서는 상대를 타이르고 가르치는 방식을 따랐다. 그래서 행동을 같이 할 것을 요구하는 청유문을 사용한다거나 그릇된 삶에 대하여 설의법을 통하여 반문함으로써 상대의 자각을 자연스럽게 유도하고자 하였다. 단락(7)에서는 불교 전체적 입장에서 대응책을 제시했다. 시비를 하지 말 것, 염불과 참선을 새로이 할 것을 요청하고 있는 것이 그것이다. 청유문을 사용하여 시비하지 말고 염불과 참선을 새롭게 하자고 요청함으로써 사법을 금하고 정법을 실천할 것을 요구하고 있다. 그러나 염불과 참선을 어떻게 하는지는 구체적으로 밝히지 않았다.

　난락(4)에 와서 비교적 정법의 구체적 실천 방향이 제시되었다. 해태(懈怠)함을 익히지 말고 학습을 한다는 전제를 했다. 그리고 학습할 내용으로 '禪要書狀 都序節要 楞嚴般若 圓覺法花 花嚴起信 諸子百家'

라는 책을 예로 들었다. 『선요(禪要)』, 『서장(書狀)』, 『도서(都序)』, 『절요(節要)』는 오늘날 조계종에서도 4집이라고 하여 기본 교과서로 읽혀지는 책이다. 선을 주로 말하되 선의 입장에서 교를 아우르는 내용이 이들 책의 핵심 내용이다. 그리고 이어서 제시한 '능엄(楞嚴), 반야(般若), 원각(圓覺), 법화(法花), 화엄(花嚴), 기신(起信)' 등은 대승경전으로서 선을 공부하는 데 중요한 근거를 제공하는 책들이다. 여기에 더하여 제자백가(諸子百家)는 불교 이외 당시 유가를 비롯한 여러 외전들을 말하는 것으로 보인다. 교학적으로 익혀야 할 이러한 책들을 먼저 공부할 것을 말하고 있다. '-다 주어 드러보고'라는 말에서 이를 짐작할 수 있다. 그리고 이어서 정신을 가다듬어 백수자(栢樹子)라는 화두를 들고 수행을 하여 마침내 조사관을 뚫고 여래의 경지에서 자유자재하는 것으로 서술하고 있다.

다음에는 여래의 경지에서 벽공에도 앉으며 밑 빠진 배를 타고 지혜의 달을 싣고 대비(大悲)라는 그물을 가지고 '욕해어(慾海魚)'를 건져 올려 모두 열반의 언덕에 올려놓겠다고 하였다. 이런 상황에서 〈태평곡(太平曲)〉을 부르겠다고 하고 이런 삶은 사는 사람이 바로 대장부라는 말을 덧붙였다. 이 단락의 내용으로 봐서 교학을 먼저 익히고 나서, 화두를 통하여 조사관을 꿰뚫고 자유자재한 여래의 경지에 도달하며 나아가 중생을 제도하는 것이 물외 대장부라고 하였다. 따라서 사교입선(捨敎入禪)의 과정을 거쳐 깨달음을 얻고 중생을 제도하는 것이 정법이라는 것이다. 정법의 핵심이 선적 깨달음을 통하여 중생을 구제하고 자유자재하는 대장부의 삶을 사는 것이라는 것이 이 단락의 주제다. 의지를 담은 하나의 긴 평서문으로 이러한 수행과 교화의 전체 과정을 표현하였다. 그러한 삶을 사는 인물 즉 자기 자신이 바로 여기에 있음을 설의법의 문장을 통하여 강조적으로 표현하였다.

이 작품에 나타난 정법이란 앞에서 제시한 다섯 가지 유형의 그릇된 삶을 살지 않고 구걸하고 자연에서 채취하여 먹으며 욕심 없고 소박한 삶을 사는 것, 염불과 참선을 열심히 하는 것, 그 가운데서도 사교입선을 통하여 선적 깨달음을 얻고 중생을 구제하는 것이 바로 정법이라고 할 수 있다.

2) 선의 성격

작자는 구체적으로 어떤 것이 선이며 선 수행을 통하여 어떻게 깨달음을 얻을 것인가? 그리고 중생 구제는 어떻게 하는가? 등에 대한 구체적인 방법은 말하지 않고 있다. 그래서 그가 중시한 책이나 인물, 막연하게나마 제시한 수행 방법과 깨달음, 중생 구제의 과정을 자세히 검토함으로써 그가 말하는 선이 어떠한 성격을 가지는지 추론하고자 한다.

작자가 거론한 인물에 고봉과 대혜라는 중국 송대 말기 승려가 있다. 고봉은 『선요』, 대혜는 『서장』의 저자로서 전통 조사선을 실천한 모범적 인물들이다. 그런데 『능엄경』이나 『절요』에는 돈오점수라는 다소 변질된 선의 내용이 들어 있다.[8] 돈오돈수만이 조사선의 핵심이라는 것[9]을 전제할 때 돈오점수적인 인물이나 서적을 인용해 온

---

8) 『능엄경』에서 '이치는 문득 깨달아서 깨달음을 따라 아울러 녹여가지만 일상생활에서의 끌림은 홀연히 제거할 수 없어서 차례를 따라 없애야 한다.(理則頓悟 乘悟倂銷 事非頓除 因次第盡)'는 구절, 『節要』의 定慧雙修를 내세우는 내용 등에서 돈오점수적인 면모가 발견된다.

9) 원시불교에서는 일체를 연기로 보고 연기가 바로 부처라 하였고 선문에서는 이것을 살활로 설명하여 역시 일체가 본래 부처라는 입장에 서 있다. 본래부처인 중생이 정진을 통하여 자기가 본래 부처임을 단번에 철저히 깨닫고 그 이후부터는 부처의 삶을 살아가는 것을 두고 돈오돈수라고 한다. 불교가 본래성불의 입장에 서 있으며 그 입장을 가장 잘 수용한 불교가 바로 선불교이기 때문에 전통 조사선에서는

것은 작가가 말하는 선의 입장이 돈오점수적인 것일 가능성을 추론하게 해 준다. 선교의 일치를 주장한『절요』가 돈오점수를 주장한 보조 국사 지눌의 저서라는 점을 고려하면 이 점은 더 분명해진다. 그리고『능엄경』에도 돈오점수적인 면이 실제 나타나 있다. 『능엄경』에 나오는 돈오점수적인 면이 대혜의『서장』에도 일부 추가되어 있어 판본의 오류 여부가 문제가 되어 있는 형편이다. 그런데 작가가 말하는 읽어야 할 책 가운데는 현재 조계종의 소의경전(所依經典)인『금강경(金剛經)』이 보이지 않는다. 돈오점수적인 내용의 다른 경전은 예거하면서 돈오돈수의 근거를 제공하는『금강경(金剛經)』을 빠뜨린 것은 그의 선이 철저히 돈오돈수적 전통 조사선에 입각해 있지 않을 수 있다는 추론을 더 강화해 준다. 그래서 조사관을 부순다는 그의 표현도 점차 여러 번 부수어 나간다는 의미로 해석할 수 있는 여지가 커진다.

　중생을 구제한다는 부분에서 보면 "無底船의 넌즛 올라 智慧月을 조쳐 싯고 / 大悲網 빗끼 펴 慾海魚를 건져내여/ 涅槃岸의 올려두고 囉囉囉 哩囉囉"라는 부분이 보인다. 바닥없는 배를 타고 지혜의 달을 싣는다는 말까지는 문제가 없다. '자비의 그물을 펴서 욕해의 고기를 건져 내어 열반의 언덕에 올려 둔다.'는 말이 문제이다. 전통 조사선인 돈오돈수의 입장은 근본적으로 본래성불(本來成佛)의 정신에 근거하고 있다. 일체가 본래성불해 있다는 입장에 서 있기 때문에 건진다는 말 자체가 모순이라는 사실을 분명히 한다. 고봉의『선요』를 보면 같은 낚시하는 소재를 가지고 왔으면서도 이 작품에서 보인 것과는 반대의 판단을 내리고 있는 것을 볼 수 있다. 고봉은 "불자로 고기 낚는 자세를 짓고 이르기를 밤은 차고 고기는 잠겼는데 공연히 낚시를 드리움이

'돈오돈수'만을 선으로 인정한다.

여. 거두어들여 남은 해를 보내는 것만 같지 못하도다."10)라고 말하고 있기 때문이다. 고봉이 한 말은 중생을 교화해도 깨닫는 사람이 없어서 그만 둔다는 뜻이 아니라 일체 중생이 본래성불해 있기11) 때문에 건질 것이 없다는 말이다. 침굉의 발언은 바로 이 내용과 모순이 된다. 부처나 조사가 중생을 교화하기 위하여 진흙을 묻히고 물에 들어가는 [타니대수(拖泥帶水)] 것도 인정하지 않는 본분입장(本分立場)을 들어낸 것이12) 고봉의 『선요』에 나타난 예화이다. 다시 말하자면 일체가 본래 성불해 있기 때문에 중생을 교화하고 건진다는 말 자체가 성립될 수 없다는 것이다.

그리고 작자는 사람들에게 선뿐 아니라 염불을 권유하고 있다. 염불을 권하는 내용은 그의 한시 작품과 시조 작품에 두루 나타나 있다.

마음으로는 매달린 북과 같이 지는 해를 관하고   心觀落日如懸鼓
입으로는 아미타불의 이름을 외우네.   口誦阿彌陀佛名
만약에 능히 마음과 입이 서로 상응하면   若能心口常相應
바로 서방극락 세계에 남을 얻으리.   卽得西方極樂生13)

첫 행에서 마음으로 관한다는 것은 정신을 하나로 모으는 선적인 측면이다. 그러면서 입으로는 아미타불을 외운다고 하였다. 염불을 하면서 관을 하는 것이다. 관을 할 때에는 염불하는 자신을 돌아볼 수도 있는데 여기서는 바깥 대상인 지는 해를 보는 것으로 되어 있다. 그래

---

10) (以拂子作釣魚勢云) 夜冷魚潛空下釣 不如收卷過殘年(고봉 원저, 전재강 역주, 『고봉화상선요(高峰和尚禪要)』, 일지사, 2002, 116~117쪽)

11) 본래성불해 있다는 말을 낚시에 비유하여 이미 건져져 있다고 표현한다.

12) 고봉 원저, 전재강 역주, 앞의 책, 116쪽, 각주 286번 참조.

13) 침굉현변, 『枕肱集』, 동국대학교본.

서 이러한 수행법은 염불선이라고 할 수 있다. 그의 시조 왕생가(往生歌)를 보면 "阿彌陀佛阿彌陀佛ᄒ야/ 一心이오 不亂이면 阿彌陀佛이 卽現目前ᄒᄂ니/ 임종애 阿彌陀佛阿彌陀佛ᄒ면 往生極樂ᄒ리라"[14]라고 하였다. 시조에서는 염불만 강조하였다. 그런데 이 내용을 앞에서 제시한 단락(7)과 연결해 보면 염불이 참선과 함께하는 것일 가능성이 높다. (7)에서 '念佛參禪 새로히'라는 말은 염불과 참선을 따로 하되 새롭게 한다는 말이 될 수도 있고 염불과 참선을 함께하며 새롭게 한다는 말이 될 수도 있다. 위 한시 작품의 내용을 함께 고려하면 염불과 참선을 함께하는 염불선을 하기도 했다는 점이 분명하다.

  이상의 내용을 정리해보면 작가가 〈태평곡〉에서 보인 선의 성격은 수행 과정상의 관점에서는 돈오점수적이며, 구체적 수행 방법상에서는 염불과 선을 함께하는 염불선적이었다고 할 수 있다.

4. 〈태평곡〉의 구조와 성격

  침굉 가사는 작자가 분명하고 선이라는 구체적 불교 사상을 담고 있으며 동시에 불교 가사나 가사 일반의 성격을 잘 보여주고 있다는 점에서 매우 귀중한 자료이다. 이에 본고는 작품 자체를 주로 분석하는 방법을 택했고 작가나 작품과 관련된 외적 자료를 부차적으로 다루었다. 전체 작품에서 먼저 문장의 전개구조를 살폈다. 2, 3행으로 한 단락을 이루는 짧은 단락에서는 감탄하거나 대상인물을 부르는 문장을 먼저 제시하고 이어서 인과 관계를 보이거나 객관적 사실을 나열하는 문장을 놓았다. 이 같은 전개방식을 통하여 그릇된 상황을 제시하거나

---

14) 침굉현변, 위의 책.

(서사, 본사의 제6단), 그릇된 상황을 지적하고 대응책을 내세우는 내용을 담았다. 작품 전체의 관점에서 보면 작품을 시작하는 서두 역할을 하거나 새로운 상황이나 문제적 상황에 대한 대응책을 제시하여 전체 글의 흐름을 전환하는 기능을 수행했다.

5행 또는 6행이 한 단락을 이루고 있는 경우 문제적 인물의 행적을 제시한 단락에서 행적의 하나하나를 대등한 문장으로 나열하고 개탄하는 내용의 감탄문으로 문장을 종결했고, 그런 인물을 징치하고 경계하는 내용을 담은 단락에서는 설의법을 통하여 그릇된 행위에 대하여 반문(反問)하고 이어서 권위 있는 객관적 인물의 입장을 빌리거나 작가 자신이 나서서 극단적인 징치를 내리려는 결단과 의지를 담은 평서문을 배치했다.

7, 8, 9, 10행이 한 단락을 이루는 경우 그릇된 승려를 제시한 단락들은 그릇된 승려들의 비행을 병렬적으로 나열하다가 개탄하는 내용의 감탄문 혹은 평서문으로 종결한다는 점에서 앞에서 단락의 경우와 문장의 전개구조가 동일했다. 이와 달리 본사 제2단락, 제7단락의 경우는 비행(非行)의 예를 병렬적으로 몇 가지 제시하는 것으로 일관하지 않고 단락의 끝에 비행에서 비롯된 폐해(제2단락)나 다른 사람의 비웃음을 불러온다(제7단락)는 내용을, 서너 행에 걸쳐 개탄하는 내용의 감탄문으로 표현하였다. 본사 제5단락만은 단락을 이루는 전체 문장들이 명령문, 의문문, 의문문, 청유문, 의문문의 순서로 전개되어 뚜렷한 차이를 보였다. 즉 명령문을 통하여 상대의 관심을 끌어 오고 반어적 의문문을 통하여 그릇된 삶을 경계했다. 이어서 바람직한 삶의 길을 함께 갈 것을 요청하기 위하여 청유문을 사용하고 마지막으로 욕심 없이 살 수 있는 여건을 제시하고 삶의 욕망에 집착하여 살아가는 괴로운 삶을 역시 반어적 의문문으로 표현하였다. 그래서 비행을 나열하

고 개탄하는 감탄문을 끝에 배치한 일반적 단락보다 문장의 전개구조가 입체적이고 역동적이었다.

그리고 17행의 가장 긴 단락의 경우는 단락 규모에 비하여 비교적 단순한 문장 전개의 구조를 보였다. 감탄문에서 장문의 평서문으로, 평서문에서 다시 반어적 의문문으로 종결하였다. 기본 단위 행들을 여러 개 길게 연결하여 이루어진 중간의 긴 문장 안에 선교(禪敎)의 공부, 중생의 교화 등의 중요한 불교적 내용을 모두 드러낼 수 있도록 배려했다.

다음은 전체 글 안에서 단락의 전개 구조를 살폈다. 글 전체 서사에서 불교 전반의 문제점을 제시하고 본사 제1, 2단락에서 그릇된 승려의 구체적 예를 상술하고 본사 제3단락에서 시적 화자의 대응책을 제시했다. 본사 제4단락에서 또 다른 그릇된 승려를 거론하고 본사 제5단락에서는 본사 전반부에서 거론한 그릇된 승려 전체에 대한 경계와 가르침을 내렸다. 본사 후반부의 서론에 해당하는 본사 제6단락에서는 다시 불교 전반의 어려운 상황을 개괄적으로 제시하고 이어 본론 전반부에서와 마찬가지로 두 가지 형태의 그릇된 승려 부류를 본사 제7, 8단락에서 구체적으로 거론하였다. 본사 제9단락에서는 본사 후반부의 결론을 내렸다. 끝으로 전체 글의 결사에서 그릇된 불교에 대한 작자의 근본적 대응책으로 수행자의 본분으로 돌아가 공부하고 중생을 교화하는 길을 제시하였다. 서사에서 불교 전반적 문제를 제기하고 본사에서는 문제를 구체화시키고 구체적 대응 방안을 모색했고, 결사에서는 몇 가지 중요한 사안 별로 포괄적인 방안을 길게 제시했다.

그리고 사법의 성격에 대한 내용이다. 사법은 참선과 직접적으로 관계되는 사항들이었다. 서사 단락이 그러하고 본사의 제1, 2단락이 모두 선과 관계된 사법들이다. 무자 화두를 제대로 참구하지 않는다는 것, 혼침과 산란에 빠져 있는 것, 악지악각만 쌓아 가진 것 등을 내용으로 했는데, 이들 사안들이 모두 선 수행상의 구체적 경계 내용들이기 때문이다. 그 이외 불법을 어기거나 시비만 일삼거나 무식하면서 실천도 하지 못하는 것 등의 사법들이 차례로 거론되었다. 따라서 침 굉이 말하는 사법의 핵심은 참선을 하는 데 방해가 되는 모든 것으로 되어 있다. 앞장에 살핀 바 사법을 표현할 때에는 사법의 여러 구체적인 예를 병렬적으로 나열하고 개탄의 성격을 가진 감탄문으로 문장을 종결하여, 사법이 지극히 배척되어야 할 과제임에도 여전히 당대 불교에 큰 병폐를 끼치고 있다는 사실을 정서적으로 부각했다.

그리고 정법이란 이글에 제시된 다섯 가지 유형의 그릇된 삶을 살지 않고, 구걸하고 자연에서 채취하여 먹으며 욕심 없고 소박한 삶을 사는 것, 염불과 참선을 열심히 하는 것, 그 가운데서도 사교입선을 통하여 선적 깨달음을 얻고 중생을 구제하며 자유자재하는 것이다. 이것은 정법이나 사법이 모두 선과 깊이 관련돼 있다는 것을 의미한다.

작가가 〈태평곡〉에서 보인 선의 성격은 수행 과정상의 관점에서는 돈오점수적이며, 구체적 수행 방법상에서는 염불과 선을 함께 겸하는 염불선적 성격을 가졌음을 밝혔다. 그가 남긴 시문이나 행적, 그가 〈태평곡〉에 인용한 여러 참고 서적들을 함께 고려했을 때 그러한 판단의 타당성이 높아진다.

다른 승려들과 달리 침굉은 많은 한시문은 물론 한글표기 가사와 시조까지 남겨서 국문학사에 중요한 자취를 남겼다. 그의 여타 문학 작품, 그와 교유했던 인물들, 인용된 자료들을 포괄하여 체계적으로 연구하여 그 문학의 성격을 심층적으로 구명해야 할 일이 남아 있다.

침굉 가사에 나타난 선의 성격과 진술 방식

1. 침굉현변의 가사

침굉(1616~1684)은 100여 수가 넘는 한시와 27편의 산문, 한 수의 시조뿐만 아니라 세 편의 가사 작품까지 남기고 있어 승려로서 국문학사에 상당한 비중을 차지하는 인물이다. 시조와 가사가 사대부의 전유물처럼 인식되어왔으나 조선 후기에 유교 이념과는 대척적인 불교 사상을 승려가 가사라는 사대부 기호의 문학 형식으로 드러내고 있다는 점은 특기할 만하다. 침굉의 가사 작품들이 선적 내용을 담아내어 가사 문학의 표현 영역을 넓혔다는 점 또한 일정한 가치를 지닌다고 할 수 있다.

침굉 문학에 대한 연구는 이제 본격적 단계에 들어섰다고 할 수 있다. 그동안 침굉이라는 인물을 학계에 소개하고 그의 가사 작품에 주석을 붙이고 해석하는 일이 꾸준히 진행되어 왔다.[1] 또한 그의 문집 국역[2]이 이루어져 연구자들의 연구를 기다리고 있는 상태다. 그간

---

1) 이은상, 「침굉대사와 그의 가사」, 『국어국문학연구』 16, 청구대, 1962.
 이상보 외 3인 편저, 『주해 가사문학전집』(재판), 민속원, 1997.
 임기중 편저, 『한국가사문학주해연구』 제2권, 제17권, 제18권, 아세아문화사, 2005.

진행된 연구를 간략히 살펴보면 침굉의 인물이나 문학을 종합적으로 개괄한 예가 있으며3), 어느 특정 작품을 분석하는 작품론4), 작품에 반영된 사회 현실이나 작품의 의미를 해석하는 문제 중심적 연구5)가 있다.

그러나 여러 장르에 걸쳐 침굉이 창작한 많은 작품들을 개별 작품 별로 연구하는 일, 시조나 가사, 한시, 산문 등 여러 장르의 작품을 상호 연관시켜 연구를 진행하는 일 등 두 가지 방향의 논의가 가능하다. 우선 전자의 연구 방향에서는 각 장르에 해당하는 작품을 여러 가지 측면에서 심층적으로 살필 수 있고, 후자의 연구 방향에서는 각 장르가 가지는 특성을 고려하면서 여러 장르의 작품을 하나의 특정 관점에서 포괄적으로 연구할 수 있다. 예를 들면 작품 수가 가장 많은 한시의 경우 한시라는 장르 내의 작품들을 주제나 표현 방식에 따라 몇 가지 하위 유형으로 나누어 연구를 진행할 수도 있고, 작가 의식이나 선이라는 특정 측면에서 여러 장르에 해당하는 작품들을 문제 중심적으로 살필 수도 있다.

본고는 이런 두 가지 방향을 수렴하여 논의를 진행하고자 한다. 침굉 가사나 한시 작품을 논의하여 작품의 제재나 은일(隱逸)이 가지는 구체적 성격을 밝히고 하나의 작품에 담긴 현실적 의미를 읽어내는 연

---

2) 침굉현변 원저, 이영무 번역, 『침굉집』, 불교춘추사, 2001.

3) 정혜란, 「침굉의 가사 문학 연구」, 전남대학교 대학원 국어국문학과 석사학위논문, 2003.2.

4) 전재강, 「침굉 가사 '태평곡'의 구조와 작품에 나타난 선의 성격」, 『안동어문학』 10, 안동어문학회, 2005.6./ 김종진, 「침굉의 〈태평곡〉에 대한 현실주의적 독법」, 『한국시가연구』 19, 한국시가학회, 2005.11.

5) 정혜란, 「침굉 한시에 나타난 수행의 반려자로서의 달」, 『고시가연구』 15, 한국고시가문학회, 2005./ 김풍기, 「침굉 가사의 은일적 성격과 그 의미」, 『한국가사문학연구』, 태학사, 1995.

구가 이미 이루어지기도 했다. 그러나 일생 동안 작가가 가장 중시했고 가사 작품이나 여타 문학 작품에서도 중요한 내용으로 다룬 선사상에 대한 연구는 현재까지도 진행되지 않았다. 침굉 가사나 문학을 이해하는 가장 중요한 기제 중의 하나가 그 문학 작품에 나타난 선의 성격이며 이를 표현하는 방식이라고 할 수 있다. 그래서 세 편의 가사를 선의 성격과 그 진술 방식이라는 측면에서 집중적으로 논의함으로써 그 가사의 내용 특성을 구명하고자 한다.

침굉은 휴정의 제자인 소요 태능의 제자로 알려져 있다.6) 그는 불교 수행 방법에 있어서도 스승으로부터 이어 받은 선 수행을 중시했던 인물이다. 실제 작품을 살펴보면 이러한 면모가 작품에 광범하게 확인된다. 따라서 필자는 세 편의 가사 작품에 나타난 선의 성격과 이를 진술하는 방식을 집중적으로 논의하고자 한다. 이러한 논의 과정에서 논지를 분명하게 드러내기 위하여 필요에 따라서는 그의 여타 문학 장르인 시조나 한시 작품도 부차적으로 원용하고자 한다. 그의 문집인『침굉집』을 일차 자료로 사용하고 필요에 따라 그의 가사 주석서, 『국역 침굉집』을 참고한다. 이차 자료로서 지금까지의 연구 업적을 두루 참고하고자 한다.

2. 선의 성격

침굉이 작품에서 보여준 선이 어떤 것인가를 본격적으로 논의하기 위한 전제로 선 일반에 대한 대략적인 정리가 우선 필요하다. 선의 일

---

6) 이능화,『조선불교통사』상편, 경희출판사, 1968./ 김풍기, 「침굉 가사의 은일적 성격과 그 의미」,『한국가사문학연구』, 태학사, 1995.

반적 성격에 견주어 보아야 침굉이 보인 선의 구체적 특징을 밝힐 수 있기 때문이다. 선(禪)이란 선나(禪那)의 줄임말인데 정려(靜慮), 사유수(思惟修)라고도 해석한다.[7] 선가에서는 선의 연원을 석가로부터 잡기도 하지만[8] 일반적으로 선이라고 하면 달마로부터 시작된 조사선[9]을 의미한다. 시작이 오래였던 만큼 후대로 오면서 선은 매우 다양하게 변화하고 발전한다. 조사선은 사유하는 방식에 따라 간화선과 묵조선으로 나누어진다. 전자는 논리를 초월한, 화두라는 절대적인 질문을 의심해가는 방식이고, 후자는 일어나는 생각을 조용히 관조하는 방식이다. 침굉이 이어받은 전통은 바로 조사선 가운데서도 간화선이었다. 간화선의 전통을 이은 임제종 스님인 소요태능으로부터 침굉은 법을 이어받았기 때문이다.

특히 선은 중국에 유입된 뒤에 당과 송을 거치면서 매우 다양하게 전개되었다.[10] 선은 흔히 오가칠종(五家七宗)[11]으로 불리는 다양한 갈래로 나누어져 발전하며 부침을 거듭하였다. 그 가운데서도 임제종이

---

7) 禪定이라고도 하는데 公案禪 사상으로 발전하여 하나의 독립된 종파로 전개됐다. 선종은 不立文字, 敎外別傳, 直指人心, 見性成佛을 기본 정신으로 한다.(『禪學辭典』(이교철 외 2인 편찬, 불지사, 1995) '禪'조 참조)

8) 선가에서는 선의 연원을 석가로부터 잡을 때 세 번에 걸친 석가의 전법 사례를 그 근거로 든다. 그 사례는 각각 多子塔前分座, 拈花微笑, 槨示雙趺인데 모두 가섭에게 법을 전한 이야기다.(慧諶, 『禪門拈頌』, '大覺世尊釋迦文佛'(雲梯禪院) 참조)

9) 菩提達磨 이래 正傳되어 온 선으로 특히 6조 혜능 문하의 남종선을 뜻한다.(『간화선』(전국선원수좌회 편찬추진위원(고우 외 4인) 저, 대한불교조계종 교육원 발행) '제1장 조사선과 그 역사적 전개', 앞의 책(이교철 외 2인, '조사선'조) 참고)

10) 이하에서 선의 역사에 대한 설명은 위의 책(고우 외 4인 저)의 내용에 주로 근거하였다.

11) 육조 혜능의 문하인 남악 아래서 臨濟宗, 潙仰宗, 같은 문하인 청원 아래서 曹洞宗, 雲門宗, 法眼宗이 나왔는데 이를 五家라고 하고 임제로부터 다시 나누어진 楊岐宗, 黃龍宗을 합쳐서 七宗이라고 한다.(한국불교대사전편찬위원회, 『한국불교대사전』 1권, '五家', '五家七宗'조 참조)

중심을 차지했는데 한국 선의 전통을 말할 때 항상 임제종에 그 맥을 댄다. 이른 시기에 신라는 이미 조사선을 중국에서 도입하여 구산선문 (九山禪門)[12]이라는 다양한 성격의 선을 발전시키기도 했는데 후대로 오면서도 계속 중국의 선을 수행하고 법을 직접 받아 돌아온 구법승들이 줄을 이었다. 한국 조사선의 전통에서 중요한 위치를 차지함은 물론 선맥의 중심을 이루는 태고 보우 역시 중국에 건너가 석옥청공 선사의 선맥을 이어서 돌아왔다.[13]

고려 시대부터 조선시대를 거쳐 현대에 이르기까지 한국에서 중시하는 선의 교과서는 『서장』과 『선요』라는 책이다. 전자는 송나라 말기 대혜 종고 선사가, 후자는 고봉 선사가 각각 남긴 선서이다. 침굉이 보여준 선의 성격을 구체적으로 더 분명하게 파악하기 위해서 이들 선서에 나타난 선의 특징을 간단히 살필 필요가 있다. 소요 태능에게서 이은 선의 성격도 그러했고 침굉 스스로 두 선서를 매우 높이 평가하고 공부했기 때문이다.[14]

대혜와 고봉 선사가 보여준 간화선에서는 유정무정, 유형무형의 일체가 본래 부처임을 전제한다.[15] 그리고 깨달음에 있어서도 본래성불,

---

12) 홍척국사의 실상산문, 체징국사의 가지산문, 범일국사의 사굴산문, 혜철국사의 동리산문, 무염국사의 성주산문, 도윤국사의 사자산문, 지선국사의 희양산문, 현욱국사의 봉림산문, 이엄존자의 수미산문(한국불교대사전편찬위원회, 위의 책, '구산문'조 참조)

13) 권기종, 「태고 보우의 선사상과 그 사적 위치」, 『태고보우국사』, 불교영상, 1998, 319쪽.

14) 침굉은 그의 시나 산문에서 선에 대하여 이들 책에 나오는 내용과 유사한 입장을 보인다. 특히 〈태평곡〉에서 『서장』과 『선요』를 중요한 교과서로 간주했고 두 책의 저자인 대혜와 고봉이 강하게 경계를 내릴 것이라고 말하고 있다. 〈태평곡〉에서 '禪要書狀 都序節要 楞嚴般若 圓覺法花 花嚴起信 諸子百家 다 주어 두러보고'라는 표현과 '高峯大惠 겨시더면 머리 깨쳐 개주리라'라는 강한 경계의 말을 하고 있다.

15) '答許司理 壽源(『서장』)'에서 대혜 선사가 공부를 하는 것이 오히려 오염시키는

순간 깨침, 참구 깨침이라는 세 가지 형태를 제시한다. 본래성불은 일
체가 본래 깨달은 부처이기 때문에 여기에 다시 닦아서 깨달을 것이
없다는 선이다. 순간 깨침은 본래 깨달아서 일체가 부처이지만 그러한
자신의 정체성을 인식하지 못하다가 어느 순간에 자신이 본래 깨달아
있음을 순식간에 깨닫는 선이다. 참구 깨침은 본래 깨달은 존재이지만
바로 깨달은 존재임을 자각하지 못하고 화두라는 문제를 시간이 걸려
의심해 나감으로써 마침내 깨달음에 도달하는 선이다. 특히 침굉이 소
중하게 여기고 교과서로 삼았던 고봉선사의『선요』에는 이런 세 가지
형태의 선이 모두 나타나 있다.16)

침굉의 시문학 자료나 가사 작품에 나타난 내용은 그가 화두를 의심
해나가는 참구 깨침의 간화선을 주로 수행했고, 당시 선 사상의 한 흐
름인 염불선을 제한적으로 수용한 것으로 나타난다. 침굉이 보여준 이
러한 선의 입장이 그의 가사 작품에 어떻게 구체적으로 나타나는지를
살피고자 한다.

1) 간화선적 성격

침굉은 세 편의 가사에서 모두 선을 표현하고 있다. 침굉은 그 가운
데 〈귀산곡〉에는 실제 간화선을 수행하는 단계, 깨달음을 성취하는 단
계, 깨닫고 나서 자유자재하는 단계 등을 차례로 보여 주고 있다.

것이라고 한 것이나 '開堂普說(『禪要』)'에서 고봉 선사가 어떤 스님의 질문에 일체
중생이 본래성불해 있다는 입장에서 대답을 한 것이 그 예다. 이 두 책에서 나타난
세 가지 형태의 선은 철저히 본래 부처의 입장에 서 있다.

16) 예를 들면『선요』의 '開堂普說', '示直翁居士洪新恩' 등에서 본래성불, 순간 깨침,
참구 깨침이라는 선의 다양한 면모가 두루 표현되어 있다.

(1) 趙州霜劍 빋기 안고 閑暇히 누윋ᄂᆞᆫ냥
    月明 滄海底의 沙伽羅 大龍이 如意珠를 빋기 믄ᄃᆞᆺ
    無常을 즈로 ᄭᅢ쳐 着意工夫 ᄒᆞᄂᆞᆫ 즛슨
    春風廣野外예 駬騹千里馬 鞭影을 도라본ᄃᆞᆺ   〈귀산곡(歸山曲)〉본사

(1)에는 선수행의 구체적 행위가 나타나 있다. '趙州霜劍 빋기 안고'
라는 말은 임제종의 대표적 선승인 조주 선사가 제시한 無字 話頭를
마치 날카로운 칼을 지니듯이 치열하게 공부해 간다는 뜻이다.[17] 화두
공부를 잘하는 모습을 용이 여의주를 문 것 같다고 비유하고 있다. 여
의주는 뜻하는 바를 다 이루어주는 신비한 구슬인데 용이 이를 얻었다
고 함은 시적 화자가 선 수행을 제대로 잘 하고 있음을 뜻한다. 침굉이
작품에서 보여주는 선이 화두를 참구하는 간화선이라는 것이 이 부분
에 분명하게 드러나 있다.[18] 그리고 3, 4행에서는 무상을 스스로 깨닫
고 뜻을 붙여 공부를 한다고 하고 이렇게 공부하는 것을 채찍 그림자
만 보고도 달리는 천리마와 같이 빼어나게 공부를 잘 하는 것이라고
자화자찬(自畵自讚)하고 있다. 여기서 유의할 것은 '무상을 깨쳤다.'는
말이 확철대오(廓徹大悟)의 완전한 깨달음을 뜻하는 것은 아니라는 것
이다. 완전히 깨달았다면 다시 뜻을 붙여 공부할 것이 더 이상 남아
있지 않기 때문이다. 앞 뒤 문맥으로 보아서 여기서 '無常을 즈로 ᄭᅢ쳐'
라는 말은 일체가 무상한 존재라는 불교의 가르침을 논리적으로 이해
했다는 것이다. 이러한 이해를 바탕으로 완전한 깨달음에 도달하기 위

---

17) 임기중, 앞의 책, 제2권, 528쪽 참고.
18) 이외에도 침굉은 '情神을 抖擻ᄒᆞ야 栢樹子을 것거쥐고 … 祖師關 부스치고 眞州蘿
    蔔 드러슴켜(〈태평곡〉결사)'라고 했는데 여기서 '祖師關'은 栢樹子라는 화두를 말
    한다. 조사관을 부순다는 것은 곧 화두를 타파하는 것으로서 이 역시 간화선을 통
    한 깨달음을 의미한다.

하여 의지를 가지고 공부하는 것을 '無常을 ㅈ로 씌쳐 着意工夫 ᄒᄂᆞ'
이라고 표현하고 있다. 여기서 착의공부(着意工夫)의 구체적 내용도 화
두를 참구하는 간화(看話)를 의미한다고 보아야 한다. 뜻을 붙여 착실
하게 화두공부를 잘 한다는 말이다.

그러나 화두를 참구하는 간화선의 수행이 언제나 순일(純一)하게 잘
되는 것만은 아니었다. 그래서 시적 화자는 한가히 누워 하는 공부를
하다가 걸어 다니며 공부를 하기도 한다.

(2) 잇 짜감 아득ᄒᆞ야 睡魔障이 이의거든
　　　萬世猢猻19) 둘러집고 閑林 靜谷애 任意히 논이다가
　　　心神이 疲困커든 石角을 노피 베고 細草애 누어셔라　　　〈歸山曲〉본사

(2)번 글이 바로 이런 면모를 보이는 부분이다. 시적 화자는 이따금
화두를 공부하는 중에 정신이 아득하여 졸음, 즉 수마장(睡魔障)이 덮
쳐 오면 '閑林 靜谷애 任意히 논이기'도 하고 그러다가 '심신이 피곤하
면 돌을 베고 풀밭에 눕기'도 하며 수행을 한다고 하였다. 이것은 좌선

---

19) 기존 주석서(이은상의 앞의 논문(14쪽), 임기중의 앞의 책 제2권(528쪽)을 참고)에
　　서는 '萬世猢猻 둘러 집고'에서 '猢猻'을 지팡이라고 풀이하고 있는데 재고의 여지
　　가 있다. '둘러집고'라는 서술어 때문에 이를 지팡이로 보았으나 그 앞에 붙은 '萬
　　世'라는 수식어를 동시에 고려하면 뜻이 달라질 수 있다. 본래 호손은 猢猻 또는
　　胡孫으로 표기하는데 근본 뜻은 같다. 胡孫에 접미사 子를 붙인 胡孫子를 '迷情妄
　　執에 묶인 범부를 비유한다.'고도 하고(이교철 외 2인, 앞의 책, 735쪽 참고) 猢猻子
　　로 표기하고 이를 사람의 마음 가운데 第六識을 의미하는 것으로 보기도 한다(고우
　　감수, 전재강 역주, 『서장』, 운주사, 2004, 233 · 340쪽 참고). 禪家에서는 眼耳鼻
　　舌身意라는 인간의 표면적인 의식이 쉬지 않고 움직이는 것을 원숭이에 견주어 猢
　　猻子라 말하고 깨달음을 얻기 위해서는 이 호손자를 죽여야 한다고 표현한다. 따라
　　서 여기에 사용된 호손 역시 萬世라는 긴 세월 동안 어지럽게 날뛰기만 하는 표면
　　적인 중생의 마음이라는 의미를 동시에 가지고 있는 것으로 보아야 한다.

(坐禪)을 하다가 졸음이 오거나 정신이 흐려지면 걸어다니며 수행하는 오늘날 선 수행의 방식과 다르지 않다.[20] (1)번 글이 공부가 잘 되는 경우를 말했다면 (2)번 글은 공부가 잘 안 될 경우를 말했다. (2)번 글은 마음이 어지럽거나 졸음이 오고 피곤할 때 걷거나 눕기도 하면서 수행을 계속하는 과정을 보여 주고 있다.

(3) 輕霞ᄂᆞᆫ 믈기 씨고 細雨조처 너스리며 淸風이 吹動호매
　　石路巖畔의 흗듣ᄂᆞᆫ이 香花로다
　　이윽고 起立ᄒᆞ야
　　蒼騰裡 十里許의 쓰쪼초 騰騰ᄒᆞ야 거주을 맛겨거든
　　碧松裡 淸溪邊의 一雙靑鶴은 閑往閑來 ᄒᆞ노매라
　　嶺猿은 哀嘯ᄒᆞ고 谷鳥ᄂᆞᆫ 悲鳴하야
　　져론 소리 긴소리 遠近의 들리거든
　　白雲이 거두치매 山光 水色이 夕陽을 빗기쓰여 處處의 어리엿ᄂᆡ
　　　　　　　　　　　　　　　　　　　　〈귀산곡(歸山曲)〉 본사

(1)(2)번의 작품이 잘 되거나 못되는 공부의 과정을 드러내 보였다면 (3)번은 드디어 깨달음과 깨달음의 경지에서 바라본 세계에 대하여 표현하고 있다. (3)번 1,2행에서 시적 화자는 노을이 끼고 세우(細雨)가 내리며 청풍(淸風)이 불고 향화(香花)가 떨어지는 장면을 제시하였다. 이것은 (2)번 끝에서 심신이 피곤하도록 공부에 골몰한 상황에서 깨달음을 가져오는 대상의 자극이다.[21] 노을, 청풍, 향화라는 대상들이 본

---

20) 좌선 중의 피로를 풀고 졸음을 없애기 위하여 堂中을 걸어 다니는 것, 일정한 장소를 조용히 산보하며 수행하는 것을 經行이라고 한다.(이교철 외 2인 편찬, 앞의 책, '經行'조 참고)

21) 석가는 새벽에 샛별을 보고 깨달았는데 영운선사는 복숭아꽃이 피는 것을 보고 깨닫고, 향엄 선사는 기왓장이 대나무에 부딪히는 소리를 듣고 깨닫고, 장경 선사

래 모습 그대로 파악되기 시작한 것은 그 이전에 깨닫기 위하여 고심하고 피곤했던 상황이 완전히 걷혀버린 뒤의 일이다. 따라서 바로 이 부분은 시적 화자가 깨달음을 경험하는 순간을 나타낸다고 할 수 있다.

깨달음의 경험으로 인하여 시적 화자의 행동 방식이 바뀐다. 일어나서 뜻 가는 대로 자유자재하는 삶의 모습을 후반부에서 보이고 있기 때문이다. '쯔쪼초 騰騰ㅎ야 거주을 맛겨거든'이라는 말은 바로 움직임에 맡겨 자유자재하다[22)는 것을 뜻한다. 깨닫고 나서는 일체 세계가 갈등을 넘어서고 원융하게 혼연일체로 보이기 때문에 나타나는 세계는 조화롭고 주객이 하나가 된 모습으로 그려진다. 시적 화자가 자유자재하게 살아가는 모습이 한 쌍의 청학(靑鶴)이 한가하게 왕래하는 것과 동일한 것으로 그려진 것이 바로 그 예가 된다. 영원(嶺猿)과 곡조(谷鳥)가 우는 것, 백운이 걷히며 산광(山光), 수색(水色)이 석양에 어리는 것 등 일체 현상들이 그림처럼 하나로 어울리는 모습으로 제시된 것도 깨달은 경지에서 바라본 대상의 조화로운 모습이다.

요컨대 여기 인용한 〈귀산곡〉은 선 수행을 위하여 공간을 찾아가서 순경, 역경 속에서 공부를 지속하고 드디어 깨달으며 깨달은 뒤에 자유자재하는 선 수행의 전 과정과 결과를 제시하였다. 다시 말하자면 깨닫기 이전, 깨달음, 깨달은 이후라는 간화선의 수행 과정과 결과를 분명하게 보여 주었다.

깨달은 이후의 자유자재한 모습을 작품의 한 부분으로만 보여주었

는 주렴을 걷다가 햇빛을 보고 깨닫는 등 깨달음이 어떤 구체적인 자극에 의하여 촉발되었음을 말해준다.(고봉 원저, 전재강 역주, '선달 그믐날 밤의 좌담', 『고봉화상선요』, 일지사, 2002, 112~113쪽 참고)

22) 깨닫고 나서 나오는 자유자재한 삶의 모습을 위의 책(고봉 원저, 전재강 역주, 42~43쪽 참고)에서는 '任運騰騰, 騰騰任運'이라고 표현하고 있다. 선가에서는 어디에도 걸림 없이 자유롭게 살아가는 모습을 이렇게 나타냈다.

던 〈귀산곡〉의 경우와는 달리 〈청학동가〉 본사 세 단락 전체는 (3)번
과 유사한 내용을 확대하여 보여주고 있다.

(4) 香爐峰 束簪호매 奇巖은 競秀ᄒ고
    怪石이 崢嶸ᄒ야 松柏조쳐 蒼蒼ᄒᄃᆡ
    三千尺 玉流ᄂᆞᆫ 九天의 듯듯ᄂᆞᆫ 듯
    其下의 石池예 日光이 侵波ᄒ매 山影 ᄃᆞᆷ겨쩌든
    白雲 紅樹之邊의 一雙青鶴은 閑往閑來 하노매라   〈청학동가〉 본사

(5) 此中의 勝事을 나혼자 아희쩌시
    혼자알고 落膽ᄒ야 不覺애 矯首ᄒ니
    落霞蒼茫之外예 湖上孤峰은 半有半無 ᄒ노매라   〈청학동가〉 본사

(6) 翫布臺 취셔올라 佛日菴 朱閣은 白巖畔의 나타쩌든
    金身이 現宛ᄒ고 玉塔 崔嵬ᄒᄃᆡ
    百衲 閑僧은 禪興을 못내겨워
    玉爐에 香을 곳고 一聲 金磬을 萬壑風의 울니노매   〈청학동가〉 본사

(4)에는 향로봉(香爐峰), 기암(奇巖), 괴석(怪石), 송백(松柏), 삼천척
(三千尺) 옥류(玉流)가 위와 아래로 솟거나 내려 꽂혀서 수직적 질서에
따라 위압적으로 존재하고 있고, 그 아래 석지(石池)에는 일광(日光)이
비치고 산영(山影)이 잠겨 수평적 세계가 평화롭게 펼쳐져 있는 것으로
그려져 있다. 바로 이와 같이 수직과 수평, 위압과 평화가 조화된 세계
에 '일쌍청학(一雙青鶴)'이 '한왕한래(閑往閑來)' 하는 모습이 더해졌다.
이는 (3)에서 시적 화자가 깨닫고 나서 보여준 세계와 일치한다. (3)에
서 사용한 '碧松裡 清溪邊의 一雙青鶴은 閑往閑來 ᄒ노매라.'라는 표
현이 (4)에서 '白雲 紅樹之邊의 一雙青鶴은 閑往閑來 하노매라.'라는

표현으로 다시 나타난 것에서 이를 확인할 수 있다.

(4)에서 '청학'이라는 동적 대상이 깨달음을 표현하는 중심에 놓여있다면 (5)에서는 '호상고봉(湖上孤峰)'이라는 정적 대상이 그 중심에 있다. 시적 화자가 말하는 '승사(勝事)'라는 것이 (4)에서 발견한 조화로운 세계의 모습인데 '호상고봉(湖上孤峰)'은 새로 발견한 또 다른 승사라고 할 수 있다.

(6)에 오면 사찰 경내에서 시적 화자이거나 시적 대상 인물일 수도 있는 '백납한승(百衲閑僧)'이 선흥(禪興)을 이기지 못하여 향을 사르고 금경을 울리는 행위가 중심을 이루고 있다. (3)에서 깨닫고 나서 자유자재하는 시적 화자가 맑은 시냇가를 한가로이 왕래하는 청학과 혼연일체가 되어 살아가듯이 (6)에 나타난 한가한 승려[閑僧]도 (4)(5)에서 제시한 자연이라는 객관 대상과 혼연일체가 되어 살아가는 것으로 그려졌다. 따라서 위에 든 (4)(5)(6)의 내용은 깨달은 경지에서 바라본 대상 세계, 즉 깨달은 이후의 세계를 주로 드러냈다고 할 수 있다.

침굉 가사에서는 간화선이 작품의 중요한 내용으로 다루어졌다. 위에서 살핀 바와 같이 간화선의 수행과정과 깨달음, 깨달은 뒤의 자유자재한 삶을 작품에 두루 나타냈기 때문이다.

2) 염불선[23]적 성격

침굉은 대혜 선사와 고봉 선사를 하나의 모범으로 하는 간화선의 전통을 일면 따르면서도 그와는 분명한 차별성을 보여 주었다. 이는 그

---

23) 염불선은 염불을 합해서 행하는 선이며 五祖門下에 의해 상당히 보급되고 송대, 명대의 선종에도 이런 경향을 많이 볼 수 있다고 했으나(한국불교대사전 편찬위원회, 『한국불교대사전』 4, '염불선'조 참고) 일반적으로 선이라고 하면 조사선, 간화선을 주로 말하고 염불선은 거론하지 않는다.

의 스승인 소요 태능이 가졌던 선의 성격과 맥이 닿아 있고 이것은 다시 그 위의 스승인 휴정과 연관되어 있다. 그 차이의 하나는 침굉이 염불참선이라는 말을 직접적으로 언급하고 선에 염불을 더하여 수행하거나 남에게 제시하고 있다는 점이다. 다른 하나는 일체가 본래 부처라서 본질적으로는 깨달을 것이 없다는 간화선의 근본적 입장과 달리 중생과 부처가 따로 있으며 그 때문에 제도받는 사람과 제도하는 사람이 따로 있는 것으로 선을 말하고 있다는 점이다.

(7) 十二예 出家ᄒ야 十三에 爲僧ᄒ야
　　畫閣 高堂의 恣意히 안닐며 玉軸金文 주어보듸
　　說食飢夫 기리도여 念佛參禪 우이너겨 外事만 따로ᄂ다　　〈歸山曲〉

(8) 禪門이 搖動ᄒ매 法棟이 기오노매
　　念佛參禪 새로히 是非나 마로되야　　〈太平曲〉

(9) 阿彌陀佛 阿彌陀佛ᄒ야 一心이오 不亂이면
　　阿彌陀佛이 卽現目前ᄒ니
　　臨終애 阿彌陀佛 阿彌陀佛ᄒ면 往生極樂ᄒ리라　　〈往生歌〉

직접적으로 염불참선(念佛參禪)이라는 말이 나오는 곳은 두 작품에 각 한 군데씩이다. 구체적으로 어떻게 하는 것이 염불참선인지 이 말만으로는 알 수가 없다. 작품에 보이는 표현만으로는 염불을 하면서 참선을 하는 것인지, 염불 따로 참선 따로 별개의 말로 사용했는지도 분명하지는 않다. 그러나 앞에 인용한 (6)번 글을 보면 구체적으로 염불참선을 어떻게 하는지를 어느 정도 짐작할 수 있다. (6)번 글 끝 부분에서는 '百衲 閑僧은 禪興을 못내겨워/ 玉爐에 香을 곳고 一聲 金磬을 萬壑風의 울니노매'라고 표현하고 있다. '선흥(禪興)'이라는 말에서 선을 하고 있음을 알 수 있고 금경(金磬)을 울린다는 말에서 염불을 하고 있음을 알 수 있다. 선에서 얻은 즐거움을 '선열(禪悅)'이라고 하는데 여기서는 이를 '선흥'이라는 말로 바꾸어 표현하고 있다. 금경은 염불을 할 때 목탁과 함께 사용하기도 하는 불구(佛具)이다. 선흥을 이기지 못하여 금경을 울린다고 했는데 이 말에서 시적 화자가 염불과 참선을 동시에 행하고 있음을 알 수 있다. (6)번에 나타난 구체적 염불참선의 행위를 감안할 때 (7)(8)에 나오는 염불참선(念佛參禪)이 염불과 참선을 동시에 수행하는 염불선임을 추론할 수 있다.

(7)을 보면 설식기부(說食飢夫)는 밥을 말하기만 하고 실제 먹지를 않아서 굶은 사내인데 바로 그와 같이 말만 하고 실천하지 않는 사람처럼 시적 화자는 중요한 염불참선을 우습게 여겨 수행하지 않고 외사(外事)만 따른다고 하였다. 여기서 '외사'란 '옥축금문(玉軸金文)을 주어보는' 것이다. 여기서는 시문이라는 글에만 관심을 가지고 깨닫기 위한 수행 실천에 나서지 못한 시적 화자 자신이 바로 문제라는 자각을 보인다. 처음 출가하여 제대로 공부하지 않았던 시적 화자 자신을 반성하는 과정에서 염불선을 실천하는 것이 중요하다는 것을 자각하였다.

(8)에서는 '禪門이 요동하고 법의 기둥이 기우는' 현실을 개탄하고 있다. 첫 문장은 인과 관계로 연결된 문장인데 법동(法棟)이라는 불교 전체의 가르침이 기우는 이유가 '선문'이 흔들리기 때문이라고 하였다. 물론 선문이란 선 수행을 전문적으로 할 수 있는 사찰이다. 둘째 문장에서 그 대응책을 제시했는데 그것은 바로 염불참선을 수행할 일이지 시비하지 말라는 것이다. 불교 전체가 기우는 것을 막기 위한 대책으로 염불선을 새롭게 할 것을 대안으로 제시했다.

(9)는 침굉이 남긴 유일한 시조 작품이다. 염불에 몰두하면 극락에 왕생할 수 있다는 말을 하고 있다. 표면적으로 염불하는 행위만 나타

나 있고 선은 드러나지 않았다. 염불은 입으로 소리 내는 것이고 소리 내는 자신을 돌아보고 '염불하는 이놈이 무엇인가?'를 의심하는 것이 염불선인데 의심은 의식 속에서 내밀하게 이루어지기 때문에 겉으로 드러낼 수 있는 성질의 것이 아니다. 그 때문에 이 작품에는 선언적 염불 부분만을 부각하여 표현하였다고 할 수 있다.

이상 (6)(7)(8)(9)에서 침굉은 그가 중시한 또 다른 선이 선과 염불을 겸수하는 염불선임을 보여주었다. 특히 (6)에서는 염불참선의 실천 현장을 드러냈다. (7)에서는 시적 화자 자신이 글만 보던 그릇된 수행을 반성하며 염불선의 수행으로 복귀하려는 의지를 보였고 (8)에서는 그릇된 불교의 풍토를 바로잡는 방안으로서의 염불선을 제시하였다. (9)에서는 염불하는 자를 의심하는 내면의식을 숨기고 겉으로 염불하는 행위만을 부각하여 드러냈다. 결국 시적 화자의 개인적 수행의 잘못을 반성하거나 불교 전체의 잘못을 바로 잡기 위하여 대안으로 제시한 것이 바로 염불선이었다고 할 수 있다. (6)(9)번이 염불선의 구체적 모습을 단편적으로 그려 보이거나 염불선을 권했다면 (7)(8)에서는 시적 자아 개인적, 불교계 전체적 문제를 해결하는 방안으로서의 염불선을 제시하고 권고하고 있다.

그런데 침굉 가사에 나타난 선의 성격이 간화선이건 염불선이건 본래 부처의 입장에 서 있지 않다는 점이 특이하다. (8)번 글을 담고 있는 〈태평곡〉 끝 부분에는 중생교화와 관련하여 선의 성격을 드러내고 있다. '無底船의 넌즛 올라 智慧月을 조쳐 싯고 大悲網 빗끼 펴 慾海魚를 건져내여 涅槃岸의 올려두고'라고 하였다. 밑바닥 없는 배를 타고 지혜의 달을 실었다는 말은 깨달은 상태를 말하고 대비망을 편다는 것은 중생을 건지기 위하여 큰 자비를 베푼다는 말이다. 욕해어를 건져내여 열반안에 올려둔다는 말은 중생을 건진다는 말이다. 불교에서는

'중생을 제도한다'는 말을 '중생을 건진다'라는 말로 바꾸어 표현하기도 한다.[24)]

그러나 조사선의 입장에서는 이 장의 앞부분에서 전제했지만 일체가 본래 부처이기 때문에 건질 중생이 따로 없다고 본다. 교화 행위 자체가 미망이라고 보는 것이 조사선의 근본적 입장이다. 이러한 철저한 선의 입장이 『선요』에는 분명하게 표현되어 있다. 『선요』의 저자 고봉은 '제야소참(除夜小參)'법문자리에서 '불자로 고기 낚는 자세를 짓고 이르기를 밤은 차고 고기는 잠겼는데 공연히 낚시를 드리움이여, 거두어들여 남은 해를 보내는 것만 같지 못하도다!'[25)]라고 말했다. 여기서 낚시는 중생을 건지는 행위를 상징하는데 이 행위를 공연하다고 하였다. 고기로 비유된 중생이 본래다 부처이기 때문에 따로 건질 것이 없다는 것을 이렇게 나타냈다. 이것은 본래 부처의 입장에서 중생을 제도하는 행위 즉 낚시 행위를 그만두고 지내는 것이 더 낫다는 것을 표현한 것이다. 침굉에 있어서 선은 건질 중생이 있고 깨달아서 건지는 사람이 따로 있다는 입장에서 선을 표현하였고 본래성불과 순간 깨침, 참구 깨침이라는 세 가지의 선 가운데 시간이 걸려 닦고 증득하는 과정이 있는 선만 주로 표현하였다.

제2장의 전체 내용을 포괄해 보면 시적 화자가 깨닫기 위하여 수행하고 마침내 깨달음에 이르는 과정을 보이고, 깨달은 뒤에 펼쳐진 원융한 세계를 묘사해 보였으며 이런 깨달음의 견지에서 세상을 교화하는 불교 수행의 전체 과정이 〈귀산곡〉, 〈청학동가〉, 〈태평곡〉의 작품 순서대로 드러났다고 하겠다. 간화선을 드러내는 부분에서는 수행의

---

24) 불교에서 말하는 네 가지 서원에서도 '중생을 건지겠다(衆生無邊誓願渡)'는 항목은 매우 중요시된다.
25) 以拂子 作釣魚勢云 夜冷魚潛空下釣 不如收卷過殘年(21, 除夜小參 『禪要』)

과정 즉 깨닫기 전의 수행, 깨달음, 자유자재행, 중생 구제 등의 과정을 보여 주었고 염불선을 나타낸 부분에서는 자기반성을 하거나 불교적 문제를 해결하기 위한 대안을 제시하고 권유하는 차원에서 단편적 내용을 보여주었다. 침굉은 가사에서 염불선을 개인적 반성이나 불교계 문제 해결의 방안으로 가져오되 단편적 장면을 제시하거나 선언적으로 염불참선이라는 용어만을 사용하는 데 그쳤다. 그리고 간화선을 중심 내용으로 다루면서도 전통 간화선이 가진 본래부처의 입장과 달리 구제자와 피구제자의 구분을 분명히 하고 모든 중생을 다 건지겠다고 하여 전통 조사선과는 다른 면모를 보여 주었다.

3. 진술 방식

지금까지 살핀 침굉 가사의 선이 실제 작품에서 어떤 방식으로 진술되고 있는지를 살피고자 한다. 침굉은 그가 표현하고자 한 선수행의 국면에 따라 그것을 드러내기에 가장 적절한 진술 방식을 사용하였다. 그러나 특정 진술 방식을 한 작품에 하나만 사용하는 단조로운 수법을 쓰지 않고 각기 글의 목적에 따라 중심적 진술의 방식을 따르면서도 다른 진술 방식을 부분적으로 수용하였다.

1) 서사적 진술

〈귀산곡〉은 침굉의 자전적 가사 작품이다. 그가 출가하고 그릇된 공부에 방황하다가 드디어 간화선 공부에 들어가서 순경과 역경을 겪으면서 공부를 거듭 하고 마침내 깨닫고 깨달은 뒤에 자유자재하며 앞으로 청빈한 삶을 살겠다는 다짐을 보이는 순서로 작품이 구성되어 있

다. 이를 좀 더 구체적으로 보면 서사에서는 문제를 제기하고 본사에
서는 시적 화자의 일생을 소개하고 결사에서는 각오와 의미를 부여하
는 순서에 따라 3단 구성을 분명하게 보여 주었다. 서사에서 그릇된
삶의 방식을 제시하고 본사에서 이것이 왜 그릇되었으며 어떻게 하면
바르게 나갈 수 있는가를 말하고 결사에서 올바른 삶을 객관적으로 판
단하는 방식으로 작품을 전개했다.

> (10) 阿呵呵 錯錯子아 네 엇지 錯錯흔다
>   浮生이 一夢이오 萬富도 如雲이다
>   부귀공명 榮利財貨 엿보와 어딕쓸다   〈귀산곡〉 서사
>
> (11) 이보소 淸白家風을 나는 인가 ᄒ노라   〈귀산곡〉 결사

(10)에서 그릇된 삶을 살아가는 인물을 먼저 제시했다. 그리고 그릇
된 이유를 부귀공명과 영리재화를 엿보기 때문인 것으로 말했다. 이유
는 부생이 일몽이고 만부도 구름 같은데 이를 추구하기 때문이라는 것
이다. (11)에서는 서사의 그릇된 내용과 반대되는 삶을 이글 앞에 제시
하고 그러한 삶이 가지는 청백가풍으로서의 가치를 객관적 입장에서
인정하고 있다. 즉 서사 첫 행에서 그릇된 자를 환기하여 부르고 결사
에서는 이와 반대로 청빈의 삶을 사는 인물을 내세웠다. 서사와 결사
에서 각각 그릇된 자를 부르거나 제대로 된 사람을 인정하기를 제3자
의 입장에서 하고 있어서 독자들에게 자신조차도 객관화하여 살필 수
있는 작품 내적 환경을 조성했다. 본사에서 제시할 시적 자아의 주관
적 삶의 과정을 객관적 거리를 두고 흥미와 관심을 가지고 읽을 수 있
는 문맥을 앞뒤에 마련했다고 할 수 있다.

즉 서사에서 그릇된 삶을 객관적으로 제시하여 그릇된 삶이 어떤

것이며 어떤 삶이 진실로 바람직한 삶인가에 독자들이 자연스럽게 관심을 가질 수 있게 도와주었고, 결사에서 올바른 삶을 객관적으로 인정하는 방식으로 마무리했다. 서사와 결사의 이 같은 객관화의 방식은 독자들에게 어떤 것이 올바른 삶이며, 또 올바른 삶을 살아 타인에게 인정받고 싶은 충동이 일어나게 하는 효과를 거두었다. 본사에서 보일 서사적 진술의 내용을 더욱 효과적으로 전달하기 위하여 처음과 중간, 마무리라는 객관적 논리적 단락 전개의 방식을 수용했다고 할 수 있다.

본사의 시적 화자는 주관적 입장으로 돌아온다. 차신(此身), 차시(此時)라는 표현이나 '이러구러 지내리라'는 의지적 어휘 표현에서 시적 화자가 자기 자신의 일을 주관적으로 진술하는 징표를 발견할 수 있다. 물론 이 몇 가지의 징표뿐 아니라 문장에 나타난 서술어나 모든 표현들이 시적 화자의 주관적 입장을 뒷받침하고 있어서 글의 진술이 주관적이라는 것은 의심할 여지가 없다. 요컨대 서사와 결사에서 3인칭 서사(敍事)의 시점이 사용되었다면 본사(本詞)에서는 1인칭 주인공 시점이 사용되고 있다는 말로 설명할 수 있다.

시적 화자는 서사적 진술 방식을 통하여 출가 승려로서의 삶의 일대기를 매우 역동적으로 보여 주고 있다.

(12) 十二예 出家ᄒ야 十三에 爲僧ᄒ야
　　畫閣 高堂의 恣意히 안닐며 玉軸金文 주어 보듸
　　說食飢夫 기리도여 念佛參禪 우이 너겨 外事만 ᄯ로ᄂᆫ다
　　此身 믄득 주거 八寒八熱 諸지옥애
　　다ᄭᅥ 든니며 무한 고통 受ᄒᆯ 時예
　　남방 敎主 地藏大聖 六環杖을 들러 집고
　　가슴을 헤글며 눈물을 즐흘려도 救濟ᄒᆯ 方이 업다

此時예 當호야는 文章도 쓸 듸 업고 技藝도 둘 듸 업다
비록 縱橫 無碍說이라도 다 두러 펼 듸 젹다
어와 虛事로다 世間名花 虛事로다   〈귀산곡〉 본사

　먼저 출가와 승려가 된 시기를 말하고 시문에 몰두하고 수행에 매진
하지 못했던 행적을 이야기했다. 그러다가 거의 죽음에 이르는 고통을
직면하여 시문을 일삼던 자신의 공부가 전혀 쓸 데 없음을 확인하고
문장과 무애설(無碍說)이 다 소용 없으며 세간의 명화가 허사라는 사실
을 자각하기에 이른다. 이런 반성을 통하여 드디어 진실한 수행에 나
서게 된다. 여기에 미래의 삶에 대한 각오를 덧붙였다. 내용은 일생을
짧은 몇 행으로 요약하고 청빈하게 살겠다는 것으로 되어 있다.

　출가하고 수행하며 깨달아서 자유자재하게 살아가던 삶의 전체 과
정을 시간 순서에 따라 자세하게 진술하고 본사의 끝 부분에서 이런
일생의 과정을 다시 한 단락으로 요약해 보임으로써 서사 단락을 한
번 더 반복하였다. 그러나 요약하여 반복한 이 부분은 일생을 전체적
으로 자세하게 보인 부분과 다르다. 세속의 탐욕스런 삶과 대비하여
출가하여 정화된 삶을 살아가는 시적 화자 자신의 삶을 요약·강조하
는 방향으로 서사를 반복하고 있기 때문이다.

　서사(敍事)의 시점이 3인칭과 1인칭을 왕래하여 입체적이 되면서 시
적 화자의 절실한 삶의 과정을 적나라하게 드러내면서도 이를 객관화
시켜 독자들의 공감을 크게 불러일으키는 효과를 거두었다. 작품 전체
의 짜임이 객관적 서술에서 주관적 서술, 다시 객관적 서술의 순서로
이루어져 있다. 이러한 삼단 구성이라는 전체 구성 안에서 본사는 다
시 세 가지의 서사 묶음을 내포하고 있다. 출가와 그릇된 공부, 자기반
성의 과정을 보인 것(12)이 그 하나이고, 참된 공부를 시작하고 역순

경계에서 공부를 계속하며 마침내 깨닫고 자유자재하게 살아가는 공부과정을 보인 것(1)(2)(3)이 또 하나이다. 그리고 나머지 하나는 탐욕의 세속에 대비하여 시적 화자가 살았던 출가와 수행, 청빈한 삶의 전체 과정을 아주 요약적으로 서술한 것이 그것이다.26)

  삶의 과정을 주관적 시적 화자의 입장에서 서술한 본사의 내용을 서사와 결사에서 제3자의 객관적 입장에서 진술하여 공감의 효과를 높였다. 본사의 마지막 단락에서 탐욕적 세속의 삶과 대비하여 청정한 자신의 삶을 요약하여 다시 제시함으로써 독자들에게 삶의 분명한 가치를 깊이 각인시켜 주는 효과를 거두었다. 특히 깨달음의 경지를 보일 때에는 조화롭고 원융한 세계의 모습을 그림처럼 묘사해 보임으로써 누구나 그러한 세계에 나아가고 싶은 충동을 느끼게 하였다.

  〈귀산곡〉은 주로 서사적 진술 방법에 따라 시적 화자의 일생을 그려 보였다. 서사적으로 진술하되 시적 화자의 목소리는 주관적 1인칭과 객관적 3인칭의 두 가지가 유기적으로 연결되어 나타났다. 시적 화자 개인의 삶을 직접 제시할 때에는 주관적 1인칭의 목소리를 사용하였고 제시한 시적 화자의 삶을 끌어오거나 가치 평가를 할 때에는 객관적 3인칭 목소리를 사용했다. 즉 시적 화자는 본사에서 자신의 삶을 주관적 1인칭의 시점에서 소개하고 서사와 결사에서는 본사의 내용을 3인칭의 객관적 시점에서 객관적으로 진술하였다. 객관적 진술의 서사, 주관적 진술의 본사, 객관적 진술의 결사라는 순차적 3단 구성을 작품 전체 서사적 짜임으로 사용했다. 작품 전체적으로는 삶의 과정을 시간의 순서에 따라 제시하여 서사적 진술 방법을 전체적으로 사용하면서

---

26) 해당 단락을 들면 다음과 같다. "世間은 崢嶸ᄒ야 貪愛로 일삼거ᄂᆞᆯ/ 靑年의 斷髮ᄒ야 物外예 쎄혀 안자/名花香菓을 슬토록 주어먹고/石隙의 淸水을 거스리 주여마셔/淸貧을 樂을사마 이러구러 지나리라〈귀산곡〉본사)"

도 서, 본, 결을 논리적으로 구성한 데서 논증적 진술 방식, 깨달은 이후 삶의 장면을 제시할 때에는 묘사적 진술의 방법을 부분적으로 사용하였다.

2) 묘사적 진술

〈청학동가〉는 시적 화자가 깨달은 경지에서 바라본 세계를 주로 드러낸 작품이다. 깨달음의 세계는 구체적으로 형용해 보일 수 없다는 점에서 내면적이고 관념적이라 할 수 있다. 그래서 깨달음을 구체적으로 내 보여야 할 때 선사들은 다양한 방법들을 강구했는데[27] 이 가운데 가장 보편적 방법이 깨달음 혹은 진리의 세계를 시로 형상화해보이는 것이었다. 소위 처음 깨닫고 읊는 오도송(悟道頌)이나 깨닫고 나서 수시로 읊는 게송(偈頌)은 선의 세계를 구체적인 대상이나 현상으로 형상화하는 것이 일반적이다. 침굉이 중시했던 『선요』에 실린 선시와 침굉 자신의 작품을 들어보아도 이를 확인할 수 있다.

(13) 바다 밑 진흙소가 달을 물고 달려가거늘　　　　海底泥牛啣月走
　　　바위 앞 돌 호랑이는 아이를 안고 잠을 자도다!　巖前石虎抱兒眠
　　　쇠 뱀이 금강의 눈을 뚫고 들어가거늘　　　　　鐵蛇鑽入金剛眼
　　　곤륜산이 코끼리를 탐에 백로가 끌고 가도다!　崑崙騎象鷺鷥牽[28]

(14) 서쪽에서 온 한 보배 초불을　　　　　　　　　西來一寶燭
　　　어찌 꼭 수고롭게 찾으려는가?　　　　　　　何必苦推尋

---

27) 깨달음을 표현하는 방법은 고함을 지르거나(喝) 주장자를 휘두르기도 하며(棒) 선문답을 하거나 오도송을 읊는 것 등이 대표적인데 구체적으로는 더 다양한 표현 방식이 있다.

28) 고봉원묘 원저, 전재강 역주, '5.대중에게 보임', 앞의 책, 57쪽.

밤은 깊고 산 비 온 뒤에　　　　　　　　夜深山雨後
서늘한 달은 동산 등성이에 떠오르네.　　　凉月上東쪽29)

(13)은 4행이 모두 깨달음의 경지를 드러낸 전형적 선시 작품이다. 각 행은 하나의 장면을 그려 보이고 있다. 비록 현실적으로 납득할 수 없는 장면이지만 구체적 대상의 모습을 선명하게 그리고 있다. 이 작품은 바다 밑의 진흙소가 달을 물고 가는 장면, 바위 앞 돌 호랑이가 아이를 안고 잠자는 장면, 쇠 뱀이 금강의 눈을 뚫고 들어가는 장면, 백로가 코끼리를 탄 곤륜산을 끌고 가는 장면 등 네 편의 그림으로 구성되어 있다. 묶어서 보면 동적 심상과 정적 심상을 번갈아 제시하고 있다. (13)이 작품 전편에 걸쳐 묘사의 방법으로 대상을 그려 보였으나 (14)는 3,4행에서만 이와 같은 묘사의 방식에 따라 대상을 그려 보이고 있다. 1,2행에서는 공부하는 방법에 대하여 반문하고 3,4행에서는 그 대답으로서 깨달음의 세계 혹은 진리를 역시 구체적 대상을 통하여 그려 보였다. 깊은 밤 비가 내린 뒤 동산에 달이 떠오르는 장면을 선명하게 그려 보인 것이 그것이다. (13)에 비하여 충격적이지 않고 매우 일상적 현상을 그림 그리듯 묘사하였다.

깨달음을 구체적 대상과 현상의 묘사를 통하여 드러낸 〈청학동가〉역시 이들 작품과 유사한 면모를 보여 준다. 그러나 가사와 한시라는 장르적 성격 차이 때문에 구체적 묘사의 방법은 다르다. (4)는 청학동이 자리하고 있는 향로봉의 전체 풍경을 그리고 있다. 향로봉이 솟은 곳에 기암, 괴석, 송백이 험하고 푸르게 솟아 있는 것을 그렸다. 상승적 대상과는 반대로 하강하는 폭포를 과장과 직유의 수사법을 동원하여 묘사하고 있다. 상하 수직의 동적 대상의 묘사에 이어 좌우 수평의

---

29) 枕肱, ‘呈쪽道人’『枕肱集』상.

정적 세계를 그렸다. 석지에 햇빛이 비치고 산 그림자가 잠긴 고요한 수평적 세계가 펼쳐져 있다. 역동적 수직의 세계와 정적 수평의 세계 가운데에 백운이 흐르고 붉은 숲이 있고 그 사이에 한 쌍의 청학이 왕래하는 정경을 그리고 있다. 한 폭의 동양화를 이미지로 떠올리게 하는 내용이다. 시적 화자는 자연스런 자연 현상 자체가 진리이고 깨달음이라는 대답을 (14)에서처럼 여기서도 하고 있는 것이다. 자연 대상과 현상의 수직상하좌우, 역동과 고요를 입체적으로 묘사하는 방식을 통하여 진리 혹은 깨달음을 표현하고 있다. 한시와 달리 가사가 장형의 시가이기 때문에 단편적 장면이 아니라 넓고 큰 화폭에 역동적이면서도 고요하며, 수직적이면서도 수평적인 전체 자연 대상과 현상을 시선의 이동을 따라가며 묘사하였다.

(5)에는 시적 화자가 직접 등장한다. '승사(勝事)'를 '나 혼자' 아는 것이 낙담이 된다고 하는데서 시적 화자 '나'가 드러났다. '승사'를 알려 주기위하여 고개를 들었는데 그때 다시 진리의 표현인 '낙하창망지외(落霞蒼茫之外)'에 '호상고봉(湖上孤峰)'이 '반유반무(半有半無)' 하는 모습이 나타난다. (4)에서는 대상이 상하 수직과 수평 연장, 고요와 역동이라는 모습으로 그려졌다면 (5)에서는 '반유반무'라고 하여 있음과 없음이라는 다른 차원에서 묘사되었다. '호상고봉'이 반은 있고 반은 없다고 했는데 멀리 있는 대상이 아득하게 보였다 사라졌다 하는 것으로 그렸다. 이는 있기도 하고 없기도 하다는 연기의 법칙30)인 불

---

30) 연기란 이 세상의 어떤 것도 단독으로 존재하지 않고 다른 대상과의 관계 속에서 존재한다는 법칙이다. 연기설에서는 일체의 존재는 연기 현상이기 때문에 현상으로는 분명히 존재하지만 본질적으로는 존재하지 않는다고 설명한다. 이를『반야심경』에서는 '색이 공이고 공이 색이다.'라고 하였고『잡아함』권15에서는 '이것이 있으므로 저것이 있고, 이것이 생하므로 저것이 생한다. 이것이 없으므로 저것이 없고 이것이 멸하므로 저것이 멸한다.'고 설명한다. 불교에서는 연기설에 입각하여

교적 진리를 구체적인 대상의 묘사를 통하여 형상화해 낸 것이라 할
수도 있다. 시적 화자가 가까이에서 대상을 바라보고 자세하게 묘사했
던 (4)로부터 상당히 멀리 이동한 지점에서 시선을 돌려 대상을 바라
본 모습이 (5)라고 할 수 있다. 시적 화자의 이동하는 모습이 직접적으
로 드러나지는 않았으나 묘사된 대상의 모습에서 시적 화자의 시선이
움직이는 것을 짐작할 수 있다. 즉 동적 시선을 따라 대상을 묘사했다.

 (6)에서는 (4)(5)의 경우와는 달리 대상인 불일암의 정경을 매우 특
이하게 그리고 있다. 먼저 배경으로서 백암반에 나타난 불일암의 주
각, 뚜렷이 나타난 금신과 우뚝한 옥탑을 배경으로 선흥에 겨운 백납
한승이 향을 꽂고 금경을 울리는 장면이 묘사되었다. 이러한 대상의
묘사는 (4)에서 시적 화자가 대상을 시선의 움직임에 따라서, (5)에서
는 몸과 시선의 움직임에 따라 묘사한 것과 구별된다. (4)(5)에서 시적
화자의 움직임이 간접적으로 드러났다면 (6)에서는 시선의 이동은 물
론 시적 화자의 물리적 공간 이동이 구체적으로 드러났기 때문이다.
시적 화자의 움직임을 구체적으로 나타냄으로써 대상과 시적 화자가
모두 하나의 광경 안에 포괄되는 방향으로 묘사가 이루어졌다. 결국
취해서 올라온 시적 화자, 배경들, 선흥에 겨워 금경을 울리는 백납한
승이 혼연 일체가 되도록 장면을 그려보였다.

 시적 화자는 시각이나 위치의 이동에 따라 자아의식 없이 대상만을
그리기도 하고 자아를 분리하여 대상과 어울리는 모습을 그리기도 하
고 다시 대상과 일치되어 작용하는 모습을 그리기도 하였다. 침굉은
깨달음 혹은 진리의 내용을 구체화시킬 때에는 묘사적 방법으로 대상
을 그려보였다. 물론 〈청학동가〉 전체 작품을 두고 보면 서두의 시작

있는 측면과 없는 측면이 함께하여 온전한 존재를 이룬다고 주장한다.

이나 장소의 이동에 따른 대상 보여주기, 결사에서 사연을 알리지 말라고 아이에게 부탁하는 등의 전개는 서사적 진술의 성격을 보이기도 한다. 그러나 전체 글의 대부분을 차지하는 본사에서 추상적인 진리를 구체적 형상화를 통하여 그려보였다는 점에서 묘사적 진술이 중심을 이룬다. 여러 장면들을 묘사하고 이를 공간의 이동이나 시간의 흐름에 따라 엮어내는 데에 서사적 진술이 부분적으로 원용되었다. 〈귀산곡〉에서는 전체 서사적 진술을 보완하기 위해 부분적으로 묘사적 진술이 이루어졌다면 〈청학동가〉에서는 주로 중요한 장면들을 묘사적으로 진술하고 이를 순서대로 제시하기 위하여 부분적으로 서사적 진술이 사용됐다. 전자가 서사적 사건의 진행에 더 초점을 두었다면 후자는 구체적 장면 제시에 중점을 두었기 때문이다.

3) 논증적 진술

침굉 가사 세 편 가운데 〈태평곡〉에는 논증적 진술[31] 방식이 주로 사용됐다. 작품의 제목이 암시하듯이 불교가 가진 여러 문제 때문에 태평하지 않은 현실을 시정함으로써 태평한 세계로 나가고자 하는 의도를 표현하고자 했기 때문이다. 〈태평곡〉은 당시 불교가 안고 있는 전체적인 문제를 포괄적으로 파악하기도 하고 구체적인 문제를 세부적으로 지적하기도 하여 그 해결 방안을 각각 제시하고 있다.[32]

---

31) 논증이란 어떤 문제에 대하여 주장을 하고 그 주장이 타당하다는 근거를 제시하여 입증하는 진술의 방법이라고 할 수 있다. 여기서 '논증적'이라고 한 말은 논증의 글이 가지는 본격적 논증을 말하는 것이 아니라 시가 장르의 한 작품인 침굉 가사가 지적한 문제에 대한 해결 방책을 제시하는 방식의 진술을 의미하는 것으로 사용했다.

32) 앞의 장 '2. 〈태평곡〉의 구조' 아래 '2) 단락 전개 구조'에서 간단하게 제시한 〈태평곡〉의 단락 전개도(이 책 112쪽) 참고.

이 작품도 전체적으로 서사, 본사, 결사의 세 개의 단락으로 되어 있는데 본사는 구체적으로 아홉 개의 세부 단락으로 구성되어 있다. 우선 〈태평곡〉에 보이는 논증의 방법과 논증의 진행에 대하여 나누어 살필 필요가 있다. 먼저 논의 방법에서 작품의 구성에서 볼 수 있듯이 문제를 지적하고 대응 방안을 바로 제시하는 방식을 따르고 있다는 것이다. 여기서 일반 논증의 글이 가지는 성격과는 차이를 보인다. 본격 논증의 글에서는 문제를 지적할 때 선언적인 데에 그치지 않고 그것이 왜 문제가 되는지, 구체적으로 무엇이 문제인지를 규명하게 된다. 또한 해결 방안을 제시할 때에도 특정 문제에 대하여 왜 그것이 가장 타당한 해결 방안인지를 입증하려고 한다. 그런데 〈태평곡〉에서는 문제 지적에 이어 바로 대응책을 제시하는 방식을 따르고 있어서 일반 논증의 글과 차이를 보인다. 그 이유의 하나는 가사가 가지는 장르적 성격에 기인한 것으로 판단된다. 〈태평곡〉이 따지고 분석하는 산문적 주장의 글이 아니라 율문이기 때문에 문제가 문제인 이유를 자세히 드러내거나 해결 방안이 해결 방안으로서 왜 타당한지를 일일이 지적하고 논의하기 어려웠다는 것이다. 또 하나의 이유는 이 작품에서 이미 지적하고 제시한 문제나 해결책이 당시 승가에서는 상당 부분 공감하고 있고 일반화되어 있는 상황임을 전제로 하고 있다는 것이다. 다만 산발적으로 알고 있던 문제를 종합하고 체계화하여 지적하고 시적 화자가 생각하는 해결 방안을 각 항의 문제에 따라 포괄적 구체적으로 제시함으로써 독자들의 공감을 유발하려했던 것으로 판단된다.

다음은 이와 같이 문제 지적과 해결 방안 제시라는 방식으로 진행된 논증이 어떤 양상을 띠는지를 살필 차례다. 작품의 내용을 자세히 살펴보면 논증이 거대 담론과 세부 담론으로 나누어져 있음을 알 수 있다. 즉 서사에서 불교가 안고 있는 전체적 문제를 지적하였고 여기에

대한 대답으로서 결사에서 종합적 해결책을 제시하고 있다. 그리고 본
사에서는 여러 가지 구체적인 문제를 지적하고 구체적인 대응 방안을
제시하고 있다.

    (15) 避後爲僧 鳥鼠僧아 誤着袈裟 專혜 마라
        道伴禪朋 아니붓고 割眼宗師 參禮ᄒ야
        法語六段 바히 몰나 一介無字 둘혜내네   〈태평곡〉 서사

    (16) 禪要書狀 都序節要 楞嚴般若 圓覺法花
        花嚴起信 諸子百家 다 주어 두러보고
        情神을 抖擻ᄒ야 栢樹子을 것거쥐고 (중략)
        祖師關 부스치고 眞州蘿蔔 드러 숨켜
        如來 廣大利의 넌즛넌즛 둔이다가
        우흐로 소사올나 碧空 밧긔 떠혀 안자
        無底船의 넌즛 올라 智慧月을 조쳐 싯고
        大悲網 빗끼 펴 慾海魚를 건져내여 涅槃岸의 올려두고
        囉囉囉 哩囉囉 太平曲을 불니리라   〈태평곡〉 결사

  (15)에서 시적 화자는 불교의 전반적 문제를 지적하였다. 도피하여
승려가 된 사람, 새나 쥐 같이 숨어 살기에만 급급한 승려에게는 승복
인 가사를 잘 못 입지 말라고 명령하고 있다. 이것은 승려가 되는 출발
점에서부터 발생한 잘못을 지적한 것이다. 그리고 이어서 공부를 하는
데 필요한 도반과 어울리지 않는 문제, 눈 밝은 스승을 찾아 가르침을
받아 수행을 하지 못하는 일 등을 불교계의 전체적 문제로 지적했다.
  이런 문제에 대하여 (16)에서 몇 가지 근본적인 대응책을 제시하고
있다. 문제가 된 승려를 향하여 지시하는 것이 아니라 시적 화자 자신
이 어떻게 하겠다고 하는 방식으로 대응책을 제시하고 있다. 우선 경

전이나 선서를 두루 읽을 것을 다짐하였다. 다음은 '백수자(栢樹子)'라는 화두를 들고 '조사관(祖師關)'을 타파하는 선을 수행하겠다고 하였다. 이어서 자유자재하는 삶의 과정에서 '욕해어(慾海魚)'로 비유된 중생을 건져 열반 언덕에 올리겠다고 하였다. 그리하여 마침내 '태평곡'을 연주하겠다는 것이다. (15)에서 지적한 문제가 왜 문제가 되는지를 일일이 설명하지는 않았으나 (16)의 해결책을 함께 검토하면 그 이유를 알 수 있다. 출가의 동기가 잘못된 경우나 수행을 위하여 도반과 함께하고 스승을 찾아 제대로 공부를 하지 않는 문제는 위로 진리를 추구하고 아래로 중생을 구제한다는 불교 본연의 목적을 저해하기 때문에 잘못이라는 함의가 (16)의 해결책 안에 함축되어 있다. 이론적 학습을 먼저 하고 선 수행을 통하여 깨달으며 자유자재한 자유인의 입장에서 중생을 제도하여 함께 태평가를 구가하려는 것이 (16)의 내용이기 때문이다. 당시 불교가 처한 문제적 전체 상황이 불교 본연의 교학과 수행, 중생 제도를 망각한 데에 근원하고 있다는 점을 문제에 해결 방안 제시라는 논리를 따라 해명하여 논증적 진술을 하였다.

이러한 전체적 문제는 불교 사상의 일반적 지향에 근거하여 포괄적으로 제시하였는 데 비하여 세부적 문제에 이르면 매우 구체적인 대안을 제시한다. 세부적 문제와 해결 방안을 제시한 항목들은 중심 내용을 담은 부분만 가져와서 논의하고자 한다.

(17) 黑山下의 조오다가 鬼窟裡예 춤흘려 온긴셔길 뿐이로다
　　이윽고 깨드르면 ᄆᆞ음이 流蕩ᄒᆞ야
　　散亂의 붓들려 飢虛을 못내 계워　　　　　　〈태평곡〉 본사 제1단락
　　杜撰長(老) 依憑ᄒᆞ야 惡知惡覺 殘羹數般 雜知見을 주어배화
　　　　　　　　　　　　　　　　　　　　　　〈태평곡〉 본사 제2단락

(18) 그 스승 그 弟子을 다 ㅁ여 겨쳐두고

闊王의 鐵杖으로 萬萬千千 따리고자

다시 一童 다김바다 千里萬里 보내리라 　　〈태평곡〉 본사 제3단락

(19) 그 나믄 범法僧도 病事도 더옥 만타

弊陽이 두혀쓰고 불희 竹杖 빗기 쥐고 　　〈태평곡〉 본사 제4단락

(20) 公然흔 天地間의 비러나 자시과쟈 　　〈태평곡〉 본사 제5단락

(21) 佛法이 下쇠호매 邪魔外道 熾盛ㅎ니 正知正見 펼듸젹다

　　　　　　　　　　　　　　　　　　　〈태평곡〉 본사 제6단락

山門의 學者도 是非만 따로노매 　　　　〈태평곡〉 본사 제7단락

그 아래 블강 學者 議論도 말려이와 　　〈태평곡〉 본사 제8단락

(22) 禪門이 搖動ㅎ매 法棟이 기오노매

念佛參禪 새로히 是非나 마로되야 　　　〈태평곡〉 본사 제9단락

위 글에서 (17)(19)(21)은 모두 불교가 안고 있는 구체적 문제들이고 (18)(20)(22)는 각 문제에 대한 대응책들이다. 다시 말하자면 (17)문제에 (18)대응책, (19)문제에 (20)대응책, (21)문제에 (22)대응책이라는 방식으로 각 문제에 대한 대응책을 제시하고 있다. 왜 이런 문제에 이런 대응책이 나왔는지를 내용을 가지고 간단히 살피면 논증적 진술의 성격을 읽을 수 있다. (17)에는 공부는 하되 잘못된 길로 접어든 경우를 문제로 제시했다. 공부를 하려는 의지가 있고 실제 공부를 하고는 있으나 혼침(昏沈)과 산란(散亂)에 빠지거나, 악지악각(惡知惡覺)에 몰두하는 문제를 드러냈다. 이 두 가지의 문제는 특히 선 수행을 하는데 많이 나타나는 병통이다. 그래서 시적 자아는 선적인 방법으로 문제를

풀고자 하였다. (18)에서 잘못된 공부를 하는 자들은 스승과 제자 할 것 없이 모조리 때려서 멀리 쫓아버리겠다고 하였다. 이것은 여기서 생략한 부분에도 나왔지만 이와 같은 자들은 천명 만 명을 때려죽인들 무슨 죄가 있겠는가?[33]라고 강하게 배척했던 고봉 선사의 주장과 같은 처방이다. 물론 여기서 머리를 깬다는 말은 상징적 의미를 가지는 표현이다. 잘못된 공부의 방법, 그릇된 인식을 타파하기 위하여 충격적인 자극을 준다는 말이다. 선 수행상의 문제는 선적인 충격의 방법으로 해결해야 한다는 시적 화자의 주장이 표현되었다고 하겠다.

(19)는 승려들이 생계를 해결하기 위하여 법을 어기고 살아가는 문제를 지적하였고 (20)역시 그에 합당한 대응책을 제시하고 있다. (19)에서 승려들은 전주와 담양과 같은 곳을 다니며 술을 제멋대로 마시고 취하여 비틀거리기도 하고 저울을 가지고 전라도 경상도를 비롯한 전국을 두루 돌아다니며 이욕을 구하는 과정에서 불법을 어기는 문제를 지적하였다. 경제적인 문제에서 승려는 본래 걸식을 하였고 중국에 와서는 스스로 일해서 생계를 해결하는 것으로 바뀌었다.[34] 그러나 여기서는 저울을 가지고 다니며 상행위를 하고 지나친 음주까지 서슴지 않는 것이 문제라는 것이다. 시적 화자는 이와 같은 문제에 대하여 부

---

33) 似者般底漢 到高峰門下 打殺萬萬千千 有甚麼罪過(고봉 원저, 전재강 역주, 2. 대중에게 보임, 앞의 책, 42~43쪽 참조)

34) 스승(백장선사)이 평소에 노동을 열심히 했는데 반드시 대중에 솔선했다. 대중들이 이를 참아 두고 보기 어려워 한번은 연장을 감추고 쉬기를 청했다. 스승이 이르기를 '내가 덕이 없는데 어찌 남을 수고롭게 하겠는가?'라고 하고는 연장을 두루 찾았으나 찾지 못하자 또한 밥을 먹지 않았다. 이 때문에 하루 일하지 않으면 하루 먹지 않는다는 말이 생겼다(師凡作務執勞 必先於衆 衆皆不忍 蚤收作具 而請息之 師云吾無德爭合勞於人 師旣徧求作具不獲 而亦忘食 故有一日不作一日不食之言)는 말이 나왔다.(백련선서간행회, 『마조록·백장록』, 장경각, 불기 2533, 앞에서 162쪽, 뒤에서 69쪽 참고)

처님 당시의 방식대로 '비러나 자시괴쟈'라고 하여 승려 본연의 모습대로 걸식행을 통하여 생계를 해결하자고 제안하였다.

(21)에서는 세 가지 유형의 문제를 지적하였다. 먼저 외도가 치성한 문제, 이것저것 따지기만하는 문제, 미숙하면서 오만하기만 한 문제가 그것이다. 이런 유형은 수행 방법상의 문제 이전에 수행을 제대로 시작하지도 않고 빠진 잘못이라고 할 수 있다. 불교의 정법을 벗어나 전혀 다른 길을 가는 것은 외도이고, 스스로 공부하지 않고 따지기만 하는 것은 시비이며, 마음도 아득하고 구두도 뗄 줄 모르면서 성문과 연각, 제불제조, 어르신네를 꾸짖거나 가벼이 보는 것은 미숙함인데 이것은 공부 자체를 제대로 시작하지 않는 승려들이 저지르는 문제들이다. 이 때문에 선문이 흔들리고 법의 기둥이 기운다고 보고 일체의 시비를 떠나 염불참선을 수행할 것을 해결책으로 제시하였다. 불교 수행을 제대로 시작하기 이전 벌어지는 저급한 수준의 문제를 해결하기 위하여 누구나 쉽게 접근할 수 있는 염불참선을 해결책으로 권했다. 논리적으로 설득하거나 충격을 가하여 고칠 수 없는 문제에 대하여 누구나 접근하기 쉬운 방법인 염불참선을 권하여 이를 해결하고자 하였다.

선을 수행하면서 만나는 혼침과 산란, 악지악각의 문제에 대하여서는 옛 선사들이 내린 충격의 방법을 해결책으로 제시하고, 생계를 위하여 전국을 돌아다니며 음주를 하고 상행위를 하며 불법을 어기는 문제에 대해서는 가난해도 승려 본연의 생활 방식인 걸식행을 제안하고, 수행을 제대로 시작하지 않은 채 일으키는 여러 문제에 대해서는 일체의 시비를 넘어서서 쉽게 수행할 수 있는 염불참선의 실천을 해결책으로 각각 제시하였다. 문제의 구체적인 성격에 따라 그에 상응하는 해결책을 제시함으로써 시적 화자의 주장이 논리적인 설득력을 획득했다고 할 수 있다. 주도면밀한 계획에 따라 문제를 제기하고 여기에 정확한 처방을 내림으로써 논증적 진술의 효과를 극대화하였다. 그릇된 행위를 보이거나 깨달음을 구체적 대상으로 드러낼 때 부분적으로 묘사적 진술의 방식을 사용했다.

4. 선의 성격과 진술 방식

입산 출가와 수행 정진, 깨달음과 중생 교화라는 일대사 인연을 다하고 떠난 침굉은 이와 같은 자신의 삶의 과정을 한시나 산문은 물론 가사 작품으로 매우 수준 높게 표현하였다. 가사는 사대부 문학의 한 전형으로 불교 가사가 영성한 상황에서 침굉의 가사는 작자와 시대, 생산 지역이 분명하게 알려진 불교 가사 작품으로서 여러 측면에서 문학적 가치가 높은 작품이다.

침굉 가사는 당대 불교계의 경제적 현실, 수행 풍토를 짐작하게 할 뿐 아니라 작자 개인의 수행자로서의 삶이나 수행방식, 지향 의식을 잘 보여 주고 있어서 침굉 가사를 이해하는 것은 일반 불교 가사의 이해는 물론 가사 문학 일반의 성격을 해명하는 데도 일정한 기여를 할 수 있다. 이런 입장에서 침굉 가사가 중요한 내용으로 다루고 있는 선의 성격과 그 내용을 진술하는 방식에 대하여 논의를 진행했다.

침굉의 가사에는 두 가지 성격의 선을 내용으로 하고 있었다. 하나는 간화선이고 다른 하나는 염불선이다. 전자를 제시할 때에는 수행의 과정과 깨달음, 깨달은 이후의 자유자재한 삶이나 중생을 제도하는 전체 과정을 자세하게 보여 주었고, 후자를 제시할 때에는 문제에 대한 대안으로서 수행의 단면을 보이거나 수행의 필요성을 강조하는 방식으로 간단하게 단편적으로 보여 주는 데 그쳤다. 특히 몇몇 구체적 화두를 참구하는 간화선을 선 수행의 중요한 방법으로 자세하게 보여주었다. 이는 침굉이 간화선을 주로 수행했으며, 염불선은 불교 전체적 분위기의 전환이나 수행에 처음부터 제대로 접근하지 못한 사람들을 권하는 데에 사용하는 정도에 그치고 있었기 때문이다. 그리고 간화선이든 염불선이든 침굉은 본래부처의 기본 정신을 가지고 있지 않았고 그 때문에 구제자와 피구제자가 분명하게 따로 나누어져 있었다는 점에서 전통 조사선과 구별됐다.

  그리고 작품 진술의 중요한 방식으로는 세 가지가 확인되었다. 시적 화자가 출가하고 수행하며 깨닫고 자유자재하게 중생을 구제하는 전체 내용을 제시할 때에는 서사적 진술의 방식을 사용했고, 깨달음의 세계를 제시할 때에는 구체적인 물아일체(物我一體)의 자연 대상을 그려 보임으로써 추상적이고 관념적인 깨달음의 내면세계를 형상화하여 묘사적 진술의 방식을 사용했다. 그리고 불교가 안고 있는 포괄적인 문제와 구체적 문제를 지적하고 이를 해결할 대응책을 제시하는 작품에서는 논증적 진술의 방식을 채택했다. 이러한 진술의 방식이 작품에 따라 도식적으로 나누어져 나타난 것이 아니라 서사적 진술의 방식을 따르는 경우에도 필요에 따라 부분적으로 묘사적, 논증적 진술의 방식을 도입했고, 묘사적 진술의 방식을 주로 사용한 작품에서는 서사적 진술의 방식을 부분적으로 도입했으며, 논증적 진술 방식을 주로 사용한 작품에서는 서사적 묘사적 진술의 방식을 역시 부분적으로 도입했다. 다양한 글의 진술 방식을 침굉이 글쓰기에 체계적으로 수용한 것은 작품의 창작 의도에 따른 것이었다. 삶이나 수행 과정을 제시하기 위해서는 사건을 시간 순서에 따라 전개해야 표현의 효과를 높일 수 있다고 보아서 〈귀산곡〉에서는 서사적 진술의 방식을 주로 사용하였고, 추상적이고 형이상학적인 깨달음이나 진리의 세계를 실감나게 드러내기 위해서는 관념적 설명의 방식이 아니라 구체적 형상화의 방식을 택해야 한다고 보아서 〈청학동가〉에서는 묘사적 진술의 방식을 사용했고, 당시 불교계가 안고 있는 근본적이고 구체적인 문제를 부각하고 해결하기 위해서는 문제 지적과 대안을 논리적으로 제시해야 한다고 보아서 〈태평곡〉에서는 논증적 진술의 방식을 주로 사용하였다.

이 장의 논의에서 침굉이 가사 장르의 산문적 성격을 깊이 이해하고 그가 의도한 목적에 따라 이를 자유롭게 구사한 예를 확인할 수 있었다. 그러나 침굉 가사가 가지는 성격은 앞으로도 새로운 관점에서 논의를 더 확대해야할 여지가 남아 있다. 작자의 정서를 기저로 한 작품의 문학성, 표현의 기법 등을 연구할 수도 있고, 그의 다른 장르의 문학 작품인 시조나 한시, 산문과 연계하거나 그 당대 다른 작가와의 대비, 사승관계에 놓인 인물과의 대비 연구 등을 더 진행함으로써 침굉 문학 전반에 대한 이해를 심화해 나갈 수도 있기 때문이다.

지형 불교 가사의 구조적 성격

1. 지형 불교 가사의 구조

지형은 그 인물의 전기적 사실이 밝혀지지 않은 18세기 불교 가사 작자로 추정된다. 〈전설인과곡(奠說因果曲)〉, 〈권선곡(勸禪曲)〉, 〈수선곡(修善曲)〉, 〈인혜신사지형참선곡(印慧信士智瑩參禪曲)〉, 〈마설가(魔說歌)〉 다섯 편의 불교 가사가 그의 작품으로 알려져 있는데 〈마설가(魔說歌)〉가 〈인혜신사지형참선곡(印慧信士智瑩參禪曲)〉의 이본이어서 실제는 그가 창작한 작품은 네 편이다. 이들 작품은 19세기 이전 것으로서 드물게 작자가 분명한 자료에 속한다. 그의 작품을 이해하는 데에는 여러 가지 연구 방법이 열려 있다고 할 수 있으나 작자의 전기적 사실을 비롯한 창작 배경을 알려 주는 상황 자료가 제한적이어서 작품 유통 과정이나 작품 자체에 근거하여 논의를 진행하는 것이 비교적 연구의 수월성을 높일 수 있는 방법이다.

지금까지 지형의 불교 가사에 대해서는 개별 작품의 연구[1]와 그의 작품 전체의 통괄적 연구[2]가 모두 진행되었는데 아직 나아가야 할 연

---

1) 지형의 개별 작품에 관한 연구는 김주곤에 의해서 주로 이루어졌는데 자료는 참고 문헌에 제시한 것으로 대신한다.

구 방향을 제시하고 있는 정도에 머물러 있다. 개별 작품의 연구가 주로 작품에 나타난 사상이 어떤 것인가를 밝히는 데 치중하였고, 작품 전반에 관한 연구는 인과(因果)와 같은 특정 주제를 중심으로 이를 살피거나 작품을 구성하는 여러 요소를 종합해서 검토하는 방향으로 논의가 진행되었다.

　연구의 초기 단계에는 단일 작품에 나타난 사상을 따로 규명하여 무슨 사상이 포함되어 있다는 객관 사실을 밝히는 것도 중요하지만 이를 문학의 틀 속에서 논의하는 것이 필요하다. 또한 특정 작품의 연구에서는 그 작품에 관련된 모든 요소를 체계적이고 집중적으로 더 치밀하게 연구할 필요가 있고, 여러 작품을 아우르는 종합적 연구에서는 이들 각 작품을 구성하는 핵심 요소들의 구체적 성격들이 작품들 상호간에 맺고 있는 유기적 상관관계의 질서를 구명하는 일이 필요하다.

　지형은 네 편의 불교 가사 작품에서 매우 치밀하게 다양한 내용을 특정 시적 대상 인물에게 전달하려는 의도를 분명히 보여 주고 있다. 그 과정에서 그는 자기가 창작한 작품을 수용해야 할 청자가 어떤 유형인가를 같은 작품 안에서, 또는 작품을 달리 하면서 분명하게 보여 주고 있다. 그리고 이들에게 특정 내용을 효과적으로 전달하기 위하여 이런 상황에 어울리는 담화 방식을 구사하고 있다. 여기에 그가 상정한 작품 내적 청자에게 무엇을 말하고자 하는가가 또한 매우 중요하다. 작품에 보인 다양한 내용은 겉으로 매우 산만하고 무질서하게 보

2) 지형의 불교 가사 전체를 아우르는 연구가 일부 진행되기는 했으나 새로운 시각의 심도 있는 연구의 여지를 여전히 많이 남기고 있다. 기존에 이루어진 연구를 제시하면 다음과 같다. 김기종, 「지형(智瑩)의 불교가사 연구」, 『한국문학연구』 24, 동국대 한국문학연구소, 2001, 279~304쪽./ 배윤기, 「지형의 불교가사 연구」, 안동대학교 교육대학원 석사학위논문, 2007, 1~66쪽./ 김민경, 「지형의 불교가사에 나타난 연기론의 특징」, 계명대학교 교육대학원 석사학위논문, 2008, 1~78쪽.

이지만 내적으로는 유기적 질서로 짜여있고 작가의 특징적 세계 인식에 기초하고 있어서 다양한 내용 이면에 관통하는 세계 인식의 성격을 추출해내야 한다. 18세기 승려 가사가 아닌 일반인으로서 매우 심도 있는 불교 가사를 지은 것 자체가 예사롭지 않을 뿐 아니라 작가가 알려진 그의 작품은 불교 가사 발달사적으로도 매우 중요한 위치를 점한다. 이것이 그의 불교 가사를 더 심도 있게 다루어야 할 이유다.

여기서 지형의 불교 가사 전체의 구조적 성격3)을 규명하기 위해 그의 불교 가사 네 편을 대상으로 작품의 특징으로 거론되는 작품 내적 청자의 성격을 살피고, 이와 관련하여 담화 방식을 논의함으로써 작품의 표현적 성격을 먼저 논의하고자 한다. 이어서 이런 표현 방식에 의하여 다루고 있는 다양한 작품 내적 대상이 어떤 성격을 보이는지를 살피고, 이런 다양한 작품 내적 대상의 이면에 흐르는 작자의 세계 인식의 성격을 해명해 보고자 한다.

이 논의를 위하여 〈전설인과곡〉, 〈권선곡〉, 〈수선곡〉, 〈인혜신사지형참선곡〉 지형의 네 작품4)을 집중적으로 분석하면서 기존의 여러 논의를 필요에 따라 참고하고자 한다.

---

3) 여기서 구조란 용어는 전체를 이루는 부분들의 총합이라는 일반적 의미에서 사용했다. 지형의 불교 가사라는 전체를 이루고 있는 작품 내적 청자, 담화 방식, 작품 내적 대상, 세계 인식이라는 부분들이 각기 어떤 특성을 가지고 있으면서 상호 관계를 맺어서 작품 전체를 이루는가를 살핀다는 의미에서 구조적 성격이라는 표현을 사용했다.

4) 임기중, 『불교가사 원전연구』, 동국대학교출판부, 2000, 123~225쪽. 그리고 해당 작품의 원전 영인은 임기중이 정리 편집한 『역대가사문학전집』제5권(동서문화원, 1987, 31~42쪽)에 〈参禪曲〉, 같은 책 제32권(아세아문화사, 1998, 409~413쪽)에 〈권선곡〉, 같은 책 제41권(아세아문화사, 1998, 31~36쪽)에 〈수선곡〉, 같은 책 제45권(아세아문화사, 1998, 160~163쪽)에 〈전설인과곡〉이 각각 보인다.

2. 작품 내적 청자와 담화 방식의 성격

이미 기존 논의에서 거칠게나마 언급된 것으로서 지형의 불교 가사는 작품 내적 청자를 설정하고 그를 상대로 특정의 화법을 구사하고 있다는 사실을 중요한 특징으로 하고 있다. 작품의 표면에 청자를 구분하여 작품 내 소제목으로 드러내는 경우도 있고5), 소제목으로 나타내지는 않으면서 실제 작품 안에서 다양한 작품 내적 청자를 설정하고 담화를 이어나간 경우도 있다.6) 작품 내적 청자와 담화 방식을 연관하여 지형 가사의 특징적 표현 방식을 다루어야 할 이유가 바로 여기에 있다.

1) 작품 내적 청자의 성격

지형의 불교 가사 작품에 나타난 작품 내적 청자는 몇 가지 점에서 특성을 보여 준다. 우선 작품 내적 청자를 의도적으로 유형화하여 제시하고 있다는 점이 그 하나이고, 이렇게 드러난 청자는 실제 이 작품의 청자와는 거리가 멀기도 하고 가깝기도 한 성격을 보여 준다는 점이 또 다른 하나이다. 각 작품에서 작품 내적 청자가 나타나는 해당 부분만 가져와서 논의를 계속하고자 한다.

(1) 貴賤男女 老少 없이 분별망상 다 버리고 나의 말씀 들어보오.(서사)

---

5) 〈권선곡〉의 경우가 여기에 해당되는데 선수행을 하는 사람에게 禪衆勸曲, 재가인에게 在家勸曲, 명리를 추구하는 사람에게 名利勸曲, 가난한 사람에게 貧人勸曲이라는 작품의 내적 청자에 따라 각각 별도의 하위 작품을 설정하고 있다.

6) 〈전설인과곡〉이 여기에 해당되는데 六道와 이를 벗어난 즐거움을 地獄道頌, 人道頌, 傍生道頌, 天道頌, 別唱勸樂曲의 하위 작품으로 각각 나누어 노래하고 여기에 다양한 작품 내적 청자를 세우고 있다.

智慧君子 살피시고 地獄罪報 면하시소 (地獄道頌)

苦와 樂을 제 짓느니 智慧丈夫 살피시소 (餓鬼道頌)

告하노니 諸善君子 말으시고 말으시소 남의 시비 말으시소 (人道頌)

通達眞實 名利하면 大解脫을 得하느니 智慧君子 놀지마소

血氣君子 智慧丈夫 苦樂利害 살피시소

貧賤中에 善心하면 苦惱中에 樂人이니 智慧君子 그 아니며

富貴中에 닭지 아니하면 樂中에 苦人이라 어린 匹夫 그 아닌가 (天道頌)

僧俗男女 귀천 없이 信心으로 부르시소 (別唱勸樂曲)

〈전설인과곡(奠說因果曲)〉

(2) 勸ㅎ노니 勸ㅎ노니 修道禪衆 勸ㅎ노니

한심ㅎ고 이달올샤 우리 東土 入道學者

勸ㅎ노니 勸ㅎ노니 我相宗匠 勸ㅎ노니 (중략)

우리 禪衆 벗님니도 닥가가며 알아 보식

닥난거슨 學業이요 아는거슨 自性이니

自性을 알녀거든 喜怒中의 츠즈보소 (중략)

寒心ㅎ고 이달올샤 우리 東土 入道學者 슬푸고도 이달올샤

法界聽衆 友兄네야 나의 客談 들어보오 (중략)

勸ㅎ노니 禪衆네야 虎狼懶怠 씨닷스와

어셔 어셔 精進ㅎ야 三解脫의 들으시소 (禪衆勸曲)

勸ㅎ노니 勸ㅎ노니 名利和尙 勸ㅎ노니 (名利勸曲)

勸ㅎ노니 勸ㅎ노니 在家君子 勸ㅎ노니 (중략)

勸ㅎ노니 勸ㅎ노니 好居君子 勸ㅎ노니 (중략)

今時身勢 됴타 ㅎ고 名利酒色 잠긴 분니

져 模樣을 비겨 알소 놀납습고 무셔올샤 닥쟈니코 절로 될가 (중략)

勸ㅎ노니 富貴君子 忠君孝婦 ㅎ오시며

布施積德 善心ㅎ고 가는 身命 붉게 ㅎ며 (在家勸曲)

勸ㅎ노니 勸ㅎ노니 貧窮분니 勸ㅎ노니 (중략)

勸ㅎ노니 勸ㅎ노니 貧窮人前 勸ㅎ노니 (貧人勸曲)　　〈권선곡(勸禪曲)〉

(3) 貴賤男女 老少 없이 나의 말씀 들어보오 (하략)

(4) 허물 中에 善察하면 眞實道에 절로 들어
　　허물 아니 되난 妙理 그 中에 잇나니라 出格丈夫 들어 보소 (중략)
　　格外丈夫 禪君子난 나의 말삼 들어 보소 (중략)
　　이게 무슨 道理던고 有智丈夫 살피시소
　　　　　　　　　〈인혜신사지형참선곡(印慧信士智瑩參禪曲)〉

　(1)에 나타나는 작품 내적 청자는 매우 다양하다. 청자로 제시된 인물을 순서대로 보면 귀천남녀노소(貴賤男女老少), 지혜군자(智慧君子), 지혜장부(智慧丈夫), 제선군자(諸善君子), 지혜군자, 혈기군자(血氣君子), 지혜장부(智慧丈夫), 지혜군자, 어린 필부(匹夫), 승속남녀귀천(僧俗男女貴賤) 등이 나타난다. 첫 머리와 끝부분에 '귀천남녀노소'나 '승속남녀귀천'이라는 포괄적 성격의 인물을 청자로 제시하고 있다. 그리고 가운데서는 장부 또는 군자라는 매우 긍정적 호칭으로 청자를 명명하고 있다. 장부와 군자라는 말은 그 자체로 이미 긍정적인데 그 말 앞에 다시 지혜(智慧), 제선(諸善), 혈기(血氣) 등의 구체적 능력을 나타내는 용어를 덧붙여서 청자는 그 이름 자체로는 더할 나위 없는 훌륭한 사람으로 그려지고 있다. 그런데 끝 부분에서 청자를 '어린 匹夫'라는 용어로 표현하여 실제로 앞에서 제시한 긍정적 인물과는 대비되는 부정적 인물임을 분명히 보여주고 있다.[7]

　따라서 이 작품의 청자는 일반적이고 저열한 인물과 구체적이고 수준 높은 인물 유형의 둘로 크게 나누어져 있다는 것을 알 수 있다. 그렇다면 같은 작품 안에서 이런 상호 대척적인 두 가지 유형의 청자가

7) 직접 부르는 대상으로서의 청자는 아니지만 문맥으로 보아 청자의 구체적 성격을 보여주는 인물이 작품 가운데 가끔 나타난다. 서사의 '충효군자'는 긍정적 청자이고, 不信人, 頑惡人은 부정적 청자의 성격을 더 구체적으로 보여 주는 용어이다.

왜 동시에 앞뒤와 중간에 사용되고 있는가? 이것은 작자가 있는 현실적 청자를 추동하여 있어야 할 이상적 청자로 전환시키기 위한 하나의 문학적 장치로 설명할 수 있다. 작품 안에 제시된 수많은 내용은 작품의 문맥으로 보아 실제 작품 내적 청자들이 실천하지 못하고 있는 항목들이다. 그래서 실제 청자는 마지막에 제시한 '어린 匹夫'이다. 서사에 사용된 용어를 빌리면 더 구체적으로는 불신인(不信人), 완악인(頑惡人)일 수 있다. 그러나 여기에서 시적 화자가 제시한 다양한 덕목을 이미 실천하고 있는 인물로 청자를 긍정적으로 추켜세움으로써 청자의 실제 모습인 '어린 필부'를 지혜와 제선(諸善), 혈기(血氣)를 갖춘 훌륭한 인물로 거듭 날 수 있도록 추동하고 있다. 즉 청자를 이런 덕목의 실천에 자발적으로 나서게 하려는 작가의 의도가 긍정적 청자의 호칭에 숨겨져 있다고 할 수 있다.

(2)에서도 보면 청자는 매우 흥미 있게 제시되고 있다. 제시된 청자를 순서대로 나열해 보면 '수도선중(修道禪衆), 우리 동토입도학자(東土入道學者), 아상종장(我相宗匠), 우리 선중(禪衆) 벗님늬, 우리 동토입도학자, 법계청중우형(法界聽衆友兄), 선중(禪衆)네, 명리화상(名利和尙), 재가군자(在家君子), 호거군자(好居君子), 부귀군자(富貴君子), 빈궁(貧窮)분늬, 빈궁인(貧窮人)' 등으로 다양하게 나타난다. '수도선중(修道禪衆), 우리 동토입도학자, 아상종장, 우리 선중 벗님늬, 우리 동토입도학자'는 서사(序詞)에 나오는 청자들이다. 여기서도 청자는 긍정적인 유형과 부정적인 유형으로 나누어진다. 수도선중, 우리 동토입도학자, 우리 선중 벗님늬, 우리 동토 입도학자는 긍정적 이름의 청자이다. 용어 자체로 보면 수도선중은 도를 닦는 선중이고, 입도학자는 도학에 들어 온 사람이라는 의미를 갖기 때문이다. 그런데 아상종장이라는 이름은 부정적이다. 앞에서 말한 도를 닦거나 도학에 들어간다고 한 것

이 매우 긍정적이라면 아상(我相)을 가진 것은 도학을 제대로 닦거나 거기에 들어간 것이 못 되기 때문이다. 그 나머지 작품 내적 청자의 호칭도 이런 유형 분열의 현상을 보이고 있다. 법계청중, 선중네, 재가군자, 호거군자, 부귀군자 등이 긍정적이라면 명리화상, 빈궁분네, 빈궁인 등은 부정적 시적 대상 인물이다. 전자의 명칭들은 출가나 재가에 있어 모두 긍정적이라면 후자의 명칭들은 출가나 재가에 있어 모두 부정적이다. 긍정적인 경우 출가에서는 선을 닦는 사람이고 재가에서는 군자이거나 부귀까지 누리는 사람이고, 부정적인 경우는 출가해서는 명리를 추구하고 재가해서는 가난을 면하지 못하고 있는 사람이다.

작자는 이런 긍정적이거나 부정적인 출가와 재가의 작품 내적 청자를 대비적으로 설정한 것은 부정적 인물과 대비하여 긍정적 인물을 지향하고 동일시하려는 자연스런 청자의 욕구를 자극하여 교화의 효과를 높이기 위하여 만든 표현의 방법으로 파악된다.

(1), (2)에서 보인 긍부정의 다양한 시적 대상 인물은 (3), (4)에 오면 다른 양상으로 바뀐다. (3)에서는 귀천남녀노소(貴賤男女老少)라고 하여 일반적 인물만을 내세웠고 (4)에서는 출격장부(出格丈夫), 격외장부(格外丈夫), 선군자(禪君子), 유지장부(有智丈夫) 등 긍정적 인물만을 내세우고 있기 때문이다. (3)의 일반적 인물은 긍·부정적 인물을 다 포괄하는 것이지만 실제는 부정적 인물이라고 할 수 있고 (4)의 긍정적 인물도 실제 내면은 부정적 인물이라고 할 수 있다. 이것은 작자가 (3)에서 제시한 수많은 내용을 청자들은 실천하고 있지 못하고 있기 때문이고 (4)의 경우도 마찬가지다. 그래서 (3)과 (4)에서 말한 내용을 실천할 때 작품 내적 청자는 모두 긍정적 인물이 될 수 있다는 것을 의미한다. 문맥의 실제 의미가 그러함에도 이러한 긍정적, 일반적 인물 표현은 청자로 하여금 다양한 덕목을 매우 자발적으로 실천하게 하는 심

리적 기제로 작용한다고 할 수 있다.

2) 담화 방식의 성격

이러한 작품 내적 청자를 설정하면서 시적 화자는 여기에 어울리는 담화 방식을 구사하고 있다. 앞의 인용문을 보면 이런 특징을 어느 정도 짐작할 수 있는데 앞 인용문에 생략된 작품의 나머지 부분까지 필요에 따라 가져와서 논의를 계속하고자 한다.

먼저 (1)은 이 작품의 서사까지 포함하면 여섯 편의 하위 작품으로 구성된 연작시이다. 제목이 없이 제시된 이 작품의 앞부분이 서사이고, 이어서 지옥도송, 인도송, 방생도송, 천도송이 본사에 해당되고 별창권락곡이 결사에 해당한다. 그런데 인용문 (1)에서 알 수 있듯이 서사와 본사에는 청자가 구체적으로 나타나고, 본사의 하위 작품인 방생도송에만 청자가 나타나지 않는다. 청자를 포함하고 있는 문장에서는 높임 명령의 어법을 사용하고 있다. 이를 차례로 보면 '들어보오(서사), 면하시소(地獄道頌), 말으시고 말으시소 남의 시비 말으시소(人道頌), 놀지마소・苦樂利害 살피시소(天道頌)' 등이 그것이다. 서사에서는 앞으로 말할 내용을 여러 청자들에게 들으라고 명령하고 그 다음부터는 '무엇을 해라, 하지 말아라.'라고 하여 구체적 행동 실천을 명령하고 있다.

작품 내적 청자를 드러낸 부분에서는 명령의 담화를 구사했으나 작품 전체의 대부분을 차지하는, 청자가 나타나지 않는 그 나머지 부분에서는 이와 다른 양상을 보여준다. 설정한 청자에게 직접 '나의 말씀 들어보오'라고 명령하고 나서는 들어야 할 말을 길게 제시하고, '무엇을 하지 마라, 무엇을 하라'고 한 뒤에는 하지 말아야 할 일과 해야 할 일을 청자 없는 부분에서 각기 길게 제시하면서 다양한 담화 방식을 보여 주고 있기 때문이다.

먼저 서사에서 귀천남녀노소라는 일반 대중인 청자에게 말을 들으라고 명령하고 다양한 내용을 나열하거나 인과 관계로 제시하고 있다. '天地開闢 長遠劫에 成住壞空 四劫이요'나 '東方化主 琉璃光佛 南方化主 栴檀香佛'와 같은 사실을 여러 차례 다양하게 나열하기도 하고, '是歲月이 깊어지니 貪心眞心 절로 나서'와 같이 인과 관계의 문장을 여러 번 반복하기도 한다. 그리고 길게 이어가던 문장을 마무리할 때는 '森羅萬象 만물 중에 오직 사람 으뜸이라'와 같은 평서형으로 단정하기도 하고, 어려운 현실을 '貧賤하고 설운 人事 더욱 可觀 우습구나/ 우리 같은 貧窮人은 아무려면 오직할까'와 같이 한탄의 감탄문이나 설의적 의문문으로 부정적 상황을 강조하여 마무리하기도 한다. 즉 청자를 나타낸 부분에서는 그를 불러 잘 들으라고 명령하고, 다음에 청자 없는 부분에서는 들어야 할 사실을 길게 인과의 문맥으로 나열하여 단정하기도 하고, 어려운 현실을 두고 탄식하거나 의문을 제기하여 내용을 강조하는 담화 방식을 구사하고 있다,

이어지는 하위 작품들의 경우를 차례로 보면 지옥도송에서는 '牛羊畜生 諸 생명을 죽여 먹기 좋아하면/衆合獄에 떨어져서'라고 하여 '……하면 ……에 떨어져서'라는 인과 관계 구조로 문장을 여러 번 이어가다가 감탄문을 통하여 탄식하는 담화 방식을 구사한다. 방생도송에서 역시 '恚恨心과 淫慾心을 마음대로 行하오면/ 牛馬 나귀 원숭이며 비둘기와 거위 오리 가지가지 禽獸 되어'와 같이 '……면, ……되어' 식의 조건적 인과의 문맥 구조를 이어가다가 마지막에 설의적 의문문으로 문장을 종결하여 방생의 저열한 처지를 강조하고 있다. 아귀도송에 오면 이와 유사하게 '飮食 盜賊 하여 먹고 布怛獄에 떨어져서'라고 하

여 '……고 ……져서'나, '賢聖毁謗 즐겨하면 餓鬼 中에 떨어져서'라고
하여 '……하면……져서' 등의 인과 관계의 문맥 구조를 이어가다가 감
탄문이나 평서문으로 종결하여 아귀도의 고통스런 현실을 강조하고
단정하여 드러내고 있다. 인도송에서 역시 이와 유사한 구조를 보이는
데 실제 내용에서 앞의 사례에서와 같이 부정적인 원인에 부정적 결과
를 배치한 경우도 있으나, 이와 달리 긍정적 원인에 긍정적 결과가 도
출 되는 내용을 인과의 문맥논리로 많이 보여 준다. 앞의 경우와 같이
부정적 인과의 내용을 나열하고는 탄식하고, 긍정적인 인과를 보일 때
는 찬탄하는 감탄문을 각기 구사한다. 천도송에서는 '中品 下品 持戒
하면 四王天의 樂을 받고'와 같이 '……하면 ……고'라는 문맥 구조를
일정하게 반복하다가 감탄문으로 문장을 마무리하는 방식을 취하고
있다. 내용 역시 천상의 즐거움을 먼저 드러내다가 복덕(福德)의 힘이
다하여 이것이 낮은 곳으로 떨어지는 것을 말하였다. 그리고 이어서
'淫慾心을 放縱하여 貞烈婦女 辱보이고'와 같이 '……하여 ……하고',
또는 '惡聲으로 不恭하면 燭淚獄에 떨어져서'와 같이 '……면 ……져서'
등의 인과적 문맥을 통하여 다양한 부정적 사실을 나열하면서 의문문,
감탄문으로 마무리하고 있다. 오계(五戒)를 제시할 때는 일일이 내용
을 '들어 보라'는 명령을 하는데 '偸盜重罪 들어보소/ 地獄 中에 들었
다가 多幸히 人身 되나 貧窮乞人 되어 나고'라고 하여 '……소 ……에
들었다가 ……나 ……고'라는 인과의 법칙을 나열하는 문맥을 반복해
서 사용하고 있다. 그리고 더 뒤로 가면서 청유나 특히 설의적 의문문
을 통하여 작가가 교시하고자 하는 내용을 집중하여 강조하고 있다.
別唱勸樂曲에서는 '……면 ……하고', '……면 ……일세', '……니 ……
하고'라는 인과의 문맥 구조를 반복하여 선인선과(善因善果)의 내용을
반복하다가 평서문을 통한 단정, 감탄문을 통한 찬탄 또는 한탄, 명령

문이나 청유문을 통하여 행동을 요구하는 담화의 표현 방식을 채택하고 있다.

(2)에 보이는 담화 방식을 살펴보면 문장 결구 방식에서 '알아보시, ᄎᄌ보소, 익달올샤, 들어보오, 들으시소, 비겨알소, 졀로될가' 등이 나타났다. '익달올샤, 졀로될가'의 두 가지를 제외하고 나머지는 청유문이나 명령문이다. 어떤 일을 두고 한탄하거나 반문할 때를 제외하고 청자를 내세운 부분에서는 청유나 명령을 통하여 알거나 듣는 행동의 실천을 요구하는 것으로 문장을 종결하고 있다.

그렇다면 (2)번 작품의 나머지 부분에서 다양한 구체적 내용을 어떤 담화 방식으로 사용하고 있는지를 작품의 서사부터 차례로 살펴보고자 한다. 우선 서사에서 문맥 연결을 보면 '橫口煙竹 洞口出入 飮酒樂의 消日ᄒ며/世利貪着 마쟈니코 朝廷宰相 是非ᄒ며'라 하여 '……며……며', '동모不和 懶怠ᄒ니/本官營納 多多官役 달노날로 漸漸 느러/佛前의ᄂ 損이 되고'라 하여 '……하니……여 ……되고', '自利利他 ᄒ ᄉ오면 如來應世라 일컷습고'라 하여 '……면 ……라(하며)' 등 나열이나 인과의 문맥 구성이 두드러지게 많이 나타나는데 이를 종결할 때는 의문문이나 감탄문으로 내용을 강조를 하고, 청유문으로 '알아보자'고 요구하고 명령문으로 '찾아보며, 선재동자의 고행을 보거나 지식을 믿지 말라'고 특정 행동을 지시하고 있다. 선중권곡에서 보면 문맥 연결이 '講經宗匠 是非ᄒ며 名利事判 誹謗ᄒ니'와 같이 '……하며, ……하니'라고 하여 부정적인 내용을 나열하거나 '안즌자리 고요ᄒ면 昏沈睡魔 밤이 되고'라고 하여 '……면 ……되고(니)' 등으로 인과 관계로 문장을 이어가고 있다. 문장 종결은 설의적 의문문을 통하여 강조하거나 평서문을 통한 단정, 감탄문을 통한 찬탄을 하고 있다. 명리권곡에서는 '……고 ……며'라는 문맥을 반복하여 부정적인 일이나 긍정적인 일을 반복하여 제시하고, '出家ᄒᆞ든 일홈으로 三道苦ᄅᆞᆯ 免ᄒᆞᆯ손가/ 總攝 僧統 所任으로 明王待接 ᄒᆞ올손가/ 父母薦度 ᄒᆞ올손가 具足生靈 ᄒᆞ올 손가 明心見性 ᄒᆞ올손가'와 같이 설의적 의문문을 여러 차례 사용하여 강하게 부정하고, '어린 擧動 우사올샤 져 무삼 모양일고 寒心ᄒᆞ고 셟 샤올샤'라고 하여 감탄문을 통하여 비판하는 담화 방식을 채택하고 있 다. 그리고 이어서 作福을 하고 극락세계를 가라고 구체적 행동을 명 령하고 있다.

나머지 재가권곡, 빈인권곡에서도 '……고 ……고'라든가, '……면 ……되니(며)', '……며……며', '……니 ……고' 등 나열이나 인과의 문맥 구조를 주로 사용하고 있다. 실천해야 할 사실을 나열하거나 긍정 부정 의 인과 현상을 말하는 데에 이런 문맥을 주로 사용하고, 부정적인 것을 강하게 부정하거나 긍정적인 것을 단정적으로 강조할 때 의문이나 평서 문의 담화 방식을 사용하고 있다. 그리고 실천해야 할 사안을 나열하여 제시하고는 마무리할 때에는 직설적 명령을 내리는 문장 결구 방식을 사용하고 있다.

(3)에서 보면 청자는 한번 나타났고 그를 향하여 작가는 '들어보오' 라고 하며 작가가 앞으로 할 이야기를 잘 들을 것을 매우 정중하게 요 구하고 있다. 이하 부분에서는 세속의 삶을 '貴賤老少 나남 없이 그 차례는 다 보나니/ 離別會遇 定數 없는 이런 일이 樂이랄까'와 같이 '……니 ……ᄅ까'의 문맥구조를 통하여 나열과 가치 평가의 내용을 동 시에 표현하고 있다. 그리고 '和合된 말 恒常 하면 不動國에 난다 하 며'라고 하여 '……면 ……하며(고)'라는 문맥구조를 반복하여 부동국에 태어나는 현상을 인과 관계로 여러 차례 반복하여 표현하고 있다. 의 문문을 통하여 세속적 삶의 가치를 다시 고민하게 하며, 평서문을 통 하여 그런 인과의 진실을 단정적으로 강조하기도 하다가 끝에 와서 수

행하여 자유롭게 놀 것을 명령하는 것으로 작품을 종결하고 있다.

(4)에도 청자가 나타난 곳에서는 작가가 하는 말을 들으라거나 살피라는 명령을 내리는 요구의 어법을 구사하고 있다. 전체 작품의 대부분을 차지하는 나머지 부분을 보면 먼저 감탄문과 의문문을 통하여 문제를 제기하고 문제의 근원을 캐 묻는 것으로 작품을 시작한다. 그리고 이어서 허물이 되는 다양한 내용을 '平等不動 無高下를 動舌하야 자랑하니 이런 故로 허물일세'에서와 같이 '……니 ……일세(네, 인가, 일까)'의 인과의 문맥구조를 기본 바탕으로 하면서, 문장 종결 방식에서 '허물일세, 깊은 허물 더욱 되네'라는 감탄문으로 작품을 시작하고 이어서 설의의 의문문으로 허물임을 강조하여 나타내기를 여러 행에 걸쳐 반복하고 있다. 그러다가 이를 뒤집어 '허물 中에 善察하면 眞實道에 절로 들어 허물 아니 되난 妙理 그 中에 잇나니라'라고 할 때 '…면 …니라'라는 인과적 가정의 문맥 구조를 통하여 허물이 되지 않는 묘리를 말한다고 하고 있다. 이어서 '不生不滅 일넛시나 因지으면 果 밧으며'와 같이 '−으나 …고(며)'라는 역접의 문맥구조로 된 문장을 반복하여 본질의 무형상성에도 불구하고 현상의 나타남을 길게 여러 차례 말하고 있다. 그리고 이어서 수행과 관련하여 '善事惡事 兩事 중에 喜怒相에 動치말며/ 貴賤老少 주의하야 高下心도 두지 말고'의 '…며 …고', '動靜二邊 作用 중에 自心性을 비최오면/無形無相 본래 淸淨 空有二相 雙亡하고'의 '…면 …고(내, 라)' 등의 나열이나 인과적 가정의 문장을 반복하여 수행 방법을 나열하고 수행의 효과를 인과의 논리로 구체적으로 보여 주고 있다. 그래서 얻은 경지를 찬미할 때 감탄문을, 결과를 단정할 때 평서문을, 강조할 때 설의의 의문문을 구사하고 있다.

지금까지 지형 불교 가사의 청자와 담화 방식의 성격을 살펴보았다.

일부 실제 대상 인물과 일치하는 청자를 세우기도 했으나 대부분은 작가가 상정한 이상적 청자를 내세웠다. 작가는 실제가 아닌 저열한 현실적 청자를 이상적 청자로 호칭하여 추켜세움으로써 이상적 청자와 자기를 동일시하려는 그의 욕구를 자극하여 다양한 교시 내용을 실천하도록 유도하고 있다. 이런 청자를 상대로 청유나 명령을 통하여 특정 행동을 요구하는 담화 방식, 나열과 인과의 문맥을 통한 강조의 담화 방식을 구사하고 있다. 전체 글의 일부를 차지하는 청자가 등장하는 문장에서 청유나 명령이라는 요구의 담화를 구사하였으나 청자가 나타나지 않는 대부분의 나머지 부분에서 청자를 상대로 요구한 행위나 사실에 관한 내용을 나열이나 인과의 문맥을 주로 사용하다가 문장을 마무리할 때는 평서문을 통하여 단정하거나, 감탄문을 통해서는 부정적인 내용은 탄식하고 긍정적인 내용은 찬탄하며, 설의적 의문문을 통하여 비판이나 주장의 정도를 강화하여 강조의 담화 방식을 구사하고 있다. 다음은 실제 작품 내적 청자에게 요구한 실천 행위나 알리려던 사실의 내용이 어떠한 것이며 그것이 어떤 세계 인식의 기초에 근거하고 있는지를 살필 차례이다.

3. 작품 내적 대상과 세계 인식의 성격

이 절에서는 표면에 내세운 작품 내적 청자를 상대로 화자가 무엇을 말하고자 했으며 그 저변에 깔린 작자의 세계 인식은 어떤 성격을 가지고 있는지 살피고자 한다. 논의 대상인 지형의 작품이 불교 가사여서 불교적 내용이 중심이기는 하나 작품의 내용이 매우 다양하고 복잡하기 때문에 같은 불교적 내용 가운데서는 또 어떤 구체적 내용을 어떤 질서에 따라 다루고 있는지를 논의할 필요가 있다. 나아가 그러한 다양한 내용이 작가의 어떠한 세계 인식에 기초하고 있는지를 구명해 보고자 한다.

1) 작품 내적 대상의 성격

지형은 〈전설인과곡〉, 〈권선곡〉, 〈수선곡〉, 〈인혜신사지형참선곡〉 등의 네 작품을 남기고 있는데 작품의 제목에서 작자가 의도한 내용을 어느 정도 짐작할 수 있다. 나열한 작품내용의 순서대로 보면 인과의 도리를 먼저 말하고, 선(禪)을 비롯한 여러 가지 불교 덕목의 실천을 권하며, 이어서 스스로 선(善)과 선(禪) 수행에 관하여 차례로 말하고 있기 때문이다. 이러한 그의 작품 전체 내용을 통괄해 보면 불교에서 말하는 인과의 법칙을 먼저 자세히 소개하고 이러한 인과의 고통에서 벗어나기 위해서 실천해야 할 수행 방법을 소개하며 권유하고 있다는 것을 알 수 있다. 그러나 인과나 수행에 대한 작자의 인식이 예사롭지 않은 면을 보여 주고 있다. 이것은 단순히 삼세인과를 말하거나 선행을 닦아야 한다고만 하지 않고 일반적 인과나 수행에서 한 발 더 나간 또 다른 차원의 세계를 분명하게 보여주고 있기 때문이다.

(5) 前生世에 닥근 善業 今世上의 尊貴ㅎ고
　　今世上의 富貴 얼골 善德 업시 驕慢ㅎ면 來世上의 卑賤ㅎ며
　　今生비록 卑賤ㅎ나 善心ㅎ고 至順ㅎ면
　　來世上의 尊貴ㅎ야 가즌 福德 밧는니다　　　　　〈권선곡(빈인권곡)〉
　　不信人과 頑惡人은 我慢貪心 밤이 되어 忠孝信行 바이 없고
　　慳貪財寶 愛妻子를 日用으로 寶貝 삼아
　　正道行의 損이 되고 可笑롭다 誹謗ㅎ며

本來 없는 地獄苦를 제가 짓고 제 받느니 　　　〈전설인과곡(서사)〉(인과)

(6) 涅槃經에 이르시되 衆生命을 해치 말며
　　佛經敎를 지녔으면 不動國에 난다 하며
　　남의 婦女 犯치 말고 제 아내도 때를 차리며
　　持戒臥具 베푸시면 不動國에 난다 하며
　　말하기를 삼가며 거짓말을 짓지 아니하면 不動國의 난다 하며 (중략)
　　佛菩薩네 가르치신 秘密法藏 귀한 법을 精誠으로 쓰옵거나
　　至誠으로 외우거나 즐겨즐겨 듣사오면 不動國의 往生하여
　　滿月光明 如來佛께 大乘法門 갖춰 듣고 速成正覺하온 후에
　　琉璃廣臺 菩薩 果光 度人天下이오이다 　　　　　　〈수선곡〉

(7) 出家入山 ㅎ온 몸이 어듸토록 괴로우니
　　잘 ㅎ오나 못 ㅎ오나 山人行事 본밧ᄉ와 념불이나 ㅎ야보쟈
　　　　　　　　　　　　　　　　　　　　　　〈권선곡(서사)〉

　　不高不底 平聲으로 南無阿彌陀佛 能念者는 뉘오시며 南無阿彌陀佛
　　所念者는 뉘오시며 南無阿彌陀佛 能念 所念 具忘處에 南無阿彌陀佛
　　自性彌陀 現前하리 南無阿彌陀佛 無生法樂 그 아닌가 南無阿彌陀佛
　　　　　　　　　　　　　　　　　　　〈전설인과곡(별창권락곡)〉

(8) 말할 길이 끈허지고 心行處가 업다 하내
　　이 境界를 當하오와 곳 코를 못 잡으면 無記空에 떠러지내
　　體同太虛 本寂하니 다른 商量 내지 말고
　　是甚麼로 方便 삼아 輾轉히 擧覺하면
　　百千方便 億萬說話 이곳에난 쓸 대 없내
　　語默動靜 二邊上에 寸步間도 여임 업시
　　惺惺不昧 擧覺하되 이 무삼 道理런고
　　듯난 者를 되드르면 無去無來 亦無住라

取也不得 捨也不得 當處現前 昭昭하나
不在身內 不在身外 廓落太虛 起淸風을
有相耶아 無相耶아 行住坐臥 語默動靜 念念不昧 是甚麼오
行也坐也 同運하며去也來也 여임 업내
前念後念 頓斷하고一念現前 圓明道理 衆生諸佛 增減 업내
歷千劫이 不古하고 亘萬世而 長今이라   〈印慧信士智瑩參禪曲〉

인용문 (5)는 인과에 대한 내용을 주로 보여주고 있다. (5)의 전반부 작품에서는 과거·현재·미래의 삼세인과를 말하고 있으나 후반부 작품에서는 악인(惡因)의 결과로 간다고 했던 지옥고(地獄苦)가 '본래는 없다'는 입장을 보이고 있다. 앞 작품 〈권선곡〉 인용 부분을 보면 과거·현재·미래라는 시간을 두고 인과를 거듭한다는 삼세인과 사상을 분명히 보여준다. 전생세(前生世)의 선업(善業)이 금세(今世)상의 존귀한 모습으로 나타나고, 금세상의 선덕(善德) 없는 교만은 내세상(來世上)의 비천(卑賤)으로 나타난다고 주장하고 있기 때문이다. 전생세에서 금세상으로, 다시 금세상에서 내세상으로 윤회를 거듭한다는 사실을 시간의 흐름을 두고 분명하게 말하고 있다.8) 이러한 삼세인과의 사상은 〈전설인과곡〉의 인도송에도 '藥 만들어 남 救하면 後時無明 장수하고/引燈黃燭 施主하면 眼目淸淨 象德 같고'라고 하여 이와 유사한 시간상의 인과사상을 여러 차례 말하고 있다.9) 지형은 작품 가운데 인과

---

8) 〈전설인과곡〉에는 삼세인과뿐 아니라 천지의 成住壞空, 중생의 생로병사, 眞性의 生住異滅이 있다는 것을 말하고 인과의 결과로 가는 각종 지옥과 극락도 거론한다. 그리고 염불의 각종 효과, 勝景이라는 좋은 과보, 二十四樂, 莊嚴 등을 작품 내적 대상으로 길게 소개하고 있다.

9) 〈권선곡〉의 재가권곡에서도 보면 '前生福德 심근 딕로 今生報應 밧는거슨 貴賤男女 다를손가/前生種福 갓초호야 今時果報 됴타호닉/夫婦偕老 多男子孫 衣食住足 權勢 넓고/立身名利 求望딕로 갓초갓초 즐거올샤 무슴 他念 또 이슬고/好酒貪色 무음딕로 긔 뉘라셔 禁止호며/好衣好食 노릭 風樂 즐기고 또 즐긴들 긔 뉘라셔 戱

를 말하는 곳에서 대부분 삼세인과 사상을 말한다.

그런데 많은 분량에 걸쳐 삼세인과를 강조하면서도 작자는 인과가 실제는 비어 있다는 입장을 짧지만 (5)의 후반부에서 결정적으로 보여주고 있다. '불신인'과 '완악인'은 충효신행(忠孝信行)이 없고 재보(財寶)와 처자(妻子)를 보패(寶貝)로 삼고 정도를 비방하여 지옥고를 받는다고 하면서도 그 지옥고를 두고 작자는 '본래 없는 것'이라고 말하고 있기 때문이다. 악을 짓고 다음 생에 가게 되는 지옥의 고통이 본래 없다는 것이다. 그래서 인과가 본래 비어 있다는 입장도 중요한 내용으로 분명하게 드러냈다.

(6)에서는 선행의 실천에 대한 내용을 담고 있는데 선행을 수행의 한 방법으로 내세우고 있는 것이 특이하다. 여기서 선행은 세속에서 말하는 좋은 일을 하는 것은 물론이고 불교에서 제시하는 계행을 지키거나 불교 교리를 실천하는 것을 선행으로 보고 있다. 인용문에서『열반경』을 인용하여 '생명을 해치지 말고, 부녀를 범치 말며, 지계와구(持戒臥具)를 베풀며, 거짓말을 하지 않으면 부동국(不動國)에 난다'고 하고, 이어서 '불보살의 귀한 법을 쓰거나 외우거나 들으면 부동국에 왕생하게 되고, 그곳에서 대승 법문을 다 듣고 정각(正覺)을 이루어 천하를 제도한다'고 하였다. 이러한 내용은 작자가 외부적으로 불교의 계율을 지키거나 여타 일반 여러 가지 선행을 하는 것도 선행의 중요한 내용으로 다루고 있다는 것을 의미한다.10) 그런데 후반부에서는 이

지을가'라고 하여 前生에 복덕을 심어 今生에 보응을 받는다고 하고 이어서 그런 실태를 소개하고 있다.

10) 〈권선곡〉의 名利勸曲에서도 '헛튼 用心 벗을 삼아 佛法ᄒᆞᄂᆞ 首座大使/橫顔으로 멸시ᄒᆞ며 어린 擧動 우사올샤/져 무삼 모양일고 寒心ᄒᆞ고 섧샤올샤/나라 忠臣 되다 홀가 父母孝養 되다홀가/친척 眷屬 生光ᄒᆞᆯ까 貧病乞人 救濟ᄒᆞᆯ가/貧病乞客 보치오면 勢不得已 주엇나니/善心노라 주오시며 慈悲布施 주오신가/勸ᄒᆞ노니 勸ᄒᆞ

런 외적인 데에 그치지 않고 불보살의 법을 쓰고 외우고 들으며 마침내 정각을 이루고 천하를 제도하는 것을 중요한 선행으로 거론하고 있다. 이 작품의 앞부분에서 뒤로 내려오면서 처음에는 작은 선행에서 출발하여 불교의 계율을 지키고, 나아가 불교 교리를 읽고 쓰고 외우고 마침내 깨달음을 얻고 중생을 제도하는 데까지 나가는 것을 선행으로 보고 실천할 것을 요구하고 있다. 구체적 겉모습으로 나타난 선행에서부터 불교 교리를 익히며 수행하는 것은 물론 마침내 깨달음을 얻어 중생을 제도하는 것[11]을 동시에 선행의 방법으로 제시하고 있다고 할 수 있다.[12]

(7)은 염불을 내용으로 한 부분인데 수행의 방편으로서 염불을 중요하게 다루고 있다. 염불에서도 단순히 극락이라는 딴 세계를 추구하는 데 그치지 않고 (7)의 후반부에서는 자심미타(自心彌陀)라고 하여 자기가 본래 미타임을 자각하는 염불을 말하고 있다. 〈전설인과곡〉의 별창 권락곡의 일부를 보면 '西方敎主 阿彌陀佛 六八大願 세우시고 至誠으로 이르시되/貴賤男女 老少 없이 나의 名字 불렀으면/極樂으로 바로 가서 不生不滅 無上快樂/다함 없이 받을 줄로 諸經 中에 밝혔으니/僧俗男女 貴賤 없이 信心으로 부르시소'라고 하여 (7)의 전반부에서 염

노니 名利和尙 勸ᄒ노니/名利所任 ᄒᄂᆫ 中의 佛前精誠 잇지 말고/父母師長 제ᄉ여든 供佛施食 薦度ᄒ며/看經念佛 못 홀진ᄃᆡ 施米香燭 精誠들여/一年一次 敬佛ᄒ며 미리 祝願 發願 두어/人身 됨을 일치 말고 根機 맛초 作福ᄒ소'라는 여러 구체적 생활의 과정에서 실천해야 할 선행을 다루고 있다.

11) 불교적 수행, 깨달음, 중생의 제도 가운데 깨달음은 진리와 자아가 하나가 되는 것이라 형상 없는 선행이라 한다면 자기 수행이나 중생 제도의 과정은 주관과 객관이 나누어져서 뭔가 하는 것이 있기 때문에 형상이 있는 선행이라고 할 수 있다.

12) 〈권선곡〉 서두에서 '닥가가면 菩薩이요 알아ᄂᆡ면 如來라ᄂᆡ 如來菩薩 씨 이실까'라고 한 경우에도 여래와 보살의 씨가 따로 없고 본래 내가 여래이고 보살이라는 자각을 말하여 형상 없는 선행을 강조한 것과도 상통한다.

불을 권유한 내용과 다르지 않다. 출가한 몸이 괴로우니 염불을 하여 이를 극복하고자 하는데 이것은 '極樂으로 바로 가서 不生不滅 無上快樂'을 받을 것을 말하는 것과 같은 맥락이기 때문이다.

그런데 인용문 (7)의 후반부에 오면 매우 다른 염불관(念佛觀)을 보여 주고 있다. 여기서 능염자(能念者)는 염불을 하는 사람이고, 소념자(所念者)는 염불의 대상이다.13) 염불하는 주체인 능염자와 염불의 대상인 소념자가 다 사라지는 자리에 자성미타가 앞에 나타난다고 말하고 있다. 이 말대로라면 염불을 하여 아미타불이 있는 세상에 가고자 하는 것 자체는 허구이고 염불을 통하여 자신이 본래 아미타불이라는 것을 확인함으로써 자기가 처한 여기가 바로 극락세계임을 발견해야 한다는 것이다. 그리하여 마침내 남이 없이 본래부터 있던 극락, 무생극락(無生極樂)을 자각한다는 말이다. 삼세인과 사상에 따라 육도윤회의 인과를 계속 설명하다가 작품 마지막을 자성미타로 장식하고 있다는 것은 그 앞에서 길게 설명한 다양한 인과설이 사실이 아닌 방편설임을 작품 말미에서 결정적으로 보여 주는 표지가 된다고 할 수 있다.

(8)은 참선을 수행 방법으로 제시하는 작품의 일부분이다. 먼저 말길이 끊어지고14) 마음 가는 곳이 사라진다15)는 것을 말하면서도 아무 생각 없는 곳, 여기서 말하는 무기공(無記空)16)에 떨어지면 문제가 많

---

13) 불교에서 能所의 能은 주체가 되어 무엇을 한다는 의미를 가지고, 所는 무엇을 하는 바가 되다라는 피동의 의미를 가지고 있어 전자는 주체, 후자는 행위의 대상이 되는 객체의 의미를 가진다. 그래서 능은 주관, 소는 객관의 의미로 해석된다.
14) 이를 禪家에서는 言語道斷이라 하는데 일반적으로 알려진 '말이 안 된다'는 의미와는 다르다. 이 용어는 불교에서 본질의 자리, 空의 차원은 말로 표현할 수 없다는 의미로 사용된다.
15) 이를 선가에서는 心行處滅이라 하는데 역시 불교에서 말하는 본질, 공, 무아의 차원에는 마음으로 분별하고 비교하고 따져서는 도달할 수 없음을 뜻한다.
16) 『선학사전』(월운 감수, 이철교 · 일지 · 신규탁 편찬, 불지사, 1995, 217쪽)에서는

다는 점을 암시하고 있다. 그래서 시심마(是甚麼)라는 화두를 거각(擧覺)하게 되면 모든 방편과 말이 쓸 데 없다고 했다. 화두 들기를 성성(惺惺)하게 해야 하고 또한 행주좌와(行住坐臥) 어묵동정(語默動靜)으로 대표되는 일체의 행동과 일체 생각에서도 화두를 염념불매(念念不昧) 어둡지 않게 들어야 한다는 것을 말하고 있다. 그러면 어느 순간 앞뒤 생각이 갑자기 끊어지고 한 생각이 앞에 나타난다고 했다. 그렇게 해서 나타난 생각이 바로 원만하고 밝은 도리[원명도리(圓明道理)]인데, 이것은 중생과 모든 부처가 조금도 더하고 덜함이 없다고 했다. 즉 (8)에서는 참선법으로 시심마 화두를 드는 간화선법을 구체적으로 설명하고 있다.

그런데 지형의 다른 작품을 보면 참선으로 간화선만 권장한 것이 아니라 또 다른 참선법을 권유하고 있다. 〈권선곡〉의 선중권곡의 일부를 보면 '我相固執 브리시고 無上休歇 차즈시소/無上休歇 차즐여면 다른 듸가 못 츳ᄂ니/見聞 喜怒 問答 中의 뉘가 듯고 對答ᄒ며 뉘가 알고 뭇습ᄂ고/仔細이 살피오면 問答이 둘 업ᄂ니'라고 하고 있다. 최상의 휴식을 얻으려면 다른 데 가서는 안 되고, 보고 듣고 기뻐하고 성내며 묻고 대답하는 가운데 그렇게 하는 자를 자세히 살피면 문답이 둘이 없다고 말하고 있다. 작가는 여기서 보고 듣고, 기뻐하고 성내며, 묻고 대답하는 그 자신을 돌이켜 살피는 수행법 즉 회광반조(廻光返照)[17]의

無記를 성질이 선에도 악에도 속하지 않고, 또 선악의 어떤 과보도 초래하지 않는 것. 수행에 방해되는 유루무기(有漏無記)가 있다고 했는데, 여기서는 수행에 방해가 되는 유루무기의 의미로 사용됐다. 그래서 無記空은 아무 생각이 없이 멍한 상태를 말한다. 말길이 끊어지고 마음 가는 곳이 사라진다고 해도 여기에는 밝게 깨어 있음이 있어야 하는데 수행 과정의 화두나 밝게 깨어 있음이 없는 흐리멍덩한 상태를 무기공이라고 한다.

17) 『선학사전』(월운 감수, 철교·일지·신규탁 편찬, 불지사, 1995, 752쪽)에서는 회광반조를 언어 문자에 의지하지 않고 자기의 본래 모습을 성찰하고 참구하여 바로

참선법을 제시하고 있는 것이다. 이런 참선 수행을 해도 해탈을 얻을 수 있다는 말을 바로 이어서 '둘 안닌재 긔무엇고 人我四相 自空ᄒ니/ 達磨和尙 前보시며 金剛經에 三空이며 智度論의 解脫일시'라는 말로 표현하고 있다. 둘 아닌 것은 인아의 사상이 빈 것이며, 달마가 본 것이고, 『금강경』의 삼공이며, 『지도론』의 해탈이라고 정의내리고 있기 때문이다. 간화선을 통해서 얻은 원명도리나 회광반조를 통하여 얻은 인아4상(人我四相)의 비었음이 모두 해탈의 다른 이름으로서 어느 수행을 하더라고 깨달음이라는 같은 결과를 얻는다는 점을 이렇게 표현하고 있다.

그리고 지형은 참선을 통하여 깨달음을 얻는다고 하면서도 이것이 자기의 보물이었다고 하여 중생과 부처가 본래 하나라는 말을 하고 있다. 또한 참선의 방법을 화두를 드는 간화선에 그치지 않고 자신을 돌아보는 회광반조의 수행을 동시에 제시하는 특성을 보이기도 하였다. 그리고 이런 수행을 통한 자기 깨달음에만 머물지 않고 남들도 깨달음에 나가게 하는 중생 제도를 강조하는 내용까지 작품에 담고 있다.

이상에서 작품 내적 대상과 그 성격을 논의해 보았다. 삼세인과를 주로 말하면서도 인과의 고통이 본래 없다는 입장을 보였고, 인과의 고통을 극복하기 위한 수행 방법으로 선행과 염불, 참선의 세 가지를 작품의 내적 대상으로 가져 왔다. 그리고 선행에서는 불법 수행과 교화와 같은 가시적 선행을 강조하면서도 오도(悟道)라는 모양 없는 선

심성을 밝히는 것이라 했다. 회광반조의 수행법은 간화선을 정립한 대혜 종고도 권유한 것으로 나타난다.(고우 감수, 전재강 역주, 『서장』, 운주사, 2009, 30쪽). 唐代의 승려 臨濟義玄도 『臨濟錄』〈12. 조사서래의〉(선림고경총서12, 백련선서간행회, 1997, 90쪽)에서 '그대들이 말끝에서 스스로 回光返照하여 더 이상 다른 데서 찾지 않고 아무 일 없게 되면 바야흐로 법을 얻었다고 한다(儞言下 便自回光返照 更不別求 知身心與祖佛不別 當下無事 方名得法)'라고 하여 회광반조를 말하고 있다.

행을 강조하고, 염불을 통하여 서방극락에 나아갈 것을 주로 권장하면서도 나의 자성이 바로 미타라는 이념을 보여 주었고, 간화선과 회광반조의 선법을 통하여 수행을 가르치면서도 본래 중생과 부처가 다르지 않다는 주장을 작품 내적 대상으로 가져왔다. 이러한 자기 수행과 해탈에 더하여 중생 교화의 길에 나설 것을 제안하는 내용까지 작품에 담아냈다.

2) 세계 인식의 성격

바로 앞에서 살핀 다양한 작품 내적 대상에는 세계에 대한 작가의 깊은 통찰이 내재해 있다. 특히 청자의 성격에 따라 다양한 내용과 수준의 교시를 내리면서 기본적으로 이원적 세계 인식과 일원적 세계 인식의 두 측면을 유기적 질서 위에서 동시에 보여 주고 있다는 것이 그것이다. 앞의 인용 자료를 바탕으로 논의를 계속하고자 한다.

(5)의 전반부를 보면 전생세, 금세상, 내세상이라는 시간상의 인과를 말하고 있다. 전생은 금생의 원인이고, 금생은 내생의 원인이라는 주장을 하고 있다. 지금 잘 살거나 못 사는 것이 금생의 어떤 원인에 의한 것이 아니라 전생의 알 수 없는 원인에 의해 유발된 것이라는 주장이다. 금생의 원인을 전생에서 찾거나 내생의 원인을 금생에서 찾는 것은 과거와 현재 또는 현재와 미래라는 이원적 세계관에 기초하여 나온 주장이다. 금생의 문제를 금생 안에서 찾는 것이 아니라 과거 생에서 찾고 있어 인과의 요소가 둘로 나누어져 있기 때문이다. 세계의 존재를 같은 시공간에서 일원적으로 파악하지 않고 전생과 금생, 금생과 내생이라는 서로 다른 시간의 차원에서 찾고 있어 원인과 결과를 둘로 나누어 보는 이원적 세계 인식을 보여주고 있다. 그런데 (5)의 후반

부를 보면 악행의 결과로 가게 되는 지옥이라는 공간을 두고 본래는 없다는 말을 하고 있다. 이런 논리를 따르면 다음 생에 가게 되는 어떤 다른 세계가 없다는 말이 된다. 그리고 다음 생에 가는 곳이 없다면 전생의 원인이 금생을 결정한다는 논리도 성립될 수 없게 된다. 여기에 과거, 현재, 미래도 본래 없고 전생의 과보로 간다는 내생의 극락과 지옥도 없다는 일원적 세계 인식이 드러난다.

여기서 작자는 세계를 이원적으로 보면서 일원적으로 인식하기도 한다는 것을 알 수 있다. 그런데 양자의 관계를 보면 근본적으로는 일원적 세계관에 기초하고 있으면서 이원적 세계 인식에 친숙한 대중을 상대로 교화의 효과를 높이기 위하여 작품 대부분을 할애하여 이원적 세계 인식에 따른 주장을 펼치고 있다는 것을 알 수 있다. 그래서 과거·현재·미래의 삼생, 극락과 지옥이라는 이원적 세계는 이런 방식에 의하여 교화될 수많은 사람들을 위하여 만든 문학적 표현 장치라고 할 수 있다.

(6)을 보면 불교 경전이나 불보살의 말이라는 외형을 빌려서 청자들이 실천해야 할 덕목을 말하고 있다. (6)의 전반부를 보면 생명을 해치지 않고 외관 부녀를 범치 않고 거짓을 말하지 않으면 부동국(不動國)에 난다고 하고 있다. 여기서 실천해야 할 행위는 모두 구체적이고 겉으로 드러난 상대적인 세계의 것들이다. 즉 그 행동의 주체와 행동의 대상이 나누어진 상태에서 행위를 하거나 하지 않는 것을 선행(善行)으로 서술하고 있다. 그런데 (6)의 후반부에 오면 실천해야 할 선행의 성격이 바뀌어 있다. 불보살이 가르친 법을 쓰거나 외거나 듣는 일, 대승 법문을 듣고 정각을 얻고 천하 사람을 제도하는 일을 말하고 있다. 법을 쓰고, 외고 듣는 공덕으로 부동국에 왕생을 한다고 할 때의 선행은 법이라는 것과 쓰거나 외고 듣는 사람이 나누어지고, 수행하는

이곳과 가서 나는 부동국이라는 저곳이 나누어져 있어서 이원적이다. 대승 법문을 듣고 정각을 이루어 교화에 나서는 것은 수행과 교화의 과정에서 대승 법문과 듣는 사람, 교화자와 교화 대상이 나누어져 이원적이지만, 정각을 이룬다는 것은 듣는 자와 들리는 법문이 하나가 되어 불교적 무위의 세계에 들어간다는 말이 되어 일원적 세계 인식을 보여준다. 작자는 주관과 객관이 나누어진 상태에서 선행 즉 일반 도덕을 실천하거나 불교가 제시한 계율을 지키고, 불교 가르침을 쓰고, 외고 들으며 궁극적으로는 교화에 나서야 한다는 말을 하여 이원적 세계관을 드러내면서도 불교의 깨달음을 이루는 것을 중요한 선행으로 보아 중생과 부처, 선행과 악행을 초월한 세계를 지향하여 일원적 세계관을 분명하게 보여 주고 있다. 인과를 극복하는 중요한 방법으로 선행을 제시하면서 작가는 인간의 도리를 지키거나 계율을 준수하는 일반적 행위, 불교 수행과 교화를 선행으로 말하여 행위의 주체와 대상이 나누어진 이원적 세계 인식을 보여주면서도 불교적 깨달음을 성취하여 지옥과 극락, 중생과 부처, 선행과 악행과 같은 대립적 세계를 초월하는 행위도 선행이라고 주장하여 일원적 세계 인식을 분명하게 보여 주었다.

(7)의 전반부와 같이 염불에 대하여 말하는 다른 사례를 보면 〈권선곡〉의 명리권곡 끝부분에서 '行德 업시 노는 몸이 四重恩을 잇ᄉ오면/ 즉금모양 人身이라 來世果報 定ᄒ 거슨 三道苦報 定타 ᄒ데/ 즉금 人身 亡終일시 놀납습고 무셔올샤 無行空身 무셔올샤/일언 일를 씨닷사와 世事貪着 너무 말고/種種功德 닥으시며 ᄉ이ᄉ이 念佛ᄒ야/極苦世界 여희시고 極樂世界 가오시소'라고 하고 있다. 이것을 보면 4종은(四重恩)을 잊는 행위 때문에 내세에 삼도고보(三道苦報)를 정해 놓았다고 하고, 끝 부분에서 염불을 하여 극락세계로 가라고 말하여 원인과 결

과가 나누어진 이원적 세계관을 보이고 있다. 금생에 하는 염불이 다음 생을 극락으로 이끄는 중요한 원인 행위임을 드러내서 역시 금생과 내생이라는 이원적 세계 인식을 분명히 보여 주고 있다. 그런데 (7)의 후반부 내용을 보면 이와 다른 입장을 보여 준다. 높지도 않고 낮지도 않은 평성으로 나무아미타불을 칭송하면 내생에 극락을 가는 것이 아니라 염불하는 주체인 능염자와 염불의 대상인 아미타불이 다 사라지고 본래 자기 성품의 아미타불이 앞에 나타난다고 하였다. 이것을 두고 본래 남이 없는 진리의 즐거움이라고 말하고 있다. 염불을 하여 내생에 극락을 가는 것이 아니라 염불하면 내가 바로 아미타불이라는 것을 깨달아서 그 자리에서 바로 법락을 얻는다는 말을 하고 있다. 극락이 금생에 죽어 내생에 가는 어떤 좋은 곳이 아니라 살아 있는 이대로 여기서 자각하는 이상적 세계임을 분명히 말하고 있다. 염불을 통하여 가는 세계와 현재의 금생을 완전히 하나로 일치된 것으로 표현해서 일원적 세계 인식을 드러냈다. 따라서 염불에서도 일원적 세계관에 철저히 기초하면서도 일반적 청자의 수준에 따라 내생의 극락을 교시하는, 이원적 세계 인식에 기초한 염불을 주로 많이 표현했다.

(8)에서는 시심마(是甚麼) 화두를 드는 간화선의 수행 방법을 설명하고 있다. 간화선에 의한 수행을 하여 깨달음을 얻었을 때 전념후념(前念後念)이 갑자기 끊어지고 원명도리(圓明道理)가 드러나는데 이것은 중생과 모든 부처가 더하고 덜함이 없다고 했다. 수행하여 깨닫기 전에는 중생과 부처가 나누어져 있는 것처럼 보이다가 깨닫고 나니 중생과 부처가 하나라는 말을 하고 있는 것이다. 인용문 (8)의 바로 뒤 이은 부분에서 '이 밀심이 올사오니 自己ㄴ에 잇난 寶物/니난 알고 쓰기니와 남들도 아르신지/眞實로 모르거던 語默中에 차나내야 나와 함께 同行하세'라 하고 있다. 앞에서 말한 원명도리는 수행을 통하여 없던

것을 얻은 것이 아니고 '自己上에 잇난 寶物'이라고 여기서는 표현하고 있다. 자기에게 본래 있는 보물을 모르다가 알아서 사용하게 되었다는 것이다. 그래서 남들까지 찾아내게 하여 동행할 것을 요구하고 있다. 즉 수행 과정에는 중생과 부처가 나누어져 있는 듯하지만 깨달음을 얻음으로써 본래 내가 부처와 조금도 다름없는 존재라는 것을 확인하는 것으로 되어 있다. 전체적으로 내가 본래 부처인 것을 수행을 통하여 깨달아 가는 과정을 이 작품에서는 말하고 있다. 따라서 부처와 내가 하나라는 일원적 세계 인식을 전제로 수행 과정상 나와 부처가 나누어져 보이는 이원적 세계의 현실을 극복해 가는 여정을 보여주고 있다고 할 수 있다.

지금까지 지형 가사의 작품 내적 대상과 세계 인식의 성격을 살펴보았다. 작품 내적 대상에서는 인과(因果)의 다양한 현상과 이를 극복하기 위한 선행, 염불, 참선과 같은 다양한 수행 방편을 이야기하는 것으로 나타났고, 이런 다양한 세계 이면에는 철저히 일원적 세계 인식의 기초 위에 교화의 방편으로 이원적 세계 인식의 논리에 따른 다양한 사례가 표현되었다.

4. 청자와 담화 방식, 대상과 세계 인식

이 장에서는 지형 불교 가사의 성격을 해명하기 위해 두 개의 절에서 작품 내적 청자와 담화의 방식, 작품 내적 대상과 세계 인식의 성격이라는 네 가지 소주제를 다루었다.

작품 내적 청자와 담화 방식이라는 표현 측면의 논의에서 작품 내적 청자는 주로 두 가지 유형 즉 '군자, 장부'와 같은 이상적 청자를 내세우고 드물게 '어린 필부'라는 현실의 실제적 청자를 세우고 있었다. 화자가 실천하도록 요구한 내용을 이미 다 실천하고 있어야 이상적 청자에 부합하는 것인데 실제는 그 많은 다양한 내용을 알리고 행동하라고 요구하고 있는 것으로 보아 긍정적 청자는 실제적 청자가 아닌 이상적 청자였다. 그리고 가끔씩 여러 가지 한계를 가진 청자를 실제에 걸 맞게 호칭하기도 했다. 이상적 청자를 주로 세운 이유는 이상적 청자와 자기를 동일시하려는 욕구를 자극하여 시적 화자가 요구한 행동의 실천에 나서도록 하는 효과를 얻고자 한 것으로 보았다.

담화 방식에서는 주로 이상적 청자를 상대로 화자는 매우 공경하는 어조로 각종 가르침을 전달하고 행동 실천을 요구하는 담화를 구사하고 있었다. 청자를 직접 내세운 부분에서는 주로 청유와 명령을 통하여 앞으로 말할 내용을 잘 들으라거나, 어떤 행위를 할 것을 요청하거나 명령하는 요구의 담화 방식을 구사했다. 듣거나 실천해야 할 실제 작품 내적 대상을 표현할 때에 먼저 인과나 나열의 문맥으로 내용을 제시하고 이어서 문장의 종결은 단정적으로 강조할 때 평서문, 한탄하거나 감탄적으로 강조할 때 감탄문, 설의적으로 강조할 때 의문문을 혼용하여 강조의 담화 방식을 구사하고 있었다.

가상의 이상적 청자를 상대로 높임의 어조로 여러 가지 작품 내적 대상을 알리고 행동을 요구하였는데 그 구체적 내용은 크게 네 가지로 나타났다. 인과의 법칙 자체와 인과의 고통을 벗어나기 위해 수행해야 할 방편으로서 선행, 염불, 참선이 그것이었다. 인과에서는 삼세인과를 말하면서 인과의 고통이 본래 없는 도리도 말했고, 선행에서는 가시적 행동 즉 인간의 도리나 계율을 지키거나 불교 가르침을 실천하고 나아가 중생을 제도하는 것을 말하기도 하면서, 깨달음을 얻는 것을 선행으로 말하기도 했다. 그리고 염불에서도 염불을 하여 다음 생에

극락을 간다는 논리를 세우면서도 염불을 통하여 자기가 본래 아미타
불임을 자각한다는 내용까지 나타내고 있었다. 참선에서도 수행 과정
에 부처와 중생이 나누어져 있다가 깨달음을 얻고 나서 나와 부처가
조금도 다름이 없다는 자각을 하게 되는 내용을 모두 담고 있었다.

이와 같은 내용은 바로 작자의 이원적이면서 일원적 세계 인식에 따
라 나타난 것으로 보았다. 전생은 금생의 원인이고 금생은 내생의 원
인이라는 삼세인과 사상에는 원인과 결과가 전생과 금생, 금생과 내생
으로 나누어져 있어 이원적 세계 인식을 보이는 것이었다면 인과의 고
통이 본래 없다고 한 것은 인과의 이원적 흐름 자체를 근원적으로 부
정하여 일원적 세계 인식을 보여 주었다. 선행에서 가시적 선행을 실
천하는 경우에는 선행을 실천하는 사람과 실천의 대상인 선행이 나누
어져 있어 이원적 세계 인식이 자리하고 있었다면 수행을 통해 깨달음
을 성취함으로써 선행 대상과 주체가 일치된다는 데에는 일원적 세계
인식이 작용했다고 보았다. 염불에서 염불하는 나와 염불의 대상이 나
누어진 경우는 이원적 세계 인식에 기초해 있었다면 염불하는 주관인
능염자와 염불의 대상인 소념자가 사라지고 양자가 본래 하나인 아미
타불이라는 주장에는 일원적 세계 인식이 기초하고 있다고 보았다. 그
리고 참선의 경우 수행하는 과정에 화두를 드는 사람과 화두, 교화의
과정에 부처와 중생이 나누어져 있다고 보는 것은 이원적 세계 인식에
기초했지만, 깨닫고 나서 부처와 내가 하나가 된다는 주장에는 작자의
일원적 세계 인식이 그 이면에 자리하고 있는 것으로 보았다.

지형은 그 작품에서 이상적 청자에게 높임 표현으로 다양한 불교적
지식과 덕목을 제시하여 청자의 수준에 맞게 이원적 세계 인식의 관점
에서 교시를 하면서도 인과의 고통은 본래 없으며 깨달음으로써 선행
과 내가 하나가 되며, 염불의 대상인 아미타불이 바로 자신이며, 선

수행 이전에 내가 바로 본래 부처라는 일원적 세계 인식을 철저히 드러내고 있었다. 일원적 인식을 근본 바탕에 깔고 있으면서도 가상의 이상적 청자를 상대로 교시의 효과를 높이기 위하여 이원적 세계 인식에 기초한 다양한 교시를 주로 보여 주었다. 그러나 존재 원리의 실상이라고 할 수 있는 일원적 세계 인식의 입장을 작품에 항상 내보임으로써 고원한 청자까지 교시하고자 한 것이 지형 불교 가사의 전체적인 특징이다.

경허 가사에 나타난 수행법과 표현 방식

1. 경허의 불교 가사

경허(1849~1912)는 조선 말기부터 개화기에 걸쳐 살았던 승려이다. 그는 오랫동안 지속된 조선 왕조의 탄압으로 불교의 명맥이 약화되고 특히 선(禪)을 근간으로 하는 당시 불교의 종지가 퇴색해가던 시기에 선을 중흥한 걸출한 승려로 받아들여지는 인물이다. 그는 불교 이념이 쇠퇴하고 국운까지 기울어가던 시기에 태어나 한국 불교의 특징인 조사선의 기치를 높이 세우고 지식인으로서 우국적인 삶을 고뇌하며 살아갔다.[1]

그가 보여준 삶의 여정은 승려로서 투철한 수행자의 모습과 나라 잃은 백성으로 고뇌하는 처절한 선비의 면모를 함께 보여준다. 이는 불교적 세계에만 몰입했던 예사 승려들과 구별되는 부분이다.[2] 그리고 일정한 기간 선수행과 교화의 행적을 보이다가 스스로 이름을 바꾸고 세속 선비의 복장으로 민중 속으로 들어가 유랑하며 교화와 교육에 전

---

1) 시대에 대한 의식이나 고뇌는 그의 한시에 주로 나타나 있고 그의 파격적 행적에서도 어느 정도 짐작할 수 있다.
2) 사회에 참여하는 승려의 수가 그렇지 않은 예사 승려보다 적다는 의미다.

념했던 점도 예사롭지 않다. 파란만장한 삶의 과정에서 그는 많은 한 시·문을 남겼다.[3] 일상에서 행한 법어(法語)와 건물 창건과 같은 행사와 관련하여 기문(記文) 등의 산문을 남겼다. 불교적 내용은 법어에 주로 표현하고 서문(序文)이나 기문에서는 행사와 관련된 내용을 주로 담고 불교적 내용은 부분적으로 곁들였다. 그리고 한시에서는 불교적 내용을 부분적으로 읊고 대부분 유랑 과정의 심회나 만남과 이별, 인물에 대한 칭송을 표현하고 있다. 경허의 가사 네 편은 그의 문집 가(歌)라는 부분에 실려 있다.[4]

그가 남긴 가사는 〈참선곡(參禪曲)〉, 〈가가가음(可歌可吟)〉, 〈법문곡〉, 〈금강산유산가〉 등 모두 네 편이다. 그는 가사 작품에 불교적 교리를 집중적으로 표현하여 불교 교리를 가르치는 중요한 방법으로 가사를

---

3) 경허는 승려임에도 불구하고 가사 네 편, 한시 250여 수, 산문 50여 편 등 여느 일반 유자 못지않은 풍부한 문학 작품을 남기고 있다.

4) 경허의 문집은 모두 네 차례 발간되었다. 1931년 경허의 제자 방한암이 스승의 유적을 필사하여 만든 『鏡虛集』이 처음 나왔는데 여기에 가사로는 〈가가가음〉과 〈법문곡〉 두 편만 실려 있고, 1942년 중앙선원에서 발간한 『경허집』에는 〈참선곡〉이 추가되어 〈가가가음〉, 〈법문곡〉 세 편이 실려 있다. 1981년에 나온 『鏡虛法語』(경허, 경허성우선사법어집 간행회, 인물연구소, 1981)에는 歌 부분에 〈참선곡〉, 〈가가가음〉, 〈금강산유산가〉 세 편, 法語 부분에 〈법문곡〉 한 편 등 네 편이 모두 실려 있으나 1990년에 재편 발간된 『경허집』(극락선원, 1990)에는 歌 부분에 〈참선곡〉, 〈가가가음〉, 〈법문곡〉 세 편만 이 실려 있고 〈금강산유산가〉는 빠져 있다. 동국대학교출판부에서 간행한 『경허집』(『한국불교전서』 제11책, 1993)에는 지금까지 발간된 경허 관련 자료를 모두 망라하고 있다. 필사본 『경허집』을 비롯하여, 중앙선원의 『경허집』과 그 이후 『鏡虛集補遺』를 모두 담고 있기 때문이다. 1981년에 나온 『경허법어』에 실린 〈금강산유산가〉는 『경허집보유』에서 가져 온 것으로 보인다. 문집이 처음 나온 것으로부터 점차 내용이 추가되고 보완되는 양상을 볼수 있다. 처음 문집이 나온 뒤에 자료를 수집하는 일이 몇 차례 있었고 이를 통하여 새로 발견하여 추가한 자료 가운데 하나가 〈금강산유산가〉로 보인다. 현재 이 작품이 경허의 것이 아니라는 확증이 없고 내용이 전혀 상관없는 것이 아니기 때문에 본고에서는 이를 경허의 작품으로 보고 논의를 전개했다.

사용하고 있다. 종교가사가 가지는 공통의 특징이 교리를 선전한다는 점인데 경허 가사 역시 그런 테두리에서 크게 벗어나지 않는다. 물론 〈금강산유산가〉는 금강산을 유람하며 보고 살핀 사찰과 그 지역 관련 불교인물을 주로 소개하는 기행가사로서 그 나머지 세 작품과는 성격이 다르다. 그래서 본고에서는 〈금강산유산가〉를 제외하고 세편의 불교 가사를 통하여 그가 구체적으로 독자들에게 가르치고자 했던 교시의 내용이 무엇인지? 교시의 효과를 높이기 위하여 문장 서술이나 단락 전개를 어떻게 하고 있는지 살피고자 한다. 경허의 불교 가사에 대한 논의는 두 가지 점에서 중요하다. 우선 고려말 가사 발생기에 불교 가사가 나타나서 조선조 동안 사대부 가사에 견주어 쇠퇴의 길을 걷다가 근대에 대거 창작된 불교 가사에 대한 이해의 단초를 제공한다는 것이 그 하나이다.[5] 다음은 전통 조사선을 부활한 위대한 선승으로 추앙받는 그가 구체적으로 보여 주고 있는 불교적 수행법의 내용이 어떤 것인지를 파악할 수 있다는 것이 그 둘이다.

이 장에서는 그의 가사에 대한 연구를 중심에 두면서도 논의를 심화하기 위하여 관련 자료를 필요시 원용한다. 기본 자료는 동국대학교 한국불교전서 편찬위원에서 편찬한 석성우(釋惺牛)『경허집』과 경허성우선사법어집간행회에서 편집한『경허법어』, 극락선원에서 만든『경허집』을 택했다. 이 세 책에 경허 관련 자료가 자세하게 모두 망라되어 있기 때문이다.

---

5) 19세기 말에서 20세기 초기 사이 짧은 기간에 용성, 학명, 만공, 운허 등 여러 승려들이 많은 가사 작품을 창작하는 데 이들 작품을 연구하는 데 단초가 될 수 있다는 말이다. 이 앞 시기 가사는 대부분 작자 미상이고 소요 기간이 긴 데 비하여 작품 수는 적다.

2. 이원적 수행 방법

불교에서 보여주는 수행 체계는 다양하고 방대하여 간단히 요약하기 어렵다. 불교의 수행법이 너무 다양하여 정확한 수행 방법을 찾기 어렵다고 보아 최근에 불교 수행법을 안내하는 별도의 연구서가 출간되기도 했다.[6] 거기에 제시된 수행법은 염불, 주력, 절, 간경, 사경, 사불, 계율·참회, 대승불교의 지관, 위빠사나, 티베트 불교 등 열 가지이다. 여기에 선 수행은 빠져 있는데 한국 불교의 핵심적 수행법인 선 수행에 대해서는 이 책이 나오기 바로 앞서 『간화선』[7]이라는 제목으로 별도의 연구서가 이미 발간됐기 때문이다.

수행 방법을 겉으로 드러난 유형에 따라 이와 같이 나눌 수도 있지만 수행의 주체가 얻는 힘의 근원에 따라 스스로의 힘으로 수행해나가는 자력적 수행법과 부처나 보살과 같은 절대적 존재에 의지하여 수행하는 타력적 수행법이 있다. 또한 현실의 인과 법칙에 따라 수행하는 인과적 수행법과 인과 자체를 근본적으로 극복하는 초월적 수행법이 있다. 선행을 하고 불교의 교리를 실천함으로써 좋은 결과를 얻으려는 수행 방법이 인과적 수행법이고, 차제와 단계를 두지 않고 자신의 본래 마음을 바로 보고 양변을 뛰어넘어 깨달아 들어가는 참선수행이 초월적 수행법이다. 그런데 인과적인 수행을 하거나 초월적 수행을 하거나 불교의 수행은 궁극적으로 깨달음을 지향한다는 측면에서는 양자가 동일하다고 할 수 있다.

유형에 따른 열 가지의 다양한 수행법, 힘의 근원에 따른 자력적 수

---

6) 교육원 불학연구소 편저, 『수행법연구』, 조계종출판사, 2005.
7) 전국선원수좌회 편찬위원회(고우 외 4인), 『간화선』, 대한불교조계종 교육원, 2005./ 대한불교조계종 포교원 포교연구실, 『간화선입문』, 조계종출판사, 2006.

행과 타력적 수행, 인과 질서에 따른 수행과 이를 초월하는 수행 등의
여러 기준 가운데 맨 뒤 두 가지 기준에서 경허가 보인 수행법을 살피
고자 한다. 그가 일생 동안 보여준 수행법이 이 두 가지 방식에 충실하
여 이원적 성격을 보여 주고 있어 그 본질을 가장 분명하게 해명할 수
있는 기준이 되기 때문이다.

1) 인과적 수행 방법

경허의 불교 가사 세 작품은 인과적 세계관과 인과적 수행 방법을
모두 포함하고 있다. 여기 제시한 예문 가운데 (1)은 인과적 세계관만
보여주고 (2)(3)은 인과적 수행 방법을 직접 보여 준다.

(1) 凡世人間 사람들이 善惡因果 받아 나니
　　前生에 惡한사람 牛馬虫蛇 今生이요
　　地獄餓鬼 불쌍하다 前生에 착한사람
　　國王大臣 富貴豪傑 目前에 分明하다
　　今生善惡 미루면은 後生일을 알지로다　　　　　　〈가가가음(可歌可吟)〉

(2) 一切戒行 지켜가면 天堂人間 壽福하고
　　大願力을 發하여서 恒隨佛學 생각하고
　　同體大悲 마음먹어 貧病乞人 괄세말고
　　五蘊色身 생각하되 거품같이 觀을하고
　　바깥으로 逆順境界 夢中으로 생각하야
　　喜怒心을 내지 말고 虛靈한 나의 마음
　　虛空과 같은 줄로 眞實이 生覺하야
　　八風五欲 一切境界 不動한 이 마음을
　　泰山같이 써나가세　　　　　　　　　　　　　〈참선곡(參禪曲)〉

　(3) 부처님이 말씀하시기를 부모에게 효성하고
　　　스님네게 공경하고 대중에 화합하고
　　　빌어먹는 사람을 불쌍히 여겨
　　　조금씩이라도 주고 부처님께 지성으로 위하고
　　　가난한 사람은 꽃 한 가지라도 꺾어다놓고
　　　절하던지 돈한푼을 놓고 절을 하던지
　　　밥 한 사발을 놓고 위하여도 복을 한 없이 받는다 하시고
　　　이위의 다섯가지를 지성으로 하여가면 복이 한 없다 하시니라.
　　　중생은 개미와 이같은 것도 죽이지 말고
　　　남에게 욕하고 어잖은 소리말고
　　　머리터럭 만한것도 남의것 훔치지 말고
　　　조그만큼도 골내지 말고 항상
　　　마음을 착하게 가지고 부드럽게 가지고 내마음과 몸을 낮추어 가지면
　　　복이 된다 하시니 부처님 말씀을 곧이들을 지니라　　　　　〈법문곡〉

　(1)은 불교의 악인악과(惡因惡果) 선인선과(善因善果)의 인과 법칙을 분명하게 말하고 있다. 이 인과 법칙 자체가 수행 방법은 아니다. 작가는 교시를 내리기 위한 하나의 전제로 인과 법칙을 제시하고 있다. (1)이 포함된 〈가가가음〉에서 보면 악인악과뿐 아니라 선인선과도 윤회의 굴레에서 벗어날 수 없음을 바로 이어서 말하기 위하여 이런 내용을 가져 왔다. 그러나 다른 작품에 나오는 (2)(3)의 내용과 연계하여 살피면 인과의 법칙이 인과적 수행의 전제가 된다고 보는 작자의 수행관을 유추할 수 있다.

　(2)는 〈참선곡〉이 제시하고 있는 첫 번째 문제에 대한 첫 번째 해결 방안 가운데 하나이다. 첫 번째 문제가 무상한 중생의 삶인데 이를 타파하는 첫 번째 방법으로 초월적 수행 방법을 먼저 제시하고 추가적으로 제시한 방법이 바로 (2)번이다. 일체 계행을 지켜 가면 수복(壽福)을

받는다고 하였다. 부처의 가르침을 항상 따르고 빈병걸인(貧病乞人)과 같은 어려운 이웃을 도울 것을 교시하고 있다. 이 가운데 '五蘊色身 생각하되 거품같이 觀을 하고/바깥으로 逆順境界 夢中으로 생각하야/喜怒心을 내지 말고 虛靈한 나의 마음/虛空과 같은 줄로 眞實이 生覺하야'라는 부분은 뒤에서 살필 반조 공부(返照工夫)와 유사한 관(觀) 공부를 제시하고 있다. 계행을 닦되 단순한 계행이 아니라 주관과 객관의 일체 존재에 대한 성찰을 병행한 인과적 수행법이라는 것을 여기에서 알 수 있다. 이 두 부분을 연결해서 보면 청정한 계행과 관을 하는 즉 생각하는 공부를 매우 중시하는 작가의 이원적 수행관을 짐작할 수 있다.

(3)은 (1)(2)와 달리 부처의 직접적 가르침을 통하여 인과적 수행을 하도록 권하고 있다. 효도, 스님 공경, 대중 화합, 걸인에게 보시, 부처 공경 등의 실천을 하면 복을 한없이 받는다는 부처의 말을 빌려 와서 교시의 권위를 높였다. 이어서 계율을 지킬 것을 권하고 있다. 생명을 죽이지 않는 불상생과, 남에게 욕하지 않는 불악구(不惡口), 물건을 훔치지 않는 불투도(不偸盜), 성내지 않으며 착하고 부드러운 마음과 겸손의 미덕을 가지면 복을 받는다고 부처의 말을 빌려서 교시하고 있다. 다섯 가지의 선행을 실천하거나 청정한 계율을 지키면 결과는 모두 복을 받는다는 것이다. 여기서 말하는 선인선과는 인과적 수행의 모범적 내용이다. 특히 (3)은 〈법문곡〉의 결론 부분에 해당하는 것으로 작자가 주장하는 또 하나의 중요한 수행 방법이 인과적 수행법임을 알려준다.

관법이라는 초월적 수행법을 부분적으로 제시하기도 했으나 (2)는 계율의 준수, (3)은 계율 준수와 선행의 실천을 통하여 복을 받는다는 내용을 말하여 인과적 수행을 분명히 중요한 수행의 한 방법으로 주장하고 있다. 인과적 수행은 불교가 처음 발생한 당시 원시불교의 교학 사상에 주로 근거한 것이다. 불교 초기 경전인 『아함경』에는 사제(四諦), 팔정도(八正道), 십이연기(十二緣起), 윤회(輪廻), 혹업고(惑業苦), 사무량심(四無量心), 사섭법(四攝法) 등 인과적 수행의 내용이 나오기 때문이다.8) 그가 제안한 인과적 수행도 대부분이 여기에 근거하고 있다. 이런 내용을 작품에 표현한 것은 불교에 대한 인식이 낮은 일반 대중을 효과적으로 교화하고 더 고차원의 우수한 초월적 수행법으로 나아가도록 유도하려는 작자의 의도가 작용한 결과이다.

2) 초월적 수행 방법

앞 장에서는 선인선과나 악인악과와 같이 특정 원인에 특정 결과를 기대하고 수행하는 것을 인과적 수행이라 정의하고 작품에 나타난 그런 요소를 살폈다. 초월적 수행이란 상대적 선악을 초월하여 절대적 진리를 추구하고 그 진리대로 살아가려는 수행을 의미한다. 작자가 보인 일생은 그가 초월적 수행에 주로 몰두했음을 말해준다.9) 그가 작품에서 초월적 수행을 더 비중 있게 다루고 있는 것도 그 삶의 이런 궤적과 관련이 깊다.

> (4) 三界大師 부처님이 丁寧이 이르사대
> 　　마음깨쳐 성불하야 生死輪廻 永斷하고
> 　　不生不滅 저國土에 常樂我淨 無爲道를
> 　　사람마다 다할줄로 八萬藏經 遺傳하니
> 　　사람되야 못닦으면 다시工夫 어려우니 나도어서 닦아보세

---

8) 이기영, 『불교개론』, 한국불교연구원, 1977, 24~33쪽.
9) 한암중원, 「선사경허화상행장」, 『경허집』(경허), 극락선원, 1990, 349~369쪽.

닦는길을 말하랴면 허다히 많건마는 대강추려 적어보세

앉고서고 보고듣고 着衣喫飯 對人接語

一切處 一切時에 昭昭靈靈 知覺하는

이것이 어떤 건고 몸뚱이는 송장이요

妄想煩惱 本空하고 天眞面目 나의 부처

보고듣고 앉고 눕고 잠도자고 일도하고

눈한번 깜작할새 千里萬里 다녀오고

許多한 神通妙用 分明한 나의 마음

어떻게 생겼는고 疑心하고 疑心하되

고양이가 뒤잡듯이 주린사람 밥찾듯이 목마른이 물찾듯이

六七十 늙은 寡婦 子息을 잃은 후에 子息 생각 간절툿이

생각생각 잊지 말고 깊이 궁구 하여가되

一念萬年 되게 하야 廢寢忘飧 할지경에

대오하기 갑갑도다   〈參禪曲〉

(5) 찾는길이 여럿이나 아주옅게 말할진대 返照工夫 最妙하다

善心惡心 無量心을 地水火風 제쳐놓고 찾아보면 都無하니

비록찾아 無形하나 靈知分明 不昧하니 그아니 可笑론가   〈可歌可吟〉

(6) 찾는 법을 일러보세

누나서나 밥먹으나 자나깨나 움직이나

똥을누나 오줌누나 웃을때나 골낼때나

일체처 일체시에 항상깊이 의심하야

궁구하되 이것이 무엇인고 어떻게 생겼는가

큰가 작은가 긴가 짜른가 밝은가 어두운가

누른가 푸른가 있는 것인가 없는 것인가

도시 어떻게 생겼는고 시시때때로 의심하야

의심을 놓지말고 염념불망 하여가면

마음은 점점맑고 의심은 점점깊어

> 상속부단 할지경에 홀연히 깨달으니
> 천진면목 좋은 부처 완연히 내게 있다.
> 살도죽도 않는 물건 완연히 이것이다.　　　　　　〈법문곡〉

(4)는 '이것이 무엇인가?[시심마(是甚麼)]'라는 화두를 가지고 공부해 나가는 내용이다. 여기서는 '이것이 어떤 건고'라고 표현하고 있다. 달마로부터 시작된 조사선의 전통이 송대에 이르면서 화두를 참구하는 간화선으로 발전하게 된다.[10] 화두는 흔히 천칠백 공안이라고 하여 그 종류가 매우 많은데 여기서 작가가 말한 화두도 그 가운데 하나다. 그런데 여기서 화두를 공부하는 방법으로 의심한다는 말을 했다. 의심은 기존 간화선에서 화두를 참구하는 올바른 방법으로 이미 강조하던 것이다.[11] 그리고 의심을 하되 건성으로 하는 것이 아니라 간절하게 해야 한다고 한 것 역시 기존 간화선의 주장과 일치한다.[12] 그리고 화두

---

10) 전국선원수좌회 편찬추진위원(고우 외 4인), 앞의 책, 27~90쪽 참고.

11) 간화선에서 의심하라는 것은 여러 선어록에서 한결같이 강조하는 내용이다. 이를 확인하기 위하여 조선시대에 널리 유포됐고 경허가 참고하기도 했던 대표적인 몇 가지 자료의 해당 내용을 들어 보면 다음과 같다.
  ＊천 가지 의심 만 가지 의심이 다만 이 하나의 의심입니다. 화두 위에서 의심이 타파되면 천만 가지 의심이 일시에 타파될 것입니다. (千疑萬疑 只是一疑 話頭上 疑破則千疑萬疑一時破, '答呂郎中 隆禮'『書狀』(대혜), 235~236쪽)
  ＊그 병의 원인을 찾아보니 다른 이유가 없었고 다만 의정 위에서 공부하지 않았다. (鞠其病源 別無他故 只爲不在疑情上 做工夫, '開堂普說'『禪要』(고봉), 46~47쪽)
  ＊만약 언구를 의심하지 않는다면 이것이 큰 병이다.(若不疑言句 是爲大病,『몽산 법어약록언해』(몽산, 세종대왕기념사업회), 45쪽)

12) 경허의 문집에는 경허가 간절함의 중요성을 강조하기 위하여 고봉의『선요』구절을 직접 인용한 자료가 보이는데 이를 들어보면 다음과 같다.
  ＊만약 이 일을 확실하게 공부하는 것을 논의할 것 같으면, 정히 감옥 속에서 사형 (死刑) 당할 죄인이 갑자기 옥졸(獄卒)이 술에 취하여 잠에 떨어짐을 만나 목의 칼과 족쇄를 두들겨 부수고 밤을 이어 달아나되, 길에 비록 지독한 용과 사나운 호랑이가 많더라도 한결같이 곧바로 앞으로만 달려가서 끝내 두려워함이 없는 것과 같

가 잘 들려 완전 몰입의 경지가 돼야 깨달음에 가까워진다는 말도 전
통 간화선에서 말하는 내용과 상통한다.13) 여기서 '一念萬年 되게 하
야 廢寢忘飧 할 지경'이 곧 화두 일념이 되어 삼매에 든 상황을 표시한
것이다. 이런 내용들에 따르면 전통 간화선법의 초월적 수행 방법에
따라 철저히 공부해야 한다는 것을 이 단락에서 작자가 강조하고 있음
을 알 수 있다.

(5)의 반조 공부는 화두를 참구하는 방법과는 다르다. 자기를 돌이
켜 비추어 보는 공부이다. 흔히 이를 회광반조(廻光返照)라고 하는데
자기가 자신의 존재를 돌이켜 성찰하는 공부의 방법이다. 살펴본 결과
선악의 마음이 다 없으나 또한 전혀 없는 것은 아니어서 허령(虛靈)한
지각(知覺) 즉 영지(靈知)가 분명하여 어둡지 않다고 하였다. 이 방법
역시 경허 앞 시대의 선서에 많이 나타나 있다.14) (2)번 글에 보이는
'관(觀)'이나 '생각(生覺)'하는 것은 허망이나 미혹을 잘 분별하여 보는
비파사나15)라 할 수 있는데 원시불교에 주로 사용되었으나 조사선을

다. 이 무슨 까닭인가? 다만 이 하나의 '간절할 절(切)'자 때문이다. 공부를 할 때
과연 이 간절한 마음을 가질 수 있다면 반드시 백발백중(百發百中)할 것이다.(若論
此事 的的用工 正如獄中當死罪人 忽遇獄子 醉酒睡着 敲枷打鎖 連夜奔逃 於路 雖
多毒龍猛虎 一往直前 了無所畏 何故 只爲一箇切字 用工之際 果能有此切心 管取百
發百中『선요』, 130~131쪽,『경허집』, 325쪽)
13) 대혜가 말한 천만 가지의 의심이 하나의 의심라고 한 것이 바로 이 깨달음 직전
삼매의 경지를 나타낸다.
14) 간화선을 정립한 대혜도 회광반조를 중시했고 조선시대 휴정도 같은 입장을 보이
고 있다.(다음 밑줄은 필자)
  *다만 빛을 돌이켜 비추어 보기를 '이와 같은 생각을 하는 것은 어디로부터 왔으
  며, 행동할 때에 무슨 모양이 있는가?'라고 한다.(但回光返照 作如是想者 從甚麼處
  得來 所作所爲時 有何形段,『서장』, 190~191쪽)
  *법에 친절하게 돌이켜 비추는 공부를 하여 스스로 긍정하고 믿어서 고개를 끄덕
  이는 사람이어야 말할 여지가 있다.(於法 有親切返照之功 自肯點頭者 始有語話分
  『선사귀감언해』 상, 휴정).

하던 선승들도 이를 일찍이 수용했던 수행법이다.16) 관법(觀法)이 회광 반조의 수행법과 구체적 방법에 있어서는 다르지만 모두 일체 존재의 본질을 꿰뚫어 봄으로써 상대 유한성을 뛰어넘으려는 초월적 수행법이라는 점에서는 같은 성격을 가진다고 할 수 있다.17)

(6)의 내용은 (4)의 내용과 서로 통한다. 화두를 참구하는 간화선의 방식을 보여주고 있기 때문이다. 화두도 (4)의 그것과 같은 것이다. 표현이 다소 다르기는 하지만 '이것이 무엇인고'라고 하여 내용상은 '이것이 무엇인가?'라는 화두이다. 그러나 구체적 방법에 있어 작자가 얻은 경험을 가지고 설명하고 있다는 점이 (4)와 다르다. 화두를 간절히 의심하여 삼매에 들어야 한다는 것은 기존의 선에서 일반적으로 강조하던 내용인데 (6)에서 말한 의심의 여러 가지 구체적인 방법은 작자가 독자적으로 밝힌 것이다. '어떻게 생겼는가 큰가 작은가 긴가 짜른가 밝은가 어두운가 누른가 푸른가 있는 것인가 없는 것인가 도시 어떻게 생겼는고'라는 부분이 바로 작자의 특이한 화두 참구 방법이다. 일반적으로 이 화두를 참구할 때 '산 송장 끌고 다니는 이것이 무엇인가?'나 '부모가 낳기 전에 이것이 무엇인가?'라고 의심하여 경허의 방식과는 다르기 때문이다.

---

15) 김승동, 『불교・인도사상사전』, 부산대학교출판부, 122쪽, '觀'조 참고.

16) 조사선의 법손인 육조 혜능 대사의 제자 가운데 永嘉 玄覺 禪師(665~713)는 그의 저서 『禪宗永嘉集』에서 '사마타의 게송, 비파사나의 게송'이라고 하여 止와 觀을 동시에 언급하고 이를 통합하는 방식으로서 '우필차의 게송'까지 언급하여 조사선 초기의 선사가 이미 觀法을 수용하고 있는 면모를 찾아 볼 수 있다.(영가현각원 저, 혜업 편역, 『선종영가집』, 삼영출판사, 1981, 111~227쪽 참고)

17) 바라보는 대상이 회광반조는 의식의 근원이고, 관법은 심신과 대상의 작용 자체라는 점에서 다르다. 그러나 회광반조나 관법이 어떤 대상을 지켜본다는 점, 이를 통하여 궁극에는 주관과 객관, 선과 악 등의 상대적 세계를 초월한다는 점에서는 동일하다.

이상의 세 가지 자료는 간화선을 하건 회광반조를 하건 (2)번의 관법과 함께 부처나 아미타불, 관세음보살 등 외부의 어떤 절대적 존재에 의지하거나, 평면적으로 선행을 닦아 그 대가(代價)로 다시 인간으로 환생하거나 천상에 나거나 현실적 부귀를 누리는 인과적 수행이 아니라 존재의 본질을 통철하게 꿰뚫어 보고 일체를 뛰어넘어 초월적이라는 점에서 세 가지는 동일하다.

인과적 수행법과 초월적 수행법은 깊이나 방법의 차이가 있기는 하나 수행자 스스로의 힘으로 수행한다는 점에서는 자력적(自力的)이라는 공통점을 가진다. 그런데 작가는 인과적 수행법과 초월적 수행법을 모두 다루면서도 후자에 무게를 더 두고 있다. 인과적 수행법을 작품에 표현한 것은 근기가 낮은 사람들을 그 자체로 교화하는 한편 이들을 차원 높은 초월적 수행법으로 인도하려는 의도에 함께 기인했다고 할 수 있다.

3. 문장과 단락상의 표현 방식

표현 방식은 여러 가지가 있어서 일정한 기준을 가지고 논의해야 논지가 선명해진다. 작가가 교화라는 소기의 목표를 달성하기 위하여 강구하는 여러 가지 수사법이나 문학적 형상화 방법도 표현 방식의 일종이다. 그러나 여기에 더 근본적인 것은 진술 방식으로서 작가가 어떤 문장을 어떤 이유에서 구사하고 있으며 하나의 단락을 어떻게 구성하고 있는지를 살피는 일이다. 수사법도 문장을 기본 단위로 구사된다는 점을 고려하면 문장의 서술 방식을 살피는 것이 우선되어야 한다. 그리고 일정한 양의 문장을 모아서 단락을 어떻게 구성하며, 이렇게 구성된 단락을 어떤 원리에 따라 배치하는가를 살피는 것도 작가의 의도를 제대로 파악할 수 있는 중요한 방법이다. 다시 말하자면 작품 전체의 주제와 작자의 의도를 파악하기 위해서 단락 전개를 통한 전체 글의 조직을 따져보는 일이 중요하다.

문장 서술이나 단락 전개를 중점적으로 살피면서 이것이 작품의 내용과 어떻게 유기적으로 연관되어 있는가가 역시 중요하다. 문장 구사나 단락의 배치가 작자의 의도를 제대로 드러내기 위한 핵심 장치로 사용되고 있기 때문이다. 또한 나아가 이런 표현 방법을 논의하는 과정에 나타나는 수사법도 일정한 기여를 하는 것이기 때문에 부차적으로 다룰 필요가 있다.

1) 직설적 문장 서술

우선 각 작품을 구성하는 문장의 수를 살펴보고자 한다. 여기서는 4음보 한 행이라는 행 개념으로 문장을 보지 않고 이어진 문장과 안은 문장과 같이 문장과 문장이 연결되거나 문장 안에 문장을 가지고 있더라도 국어 통사론적인 관점에서 이것을 하나의 문장으로 보고자 한다. 이런 관점에서 보면 한 문장이 길게는 몇 개의 행으로 구성될 수도 있고 짧게는 한 음보가 한 문장이 되는 경우도 있을 수 있다. 문장의 서술 방식은 문장이 통사론적으로 종결될 때 끝부분에 나타나기 때문에 통사단위의 문장을 문제 삼는다.

먼저 종결어미로 완결된 문장이 〈참선곡〉은 30개이고 〈가가가음〉은 36개이고 〈법문곡〉은 59개이다. 서법상의 문장의 종류 다섯 가지[18]를 기준으로 그 구체적 서술 방식을 살펴보면 〈참선곡〉은 평서문

---

18) 평서문, 의문문, 감탄문, 청유문, 명령문 등 학교 문법에서 말하는 서법상의 문장

과 의문문이 각각 9개이고 감탄문 6개, 청유문 4개, 명령문이 2개로
되어 있고, 〈가가가음〉은 평서문과 의문문이 각각 13개이고 감탄문이
6개, 청유문이 1개, 명령문이 3개로 되어 있고, 〈법문곡〉은 평서문이
24개, 의문문이 19개, 감탄문이 9개, 청유문이 3개, 명령문이 4개로
구성되어 있다.

어떤 내용을 어떻게 드러내기 위하여 어떤 종류의 문장을 구사하고
있는지가 중요하다. 이것은 작품의 내용과 형식이 유기적으로 관계 맺
어 작품 성격을 규정하는 요인이 되기 때문이다. 먼저 〈참선곡〉에서
'千萬古 英雄豪傑 北邙山 무덤이요'나 '地獄天堂 本空하고 生死輪廻
本來없다'와 같이 작자가 판단하기에 문제 있는 중생의 현실이나 추구
해야할 불교 진리와 같이 명백한 사실은 대부분 평서문으로 표현했다.
같은 비중으로 많이 쓰인 의문문의 경우 여기서는 단순히 모르는 사실
을 실제 질문하기보다는 대부분의 경우 작자가 말하고자 하는 뜻을 아
주 강하게 나타내기 위하여 설의법을 구사하는 과정에 의문문을 주로
사용했다. 예를 들면 '희미한 이 마음을 어이하야 인도할꼬'와 같이 궁
금하거나 대답을 보여주기 위한 전제로 의문문을 사용하기보다는 '黃
泉客을 免할소냐', '有緣衆生 濟度하면 報佛 恩德 이 아닌가'와 같이
작자가 절박한 내용을 강조할 때 설의적 의문문을 주로 사용하였다.

다음으로 감탄문은 '廢寢忘飡 할지경에 대오하기 갑갑도다'와 같이
긍정적 사태를 기쁘게 표현하는 경우는 일부분이고 대부분 중생의 안
타까운 현실을 표현할 때 감탄문을 사용했다. '忽然히 생각하니 都是
夢中이로다'는 중생 전체의 부정적 상황을 표현한 것이고, '昏昏不覺
지내가니 嗚呼라 슬프도다'는 부정적 상황을 타파하려는 노력을 하지

다섯 가지를 말한다.

않는 현실을, '지각없는 저 나비가 불빛을 貪하여서 저죽을 줄 모르도
다'는 중생의 몽매한 행위를 각각 연민하는 과정에서 감탄문을 사용하
여 수사상 영탄법이 쓰였다. 그리고 청유와 명령은 작자가 공부를 부
드럽게 권하거나 강하게 요구할 때 주로 사용했다. '사람되야 못닦으
면 다시工夫 어려우니 나도어서 닦아보세'나 '이글을 사세보아 하루도
열두시며 밤으로도 조금자고 부지런히 공부하소'와 같은 경우가 바로
그런 예다.

이 작품의 전체 문장 서술은 이렇게 나타났는데 수행법을 보이는 부
분은 문장 서법이 특히 단순하다. 먼저 계를 지키는 인과적 수행을 내
용으로 하는 (2)에서는 청유문 하나로 마무리하여19) 역시 수행체계를
간단명료하게 제시하고 권유하는 효과를 거두었다. 그리고 간화선을
담은 (4)에서는 화두를 의심하는 의문문 한 문장20)과 깨달음에 접근하
는 좋은 사정을 말할 때 감탄문 한 문장21)을 사용하고 있다.

요컨대 평서문으로 긍정적 부정적 양면의 중생 현실과 탁월한 불교
진리를 단정적으로, 설의적 의문문으로 이를 강조적으로 표현하고, 권
고를 청유문 혹은 명령문으로 나타냈다.

다음 〈가가가음〉의 경우이다. 여기서도 평서문과 의문문을 가장 많
이 사용했는데 사용처가 앞의 작품과는 다소 다르다. 먼저 〈참선곡〉에
서는 평서문으로 긍정, 부정의 내용을 비슷한 무게로 다루었는데 이
작품에서는 주로 부정적 내용을 나타내는데 주로 평서문을 사용했다.
예를 들면 '返照工夫 最妙하다', '秋月春風 無限景에 景槪조차 奇異하
다'와 같은 긍정적 내용보다는 '地獄餓鬼 불쌍하다', '寒心하고 可憐하

---

19) '一切戒行 지켜가면 ~ 이 마음을 泰山 같이 써나가세.' 〈참선곡〉
20) 앉고 서고 보고 듣고 ~ 이것이 어떤 건고? 〈참선곡〉
21) 몸뚱이는 송장이요 ~ 대오하기 가깝도다! 〈참선곡〉

다', '電光石火 夢中이라', '故로三界 夢中이라', '智慧人이 하나 없네'
와 같은 부정적 중생의 현실을 단정적으로 나타낼 때 감탄적 평서문을
주로 사용했다. 의문문도 긍정적 내용보다는 부정적 내용을 더 강조하
여 드러내는 데에 주로 사용하였다. '부처한번 되여놓면 무슨걱정 있
을손가', '出世丈夫 이 아닌가'와 같이 긍정적 내용을 표현할 때보다
'오늘날은 이러하나 來日모래 어찌될지', '사는날이 며칠이며 便한날
이 며칠인가', '善心없어 이러한가', '末世되여 이러한가'와 같이 중생
과 세태의 부정적 현실을 강조할 때 설의적 의문문을 주로 많이 사용
했다. 그러나 감탄문은 긍정적인 내용을 나타내는데 더 많이 사용했
다. '아침나절 성하더니 저녁나절 黃泉일세', '庖廚間에 가는소가 자욱
자욱 死地로다'와 같은 부정적 내용보다는 '今生善惡 미루면은 後生일
을 알지로다', '寂光土 좋은 國土 白雲流水 處處로다', '瑟瑟한 琴韻조
차 明月淸風 相和로다'와 같이 긍정적 내용을 주로 나타냈다. 그리고
청유문과 명령문은 태평가를 부르자고 권하거나 이 노래를 자세히 들
으라는 명령을 할 때 사용했다. 이 작품을 구성하고 있는 전체 문장
수는 〈참선곡〉보다 더 많지만 명령문이나 청유문의 수는 오히려 더 적
어서 일방적 교시의 의도가 다소 완화되어 있다.

이 작품의 수행 방법을 나타낸 부분만 보면 공부가 좋다는 말을 단
정적으로 하면서 평서문을 썼고 공부의 결과 확인한 내용을 설의적 의
문문을 가지고 좋다는 점을 강조적으로 나타냈다. 공부의 가치를 간단
하고 명료하게 나타내기에 맞는 표현 방식을 사용했다.

그러나 이 작품 전체적으로는 중생의 부정적 현실을 단정적으로 말
할 때 평서문, 강조할 때 의문문, 불교 가르침을 나타낼 때 감탄문을
각각 사용하여 대비를 통한 교리 전달의 효과를 극대화하고자 했다.

끝으로 〈법문곡〉의 경우다. 앞의 두 작품과는 달리 평서문이 의문문

보다 훨씬 더 많다. 그리고 평서문에서 나타낸 내용은 중생의 부정적 면모를 나타낸 것과 공부의 긍정적인 내용을 비슷한 무게로 다루고 있다. 다음으로 많이 나오는 의문문은 대부분 긍정적 내용을 표현하는데 할애하였다. 화두를 들면서 다각도로 의심하는 내용을 매우 짧은 의문문으로 표현하고 있다. 예를 들면 '이것이 무엇인고 어떻게 생겼는가 큰가 작은가 긴가 짧은가 밝은가 어두운가 누른가 푸른가 있는 것인가 없는 것인가 도시 어떻게 생겼는고'라는 문장이 있는데 엄밀히 살펴보면 '이것이 무엇인가? 이것이 어떻게 생겼는가? 이것이 큰가? 이것이 작은가?' 등 온전한 의문문에서 주어를 생략한 형태이다. 앞의 두 작품에서 중생이나 세태의 부정적 상황을 강조하기 위하여 사용하던 설의적 의문문이 아니라 화두를 참구하는 수행 과정에서 일어나는 진지한 의심을 일반적 의문문으로 표현하였다.

감탄문은 중생의 안타까운 현실을 탄식조로 표현하는 과정에서 주로 사용했다. 예를 들면 '중병들어 앓는사람 명의를 만나는 듯 상쾌하고 좋을시고', '허황한 빈껍대기 그속에 한낱부처 분명히 있는구나'와 같이 일부 긍정적인 내용을 표현하기도 했으나 대부분은 '사람이라 하는 것이 오회라', '칠십살기 드물도다', '인생한번 죽어지면 황천객이 되는구나', '만고문장 천하변사 죽는데는 허사로다'와 같이 중생의 괴로운 굴레를 나타내는데 감탄문을 주로 사용했다. 그리고 주로 공부를 권하거나 강하게 명령하는 과정에서 청유문과 명령문을 사용한 것은 앞의 두 작품의 경우와 동일하다.

그리고 간화선이라는 초월적 수행 방법을 보이는 부분인 (6)에서는 화두를 의심하는 방법을 제시하면서 13개의 짧은 의문문을 사용했고 깨달은 결과 얻은 경지에 대해서는 두 개의 평서문으로 내용을 단정적으로 표현하였다. 그리고 인과적 수행을 보이는 (3)에서는 제3자의 입장에서 부처의 가르침을 제시하기 위해서 두 개의 평서문을 사용했다.[22] 작가 자신의 주관적인 주장이 아니라 부처라는 성인의 가르침이라는 객관적 사실을 부각하기 위하여 평서문을 사용하고 여기에 인용법을 동시에 적용했다.

이 작품 전체적으로 긍정적 부정적 중생의 모습을 평서문으로 나타내고 의문문은 긍정적인 내용을 말할 때 주로 사용했고, 감탄문은 현실에 대한 탄식을 영탄적으로 나타낼 때 주로 사용하였다.

요컨대 경허 불교 가사에서 가장 많이 사용된 문장이 평서문과 의문문이었는데 평서문으로 중생의 부정적인 면과 불교의 긍정적인 면을 단정적으로 나타냈고, 내용을 강조하기 위하여 주로 설의적 의문문을 사용했다. 긍정적인 면은 찬탄하고 부정적인 면은 탄식할 때 감탄문을 사용했다. 교시를 강하게 혹은 부드럽게 권유하기 위하여 명령문이나 청유문을 주로 사용하였다. 그래서 작품 전체적으로 설의법과 영탄법이라는 수사법이 많이 나타나게 됐고 문장 서술은 직설적이고 일방적 성격을 가지게 되었다. 또한 작가는 문장 내용상에서 불교 수행법과 실천에 대한 긍정적 면모, 중생 현실과 해이한 이들의 삶에 대한 부정인 면모를 대비함으로써 자연스럽게 불교 이념을 효과적으로 교시하는 성과를 거두고 있다.

2) 문제와 해결 연계적 단락 전개

작자는 중요한 생각을 단락으로 나타내면서 내용에 따라 단락 구성을 달리 했다. 분류 기준을 세우기에 따라 단락 구분을 여러 가지로

---

22) '부처님 말씀하시기를~복이 한이 없다 하시니라'와 '중생은 개미와 이 같은~
   부처님 말씀을 곧이 들을지니라'〈법문곡〉

할 수 있지만 여기서는 문제 제기와 해결이라는 내용을 기준으로 단락을 나누고자 한다. 중생의 문제 현실과 이를 타개하기 위한 해결책으로서 교시가 각 단락의 중심 내용을 형성하고 있기 때문이다. 이런 기준으로 전체 〈참선곡〉을 나누면 다섯 단락으로 구성되어 있다. 문제적 현상의 제기와 그 해결 방안으로서의 수행, 새로운 문제 상황의 제시와 새로운 해결 방안으로서의 수행, 글 전체 내용의 권유라는 순서로 단락들이 전개된다. 이를 요약하면 '문제A단락 → 해결A단락 → 문제B단락 → 해결B단락 → 권유단락'이라는 단락 전개 양상을 보인다. 그런데 상호 밀접하게 연계되어 있기 때문에 문제와 해결이라는 두 단락의 묶음을 단위로 논의를 진행하는 것이 단락 전개의 특성을 밝히는데 효율적이다.

먼저 문제A단락 → 해결A단락 부분에서 문제A 단락은 '忽然히 생각하니 都是夢中이로다'에서 '바람속의 燈불이라'까지이며 다섯 개의 문장으로 구성되어 있다. 이 단락에서는 평서문과 의문문, 감탄문을 가지고 인생 현실의 허망함과 절박함을 포괄적으로 노래했다. 세속의 부귀영화가 허망하며 동시에 시적 화자 자신의 몸도 풀끝의 이슬과 바람속의 등불 같이 허망하다고 하였다. 시적 화자 자신의 경우를 가져 와서 독자들에게 더 공감을 유발하는 효과를 얻고자 했다. 다음에 이어진 해결A 단락은 '三界大師 부처님이'에서 '不動한 이 마음을 泰山같이 써나가세'까지인데 간화선이라는 초월적 수행법과 계행을 지키는 인과적 수행법이라는 두 가지 방법을 해결책으로 제시했다. 즉 이 부분은 존재 자체와 세속적으로 추구하는 가치의 허망함이라는 중생계의 총체적 문제에 대한 해결책으로 초월적 수행과 인과적 수행이라는 두 가지 방법을 동시에 제시했다.

다음 문제B 단락 → 해결B 단락 부분에서 문제B는 '허튼소리 우스개

로 이날저날 헛 보내고'에서부터 '百千萬劫 蹉跎하야 다시人身 망연하
다'까지인데 문제A와는 그 성격이 다르다. 문제A가 중생이라는 존재
의 근원적이고 포괄적인 문제였다면 문제B는 일상 속에서 그릇 살아
가는 중생의 부정적 삶의 태도와 고통이라는 구체적 현실로 되어 있기
때문이다. 문제B단락은 두 개의 설의적 의문문과 하나의 평서문으로
구성되어 있다. 중생의 부정적 모습을 설의법으로 먼저 강조하고 뒤에
나타나는 처절한 결과를 평서문으로 단정적으로 표현하였다. 문제의
성격이 다르기 때문에 해결B단락의 내용도 자연스럽게 달라졌다. 해
결B단락은 '參禪 잘한 저 道人은 앉아죽고 서서죽고'에서 '嗚呼라 寒心
하다'까지인데 먼저 그런 문제를 극복한 모범적인 인물인 도인의 삶이
어떠한가를 단락의 앞부분에 제시하여 공부할 것을 권하고, '이전 사
람'의 치열한 수행 과정과 대비를 통한 철저한 자기반성을 해결책으로
제시했다. 인과적 수행이나 초월적 수행이라는 구체적 수행 방법을 내
용으로 제시하지 않고 수행의 모범적 인물을 제시하고 자기반성을 해
결B단락의 내용으로 제시했다.

　그리고 이 작품의 마지막 단락은 '이글을 자세보아 하루도 열두시며'
에서 '다시할말 있사오니 돌장승이 아이나면 그때에 말하리라.'까지인
데 두개의 명령문과 하나의 평서문으로 구성되어 있다. 지금까지 제시
한 내용을 명심하여 공부하라고 명령하고, 맨 마지막에 선구(禪句)를
평서문으로 제시하여 수행에 나서도록 독자를 다시 한 번 더 역설적으
로 자극하였다.

　작자는 중생의 포괄적 보편적인 문제[문제A단락]에 작가가 생각하는
두 가지의 구체적인 수행 방법을 해결의 방안[해결A단락]으로 제시하
고, 공부하지 않는 구체적 상황[문제B단락]에 대하여 모범적 인물과 시
적 화자 본인의 철저한 반성을 해결의 방안[해결B단락]으로 제시하여

독자들의 경각심을 점층적 반복적으로 심각하게 자극했다. 마지막 단락에서 글 전체 내용을 명령조로 강하게 권하고 초월적 수행의 화두가될 만한 역설적 과제인 선구(禪句)를 갑자기 던져 놓음으로써 초월적수행을 하도록 다시 한번 더 충격을 가하는 방식으로 단락을 전개했다.

〈가가가음〉은 〈참선곡〉과 단락 전개 구조상 유사한 면과 다른 면을동시에 가지고 있다. 글 맨 앞에 권유의 내용을 첫째 단락으로 가져온것은 다르지만 문제A단락 → 해결A단락 → 문제B단락 → 해결B단락의순서로 문제와 해결책을 연계하여 제시하는 기본 질서는 같기 때문이다. '일없는 鏡虛堂이 노래하나 지여내니 世上 사람 들어보소 들어보소 仔細듣소'가 권유를 담고 있는 첫 단락인데 4음보 2행으로 되어 있어 단락으로서는 매우 짧다. 이 단락은 모두 세 개의 문장으로 구성되어 있는데 첫 문장은 6음보로 되어 있고 다른 시적 화자를 따로 내세우지 않고 작자 경허(鏡虛) 자신이 시적 화자로 직접 나섰다. 나머지 두문장은 한 음보씩으로 되어 있어 더욱 짧다. 모두 앞으로 교시할 내용을 잘 들으라는 명령문들이다. '世上 사람 들어보소. 들어보소. 仔細듣소.'라고 하여 잘 들을 것을 작자가 직접 나서서 짧은 문장을 병치하고 반복하여 빠른 호흡으로 여러 번 강조하고 있다.

다음 문제A단락 → 해결A단락 부분을 보면 문제A단락은 '凡世人間사람들이 善惡因果 받아 나니'에서 '고로 三界 夢中이라'까지로서 상당히 길다. 전체 15개의 문장으로 구성되어 있다. 인과 법칙과 인생무상, 육도윤회의 중생 현실을 단정적으로 제시할 때 평서문을 사용하다가 인과에 떨어져서 살아가는 중생의 부정적 현실을 더 강조할 때설의적 의문문을 사용하여 수사상으로는 설의법을 구사하였다. 감탄문 역시 의문문과 같은 연장선상에서 사용되었다. '비록善心 좋은지라天上人間 快樂하나 有漏因果 無常하야 六道輪廻 못 免하니'라고 하여 선심을 가졌기 때문에 천상에 태어나지만 육도의 윤회를 피할 수 없는 근본 문제가 내재해 있다는 점을 분명하게 지적하였다. 그래서 문단의 결론에서 '故로三界 夢中이라'라는 평서문으로 전체 내용에 대한 단정을 내리고 있다. 요컨대 문제A 단락은 단정적 강조적 방법으로 중생이 처해 있는 선악인과와 윤회라는 근본 문제를 제시하고 있다.

이런 근본 문제에 대하여 해결A 단락에서는 종합적인 대책을 제시하고 있다. 먼저 불국토와 부처의 경지를 제시하고 문제가 해결된 상태인 부처의 경지에 이르기 위한 수행 방법과 효능에 대하여 모두 말하고 있기 때문이다. 종합적이고 근본적인 문제에 대한 해결책 역시 포괄적이고 근본적이다. 긴 문제에 긴 해답을 제시한 결과 이 부분도 '淸淨光明 眞如佛性 나도 않고 죽도 않고 無爲眞樂 恒常이요'에서 '泡沫風燈 可笑롭다 眞如涅槃 昨夢일세'까지 14개의 문장으로 구성된 긴 단락이 됐다. 감탄문과 의문문, 평서문을 각 한 문장씩 사용하여 불국토와 부처의 경지를 먼저 제시하였다. 여기에 이어지는 (5)에서는 수행 방법을 단정적으로 제시하면서 하나의 평서문을 사용했다. 계속해서 수행 방법에 따라 수행하는 과정과 효험을 평서문과 의문문 각 넷과 감탄문 둘을 써서 표현하였다. 단정할 때 평서문, 설의적으로 강조할 때 의문문을 주로 사용하고 감동적 내용을 표현할 때 감탄문을 구사했다.

먼저 불국토와 부처의 경지를 제시하고, 이어서 '반조 공부'라는 공부 방법을 단정적으로 노래하여 얻은 효험을 길게 말하다가 마지막 행에서 깨닫기 이전의 세계와 깨달은 이후의 세계를 동시에 다 부정하는 방식으로 앞 문단의 근본적 문제에 대한 본질적 해결책을 제시하였다. 해결하기 어려운 근본적 문제였기 때문에 해결책도 근원적이고 입체적이다.[23] 부처의 세계를 제시하고 공부를 통하여 부처의 세계에 이

르고 마지막에 '泡沫風燈 可笑롭다 眞如涅槃 昨夢일세'라고 하여 앞
단락에서 제시한 중생의 근본 문제와 그 해결된 결과 자체도 부정함으
로써 문제의 근원을 뿌리 뽑는 철저한 선적 태도를 보여 주고 있다.[24]

　문제B 단락 → 해결B 단락 부분은 그 앞부분에서 제시한 해결 방안
을 따르지 않는 세상의 풍토를 문제로 제시하고 함께 수행에 나설 것
을 거듭 강조하는 것을 해결책으로 가져왔다. '이런 快樂 無上樂을 可
憐하다 世上사람'에서 '末世되여 이러한가 智慧人이 하나 없네'까지가
문제B 단락인데 앞에서 제시한 해결A 단락의 내용을 왜 따르지 않는
가라고 반문하는 내용이다. 시대가 말세이고 지혜 있는 사람이 없어서
그러하다는 점을 안타까워하고 있다. 문제 A가 중생의 근본적 문제였
다면 문제B는 시대적 현상의 문제이다. '無常歲月 虛妄事를 어서어서
바삐깨쳐'에서 '囉囉哩里 囉囉哩 太平歌를 불러보세'까지가 해결B 단
락인데, 역시 해결A 단락에서 구체적 해결 방안을 제시한 것과는 달리
해결A 단락의 교시 내용을 따라 수행을 실천하고 중생을 제도하는데
나설 것을 정서적으로 강조하는 내용으로 되어 있다.

　문제A단락 → 해결A단락 부분이 중생의 근본적 문제와 구체적 해결
방안을 내용에 담았다면 문제B단락 → 해결B단락은 현실적인 관점에
서의 문제A와 해결A의 과정을 따라 수행하고 중생을 제도하자는 제의

---

23) 수행의 모범으로 부처를 먼저 내세우고 그에 따라 공부하여 좋은 효과를 얻었으
　나 얻은 효과까지 전면적으로 부정하는 방식으로 해결책을 제시한 것을 말한다.
　수행하여 얻은 좋은 결과까지 부정한 것은 선이 입각한 본래성불이라는 철저한 입
　장에 따른 것이다.

24) 제2장에서 언급했듯이 철저한 수행을 통하여 깨닫더라도 이를 다시 부정하는 것
　이 조사선의 확고한 입장이다. 조사선에서는 일체를 본래성불해 있는 존재로 보기
　때문에 다시 수행하여 깨닫는다는 식의 말을 철저히 부정한다. 이런 측면은 모든
　존재가 불성을 가지고 있다는 원시불교의 사상을 그대로 이어 받은 조사선의 특징
　적 면모를 잘 보여준다.

를 하고 있다. 내용의 분량으로 보아 문제A단락→해결A단락 부분의 비중이 크고 구체적이어서 본문에 해당하고 문제B단락→해결B부분은 실천에 나설 것을 다시 강조하는 결론에 해당한다.

〈법문곡〉은 앞의 두 작품이 보여주는 구성 방식을 전반부에서 부분적으로 수용하면서도 후반부에서는 또 다른 방식을 보여 주고 있다. 전체 구성을 개괄하면 권유A → 문제A → 해결A → 권유B → 해결B → 권유C → 해결C → 권유D의 순서로 문단을 배열했다. 먼저 권유는 〈가가가음〉에서와 마찬가지로 앞으로 하는 노래 전체를 잘 들으라고 명령하는 것으로 되어 있다. '오회라 세상사람 나의 노래 들어보소 허탄히 알지말고 자세히 생각하소'가 권유 단락 전체인데 두 문장으로 정확히 4음보 2행으로 구성되어 있다. 문장 종결 부분을 보면 '나의 노래 들어보소', '자세히 생각하소'라고 하여 생각하면서 들으라는 명령을 하고 있다.

다음에 이어진 문제A 단락→해결A 단락 부분은 전개 방식에서 앞의 작품과 같다. 문제A 단락은 '고왕금래 무궁하고 천지사방 광활한데'에서 '꿈깨는이 뉘있는가. 가련하고 한심하다.'까지로서 긴 단락에 중생의 근본적 문제 여러 가지를 내용에 담았다. 불교에서 말하는 지수화풍(地水火風)이라는 4대(四大)의 더러움과 사대로 구성된 중생이 생로병사를 거치며 당하는 여러 가지 고통을 담고 있기 때문이다. 중생이 처한 종합적 문제를 포괄적으로 제시하기 위하여 20개의 많은 문장을 사용했다. 반이 넘는 11개 평서문으로 중생이 처한 명백한 고통의 현실을 단정적으로 드러냈다. 고통스런 중생의 삶을 세 개의 설의적 의문문을 사용하여 강조하고 이런 중생의 삶이 놓인 운명적 현실을 한탄하는 과정에 여섯 개의 감탄문을 사용했다. 그리고 '삼계도사 부처님이 죽도살도 않는이치'에서 '생사윤회 면하기를 우인지우 탁인지락'까지의 해결A단락은 부처의 권위를 빌어 그 가르침을 제시한 부분과 작가 스스로 경험해서 얻은 수행의 성과로 짜여 있다. 부처가 보인 경지를 객관적으로 나타내기 위하여 평서문으로 가르침을 인용하고 작가의 수행성과를 보인 부분에서는 공부하여 얻은 좋은 경계와 포교를 두 개의 감탄문으로 감동적으로 나타내고 있다. 긴 문제 제기에 모범 사례 두 경우를 간단히 제시하며 비교적 짧은 해결책을 제시했다.

그리고 그 다음 권유B단락 → 해결B단락 부분을 보면 역시 권유 단락은 '이내말씀 자세 들소.'라고 하여 매우 짧은 두 음보 한 행으로 되어 있다. 해결B단락은 '사람이라 하는 것이'부터 '각필엄관 이만이나 이만일을 뉘알소냐'까지로서 해결A 단락과 유사한 구성 방식을 보인다. 부처를 말하고 이어서 수행과 그 효험을 제시하고 있기 때문이다. 그러나 구성 방식의 유사성과는 달리 구체적 내용에서는 차이가 있다. 우선 부처를 말하는 부분에서 객관 존재인 부처의 가르침을 제시하는 것이 아니라 내안에 본래 갖추어져 있는 부처를 앞에 전제하고 이어서 이 부처를 찾아내는 구체적 방법으로 간화선을 제시하고 있기 때문이다. 그리고 화두를 의심하는 방식을 매우 자세하게 제시하였다. '이것'의 존재를 매우 다양하게 상정하고 의심하는 방법이 특이하다. 크기, 길이, 명암, 색깔, 유무 등의 여러 항목에 따라 수다스러울 정도로 각각 하나의 짧은 의문문을 만들어 의심을 심화해 나가고 있다. 이것은 앞의 두 작품에 나타난 간화선이나 반조의 구체적 수행 방법과 다르다. 그리고 깨달음의 결과 얻은 자유자재한 삶의 모습과 노래하는 당시의 바깥 주변 상황을 보이고 말과 글로 다할 수 없는 무한한 심정을 여운으로 남겼다. 간화선의 구체적 방법을 해결B단락에 담은 것이 앞의 두 작품과 다르다.

끝으로 권유C단락 → 해결C단락 → 권유D단락 부분이다. '오회라 이 노래를 자세자세 들어보소'라고 하여 앞의 권유C는 노래 전체를 자세히 들으라는 것이고 '부처님 말씀을 곧이들을 지니라'라고 한 뒤의 권유D는 해결C단락의 부처님 말씀을 곧이들으라는 당부로 되어 있다. 작품 전체의 시작과 끝부분에 모두 권유를 넣은 것도 앞의 두 작품과 다르다. 그런데 '부처님이 말씀하시기를 부모에게 효성하고'에서 '복이 된다 하시니'까지의 해결C단락을 보면 부처의 인과적 가르침만을 해결책으로 제시한 것이 특이하다. 해결책에서 대부분의 경우 부처를 조금 언급한 다음 주로 작자 자신의 교시를 길게 말하는데 여기서는 부처의 교시만을 해결책으로 제시하였다. 그리고 작자는 두 개의 평서문으로 긴 문단을 만들고 그 안에 세 개의 인용절을 마련하여 교시의 객관성과 신뢰성을 유지하려고 했다.

결국 이 작품은 교시의 효과를 높이기 위하여 근원적 하나의 문제에 세 가지의 해결 단락을 부가하고 있는데 해결A단락에는 부처와 자신의 예를 간단히 제시하고, 해결B단락에는 작자 자신의 초월적 선수행의 방법, 해결C단락에는 부처의 인과적 수행을 차례대로 제시하는 단락 전개 구조를 보여주었다. 그리고 글의 맨 앞, 가운데 두 자리, 맨 뒤에 권유 단락을 반복하여 제시하는 문제 해결의 방법을 반드시 실천할 것을 강조하는 방법을 채택했다.

요컨대 세 작품을 함께 보면 〈참선곡〉은 '문제A → 해결A → 문제B → 해결B → 권유', 〈가가가음〉은 '권유 → 문제A → 해결A → 문제B → 해결B', 〈법문곡〉은 '권유A → 문제A → 해결A → 권유B → 해결B → 권유C → 해결C → 권유D'의 순서로 단락이 배열되었는데 '문제-해결'이라는 기본 단위에 권유 단락을 작품의 맨 앞(〈가가가음〉), 맨 뒤(〈참선곡〉), 맨 앞뒤와 중간(〈법문곡〉)에 배치하는 방식을 보였다. 권유의 순서와 빈도에 변화를 부여함으로써 교시의 효과를 높이고자 했다.

4. 인과적·초월적 수행과 직설적·연계적 표현

이 장에서는 조선 말기부터 개화기 불교 가사의 표현 특성과 작품 안에 나타난 사상의 성격을 실증적으로 파악하기 위해서 근대 선의 중흥조로 추앙받던 경허의 불교 가사를 살폈다. 수행법과 표현 방식으로 나누어 논의를 진행했다.

경허 불교 가사에는 수행법으로 인과적 수행법과 초월적 수행법이 모두 나타났다. 이 둘이 모두 자력적 수행법인데 부처나 보살에 의지하는 타력적 수행법은 나타나지 않았다. 선인선과 악인악과의 인과적 세계관을 기초로 계행과 선행을 하면 많은 복을 받을 수 있다는 인과적 수행법을 부처의 교시를 가지고 권고하였다. 초월적 수행법으로 화두를 참구하는 간화선과 인식의 근원을 돌이켜 보는 반조 공부, 심신과 대상의 상호 작용을 살피는 관(觀) 공부를 함께 제시하였다. 간화선의 경우 화두를 간절히 의심하는 전통적 간화선의 방식을 따르면서도 의심 대상인 '이것'을 매우 다양한 방향으로 의심해가는 작가의 독특한 방법을 보여 주었다. 회광반조뿐 아니라 관법(觀法)이라는 수행 방법을 더 가져와서 소승 불교의 비파사나적인 면까지 보여 준 점이 특이하다.

그리고 인과적 수행과 초월적 수행이라는 이원적 수행법의 상관관계는 독자의 능력에 따라 수행 방법을 선택할 수 있도록 배려하는 면이 있는 한 편 낮은 단계인 인과적 수행법에서 궁극적으로 더 고차원적인 초월적 수행법으로 나아갈 것을 유도하려는 의도가 내재한 것으로 보았다. 초월적 수행에 바로 나가거나 인과적 수행을 거쳐 초월적 수행에 나가는 두 가지 길을 동시에 제시했다고 할 수 있다.

다음 표현 방법은 문장 단위와 단락 단위의 둘로 나누어 살폈다. 문장 단위에서 세 작품에는 전체적으로 평서문과 의문문이 가장 많이 나타났는데 평서문은 불교의 가르침이나 중생의 긍·부정적 현실을 분명하게 단정하여 제시할 때에 사용했고, 의문문은 이를 더 설의적으로 강조하고자 할 때 주로 사용하였다. 다음으로 위대한 불교의 가르침을 찬탄하거나 중생의 안타까운 현실을 탄식할 때 감탄문을 사용했다. 그리고 제시한 글 전체나 어느 한 단락의 내용을 가르치기 위하여 때로는 권하고 명령하는 과정에 청유문과 명령문을 번갈아 사용했다. 서법상 단정적 평서문과 설의적 의문문을 주로 사용하여 문장 표현의 성격이 직설적이고 일방적이었다. 이는 구체적인 문제와 해결책을 직설적으로 설의적으로 표현하지 않으면 가르침을 효과적으로 전할 수 없었던 작가 당대의 절박했던 사회적 종교적 현실 때문에 나타난 현상으로 보인다.

표현 방법을 보면 세 작품은 서로 다르면서 공통된 면을 동시에 보여주었다. 〈참선곡〉은 '문제A → 해결A → 문제B → 해결B → 권유', 〈가가가음〉은 '권유 → 문제A → 해결A → 문제B → 해결B', 〈법문곡〉은 '권유A → 문제A → 해결A → 권유B → 해결B → 권유C → 해결C → 권유D'의 순서로 각각 단락이 배열됐다. 〈참선곡〉과 〈가가가음〉은 문제A 단락에 중생이 처한 근원적 문제를 제시하고 해결A 단락에 근원적 문제를 해결할 수 있는 초월적 수행법과 인과적 수행법이라는 구체적 방안을 제시하였다. 그리고 문제B → 해결B 부분에서는 문제A → 해결A 부분의 가르침을 다시 강조하는 방식으로 단락을 전개했다. 〈법문곡〉은 이두 작품과는 달리 권유 단락을 처음과 중간, 끝 부분에 모두 배치했으며 문제A 단락에 근원적 중생의 문제를 길게 제시하고 해결A 단락에는 부처와 자신의 경우를 하나의 사례로 짧게 내세웠다. 그리고 해결B 단락에 간화선이라는 초월적 수행법, 해결C 단락에 인과적 수행법이라는 구체적인 해결 방안을 각각 나누어 따로 배열하였다. 경허는 그의 불교 가사에서 교설만 단순하게 열거하지 않고 문제 제기에 해결책 제시라는 연계적 질서를 따라 교시를 내리고, 여기에 다시 맨 앞, 맨 뒤, 맨 앞·중간·뒤에 권유 단락을 배치함으로써 문제 해결의 희망을 제시하고 이를 권유까지 하여 가르침에 대한 확신을 심어줌으로써 교시의 효과를 극대화하고자 하였다.

교리 선전이라는 종교 가사의 공통된 특징을 가지면서도 구체적 방식에 있어서는 문장의 기준에서 직설적이고 일방적인 방식으로 교시하고, 단락에서 문제 제기와 문제 해결, 권유라는 연계적 질서에 따라 단락을 전개하여 교시의 효과를 극대화하고 있는 것이 경허 가사의 표현상에 나타난 특징이다.25)

작자는 불교와 국가 운명의 쇠퇴라는 긴박한 시대 상황 속에서 불교 교리의 교시를 통하여 당시 승려나 민중26)을 효과적으로 일깨우기 위하여 이런 표현 방식을 취한 것으로 보이는데 구체적으로 확인하기 위한 새로운 연구가 더 필요하다. 또한 경허는 가사 이외에 승려 신분으로서 300 편에 가까운 많은 한시·문을 남기고 있는데 시대적 상황을 더 분명하게 반영하고 있는 그 문학의 또 다른 면모를 밝히기 위해서는 나머지 자료를 모두 포괄하여 논의를 별도로 더 진행할 필요가 있다.

---

25) 이 글의 목적상 여기서 경허의 불교 가사를 그의 기행가사 〈금강산유산가〉와 대비하여 구체적으로 논의하지는 않았다. 〈금강산유산가〉는 기행가사답게 여행을 하면서 만나는 경치나 그 지역 역사 인물을 공간과 시간상에서 그려나가고 있어 교시에 초점을 맞춘 그의 불교 가사와는 문장이나 단락 전개 방식이 구별된다.

26) 경허 불교 가사의 대상 독자가 누구인가는 하는 문제도 별도의 논의가 필요하다. 『참선곡』은 분명히 승려를 예상 독자로 두고 지은 듯한데 다른 작품에는 일반 민중을 대상으로 하는 내용과 표현도 함께 보여서 더욱 그러하다.

백용성 불교 가사에 나타난
담화 방식과 대상 인식의 구도

1. 백용성의 불교 가사

불교 문학에 대한 연구는 구체적 작품의 연구에서부터 시작되어야
한다고 본다. 종교 문학의 연구가 자칫 무엇을 교시하는가를 밝히는
데에 치중하여 작가의 성향이나 이념, 시대적 배경 등 작품의 주변 탐
구에 더 몰두하기 쉽기 때문이다. 독자가 종교 사상을 만나는 것도 먼
저 작품을 통해서이기 때문에 작품에 대한 접근이 우선적으로 이루어
져야 한다. 가사 문학의 중요한 하위 갈래로서 불교 가사는 조선 시대
동안 사대부 가사나 규방 가사에 비하여 발전이 다소 저조했지만 가사
의 발생이 불교 가사에서 비롯됐고, 조선 시대의 핵심 시가 장르인 시
조로는 불교를 거의 노래하지 않았지만, 가사를 통해서는 불교 사상을
상대적으로 많이 표현하고 있다는 점, 시기적으로 조선 후기나 개항
기, 일제 강점기에 다시 많은 불교 가사가 창작되었다는 점에서 여기
에 주목할 필요가 있다.

특히 근대의 불교 가사는 격동의 시대 변화에 대응하고 불교 이념을
대중에게 교시해야 하는 이중의 부담을 안고 나타난 문학현상이라고
할 수 있다. 그래서 근대 불교 가사는 의도와 상관없이 당대의 시대

상황과 일정 부분 연관되어 있다고 할 수 있다. 근대 불교 가사가 가지는 이러한 전체적인 양상을 파악하기 위하여 근대 역사 변동의 한 가운데서 민족의 자주 독립과 불교 대중화 운동 등의 분야에서 현실 참여 활동을 활발히 전개했던 인물인 백용성의 가사를 구체적으로 분석하고자 한다.1) 이는 그의 가사가 그 행적과 함께 근대 불교 가사의 전모를 읽어내는 데에 중요한 위치를 점하고 있기 때문이기도 하다.

논의 방향은 크게 두 가지로 잡았다. 시적 화자가 무엇을 어떻게 말하는가라는 담화의 방식과 몇 가지 중요한 문학적 대상에 대하여 작가가 어떤 인식을 보이는가 하는 것이 그것이다. 작자는 자신이 표현하고자하는 내용에 따라 효율성을 높이기에 가장 적절한 담화의 방식을 선택한다는 점에서 그의 담화 방식을 먼저 분석한다. 종교 사상을 단순히 선전하는 것이 목적이라면 교시할 내용을 일방적으로 가르치기만 하면될 터인데 작자가 보여주는 담화의 방식은 그렇게 단순하지 않아서 논의할 필요가 있다. 그리고 중요한 시적 대상인 일체 존재의 현상, 유정(有情)의 본질, 수행(修行) 방법 등의 차원에서 단순히 일상적 불교 이념을 반복하는 수준을 넘어 있어서 역시 주목이 요구된다. 존재의 현상을 두고 일부 유교적 세계관을 가져오기도 하고, 수행 방법상 매우 다양한

---

1) 백용성의 문학에 대한 연구는 거의 이루어지지 않은 상태이고, 주로 작자, 종교, 역사, 사회적 측면에서 연구가 이제 시작된 단계에 놓여 있는 것으로 보인다. 몇몇 예를 들면 다음과 같다. 한태식, 「백용성선사연구-대각교운동을 중심으로」, 동국대학교 대학원 석사논문, 1979.2/ 김충식, 「백용성의 대각사상에 나타난 민족의식에 관한 연구」, 동국대학교 교육대학원 석사논문, 1990.2/ 권기현, 「용성의 대각운동과 만해의 불교유신운동 비교연구」, 동국대학교 대학원 석사논문, 1991/ 한종만, 「백용성 스님의 생애와 사상」, 『선문화』 59, 선문화사, 2005.6/ 김광식, 「백용성의 민족불교」, 『수다라』 16, 해인승가대학, 2005/ 김광식, 「백용성사상과 민족운동 방략」, 『한국독립운동사연구』 19, 독립기념관한국독립운동연구소, 2002.12/ 김정희, 「백용성의 이상사회와 불교개혁론」, 『철학사상』 17, 서울대학교철학사상연구소, 2003.12.

면모를 보여 체계적 논의가 필요하다. 논의 방법은 그가 남긴 가사 작품을 세밀하게 분석하는 방법을 택하고자 한다. 작품의 구조적 분석을 연구의 주된 방법으로 사용하면서 이러한 분석을 뒷받침하기 위하여 작자나 시대 배경과 같은 작품의 주변적인 사항을 일부 원용하여 논의에 도움을 받고자 한다. 연구 자료로는 『각해일륜』2), 『수심론』3), 『귀원정종』, 『용성선사어록』4)과 그의 가사를 비롯한 불교 가사 전반을 정리한 『불교가사 원전연구』5)의 해당 부분에서 이 논의의 핵심 대상인 7편의 가사 작품을 가져와 원전 자료와 대비하면서 직접적 연구 자료로 삼고자 한다.

2. 담화 방식6)의 구도

불교 가사는 종교 가사이기 때문에 근본적으로는 교시를 목적으로 한다. 그러나 백용성의 불교 가사는 그러한 목적을 구체적 작품으로 표현하는 방식에서 교시라는 일방적 어조를 벗어나 상당히 다양한 담화 방식을 보여 준다. 가장 많은 담화의 방식이 대상을 제시하는 담화 방식이다. 이것은 평서문의 형태로 나타났는데 하위에 여러 가지 다양

---

2) 용성진종, 『각해일륜』 제3판, 대각회출판부, 1990.
3) 용성진종, 『수심론』, 대각회출판부, 1978.
4) 용성진종, 『용성선사어록』, 대각회출판부, 1973.
5) 임기중 편저, 『불교가사 원전연구』, 동국대학교출판부, 2000.
6) 여기서 담화 방식은 말하기 방식을 말한다. 어떤 사실을 평서문을 통하여 일반 진술로 종교 이념, 대상, 판단이나 정서 등을 나타내는 것을 제시의 담화 방식으로, 감탄문이나 의문문으로 유정이나 유정 세계의 대조적 모습을 부각하여 나타내는 것을 강화의 담화 방식으로, 명령문이나 청유문을 통하여 수행을 실천하도록 요청하는 것을 요구의 담화 방식으로 분류하여 논의를 진행하고자 한다.

한 담화의 양상을 보여 준다. 다음으로 많은 것이 내용을 강조하는 담화 방식이다. 대상을 강조할 때 수사 의문문이나 감탄문를 사용하여 그런 의도를 관철하고 있다. 그러나 구체적 행위, 실천을 요구하는 담화 방식을 가진 문장은 종교 가사임에도 불구하고 가장 적은 출현 빈도수를 보여 준다. 명령문을 통하여 남에게 어떤 행동을 직접 하도록 명령하거나, 청유문을 통하여 시적 화자 자신까지를 포함하여 함께 행동할 것을 요청하는 방식으로 요구의 담화 방식이 구현된다.

1) 제시의 담화 방식

그의 작품 7편 전체를 통괄하여 대상을 단순히 서술하는 평서문이 70여 개로 나타나서 가장 많은 분량을 차지하고 있다. 그리고 평서문이 없는 작품은 한 편도 없으며 각 작품의 구체적 성격에 따라 평서문이 차지하는 비중은 조금씩 다르게 나타났다. 작가는 나타내고자 하는 내용을 효과적으로 전달하기 위하여 가장 일반적 담화의 방식인 평서문을 구체적인 몇 가지 하위 유형으로 나누어서 구사하고 있다. 작품에서 평서문이 가장 많은 비중을 차지하기 때문에 평서문이 보여주는 담화적 특징은 백용성 가사의 특성을 밝히는 중요한 단서가 될 수 있다. 그는 불교라는 종교 사상의 교리를 주장하고 특정 대상이나 시적 화자의 주관적 정서, 판단을 제시하는 데에 평서문을 사용하였다. 그 구체적인 용례를 실제 작품의 해당 부분을 가져와서 살피고자 한다.

(1) 밤새도록 우는 杜鵑 피밖에는 날 것 없네[7]   〈입산가〉 제4장

---

7) 작품 원문은 임기중 편저, 『불교가사 원전연구』(동국대학교출판부, 2000)에서 하되 『용성선사어록』 원전과 대비하여 오류를 없앴다. 원전 자료는 작품의 장 구분을 하지 않고 있어서 『용성선사전집』을 편집하면서 후대에 장을 나누었다고 판

(2) 일곱 寶貝 못 가운데 八功德水 充滿하고
　　못 밑에는 純金 모래 光明 놓아 淸靜하오　　　　〈용성선사왕생가〉 제21장

(3) 地獄 餓鬼 그러하니 제가 짓고 제가 받네
　　우습고도 不祥하다　　　　　　　　　　　　　　　〈권세가〉 제3장

(1)은 불교 사상 가운데 선(禪)의 핵심 이념을 서술하고 있는 문장이다. 선사상의 특징은 여러 가지가 있는데[8] 그 가운데 일체 존재가 부처라는 이념을 비유적으로 표현한 것이 바로 이 문장이다. 선문(禪門)에서는 일체 중생이 본래 부처[9]이기 때문에 따로 교화하고 제도한다는 것 자체가 잘못 됐다는 것을 이런 비유를 통하여 빈번하게 표현한다. 이와 같은 비유적 표현은 '새가 피 나게 울어도 쓸 데가 없으니 입을 다물고 남은 해를 보내는 것만 같지 못하네.'[10]라는 선시에서도 거듭 확인할 수 있다. 작가는 이외의 다양한 불교 사상을 이와 같은 서술의 방식을 통하여 제시하고 있다.[11] 〈용성선사왕생가〉 제4장에는 '하늘나라 좋다하나 五衰相이 나타나서/福 다 하면 墮落 되니 生死輪廻 못 면하오.'라고 하여 중생이 살아가는 세계는 아무리 높은 하늘이라도 윤회를 면할 수 없다는 불교의 '六途輪廻' 사상이나, 중생의 무상

단된다. 단순히 2행 혹은 3행을 한 장으로 일률적으로 나누면서 장의 동질성을 유지하지 못하는 문제점을 많이 보이고 있다.

8) 채택수는 「좌선의 방법 및 효과」(『선과 자아』, 동국대학교출판부, 1999, 110~112쪽)에서 선의 특징을 不立文字, 敎外別傳, 直指人心, 見性成佛이라고 제시하였다.

9) 전국선원수좌회 편찬위원회, 『간화선』, 조계종 불학연구소, 조계종 출판사, 2005, 56쪽.

10) 啼得血淚無用處 不如緘口過殘年(고봉 저, 고우 감수, 전재강 역주, 『선요』, 운주사, 2006, 152쪽)

11) 善惡因果, 西方極樂, 諸行無常, 六途輪廻 등 불교 일반의 여러 사상을 제시하고 있다.

한 현실에 대한 불교의 교리를 제시하고 있다.12) 이와 같이 작자는 중생이 살아가는 생사 고해의 현실이나 이를 벗어나기 위한 불교 일반의 수행 방법13), (1)과 같이 수행이라는 말 자체도 용납하지 않는 본래성불이라는 선불교 이념 등을 제시한다. 또한 불교에서 보면 이단의 사상이라 할 수 있는 유교의 물질적 세계관을 불교 이념을 뒷받침하는 자료로 가져오기도 한다. 〈세계기시가〉 제6장에서 '水土配合 成立하니 五行次序 일어나네.'라고 하여 유교에서 말하는 수화금목토(水火金木土)의 오행(五行)14)을 설명하고 있는 것이 그것이다.

(2)도 (1)과 같이 사상의 불교 교시를 내용으로 하고 있는데 여기서는 극락이라는 구체적 대상으로 표현된 것이 다르다. 여기서 시적 화자는 극락의 풍경을 그려 보이는 묘사의 기법을 사용하고 있다. 일곱 보패로 된 못에 공덕의 물이 가득하고 못 바닥에는 순금 모래가 깨끗하고 빛난다고 하여 화려한 극락의 모습을 시각적으로 그리고 있다. 같은 작품에서 극락의 풍경을 묘사한 장이 세 개나 더 있다. 그리고 깨달음을 통하여 얻은 세계를 여러 가지 대상을 가지고 상징적으로 묘사하기도 한다. 〈입산가〉 제7장에서 '法王 宮殿 옮아가서 獅子座에 높

---

12) 일체를 무상하다고 보면서 우리 자신의 무상함에 대하여 〈권세가〉제5장에서 '金銀 玉帛 文章 才藝 모든 福樂 다 받아도/無常하다 우리 목숨'이라고 하여 생사를 면할 수 없는 불교 관점에서 본 무상한 중생의 현실을 드러냈다.

13) 〈용성선사왕생가〉 6장에 '多生劫에 익힌 業障 기름 결듯 限 없으나/至誠으로 精進하면 解脫하고 福 받으오'라고 하여 정진이라는 포괄적 수행의 효능을 제시하기도 하고, 〈용성선사왕생가〉 7장에서는 '慈悲하신 諸佛 前에 至誠으로 懺悔하면/無明惑業 녹아지고 淸淨世界 나타나오'라고 하여 참회를 중요한 수행의 한 방법으로 제시하고 있다.

14) 송대의 성리학을 집대성하고 있는 『성리대전』(제1책, 호광 외 41인 찬수, 산동성 우의서사, 1989) 전체 70권 가운데 제1권은 바로 음양오행을 핵심 내용으로 하는 〈태극도〉와 〈태극도설〉로 시작된다. 여기서 유자들은 무극과 태극, 음양오행, 남녀, 만물의 체계적 관계를 밝히고 있다.

이 앉아/八萬 智慧 恒沙 軍卒 金剛力士 天龍 八部/겹겹으로 에워싸니 億萬乾坤 煌朗하다'라는 부분은 바로 앞에서 무명(無明)이라는 도적을 베고 나서 나타난 새로운 정신적 경지를 시각적으로 형상화한 것이다. 무명의 도적을 베었다는 것은 무명을 타파하고 깨달았다는 말이다. 깨달음을 관념적으로 설명하지 않고 부처가 자리 잡고 앉은 것과 같은 외관 모습을 묘사하는 담화 방식을 구사함으로써 독자에게 신비감과 생동감을 더해 주고 있다.

(3)은 두 개의 문장으로 되어 있다. 앞 문장은 지옥과 아귀의 중생이 그러한 결과를 받은 것은 제 스스로 지은 결과라는 말을 하여 육도윤회의 법칙을 (1)번 작품과 같은 방식으로 제시한 것이다. 그런데 뒤이어 나온 '우습고도 不祥하다'라는 표현은 (1)(2)와 담화 방식이 다르다는 것을 보여 준다. 어떤 현상을 두고 시적 화자가 느끼는 정서를 표현하고 있기 때문이다. 지옥과 아귀 중생이 고통의 원인을 스스로 짓고 얻은 것이 우스우면서 불쌍하다는 것이다. (3)과 같이 중생의 세계를 두고 표현한 시적 화자의 서적 반응이나 판단을 나타내기도 하고, 극락이나 깨침의 세계를 두고 느끼는 정서를 표현하는 경우 역시 나타난다. 〈용성선사왕생가〉 제16장에서 '惡心 바다 妄想 물결 毒害惡龍 塵惱魚鱉/慳貪地獄 愚痴畜生 맘이 된 것 分明하오'에서는 윤회의 법칙을 문장 전체에 걸쳐서 들고 이 법칙이 확실하다는 판단을 문장 끝 부분에서 하고 있다. 그 외에 〈권세가〉 제14장의 '可憐하다 우리 人生'은 불교를 믿지 않고 세월을 보내는 사람들을 안타까워하여 탄식의 담화 방식을 보여주고, 〈세계기시가〉의 제2장 '向上法身 虛空같고/眞空妙智 日月같아 自體透明 玲瓏하여/神靈하고 微妙하다'라고 한 것은 법신의 존재를 신령하고 미묘하다고 칭송하여 구체적으로 찬미의 담화 방식을 취하고 있다.

평서문을 통하여 이념이나 대상, 정서, 판단 등을 제시하는 담화 방식을 가장 빈번하게 구사했다. 이런 담화 방식의 평서문이 그의 모든 작품을 지배적으로 많이 차지하고 있는 것은 작가가 나타내고자 하는 종교이념 관련 다양한 내용을 제대로 드러내기에 가장 적절했기 때문이다.

2) 강조의 담화 방식[15]

종교 가사는 독자들에게 종교 이념을 교시하는 것이 글의 중요한 목표이기 때문에 여기서도 특정 종교 이념을 진술하는 평서문이 담론 형식으로 가장 많이 사용된 것으로 판단된다. 그런데 출현 빈도수에 있어 그 다음으로 많이 나타나는 담화 방식이 감탄문과 의문문을 사용한 강조의 담화 방식이다. 이들 문형이 작품 안에서 강조의 기능을 어떻게 수행하고 있는지를 살피고자 한다.

(4) 三界輪廻 火宅이오 六途往來 苦海로다　　　　〈용성선사왕생가〉 제2장

(5) 浩浩蕩蕩 우리 大道 上下平等 差別 없어
　　家家光明 處處極樂 즐겁도다 우리 敎會　　　〈대각교가〉 제3장

(6) 大覺마다 道를 깨쳐/萬般 快樂 自在한데 우리들은 무슨 일로
　　三界 苦海 빠져 있어 벗어날 줄 모르는가　　　〈권세가〉 제1장

---

15) 의미를 강조하는 수사상의 방법은 과장법, 미화법, 점층법, 점강법, 열거법, 억양법 등 여러 가지가 있으나 여기서는 감탄문을 통해서 대상을 탄식 또는 찬탄함으로써 그 대상을 부각거나, 의문문을 통하여 특정 의미를 강조하고 주의를 집중시키는 말하기 방식을 강조의 담화 방식으로 다룬다.

(7) 나도 한 번 추어보세 구멍 없는 笛대 들고
　　太平曲을 한 번 부니 大千世界 움직움직
　　大海波濤 湧湧하니 大用現前 이 아닌가　　　　　〈입산가〉제10장

　(4)는 '~로다'라는 감탄형 종결 어미를 사용한 전형적 감탄문이다. 그런데 겉으로 나타난 문장 형식은 감탄문이지만 육도윤회(六途輪廻)라는 고통에 찬 중생의 삶을 내용으로 가져오면서 고해(苦海) 중생에 대한 깊은 연민의 정서를 드러나게 표현하고 있다. 고해를 벗어난 시적 화자의 입장에서는 중생의 괴로워하는 모습은 매우 안타깝고 연민할 수밖에 없는 것이라 할 수 있다. 그래서 중생의 이러한 현실에 대한 탄식은 중생의 입장을 부각하여 강조하는 기능을 수행한다. 이와 같이 중생과 관련된 현실을 감탄문으로 표현할 때에는 연민과 한탄의 정서를 절실하게 나타내어 그 입장을 부각한다. 위와 유사한 예로 〈용성선사왕생가〉제8장에서 인생을 두고 '물 위에 뜬 거품이요 바람에 켠 燈불일세'라고 하여 불교에서 바라본 인생의 존재론적 한계를 비유를 통하여 노래하고 있다. 그 외에도 〈권세가〉제4장의 '惡 지은 자 苦 받으니/今生일을 미뤄보면 來生 果를 알리로다'는 중생의 윤회에 대하여, 제6장의 '庖廚間에 가는 소여 자옥자옥 死地로다'는 무상의 신속함에 대하여, 〈입산가〉제1장 '大覺 聖人 末法이오 五濁惡世 苦海로다'는 오탁악세의 고통에 대하여 각각 연민에서 나오는 탄식을 하고 있다. 〈세계기시가〉제4장에서는 '識心知覺 없는 性品 識心波濤 일어나서/不生不滅 저 性品이 半分生滅 되었도다'라고 하여 생멸에 대하여, 〈중생기시가〉제2장 '八識 바다 變動하여 知覺으로 幻變하니/六途衆生 이것일세'에서는 중생에 대하여, 〈중생상속가〉제1장 '네가 나를 사랑하고 내가 너를 사랑하여/百千劫에 戀愛心이 서로 이어 相續하니/父

母妻子 因緣되어 世世生生 모이도다'에서는 중생의 상속됨에 대하여 각각 탄식을 표현하여 강조의 담화 방식을 보여주고 있다.

(5) 역시 '~도다'라는 전형적 감탄형 종결어미를 사용한 감탄문이다. 형식상의 (4)와 동일하지만 담아내는 내용이 바뀌면서 담화의 성격도 바뀌었다. 넓고 평등한 대도가 있어 집집마다 광명이고 곳곳이 극락이라고 하면서 이런 것을 일삼는 우리 교회가 즐겁다고 찬탄하고 있기 때문이다. 이와 같이 중생계와 상대되는 극락이나 깨달음의 세계를 감탄문으로 나타낼 때에는 탄식과는 반대로 찬탄이나 찬미의 정서를 드러내어 의미를 부각하는 강조의 기능을 수행하고 있다. 더 예를 들어 보면 〈용성선사왕생가〉 제3장 '圓覺寂滅 둘이 없어 處處極樂 즐거워라'에서는 극락을, 제9장 '어서어서 염불하여 往生極樂 하올 적에/永劫生死 끊어지면 不生不滅 즐겁도다'에서는 불생불멸의 즐거움이라는 효능에 대하여, 제15장 '慈悲心은 觀音이요 喜捨心은 大勢至요/淸淨心은 釋迦시오 平等心은 彌陀로다'에서는 불보살에 대하여, 제17장 '하염없는 寂光土는 萬相森羅 空寂하여/밝은 慧性 큰 光明이 微塵世界 들렀도다'에서는 혜성(慧性)에 대하여, 〈세계기시가〉 제7장에서는 '陽木陰土 配合하여 四九金을 生하도다/陽金陰木 配合하여 二七火를 내는도다/陽火陰金 和合하여 一六水를 내는도다'에서는 금화수(金火水)라는 물질의 생성에 대하여 각각 찬미하는 방향으로 담화가 기능하고 있다. 극락과 같은 특정 대상이 아니라 〈권세가〉 제10장 '찾는 길이 여럿이나 返照 工夫 妙하도다'에서는 특정 공부 방법의 효능을, 〈입산가〉 제8, 9장 '本來佛道 없사오니/成佛할 것 무엇이며 本來衆生 없사오니/衆生 濟度 헛말일세'에서는 본래성불의 불교 사상을 영탄의 어조로 드러내어 강조의 담화 방식이 구현되고 있다.

같은 감탄의 문장을 가지고도 드러내려는 내용에 따라 한탄과 영탄,

혹은 탄식과 찬미라는 대조적으로 대상을 강조하는 기능을 수행하도록 담화를 구사하고 있다. 이와는 성격이 다소 다르지만 의문문을 사용할 때에도 구체적인 내용에 있어 유사한 담화 방식이 사용된다. (6)의 마지막 행에는 '~는가?'라는 의문형 종결어미를 사용하여 형식상 의문문이지만 특정 내용을 알아보기 위하여 질문하는 것이 아니라 탄식이나 안타까움, 질책 등의 다양한 정서를 함축적으로 표현하는 담화의 기능을 수행하고 있다. 〈권세가〉제14, 15장에 '良辰 佳節 다 가는데 어이하여 믿지 않고 어이하여 행치 않소'에서도 믿고 신행하지 않는 사람들에 대한 안타까운 심정과 질책, 강한 권유 등의 다양한 작자의 정서를 함축적으로 표현하는 담화 기능을 보여주고 있다. 같은 작품 제15, 16장에 '信心 없어 그러한가 末世 되어 그러한가'에서 역시 믿지 않는 중생에 대한 안타까운 심정과 질책의 심정을 함축적으로 표현하여 강조의 담화 기능을 역시 보여주고 있다.

〈세계기시가〉제1장에 '言語道가 끊어지고 心行處가 없사온대/어떻다고 그려낼까'에서 또 다른 담화 기능을 보여 주고 있다. 이를 작품의 서두에 배치함으로써 세계의 모습을 그려 보이기 위한 하나의 도입으로 독자의 관심을 끌어오는 실마리를 제공하여 강조의 담화 기능을 수행하도록 하고 있기 때문이다. 실제 구체적 사항에 대하여 질문을 하는 것이 아니라 새로운 이야기의 시작을 알리는 기능을 하고 있다. 〈입산가〉제1장 '이 時代가 어느 때인고'는 시대에 대한 실제 질문을 하는 기능도 가지면서 작품에서 장차 시대에 대한 다양한 인식과 사실을 말하기 위한 도입의 기능을 동시에 수행한다. 이 문장에 뒤이어서 바로 시대가 어떠하다는 답을 제시하기도 하면서 그 이하 작품 전체를 통하여 많은 이야기를 전개하고 있기 때문이다. 같은 작품 제3장 '朝市 中에 居留한지 數十 星霜 지내오니/成功한 일 무엇인가'라는 문장에서 역시 자기반성과 새로운 이야기의 전개를 위한 전제로서 강조의 기능을 동시에 수행하고 있다.

(7)은 (6)과 같이 다양한 의미를 함축하는 문장은 아니다. 대용(大用)이 나타난 세계를 강조하기 위한 수사 의문문으로서 내용을 강조하는 담화 기능을 수행하고 있다. 구멍 없는 젓대[적(笛)]대로 태평곡(太平曲)을 불어 세계가 움직이고 대해(大海) 파도가 일어나는 모습이 바로 대용이 현전한 그 자체라는 것을 생동감 있고 분명하게 드러내는 강조의 기능을 하고 있다. 이와 같이 의문을 통하여 시적 화자가 표현하고자 하는 세계를 매우 강조하는 담화 방식의 예가 더 있다. 〈권세가〉 제2장에 '前 世上에 惡한 業報 소 말 뱀 저 아닌가'는 중생들이 받는 과보의 내용이 아주 분명하다는 것을 강조하는 데에, 〈권세가〉 제6장과 제7장에 '오늘날도 이러하니 來日 일을 어찌 알리'는 중생의 현실이 무상하기 그지없다는 것을 강조하는 담화의 기능을 보여 주고 있다. 같은 작품 제14장에 '妙한 境界 廓然하니 無位眞人 이 아니며 出世 丈夫 이 아닌가' 역시 문면에 제시한 내용을 절대적으로 강조하며, 〈세계기시가〉 제2,3장에 '始終生滅 없사오니/生死輪廻 있을손가'에서는 생사윤회가 없다는 것을 강조하는 담화 기능을 보여주고 있다.

강화의 담화 방식은 제시의 담화 방식 다음으로 많이 사용되었는데 제시를 통하여 나타낸 각종 사안들 가운데 대조적 중생과 부처, 그 두 세계의 긍정적, 부정적 면모를 각각 부각할 때에 작품 내 사이사이에 상호 거리를 두고 이 강조의 담화 방식을 구사하였다.

3) 요구의 담화 방식

평서문을 통하여 종교적 교리를 제시하고, 감탄문이나 의문문을 통

하여 세간과 출세간의 두 대립적 세계에 대한 한탄과 찬탄 등을 통하
여 두 세계의 특성을 강조하면서 시적 화자의 불교 이념과 관련된 여
러 정서를 드러내기도 하였다.

명령문이나 청유문은 작품 내적 대상에 대한 객관적, 강조적 진술
이 아니라 담화의 상대인 독자에게 실천을 요구하거나 시적 화자 자
신과 함께 행동하기를 상대방에게 요구하는 담화 방식이라는 점에서
앞의 두 경우와 다르다. 그리고 청유와 명령을 통한 요구의 담화 방식
은 가장 적은 출현 빈도수를 보여주고 있다. 그러나 이 담화 방식이
작품 전체가 존재하는 근거로서 독자에게 전달하고자 하는 핵심적 의
미를 종합하여 직접 전달한다는 점에서 작품 이해의 매우 중요한 고
리가 된다.

(8) 어서 어서 오십시오 어서 어서 믿으시오   〈대각교가〉 제2장

(9) 예전 동산 푸른 언덕 흰 소등에 걸터앉아
    구명 없는 젓대 들도 囉哩囉哩 囉囉哩로
    自在하게 노래하며 無事 道人 되옵시다   〈권세가〉 제17장

(8)은 명령문이다. 존칭을 나타내는 형태소 '-십시-'나 '-시-'를 사용
하고 있지만 명령의 어조가 직접적이고 매우 강력하다. 담화 내용을
간단히 요약하면 빨리 와서 믿으라는 것이다. 같은 작품 제1장에서 대
각의 세계를 제시하고 제2장에 빨리 와서 이를 믿으라고 강권하고 있
다. 그리고 제3장에서 대각의 세계가 가져오는 위대함에 대하여 찬탄
하는 내용을 배치하였다. 〈용성선사왕생가〉 제1장에는 '佛陀님이 慈悲
願力 도우시고 證明하사/一心으로 念佛功德 極樂引導 하옵소서'라고
하여 시적 화자의 교화 대상인 일반 중생에게가 아니라 부처에게 인도

해 주기를 강력하게 청원하는 방식으로 극존칭 명령의 담화 방식을 구사하고 있다. 기원의 대상인 부처나 보살에 청원이라는 명령을 하는 담화의 예는 오히려 일반적이지 않고 (8)과 같이 일반 대중에게 대부분 명령을 내리고 있다. 〈용성선사왕생가〉 제2장 '어서어서 크게 깨쳐 寂光世界 受用하오'에서는 깨쳐서 적광 세계라는 이상향에 도달할 것을 명령하고 있다. 같은 작품에서 그 사이에 많은 교리를 소개하고 다시 제26장에서 '맑은 바람 瑟瑟 불면 百千種樂 風流 소리/煩惱妄想 녹아지니 어서어서 往生하오'라고 명령하여 극락이라는 이상 세계에 나아 갈 것을 다시 권유하고 있다. 〈권세가〉 제1장에서 '主人公아 잠을 깨오'라고 하여 작품 서두에서 독자에게 행동할 것을 먼저 요구하는 담화 방식을 취하기도 하고, 작품의 중간에 '모든 形相 虛妄하니/人間旅館 하루 밤새 부디부디 執着 마소(〈권세가〉 제7장)'라고 하여 명령을 내려 행동 방향을 다시 환기시키기도 한다. 작품의 서두나 중간, 끝 부분에 명령의 담화 방식을 구사하여 행동 지침을 알리거나 환기하고 끝에 다시 요구하는 담화 전개 방식을 구사하고 있다.

  (9)는 깨달은 뒤에 자유자재하게 일 없이 살아가자는 내용을 담고 있다. 이 작품의 제목이 이미 세상 사람에게 불교 교리를 권한다는 〈권세가(勸世歌)〉로 되어 있다. 작품 전체를 통하여 제시한 사항을 하나로 묶어 권유함으로써 작품의 핵심 주제를 부각하고 있다. 이와 같이 청유문은 문장의 배치에 있어 명령문과는 달리 대부분 작품의 맨 뒤에 놓이고 가끔씩 작품의 중간에 이런 문장을 배치하여 재확인의 기능을 수행하게도 한다. 예를 들면 '十方諸佛 成道하사 廣濟衆生 하오시니/우리들도 마음 닦아 自他없이 깨칩시다'라는 문장도 〈용성선사왕생가〉의 맨 마지막 장인 제29장에 배치하여 전체 작품을 통하여 교시한 내용을 묶어서 함께 실천할 것을 직설적으로 요구하는 담화 방식

을 취하고 있다. '天地同根 與我一體 어서어서 깨칩시다'역시 〈세계기시가〉의 맨 마지막 장인 제19장의 문장으로 깨치자는 권유를 절실하게 하고 있다. 작품 중간에 배치하여 행동의 내용을 제시하고 행동을 요구하는 경우도 있다. '千事萬念 다 덦이고 江湖上에 放浪하며/山林 中에 隱逸하여 逍遙自在 놀아보세'는 〈입산가〉제4장으로서 서두 가까이 배치하고 자유자재한 삶을 함께 하자고 요구하고 있고, '盡世界가 風流하고/渾天地가 歌舞하니 迦葉尊者 춤추듯이/나도 한 번 추어보세'는 〈입산가〉제9, 10장으로 작품의 후반부에 배치하였는데 작품의 중간 부분에서 환기하여 요구의 기능을 발휘하고 있다. 요구의 담화가 가장 희소하지만 제시와 강조의 담화를 통하여 나타낸 내용을 포괄하여 실천에 나서도록 독려한다는 측면에서 작품 구성의 또 다른 핵심적 요소라고 할 수 있다. 요구의 담화는 주로 작품의 결말에 배치했고 일부 작품 서두나 중간에도 필요에 따라 배치했다.

이상 문장 종결 방식에 따라 나타난 구체적 담화의 방식을 살펴보았다. 작품에 출현한 빈도수와 특성에 따라 해당 문장 유형의 담화 방식을 살펴보았다. 평서문을 작품의 전면에 일관되게 배치하여 다양한 교리를 제시의 담화 방식으로 드러내고, 감탄문과 의문문을 작품 내 사이사이에 배치하여 제시한 세계 가운데 핵심적 대상을 강조의 담화 방식을 통해 나타냈다. 감탄문과 의문문은 중생과 부처, 그 대조적 두 세계에 대하여 한탄 내지 찬탄을 통한 강조의 담화 방식을 취하고 있다. 그리고 마지막으로 명령문과 청유문은 대부분이 작품의 핵심적 내용을 직접 실천하도록 명령하거나 함께 실천할 것을 요구하는 담화 기능을 수행했다. 그리고 작품 전체 내용을 묶어서 실천할 것을 요구하기 위하여 이들 문장은 일부를 제외하고 주로 서사나 결사 부분에 배치하였다.

3. 대상 인식의 구도

불교 교리를 교시하고자 했던 승려로서 작자는 당시 사회 참여 활동에서 보인 적극성에 못지않게 대상 세계를 인식하는 데서도 넓은 폭을 보여 준다. 주관적 관념론의 불교를 말하면서 객관 세계에 대한 유교의 체계적 인식을 일부 수용하고자 하였고, 중생과 부처를 나누기만 하는 이분법적 사고를 뛰어 넘어 통합적 인식의 지평을 보여주고 있다. 그리고 실천해 나가야 할 수행 방향도 세계와 인간의 인식에서 보여준 넓이만큼 매우 다양한 층위를 보여주고 있다.

1) 현상의 유기적 인식

작가는 존재의 여러 현상을 설명하면서 불교 논리만을 고집하지 않고 더 근원적 입장에서 사물을 객관적으로 인식하고자 하는 의도를 몇 몇 작품에서 드러내고 있다. 현상에 대한 유기적 인식을 보여주는 작품은 〈세계기시가〉와 〈중생기시가〉, 〈중생상속가〉이다. 다음은 〈세계기시가〉의 일부분이다.

(10) 밝고밝고 밝은 性品
     비고비고 빈 마음 時間年代 끊어졌네
     참된 性品 微妙하여 제 自性을 지키지 않고   〈세계기시가〉 제3장
     大海바다 波濤일 듯 各盡緣起 發生한다 (중략)   〈세계기시가〉 제4장
     어둔 昧氣 흙이 되고 밝은 氣運 물이 되어   〈세계기시가〉 제5장
     水土配合 成立하니 五行次序 일어나네
     明昧二氣 配合하여 서로서로 對沖하니
     大風輪이 일어나서 三八木 되었도다   〈세계기시가〉 제6장
                    (중략)

世界마다 물로 되냐

地水火風 和合이오 有情들도 그러하여   〈세계기시가〉 제17장

地水和風 建立일세 물이 얼어 얼음되니

얼음 全體 물이로다 밝은 性品 일어나서

幻變하여 世界되니 世界全體 마음이라   〈세계기시가〉 제18장

(10)의 맨 앞 단락은 성품(性品)16)과 마음에 대하여 언급하고 있다. 밝은 성품과 빈 마음은 시간을 초월해 있다고 하고 이 성품이 자성을 지키지 않고 연기를 발생한다고 하였다. 가운데 단락에서는 이와 같은 성품이 연기하면서 어두운 기운은 흙이 되고 밝은 기운은 물이 되며, 물과 흙이 작용하여 오행(五行)의 순서가 나온다고 하였다. 두 번째 중략된 부분에서 음양오행이 서로 만나서 다른 물질을 만드는 것을 조목 조목 제시하고 있다. 그리고 같은 부분에서 바다, 금은유리, 칠보세계, 천당, 욕계육천, 화장찰해, 성인과 범부가 한량없이 나타난다고 하였다. 인용문 마지막 단락에서는 불교에서 말하는 지수화풍(地水火風) 사대(四大)가 화합하여 세계가 되고 유정(有情)17)이 된다고 하였다. 그리고 요약하기를 밝은 성품이 세계가 되었기 때문에 세계가 곧 마음이라고 결론을 맺고 있다.

이러한 논리를 따라가 보면 성품이 연기하여 흙과 물이 되고, 수화 금목토의 오행이 되고, 오행의 일부라고 할 수 있는 사대(四大)18)가 세

---

16) 性品이라는 말은 불교나 유교에서 일반적으로 쓰는 용어가 아니다. 유교에서는 性情의 性을 말할 때 品字를 붙여서 쓰는 예가 드물게 있기는 하다. 여기서 사용한 성품은 문맥으로 보아 불교에서 말하는 法性일 가능성이 높다. 왜냐하면 연기하는 근본 원인자를 지칭하고 있기 때문이다.

17) 有情의 사전적 의미는 生命을 가진 생물을 말하고, 또 그 가운데 동물의 종류를 말하기도 하는데 당나라 현장은 이를 衆生이라고 번역하였다.(김승동 편저, 『불교·인도 사상사전』, 부산대학교출판부, 2001, 1589쪽)

계와 유정을 만들었다고 할 수 있다. 그리고 마지막에 근본적으로 성품이 변하여 세계가 됐기 때문에 세계가 곧 마음이라는 논리가 된다. 우선 여기에서 성품이 유교의 오행이 된다는 주장을 살필 필요가 있다. 불교의 입장에서 보면 주관적이기만 한 것으로 이해되는 성품이 연기하여 객관적 사물인 오행이 된다고 설명하고 있다. 그런데 이를 역으로 살피면 작자가 말하는 성품은 단순히 주관에 국한하지 않고 주관과 객관, 유정과 무정에 두루 관통하는 어떤 것이라고 할 수 있다. 유교가 말하는 대상 물질의 세계가 성품의 연기에서 만들어졌다고 하여 이 두 가지가 유기적으로 연관되어 있는 것으로 인식하고 있다. 그리고 유정과 무정의 관계도 제17,18장의 인용문 마지막 부분에서 설명하고 있다. 세계가 사대로 되어 있다고 하고 유정(有情)도 역시 무정물(無情物)인 사대에서 건립되었다고 하였다. 무정물인 사대가 화합하여 유정이 만들어졌다는 주장을 하여 양자가 상호 유기적으로 연관된 존재임을 분명히 말하고 있다. 또한 마지막 부분에서 밝은 성품이 변환하여 세계가 되었기 때문에 세계 전체가 곧 마음이라고 하였다. 다시 말하자면 성품에서 세계가 나왔기 때문에 세계가 곧 마음이라고 하여 마음과 세계를 같은 존재 원리의 유기적 관계의 소산으로 인식했다.

따라서 작자는 성품에서 오행이 차례로 나왔다고 보아 관념과 물질적 존재가 진화론적 전개 과정 선상에서 일치하는 것으로 보았고, 성품에서 유래한 무정물인 사대에서 다시 유정이 나왔다고 보아 무정물에서 유정이 발생한 것으로 보았으며, 성품에서 세계가 나왔기 때문에 세계가 곧 마음이라고 하여 객관 대상 세계와 주관적 마음이 하나임을 천명하였다. 결국 성품에서 물질세계가 나오고 그 물질세계에서 다시

---

18) 불교에서 물질을 구성하는 요소로 드는 地水火風의 네 가지를 말한다.

유정물이 나왔다고 인식했고, 물질세계가 성품에서 나왔기 때문에 그 전체가 마음이라고 보아 여러 존재 현상을 유기적 관계로 인식했다. 즉 관념과 물질, 주관과 객관의 관계가 매우 유기적으로 연관되어 있다고 인식하고 있다.

중생의 기원에 대하여 좀 더 분명하게 말하고 있는 작품이 〈중생기시가〉와 〈중생상속가〉이다.

(11) 大圓覺性 本然心은 世界衆生 一般이라
　　　知覺性稟 潛伏 되어 無記性質 이루어서
　　　地水火風 成立 되니 山河石壁 저 아니며　　　　〈중생기시가〉 제1장
　　　八識 바다 變動하여 知覺으로 幻變하니
　　　六途衆生 이것일세 無記性質 世界 되고
　　　知覺分子 衆生된다　　　　　　　　　　　　　〈중생기시가〉 제2장
　　　　　　　　　(중략)
　　　世界 成立 되온 후에 衆生들이 化生하니
　　　마치 봄비 내리오매 甕 가운데 고인 물이　　　〈중생기시가〉 제4장
　　　오래 되면 벌레 낳듯 世界成立 되온 후에
　　　胎卵濕化 十二類生 곳곳마다 充滿하여　　　　〈중생기시가〉 제5장

(12) 네가 나를 사랑하고 내가 너를 사랑하여
　　　百千劫에 戀愛心이 서로 이어 相續하니
　　　父母妻子 因緣되어 世世生生 모이도다　　　　〈중생상속가〉 제1장

(11)의 앞부분에서는 (10)에서 성품이라고 한 것을 대원각성 본연심(大圓覺性本然心)이라고 다르게 표현하고 있다. 성품이나 대원각성 본연심이 문맥에서 놓인 위치나 뒤에 따라온 설명의 내용으로 보아 양자는 같은 대상의 다른 이름이라고 할 수 있다. 성품 또는 대원각성은

세계나 중생이 동일하게 가지고 있다는 것이다. 그런데 그 가운데 무
기성질은 세계가 되고 지각 분자는 중생이 된다고 하였다. 그래서 세
계와 중생이 성품과 각각 관계를 맺은 것으로 말했다. 그러나 (11) 뒷
부분에 오면 세계가 성립된 후에 중생이 화생했다고 하여 생성의 순서
가 세계 다음에 중생이 나타났고 하였다. 사대에서 유정이 건립되었다
고 한 (10)의 내용을 동시에 고려해 넣으면 결국 중생은 세계가 만들어
진 뒤에 그 세계에서 만들어졌다는 말이 된다. 이는 생명이 물질에서
유래했다는 과학의 진화론적 이론에 근접한 주장이라고 할 수 있다.

이렇게 나타난 중생이 어떻게 세상에 계속되는가를 보여주는 작품
이 (12)이다. 이에 따르면 사랑으로 부모처자의 인연을 맺고 세세생생
이어나간다는 것이다. 생략된 뒤 부분에서는 서로 죽이는 것, 염소와
사람이 서로 바뀌어 윤회하는 것, 도탐심과 사기횡령, 탐진치를 가진
결과와 오계, 십선, 유루선정을 지키고 닦았을 때 나타난 결과 등 다양
한 불교 교리를 말하여 중생의 구체적 존재 실상을 드러냈다.

요컨대 작자는 작품에서 일체의 존재 현상 즉, 관념적 존재와 물질
적 존재, 주관과 객관 세계 등이 성품이라는 원리를 매개로 상호 유기
적으로 연결돼 있다고 인식했고, 존재 현상에 대한 유기적 인식은 주
로 제시의 담화 방식으로 표현했다.

2) 유정의 양면적 인식

세계의 시작을 복잡하게 말한 것도 결국은 유정의 실상을 밝히고 불
법에 들게 하기 위하여 그렇게 했다고 할 수 있다. 성품에서 나왔다고
도 하고 사대에서 나왔다고도 한 유정의 존재론적 본질을 어떻게 보았
는가를 살필 차례이다. 유정을 어떻게 보는가에 따라 작자의 불교적

입장도 드러나며 그가 제시하는 수행 방법도 달라지게 된다. 기본적으로 작자는 이원적 관점에서 성인에 상대되는 중생이 따로 있는 것으로 인정하기도 하고, 중생과 부처가 따로 없고 하나라는 생각을 드러내기도 하여 유정에 대한 인식이 양면적이다.

(13) 어서어서 바삐 깨처
　　善知識을 親近하며 내 부처님 내가 찾아
　　六途 衆生 濟度 하여 自他없이 깨친 뒤에　　　〈권세가〉 제16장

(14) 本來佛道 없사오니 成佛할 것 무엇이며　　　　〈입산가〉 제8장
　　本來衆生 없사오니 衆生 濟度 헛말일세　　　　〈입산가〉 제9장

(15) 三界가 다 마음이요 萬法이 다 알음이라
　　마음 맑혀 淸靜하면 부처 나라 따로 없소　　〈용성선사왕생가〉 제10장
　　世俗凡夫 마음이요 諸佛聖人 마음이라
　　天眞面目 둘 아닌데 執着하면 길 닳으오　　〈용성선사왕생가〉 제11장

(13)에서 시적 화자는 선지식을 가까이하고 내 부처를 찾아 육도의 중생을 제도하자고 하였다. 어서 깨치자는 말은 깨치기 전의 중생과 깨친 뒤의 부처가 따로 있다는 전제를 먼저 하고 있다. 그리고 이어진 담화에서 내 부처 내가 찾아, 즉 부처가 되어 육도에 윤회하는 중생을 제도하여 모두 깨치게 하자고 하였다. 이 말 역시 중생인 내가 부처가 되어야 하고 이어서 다른 중생을 제도하여 모두 부처가 되게 해야 한다는 뜻이 된다. 따라서 (13)에서는 유정을 부처와 중생이라는 두 가지 서로 다른 존재로 나누어 보는 이분법적 인식을 분명하게 드러내고 있다.

(14)에서는 이런 이원적 세계를 완전히 부정하고 있다. 불도도 없고 중생도 없기 때문에 성불할 것도 없고 제도할 것도 없다고 하고 있기 때문이다. 작가는 유정이 나눌 수 없는 하나의 존재라는 것을 분명히 나타내고 있다. 문면에 나타난 주장만 보면 (14)의 내용은 (13)의 내용과 완전히 배치된다. (13)에서는 중생과 부처가 있다는 주장을 하고 (14)에 와서는 중생과 부처는 본래 없다는 주장을 하고 있기 때문이다. 이와 같은 상반된 주장이 어떻게 서로 모순되지 않고 논리적으로 연관될 수 있는지는 그 다음 (15)에서 찾을 수 있다.

(15)에 따르면 청정한 마음의 상태에는 부처 나라가 따로 없고, 청정한 마음은 범부와 성인이 동일하게 가진 마음이라고 하였다. 달리 표현하여 천진면목의 차원에서는 범부나 성인이 둘이 아니라 하나라는 것이다. 그런데 문제는 마지막 행에서 집착을 하면 범부와 성인의 길이 달라진다고 지적하고 있다. 즉 본질의 차원인 청정한 마음, 천진면목에서 보면 부처나라, 범부와 성인이 따로 없으나 집착을 하게 되면 길이 달라져서 분명히 부처나라, 범부와 성인도 따로 있다는 것이다. 따라서 집착의 여부가 부처와 범부를 나누는 핵심 요소임을 말하고 있다. 본질의 차원을 작가는 좀 더 구체적으로 '向上法身 虛空같고/眞空妙智 日月같아 自體透明 玲瓏하여/神靈하고 微妙하다 始終生滅 없사오니/生死輪廻 있을손가 밝고밝고 밝은 性品/비고비고 빈 마음 時間年代 끊어졌네(〈세계기시가〉)'라고 말하고 있다. 본질을 향상법신과 진공묘지, 밝은 성품과 빈 마음이라고 나누어 말하기도 하였다. 밝은 성품이나 진공묘지의 차원에서는 범부와 성인이 없지만 집착하면 분명히 양자의 세계가 나누어진다는 것이다. 따라서 작가는 유정을 둘이기도 하고 하나이기도 한 존재로 보아 유정의 존재를 양면적으로 파악하고 있다. 유기적 관계로 맺어진 일체 세계 현상 가운데 존재하는 유정

은 중생과 부처의 둘로 나누어지기도 하고, 본질적으로는 하나이기도 한 것으로 인식했고, 이런 유정에 대한 양면적 인식은 강조의 담화 방식으로 주로 표현했다.

3) 수행의 다층적 인식

작자는 유정을 두고 중생과 부처, 혹은 범부와 중생으로 나누기도 하고 본래 양자가 둘이 아니라 하나라고 보는 양면적 인식을 보이고 있다. 둘로 나누었을 때에는 중생을 제도하여 부처의 나라에 가야할 당위를 표현하고, 둘이 아니라 본래 하나라고 할 때에는 본래 하나인 도리를 명백히 천명하고자 하였다. 이와 같이 둘이면서 하나이고 하나이면서 둘인 유정의 세계를 극복하기 위하여 거기에 맞는 다양한 수행을 도입할 필요가 있다고 보았고, 구체적 각 입장에 따라 여러 가지 수행법을 제시하고 있다. 이와 같이 작가가 작품에 제시한 대표적인 수행법을 들면서 논의를 계속하고자 한다.

(16) 多生劫에 익힌 業障 기름 걸듯 限 없으나
　　 至誠으로 精進하면 解脫하고 福 받으오　　　〈용성선사왕생가〉 제6장

(17) 慈悲하신 諸佛 前에 至誠으로 懺悔하면
　　 無明惑業 녹아지고 淸淨世界 나타나오　　　〈용성선사왕생가〉 제7장

(18) 어서어서 염불하여 往生極樂 하올 적에
　　 永劫生死 끊어지면 不生不滅 즐겁도다　　　〈용성선사왕생가〉 제9장

(19) 善한 것도 夢幻이요 惡한 것도 夢幻이니라　　　〈중생상속가〉 제5장
　　 善惡是非 모두 끊고 廻光返照 옛길 찾아

　　　三界大夢 어서 깨오 나의 本性 通達하면
　　　生死輪廻 본래 없어 無爲蕩蕩 自在하다　　　　　〈중생상속가〉 제6장

(20)千事萬念 다 덣이고 江湖上에 放浪하며
　　　山林 中에 隱逸하여 逍遙自在 놀아보세　　　　　〈입산가〉 제4장
　　　世上 欲情 있을손가 敝衣乞食 걱정 없네
　　　白雲流水 깊은 곳에 數間茅屋 지어 두고
　　　怪石처럼 앉았으니 밝은 달이 無心하여　　　　　〈입산가〉 제5장
　　　나를 비춰 無心하고 맑은 바람 無心하여
　　　나를 불어 無心하다　　　　　　　　　　　　　　〈입산가〉 제6장

　　(16)은 여러 겁의 세월 동안 익힌 업장이 한이 없지만 정진하면 이를
벗어나 복을 받는다고 하였다. 업장을 가지고 있는 중생을 전제하고
업의 고통을 벗어나기 위하여 중생은 정진해야 한다는 수행의 당위성
을 제시하고 있다. 〈용성선사왕생가〉 제10장 '마음 맑혀 淸靜하면 부
처 나라 따로 없소'나 같은 작품 제29장의 '十方諸佛 成道하사 廣濟衆
生 하오시니/우리들도 마음 닦아 自他없이 깨칩시다'에서 마음을 맑히
거나 닦자는 것도 수행을 당연시하는 작자의 기본 태도를 거듭 밝힌
것이다.[19] 〈세계기시가〉의 마지막 장인 제19장에서도 '天地同根 與我
一體 어서어서 깨칩시다'라고 하여 기본 전제로서 수행을 통한 깨달음
을 거듭 강조하고 있다.

　　그렇다면 구체적으로 어떤 수행을 어떻게 해야 하는지에 대한 대답
이 무엇인지 살펴봐야 한다.[20] (17)에서는 구체적 수행의 방법으로

---

19) 〈용성선사왕생가〉 제13장 '生覺 돌려 愛着 말고 몸을 잊어 寃結 풀면/걸림 없이
　　自在하여 世上苦痛 自然 없소'에는 마음을 맑히고 닦는 구체적 방법을 제시하고
　　있다. 〈대각교가〉 제2장 '우리 自性 깨치오면 八解 六通 具足하며/三身 四智 圓明
　　하여 永劫生死 解脫하오'에는 깨치기 이전 수행을 전제하고 있다고 할 수 있다.

참회를 제시하고 있다. 모든 부처 앞에서 지성으로 참회하면 업장이 녹고 청정한 세계가 나타난다고 하였다. 중생이 자신의 잘못을 뉘우치고 반성하는 행위를 가장 기본적이고 우선적 수행 방법으로 제시하고 있다.

(18)에서는 염불을 하면 극락왕생하며 생사가 끊어져 즐겁다고 하였다. 그리고 염불을 통하여 부처님의 극락 인도를 청원하는 데까지 나가기도 했다. 〈용성선사왕생가〉 제1장에서 '佛陀님이 慈悲願力 도우시고 證明하사/一心으로 念佛功德 極樂引導 하옵소서'라고 하여 불타의 도움을 받아 극락으로 인도받는 데에 염불공덕이 매우 중요한 것으로 말하고 있기 때문이다. 그런데 (17)에서 참회기도를 하거나 (18)에서 염불공덕을 쌓는 것은 모두 부처나 보살이라는 절대적 신앙 대상의 힘을 빌려서 무명을 녹이고 극락세계에 나가려는 타력[21] 수행의 대표적인 예를 보여주는 것이다. 그러나 구체적으로 보면 전자는 절대자 앞에 수동적으로 반성하는 수행이고, 후자는 더 적극적으로 불보살을 부르는 수행이라는 양자 사이의 층위를 읽을 수 있다.

이에 비하여 (19)의 회광반조(廻光返照)는 수행에 접근하는 기본적 태도가 앞의 경우와는 다르다. 상대적인 선과 악을 모두 몽환(夢幻)으로 치부하고 선업과 악업을 근본적으로 부정하고 인정하지 않는 입장에서 수행을 시작한다. 본질적 차원에서 선악이 없다고 보고 선악시비(善惡是非)를 끊는 입장에서 회광반조의 수행을 하고 삼계의 꿈을 깨라

---

20) 〈중생상속가〉 제4장 '五戒 가져 人間受生 十善 닦아 天堂受生/有漏禪定 닦는 사람 四禪四空 受生 하며'는 원시불교의 수행 체계를 내용으로 하고 있다. 여기서 오계를 가지는 것과 십선을 닦는 것은 타력적이고, 유루선정을 닦는 것은 자력적이라고 할 수 있다. 그런데 이 내용은 명령의 직접적 대상이 아니라 윤회를 말하면서 하나의 사례로 제시하기만 하여 수행의 논의에서 제외했다.

21) 교육원 불학연구소 편저, 『수행법연구』, 조계종 출판사, 2005, 21쪽, 1~967쪽.

고 하였다. 그 결과 생사윤회(生死輪廻)는 본래 없다는 것을 알고 무위
자재(無爲自在)하게 된다고 하였다. 〈권세가〉 제10장에서도 '찾는 길이
여럿이나 返照 工夫 妙하도다/ 善心 惡心 많은 마음 地水火風 除쳐
놓고 찾아보면 모두 없네'라고 하여 선악의 상대적 마음이 찾아보면
없다고 하여 반조공부를 중요한 수행의 방법으로 제시하고 있다. 반조
공부라는 수행 방법에서는 부처나 보살과 같은 절대자에게 의지하지
않고 스스로의 힘으로 생사를 끊는 자력적 수행의 특성을 명백하게 보
여 준다.[22]

그런데 (19)에서 보인 회광반조라는 수행이 자력적이기는 하지만 어
떻든 끊어야 할 선악시비가 아직 남아 있는 데 비하여 (20)에 오면 수
행을 한다는 개념 자체가 없다. 강호에 방랑하고 산림에 숨어서 소요
자재하며 놀 뿐이다. 그래서 달과 바람이 나와 하나가 되어 무심한 것
으로 나타난다. 이것은 수행을 거치기 이전 본래성불의 세계를 보인
것이다. 본래성불의 차원에서는 수행이라는 말의 개념이 바뀐다. 특별
히 참회하고 염불하며 회광반조하는 등의 의도적 수행의 실천 행위가
그 이전까지의 수행이었다면 여기서는 잠자고 일어나고 가고 오는 일
상의 생활 자체가 수행이다. 본래 부처인 있는 그대로의 삶 자체를 살
아가는 것을 수행으로 보는 수행관의 고차원적 변화를 보여준다. 회광
반조와 본래성불이 자력적이라는 면에서는 동일하나 닦을 것이 여전
히 남아 있는 반조 공부보다 본래성불이 더 고차원적이어서 역시 이

---

22) 회광반조는 역대 선사들이 선호하는 수행법의 하나로서 『임제록』에도 관련 기록
   이 보인다. "그대들이 말끝에 바로 스스로 회광반조(廻光返照)하여 다시 따로 구하
   지 않고 몸과 마음이 조사나 부처와 다르지 않다는 것을 알아서 당장에 일이 없으
   면 바야흐로 법을 얻었다 이름 하겠다(你言下 便知回光返照 更不別求 知身心與祖
   佛不別 當下無事 方名得法 『임제록 · 법안록』, 선림고경총서 12, 장경각, 1997, 90
   쪽(1~151))"

안에서도 층위를 발견할 수 있다.

지금까지 수행의 다층적 면모를 살펴보았는데 작자는 참회, 염불, 회광반조, 본래성불 등 매우 여러 층위의 수행법을 소개하고 그 실천을 요구하고 있다. 참회와 염불이 불보살에 의지하는 타력적 수행이라면 회광반조와 본래성불은 자력적 수행이라고 할 수 있다. 타력적 수행 안에서도 참회보다 염불이 더 높고, 자력적 수행 안에서도 닦을 것이 남아 있는 회광반조보다 본래성불이 더 높아서 자력과 타력, 하위와 상위라는 수행의 층위를 형성하고 있다. 그리고 수행 관련 내용은 주로 그 실천을 요구하는 담화 방식으로 표현하고 있다.

그런데 여기서 작자가 그의 다른 산문에서 빈번하게 제시한 화두 참선에 대한 방법[23]을 가사에서 제시하지 않고 있다는 것이 아주 특이한 현상이다. 가사의 많은 내용을 이미 산문에서 매우 체계적으로 서술하여 교화의 자료로 사용하고 있었는데[24] 그 내용 가운데 중요한 화두 수행법을 가사 작품에서 제외한 것은 이례적인 일이다.[25]

---

23) 백용성은 화두 참선에 대하여 『수심론』에서는 '병을간택함, 무짜화두병, 화두에의심을내지아니하는병, 화두에의심을얻었을지라도지견에빠지면병됨, 화두법' 등이 책 전체 여덟 장 가운데 다섯 장에서 집중적으로 말하였고, 『각해일륜』에서도 '시심마하난것, 시심마가모든화두의근본되는것, 화두마다본의심이있는것, 못은병통을갈이난것, 화두참구하난모양' 등 다섯 개의 장을 따로 마련하여 다양한 설명을 하고 있다.

24) 백용성은 가사와 같은 내용의 산문을 많이 집필했다. 『각해일륜』에서 '인연을관하난것, 세계창조됨을설명, 중생된것을설명, 중생이화생계속하난것, 오즉마음으로된것, 욕계륙천에나난것, 계정을갓저색계련에나난것, 인연을관하난것' 등이 보이고 『귀원정종』에 '世界原因問, 衆生起始問, 地獄原因不出唯心所作, 創造天地萬物' 등이 있고, 『용성선사어록』에도 '論勸修, 論所變唯識, 論淨土, 論凡聖同別, 論善惡辨性, 論凡聖不二, 外道章' 등이 있다.'

25) 백용성이 핵심적 수행법으로 인식하고 있던 화두참선법을 가사에 포함하지 않은 것은 별도의 논의가 필요하다고 본다.

4. 담화 방식과 대상 인식의 구도

여기서는 불교 가사 전반에 대한 연구의 일환으로 근대 불교 가사의 대표적 작가 가운데 한 사람인 백용성의 가사 작품을 논의해 보았다. 그는 작품에서 천편일률적 어조로 이미 정리된 이념을 기계적으로 선전하지 않고 담화 방식을 통하여 일체 존재의 모습과 그 가운데 유정의 본질, 이들의 수행 방향에 대하여 매우 체계적으로 논리를 전개하고 있었다.

그의 가사 작품을 제시, 강화, 요구라는 세 가지 담화 방식으로 유형화하여 살폈다. 먼저 제시의 담화 방식은 다양한 불교 사상이나 수행법, 유·무정의 세계, 판단, 정서 등을 소개하여 제시하는 기능을 하는 담화 방식이다. 주로 평서문으로 표현되고 전체 작품 대부분을 구성하여 문장 가운데 가장 많은 수를 차지했다. 다음은 강조의 담화 방식이다. 작가가 나타내고자 하는 대상을 부각하기 위하여 대상을 영탄하거나 탄식하는 방식의 감탄문을 사용하기도 하고, 수사 의문문을 통하여 특정 의미를 강조하거나 독자의 관심을 끌어오기 위하여 전제로 사용하는 등의 담화 방식이 여기에 속한다. 문장 형식으로는 주로 감탄문과 의문문으로 표현되고 평서문 다음으로 많은 출현 빈도수를 보여 주며 작품 내 사이사이에 배치하여 중생과 부처의 세계를 대비적으로 부각하여 강조하는 기능을 수행했다. 끝으로 요구의 담화 방식은 시적 화자가 독자에게 실천을 명령하거나 동참할 것을 요구하는 담화 방식이다. 그래서 주로 문장 형태로는 청유문이나 명령문으로 나타나고 이 방식을 보이는 문장이 가장 적은 수를 보여 주고 작품의 서두나 끝 부분에 주로 배치하여 작품 내용을 집약하여 실천을 강조하는 기능을 수행했다.

이 세 가지 담화 방식은 작품 안에서 상호 유기적으로 관계맺음으로써 종교 가사로서 교시의 효과를 극대화하고 있었다. 제시의 담화 방식을 통하여 세계의 존재, 중생의 현실, 깨달음의 방법, 작자의 정서, 판단 등을 길게 제시했다. 이렇게 일반적으로 제시한 내용 가운데 더욱 부각해야 할 부처와 중생, 그 두 세계를 나타낼 때에는 강화의 담화 방식을 동원했다. 그래서 제시의 담화 방식이 작품의 거의 대부분을 차지하는데 비하여 강조의 담화 방식은 제시의 담화가 진행되는 중간 중간에 수시로 사용되는 특성을 보여 주었다. 그리고 요구의 담화 방식은 많은 사실을 제시하고 또 강조한 뒤에 반드시 행동으로 옮겨야 할 중요 사항을 결론적으로 요약하여 그 실천을 명령하거나 권유하는 데 사용했다. 대부분의 작품 내용을 다양한 제시의 담화 방식으로 소개하고 수시로 강조의 담화를 구사하여 특정 내용을 부각하고 이를 총괄하면서 독자가 실천해야 할 사안을 요약하여 서두에서 관심을 모으거나 작품의 끝 부분에서 요구하는 방식을 취하여 교시의 담화적 효과를 극대화하였다.

이러한 담화 방식을 통하여 드러난 대상에 대한 작자의 인식을 살폈다. 먼저 작자는 일체 존재 현상을 유기적으로 인식하고 있었다. 유정과 무정 세계에 동시에 관계된 성품이 연기하여 오행과 같은 물질적 세계를 형성하고 그 바탕 위에서 유정이 출현하였다고 보았고, 세계는 성품의 연기로 나타났기 때문에 그 세계는 곧 마음이라고 하였다. 즉 작가는 성품이라는 어떤 원리에 의하여 생명 없는 무정물의 세계와 생명 있는 유정의 존재가 하나로 이어져 있으며, 일체의 존재와 마음도 하나인 것으로 파악하여 일체 존재 현상에 대한 유기체적 인식을 분명하게 보여 주었다. 다음으로 유정을 이원적이면서 일원적인 존재로 파악하여 양면적 인식을 보여 주었다. 생명을 가진 일체 존재는 중생과 부처 또는 범부와 성인의 둘로 나누어지기도 하면서 본원의 차원에서는 양자가 본래 하나인 것으로 말하고 있다. 양자 사이에는 구별의 경계가 본래 없는 하나의 존재인데 다만 집착에 의하여 두 가지 구분이 나타날 뿐이라고 하였다. 생명체에 대한 이러한 양면적 인식을 바탕에 깔고 있었기 때문에 그는 구체적 수행에 있어서도 그에 걸맞은 다양한 방법을 제시하였다. 유정을 둘로 나누어 보는 입장에서는 무능한 중생이 절대적 능력을 가지고 있는 부처나 보살에게 자신의 죄를 참회하거나 염불을 통하여 구원 받을 수 있다는 의타적인 수행법을 말하고, 유정을 하나로 보는 입장에서는 일체가 본래 완성돼 있기 때문에 특별히 불보살과 같은 절대자의 힘을 빌릴 것 없이 스스로의 본래 모습을 비추어 보는 회광반조의 방법에 의하여 바로 깨달아 가는 방식을 제시하기도 하고, 이와 전혀 다른 차원에서 일체가 본래성불해 있음을 바로 긍정하고 다만 소요자재하는 삶을 살아가는 본래성불의 방식이라는 가장 고준한 차원의 수행 방법으로 제시하기도 하였다. 따라서 수행 체계는 자력과 타력으로 나누어지고 다시 그 안에서 낮은 층위와 높은 층위로 돼 있어서 여러 층위를 보여 주고 있었다.

이와 같은 일체 존재의 현상, 유정의 본질, 수행의 실천 방법 등에 대한 작자의 인식은 앞에서 살핀 담화 방식과 일정한 연관을 가진다. 일체 존재 현상은 제시의 담화 방식을 통하여, 유정은 강조의 담화 방식을 통하여, 수행 실천에 대해서는 요구의 담화 방식을 통하여 각각 표현하여 종교적 사실의 전달과 부각, 그리고 독자들을 실천에 나서게 하는 데에 좋은 효과를 거두고 있었다.

그의 가사 작품에 당대의 시대 사회적 문제에 대한 직접적 언급은 발견되지 않았다. 그러나 보여준 유정의 본질에 대한 인식이나 수행의 방법을 제시한 데에서 지배나 피지배가 정당화될 수 없다는 근본적 이

유를 담고 있다고 볼 수 있다. 일체 생명이 차별 없이 완전한 불성을
타고 났다는 선언은 단순한 불교의 종교적 교리에 그치지 않고 식민지
적 당대 현실에서 이민족에 의한 지배를 부정하는 의식의 원천을 보여
준다고 할 수 있기 때문이다.

학명의 불교 가사에 나타난
선의 성격과 표현 방식

1. 학명선사의 불교 가사

　학명 선사(1867~1929)는 근세 선농 일치(禪農一致)의 한국 불교 개혁 운동이나 불교 가사의 창작, 간화선의 재정립에 앞장섰던 매우 이례적인 인물이다. 그런데 그가 보여준 여러 가지 활동과 무게에도 불구하고 작자와 작품에 대한 본격적 연구는 최근까지 그다지 이루어지지 않고 있다. 기존 논의를 보면 선농 일치의 불교 개혁 운동에 대한 연구[1]와 그의 가사 문학[2]이나 삶[3]에 대한 연구가 일부 이루어졌다. 그의 삶에 대한 연구는 그의 사회 활동이나 문학적 성과를 이해하는 데에 도움을 주는 의의가 있고, 선농 일치 운동에 대한 연구는 작자 당대

---

1) 김광식, 「백학명의 불교개혁과 선농불교」, 『불교평론』 제7권 4호, 2005./ 박영학, 「일제하 한국 선 중흥 운동과 소통에 관한 연구－백학명 선사를 중심으로」, 『원불교사상과 종교문화』 36, 원불교사상연구원 한국원불교학회, 2007.
2) 김종진, 「학명의 가사 〈선원곡〉에 대하여」, 『동악어문논집』 33, 동국대학교, 동악어문학회, 1998./최영희, 「학명선사의 불교문학 연구」, 『국어국문학』 126, 국어국문학회, 2000./김주곤, 「학명의 〈참선곡〉에 나타난 선사상 연구」, 『어문학』 63, 한국어문학회, 1998. 그 외는 참고문헌 참고.
3) 박희선 편저, 『학명큰스님 평전 환학의 울음소리』 불교영상회보사, 1994./연관 편역, 『학명집』, 성보문화재연구원, 2006.

불교가 처한 대내외적 상황과 작자의 성격을 이해하는 데에 일정한 기여를 하고 있다. 문학 업적에 대한 연구는 그의 불교 가사 작품을 발굴하고 자료를 정리하면서 상세한 주석을 달며, 개별 작품 연구도 진행하여 그 불교 가사 전체의 본격적 연구에 필요한 기반을 마련해 주는 성과를 거두었다. 작자와 사회 활동, 문학 작품에 대한 기초적 자료의 정리와 연구가 어느 정도 이루어짐으로써 학명이 남긴 문학에 대한 본격적 연구를 수행할 수 있는 여건이 갖추어졌다고 할 수 있다.

지금까지 그 문학에 대한 연구는 주로 그의 불교 가사에 치중해 왔고, 선시와 같은 그의 한문 문학에는 관심이 제대로 미치지 못하고 있다. 불교 가사에 대한 연구도 작품의 본질을 규명하는 연구보다는 작품 자료를 수집·정리하고 주석을 달거나, 작품이 가지는 문학 외적 사회 활동과의 연관성을 밝히며, 불교 가사의 유통 과정을 규명하는 과정에서 그의 가사 작품을 부분적으로 다루는 정도에 그치고 있다.[4] 따라서 앞으로 학명의 문학에 대한 연구는 그가 남긴 한시와 산문, 가사 문학에 대한 본질적 연구를 진행하는 방향으로 나가는 것이 자연스런 순서라고 할 수 있다. 학명이 보여준 여러 가지 활동은 불교사원의 자립을 위한 선농 일치 운동에 그치지 않고, 선(禪)의 발전을 위한 불교 개혁의 강한 의지를 실천하는 데까지 나가고 있다. 학명은 그 자신이 선의 전통을 이은 선사(禪師)의 한 사람이었기 때문에 선에 대한 깊은 탐구와 대중화의 노력을 자기 개성적 방식으로 진행하면서 그런 과정에서 불교 가사를 창작하였다. 그래서 먼저 그가 불교 가사에서 표

---

4) 학명의 가사에 대한 기존의 논의 작업이 자료의 수집과 정리, 주석, 문학 외적 사회현상과 연관한 연구, 불교 가사 유통 과정의 한 사례로서의 연구 등의 방향으로 진행됐다. 요컨대 문학 연구에 필요한 기초 작업이 어느 정도 마무리되고 작품 외적 상황과의 연관된 연구까지는 진행되었으나 문학 작품 자체에 대한 집중적 연구가 제대로 이루지지 않은 것이 문제로 남아 있다고 할 수 있다.

현하고 있는 핵심 이념인 선이 어떤 성격을 보여 주는지를 규명할 필요가 있다. 학명은 선을 매우 중시했기 때문에 그가 보여준 선에 대한 이해의 깊이와 실상을 밝혀야 그의 이념이 반영된 작품 전체 성격을 규명할 수 있다고 본다. 불교 가사 일반을 보면 미타 사상이 가장 많은 비중을 차지하고 있다고 하나 다른 한편에는 선사상이 역시 하나의 축을 형성할 만큼 큰 비중을 점유하고 있는데 거기에 학명의 역할이 컸다고 할 수 있다. 학명은 다른 어떤 불교 가사 작자보다도 선에 경도되어 있었기 때문에 선의 일반적 의미와 관련하여 그가 보여준 선의 구체적 성격을 구명하는 것은 작품을 이해하는 가장 원론적인 접근이 된다고 할 수 있다. 그리고 그가 선 사상을 대중에게 알리기 위하여 가사에서 어떤 방식의 표현 방법을 구사하고 있는지를 동시에 검토하고자 한다. 즉 선에 대한 자신의 신념을 효과적으로 전달하기 위하여 작자가 즐겨 사용한 표현 방법을 단락과 작품이라는 거시적 관점에서 구명해 보고자 한다.[5] 작품의 율격이나 수사법 등에 대한 논의가 일부 이루어지기도 했고, 작자의 근본 의도를 파악하는 데는 표현에 대한 거시적 논의가 더 유용하다고 보기 때문이다.

　연구 자료는 『학명집』, 『불교가사 원전연구』, 『흰학의 울음 소리』[6]에 실린 불교 가사 작품 7편을 주된 대상으로 살피고 필요에 따라 극히

---

5) 학명 가사의 문학성은 가사 장르의 문학성과 밀접한 관련을 맺고 있다. 작품에 나타난 사상의 정확한 성격을 구명하고 표현 방식을 논의하는 것은 작품이 어떤 객관적 사실을 잘 보여주는가를 밝히는 작업이 아니다. 여기서는 가사의 교술 문학적 성격을 드러내기 위하여 사상의 정확한 성격을 구명하고 작품 전개의 구도라는 표현 방식을 연구하고자 한다. 가사 문학이 가진 종합적 특징이 아니라 교술 문학으로서의 성격은 작품에 나타난 사상과 작품 구성의 유기적 관계를 논의함으로써 밝힐 수 있다고 보기 때문이다.

6) 『학명집』, 『불교가사 원전연구』, 『흰학의 울음 소리』 이 세 가지 원전 자료는 참고문헌을 참고.

부분적으로 선시와 같은 그의 다른 갈래 문학 작품, 당대 작가들의 가
사 작품과 대비하여 논의하고자 한다.

2. 선의 성격

선에 대한 저술과 논의는 단순 명료함을 추구하는 선의 본질과 달리
오히려 매우 복잡하게 전개되어 왔다. 불교 경전보다도 더 많이 창작
된 선사들의 선어록들이 이를 대변한다. 우리나라에서는 초기 불교가
보여주는 다양한 선보다는 대승 불교에서 파생한 선의 흐름을 받아들
였고 그러한 전통 위에서 선이 발전해 왔다. 그리고 동아시아의 소위
조사선(祖師禪)은 달마가 중국에 건너옴으로써 시작되었다고 할 수 있
다.[7] 석가로부터 제28대조인 달마를 조사(祖師)로 보고 그가 전한 가
르침을 조사선이라고 일컫는다. 조사선의 전통이 수립된 뒤에 중국 송
대가 되면 새로운 변화가 나타난다. 다 같이 조사선(祖師禪)의 전통을
바탕으로 하면서 임제종(臨濟宗) 계통의 대혜 종고(大慧宗杲)에 의해서
는 간화선(看話禪)이, 조동종(曹洞宗) 계열의 굉지정각(宏智正覺)에 의
해서는 묵조선(黙照禪)[8]이라는 새로운 선이 나타났기 때문이다.

---

7) 고우 외 4인, 『간화선』, 대한불교조계종 교육원, 2005, 29~32쪽. 이 책에 따르면
 달마가 조사선을 도입했고, 이를 정착시킨 사람은 혜능이라고 했다. 그 이후 마조,
 석두, 백장이 대표적인 조사선의 선사들로서 조사선을 발전시키는 데 크게 기여했
 다. 그런데 『조사선』(동군 저, 김진무·노선환 공역, 운주사, 2000, 39쪽)에 따르면
 달마가 선을 중국에 전한 시기부터 제5조 홍인에 이르는 시기까지를 선종의 부期
 단계로 보고 제6조 혜능으로부터 조사선이 시작된 것으로 주장한다. 그러나 조기
 단계라는 말의 의미가 막연하고 혜능 이후의 선과 그 이전의 선이 분리돼 있다는
 선입견을 줄 수 있기 때문에 필자는 전자의 주장을 따른다. 이후 논의에서 조사선
 과 간화선에 대한 사실들은 전자의 내용에 근거한다.
8) 김호귀, 『묵조선연구』, 민족사, 2001, 39~146쪽.

1) 조사선적 성격(祖師禪的性格)

중국의 선종은 인도의 스물여덟 번째 조사이자 중국 조사선의 첫 번째 조사인 달마로부터 시작되었다. 그 이후 여러 선사들에 의하여 조사선의 전통이 면면히 이어져 오면서 조사선은 몇 가지 중요한 성격을 갖추게 되었다. 그리고 빈번한 교류를 통하여 이러한 전통을 받아들이면서 형성된 한국의 선 역시 조사선의 성격을 공유하게 된다. 조사선의 가장 큰 특징은 본래성불을 강조하는 것, 스승과 제자의 선문답(禪問答), 봉(棒)과 할(喝), 기연(機緣)을 통한 순간 깨침9)을 강조하는 것이다.10) 먼저 본래성불(本來成佛)이란 생명 있는 존재나 생명 없는 존재를 막론하고 일체가 본래 부처라고 보는 입장을 말한다. 이것은 처음 석가가 깨달음을 이루고 일체 중생들이 자기와 조금도 다름없는 지혜와 덕상을 갖추고 있다는 것을 살펴보고 매우 놀랐다11)는 내용과 일치한다는 점에서 초기 불교의 본래성불을 계승한 것이다. 그리고 깨달음을 이루는 방식에서 스승과의 선문답이나 방과 할 등에서 바로 깨닫는다는 것도 석가 당시에 그의 설법을 듣고 그 자리에서 바로 깨닫던 전통을 이은 것이라 할 수 있다. 이런 점에서 조사선은 초기 불교의 근본 전통을 철저히 이은 것으로 말하고 있다.

학명의 가사가 조사선의 본래성불 정신과 순간 깨침이라는 크게 두 가지 성격을 어떻게 수용하고 있는지를 살필 차례이다.

---

9) 선문답을 듣고 바로 깨닫는다고 하여 이를 言下便悟라고도 한다(고우 외 4인, 앞의 책, 58쪽 참고).

10) 고우 외 4인, 위의 책, 56~58쪽.

11) 이런 내용을 학명도 가사에서 명시하고 있다. 〈선원곡(禪園曲)〉에서 '究竟圓滿 法王으로 法眼들어 삶히시사/나와가치 衆生들도 智慧德相 具有하다 讚歎하고 일느시니'라고 하여 조사선 본래성불 정신의 원형이 되는 초기 불교의 교설까지 분명하게 수용하고 있다.

(1) 不二法門 指示하니 拈花微笑 應機런가.
　　達摩祖師 西來하사 不立文字 主唱하니
　　世界花가 피여나고 無盡燈이 밝았구나.
　　千經萬論 두어두고 直指人心 하시오니
　　有情無情 成佛이라 觸目菩提 이 아닌가.　　　　　　　　　　〈학명선사 참선곡〉

(2) 過去런가 未來런가 다만 現在 一念이다
　　涅槃路頭 어디런가 語默動靜 疑心마소
　　家家門戶 몰랐더니 다시 보니 長安이다
　　本地風光 누가 몰라 淸風明月 다툼없다　　　　　　　　　　〈학명선사열반가〉

(3) 敎外別傳 傳心法은 靈山會上 大衆中에
　　꽃한가지 들어뵈사 迦葉一人 적이우서
　　如甁注甁 傳授하니
　　卅三祖師 圈櫃中에 革凡成聖 可憐하다
　　西天東土 三千年에 祖師家風 手段대로
　　接人方法 轉變하니 面壁觀心 참이런가
　　神光立雪 斷臂하고 馬祖一喝 振威하니
　　耳聾吐舌 奇怪하다
　　臨濟家風 高峻하니 방망치로 째려준다
　　問들어 뭇지말아 趙州茶맛 자미업다
　　맛보아도 맛모르니 雲門手中 호썩이다
　　밥통메고 춤추시니 金牛日用 그뿐이다
　　한손까락 세우시니 俱胝家風 特異하다
　　나무배암 놀니시니 疎山化上 노름이다
　　나무칼로 降魔하니 木釖化上 장게로다
　　木杈가저 목찝으니 秘魔手段 저러하다
　　화살들어 보라하니 石鞏化上 씨름이다
　　그린개를 보라하니 子湖家風 卑陋하다

     笏춤추어 接人하니 道悟禪師 權便이다
     妄想말나 하얏스니 無業禪師 참말인가
     三轉泥를 사양말아 木手化上 方便이다   〈선원곡〉

　　위 인용문은 조사선의 두 가지 특성을 분명하게 보여 주고 있다. (1)
에서는 가섭과 달마에 대하여 읊고 있다. 제1행에서 꽃을 들어 '불이
법문(不二法門)을 지시(指示)'한 사람은 부처이고 이를 보고 바로 깨닫
고 미소 지은 사람은 가섭이다. 여기서 작자는 연꽃을 들어 보이는 말
없는 법문을 접한 가섭이 그 자리에서 바로 깨달은 사실을 읊고 있다.
(1)의 제2행에서 제5행까지에서는 달마가 중국에 건너와서 문자를 쓰
지 않고[불립문자(不立文字)] 바로 사람의 마음을 가리켜서[직지인심(直
指人心)] 깨닫게 한 행적을 소개하고 있다.

　　조사선의 전통이 실제 달마에서 시작되었으나 선종에서는 그 전통
의 유구성과 정당성을 세우기 위해서 달마 이전 석가로부터 선이 이미
시작됐다는 것을 입증하려는 의도에서 가섭의 경우를 항상 이심전심
(以心傳心)의 사례로 내세우는데[12] 작가는 이런 조사선의 관행을 작품
에 그대로 수용하고 있다. 그리고 실제 조사선의 초조라고 할 수 있는
달마에 대해서는 이보다 더 자세하게 언급하고 있다. 불립문자(不立文
字)와 직지인심(直指人心)의 내용까지 가져와서 더 구체적으로 표현한
것이 그 증좌다.

　　이렇게 조사선의 선구적 인물들을 작품에 인용함으로써 작자는 조
사선의 입장을 자연스럽게 작품에 수용하고 있는데, 조사선의 역사적

---

12) 禪家에서는 三處傳心(세 곳에서 석가가 가섭에게 마음을 전했다는 의미)이라 하여
　　세 가지 사실을 말하는데 혜심은 『선문염송 · 염송설화』(혜심각운 지음, 김월운 옮
　　김, 동국대역경원, 2005, 52쪽, 56쪽, 225쪽)에서 제4화 分座, 제6화 拈花, 제37화
　　雙趺를 따로 나누어 삼처전심의 내용을 구체적으로 제시하고 있다.

사실만을 제시하는 데에 그치지 않고 조사선의 근본정신도 제시하고 있다. (1)의 마지막 행에서 유정과 무정이 성불(成佛)이고 눈에 보이는 것이 모두 보리라고 한 것이 그것이다. 유정과 무정은 일체 존재를 불교식으로 일컫는 말인데,13) 유정무정으로 표현된 그 일체가 이미 성불해 있는 존재라는 것이다. 그리고 '촉목보리(囑目菩提)'라고 한 것도 본래성불의 다른 표현이다. 촉목은 눈에 보이는 일체를 말하고, 보리는 진리를 뜻하는 것이어서 눈에 보이는 일체가 진리라는 말이다. 진리를 깨달은 존재를 부처라고 하기 때문에 불가에서는 진리 자체를 곧 부처라고도 말한다. 따라서 '촉목보리'는 눈에 보이는 일체가 그대로 부처라는 의미가 되어 본래성불을 뜻한다. 결국 (1)에서는 조사선의 역사적 전통을 객관적으로 서술하면서 본래성불이라는 조사선의 근본정신도 함께 제시하고 있다고 할 수 있다.

(2)에서는 조사선에서 말하는 본래성불의 근본정신을 주로 말하고 있다. 둘째 행에서 열반을 따로 있는 어떤 곳으로 보지 않고, 어묵동정(語默動靜) 즉 말하고 침묵하고 움직이고 고요히 있는 현재 인간의 일체 행위 그 자체가 바로 열반이라는 말을 하고 있다. 일반적으로 열반은 진리를 깨달아서 도달하는 이상적 세계를 상징하는 말이다. 생사가 있는 이 세상이 바로 열반이라는 말을 불교에서는 '생사즉열반(生死卽涅槃)'이라는 말로 표현하기도 하는데14) 이것은 일체가 본래 열반에 들어 있다고 하여 역시 본래성불을 의미한다. 본래성불의 입장을 제3, 4행에서 또 다른 표현을 통하여 다시 하고 있다. 여기서 한 '家家戶戶

---

13) 유정은 생명 있는 것, 무정은 생명 없는 것으로서 불교에서 일체 존재를 나타내는 말로 사용한다. 달리 일체 존재를 나타낼 때 형상이 있는 것과 형상이 없는 것으로 표현하기도 한다.

14) 월운 감수, 이철교, 일지, 신규탁 편찬, 「生死卽涅槃」조『선학사전』불지사, 1995, 346쪽.

가 다 長安'이라는 말 역시 본래성불을 뜻하는 말이다. 처해 있는 현실
을 떠나서 부처를 따로 구하는 것을 두고『금강경』주석에서는 함원전
안에 앉아서 다시 장안을 찾는다15)는 말로 비유하여 설명하고 있다.
함원전은 장안에 있던 당나라 고종의 궁궐인데 그 함원전 안에 앉아서
다시 장안을 찾는다고 하여 자기가 본래 부처인데 이를 모르고 다시
부처를 찾는 것을 이렇게 비유하여 비판한 것이다. 함허는 이런 비유
를 하기에 앞서서 우리의 지금 이 몸이 바로 상신(常身)이고 법신(法身)
이기 때문에 이 몸을 떠나서 따로 상신과 법신을 구하지지 말라16)고
하였다. 그럼에도 불구하고 따로 찾는다면 이것은 바로 장안에 있는
궁궐 안에 앉아서 다시 장안을 찾는 것과 같다는 것이다. 학명은 여기
에 표현을 조금 바꾸어 '家家戶戶가 모두 長安에 있다'고 하여 조사선
에서 말하는 본래성불의 정신을 철저하게 계승하고 있다. 또 작가는
(2)번 마지막 행에서 본래성불의 상징으로서 본지풍광과 청풍명월을
더 가져와서 자신의 본래성불에 대한 신념을 거듭 밝히고 있다.

　인용한 (3)의 작품내 앞부분 3개 행에서는 석가에서 육조 혜능까지
의 33조사17)를 서두처럼 제시하고 있다. 그리고 다시 달마로부터 목
수화상(木手化上)18)에 이르는 조사선의 대표적 인물들과 그들의 특징
적 조사선 교육 방법을 나열하고 있다.19) 그런데 제시하는 방법이 예

---

15) 含元殿裏 更覓長安(含虛 得通,「第五 如理實見分 說誼」,『金剛經三家解』(漢岩重
　遠 編), 1937, 12쪽).
16) 吾今色身 卽是常身法身 不得離却色身 別求常身法身(한암중원 편, 위의 책, 12쪽).
17) 흔히 선가에서 卅三祖師라고 하면 석가로부터 육조 혜능까지 이어진 조사의 수를
　뜻한다.
18) 원문에 나타난 化上은 和尙의 誤字로 보인다.
19) 역대 조사선의 중요 인물과 행적에 대한 자세한 설명은 임기중의『불교가사 원전
　연구』(동국대출판부, 2000, 848~856쪽)를 참고. 여기에는 간화선을 주창한 대혜
　종고를 제외한 그 이전 조사선의 중요 인물을 길게 나열하여 제시하고 있다.

사롭지 않다. 제3행에서 범부를 바꾸어 성인을 만드는 것을 가련하다고 하고, 면벽관심(面壁觀心)하는 것을 참인가라고 의문을 제기하기도 하고, 그 외에도 '기괴하다, 자미없다, 비루하다, 참말인가' 등 부정적인 표현을 하고 있기 때문이다. 다시 말하자면 위 예문에서 인용한 선사들은 부처와 다름없을 만큼 투철한 깨달음을 얻은 인물들인데 이들의 핵심 교시 방법을 매우 직설적으로 부정적으로 표현하고 있다.[20]

선에서 일반화되어 사용되는 관용적 용어 중의 하나가 '살불살조(殺佛殺祖)'라는 말이다. 부처를 죽이고 조사를 죽인다는 뜻인데 이것은 일상적 의미로 죽이고 살린다는 말이 아니다. 이런 과격한 표현에는 조사선의 핵심인 본래성불의 정신이 들어 있다. 앞에서 언급했듯이 조사선은 일체를 본래 부처로 보기 때문에 여기에 다시 부처 되라고 설법을 하거나, 이것을 듣고 부처가 된다는 것은 모순되어 용납할 수 없다는 의미가 부정적 표현의 이면에 깔려 있다. 그래서 (3)은 조사선의 대표적 인물과 교화 방식을 역사적으로 나열하면서도 이를 부정적으로 표현함으로써 역설적으로 역대 조사들이 보여준 조사선의 본래성불 정신을 적극적으로 살려 냈다고 할 수 있다.[21] 요컨대 학명은 조사선의 역사와 정신을 가사 작품에 기본 전제로 투철하게 수용하여 부처와 달마로부터 역대 조사들의 특이한 가르침을 제시하고 조사선에서 내세우는 본래성불의 정신을 다양하게 표현했다.[22]

---

20) 김종진은 「학명 가사 〈선원곡〉에 대하여」(『동악어문논집』 33, 동국대학교 동악어문학회, 1998, 247쪽)"에서 이런 문장 표현을 그대로 따라서 기존의 지식(선사)에 대한 절대적 신념(허상)을 일거에 무너뜨리는 선시의 고함소리[喝]라고 보았다.

21) 선사들은 역설적인 표현을 빌려 진리를 잘 드러낸다. 한두 가지 예를 들면 마조를 깨우친 회양이 벽돌을 갈아 거울을 만들겠다고 한 것(백련선서간행회, 『마조록·백장록』, 장경각, 1989, 17~18쪽)이나, 무엇이 平常心인가라는 어떤 승려의 질문에 조주가 '늑대나 여우다'라고 대답한 것(백련선서간행회, 『조주록』, 장경각, 1996, 77쪽) 등이 그렇다.

2) 간화선적 성격

가사 작품에 조사선을 선의 기본 전제로 가져온 학명은 간화선에 대해서는 여기서 한발 더 나아가 매우 확고한 실천적 의지를 보여주고 있다. 간화선은 중국 송대의 대혜 선사로부터 본격적으로 시작된 것으로 알려져 있다.23) 본래성불의 정신을 바탕으로 순간 깨침을 주장하던 조사선은 시대가 전개되면서 간화선과 묵조선으로 분화되었다. 그 가운데 간화선은 화두를 참구24)하는 수행이다.25) 선문답이나 방과 할, 여러 가지 기연 등을 통하여 바로 깨닫는 것을 특징으로 하는 조사선의 경우와 달리 바로 깨닫는 것이 안 될 때 화두라는 문제를 참구하여 깨달음을 얻게 하는 선의 방법이 간화선이다. 그래서 점진적 수행의 과정이 여기에 더해진다. 상식과 논리를 초월한 화두라는 문제를 깊이 참구함으로써 깨달음을 얻는 소위 참구 깨침26)을 공식화한 것이 간화선이다. 여기에는 참구해야 할 화두가 있고 이를 참구하는 사람이

22) 그의 한시 작품 거의 대부분은 본래성불의 정신을 나타내는데 〈달마상찬〉 하나를 보면 '손님 노릇 할 줄 모르면서 주인만 괴롭히네. 얼굴에는 부끄러운 빛 없고 기뻐하기는커녕 화만 내네(不解作客 勞煩主人 面無慙色 少喜多嗔)'(연관 편역, 『학명집』, 성보문화재연구원, 2006, 79쪽 참고)'라고 했는데, 이 작품은 일체가 본래성불해 있다는 관점에서 볼 때 선을 가르친다는 것도 사람을 수고롭게 할 뿐이라는 의미를 담고 있다.

23) 고우 외 4인, 앞의 책, 32쪽.

24) 參究라는 용어는 간화선에서 화두를 大信心, 大憤心을 가지고 크게 의심해가는[大疑情] 행위를 일컫는 말인데 일상의 다른 말로 바꾸기가 어려워 그대로 사용하고자 한다.

25) 묵조선은 화두 없이 묵묵히 마음을 비추어서 수행하는 선의 한 방법이다.(김호귀, 『묵조선』, 민족사, 2001, 172~219쪽 참고)

26) 깨침에는 조사와의 선문답이나 방과 할을 접하고 그 자리에서 바로 깨치는 순간 깨침이 있고, 그 자리에서 바로 깨치지 못하고 화두를 지속적으로 참구하여 깨치는 참구 깨침이 있다. 간화선은 후자에 해당한다.

따로 있다. 대혜로부터 이와 같은 간화선이 정립되어 그 이후 동아시아에서는 간화선이 광범위하게 파급되었다. 그렇다고 간화선이 조사선의 본래성불과 순간 깨침을 부정하지는 않고 여전히 이런 전통을 그 바탕에 수용하고 있다. 수행 과정을 거치지만 깨침이 순간에 가능한 것은 착각27)을 깨는 데는 시간이 걸리지 않기 때문이라는 것이다. 조사선이 상당 기간 지속되면서 선문답이나 방과 할, 기연 등을 통하여 바로 깨닫지는 못하고서 이런 내용을 논리적으로 따지고 분석하여 답만 찾으려던 사량계교(思量計較)28)의 폐단을 막기 위하여 참구의 과정을 넣은 것이 간화선이다. 그렇다면 이런 내용이 구체적으로 학명의 가사에 어떻게 나타나는지를 살필 차례이다.

(4) 勇斷하고 하여보세 彼丈夫요 我丈夫라.
    赤肉團上 無位眞人 面門出入 是個甚麽
    看看하라 返照하라 惺惺하라 不昧하라   〈학명선사참선곡〉

(5) 靜中工夫 그만두고 鬧中工夫 하여보세
    야야우리 동무님네 쌍파면서 노래하세
    호미잡고 한번파니 一生參學 이아닌가
    호미잡고 두번파니 二八靑春 조흔째다 (중략)
    아홉 번째 파고나니 九天明月 닷시본다
    열 번 파고 쉬엇스나 十十無盡 나아가세
    우리鬧中 工夫사람 내의 面目 삷혀보세

---

27) 불교에서는 중생이 가지고 있는 근본적 어리석음을 無明, 꿈이라고 하는데 여기서는 착각이라는 말로 풀었다. 간화선에서는 그 착각이 그 본래 부처를 가리고 있다고 보고 화두로 이를 타파하려 한다.

28) 비교, 분석, 유추, 추리 등 논리적 사고 작용을 뜻하는 불교 용어이고 이를 思量分別이라고도 한다.

흠처잡은 호미자루 쑤리업는 木佛인가
쌍쌍맛는 쇳소리는 變치안은 鐵佛인가
뭉엉뭉엉 흙덩이는 더험업는 土佛인가
싸갈싸갈 돌소리는 아조생긴 石佛인가
土佛石佛 두어두고 나의眞佛 무엇인가
空山夜月 杜鵑새는 그저故國 不如歸라
勞動上에 나못보면 그저勞動 거짓勞動   〈선원곡〉

(4)에서는 구체적으로 공부하는 방법을 제시하고 있다. 첫 행에서
이미 깨달은 사람을 피장부(彼丈夫), 독자가 포괄된 시적 화자 자신을
아장부(我丈夫)로 표현하고 용단하여 공부하자는 제안을 하고 있다. 이
것은 간화선을 하는데 갖추어야 할 세 가지 요건[29] 가운데 하나인 대
분지(大憤志)에 해당한다. 다른 사람은 하는데 나는 왜 하지 못하는가
라는 분한 마음을 가지고 열심히 노력하는 간화선의 기본 자세를 말한
다. 그리고 둘째 행에서 '시개심마(是個甚麽)'를 말하고 있는데 이것은
우리말로 풀어서 '이것이 무엇인가?', 줄이면 '이뭣꼬?[시심마(是甚麽)]'
라는 화두가 된다. 선문에서 가장 많이 사용되는 화두 중의 하나다.
셋째 행에서는 이 화두를 보고[간간(看看)], 돌이켜 비추어 보고[반조(返
照)] 깨어 있으며[성성(惺惺)] 어두워지지 않게[불매(不昧)] 하라고 하였
다. 요약하자면 용맹심을 가지고 시심마 화두를 밝게 참구하여 깨치라
는 말이다. 여기서 보라고 한 것은 단순히 지켜보는 것은 아니다. 간화
선에서 내세운 세 가지 요건 가운데 큰 의심을 내라는 말과 연관하여
이 뜻을 유추해 보면 보라는 말은 의심하라는 말이 된다. 반조라는 말
의 뜻은 간간과 본래 다르지만[30] 여기서는 문맥의 흐름으로 보아서

---

29) 大信心, 大疑情, 大憤志.(고우 감수, 전재강 역주, 『선요』, 운주사, 2006, 121~126쪽)
30) 廻光返照를 줄인 말인데 마음을 돌이켜 자기를 지켜보는 것을 뜻한다. 문맥으로

'시개심마(是個甚麼)를 반조하라'는 말이 되는데 대의정(大疑情)과 연관
해서 보면 역시 의심하라는 뜻이 됨을 쉽게 알 수 있다.[31] 그리고 시개
심마(是個甚麼)라는 표현 자체를 보아도 '이것이 무엇인가?'라는 의문
문이기 때문에 시개심마를 보거나 비추라는 말은 그 자체 문맥상으로
도 의심을 하라는 의미를 분명히 갖는다. 요컨대 (4)에서 작가는 용맹
한 마음으로 시심마 화두를 밝게 의심하라고 하여 간화선 수행을 명령
하고 있다.

(5)에서는 화두를 구체적으로 어떻게 참구해 나가는가에 대한 기본
방향을 제시하고 그 실천을 종용하고 있다. 첫 행에서 '靜中工夫 그만
두고 鬧中工夫 하여보세'라고 하고 몇 행 건너에서 '우리鬧中 工夫사
람 내의 面目 삵혀보세'라고 말하고, 끝에서 세 번째 행에서는 '土佛石
佛 두어두고 나의眞佛 무엇인가'라고 하고 마지막 행에서는 '勞動上에
나못보면 그저勞動 거짓勞動'라고 하였다. 고요한 가운데서 하는 공부
가 정중공부(靜中工夫)이고 시끄러운 속에서 하는 공부가 요중공부(鬧
中工夫)이다. 일반적으로 참선을 조용한 곳에서 하기를 좋아하지만 이
것은 구체적 삶의 상황이 제거된 별도의 공간에서 하는 공부이기 때문
에 그 공부가 실제 상황 앞에서는 힘을 발휘할 수 없는 한계가 있다는
것이다. 그래서 간화선을 정립한 대혜는 특히 시끄러운 일상 가운데서
하는 공부를 사람들에게 강조하여 지도하였다. 대혜는 증시랑이라는
인물에게 보낸 편지에서 문득 시끄러운 속에서 고요한 때의 소식을 뒤
집으면 그 힘이 대나무 의자와 방석 위에 앉아 하는 공부보다 천만 억

보아 여기서는 그가 제시한 화두 '시개심마'를 돌이켜 비추어 보라는 말로 '간간'과
같이 의심한다는 뜻으로 해석할 수 있다.
31) 〈학명선사왕생가〉의 마지막 구절에서 '返照自性'이라는 표현을 사용했는데 문맥
이 〈학명선사참선곡〉의 '返照是個甚麼'와 같아서 이 경우 역시 看看과 같이 반조는
의심한다는 의미로 해석된다.

배나 강할 것이다32)라고 하여 참선을 하면서 빠지기 쉬운 고요한 공부의 함정을 이렇게 지적하고, 시끄러운 일상생활 속에서 공부할 것을 가르쳤다.33)

생활 현장을 떠나서 따로 도를 구하지 말라는 간화선의 기본 관점에 따라 학명은 시끄러운 농사 현장에서 간화선을 실천하고자 했다. 선농 일치라는 개혁운동을 하면서 그런 활동이 곧 공부의 현장이 되어야 한다고 하면서 공부 방법을 구체적으로 제시하고 있다. 이어서 시끄러운 속에서도 나의 면목, 나의 진불(眞佛)이 무엇인가를 살펴보아야 한다고 먼저 말하고 마지막 행에서 일하면서 나를 보지 못하면 그 노동이 거짓이라고 결론 맺고 있다. 불가에서 흔히 사용하는 시심마(是甚麼) 화두는 그 앞에 붙이는 말에 따라 몇 가지로 나누어지는데34) 학명이 제시한 방법은 듣고 보는 현재의 자기가 이 무엇인가를 살피는 간화선의 방법이다. 현재 바로 농사짓는 자신을 살피라고 하고 있기 때문이다. 그래서 학명은 시개심마라는 화두를 일하는 현장에서 의심해 가는 동중 공부를 권하여 간화선을 작품에서 분명히 담아내고 있다. 학명이 그의 가사에서 조사선을 수행의 기본 전제로 가져왔다면, 간화선은 생활 속에서 실제 실천해야 할 당위로서 주장하고 있다35)고 하겠다. 이

---

32) 驀然鬧裏 撞翻靜時消息. 其力能勝竹倚蒲團上千萬億倍(대혜 종고 저, 고우 감수, 전재강 역주, 〈答曾侍郎〉又,『서장』, 운주사, 2008, 74~75쪽)

33) 대혜는 세속에서 관료생활을 하며 공부하는 증시랑뿐 아니라 부추밀 등의 인물에게도 고요함만 쫓아가지 말고 시끄러운 일상 속에서 공부할 것을 강조했다(대혜 종고 저, 고우 감수, 전재강 역주, 「(答曾侍郎)又」, 「(答富樞密季申)又」, 위의 책, 72~75쪽, 116~124쪽 참고).

34) 같은 시심마 화두도 의심을 일으키게 하는 붙임말에 따라 몇 가지로 나뉘는데 부모가 나를 낳기 전에 이것이 무엇인가?(父母未生前是甚麼), 송장 끌고 다니는 이것이 무엇인가?(拖死屍者是甚麼), 듣고 보는 바로 이것이 무엇인가?(見聞覺知者 是甚麼), 마음도 아니고 부처도 아니며 물건도 아닌 이것이 무엇인가(非心非佛非 物是甚麼) 등이 그것이다.

것은 학명보다 한 세대 정도 앞선 경허가 간화선을 주장하면서도 인과적 수행법과 관법(觀法)과 같은 여타의 수행법을 강조한 것[36]이나, 학명과 같은 세대 용성이 염불, 회광반조, 본래성불 등 여러 가지 수행법을 다양하게 제시한 것[37]과는 달리 철저히 조사선에 기초한 간화선만을 강조하던 학명의 모습을 잘 보여주는 것이다.

3. 표현의 방식

학명은 선사로서 참선에 매진하면서도 당대 승가 사회가 처한 문제적 현실 상황을 적극적으로 극복하기 위하여 실효성 있는 수행의 방향을 제시하였다. 선수행과 현실에 대한 개혁적 성향을 작품에 표현하면서 이를 효과적으로 전달하기 위하여 작품에서 다양한 표현 방법을 구사하고 있다. 단락을 기준으로 한 담화의 차원에서는 여러 가지 사실을 알려주기도 하고, 인물의 삶을 서술하기도 하며, 특정 대상의 겉모습을 그려 보여서 제시의 담화 방식이 나타나고, 작가가 세운 이념을 함께 실천하기를 요청하거나 일방적으로 명령하여 요구의 담화 방식도 나타났다. 그리고 작품 차원에서는 이와 같은 담화 방식을 사용하

---

35) 학명은 한시에서도 이와 같은 간화선의 실천을 자연스럽게 표현하고 있다. 예를 들면 〈自警〉에서 '전생에는 누가 났으며 내생에는 내가 누구일까(前生誰是我 來世我爲誰)(연관 편역, 앞의 책, 47쪽)'라고 했고, 〈自讚〉에서도 '나는 흰 학이니 너는 누구이며 네가 만약 흰 학이면 나는 누구인가(我卽白鶴 汝是阿誰 汝若白鶴 我是牙誰)(연관 편역, 같은 책, 75쪽)'라고 하여 자기의 본질을 묻는 시심마 화두를 일상생활화하고 있다.

36) 전재강, 「경허가사에 나타난 수행법과 표현 방식」, 『어문학』99, 한국어문학회, 2008, 132~133쪽.

37) 전재강, 「백용성 불교 가사에 나타난 담화 방식과 대상 인식의 구도」, 『어문학』103, 한국어문학회, 2009, 246~247쪽.

여 문제를 제기하고, 문제 해결의 방안을 병치하는 단락 전개의 틀을 기본으로 하고, 일부 작품에서는 문제 제기 없이 문제 해결의 방안과 결과의 이상적 세계를 병치하기도 했고, 또 어떤 작품에서는 해결 결과의 이상적 세계만 보여서 그의 가사 작품이 전체적으로는 문제 제기와 해결 방안 제시, 이상적 해결 결과 보이기라는 구성 체계를 보여주고 있다.

1) 제시와 요구의 담화 방식

말하기의 기본 단위인 문장으로부터 생각의 덩어리인 단락에 이르는 층위에서 작가가 보여준 담화의 방식을 살피고자 한다. 여기에는 객관적인 사실을 설명하거나, 인물의 삶을 서사적으로 진술하며, 특정 대상을 그려 보이는 방법으로 대상을 제시하는 담화 방식이 사용되고 있고, 작자가 독자에게 함께 행동할 것을 요청하거나, 독자에게 일방적으로 명령함으로써 요구하는 담화 방식이 함께 나타났다. 어떤 이유에서 이와 같이 각기 다른 담화 방식을 사용하고 있는지를 실제 작품에서 살펴보고자 한다.

> (6) 忠臣烈士 英雄豪傑 帝王后妃 할 길 없어
>   首陽山에 고사리는 伯夷叔齊 주려 죽고
>   汨羅水에 깊은 물은 三閭大夫 빠진 흔적
>   瀟湘江에 아롱대는 蛾皇女英 눈물이요
>   蒼梧山에 한 무덤은 舜임금의 魂魄이요
>   驪山속에 葬事하니 秦始皇이 觸髏이며
>   不死藥을 못구하니 漢武帝가 神仙될까
>   煙丹臺가 비엇스니 呂純陽이 神仙될까   〈학명선사참선곡〉

(7) 諸佛菩薩 두어두고 出世丈夫 우리世尊
　　四門遊觀 하시다가 生老病死 놀래시사
　　萬乘王位 버리시고 雪山들어 苦行타가
　　明星보아 깨달으고 覺樹下에 成佛하니
　　究竟圓滿 法王으로 法眼들어 삷히시사
　　나와가치 衆生들도 智慧德相 具有하다
　　讚歎하고 일느시니 迷途中에 導師시며 病者의게 醫王이다
　　黃河水가 닷시맑고 優曇鉢華 피엿는데
　　娑婆一代 교주되니 衆生의게 父王이다　　　　　　　〈선원곡〉

(8) 極樂이라 하는 곳은 온갖 苦痛 전혀 없어
　　黃金으로 땅이 되고 蓮꽃으로 臺를 지어
　　阿彌陀佛 주인 되고 觀音勢至 補處되어
　　四十八願 세우시고 九品蓮臺 벌이시어
　　般若龍船 내어 보내 念佛중생 接人할 때
　　八菩薩이 護衛하고 王菩薩 노를 저으며
　　諸天音樂 갖은 풍류 天童天女 춤을 추며
　　五色光明 어린 곳에 生死大海 건너가서　　　　〈학명선사왕생가〉

(6)은 이 작품의 서두에서 제시한 문제인 무상(無常)의 실례 여러 가지를 가지고 와서 알려주는 글이다. 인간이 무상을 피할 수 없다는 불교의 문제 의식을 서두에서 먼저 말하고 여기서는 무상 속에서 사라져 간 중국 역대 저명한 인물들의 여러 사례를 나열하여 알려 주고 있다. 백이숙제, 굴원, 아황여영, 순임금, 진시황, 한무제, 여순양 등이 바로 그 사례의 인물들이다. 이들 가운데는 그들이 믿는 이념을 끝까지 고수하려던 사람도 있고, 선정을 펼친 사람, 불노장생을 추구한 사람 등이 들어 있는데 그 누구 하나 할 것 없이 모두 무상을 벗어날 수 없었다는 것을 인용문 첫 행에서 '忠臣烈士 英雄豪傑 帝王后妃 할 길 없어'

라고 요약하여 설명하고 있다.

다양한 내용을 설명하는 진술 방식은 문제를 입증하는 예를 들 때뿐 아니라 문제를 해결해 보인 조사선의 역사를 알리는 데도 사용된다. 〈선원곡(禪園曲)〉의 전반부를 보면 '神光立雪 斷臂하고 馬祖一喝 振威하니 耳聾吐舌 奇怪하다/臨濟家風 高峻하니 방망치로 째려준다/此問 들어 뭇지말아 趙州茶맛 자미업다/맛보아도 맛모르니 雲門手中 호썩이다/밥통메고 춤추시니 金牛日用 그쌘이다/한손까락 세우시니 俱胝家風 特異하다'라고 하여 달마로부터 조사선의 전통을 이어온 여러 선사들의 사례를 나열하여 각각의 특성을 설명하고 있다. 즉 달마에게 가르침을 받은 신광에서부터 마조, 임제, 조주, 운문, 금우, 구지 등의 조사들을 차례로 들면서 그들이 보였던 핵심 가르침의 개성적인 모습을 열거하여 설명하면서 평가하고 있다.

여러 가지 사실들을 알려주기 위하여 설명을 할 때 기본적으로 사실의 객관적 제시에 필요한 평서형의 서법을 주로 사용하면서도 (6)의 경우와 같이 문제의 심각성을 부각하여 강조하기 위하여 설의법의 의문문을 구사하기도 한다. 문제를 제기하거나 논리전개에 필요한 사실을 알려야 할 때 작가는 설명을 통한 제시의 담화 방식을 사용한다.

(7)에서는 세존이 일생 동안 보여준 중요한 행적을 시간 순서에 따라 서술하고 있다. 먼저 동서남북 네 문을 나가서 생로병사를 본 것에서 시작하여 출가, 수행, 깨달음, 중생제도까지의 과정을 차례로 서술하고 있다. 그리고 끝 부분에서 세존의 이러한 행적이 가지는 의미를, 병자에게 의왕이고 중생에게 부왕이라고 칭송하여 흔히 전기(傳記)에서 마지막에 작자의 평가를 덧붙이는 것과 같은 방식을 보여 주고 있다. 서사의 진술 방식은 주로 세존의 행적을 보여줄 때 사용하였다. 〈학명선사참선곡〉에서도 보면 '物外高見 누구던가 우리 大覺 出世하

니/不生不滅 드러내어 衆生에게 布施하니/唯我獨尊 그 아니며 天上天
下 다시 없네./不二法門 指示하니 拈花微笑 應機런가.'라고 하여 (7)
보다 간단하지만 필요에 따라 세존의 일생 가운데 중생을 교화하고 법
을 전하는 과정을 서사적으로 제시하기도 했다. 인용문 중간에 부처를
칭송하는 내용이 끼어들기는 해도 대각(大覺)³⁸⁾이 출세하고 중생에게
보시하고 가섭에게 법을 전하는 부처 일생의 몇 가지 중요한 과정이
시간 순서에 따라 잘 서술되고 있다. 이는 역대 조사들을 소개할 때
여러 인물의 특징적 사실을 짧게 낱낱이 열거하여 설명하던 방식과는
다르다. 그래서 서사를 통한 제시의 담화 방식은 세존을 소개할 때 주
로 사용되고 있다는 것이 특징이다.

(8)은 극락의 모습을 그려 보여주고 있다. 황금으로 된 땅, 연꽃의
대, 오색광명이 어린 곳을 배경으로 아미타불, 관음세지, 팔보살, 왕
보살, 천동천녀 등이 48대 원을 세우고 구품연대를 벌이고 중생을 만
나며 풍류를 잡히며 춤을 추는 광경을 그림처럼 보여주고 있다. 생로
병사의 중생 고통이 사라진 세계가 얼마나 아름다운가를 이렇게 감각
적으로 그려서 보여주고 있다. 이 작품의 서두에서 '좋은 국토', '극락'
으로 가자고 제안한 것과 연관하여 보면 함께 가고자 한 극락이 얼마
나 훌륭한가를 생생하게 보이기 위하여 이와 같이 시각적, 청각적 심
상을 동원하여 극락세계를 환상적으로 장엄하게 묘사하고 있다고 할
수 있다.

어떤 세계를 이와 같이 묘사하는 경우는 〈망월가〉에서 '半月이네 半
月이다 人間에는 半月이다/圓月이네 圓月이다 天上에는 圓月이다/半
月 되면 圓月 되고 圓月 되면 半月 되니/半月부터 圓月이며 圓月부터
半月이냐/半月恒時 半月이며 圓月恒時 圓月이냐/人間半月 圓月 되면

---

38) 부처의 다른 이름.

天上圓月 殘月 되니/圓月 도로 半月 되고 半月 도로 圓月 된다/圓月
이냐 半月이냐 圓月半月 實相 없네'라고 하여 반월과 원월의 모습으로
천상과 인간에 나타나는 달의 변하는 모습을 그리는 데서도 나타난다.
이 작품의 원월과 반월(잔월)은 눈에 보이는 실제 달의 끊임없이 변하
는 모습인데 이를 보고 실상(實相)없다는 불교의 이치를 깨우친 면모가
작품 끝에 드러나 있다. 작가는 달이라는 구체적 대상을 그려 보임으
로써 묘사를 통한 제시의 담론 방법을 이 작품에서 사용하고 있다.

　지금까지 (6)(7)(8)작품은 설명, 서사, 묘사라는 진술 방법을 각기
사용하여 여러 가지 역사적 사실, 인물의 일대기, 특정한 대상의 모습
을 제시하는 담화 방식을 쓰고 있다는 것을 확인했다. 그런데 이와 같
이 대상의 단순한 제시가 아니라 독자에게 어떤 행동을 함께 할 것을
요청하거나, 명령하는 화법을 구사한 경우도 학명의 가사 작품에 나타
났다. 이것은 앞장에서 예로 든 (2)(4)(5)에서 확인할 수 있다. (2)를
보면 일체가 본래 부처라는 조사선의 근본정신을 의심하지 말고 믿으
라는 것을 강하게 명령하고 있다. 열반의 길이 어디 다른데 있는 것이
아니고 지금 현재 말하고 침묵하고 움직이고 고요한 이 자리가 바로
열반이라는 것을 의심하지 말라고 명령의 서법을 통하여 강하게 요구
하고 있다. 이런 요구를 하기에 앞서 같은 작품 (2)의 앞부분에서는
구체적으로 실천해야 할 여러 행동을 낱낱이 열거하면서 이를 실천하
도록 명령하고 있다. 즉 (2) 〈학명선사열반가〉에서 그 일부를 들어보
면 '惡心 毒心 모진 사람 날 보아서 解放하소/貪欲心이 많은 사람 날
보아서 그만 두소/利己生活 하는 사람 날 보아서 變更하소/相愛心이
적은 사람 날 보아서 同情하소/我慢心이 많은 사람 날 보아서 改良하
소/無常心이 없는 사람 날 보아서 發心하소/名利場에 허댄 사람 날
보아서 自覺하소/酒色으로 浮浪者는 날 보아서 回心하소'라고 한 것

이 바로 그것이다. 해방, 그만 두기, 변경, 동정, 개량, 발심, 자각, 회심할 것을 차례대로 나열하여 행동에 옮기도록 일일이 명령하고 있다. 이러한 명령법은 상대의 행동 변화를 강하게 요구하는 것으로 청유의 서법보다 요구의 정도가 더 강하다.

(4)에서 보면 첫 행에서 '용단하고 하여보세'라고 하여 청유의 서법을 구사하고, 마지막 한 행에서는 음보 단위의 매우 짧은 문장을 모두 명령의 서법으로 마무리하여 명령한 내용의 실천이 시급하다는 긴박함을 보여주고 있다. 한 행 안에서 '~하라'를 네 번이나 반복하여 작가가 제시한 간화선의 방법을 바르게 실천할 것을 명령한 것이 이것이다. (5)를 보면 매우 긴 내용을 나열하여 이어가고 있는데 그 가운데 첫 두 행에서 '~하여보세', '~노래하세'라고 하여 공부와 노래를 함께 할 것을 요청하고 있다. 그리고 중략 부분에서 실제 여러 가지 행동을 하고 노래하다가 이어서 '~나아가세', '~삷혀보세'라고 하여 현재 하고 있는 구체적 행동을 다시 점검하면서 더욱 열심히 시끄러운 가운데서 하는 간화선 수행을 해나갈 것을 요청하고 있다.

요구의 담화는 작가가 독자들에게 교시하고자 한 조사선과 간화선이라는 핵심 사상을 실천하도록 종용할 때 결사에서 주로 사용하는 것으로 나타났다. (2)에서는 본래성불의 조사선 정신을, (4)(5)에서는 간화선 수행을 각기 실천하도록 명령하거나, 함께 행동할 것을 요청하여 요구의 담화 방식을 보인 것이 그것이다.

2) 문제와 해결의 병치 방식[39]

앞항에서는 단락 안에서 시적 화자가 보여준 담화의 방식을 살폈다

---

39) 문제와 해결 방안, 해결 결과의 병치를 모두 포괄하는 뜻으로 사용하고자 한다.

면 여기서는 단락을 어떻게 배치하여 하나의 작품을 이루며, 그런 작품들은 상호 어떤 관계 질서를 형성하는가에 주목하고자 한다. 다루는 내용과 목적에 따라 담화의 방법을 달리하였고, 그런 특징적 담화로 구성된 단락을 작가는 작품 전체의 핵심 의도나 주제에 따라 문제와 해결 방안을 병치하는 작품 전개의 양상을 보여 주고 있다. 해결해야 할 과제인 문제를 제기하고 그 해결 방안을 제시하는 즉, 문제와 해결 방안의 병치라는 기본 전개 구도를 주로 보여 준다. 그리고 이런 기본 구도에 부차적으로 어떤 작품의 경우에는 문제 제기 없이 해결 방안과 해결 결과를 보이기도 하고, 어떤 작품의 경우에는 이미 해결된 결과만을 보이기도 한다. 문제와 해결 방안, 해결 결과라는 세 가지 내용이 어떤 질서로 작품 내에서, 또는 작품 간에 나타나는지를 살피고자 한다.

　여기서는 문제와 해결 방안의 병치를 보이는 작품, 문제 해결 결과만 보이는 작품을 인용하여 보이고, 앞에서 이미 인용해 보인 작품의 경우에는 여기 다시 인용하지 않는다. 이들 작품이 보여주는 문제와 해결 방안의 병치, 해결 방안과 해결 결과의 병치, 해결 결과를 보이는 작품을 순서대로 논의하고자 한다.

　　(9) 묵은 해는 가도 말고 새해 亦是 오도 마소
　　　　어린 아이 少年 되고 少年으로 靑年 된다
　　　　靑年부터 老人 되고 老人 되면 될 것 없어
　　　　富貴貧賤 强弱 없이 멀고 먼 길 가고 마네　　　　　　　〈신년가〉

　　(10)富貴榮華 받던 福樂 오늘날로 가이 없어
　　　　實相 없이 살던 몸이 이제 다시 虛妄하다
　　　　夢中 같은 이 世上에 艸露같은 사람들아

　人間七十 古來稀는 古人 먼저 일렀어라
　眞實事業 하던 사람 죽는 날도 아니 죽어
　생각대로 못한 恨은 太平바다 눈물인가
　永訣이냐 往生이냐 無去無來 참말이다
　無常이냐 生滅이냐 不生不滅 現前이다
　天堂인가 極樂인가 熱山苦海 其中이다
　天地銷滅 될지라도 一段孤明 歷歷하다
　蓮花臺로 간다더니 火葬場이 웬일인가
　明堂찾아 간다더니 共同墓地 其中인가　　　　　　　〈학명선사열반가〉

(11) 解脫이네 解脫이다 우리 마음 自由롭다
　　世界榮辱 다 버리고 雲水生涯 걸림 없네
　　肉體拘束 받지 말고 精神修養 다져 두소
　　時間 따라 使用하고 處所 따라 遊戲하니
　　時間 處所 나의 自由 自由부터 解脫이다
　　孃生袴子 훨훨 벗고 灑灑落落 뛰어 보세
　　뛰자마자 나의 자유 自由解脫 그 끝 없네
　　그 끝 없이 解脫인가 解脫까지 解脫이다　　　　　〈해탈곡〉

　(9)는 새해를 두고 읊은 작품이다. 두 행으로 된 이 작품의 서사에서 세월의 허망함과 무상함을 먼저 말하고, 그 무상함의 문제가 실제 무엇인가를 (9)부분에서 밝히고 있다. 어린 아이가 소년이 되고 소년이 청년, 노인이 되어 더 이상 될 것이 없어 멀고 먼 길을 가고 만다는 것이 문제의 내용이다. 그래서 이 작품은 인간이 안고 있는 생로병사라는 근본 문제, 즉 불교에서 말하는 근본적 네 가지 고통[사고(四苦)]을 해결해야 할 문제로 제시하고 있다. (9)는 이 작품 전체에서 둘째 단락이고 이어진 셋째 단락에서 보리 싹이 눈 속에서 푸르고, 샘물이

소리치고 흘러가는 것과 같이 새해부터 나아가자는 제안을 하고 있다. 그렇게 하면 산을 개량하고 황무지가 옥토가 된다고 하였다. 그리고 두 행으로 된 이 작품의 결사에서는 부지런히 나아가서 사람 중의 사람이 되자고 다시 강조하고 있다. 이 작품에서는 구체적인 실천 방안이 없이 나가자든가 사람 중의 사람이 되자고 하여 당위적인 요구만을 해결 방안으로 제시하고 있다. 그래서 생략된 부분을 포함한 작품 (9) 전체는 기승전결의 4단 구성 가운데 승과 전에 문제와 해결 방안을 각각 배치하여 문제와 해결방안의 병치라는 작품 전개 방식을 보여준다.

문제 제기와 해결 방안 제시의 기본 구도에서 (9)와 같은 작품이 〈선원곡〉(5)인데 시끄러운 가운데서 공부하자는 해결 방안을 제시한다. 그런데 이 작품에서는 인용 부분 (5)의 바로 앞부분에 당시 승가의 구체적 문제를 제기하고 있다. (9)와 같이 불교 일반의 보편적 문제를 제기하는 데 그치지 않고 작자가 직접 경험하고 절감했던 작자 당대의 구체적 현실 문제를 제기하고 있는 것이 바로 (5)번 작품이다. '야야우리 스승님네 僧侶되기 까닭없다/終日토록 閑談하고 밤새도록 잠자기네/재주적이 잇다하나 佛法信心 全혀업고/四敎大敎 마쳤으나 佛法知見 망연하네/新式文學 갈쳤으나 山鷄野鶩 되고만다/아하우리 農夫님네 밋친이내 말삼듯소/佛祖巢窟 처부수고 寺刹廢風 改良하세'라고 하여 당시 승려 사회가 안고 있는 신심, 승려 교육 등에 관한 구체적 현실 문제를 지적하고 있다. 승려들이 한담하고 잠자고 신심이 없고 지견이 망연하며 산계와 야목(野鶩)이 되고 마는 것이 문제라는 것이다. 이런 문제의 극복 방안으로서 제시된 것이 바로 인용 부분 (5)번이다. 제시된 문제가 당시 승가 사회의 현실에 근거한 것이었기 때문에 해결 방안도 선과 생활을 포괄하는 구체적인 모습으로 나타났다. 농사를 짓는 일과 선수행을 병행하는 선농 일치(禪農一致)의 반농반선(半農半禪)

운동이 바로 그것이다. 그래서 (5)번 작품이 (9)와 같이 문제와 해결 방안을 병치하는 같은 작품 전개 유형을 보이면서도 내용 성격상 시대 현실의 문제를 제시하면서 구체적으로 더 진전된 해결 방안을 제시하고 있다. 불교에서 말하는 보편적 문제만을 제기한 (9)에서는 당위적 수행을 막연하게만 요구했으나, 당시 불교계가 당면한 현실 문제를 구체적으로 제기한 (5)에서는 승가 사회의 나쁜 관행과 현실을 극복하기 위한 반농반선이라는 구체적 해결 방안을 제시한 것이 그것이다.

(10)에서도 문제를 제기하고 있는데 (9)번의 경우와는 제기 방법이 다소 다르다. (10)번 작품도 전체 4개 단락, 기승전결의 전개 구조를 보여 주는데 인용 부분은 본론이 시작되는 두 번째 단락이다. 전체 작품의 서사에서 동포를 생각하면서 오던 길인 열반으로 간다는 말을 하고, 이 작품의 둘째 단락인 (10)에서는 열반의 심각한 긍·부정적 양면성을 드러내서 문제를 제기하고 있다. 열반은 부귀영화와 복락, 몸을 허망한 것으로 돌리는 것이고, 생각대로 못한 한을 남기게 하는 것이며, 열산의 고해이고 화장장과 공동묘지로 가는 것이라는 매우 부정적 의미, 즉 죽음의 다른 이름이라는 것을 분명히 드러냈다. 또 다른 한편에서는 진실 사업하는 사람은 죽지 않고, 무거무래(無去無來)며, 불생불멸(不生不滅)하며 일단고명(一段孤明)이 역력(歷歷)할 수 있는 곳이 열반이라 하여 매우 긍정적이고 희망적인 곳으로 표현하기도 했다. 작자는 열반의 양면성을 부정·긍정·부정 등의 차례로 섞어서 제시하여 독자들로 하여금 열반이 죽음이 아니라, 죽음이 열반이 되는 방향으로 나아가려는 마음을 자연스럽게 일으키도록 문제 제기 단계에서 이미 유도하고 있다. 그러면서 이어진 단락에서 '惡心 毒心 모진 사람 날 보아서 解放하소/貪欲心이 많은 사람 날 보아서 그만 두소/利己生活하는 사람 날 보아서 變更하소/相愛心이 적은 사람 날 보아서 同情하

소/我慢心이 많은 사람 날 보아서 改良하소/無常心이 없는 사람 날 보아서 發心하소/名利場에 허댄 사람 날 보아서 自覺하소/酒色으로 浮浪者는 날 보아서 回心하소'와 같이 구체적인 항목을 들어 부정적 일상을 극복하고 긍정적으로 변화할 것을 여러 세부 항목을 나열하여 명령하고 있다. 그리고 위 인용문 (2)는 작품 (10)의 결론으로서 본래 성불의 정신을 철저히 믿고 현재 일념을 의심하지 말고 수행할 것을 포괄적으로 권하고 있다. 그래서 이 작품도 단락 전개가 문제 제기와 해결 방안의 병치로 되어 있다. 이 작품의 핵심 문제인 죽음을 긍·부정적으로 병치하여 제기하고 그 해결 방안은 구체적 생활 방식을 바꾸는 데서 출발하여 조사선의 본래성불 정신을 기반으로 수행을 지속하는 것을 해결 방안으로 제시했다. 작자는 죽음이라는 불교가 말하는 보편적 문제를 긍·부정 대비를 통해 제기하고, 현실적 삶의 방식 변화와 불교적 수행이라는 해결 방안을 실천하도록 요구하고 있다. 그래서 제시한 문제나 대응 방식에서 추상적이지 않고 구체적인, 보다 진전된 문제 해결 의식을 찾아 볼 수 있다. (9)와 (10)은 문제 제기의 방법이 다소 다르지만 문제와 해결 방안의 병치라는 순서로 단락을 전개한 것은 같다. 이상 문제와 해결 방안의 병치를 보이는 작품군은 학명 가사에서 가장 많은 비중을 차지하고 있고 문제와 해결 방안도 구체적이고 다양하게 보여주고 있다.

다음은 문제의 제기 없이 문제의 해결 방안과 해결된 결과만 보여주는 〈학명선사왕생가〉의 경우가 나타난다. (8)에 묘사된 극락은 문제가 해결된 공간인데 (8) 이외 나머지 부분에서는 문제 제기 없이 그런 극락으로 가자는 제안을 문제 극복의 방안으로 제시하고 있다. 2행으로 된 서두에서 좋은 국토, 극락으로 가보자고 하고 (8)에서 극락세계(極樂世界)를 실제 보여 주고 맨 뒤 4행의 결사에서 대원을 발하여 아미타불을 하고 유심정토에 가기 위하여 자성미타(自性彌陀)를 반조할 것을 문제 해결의 구체적 방안으로 제시하여 권하고 있다. 그런데 결사의 내용을 함께 살피면 (8)에 묘사된 극락세계가 멀리 떨어진 다른 어떤 공간이 아니라 바로 자신의 마음의 세계[유심정토(唯心淨土)]임을 알 수 있다. 극락세계는 자신의 유심정토이며, 아미타불은 자성미타라고 하여 결사에서는 자성을 반조하는 '반조자성'을 해결의 방안으로 제시하고 있다. 여기에 극락세계와 아미타불을 가져오기는 했으나 전자는 유심정토이고 후자는 자성미타이기 때문에 그 자성(自性)의 다른 이름으로 쓰인 시개심마(是個甚麼)를 의심하는 간화선의 실천을 실제 해결 방안으로 제시했다고 할 수 있다. 요컨대 이 작품은 문제 제기 부분을 생략하고 문제 해결의 방안과 해결된 결과만 제시하는 방식으로 작품 내용이 구성됐다고 할 수 있다.

끝으로 해결된 결과만 보여주는 작품을 살폈다. 작품 (11)에서는 문제와 해결 방안을 심각하게 제시하지 않고 해탈과 자유를 만끽하고 그 두 가지를 철저히 밀고 나가는 면모를 보여주고 있다. 무엇을 해탈하는가를 살펴보면 먼저 세계영욕, 운수생애, 육체구속, 양생고자, 자유, 해탈이 모두 해탈의 대상이다. 내용을 보면 영욕과 육체와 같은 가장 일상적이고 물질적인 구속을 벗어나는 데서 시작하여 벗어남 자체인 자유와 해탈까지도 벗어난다고 하였다. '정신수양 다져 두소'라고 하여 문제의 해결 방안을 언급은 했지만 전체에서 차지하는 비중이 미미하여 이 작품은 주로 문제가 해결된 뒤의 일체로부터 벗어난 자유로운 경지를 주로 보여 주고 있다고 할 수 있다.

그런데 바로 앞 절에서 (8)번 작품을 논의하면서 그 아래 본문에서 인용한 〈望月歌〉는 (11)과는 또 다른 방향에서 해결된 결과를 보여 주고 있다. 하늘의 실제 달이 인간 세상을 비추면서 변화하는 모습을 묘사하고 있다. 이 작품의 마지막 문장에서 시적 화자는 실상이 없다고 말하여 원월과 반월의 변화에 숨겨진 진리에 대한 그의 자각을 보여준다. 따라서 이 작품은 존재의 본질을 꿰뚫어 본 각자(覺者)의 관점에서 진리가 드러난 현상인 원월과 반월을 묘사하고 있다고 할 수 있다. 〈망월가〉의 핵심 어구는 '圓月 도로 半月 되고 半月 도로 圓月 된다/圓月 이냐 半月이냐 圓月半月 實相 없네'라는 작품 마지막 두 행이다. 일반 세속에서는 반월이 원월이 되는 것은 좋아하고 원월이 반월이 되는 것은 싫어하여 좋고 나쁜 것을 가리고 선택한다. 그런데 이 작품에서는 그런 선택과 지향이 없이 변화를 있는 그대로 묘사하고 의미를 읽어 낼 뿐이다. 문제를 해결한 각자의 입장에서 대상 세계를 바라본 것이라고 판단할 수 있는 근거가 바로 이것이다. 즉 이 작품은 문제를 해결한 자의 입장에서 바라본 변화하는 현상을 묘사하는 방향에서 문제 해결 후의 대상 세계를 보여 준다고 할 수 있다. 즉 (11)이 해탈한 사람이 얻은 자유로운 정신의 경지를 표현했다면, 〈망월가〉는 해탈한 사람이 바라본 대상 세계의 모습을 있는 그대로 그렸다고 할 수 있다.40)

결국 문제 제기와 해결 방안의 병치 구조를 통하여 불교가 말하는 생사의 본질적 문제와 승가 사회가 당면한 심각한 현실적 문제를 함께 제기했다. 그리고 문제 제기를 통하여 사람들을 깊은 고민에 빠뜨리면서 동시에 명쾌한 해결 방안을 한 작품 안에 긴 노래 형식41)으로 자세히 제시했다. 그 때문에 문제 제기와 해결 방안의 병치구조는 작자가 제시한 해결의 길을 열심히 따를 수밖에 없도록 하는 장치 역할을 했

---

40) 학명의 선시 작품들은 가사와 달리 해결된 경지에서 바라본 이상적 세계나 인간의 자유로운 정신세계를 주로 묘사한다. 여러 편의 〈달마상찬〉이나 〈백양산가〉 등 여러 선시가 그러하다.

41) 〈학명선사참선곡〉이 32행, 〈학명선사열반가〉 47행, 〈선원곡〉 80행 등으로 상대적으로 수십 행이 되어 길다.

다고 할 수 있다. 여기에 학명은 다른 작품을 통하여 문제를 해결한 사람의 자유로운 정신의 경지와 그가 바라본 대상 세계의 모습을 짧은 노래 형식[42]으로 경쾌하고 신나게 보여 줌으로써 다수 작품에 제시된 문제 극복의 방안을 열심히 따르도록 하는 교시의 효과를 극대화하고 있다고 할 수 있다. 문제와 해결 방안의 병치 구조를 가진 작품을 1유형, 문제해결 방안과 해결 결과의 병치를 보이는 작품을 2유형, 문제 해결 결과만 보이는 작품을 3유형이라 하면, 1유형 작품은 작품 내적으로 문제와 해결의 병치를 보이고, 1유형과 2, 3유형 사이에는 문제, 해결방안, 해결 결과의 병치를 보인다. 1유형만으로 해결 방안을 교시하는 것보다 2, 3유형을 작품 외적으로 병치하는 방식은 독자들에게 해결 방안을 따랐을 때 예상되는 매우 긍정적 결과를 사전에 인지시켜 독자 설득의 교시 효과를 극대화한다고 할 수 있다.

4. 선의 성격과 표현 방식

이 장에서는 학명의 불교 가사가 보여주는 선의 성격과 표현방식을 집중적으로 논의하였다. 종교 가사의 창작 목적이 종교적 교리를 선전하는 데에 있기 때문에 불교 가사에서도 어떤 내용을 어떻게 표현하고 있는가가 논의의 핵심이 되는 것은 당연하다. 그런데 지금까지 학명의 가사는 그가 펼친 반농반선이라는 선농 일치의 승가 사회 개혁 활동과 연관하여 논의를 하거나, 작품을 서지적으로 정리하고 소개하며, 일반

---

42) 〈해탈곡〉과 〈망월가〉 각 8행, 〈신년가〉 14행, 〈학명선사왕생가〉 16행 등으로 20 행 미만으로 짧다. 이 가운데 〈신년가〉는 짧은 형태지만 문제와 해결 방안을 중심 내용으로 하여 예외다.

불교 가사 작품 유통 현상을 논의하는 과정에서 한 부분으로 거론하는 정도로 논의가 진행돼 왔다. 자료의 정리나 작품의 외연 연구가 일정 수준 이루어지면서 작품의 핵심 내용과 표현이라는 문학 본질적 연구를 수행할 충분한 여건이 마련되어 작품 자체에 치중한 논의를 진행하게 됐다.

　먼저 학명의 불교 가사 작품에 조사선과 간화선이라는 두 가지 선의 특성이 분명하게 드러나 있다는 사실을 밝혔다. 조사선이 가진 핵심 정신이 본래성불과 순간 깨침인데, 학명은 순간 깨침을 보여준 신광, 마조, 임제와 같은 역대 조사들의 사례와 본래성불을 상징하는 '家家戶戶가 長安이다(〈학명선사열반가〉), 유정무정성불(有情無情成佛)과 촉목보리(囑目菩提)(〈학명선사참선곡〉), 중생제불평등(衆生諸佛平等)과 중생들도 지혜덕상구유(智慧德相具有)(〈선원곡〉)' 등 여러 가지 표현을 통하여 조사선의 내용을 작품에 표현하였다. 그리고 조사선이 발전하는 과정에서 나타난 간화선의 수행 방법을 여러 작품에서 실천하도록 강조하고 있는 것을 확인했다. 조사선의 두 가지 중요 성격을 바탕에 깔고 있으면서 화두를 타파하라고 요구하는 참선법이 간화선인데 학명은 간화선의 중요한 화두 가운데 하나인 시개심마(是個甚麼)를 가져와 이것을 간간(看看)하고 반조(返照)하라고 하고(〈학명선사참선곡〉), 〈학명선사왕생가〉에서도 표현은 다르지만 반조자성(返照自性)이라고 하여 알 수 없는 자성인 시개심마를 참구할 것을 요구하였고, 참구하는 구체적인 방법에서도 고요한 공간에서 따로 진행하는 정중공부(靜中工夫)가 아니라 간화선에서 중시하는 시끄러운 일상생활 가운데서 하는 요중공부(鬧中工夫)를 하도록 강조했다(학명선사참선곡). 선농 일치의 생활을 간화선의 요중공부를 하는 수행의 구체적인 터전으로 제시함으로써 당시 승가사회가 보여준 수행상의 폐단이나 피폐한 경제적 여건을 일거에 해결하는 길을 실천하고자 하였다.

　학명은 이와 같은 핵심 선 사상을 알리기 위하여 담화의 방식과 작품의 내용 전개를 매우 다양하고 체계적으로 하고 있었다. 담화에서는 어떤 사실을 알리거나 인물을 소개하며, 특정 대상을 구체적으로 보여주고자 할 때 설명과 서사, 묘사라는 진술 방법을 각각 사용하여 제시의 담화 방식을 구사했고, 작자가 마련한 주의주장을 함께 실천할 것을 요청하거나 일방적으로 실천을 명령함으로써 요구의 담화 방식을 구사하였다. 따라서 전체 작품에서 제시의 담화는 서사나 본사에 불교에서 말하는 생사라는 보편적 문제, 당시 승가 사회의 현실적 문제를 제기하거나, 조사선의 역사와 같은 특정 사실을 알릴 필요가 있을 때 주로 많이 사용했고, 요구의 담화 방식은 결사에서 작자가 조사선과 간화선에 대한 자기의 주장을 펼칠 때 주로 많이 활용했다. 필요에 따라 서사나 본사에서 선언적으로 또는 구체적인 행동 실천을 요구할 때도 요구의 담화가 부분적으로 활용되었다.

　그리고 작품의 내용 전개를 살폈는데 전체 7편의 작품 가운데 문제 제기와 해결 방안의 병치가 가장 대표적인 작품 내적 전개 방식이었는데, 그 외에 해결 방안과 해결된 결과를 보이거나, 오직 해결된 결과만 보이는 작품들도 나타났다. 〈학명선사참선곡〉과 〈학명선사열반가〉, 〈선원곡〉, 〈신년가〉는 문제 제기와 해결 방안의 제시를 보여 주는 1유형의 작품들이고, 〈학명선사왕생가〉는 해결 방안과 해결된 결과를, 〈해탈곡〉과 〈망월가〉는 해결된 결과만을 보여주는 2, 3유형으로 나타났다. 심각한 불교적, 당대 현실적 문제를 제기하고 바로 구체적 해결 방안을 한 작품 안에 병치하며, 다른 작품을 통해서 해결된 뒤 이상적 세계의 장려(壯麗)한 모습을 묘사하여 제시함으로써, 독자들로 하여금 작가가 제시한 해결 방안을 흔쾌히 따르게 하는 효과를 거둔다고 보았다. 1유형의 작품 안에서 문제와 해결 방안을 병치하여 대비하고, 1유형의 작품을, 해결 방안과 해결 결과를 보여주는 2, 3유형의 작품에 작품 외적으로 다시 대비시키는 방식은 독자들에게 해결된 결과를 사전에 인식시킴으로써 문제 해결의 방안을 효과적으로 파급시키는 기능을 수행한다고 보았다. 그리고 문제와 해결 방안의 병치 구조를 보이는 작품 가운데 〈신년가〉를 제외한 나머지 세 작품이 모두 불교 일반과 시대 현실의 구체적 문제와 해결 방안을 세밀하게 드러내려는 과정에 장형의 긴 노래 형식을 가지게 되었고, 해결된 결과를 주로 보이는 세 개 작품은 해결 된 차원에서 얻은 자유로운 정신의 경지나 대상 세계의 모습을 매우 흥겹고 경쾌하게 그리려는 과정에서 단형의 짧은 노래 형식을 가지게 되었다고 보았다.

특히 학명 가사에서 문제 제기는 불교 교리에서 나온 생로병사의 근원적 문제에 국한하지 않고, 작자 당대 승가 사회가 직면한 구체적 현실 문제에까지 이르고 있었다. 이에 따라 해결의 방안도 전통 조사선의 전통을 바탕으로 당대 선풍의 혁신과 사원 경제 자립을 동시에 이룰 수 있는 선농 일치의 현실 생활 속 간화선 실천으로 나타났다. 그래서 보편적 종교 문제, 구체적 시대 문제와 해결 방안, 해결 결과라는 내용을 가사 작품에 매우 치밀하게 표현하여 그의 불교 가사가 추상적 교시에 빠지지 않고 구체적 당대 현실의 변화를 끌어내는 역할을 수행했다는 점이 학명 가사의 매우 중요한 의의라고 하겠다.

그리고 당시 다른 작가의 불교 가사 작품과의 대비에서도 일정한 의의가 발견된다. 비슷한 시기를 살았던 경허와 용성, 한암 선사의 가사와 대비해 보면 학명 가사의 또 다른 의의를 알 수 있다. 각기 자기의 가사 작품에서 경허는 간화선에 집중하면서도 선행(善行)을 강조하는 인과적 수행법을 중요하게 다루었고,[43] 용성은 염불(念佛)과 반조(返

照) 공부를 중시하였으며,44) 한암은 간화선만 집중적으로 표현했다.45) 그러나 학명은 간화선에 집중하면서도 선농 일치 운동이라는 사회 개혁 운동을 적극 주도하는 면모를 가사에 명백히 표현하고 있다는 것이 여타 작자들과 구별되는 차별적 의의라고 할 수 있다. 또한 그 앞 시대 가사46)와 대비하여 인과론이나 미타 사상이 우세했던 흐름에서 간화선을 강조하는 방향으로의 전환에 중요한 기여를 한 것 역시 학명 가사의 의의라고 할 수 있다.

---

43) 전재강, 「경허가사에 나타난 수행법과 표현 방식」, 『어문학』 99, 2008, 109~139쪽 참고.

44) 전재강, 「백용성 불교 가사에 나타난 담화 방식과 대상 인식의 구도」, 『어문학』 103, 한국어문학회, 2009, 221~252쪽 참고.

45) 한암은 〈참선곡〉 한 편만 남기고 있는데 이 작품을 검토하면 간화선 중심의 작품 성격을 쉽게 파악할 수 있다.

46) 앞 시대 유명한 〈회심곡〉, 〈백발가〉, 〈몽환가〉, 〈권왕가〉 등의 작품은 모두 정토 사상을 중심 내용으로 하고 있는데 여타의 작품들도 정도의 차이는 있어도 이런 사상적 경향을 강하게 보여준다.

만공 선사 불교 가사의
유기적 상관 맥락과 담화 방식

1. 만공 선사의 불교 가사

만공 선사(1871~1946)는 근대 한국 불교의 전통을 수호하고 선을 계승 발전시킨 대표적 선승이다. 특히 조사선의 전통을 다시 일으켜 세운 인물로 추앙받는 경허 선사의 수제자로서 일제에 대한 비타협적 입장[1]에서 선을 체계화하고, 선을 통한 수행과 깨달음, 대중 교화에 몰두했던 인물이 바로 만공 선사이다.[2]

만공 역시 스승의 뒤를 이어 대중 교화를 위한 노력을 일생동안 기울였고 그 일환으로 교화에 필요한 선사상을 가사로 표현하는 작업을 수행했다. 선 수행을 하면서 불교 가사를 창작하고 교화하는 실천 행위는 사제 간에 유사한 모습을 보여 주고 있다. 그러나 두 사람의 구체적 불교 가사 작품의 성격에서는 상당한 차이를 보여 준다. 이러한 차이가 다른 근대 불교 작가들과의 비교애서도 나타나는데 그것이 어디에 연유하는지 만공의 불교 가사를 유기적[3] 질서의 기준에서 논의하

---

1) 만공 지음, 성각 엮음, 『사랑하고 또 사랑하고』, 오후에, 2006, 5~6쪽.
2) 김경집, 「만공의 선학원 활동과 선풍 진작」, 『경허·만공의 선풍과 법맥』, 조계종출판사, 2009 참고.

면 자연스럽게 드러나리라 본다.

작품의 상관 맥락에서 만공의 가사 작품은 개별 작품들이 하나의 작품 구조를 보이면서도 작품 외적으로 다른 가사 작품, 산문들과 뗄 수 없는 유기체적 결속의 상관 맥락을 구성하고 있다는 것이 특징이다. 분명하게 드러난 가사 작품간, 가사 작품과 산문과의 상관 맥락의 유기적 구조는 지금까지 다른 어떤 작가의 가사 작품에서도 나타나지 않았던 특이한 양상이라고 할 수 있다. 그리고 작품이 보여주는 담론의 성격에서도 유기적 상관관계를 보여 주고 있다. 종교 가사가 기본적으로 독자들에게 무엇인가를 가르치고 실천하도록 요구한다는 점에서 당위적 성격을 가지는데 만공의 가사 작품도 이점에서는 기본적으로 동일하다. 그런데 작자의 의지가 담긴 당위와 실천 방법의 구체적 제안이라는 담화 방식의 기준에서도 가사 작품 간에, 가사 작품과 산문들 사이가 유기적 관계로 맺어진 것이 또 한 특징이다.

근대 한국 불교의 한 축을 담당했던 만공 선사의 불교 가사가 보여주는 독특한 성격을 파악함으로써 당대 이 분야에서 매우 활동적이었던 경허, 학명, 용성, 한암 등이 남긴 불교 가사에 대한 논의4)와 함께 근대 한국 불교 가사의 전체적 위상을 구명하는 데에 일조를 하고자

---

3) 유기적이라는 말은 하나의 有機體가 가지는 결속성을 의미하는 것으로 만공의 가사 작품과 가사 작품의 사이, 가사 작품과 산문의 사이에 이런 성격이 발견된다. 유기적 상관성은 단순히 밀접한 연관이 있다는 수준을 넘어서는 것이다. 작품들은 자립적 성격이 다소 미약하여 상호 연관성을 전제하고 작품을 읽었을 때 작품의 구체적 의미가 살아날 정도로 긴밀하게 맺어진 상관관계를 '유기적'이라는 용어로 표현하고자 한다.

4) 전재강, 「경허가사에 나타난 수행법과 표현 방식」, 『어문학』 99, 2008, 109~139쪽./전재강, 「백용성 불교 가사에 나타난 담화 방식과 대상 인식의 구도」, 『어문학』 103, 한국어문학회, 2009, 221~252쪽./전재강, 「학명의 불교 가사에 나타난 선의 성격과 표현 방식」, 『어문학』 107, 한국어문학회, 2010, 187~218쪽./전재강, 「한암 선사 〈참선곡〉 구조의 역동성」, 『우리말글』 48, 우리말글학회. 2010, 147~176쪽.

한다. 만공이 불교계에서 차지한 위상이나 일제에 대하여 그가 보여준 비타협적 태도 등을 동시에 고려할 때 그가 남긴 불교 가사는 중요한 의의를 가지는 것이라 할 수 있다. 특히 가사 작품들이 보여준 유기적 상관 맥락과 담화 방식의 특징은 이례적인 면이 있어서 만공 가사에 대한 논의는 근대 불교 가사의 행방을 추적하고 가사의 근본 성격을 살피는 데도 중요한 계기가 될 것으로 본다.

먼저 그의 가사 작품과 관련 산문을 분석하고 그 유기적 성격을 가사 작품간, 가사 작품과 산문들 간의 상관맥락, 담화 방식으로 나누어 논의하고자 한다. 연구의 기본 자료는 『만공어록』5)으로 하고 필요에 따라 『불교가사 원전연구』6), 『경허집』7)과 같은 관련된 다른 자료를 참고하고자 한다.

2. 유기적 상관 맥락

만공은 세 편의 불교 가사 작품을 남겼다. 〈만공선사참선곡〉, 〈산에 들어가 중이 되는 법〉, 〈참선을 배워 정진하는 법〉8)이 그것이다. 그런데 내용상 이들 세 작품은 작품 상호간, 이 세 작품과 산문 상호간에 유기적으로 묶어 볼 수 있는 상관 질서를 보여 주고 있다. 세 편의 가사 작품 간에는 일반 개념에서 구체적 개념으로 내용을 전개하여 유기

---

5) 만 공, 『만공법어』, 만공문도회, 1982.

6) 임기중, 『불교가사 원전연구』, 동국대학교출판부, 2000.

7) 경 허, 『鏡虛法語』, 경허성우선사법어집간행회, 인물연구소, 1981/ 경 허, 『경허집』, 극락선원, 1990/ 釋惺牛, 「鏡虛集」, 『한국불교전서』 제11책, 동국대학교출판부, 1993.

8) 논의의 편의상 앞으로 〈만공선사참선곡〉은 〈참선곡〉, 〈산에 들어가 중이 되는 법〉은 편의상 〈중 되는 법〉, 〈참선을 배워 정진하는 법〉은 〈정진법〉으로 줄여서 사용하고자 한다.

적 상관 맥락을 형성했다. 가사 작품은 개념적 당위적 선언의 성격을
가지면서 구체적 내용은 산문으로 표현하여[9] 가사 작품과 산문들과의
관계에서도 유기적 질서를 보여 주고 있다. 가사 작품들간, 작품과 산
문과의 유기적 상관 맥락을 살피려는 이유가 여기에 있다.

1) 가사 작품들 간의 유기적 상관 맥락

여기서는 세 편의 가사 작품이 가지는 상호 상관 맥락을 살피고자
한다. 세 개의 작품이 내용상 순차적으로 이어지는 순차적 구도를 보
이는데 그 구체적 성격을 논의하고자 한다.

  (1) 參禪하세 參禪하세 젊었을 때 參禪하세
         老人不修 破車不行 古今으로 古人말씀
         일러옴을 어이하랴 안믿을까
         五濁惡世 受苦衆生 多劫業障 至重하여
         參禪이란 무엇인지 아지못한 저분들께
         參禪二字 설명하니 안심하여 들어보소 (중략)
         이러므로 悉達太子 淨般王宮 급히떠나
         靈山幽谷 깊이들어 六年修行 參禪하여
         甲申臘月 初八日에 밝은별을 보시다가
         忽然正覺 하셨으니 號를丈夫 天人師라
         우리들도 發心하여 悉達太子 본을받세   〈참선곡〉

---

9) 가사 작품에서는 참선, 실달태자 본받기 등 개념을 내 세워 이를 수행하거나, 본
받자는 요구를 서사와 결사에서 하고, 작품 전반부에서 하지 말아야 할 것을 금지
하기도 하여 핵심 개념과 그 실천의 당위를 내세우는데 비하여, 산문에서는 이런
개념의 의미는 물론 그 구체적 실천 방법에 이르기까지 낱낱이 설명하고 있어서
산문에 비하여 상대적으로 가사는 성격이 개념적이고 당위적이라 할 수 있다.

(2) (전략) 入山爲僧 하는法은

世上萬事 다버리고 남음없는 發心으로

善知識을 參禮하야 焚香叩頭 信올리고

어떤것이 부처리까 한말씀을 올리며는

善知識이 무삼法을 答할른지

그 말씀을 信行하여 行住坐臥 動靜中에 一分一刻 間斷 없이

昏沈散亂 팔리잖고 惺惺寂寂 擧覺할 때

起心은 天魔요 不起心은 陰魔요 起不起는 戱論魔니

무삼方便 行하여야 허물된病 다고치고 眞實道에 정진할꼬 〈중 되는 법〉

(3) 사람사람 무슨道理 행하여야

虛妄된法 다버리고 眞實道에 精進될까 (중략)

眞實道의 精進法은 一千七百 公案이요

一千七百 公案 中에 趙州無字 最上이라

無字話頭 드는 법을 細密하게 說하오니

이 話頭를 決擇하여 眞實道에 精進하면 부처되기 아주 쉽소 〈정진법〉

(1)은 제목이 암시하는 것과는 달리 실제 참선하는 방법을 자세하게 말하고 있지 않다. 참선을 하자는 제안을 시작으로 중생의 실상, 불성과 태자를 소개하고 마지막 문장에서 '우리들도 發心하여 悉達太子 본을받세'라고 끝맺고 있다. 중략 바로 다음 부분에서 실달태자가 출가하여 육년 동안 참선 수행을 하고, 납월 8일에 밝은 별을 보고, 정각을 이루었고, 이름이 천인사(天人師)라는 내용을 소개하고 있다. 부처의 일대기를 간략하게 소개하고 그를 본받자고 제안하고 있다. 그런데 이 작품 서두에서 '參禪二字 說明하니 안심하여 들어보소'라고 하고 마지막 부분에서 '실달태자(悉達太子) 본을받세'라고 했으나 참선에 대한 구체적 설명이나 어떻게 하는 것이 실달태자를 제대로 본받는 것인지에

대해서는 언급이 없다.

그런데 작자의 다른 작품인 (2)에 오면 '입산위승(入山爲僧)'이라는 출가하여 수행하는 과정을 비교적 자세하게 말하고 있다. 이 작품의 (5) 부분에서 시적 화자는 출가의 목적은 '옷과 밥, 부귀영화(富貴榮華), 명욕권리(名欲權利), 문장명필(文章名筆)'과 같은 세속적 가치에 있는 것이 아니라는 전제를 하고서, 선지식을 만나 '한 말씀'을 듣고 '성성적적(惺惺寂寂)'하게 '거각(擧覺)'해야 한다는 말을 하고 있다. 이 작품의 본래 제목 〈산에 들어가 중 되는 법〉에서 '산에 들어가'는 출가를 의미하며, '중이 되는 법'은 수행하는 것을 각각 의미한다. 그래서 (1)의 마지막 구절에서 '悉達太子 본을받세'라고 막연하게 제안한 내용이 〈중 되는 법〉에 작자 당대 출가수행의 방식대로 개변되어 구체적으로 드러나서 (1)에서 가진 궁금증을 해소해 주고 있다고 할 수 있다. (1)에 비하여 (2)에는 발심의 구체적 내용이 잘 드러나 있다. '世上萬事 다버리고 남음없는 發心으로'라고 하여 전략(前略) 부분에서 말한 생계, 부귀영화, 문장과 같은 세속적 가치를 다 버리고 불교 본래의 취지에 맞는 발심을 해야 한다는 것을 강조하였다. 이것은 실달태자가 왕자로서 누리던 부귀영화를 버린 내용과 일치한다. 실제 작품의 내용에서 보면 발심하여 선지식을 참례하고 선지식이 한 말씀을 믿고 실천하며, 그 또렷하고 고요하게[성성적적(惺惺寂寂)] 가르침을 받드는 것이 구체적 수행 방법이라는 것을 말하고 있다. 따라서 〈중 되는 법〉은 〈참선법〉에서 제안한 '실달태자 본받자'고 한 막연한 실천 방향을 더 구체적으로 보여주는 것이 되어 내용상 유기적 상관 맥락을 형성하게 되었다. 그런데 (2)에서도 출가수행의 개괄적 과정만 언급했지 (1)의 전반부에서 '참선이자설명((參禪二字說明)'하겠다고 한 참선 수행의 구체적 방법은 말하지 않고[10] 이 작품 맨 마지막 부분에서 '무삼方便 行하여야 허물된病 다고치고 眞實道에 정진할꼬'라고 하여 새로운 방향에 대한 의문을 제기하는 것으로 작품을 마무리하고 있다. 즉 스승이 대답한 '한 말씀'을 '성성적적거각(惺惺寂寂擧覺)한다'는 것이 참선의 방법이기는 하나 더 구체적인 방법으로서 무엇을 어떻게 하는 것이 '성성적적거각' 하는 것인지에 대한 방법을 제시하지 않고, 두 행의 의문문으로 작품을 마무리하고 있다. 마음을 일으키는 '기심(起心)은 천마(天魔)', 마음을 일으키지 않는 '불기심(不起心)은 음마(陰魔)', 마음을 일으켰다 일으키지 않는 '기불기(起不起)는 희론마(戲論魔)'라고 하여 잘못된 길을 지적하여 경계는 하면서 수행을 어떻게 해야 할지에 대한 구체적인 방안은 아직 제시하지 않고 있다.

그런데 (3)을 보면 '사람사람 무슨道理 행하여야/虛妄된法 다버리고 眞實道에 精進될까'라고 서두를 시작하고 있는데 이 문장은 정확하게 (2)의 마지막 행을 반복한 것이다. (2)에서는 의문을 제기하면서 작품을 마무리했다면, (3)에서는 (2)에서 제기한 의문을 서두에 가져와 작품을 시작하고 있다. 그래서 이 두 작품의 관계는 같은 작품 안에서 '진실도가 무엇인가'라고 질문하고 '1700공안과 무자 화두가 진실도'라고 대답하고 있어서 유기적 상관 맥락을 보여준다. (3)의 서두에서는 이와 같이 (2)에서 제기한 문제를 상기하고, 진실도에 정진이 되지 않는 17가지의 내용 즉, 하늘, 땅, 허공, 부처님, 父母, 자녀, 형제, 가군, 붕우, 재산, 보는 놈, 듣는 놈, 냄새 맡고 맛 보는 이 놈, 차다 덥다 하는 놈, 선심악심 믿는 법 등을 똑 같은 문장 형식을 통하여 반복하고, 이 작품 마지막 단락에 가서 '眞實道의 精進法은 一千七百 公案이요/一千七百 公案 中에 趙州無字 最上이라'라고 하여 진실도에

---

10) 출가수행의 과정으로 말한 내용 가운데 '그 말씀을 (중략) 惺惺寂寂 擧覺할때'는 참선 수행의 방법을 말한 것이기는 하지만 구체적이지 않고 매우 막연하다.

정진하는 내용을 구체적 개념으로 명확하고 짧게 제시하고 있다. '一千七百 公案'이 '眞實道의 精進法'이고, 그 가운데 '趙州無字 最上'이라고 결론을 맺고 있다.11) (2)에서 궁금해 하면서도 막연한 개념으로 말한 내용을 (3)에 와서 구체적 개념으로 분명히 제시하여 (2)(3)은 내용상 유기적 맥락관계를 형성했다.

요컨대 (1)(2)(3)의 세 작품은 일반 대중에게 출가수행을 포괄적으로 권유하는 일반적 내용에서 시작하여 승려로서 실천해야 할 수행 방법을 점차 더 구체적으로 제시해 가고 있어서 이 세 작품은 마치 한 작품의 세 부분이 긴밀하게 이어지듯 내용 전개상 유기적 상관 맥락의 질서를 보여 준다. 즉 가사 작품 간에는 (1)〈참선법〉에서 (2)〈중 되는 법〉, (3)〈정진법〉의 순차로 계기하는 유기적 상관 맥락 구조를 보여 주었다. (1)에서 대중을 향하여 참선이라는 용어를 거론하고 실달태자를 예로 들어 출가수행을 권유하고, (2)에서 출가수행의 실제 방법을 더 구체적으로 제시하고, (2)에서 제기한 참선 수행에 대하여 (3)에서는 1700공안, 무자화두라는 더 구체적인 방법을 제시하여 세 작품 간의 내용이 일반적인 개념에서 점차 더 구체적인 개념으로 나아가는 유기적 상관 맥락을 형성하고 있다.

2) 가사 작품과 산문과의 유기적 상관 맥락

먼저 〈참선법〉의 '참선이자(參禪二字)를 설명하겠다'는 내용과 '실달태자를 본받자'고 한 것에 긴밀하게 일대일로 관련을 갖는 일반 산문은 보이지 않는다. 그러나 본보기의 대상인 실달태자가 출가하여 수

---

11) 그런데 (3)에서도 모든 내용을 구체적으로 제시하지 않고 중요 개념만 드러내고 있다. '無字話頭 드는 법을 細密하게 說하오니'라고 말하면서도 '無字話頭 드는 법'은 이 작품 어디에도 자세하게 나타나지 않는다.

행하고[12], 마침내 그가 이룩한 것이 불교이기 때문에 이런 내용을 국
면별로 나누어 함축하고 있는 산문으로 〈청정수행록〉과 〈나를 찾아야
할 필요와 나〉, 〈나를 찾는 법-참선법(參禪法)〉, 〈불법(佛法)〉과 〈불
교〉 등을 들 수 있다. 각 산문들의 간략한 내용을 보면 먼저 〈청정수행
록〉에서는 사람의 세 가지 몸인 법신(法身), 업신(業身), 육신(肉身)을
먼저 말하면서 업보(業報), 오계(五戒)를 설명하고 있다. 그 가운데 법
신을 설명하면서 발심하여 선지식을 친견하고 죄업을 참회하고 화두
를 결택하여 수행을 통하여 깨달으면 도사(導師), 보살(菩薩), 부처가
되고 천상과 인간 세계에 다니며 제도하기 때문에 이를 조어장부(調御
丈夫), 천인사(天人師), 불(佛), 세존(世尊)이라 한다는 부처의 출가, 수
행, 깨달음, 교화의 전체 과정을 서사적으로 말하고 있다. 〈나를 찾아
야 할 필요와 나〉에서는 나의 본질과 나를 찾아야 할 이유를 19개의
항목으로 나누어 자세하게 말하고, 〈나를 찾는 법-참선법(參禪法)〉에
서는 참선 수행을 하는데 필요한 다양한 지침과 작자의 경험을 76개의
항목으로 나누어 자세하게 설명하고 있다. 〈불법(佛法)〉에서는 일체가
불법이고 심신(心身)이 불법이라고 하고 불법이라는 이름이 생기기전
에 나는 이미 존재했다고 했으며, 〈불교〉에서는 불교는 아집을 떠난
교리이고, 불교의 유심은 물심(物心)이 둘 아닌 절대적인 유심이라고
하고 전체 인류의 자아를 완성시키는 교육 기관이라는 내용을 10개의
항으로 나누어 말하였다. 따라서 이 〈참선법〉은 이 작품 안에서 선언
한 '參禪二字 설명을 들으라는 것과 실달태자 본받기'의 포괄적 개념
을 〈청정수행록〉, 〈나를 찾아야 할 필요와 나〉, 〈나를 찾는 법-참선

---

12) 작자의 판단에 따르면 수행 방법은 참선이다. 〈참선곡〉 하단에 보면 '靈山幽谷
깊이들어 六年修行 參禪하여'라고 하여 작자는 태자의 6년 수행을 참선으로 간주
하고 있기 때문이다.

법(參禪法)〉, 〈불법(佛法)〉과 〈불교〉 등의 산문 작품에 나누어서 구체적으로 설명하고 있다. 그래서 내용상 이 작품이 가진 이들 산문과의 관계는 일대다(一對多)의 다소 느슨한 부채꼴의 유기적 상관 맥락을 형성했다.[13)]

그런데 (2)(3)에서는 이와 다른 양상을 보여 준다. 먼저 〈중 되는 법〉의 제목 아래 내용을 보면 율문의 가사 작품이 끝나고 바로 이어서 무자화두를 가지고 수행하는 구체적 방법을 산문으로 소개하고 있다. 이 작품 마지막 구절이 '무삼方便 行하여야 허물된病 다고치고 진실도(眞實道)에 정진할꼬'로 되어 있는데 여기에 바로 이어서 '한 중이 조주(趙州) 스님께 묻되,『개도 도리어 불성(佛性)이 있나이까? 없나이까?』하니, 조주 스님이 이르기를『무(無)』라 하셨으니, 조주는 무얼 인하여 무라 일렀는고? (후략)'이라는 짧은 산문을 첨기하고 있다. 그런데 다른 가사 작품 (3)에 나타난 내용을 아울러 고려하면 (2) 안에 첨기된 산문은 이 작품 끝 구절에서 제기한 진실도의 구체적 정진 방법이다. (3)에서 '眞實道의 精進法은 一千七百 公案이요/一千七百 公案 中에 趙州無字 最上이라'라고 하여 진실도를 1700공안이라 하고 그 중에 조주무자 화두가 가장 좋다고 소개하고 있기 때문이다. (2)에서는 같은 제목 아래 율문의 가사와 산문의 일반 글을 병치하여 매우 특이한 작품 존재 양상을 보이면서 일반적 개념을 보인 가사와 개념의 구체적 내용을 담고 있는 산문은 유기적 상관 맥락을 형성하고 있다.

(3)에서는 이와는 또 다른 양상을 보여 주고 있다. (3)의 마지막 둘

---

13) 하나의 가사 작품에 다섯 건의 산문을 연계한 것은 가사 (2)〈참선법〉에서 거론한 내용의 포괄성에 기인한 것으로 부채꼴의 유기적 관계 맥락을 보인다. 이것은 뒤 두 작품이 상대적으로 구체적 특정 사항을 말하여 산문과 일대일 관계를 맺으면서 보여준 일직선형의 유기적 관계 맥락을 맺은 것과는 다른 모습이다.

째 행에 '無字話頭 드는 법을 세밀하게 설한다.'고 한 것이나 『만공어록』에서 (3)번 작품이 끝난 자리에 '＊本文 236頁 『無字話頭 드는 法』 參照'라는 표기에서 (3)과 산문 〈무자화두 드는 법〉 양자의 관계가 개념적 내용과 구체적 내용 설명이라는 불가분적 관계로 맺어져 있다는 것을 보여준다. 산문 〈무자 화두드는 법〉과 가사 〈정진법〉의 실제 내용에서 이런 관련성은 더 분명하게 확인이 된다. 별도의 산문 〈무자화두(無字話頭) 드는 법〉이 가사 (3)의 말미에서 세밀하게 말하겠다고 한 '무자화두 드는 법'을 자세하게 말해 주고 있기 때문이다. 따라서 이 (3)은 작품 밖 별도의 산문 글을 통하여 이 작품에서 제기한 무자화두 드는 자세한 수행법의 구체적 내용을 말해주고 있어서 가사 작품과 이 산문 문건이 긴밀한 유기적 상관 맥락을 형성했다. 가사 작품에서 소개한 간략한 개념이나 중요 과제를 산문에서 구체적으로 설명하는 방식으로 상관적 맥락을 형성한다.

산문과 대비했을 때 각각의 가사 작품에는 중요한 사안들을 개념어, 명제 제시의 수준으로 나타냈고, 구체적 내용은 별도의 산문 작품을 통하여 표현하고 있다. 〈참선법〉의 경우에는 몇 가지의 산문을 출가, 수행, 깨달음(불교)의 국면별로 연관시키는 방식으로 그와 유기적 상관 맥락 구조를 보여 주었는데 〈청정수행록〉은 출가, 〈나를 찾아야 할 필요와 나〉과 〈나를 찾는 법－참선법(參禪法)〉은 수행 방법, 〈불법(佛法)〉과 〈불교〉는 깨달음의 결과인 불교 등의 순서로 연관되어 있다. 그리고 〈중 되는 법〉에는 같은 제목 아래에, 〈정진법〉에는 〈무자화두 드는 법〉이라는 별도의 제목으로 산문을 각각 제시하여 가사 작품에서 제시한 선언적 개념의 구체적 내용을 자세하고 명확하게 말하고 있다.14)

---

14) 기존의 불교 가사는 물론 어떤 가사에서도 발견되지 않는 이러한 작품 존재 양상은 승가라는 특별한 공동체 안에서 일상에서 교화를 실천하면서 작자가 나름대로

3. 유기적 담화 방식

앞 장에서는 작품의 상관 맥락이 가사 작품들 상호 간에, 가사 작품과 산문과의 사이에 유기적으로 형성돼 있다는 것을 확인했다. 내용상 드러난 이와 같은 작품의 유기적 상관 맥락이 담화 방식으로는 어떻게 뒷받침되고 있는지를 살피고자 한다. 여기서도 앞 장과 같은 기준에서 작품과 작품 사이에 발견되는 담화 방식, 작품과 산문들 사이에 나타나는 담화 방식을 나누어 차례로 살피고자 한다.

1) 가사 작품들 간의 유기적 담화 방식

만공의 가사는 구성이 매우 단순하다. 많은 내용 항목에 비하여 크게 제시와 요구의 담화로 작품이 구성되어 있기 때문이다. 물론 구체적으로 제시하거나 요구하는 방법이 다시 몇 가지 하위 표현 방식으로 구성되어 있기는 하나 전체적 담화의 구성 방식은 단순하다.[15)]

(4) (전략) 지금세상 사람들이 근본정신 등을지고 風燈같은 肉體生活
　　　아침나절 성턴몸이 저녁나절 重病들어
　　　藥을쓴들 효력보며 名山大刹 기도하니 기도덕을 입을소냐

개발한 특이한 교학의 실천 과정에서 나타난 현상이라고 판단된다. 관계 맺는 원리가 〈참선곡〉 → 〈중 되는 법〉 → 〈정진법〉으로의 작품 간에는 포괄적 개념에서 구체적 개념으로의 전개를 보이고, 산문과의 관계에서 〈참선곡〉에 〈청정수행법〉 〈나를 찾아야 할 필요와 나〉 〈나를 찾는 법-참선법〉, 〈불법〉, 〈불교〉가, 〈중 되는 법〉에는 '작품 내 산문'이, 〈정진법〉에는 〈무자화두 드는 법〉이 각각 관련을 가지면서 개념 제시와 상세화의 관계로 상관 맥락을 형성했다.

15) (4)(5)(6)의 예문은 앞장의 (1)(2)(3)과 순서대로 같은 작품의 다른 부분이다. (1)(4)는 〈참선곡〉, (2)(5)는 〈중 되는 법〉, (3)(6)은 〈정진법〉인데 각 작품 전체의 윤곽을 보이기 위해 앞장과는 다른 부분을 인용했다.

　　　新舊醫師 청해다가 갖은치료 다하여도
　　　할수없이 죽는인생 한심하고 참혹하다
　　　이러므로 佛陀께서 凡所有相 皆是虛妄 곳곳마다 느낌일세
　　　虛妄二字 있을진댄 眞實二字 있을일은 증명할일 이아닌가
　　　사람끼리 서로불러 대답하는 나의정신
　　　죽도않고 살도않고 生死輪廻 간섭없는
　　　昭昭靈靈 나의佛性 사람마다 다있건만
　　　있는건지 없는건지 밝은건지 어둔건지
　　　方圓長短 무엇인지 明暗空色 무엇인지 명백하게 모른고로
　　　六道四生 輪廻하며 萬般苦楚 다받으니 (하략)　　　　　　　〈참선곡〉

(5) 人間五欲 다버리고 山에들어 중되는법
　　　옷과밥을 구함인가 옷과밥을 구하려면 山에들일 무삼이며
　　　富貴榮華 구함인가 富貴榮華 구하려면 山에들일 무삼인가
　　　名欲權利 구함인가 名欲權利 구하려면 山에들일 무삼인가
　　　文章名筆 구함인가 文章名筆 구하려면 山에들일 무삼인가 (하략)
　　　　　　　　　　　　　　　　　　　　　　　　　　　　　〈중 되는 법〉

(6) 사람사람 무슨道理 행하여야
　　　虛妄된法 다버리고 眞實道에 精進될까
　　　하늘을 믿는法이 眞實道에 精進될까
　　　하늘역시 有相이라 成住壞空 못면하니 眞實道라 못하오며
　　　땅을 믿는 법이 眞實道에 精進될까
　　　땅 역시 유상이라 成住壞空 못 면하니 眞實道라 못 하오며 (중략)
　　　善心惡心 믿는 法이 眞實道에 精進될까
　　　善心역시 妄識이요 惡心역시 妄識이라
　　　起滅生死 못 면하니 眞實道라 못 하오며
　　　八萬四千 갖은妄想 起滅生死 못면하니 眞實道라 못 하리니
　　　무삼 方便 행하여야 虛妄된 법 다 버리고 眞實道에 精進할꼬 (하략)
　　　　　　　　　　　　　　　　　　　　　　　　　　　　　〈정진법〉

(4)는 〈참선곡〉의 중간 부분이다. 같은 작품인 (1)을 보면 이 작품 시작에서부터 '참선하세 ~ 안심하여 들어보소'에서는 화자가 '저분들'이라는 작품 내적 대상 인물들에게 참선을 하자고 청하면서 참선에 대한 설명을 들으라고 명령을 하고 있다. 그리고 이어서 (4)에서 '사람들'이라는 대상 인물들이 보여주는 삶의 특징과 불성을 소개하여 제시하고 있다. (4)에서 불성, 중생, 실달태자와 관련된 사실을 제시하고, (1)의 마지막 행에서 '우리들도 發心하여 悉達太子 본을받세'라고 청유의 서법을 구사하여 시적 화자를 포함한 다수 사람들에게 발심하여 수행할 것을 요청하고 있다. 즉 이 작품은 서두와 결말에서 특정한 행동을 실천하도록 요청하거나 명령하고, 작품의 가운데 부분(4)에서 중생, 불성, 실달태자의 사례를 평서, 의문, 감탄의 서법을 통해서 제시하는 표현 방법을 구사하고 있다. 화자가 보기에 그릇된 사례와 모범적 사례를 나란히 병치하여 소개하고, 모범적 사례나 가르침을 '저분들' 또는 '사람들'에게 따를 것을 요구하고 있다. 즉 이 작품 가운데 부분인 (4)에 긍부정의 두 사례를 평서, 의문, 감탄 등 몇 가지 서법에 기초하여 제시의 담화 방식을 사용하고, 서사와 결사에서 참선 실천이나 설명 듣기, 태자 본받기와 같은 긍정적 실천을 하도록 요구하는 담화 방식을 구사하고 있다.

앞 장에서 살폈듯이 (5)는 (1)의 대답에 해당하는 〈중 되는 법〉의 전반부이다. (5)에서 산에 들어가는 것[出家]은 '옷과 밥, 부귀영화(富貴榮華), 명욕권리(名欲權利), 문장명필(文章名筆)'을 구하는 것이 아니다'라는 주장을 의문과 설의적 의문의 서법을 병치하여 강력하게 표현하고 있다. 이 같이 의문문과 설의의 의문을 병치하는 방식으로 세속의 가치 네 가지를 추구하지 말아야 한다고 매우 강하게 주장하면서 이 작품 후반부인 (2)에서는 '입산위승(入山爲僧) 하는 法이 이러이러하다'고 하여 실제 입산하여 실천해야 할 과정을 당연히 따라야 할 것으로 소개하고 있다. 작품 전체를 보면 서두를 (5)에서 '人間五欲 다 버리고 山에 들어 중 되는 법'이라는 단정적 전제로 시작하고, 이어서 부정해야 할 세속 가치 네 가지를 의문과 설의문을 병치하여 매우 강하게 부정하였다. 그리고 (2)에서 입산위승(入山爲僧)의 과정을 서사적으로 소개하고, 마지막에 구체적 수행법을 묻는 방식으로 작품을 마무리하고 있다. 서법상 평서문을 통한 '산에 들어가 중 되는 법'과 '入山爲僧하는 法'의 단정적 제시, 의문과 설의문을 통하여 하지 말 것에 대한 강한 요구, 구체적 수행 방안에 대한 최종 질문으로 작품을 마무리하고 있다.

(4)번 작품이 부정, 긍정 대상을 평서, 의문, 감탄의 서법으로 제시하고, 요구를 명령, 청유의 서법으로 표현했다면, (5)번 작품은 의문과 설의의 병치를 통하여 부정적인 사안을 단정적으로 부정하여 이어 서사적으로 설명한 수행 과정을 자연스럽게 추구하도록 유도하고, 나아가 의문의 서법으로 새로운 모색을 하도록 안내하고 있다. (4)에서 대상을 제시하고 실천할 것을 요구했다면, (5)는 하지 말 것을 실천의 구체적 과정으로 주장하고, 따라야 할 길은 (5)의 후반부인 (2)에서 서사적으로 설명했다. 그래서 (5)에서는 (4)와 같은 작품의 다른 부분인 (1)의 요구를 더욱 강화하고 구체화하는 방향으로 담화가 진행되어 두 작품은 담화의 방법상에서 유기적 관계를 형성하게 됐다. 즉 (1)(4)에서 사용한 제시와 요구의 담화에 (2)(5)에서는 서사적 설명이라는 정보 전달의 담화로 대답하여 두 작품은 담화 방식상 유기적 상관성을 가지게 되었다.

(6)은 〈정진하는 법〉의 서사, 본사 부분으로서 16가지 예를 총괄하여 진실도가 아니라는 것을 의문과 논리적 평서문으로 설명하여 정보

전달의 담화를 구사하고 있다. 일반적으로 진실하다고 믿을 법한 존재 여러 가지를 차례대로 의문과 평서문 대답을 병치하는 같은 문장 형식을 반복하며 소개하여 설명하고, '八萬四千 갖은妄想'이라고 총괄하여 설명한 사례들이 진실도가 아니라고 부정하였다. 즉 부정의 대상을 의문문으로 예거하고 평서문으로 단정하는 표현 방식을 사용하였다. (6)의 결사 부분인 (3)에서 진실도의 정진법이 1700공안이라고 하고 그 가운데 무자화두가 가장 좋은 것이라 설명하여 단정적으로 제시하면서 이어서 여기에 따라 정진할 것을 요구하고, 그렇게 하면 부처가 되는 좋은 효과가 있다고 덧붙였다. 즉 이 작품은 진실도가 아닌 사례를 여럿 소개하여 설명할 때는 의문과 평서문의 단정적 표현 방법을 사용하고, 여러 공안과 그 가운데 무자 화두를 진실도라고 말할 때에는 평서문으로 단호하게 제시하는 표현 방식을 사용하고 있다. 즉 의문과 평서문의 병치를 통해서는 진실도가 아닌 것을, 평서문을 통해서는 진실도인 것을 말하여 문맥상 당연히 후자를 따를 것을 요구하는 담화 방식을 구사했다. 즉 여기서는 진실도가 아닌 것을 논리적으로 증명하는 방법으로 설명함으로써 (5)에서 말한 '중 되는 법'의 단정적 주장의 신뢰성을 제고하고, (2)에서 의문의 서법으로 제기한 질문에 (3)에서 평서문을 사용하여 최종적으로 대답하면서 이를 따를 것을 은연중 요구하고 있다.

(5)에서 입산하여 추구하지 말아야 할 것을 설의적 의문문으로 표현하고 (6)에서 진실도가 아닌 여러 가지 사항들을 낱낱이 들고 설명하여 두 작품에서 모두 수행에서 금지해야 할 것을 점차 더 구체적으로 들어 보이는, 주장의 담화에서 정보 전달의 담화 방식으로 진행하고 있어서 역시 (5)와 (6)은 담론 방법상 유기적 관련을 맺게 되었다. 또한 (5)의 결사인 (2)에서 질문한 무엇이 진실도인가에 대하여 (6)에서

진실도 아닌 것을 의문과 평서문의 병치를 통하여 구체적으로 먼저 예
거하고, 진실도인 것을 (6)의 결사인 (3)의 끝부분에서 평서의 서법으
로 단정하여 제시하였다. 즉 (2)에 의문 서법을 통해서 한 질문에 대하
여 (3)(6)이 평서문을 통하여 대답하는 담화 흐름을 이루어 두 작품은
담화 방식상 유기적 결속 관계를 맺게 되었다.

〈참선곡〉에서는 의문, 감탄, 평서의 서법을 통하여 대상을 본사 부
분에서 제시하고, 명령과 청유를 통하여 요구의 담화를 서사와 결사에
서 구사하였다. 〈중 되는 법〉에 오면 본사 전반부에서 의문과 설의의
서법을 병치하여 하지 말아야 할 것에 대한 주장을 세우고, 작품 시작
과 후반부에서 평서의 서법을 통하여 따라야 할 실천의 길을 단정적으
로 제시하였다. 〈중 되는 법〉이 〈참선곡〉의 요구를 실천하는 방안을
제시하여 〈참선곡〉과 〈중 되는 법〉은 담화 방식상 유기적 관계를 형성
했다. 그러나 다시 〈중 되는 법〉은 마지막 문장에서 의문의 서법으로
당위의 실천 방안애 대한 구체적 정보를 요구하면서 작품을 마무리하
였다. 〈정진법〉에 오면 서사와 본사에서 의문과 평서의 서법을 가지고
그릇된 오해를 낱낱이 증명하여 설명하고, 평서의 서법을 통하여 구체
적 길을 이 작품 후반부에 제시하여 〈중 되는 법〉에서 의문의 서법으
로 제기한 문제에 답을 개념적이지만 단정적으로 제시하여 화법상 질
문과 대답의 관계가 형성되어 〈중 되는 법〉과 〈정진법〉이 유기적 관계
맥락을 가지게 됐다. 또 〈정진법〉에서 보인 진실도가 아닌 여러 가지
사항의 논리적 증명을 통한 객관적 설명의 담화는 앞 〈중되는법〉에서
보인 부정적인 세속 가치에 대한 당위를 더 세분화하고 설명하여 주장
의 담화가 설명의 담화로 뒷받침됨으로써 구체적 실천의 길을 보이는
결과가 되어 담화 방법상 깊은 유기적 관련성을 가지게 되었다.

2) 가사 작품과 산문과의 유기적 담화 방식

앞 절에서는 가사 작품과 작품 간에 나타난 담화 방식을 살펴보았다. 여기서는 세 편의 가사 작품과 연관된 작가의 산문이 보여주는 담화 방식의 관계를 살피고자 한다. 일반적으로 시가와 산문을 동시에 남긴 여타 작가의 경우에도 시가 작품과 일반 산문 글 사이에 일정한 상관관계를 보여 주는 경우가 있으나 그 상관성의 정도는 느슨하고 의도적이지 않은 것이 일반적이다. 만공은 세 편의 가사 작품을 작품들 간에 차례로 일정한 순서에 따라 〈참선곡〉, 〈중 되는 법〉, 〈정진법〉의 순서로 일반 개념 진술에서 구체적 개념 진술로 요구와 주장, 설명의 담론을 여러 가지 서법으로 나타내는 표현 방식을 보여 주었다.

세 수의 가사 작품이 담화 방식상 서로 긴밀한 연관관계를 맺고 있으나 산문과 대비하면 상대적으로 일반적 내용을 개념적으로 제시하거나 당위로서의 실천을 요구하는 방식으로 표현하여 작가가 표현하고자 한 뜻이 구체적으로 드러나지는 않았다. 여기에 각 가사 작품마다 산문을 유기적으로 배정하여 작가가 의도한 교화의 내용을 산문을 통하여 구체적으로 설명하고 있다는 점이 담화방법상 드러난 중요한 특징이다. 각 작품과 유기적 관계가 깊은 산문을 가져와서 담화 방식을 대비하여 살피고자 한다. 앞 장에서 내용상 유기적 상관맥락에 대하여 말했는데 〈참선곡〉과 관련을 가지는 산문으로 〈청정수행록〉, 〈나를 찾아야 할 필요와 나〉, 〈나를 찾는 법－참선법〉, 〈불법〉, 〈불교〉 등과의 사이에서 유기적 담화 방식을 먼저 논의하고자 한다.

(7) (전략) 일찍이 발심하여 선지식(善知識)을 친견(親見)하여 다생죄업(多生罪業)을 참회하고, 옛 성현의 친절언구(親切言句) 一천七백 화두(話頭) 가운데 자기에게 합당한 화두를 분명히 결택(決擇)하여 (중략) 홀연히 망상 구름

이 흩어지고 마음달이 홀로 드러나 三대천세계(三千大天世界)를 비추어 그 밝은 빙치 하늘과 땅이 궤멸(潰滅)하여도 이 광명(光明)이 길이 멸하지 아니하며, 이것을 이름하되 불생불멸지도(不生不滅之道)라 하나라. 이같은 이치를 통달(通達)한 사람을 선지식이라 이름하며, 혹 도사(導師)라 이름하며, 보살(菩薩)이라 이름하며 혹 부처라 이름하니, (하략).　　　〈청정수행록〉

(8) 1. 세상에는 나를 찾는 법을 가르쳐 주는 선생도 없고, 장소도 없고, 다만 불교 안에 있는 선방(禪房)에서만 나를 찾는 유일한 정로(正路)를 가르쳐 주나니라. 2.수도(修道:參禪)한다는 것은 작가가 자기 정신을 수습해 가는 그 공부를 한다는 말인데, 누구에게나 다 시급한 일이 아닐 수 없나니라. (중략) 76.도인(道人)은 도인이라는 대명사(代名詞)에 지나지 않는 도인이 되어서는 안 된다. 명상(名相)이 생기기 이전 소식을 증득(證得)하여, 도인이라는 우상(偶像)도 여의고, 계(戒)니 수행(修行)이니 하는 구속에서 벗어나 완전 독립적 인간이 되어야 육도 순력(巡歷)하면서 고(苦)를 면하게 되나니라.
〈나를 찾는 법–참선법〉

(9) 1.불법(佛法)이라고 할 때, 벌써 불법은 아니니라. 2.일체의 것이 그대로 불법인지라 불법이라고 따로 내세울 때에 벌써 잃어버리는 말이니라. (중략) 13.소리소리가 다 법문(法門)이요, 두두물물(頭頭物物)이 다 부처님의 진신(眞身)이건만, 불법 만나기는 백천만겁(百千萬劫)에 어렵다고 하니, 그 무슨 불가사의(不可思議)한 도리인지를 좀 알아 볼 일이니라.　　〈불법〉

(7)은 발심 출가하여 선지식을 만나 죄업을 참회하고, 1700화두 가운데서 자기에게 맞는 화두를 가려서 열심히 수행하면 마음달이 드러난다고 하면서 이 같은 이치를 통달한 사람을 선지식, 도사(導師), 보살(菩薩), 부처라 이름한다고 하여 출가수행의 과정을 서사적으로 설명하고 있다. 〈참선법〉에서 실달태자의 일생을 간략하게 보여 주었다면 여기서는 작자 당대 사람들의 출가수행 과정을 자세하게 서사적으

로 설명하고 있다. (7)의 전체 내용은 법신(法身), 업신(業身), 육신(肉身), 오계(五戒)에 대한 설명이다. 이 가운데 (7)은 법신(法身)을 설명하면서 출가수행(出家修行)에 대하여 서사적 설명을 하고 있다. 그래서 가사 〈참선법〉에서 본받자고 제안한 내용이 (7)에 와서 더 구체적으로 설명하는 결과가 되었다. 〈참선법〉에서 청유를 통한 요구의 담화 방식을 구사했다면 (7)에서는 당위 실천을 요구한 사항 가운데 하나의 내용 즉 작자 당대에 출가수행하는 과정을 서사적으로 설명하고 있다. 〈참선법〉에서 주장한 내용을 여기서는 실제 어떻게 실행하는 지에 대한 정보를 주로 설명하는 담화 방식으로 실제 실천할 수 있게 가르치고 있다.

　(8)은 〈참선곡〉이라는 작품 제목이 암시하고, 작품 안의 '參禪二字說明하니', '六年修行 參禪하여'라는 구절이 개념적으로 뜻하는 것을 구체적으로 어떻게 실행하는가를 설명하는 내용으로 되어 있다. 참선수행의 구체적 방법들을 76개의 항목으로 나누어 차례대로 간단명료하면서도 세부적으로 설명하고 있다. 참선법(나를 찾는 법)을 가르쳐주는 유일한 곳이 선방(禪房)이며, 참선이 어떤 것이고 다른 학문과 대비하여 어떤 가치를 가지는지를 설명하는 것을 시작으로 차례대로 선지식, 자기발견, 인가, 신심(信心), 분심(憤心), 의심(疑心), 학령(學齡), 무념(無念), 무아(無我), 삼대조건(三大條件), 도절(道節), 도반, 죄소멸, 만법귀일일귀하처(萬法歸一一歸何處), 큰 자유, 자기 실천, 마음 안정, 꿈속과 깊은 잠 속의 공부, 꿈, 꿈과 생시의 일여, 정상적 정신, 공부 아닌 공부, 깨닫기 전후의 고비, 도가니, 자비심, 여념과 수마 극복, 인신난득(人身難得), 업(業), 촌음 아낌, 일념 견성, 망상과 졸음에 반성, 사심과 참선, 참선법 이외는 생사업, 구하는 마음은 외도, 상법(相法)을 버릴 것, 믿음이 발판, 위의교화, 공부과정, 정진력, 알음알이,

독립정신, 물질의 기능, 정신은 만유의 근본, 도인의 비중과 모습 등을 한결같이 선의 입장에서 자세하게 설명하고 있다. 즉 (8)은 마치 제품 사용 방법 설명서처럼 참선의 방법을 항목화하여 하나하나 설명하는 담화 방식을 사용하였다.[16) 가사에서 개념적으로 들으라고 명령한 참선을 실행하는 구체적 방법을 자세하게 설명하여 담화방법상 개념 제시와 개념 설명이라는 유기적 관계를 맺고 있다.

(9)는 〈불법〉이라는 글이다. 여기서도 말하고자 하는 내용을 번호를 붙이고 항목화하여 설명하고 있다. 불법을 두고 그것이 무엇인지를 먼저 몇 가지 항으로 나누어 말하고, 이것이 어느 시대 어떤 인간에게도 맞으며, 부처 이전에 내가 존재했으며, 정체(正體) 알기, 불이법(不二法), 지혜의 열쇠, 자기가 부처, 불법 만나기 어려움 등에 대하여 선적인 입장에서 전체 13개의 항목에서 불법의 특징을 설명하고 있다.[17)

---

16) 여기에 예시하지 않은 〈나를 찾아야 할 필요와 나〉라는 산문도 나의 본질과 찾는 법에 대한 항목을 19개로 나누어 관련 내용을 낱낱이 설명하고 있다. 참선을 본격적으로 수행하기 이전에 갖추어야 할 바른 견해를 갖추게 하기 위하여 마련된 글이다.

17) 〈불법〉과 유사한 산문인 〈불교〉의 내용을 보면 '1.불교(佛教)라고 주장할 때 벌써 불교 교리와는 어긋난 것이니, 불교 교리는 아집(我執)을 떠난 교리이기 때문이다. 2.불교의 종지(宗旨)가 악(惡)을 징계하고 선(善)을 장려하는 종교가 아니라, 선악이 다 불법인 까닭에 천당·극락의 즐거움이나, 반대로 지옥의 극고(極苦)한 세계가 다 나의 창조물인 까닭이니라. (중략) 10.불교 교리의 오의(奧義)는 표현할 수 없는 법이지만, 각자가 다 이미 지니고 있기 때문에, 마음과 마음이 서로 응할 수 있고 가르치고 가르침을 받을 수 없으되 주고받을 수 없는 그 법을 전불(前佛)·후불(後佛)이 상속하여 가나니라.'로 되어 있다. 여기서는 불교가 무엇인가에 대한 소개로부터 시작하여 노력, 機類次第로 가르침, 행동을 낳는 과정, 따로 있는 우주의 정체, 法身과 奧義, 眞人을 차례로 설명하고 불교는 자아를 완성하는 교육기관이라고 하면서 불교의 奧義는 이미 각자가 가지고 있다는 말을 하는 것으로 10개의 항목에 걸쳐 불교의 특성을 설명하여 여기서도 역시 정보 전달의 담화 방식을 사용하고 있다.

실달태자가 출가하여 수행하고 그 깨달음으로써 나타나게 된 것이 불법, 불교라는 점에서 실달태자를 본받자는 포괄적 제안 안에는 출가수행의 결과물인 불법과 불교를 배우고 알아야 한다는 의미가 내재해 있다고 할 수 있다. 그런데 (9)에서 보인 글 역시 작자가 입각한 선의 입장에서 불법을 설명하고 있다. 즉 여기서는 〈참선곡〉에서 요구한 실달태자 본받기와 관련하여 불법에 대한 선적 이해를 자세하게 설명하는 정보 전달의 담화 방식을 사용하고 있다. 그래서 이러한 담화 방식은 태자 본받기를 막연하게 암시하여 당위 실천을 요구하는 주장의 담화와 유기적 관계를 맺게 되었다.

〈참선법〉의 내용이 포괄적이었기 때문에 여러 가지 산문이 관련을 가지는 양상을 보여 준 데 비하여 〈중 되는 법〉이나 〈정진하는 법〉은 상대적으로 구체적 특정 개념을 내용으로 하고 있어서 관련된 산문 자료도 구체적이고 제한적이다.

(10) 한 중이 조주(趙州) 스님에게 묻되, 『개도 도리어 불성(佛性)이 있나이까 없나이까?』하니, 조수 스님이 이르기를 『무(無)』라 하셨으니, 조주는 무억 인하여 무라 일렀는고? (중략) 하루, 이틀, 사흘, 나흘, 한 달, 두달, 일년, 이년, 온 삼년 키우자니 세계(世界)에 귀신 방귀 털이 품절되어 먹일 것이 없어서 금송아지 죽었으니, 사랑스럽게 키우던 소의 주인이 마음을 붙일 곳이 전혀 없어 소 임자마저 죽어 인우(人牛)가 구망(俱亡)일세.

〈산에 들어가 중 되는 법〉 내의 산문

(11) 한 중이 조주(趙州) 스님께 묻되, 『개도 도리어 불성(佛性)이 있나이까 없나이까?』하니, 조주 스님은 『무(無)』라 하였으니, 조주는 무엇을 인하여 『무(無)』라 일렀는고? 이 한생각을 짓되 고양이가 뒤 생각하듯, 닭이 알을 품듯 앞생각과 뒷생각이 서로 끊어짐이 없이 샘물 흘러가듯하여 가되 아침 일찍 찬물에 얼굴을 씻고 고요한 마음을 단정히 하고 앉아 화두를 들되 (중

랴) 물건물건 머리머리를 향하여 불사를 작하니, 이 무슨 도리인고? 밝고 밝은 일백 풀 머리에 밝고 밝은 조사의 뜻이로다(明明百草頭 明明祖師意).

〈무자 화두(無字話頭) 드는 법〉

(10)은 〈중 되는 법〉이라는 가사 작품의 제목 아래에 제시해 놓은 산문 글이다. 그 담화 방법을 보면 가사 작품에서 말하지 않고 의문의 서법으로 남긴 과제에 대한 대답을 서사적 설명의 담화방법으로 제시하고 있다. 〈정진법〉의 내용을 동시에 감안해 보면 진실도는 조주무자 화두를 참구하는 일인데 바로 여기에 그 대답을 설명이라는 정보 전달의 담화 방식으로 제시하고 있는 것이다. 그 내용을 보면 조주무자 화두를 먼저 소개하고 이어서 그 화두를 수행하는 방법을 제시하고 금송아지를 얻어 소를 키우는 과정을 매우 재미있게 그리고 있다. 마침내 금송아지가 죽고 소의 주인도 죽어서 인우(人牛)가 구망(俱亡)했다는 말을 하였다.18) 즉 수행과정을 비유와 서사적 설명을 통해서 자세하게 말하고 있다.

가사에서는 허물을 고치고 진실도에 정진하기 위해서 무슨 방편인가를 행해야 한다는 당위를 말하고 (10)에서는 그 대답으로 실제 수행하는 과정을 생생하게 겪는 현장처럼 비유적 서사적으로 설명해 주고 있다. 가사에서 주장한 당위를 의문문을 통하여 질문하고, 산문에 와서 평서, 감탄의 서법으로 실천의 모습을 구체적으로 제시하여 서사적으로 설명하는 정보 전달의 담화 방법을 사용하고 있다. 즉 가사에서 막연하게 당위의 실천을 요구하고, 산문에 와서 당위 실천의 구체

---

18) 그런데 이 글은 작자의 선에 대한 매우 중요한 입장을 보여 준다. 처음 송아지를 얻은 것, 송아지와 주인이 다 죽는 것을 동시에 말하고 있는데 이것은 간화선에서 초견성(初見性)과 오후보임(悟後保任)을 원칙으로 삼는 돈오점수(頓悟漸修)라는 작자 특유의 참선법을 이렇게 표현한 것이기 때문이다.

적 과정을 서사적으로 설명하는 담화 방식을 사용하고 있다. 이것은 가사를 통해서는 독자들에게 당위를 실천해야 할 필요성에 대한 동기를 유발하고, 산문에서는 실제 구체적 실천 방안을 서사적으로 생생하게 설명함으로써 실제 실천 가능성을 높여 교화의 효과를 극대화하려는 작가의 매우 계획적인 의도가 작용한 결과 나타난 표현 전략이라 판단된다.

(11)도 (10)의 경우와 유사한 관계를 보여 주지만 별도의 제목을 가진 산문으로 제시되어 있다는 점이 다르다. 〈정진법〉이 만공의 세 가지 가사 작품 가운데 가장 구체적인 내용을 담은 최종적 작품의 성격을 가졌으면서도 무자화두를 드는 구체적 방법은 작품 안에서 끝내 말하지 않고, 별도의 산문을 통하여 상세하게 설명하였는데 그 역할을 한 글이 바로 위 (11)이다. 〈정진법〉이 작품의 대부분을 할애하여 진실도가 아닌 것을 16개의 항목으로 나누어 의문과 평서문의 병치를 통하여 단정적으로 제시하고 작품의 마지막 끝부분에서 최종적으로 진실도는 1700공안이고 그 가운데 조주무자가 가장 좋으니 이 화두를 결택하여 진실도에 정진해야 한다고 평서문의 서법으로 단정적으로 제시하였다. '부처되기 쉽다'는 얻게 될 좋은 결과까지 먼저 말하여 무자화두로 정진해야 할 당위성, 필요성을 가정의 평서형 문장을 통하여 강조하고 있다. 그래서 〈정진법〉이 진실도로서의 무자화두를 제시하고 이를 통하여 수행할 것을 요구하는 당위적 성격을 가졌다면 (11)은 실제 무자화두를 지속적으로 드는 방법, 혼침과 산란, 수마(睡魔), 지극한 마음, 깨달음의 계기와 세계, 일체법 알기, 생사 없음, 깨달은 후의 보임(保任), 만반의 불사, 선시 등을 차례대로 상세하게 설명하여 알려 주는 정보 전달의 담화 방법을 사용하고 있다. 무자화두를 들면서 가져야 할 기본적 자세에서부터 정신의 상태, 깨달음, 깨달은 후 보임,

불사 등 수행과 깨달음, 깨달음 이후의 보임, 교화의 과정을 차례대로 자세하게 설명하였다. 따라서 (11)은 〈정진법〉에서 요구의 담화 방식으로 나타낸 당위를 실천할 여러 방안을 구체적으로 나열하여 설명함으로써 정보 전달의 담화 방법을 구사하고 있다. 당위를 읊은 〈정진법〉이 수행을 하고자하는 동기를 끌어 올리는데 초점이 맞추어져 있다면, (11)은 수행 정진과 깨달음, 불사에 이르는 전체 과정을 세밀하게 여러 항목으로 나누어 알려 주어 실천에 나서게 하는 데에 목적이 있다고 하겠다.

가사 작품들 간의 질서가 점차적으로 일반적 개념 제시나 당위의 주장에서 구체적 개념과 당위를 제시하는 방향으로 나갔다면, 가사 작품과 산문들의 관계에서는 동기 유발을 위한 개념 제시와 당위 주장의 담화 방법, 자세한 실천 방안 설명이라는 정보 전달의 담화 방법이 상호 유기적으로 관계를 맺어 나갔다. 만공은 가사 작품에서 당위적 실천을 정서적으로 주장하거나 단정적으로 제시하고, 여기에 대하여 산문에서 구체적 방안을 논리적으로 풀어서 설명하는 담화 방식으로 양자를 유기적으로 결부시킴으로써 교시의 실질적 효과를 극대화하고자 했다.[19] 만공 가사에서는 가사가 가지는 다양한 성격 가운데 대상을 자세하게 설명하는 기능을 산문에 물려주고 그 가사는 주장하거나 단정하는 기능을 가지고 있다는 것을 볼 수 있다.

---

19) 가사로 당위의 주장, 핵심 개념 제시를 통한 동기를 유발하고 실제 수행 방법은 산문에서 구체적으로 설명함으로써 동기 유발의 힘을 바탕으로 시행착오 없이 실천으로 나가게 했다.

4. 유기적 상관 맥락과 담화 방식

이 장에서는 만공의 불교 가사 세 작품과 산문 기록을 내용의 상관 맥락과 담화 방식의 관점에서 유기적 관련성을 살펴보았다. 이러한 논의는 근대 한국 불교 가사 작품의 성격을 전반적으로 밝히려는 연구 과정의 구체적 한 사례로서의 성격을 갖는 것이다. 작자의 측면에서 볼 때 만공은 조사선을 재건한 경허 선사의 수제자이면서 그 스스로 선을 중심으로 한 전통 한국 불교의 정체성을 지키고 선의 영역을 확장하기 위하여 일제와 비타협적 입장에서 수행과 포교에 전념한 당대 가장 영향력 있는 불교 가사 작자 가운데 한 사람이었고, 작품 측면에서 볼 때 다른 불교 가사 작품과 뚜렷한 변별성을 가지는 특징적 가사 작품을 남겼다.

그가 남긴 세 편의 작품 간에는 내용상 〈참선법〉에서 〈중 되는 법〉, 〈정진법〉의 순차로 계기하는 유기적 상관 맥락 구조를 보여 주었다. 〈참선법〉에서 대중을 향하여 참선이라는 용어를 거론하고 출가수행을 포괄적으로 권유하면서, 구체적 수행 방법에 대한 궁금증을 유발하고, 〈중 되는 법〉에서 출가수행의 일반적 방법을 제시하여 궁금증을 일부 해결하는 답을 하면서도 구체적 방법에 대한 문제를 다시 제기하고, 〈정진법〉에 와서는 1700공안을 가지고 하는 참선 수행 가운데서도 무자화두를 참구하는 구체적 수행 방법을 최종적 답으로 제시하고 권유하였다. 그래서 가사 작품들은 내용이 일반적인 개념에서 점차 더 구체적인 개념으로 진행하는 방식으로 상호 유기적 상관 맥락을 형성하였다.

그런데 가사 작품과 산문 문건들의 관계는 이와 다른 양상을 띠고 있었다. 관계된 산문들과 대비했을 때 각각의 가사 작품은 중요한 사

안을 개념어, 명제 제시의 수준으로 나타냈고, 개념의 구체적 내용은
별도의 산문 작품으로 미루고 있기 때문이다. 〈참선법〉의 경우에는 작
품 내용 자체가 포괄적이었기 때문에 몇 가지의 산문을 출가, 수행,
깨달음(불교)의 국면별로 연관시키는 방식으로 유기적 상관 맥락 구조
를 보여 주었는데 〈청정수행록〉은 출가, 〈나를 찾아야 할 필요와 나〉
와 〈나를 찾는 법－참선법(參禪法)〉은 수행 방법, 〈불법(佛法)〉과 〈불
교〉는 깨달음의 결과인 불교 등의 순서로 연관되는 것으로 나타났다.
그리고 〈중 되는 법〉에는 같은 제목 아래에, 〈정진법〉에는 〈무자화두
드는 법〉이라는 별도 제목의 산문을 각각 배정하여 가사 작품에서 선
언한 핵심 개념의 구체적 내용을 명확하게 항목화하여 세부적으로 설
명했다.

　다음은 담화 방식을 살폈다. 〈참선곡〉에서는 의문, 감탄, 평서의 서
법을 통하여 중생과 불성과 같은 대상을 본사 부분에서 제시하고, 참
선을 하자고 청하거나 설명을 들으라고 명령하며 실달태자를 본받자
고 요청하여 요구의 담화를 서사와 결사에서 구사하였다. 그런데 주장
한 내용이 매우 포괄적이어서 실제 요구를 따르기 위해서는 더 구체적
내용이 필요한데 그 구체적 개념을 다른 가사 작품에 제시했다. 그래
서 〈중 되는 법〉에 오면 본사 전반부에서 의문과 설의의 서법을 병치
하여 추구하지 말아야 할 세속적 가치 네 가지 항, 즉 인간오욕(人間五
欲)으로 포괄할 수도 있는 '옷과밥, 부귀영화(富貴榮華), 명욕권리(名
欲權利), 문장명필(文章名筆)'을 구하지 말 것을 주장하고, 작품 시작
과 후반부에서 평서의 서법으로 〈참선곡〉에서 요구한 행위로서 '人間
五欲을 다 버리고 出家爲僧'의 과정을 평서의 서법으로 서사적으로 설
명하여 실천의 궁금증을 다소 해소해 주었다. 그래서 이 작품은 청유
와 명령으로 요구의 담화 방식을 구사한 〈참선곡〉과 담화 방식상 유기

적 관련을 맺게 됐다.

〈참선곡〉에 비해서는 더 구체적이지만 실제 〈중 되는 법〉에서 수행의 핵심으로 말한 '성성적적거각(惺惺寂寂擧覺)'하는 것이 어떤 것인지를 밝히지 않았고 그래서 이 작품 마지막 문장에서 의문의 서법을 사용하여 구체적 실천 방안이 무엇인지 질문하는 방식으로 작품을 마무리하였다. 앞 작품과의 관계에서 실천 방안을 비교적 더 상세하게 제시했으면서도 핵심적 수행 방법을 말하지 않고 '무삼方便 行하여야 허물된病 다고치고 眞實道에 정진할꼬'라는 의문의 서법으로 글을 마무리하여 더 상세한 내용을 가진 다음 작품과 유기적 연계의 꼬리를 마련했다. 그래서 〈정진법〉에 오면 서사와 본사에서 의문과 평서의 서법을 병용하여 그릇된 오해 16개 항을 낱낱이 증명하여 설명하는 정보 전달의 담화 방식을 사용하고, 결사에 와서 평서의 서법으로 '眞實道의 精進法은 一千七百 公案이요/一千七百 公案 中에 趙州無字 最上이라'라는 구체적 길을 단정적으로 제시하여 앞 작품에서 의문의 서법으로 제기한 문제에 대한 답을 구체적 개념으로 제공하고 있다. 이 작품 서사, 본사에서 논리적 증명을 통한 객관적 설명이 앞 작품에서 표현한 하지 말아야 할 것과 따라야 할 당위를 더 구체화하고 강화하는 역할을 하여 담화 방법상 〈중 되는 법〉과 〈정진법〉은 유기적 관련성을 가지게 되었다.

가사 작품과 산문들의 관계는 동기 유발을 위한 당위적 주장, 실천 사항의 개념적 제시의 담화 방법과 자세한 실천 방안의 설명이라는 정보 전달의 담화 방법의 관계로 맺어져 있었다. 가사 작품에서 당위적 실천의 문제를 주장하거나 중요 개념을 단정적으로 제시했다면 산문에서는 여기에 대해 구체적 실천 방안을 논리적으로 설명하는 정보 전달의 담화를 구사하여 양자의 결합은 교시의 실천적 효과를 극대화하는데 크게 기여했다고 할 수 있다.

지금까지 논의한 만공의 불교 가사는 가사가 가지는 다양한 성격 가운데 객관 대상을 설명하는 기능을 산문에 물려주고 가사는 주장하는 기능만 주로 가짐으로써 교술적 가사의 다양한 성격이 축소되어 가는 양상을 보여 주는 증좌가 되는 의의를 가진다. 문학의 대표적 성격인 서정, 서사, 희곡의 성격뿐 아니라 산문의 특징인 주장과 설명, 요구 등 다양한 담화 방식이 가사에 사용될 수 있는데 만공의 가사는 이를 일탈하는 모습을 보여주고 있다. 즉 당위의 주장과 서사적 또는 논리적 제시의 담화 방식을 주로 구사하고 있고, 정보 전달의 담화 방식은 별도의 산문을 통하여 집중적으로 사용하는 과정에서 가사의 중요한 성격 가운데 하나인 서정적 성격이 현저히 약화된 모습을 보여 주는 것이 만공 가사의 중요한 특징이라고 할 수 있다.

한암 선사 〈참선곡〉 구조의 역동성

1. 한암 선사의 〈참선곡〉

　방한암 선사는 최근세 한국 불교 조계종의 초대 종정을 지낸 인물이
다. 경허, 학명, 만공 등 근세의 선사들이 각기 개성적 삶의 모습을
보였듯이 한암도 이들과 구별되는 특징적 삶의 모습을 보여주었다. 그
러나 이들이 모두 불교 가사를 남기고 있으며 어떤 형태로든 선을 매
우 중시했다는 점은 닮아 있다.

　불교 가사 창작에 있어서 경허, 학명, 만공 등이 〈참선곡〉 이외에
다른 불교 가사 작품을 남겼다면 한암은 〈참선곡〉 단 한 작품만 남기
고 있다. 작품 창작의 현황에서 이미 다른 작가와의 차이가 감지된다.
한암은 한 작품을 남겼지만 그의 작품은 다른 작가의 〈참선곡〉에 비하
여 매우 길고 내용도 복잡한 양상을 보여 준다. 또한 불교 가사의 역사
적 전개상에서도 승려 신분으로 〈참선곡〉류 불교 가사를 창작한 마지
막 작자가 한암이라는 점에서 이 유형 불교 가사의 귀결점을 찾는 데
그의 가사는 주목 받을 만한 가치를 가지고 있다. 그리고 내용에서도
그 앞 시대 불교 가사가 미타 사상과 같은 선 이외의 불교 사상을 중요
하게 다루었으나[1] 한암은 작품에서 선적(禪的) 내용을 절대적으로 강

화하고 선 수행의 구체적인 방안까지 표현하고 있다는 점에서 더욱 주목할 만한 작품이다. 더구나 이 작품은 작가가 45세시에 금강산 건봉사 참선 결사를 지도하는 현장에 실제 사용하기 위하여 법어나 게송 창작과 함께 지은 것으로 창작의 구체적 배경과 사용처가 분명하게 나타나 있다는 점에서 연구할 의의가 더욱 큰 작품이다.

지금까지 한암의 불교 가사에 대한 연구는 작품을 발견하여 소개하고 작자를 조명하는 데서 시작하여 작품에 표현된 사상의 구체적 내용을 규명하고[2], 작품의 문면을 구성하는 표현이 주로 선대 어느 작품에서 유래했는가에 대한 구체적 전고 인용의 실태를 파악하는[3] 방향으로 진행되었다. 여기에서는 선행 연구가 이룩한 업적에 도움을 받으면서 작품이 갖는 총체적 구조의 특성을 밝히고자 한다. 작품에 어떤 사상이 표현되어 있는가, 작품의 구체적 표현들은 앞 시대 어느 작품에서 유래했는가라는 작품 표현과 내용의 실체를 파악하는 일은 연구의 선행 조건으로서 중요하다. 그러나 문학 논의는 문학 작품이 가진 구체적 성격이나 특성을 밝히는 데까지 나가야 한다고 보기 때문에 이를 위하여 본고는 작품 전체의 여러 부분들이 상호 어떤 관계 질서에 의하여 유기적으로 한 작품을 구성하는지 그 구조를 살펴보고자 한다. 한암의 〈참선곡〉은 겉으로 보아 그 앞 시대 기존의 불교 가사 작품에서 적절히 집구하여 만든 듯하나 실제는 작가의 주도면밀한 의도에 따라 역동적 작품의 구조[4]를 연출하고 있어서 불교 가사로서 독창성과 함

---

1) 〈서왕가〉, 〈백발가〉, 〈몽환가〉, 〈회심곡〉 등 많이 알려진 불교 가사는 대부분 미타 사상을 담고 있다.

2) 김호성, 「〈참선곡〉을 통해 본 한국선의 흐름」, 『방한암선사』, 민족사, 1995, 144~160쪽.

3) 김종진, 「한암 〈참선곡〉의 텍스트 비평과 문화사적 의의」, 『불교가사의 계보학, 그 문화사적 탐색』, 소명출판사, 2009, 314~345쪽.

께 문학성도 어느 정도 획득하는 성과를 달성하고 있다고 볼 수 있다.

누가 어떤 목소리로 누구에게 말하는가를 알려주는 시적 화자, 어떤 방식으로 말하는가를 나타내는 담화 방식을 먼저 살핀다. 그리고 이런 부분들이 각각 별개로 있는 것이 아니라 매우 밀접하게 상호 작용하면서 여러 단락을 의미있게 구성하여 작품 전체의 의도를 구현하고 있기 때문에 전체 작품을 구성하는 단락의 특성도 함께 논의하고자 한다. 이를 통하여 연출된 작품의 전체적 특성을 파악하고자 한다. 한암 가사 연구의 기본 자료는 『한암집』5), 『한암일발록』6) 『불교가사 원전연구』7)를 사용했고 이들 자료에 실린 한암의 〈참선곡〉을 연구 대상 자료로 삼았다.

2. 시적 화자의 변전(變轉)8)

여기서는 작가가 어떤 시적 화자의 목소리를 내세우고 있는가를 살피고자 한다. 한암은 하나의 작품 안에서 매우 다양한 시적 화자를 내세우고 그 목소리를 들려주고 있다. 말하고자 하는 내용에 따라 그것

4) 시적 화자, 담화 방식, 단락 구성의 차원에서 여러 요소들이 상호 작용하면서 각기 작품의 특징적 부분을 이루고 이 부분들이 복합적이면서 유기적 전체를 이루는 것을 작품의 역동성이라는 개념으로 파악하였다. 즉 시적 화자가 서사에서부터 결사에 이르기까지 다양하게 바뀌면서 담화 방식이나 단락의 내용도 아울러 변전하고 그 결과 전체 작품이 표현과 내용면에서 다층성과 체계성을 획득하고 있는 작품 현상을 역동성으로 보았다.

5) 한암 저, 석명정 역주, 『한암집』, 통도사 극락선원, 1990, 1~267쪽.

6) 한암 저, 한암문도회 편저, 『한암일발록』, 민족사, 1996, 1~559쪽.

7) 임기중 편저, 『불교가사 원전연구』, 동국대학교출판부, 2000, 1~1155쪽.

8) 變轉의 사전적 의미는 '이리저리 변하여 달라진다.'인데 이 논문에서는 일정한 질서에 따라 역동적으로 변하고 바뀐다는 의미로 사용하고자 한다.

을 가장 효과적으로 전달하기 위하여 그에 맞는 적절한 시적 화자와
그의 목소리를 수시로 바꾸어 사용한 것으로 나타난다.

　일반적으로 시가의 시적 화자는 담화의 주체로서 처음부터 끝까지
'나'로 일관하는데 한암의 〈참선곡〉도 이 점은 같다. 그러나 한암 〈참
선곡〉에서는 시적 자화와 그 구체적 목소리가 작품이 전개되면서 다양
하게 변전하는 양상을 보인다. 작품 시작부터 끝까지 단락 내에서, 단
락과 단락의 사이에서 여러 번 시적 화자와 그 구체적 목소리의 변전
이 일어난다.

(1) 가련하다 우리 인싱 허망하긔 그지 업네 (중략)
　　오호라 이닉몸이 밋을긋이 바이업네 (중략)
　　쳐자권속 은익(恩愛)타나 날을 위회 딕신가며 (중략)
　　일조(一朝)에 다 버리고 이내고혼(孤魂) 홀로가니
　　아득한 황쳔(黃泉)길에 따르나니 업(業)뿐일세
　　자작자수(自作自受) 내탓이니 누긔를 원망할가

(2) 이러무로 지혜인은 조념발심출가(早念發心出家)하야
　　익욕졍을 다버히고 부지러니 공부하네
　　삼계딕사(三界大師) 붓텨님이 졍영이 이르사되 (중략)
　　팔만장교 유전(八萬藏敎流轉)하니 어셔어셔 닥가보세
　　닥난길을 말하랴면 팔만사쳔(八萬四千) 가진 법문(法門)
　　히묵사이 부진(海墨寫而不盡)이니 딕강추려 적어보세 (중략)
　　공야(空耶)아 유야(有耶)아 오미지긔 소이(吾未知其所以)로다 (중략)
　　본릭싱긘 내의붓텨 쳔진면목 졀묘(天眞面目絶妙)하다

(3) 선지식(善知識)을 차자가셔 요연(了然)히 인가(印可)마져
　　다시의심 업슨후에 여릭명훈(如來明訓) 잇지마라 (중략)
　　삼세계불 역딕조사(三世諸佛歷代祖師) 이구동음(異口同音) 일넛쓰니

　　　자고자딕(自古自大) 부딕말고 도회보양(韜晦保養) 쏜을보소 (중략)
　　　무한청풍(無限淸風) 이는곳에 로지빅우(露地白牛) 잡아타고
　　　무공녁(無孔笛) 빗겨드러 틱평일곡(太平一曲) 죳타 (중략)
　　　평등원각 딕간남(平等圓覺大伽藍)에 소요자직(逍遙自在) 나뿐이여
　　　수변님하 한적쳐(水邊林下閑寂處)에 무심객(無心客)을 게뉘알니

(4) 여보시오 유지장부(有志丈夫) 이닉말삼 드러보소 (중략)
　　　예젼사람 공부(工夫)할계 잠오는글 성화하야
　　　송곳으로 찔넛거늘 나는어이 히틱한가 (중략)
　　　나도어셔 정진(精進)하여
　　　납월회일 당(臘月晦日當)하거든 수의왕싱(隨意往生) 하여보세

(5) 알왈말삼 무궁하나 공부에 방히키로
　　　이만딕강 국치오니 출격장부(出格丈夫) 살피시오 (중략)
　　　다시한말 잇사오니 오날이 임술(壬戌)년 정월십오일(正月 十五日)이
　　　올시다 다시한말 잇사오니 ○

　전체 작품에서 시적 화자의 모습이 드러나는 중요한 구절들만 여기에 가져왔다. 먼저 (1)에서 보면 시적 화자는 '우리, 이닉, 날, 이내, 내' 등으로 나타난다. '우리'가 복수형이기는 하지만 일인칭이라는 점에서 모두 '나'와 같은 시적 화자이다. 그리고 (1)에서는 이 일인칭 시적 화자를 통하여 말하고 있는 것도 주관적 정서가 중심이다. 인용된 내용을 보면 '우리 인생이 가련하다', '이 내 몸이 믿을 것이 업다', '나를 위해 대신 가겠는가?', '이 나의 외로운 혼이 홀로 간다', '업은 내가 지어서 나의 탓이다' 등으로 시적 화자는 자기가 가진 감정이나 처해 있는 상황을 주로 표현하고 있다. 이 부분에서 시적 화자는 자기 이야기를 자탄적 목소리로 하고 있는 '나'로 일관한다.

(2)에서 보면 '나'라는 시적 화자의 직접적 표지는 전반부에서는 나타나지 않다가 후반부에 '오(吾), 내'로 나타난다. 시적 화자의 직접적 표지가 나타나지 않는 전반부에서는 무엇을 말하고 있는가를 살펴보면 시적 화자의 성격을 역으로 추정할 수 있다. (1)의 시적 화자가 자신의 심정이나 처한 상황을 주로 표현한 데 비하여 (2)의 시적 화자는 '지혜인, 붓텨님'의 행위나 말씀을 소개하여 객관적 사실을 간략하게 알려주는 모습으로 나타난다. 그런데 제3자의 행적과 가르침을 소개하는 시적 화자에 그치지 않고 (2)의 중후반부를 보면 시적 화자는 또 다른 모습으로 변전한다. 시적 화자는 바다 같은 먹으로도 다 적을 수 없는 많은 법문을 적고 닦아 보자는 제안을 하는 사람으로 나오다가, 자기의 본질이 공(空)인지 유(有)인지 그 소이를 모르는 사람으로 나오기도 하고, 깨닫고 나서 본래 생긴 나의 부처가 절묘하다고 감탄하는 사람으로도 나오기 때문이다. (2)에는 지혜인과 부처의 가르침을 간략하게 소개하는 시적 화자와 가르침을 적고 닦기를 요청하는 시적 화자가 나오고, 자기 존재의 본질을 모르다가 이를 깨닫고 스스로 감탄하는 화자가 함께 나타나고 있는 것이다. 단락(2) 내적으로 남의 가르침을 소개하고 닦기를 요청하는 시적 화자에서 자기입장을 토로하는 시적 화자로의 변전을 보여 주고 있다. 앞의 단락과 연관해서 보면 (1)의 자기 심정과 처지를 자탄적 목소리로 토로하는 단순한 시적 화자에서 객관 사실을 자상한 목소리로 알려주거나, 수행을 급박한 목소리로 권유하고, 본질을 몰라서 일어난 궁금증과 깨달음이라는 법열의 정서를 감탄적 목소리로 함께 노래하는 다양한 시적 화자와 목소리로의 역동적 변전을 보여주고 있다.

시적 화자의 이런 변전은 (3)에서도 거듭된다. (3)에서 시적 화자는 여래의 밝은 가르침을 잊지 말라고 명령하고, 다음 두 구절에서는 그

연장선상에서 삼세제불과 역대조사의 가르침을 가지고 와서 그들이 이구동성으로 이른, 스스로 높이고 자랑하지 않으며[자고자대(自高自 大)], 덕을 숨기고 깨달음을 잘 보존하던[도회보양(韜晦保養)] 본보기를 잘 따를 것을 지시하는 명령적 목소리의 사람으로 나타난다. 그러다가 그 다음 두 구절에는 한 없이 맑은 바람이 부는 곳에 들의 흰 소를 타고 구멍 없는 피리를 빗겨 들고 태평곡을 연주하니 더욱 좋다고 하여 자유로운 삶의 기쁨을 영탄적으로 말하는 시적 화자가 나타났다. (3) 의 후반부에 나타난 시적 화자는 타자에게 어떤 사실을 가르치거나 행동을 명령하지 않고 스스로 '태평곡'을 연주하는 행위의 주체로서 이를 즐기는 사람이다. 여기서 시적 자아 '나'는 평등원각의 대가람에 소요자재(逍遙自在)하는 사람이며 남이 알 수 없는 무심(無心)을 가진 인물이다. 따라서 여기서 시적 화자가 영탄적 목소리로 표현한 '좋타'는 감정은 무심의 즐거움이고, 깨달음에서 오는 법열이라고 할 수 있다. 즉 (3)에서 시적 화자는 부처와 조사라는 제3자의 가르침을 제시하고 따를 것을 강도 높게 명령하는 사람과 스스로 흰소를 타고 태평곡을 연주하며 평등원각 대가람에서 소요자재하는 무심객의 두 가지 모습으로 나타난다. 그래서 (3)내에서 가르침을 명령적 목소리로 지시하는 화자와 그 가르침을 자기 것으로 실천하여 자신의 자유로운 삶을 영탄적으로 표현한 화자가 함께 나타나서 교시자에서 자유자재한 실천 행위자로의 시적 화자의 변전을 보인다.

그런데 (2)와 연관해서 보면 남의 가르침을 간략하게 전달하고 교시하는 시적 화자와 자신의 본질을 알지 못하다가 깨닫고 나서 기뻐하는 시적 화자는 (3)에는 더 이상 나타나지 않는다. 제3자의 가르침을 소개하고 그에 따라 복종할 것을 명령조로 강력하게 지시하기도 하고, 오후보임 뒤에 자유자재하며 기쁨을 영탄적으로 노래하는 사람이 (3)

의 시적 화자이기 때문이다. 즉 남의 가르침을 전달하거나 강력하게 교시하며, 깨달은 이후 자신의 즐거운 생활을 소개하는 시적 화자는 남의 가르침을 전달하고 교시하거나, 자신의 깨달음 자체에 감탄하던 (2)의 시적 화자에서 또 한 번의 질적 변전을 보인 것이다.

(4)의 첫 구절에는 '유지장부'라는 타인에게 이야기하는 사람인 '니' 가 시적 화자다. 그런데 생략된 부분의 구체적 내용은 부처를 믿으라 고 명령적 목소리로 지시하고 있는 것이다. 다음 두 구절에서는 예전 사람과 대비하여 공부하지 않는 자신의 답답한 심정을 자탄적 목소리 로 표현한 사람이 시적 화자로 등장한다. 사실을 소개하고 명령조로 지시하는 시적 화자에서 수행을 부지런히 하지 않는 자신을 한탄하는 자탄적 목소리와 달래는 목소리로 스스로 수행을 청유하는 시적 화자 에로의 변전을 (4)단락 안에서 보이고 있는 것이다. (3)에 나타난 시적 화자와 대비하여 보면 오후보임자(悟後保任者)[9]를 교시하는 시적 화자 와 스스로 오후보임을 마치고 자유자재하며, 직접 교화에 나서는 시적 화자가 (4)에 와서는 가르침을 소개하거나 강력하게 교시하는 인물과 열심히 수행하지 않는 자신을 탄식하며 반성하는 인물로 시적 화자가 변전되어 나타났다. 교시자로서의 시적 화자도 그대로 이어지기는 했 지만 (3)에서는 깨달은 사람을 교시하는 사람이고, (4)에서는 일반 대 중을 교시하는 사람으로 구체적 성격이 달라졌다. 그리고 자신의 정서 와 입장을 말하는 화자로서 (3)에서는 스스로 오후보임하고 교시에까 지 나간 사람이 시적 화자로 등장하고 (4)에서는 수행을 게을리 하는

---

9) 悟後保任은 깨달은 뒤에 다시 수행하는 것을 말한다. 이런 수행은 頓悟漸修의 구 체적 수행 과정에서 처음 見性을 하고 다시 수행을 하여 깨달음을 완성해 나가는 수행 과정을 말한다. 頓悟頓修의 입장에서는 깨닫는 순간 수행도 동시에 완수된다 고 보아 다시는 따로 수행이 필요 없다고 보는 입장이다.(고우 외 4인, 「5. 돈오돈수 와 돈오점수란?」, 『간화선』, 대한불교조계종교육원, 2005, 392~396쪽. 참고)

자신을 탄식하면서도 노력하는 사람이 시적 화자로 나와서 변전이 더 크게 이루어졌다.

그런데 (5)에서는 (4)의 전반부에 나타난 시적 화자와 같이 특정 인물인 '출격장부'를 대상으로 지금까지 말한 내용 전체를 살피라고 명령적 목소리로 지시하고 있다. 그리고 이어서 지금까지 앞에서 나타난 시적 화자들과는 다른 선사(禪師)를 시적 화자로 내세우고 있다. 이 부분의 시적 화자는 객관 사실을 구체적으로 알리거나 명령하는 어떤 인물이나 자신의 주관적 심정을 세심하게 진술하는 인물이 아니다. '다시 한 말이 있다'고 하면서 첫째로 한 말은 '오늘이 몇 년 몇 월 며칠'이라는 것이고, 둘째로 한 것은 말이 아니라 단순한 기호(○)이다. 이것은 선가에서 논리적이고 이원적인 세계10)의 사실이나 주장, 희로애락의 감정을 초월한 어떤 진리의 세계를 보이는 선적(禪的) 표현 방식11)이다. 그래서 이 부분에서는 공경의 목소리로 선적 발언을 하는 선사가 시적 화자로 나타났다고 할 수 있다. 단락 내적으로 (5)에서는 지금까지 말한 많은 내용을 살펴보라고 명령적 목소리로 지시하는 시적 화자에서 다시 대중에게 선구(禪句)를 공경의 목소리로 일러주는 선사(禪師)로의 시적 화자의 변전이 거듭 일어났다. (4)의 그것과 대비하면 가르침을 교시하는 시적 화자는 그대로 이어지면서 수행에 골몰한 자신

---

10) 일상에서 대립되는 두 가지 세계를 말하는데 대표적인 것이 有와 無, 생사와 열반, 중생과 부처, 어리석음[迷]과 깨달음[悟], 주관과 객관 등이다.

11) 선문답을 하면서 祖師西來意를 묻는 어떤 승려의 물음에 '뜰 앞의 잣나무[庭前栢樹子]'(『무문관』 37, 『종용록』 47, 『선문염송』, 421)'라고 하거나, 부처가 무엇인가라는 질문에 '麻三斤(『벽암록』 12, 『무문관』 18, 『선문염송』 1230), 幹屎橛(『임제록』)'이라고 대답하는 것과 같은 것이다.(월운감수, 이철교, 일지, 신규탁 편찬 『선학사전』, 불지사, 1995, 1~983쪽 참고)『선요』(고봉원묘 저·고우 감수·전재강 역주, 운주사, 2006, 44~45쪽)에서 말하는 백장의 들여우, 개의 불성, 청주의 배적삼 등도 선문답에서 나온 말로 수행에서는 이를 화두로 사용한다.

을 자탄적으로 드러내는 화자는 더 이상 등장하지 않고, 구체적으로는 수행하는 대중에게 선구를 일러주는 선사가 시적 화자로 새롭게 나타났다.

지금까지 시적 자아의 전변 과정을 작품 전개의 순서에 따라 살펴보았는데 중생으로서의 현실과 자기 정서를 자탄적 목소리로 표현한 시적 화자(1)에서 출발하여 (2)에 오면 지혜인이나 부처의 가르침을 자상한 목소리로 소개하고, 급박한 목소리로 교시하는 화자와 현상의 진리를 모르다가 이를 깨닫고 감탄의 목소리로 법열을 노래하는 시적 화자가 함께 나온다. 그리고 (3)에 오면 불조(佛祖)의 가르침을 소개하고 그에 따라 행동할 것을 명령조의 목소리로 강하게 지시하는 화자가 나오고, 스스로 오후보임의 실천을 통하여 자유자재하면서 중생을 제도하는 기쁨을 감탄적으로 노래하는 사람이 시적 화자로 나온다. 피리를 빗겨 불며 태평곡을 연주하며 기뻐하거나 중생을 자발적으로 제도하는 것이 부처의 은혜를 갚는 것이라고 생각하는 사람이 바로 이 시적 화자의 구체적 모습이다. (4)에 오면 가르침을 소개하고 명령적 목소리로 지시하는 사람, 수행을 게을리 하는 자신을 두고 자탄하는 목소리의 시적 화자와 달래는 목소리로 수행에 매진할 것을 청유하는 인물이 시적 화자로 나온다. (5)에 오면 작품 전체 내용을 다시 명령적 목소리로 지시하는 시적 화자와 선구를 가지고 대중을 공경의 목소리로 깨우치려는 선사가 시적 화자로 나왔다.

시적 화자의 변전을 묶어서 구조화해 보면 (1)에서 인생의 무상함을 소개하고 스스로의 처지를 탄식하여 독백하는, 불교를 접하기 이전 중생이 시적 화자로 나타나는 데서 시작하여 마지막 (5)단락에는 명령적 목소리의 일반적 교시자, 공경하는 목소리의 선적(禪的) 교시자[12]라는 두 가지 구체적 시적 화자가 나온다. 작품 중간 부분의 본사인 (2)(3)

(4)를 보면 공통적으로 교시자와 전달자[13], 수행자가 함께 앞뒤로 나오는데 구체적 내면 성격이 바뀌었다. 먼저 공통으로 나온 교시자를 보면 (2)에서는 초심자를 급박한 목소리로 교시하는 사람이고, (3)에서는 초견성을 한 사람을 명령적 목소리로 강력하게 지시하는 사람이고, (4)에서는 불교에 뜻을 둔 사람을 명령적 목소리로 강하게 교시하는 사람으로 각각 바뀌었고, (5)에서는 출격장부(出格丈夫)라는 구체적 대상 인물에게 명령적 목소리로 강하게 지시하거나 공경하는 목소리로 선적 교시를 내리는 인물이 시적 화자로 나타났기 때문이다. 그리고 시적 화자가 자신의 내면을 드러내는 경우에 있어서도 (2)에는 수행하고 처음 깨달은 기쁨을 감탄적 목소리로 표현하는 사람, (3)에는 오후보임을 거쳐 자유자재하고 교시하는 사람, (4)에는 자탄적 목소리로 자기 반성적으로 수행에 매진하는 모습을 보이는 사람이 각각 나타나서 변전이 일어났다. 이와 같이 작품 전체적으로 작가는 참선이라는 불교적 수행을 교시하기 위하여 무상을 절감한 (1)의 자탄적 목소리의 시적 화자에서 출발하여 (5)의 명령적 목소리와 공경의 목소리를 가진 교시의 시적 화자를 내세우기까지, 그 중간(2)(3)(4)에서는 독백이나 청유 또는 명령의 목소리를 점차 더 강하게 가진 시적 화자를 점층적으로 내세우고 있어서 시적 화자와 그 목소리에서 지속적 변전의 역동성을 보여주고 있다.

---

12) 여기서 일반적 교시자라는 말은 논리적으로 설명을 하거나 주장을 하여 가르치는 사람을 뜻하고, 선적 교시자라는 말은 논리를 초월한 선적 표현을 통하여 사람을 깨우치는 사람을 뜻하는 말로 사용하고자 한다.

13) 불교 수행 관련 지식이나 사실을 알려주는 사람을 전달자라고 할 수 있는데 이런 시적 화자는 교시자로서 교시를 위한 전제로 사실을 가져오는 경우가 대부분이어서 앞으로 이 둘을 합쳐서 교시자로 통일하여 사용하고자 한다.

328 한국 불교 가사의 구조적 성격

3. 담화 방식의 변전

앞 절에서는 시적 화자의 성격을 살폈는데 여기서는 작품 속에서 말하는 시적 화자가 무엇을 어떻게 말하고 있는지를 구체적으로 살피고자 한다. 시적 화자의 선택은 그 시적 화자에 어울리는 말하기 방식의 선택으로 이어진다. 각 시적 화자는 그에 어울리는 말하기 방식을 선택하여 표현해야 작자의 의도를 더 효과적으로 관철할 수 있기 때문이다.

담화 방식을 여기서는 문장의 종결 방식, 즉 서법에 근거하여 교술적 담화 방식, 서정적 독백의 담화 방식14)으로 나누어 논의하고자 한다. 앞 절에서 시적 화자가 여러 번 바뀌면서 단락이 전개되어 간 것을 확인했다. 위에 제시한 다섯 항의 인용문은 대체로 시적 화자의 성격에 따라 나누어 본 것인데 위 인용문의 예문과 아래에 인용한 예문을 함께 포괄하여 그 담화 방식을 논의하고자 한다.15)

(6) (전략) 어제갓히 청춘시절 어언간 빅발(白髮)일세 (중략)
    눈물코물 자연(自然) 흘러 졍신좃차 희미하다 (중략)
    풀끗헤 이슬이오 바람속에 등불이라
    아젹나잘 셩던몸이 젼녁나잘 병이들어
    익고익고 고통소리 사지빅졀(四肢百節) 오려낸다 (중략)
    염불싱각 아니나니 임갈굴졍(臨渴掘井) 할 일없네 (중략)

---

14) 한암은 교시자를 내세워 불교 사상이나 수행 관련 정보를 제시하고 이를 근거로 수행을 요구하며, 중생이나 수행 실천자를 내세워 스스로 자기 정서나 체험을 말하게도 하였다. 정보를 전달하거나 교시를 내리는 것은 객관 사실을 말하거나 주장을 하는 것으로 이는 교술적 담화 방식이고, 자기 정서나 체험을 표현하는 것은 서정적 독백의 담화 방식이라고 할 수 있다. ('가사의 장르규정(조동일, 『한국문학의 갈래 이론』, 집문당, 1992, 51~77쪽)' 참고)

15) 한암 〈참선곡〉은 다섯 개의 단락으로 구성되어 있는데 (1)(6), (2)(7), (3)(8), (4)(9), (5)(10)이 차례로 서사, 본사1, 본사2, 본사3, 결사이다.

금은옥빅 싸핫쓰나 속(贖)을 밧쳐 면할손가 (중략)

(7) 몸둥이는 송장이오 (중략) 이것이 무엇인고
경상시위 혼디유(境上施爲渾大有)나 차자보면 전혀업네
이무삼 도리(道理)런고 공야(空耶)아 유야(有耶)아 (중략)
만쳔법문 무량묘의(萬千法門無量妙義) 일호두상 식근언(一毫頭上識根
源)을
고조사(古祖師)의 일은말삼 과연허언 아니로세 (중략)

(8) 계성곽(戒城郭)을 놉히싸하 리외정정 션찰(內外淸淨善察)하소 (중략)
본식납자 진도인(本色衲子眞道人)이 엇지하야 명픠(名佩)할가 (중략)
불셩계주 심지인(佛性戒珠心地印)은 추월(秋月)갓치 식로워라 (중략)
꿈속갓흔 이셰상에 빈빙갓치 쩌놀면셔
유연중싱 제도(有緣衆心濟度)하면 보불은덕(報佛恩德) 이아닌가
동쳐디비(同體大悲) 마음먹어 빈병걸인 괄셰마소 (중략)

(9) 인도(人道)에 불수(不修)하면 타도(他道)에 난수(難修)라네
쓸디업는 탐이정(貪愛情)은 움도업시 베버리고
자긔상(自己上)에 잇는보물 부지러니 살피시오
광음(光陰)이 표홀(瓢忽)하야 늙는모양 지쵹하니
셔산락일(西山落日) 다졈은 씩 후회한들 쓸찍잇나
푸주간에 가난소가 자욱자욱 사지로세
세월이 무정하야 빅년이 잠시로다 (중략)

(10) 불조(佛祖)의 이른 방편 즈기상(自己上)에 도리켜셔
진실다이 참구(參究)하고 수언싱회(隨言生解) 부디마소 (하략)

우선 (1)(6)에 나타난 문장 종결의 예를 모두 보면 '가련하다, ~그지
업네, ~빅발일세, ~희미하다, ~바이 업네, ~등불이라, ~오려낸다,

~할일업네, ~면할손가, ~업뿐일세, ~누구를 원망할가' 등으로 되어
있다. 먼저 (1)에서 '가련하다'는 평서형 종결 어미를 사용하여 겉모양
은 평서형이지만 이 말이 사용된 앞 뒤 문맥을 보면 실제는 시적 화자
의 탄식을 나타내는 자탄 표현의 기능을 수행한다. '~네'는 모두 감탄
형 종결 어미인데 시적 화자인 중생이 어려운 처지를 한탄하는데 주로
사용되어 탄식 표현의 기능을 수행한다. 그리고 ~면할손가?, ~누구
를 원망할가?'는 겉모양이 '~ㄴ가?, ~ㄹ가?'로서 의문형의 문장이지
만 역시 어떤 사실을 실제 물어보는 단순한 의문문이 아니라 발언한
겉면과 반대되는 의미를 강조하는 기능을 하고 있다. 면할 수 있는 방
법을 실제 물어보는 것이 아니라 면할 수 없다는 것, 실제 누구에게
원망하면 되겠는가라고 묻는 것이 아니라 누구를 원망해도 소용이 없
다는 것을 강조하고 있다. 감탄이나 설의적 의문의 서법을 통하여 실
존적 한계 상황에 처한 시적 화자가 가진 괴로운 심정을 절실하게 드
러내서 주관적 정서 표현의 서정적 담화 방식을 구사하고 있다.

　(6)을 살펴보면 감탄이나 의문 이외에 평서문의 서법이 사용되고 있
는 것을 확인할 수 있다. 인용문(1)에 나타난 시적 화자는 자신의 주관
적 심정을 주로 나타내는 데 감탄이나 의문문을 주로 사용했는데 (6)
에는 평서문이 사용되고 있다. 우선 평서문이 사용된 예를 들어 보면
'~희미하다, ~등불이라, ~사지빅졀(四肢百節) 오려낸다'를 들 수 있
다. 사람이 늙으면 눈물과 콧물이 흐르고 정신이 희미하고, 몸이 이슬
과 등불이며 병이 들어 사지를 오려낸다고 단정적으로 표현하고 있다.
심신의 무상함과 병이 들어 고통을 받게 되는 명백한 사실을 분명하게
나타내기 위하여 평서형의 서법을 사용하고 있다. 중생 고통의 근원이
되는 현실을 이와 같이 평서형의 서법을 통하여 알려줌으로써 시적 화
자의 괴로운 심정이 객관적 근거에 기초하고 있고 누구나 그럴 수밖에

없다는 보편성을 확보해 주는 역할을 하고 있다. 이러한 평서형의 서법을 통한 객관적 근거를 제시하는 화법에 의하여 이 단락 나머지 부분에서 시적 화자가 표현한 괴로운 현실과 그에 따른 자탄의 정서가 특정 개인의 주관주의로 치부되지 않고 공감의 바탕을 확보하게 되었다. 따라서 (1)에서는 시적 화자인 중생이 자기의 곤궁한 현실을 자탄적으로 나타내어 서정적 독백의 담화 방식을 보여 주면서도 (6)에서 중생의 현실에 대한 일반적 판단을 평서형의 서법을 통하여 객관적으로 소개하는 교술적 담화 방식을 사용하여 주관적 서정을 보편화하는 기초를 마련하고 있다. 즉 서사인 (1)(6)에는 서정적 독백의 담화 방식에 그 근거가 되는 사실 전달의 교술적 담화 방식이 동시에 구사되고 있다고 할 수 있다. 객관적 어조로 사실을 드러냄으로써 주관적 어조의 표현까지 보편성을 가지게 하는 데 효과를 얻고 있다.

(2)(7)에 나타난 문장 종결의 예를 보면 '~공부하네, ~닦가보세, ~적어보세, ~무엇인고, ~전혀없네, ~도리런고, ~유야아, ~무야아, ~오미지긔소이로다, ~절묘하다, ~아니로세' 등으로 되어 있다. 이 가운데 (2)에는 '~보세' 두 가지를 제외하고 나머지는 모두 감탄형으로 문장이 종결되고 있다. '~공부하네'는 지혜인이 하는 행위를 소개하고 칭송하면서 사용했고, '~오미지긔소이로다'는 모르는 것을 탄식하면서 사용한 어구이다. '~절묘하다'는 평서형 종결의 외형을 가지고 있지만 본래 부처인 자기 면목을 깨치고 나서 깨달음의 기쁨을 드러내는 감탄의 기능을 하고 있다. 남의 훌륭한 행위를 소개하고 칭송하거나, 진리를 모르는 자신을 한탄하다가 깨닫고 나서의 기쁨을 영탄적으로 나타내는 과정에서 감탄형 문장 서술의 방식을 사용하고 있다. 그런데 문제는 두 번 반복한 청유형 '~보세'이다. 청유형의 담화를 사용한 경우에는 부처의 경전을 공부하자는 제안과 가르침을 적어 보이겠다는

의도를 청유라는 부드러운 어조로 나타냈다. 모범적 인물을 소개하여 칭송하기도 하고, 공부할 것을 권유하며, 모르고 사는 자신을 한탄하다가 노력하여 마침내 깨닫게 되는 기쁨을 표현하는 과정에 청유와 감탄의 문장을 구사하고 있다. 사용 빈도상으로는 감탄형이 많지만 청유는 여기서 매우 중요한 서법으로 기능하고 있다. 즉 인용문의 전반부에서 모범 사례를 감탄문을 사용하여 먼저 제시하고, 이어서 모범적 대상 인물의 전범을 따르게 하기 위하여 부드럽게 권유하는 방법으로서 청유의 서법이 사용되고 있기 때문이다. 감탄을 통한 제시와 서정, 청유를 통한 요구의 담화를 보여주고 있다. 감탄형의 서법은 감정에 호소하여 제시의 담화 효과를 높이고, 청유형은 요구의 담화를 완곡하게 하는 기능을 하고 있다.

같은 단락인 (7)에 나타난 문장 종결의 예를 보면 '~이것이 무엇인고, ~전혀업네, 공야아, 유야아, ~아니로세' 등으로 되어 있다. 여기서는 '~전혀업네, ~아니로세'를 제외한 나머지 세 가지는 모두 의문형의 서법으로 되어 있다. (1)에 사용된 의문형의 서법이 문면과 반대의 뜻을 강조하기 위하여 사용된 설의적인 것이었다면, 여기서 사용된 의문형은 모르는 것을 알기 위하여 자문(自問)하는 실제 의문의 서법이다. '~이것이 무엇인고'는 '시심마(是甚麼)'라는 화두로서 '이것이 무엇인가?'를 실제 지속적으로 자신에게 되물을 때 사용하는 의문문이다. 그리고 이어서 '공야아, 유야아'의 경우도 이것의 실체를 몰라서 공인가, 유인가를 알려고 스스로에게 실제 반문하는 것이다. 물론 이것은 질문의 상대를 객관적으로 두고 질문하는 것이 아니라 스스로 자신에게 던지는 질문이다. '~전혀 없네'는 자신의 실체가 없다는 것을 강조하는 감탄형의 서법이고 '~아니로세'는 깨닫고 나서 고조사(古祖師)들의 가르침이 빈말이 아니라는 것을 알고 감탄하는 말이다. 실제 공부

하는 과정에서 본질을 추구하는 의문, 자아를 도저히 찾을 수 없는 한
탄이나 고조사들의 가르침에 대한 감탄을 나타낼 때 감탄형의 서법을
구사하고 있다. 여기서 의문은 자기를 향해 던진다는 점에서 감탄과
함께 자기 독백의 담화 방식이다.

결국 공부를 권유할 때 청유, 깨달음을 드러낼 때 감탄, 화두를 의심
할 때 실제 의문 등의 서법을 구사하고 있다. 의도에 따라 담화 방식을
크게 둘로 나누어 볼 수 있는데 하나는 모범 사례를 소개하고, 교시적
내용을 제시하면서 닦기를 요구하는 방식이, 다른 하나는 수행하고 깨
달아서 기쁨을 누리면서 그것이 그 이전 고조사와 일치한다는 것을 발
견하고 자기의 즐거운 감정을 표현하는 방식이다. 전자는 객관사실을
제시하고 실천을 요구하는 정보 전달과 주장의 담화 방식이고, 후자는
자기 실천의 경험과 기쁨을 독백하는 담화 방식이다. 그래서 전자는
교술적16) 담화 방식, 후자는 서정적 담화 방식이라고 할 수 있다. 그러
나 (7)에 나타난 감탄의 정서는 (2)의 교시를 실천한 결과 나타난 것이
어서 순수한 개인의 감성적 정서로 보기는 어렵다17). (2)(7)에 오면 앞
의 (1)(6)에 나타난 정보 전달의 담화와 개인 독백의 서정적 담화 방식
에 교시자의 교술적 담화가 새롭게 더 나타난 것이 변전된 내용이다.
사례의 제시, 자기 실천과 기쁨을 영탄적 어조, 주장에 완곡한 청유의
어조를 구사하여 교시의 강제성보다 자발성을 유도하려는 의도를 보
이고 있다.

---

16) 객관적 사실을 제시하거나 주장하는 것을 뜻하는 말로 사용했다.('가사의 장르규
　　정(조동일,『한국문학의 갈래 이론』, 집문당, 1992, 51~77쪽)'참고)

17) 일반적으로 정서라고 하면 개인의 희로애락의 감정을 말하는데 법열은 깨달음을
　　체험하면서 얻는 기쁨으로, 즉 진리를 깨닫는 데서 발생하는 감정으로 그 발생의
　　기반이 다르기는 하나 표면적으로 드러난 주관적 정서라는 점에서는 법열을 드러
　　내는 말하기 방식이 독백의 서정적 담화라 할 수 있다.

(3)(8)에는 '~아니로세, ~잇지마라, ~션찰하소, ~쓴을보소, 명픠할가, ~싀로워라, ~더웃좃타, ~이아닌가, ~괄셰마소, ~계뉘알니' 등 다양한 서법의 사례가 나타난다. 그 가운데 (3)에는 명령의 서법이 두 번, 감탄과 의문의 서법이 각각 한 번씩 나타났다. '~잇지마라'고 하여 여래의 밝은 가르침을 잊지 말라고 명령한 경우나, '~쓴을보소'라고 하여 불조의 가르침에 따라 행동하라고 명령하면서 명령의 서법을 사용했고, '~더웃좃타'에서 깨달음의 기쁨을 나타낼 때 감탄의 서법을 사용했고, '~계뉘알니'에서는 자신의 무심함을 모른다는 것을 강조하면서 설의적 의문의 서법을 사용했다. 의문형의 경우 겉모양은 의문이지만 문맥상 실제는 자신의 무심함을 아무도 모른다는 것을 강조하기 위하여 구사한 서법이라 할 수 있다. 명령의 서법으로 행동을 요구함으로써 주장이 더 강화되고 설의와 감탄의 서법으로 자신의 법열(法悅)을 타나내서 독백의 정도가 더 강화되었다.

나머지 예는 (8)에 나타나 있는데 '~릐외졍졍 션찰(內外淸淨善察)하소, ~명픠(名佩)할가, ~싀로워라, ~이아닌가, ~괄셰마소 등으로 여러 가지다. 그러나 명령, 감탄, 의문의 서법이 대부분이다. '~릐외졍졍 션찰(內外淸淨善察)하소, ~괄셰마소'는 명령의 서법으로서 어떤 수행 방법을 실천하거나 남을 무시하지 말도록 명령하는 것으로 되어 있다. 그리고 '~명픠(名佩)할가, ~이아닌가'는 의문형인데 역시 실제 모르는 것을 질문하는 것이 아니라 문면과 반대 되는 내용을 강조하기 위하여 의문문의 형태를 빌려 왔다. 진도인(眞道人)은 이름을 추구하지 않는다는 것, 인연 있는 중생을 제도하는 것이 부처의 은덕에 보답하는 것임을 강조하기 위하여 설의 의문 서법을 구사하였다. '~싀로외라'는 감탄형으로 깨달음의 기쁨을 나타내는 데 사용됐다. 이 외에 명령, 의문의 서법을 통해서 행동을 명령하거나 강조하였다. 여기서는 명령을 통하여 수행할 것을 강하게 교시하고, 의문을 통하여 그릇됨을 강하게 금지하거나 당연한 것을 강조하고, 감탄을 통하여 자기 깨달음을 표현하는 것으로 나타났다. 명령이나 설의적 의문을 통한 강조는 시적 화자가 대상 인물에게 어떤 행동을 하도록 요구하는 것이어서 주장하는 교술적 담화 방식이고, 자기의 깨달음을 영탄적으로 드러낸 것은 자기 내면을 드러내는 서정적 독백의 담화 방식이라 할 수 있다. 앞 단락에 비하여 주장의 담화가 명령이나 설의의 서법에 의해 구현됨으로써 강도가 더 높아지고 감탄의 서법으로 깨달음을 표현하여 서정의 담화 방식을 거듭 사용하였다. 명령과 설의의 어조는 시적 화자에 더 근접한 대상 인물인 오후보임자에 대한 요구 수위를 높이고 있다는 것을 보여 준다.

(4)(9)에는 '~드러보소, ~난수라네, ~살피시오, ~쓸듸잇나, ~사지로세, ~잠시로다, ~히틔한가, ~하여보세' 등이 나타난다. 그 가운데 (4)부분에 '~드러보소 ~히틔한가, ~하여보세' 등을 사용하고 있는데 차례로 나의 말을 들으라는 명령, 자신의 게으름을 탄식하면서 의문, 뜻대로 왕생할 것을 요청하면서 청유의 서법을 사용하고 있다. 명령법은 시적 대상자에게 말을 들으라고 시키는 데에 사용됐고, 실제 수행자의 입장에서 자기의 게으름을 반성할 때 감탄적 기능을 가진 의문법을 사용하고 있고, 수행의 좋은 결과를 함께 할 것을 제안할 때 청유의 서법을 구사하고 있다. 명령의 서법은 주장을 강하게 지시할 때, 청유의 서법은 부드러운 어조로 달랠 때 사용했고, 감탄의 서법은 자기 심정을 자탄적 어조로 드러낼 때 사용했다. 주장하는 교술적 담화에 명령과 청유의 서법을 동시에 사용하여 강도의 변화를 주고, 감탄을 통하여 정서 표현의 서정적 담화를 더 심각하게 구사했다.

그리고 같은 단락인 (9)에 나타난 예를 보면 '~난수(難修)라네, ~살피시오, ~쓸쩌잇나, ~사지로세, ~잠시로다,' 등으로 상당히 많다. 이 가운데 '~살피시오'는 자기에게 본래 있는 보물이나 일러 준 말을 살 피라고 명령하는 데 사용되고 있다. 시적 대상 인물에게 실천해야 할 행위를 강하게 지시하기 위하여 명령의 서법을 사용하고 있다. '~난수 (難修)라네, ~사지로세, ~잠시로다'는 감탄형으로서 시적 화자가 중생 의 입장에서 삶의 실존이 가지는 유한성을 전달하는 데 사용됐다. 명 령의 서법은 주장을 강하게 표현하는 교술적 담화의 기초가 되었고, 감탄의 서법은 시적 화자의 정서를 표시한 것이 아니라 중생 실존의 심각한 문제를 드러내는 구실을 하고 있다. 주장과 사실의 제시는 교 술적 담화로서 명령조나 감탄적 어조로 구사되었다. (4)(9)에서도 주 로 명령이나 감탄을 통하여 시적 대상 인물에게 수행을 강조하거나 중 생 현실을 심각하게 제시하고 감탄, 의문을 통하여 스스로 고심하는 정서를 주로 표현하여 역시 주장하거나 정보를 전달하는 교술적 담화 방식과 자기 정서 표출의 서정적 담화 방식을 함께 구사하고 있다. (4)(9)에서 중생의 현실과 수행의 모범을 감탄과 명령조의 서법으로 소개하고 애써 수행하는 사람이 서정적 독백의 담화를 구사하고 있는 것이 앞의 단락에서 변전한 내용이다.

  (5)(10)에는 '~살피시오, ~부디마소, ~이올시다, ~○~'이 나오는 데 그 가운데 (5)의 '~살피시오, ~정월십오일(正月十五日)이올시다, ~○~'에서 맨 앞의 것은 출격장부라는 구체적 대상 인물에게 지금까 지 말한 교시의 내용을 살펴서 실천할 것을 명령한 것이고, 후자는 시 적 화자가 자신의 말을 전달하면서 사용한 평서문이다. 앞의 명령문은 다른 일반 예와 유사한 것인데 평서문은 지금과는 다른 특성을 보여준 다. 지금까지 작가가 구사했던 명령을 통하여 강조하는 방식을 버리고 단순히 매우 명백하고 당연한 내용을 평서형을 통하여 제시하거나 이

런 서술의 흔적 자체도 드러나지 않게 기호(○)만 보여주고 있기 때문
이다. 맨 앞의 것은 시적 화자가 특정 행동을 대상 인물에게 실천하도
록 명령하고 있어서 말하는 내용이 있고, 대상 인물이 있어서 논리적
으로 설명이 가능하다. 그런데 다음 것은 시적 화자가 스스로 말하겠
다고 하고 사용한 평서문인데 불교에서 말하는 논리 이전 진리의 어떤
상태를 드러낸 선구(禪句)이다. 명령을 통한 주장, 평서의 서법을 통한
사실 제시를 하고 있어 무두 교술적 담화 방식을 보여 주고 있다.

나머지 (10)의 '~부디마소'는 말을 따라 알음알이를 내지 말라고 명
령하고 있다. 이것은 (5)의 '~살피시오'와 같은 선상에 놓이는 것으로
글을 마무리하면서 지금껏 말한 내용을 잘 살피고 알음알이를 내지 말
라는 총괄적 교시의 역할을 한다는 점에서 그러하다. 명령을 통한 주
장을 하고 있어 교술적 담화의 양식을 보여 주고 있다. (5)(10)을 묶어
서 보면 사용된 문장 유형을 명령의 서법과 평서문의 서법으로 요약할
수 있다. 전자가 지금까지 보인 교시의 바른 실천을 명령한 것이라면,
후자는 논리를 초월한 선적인 방법으로 깨우침을 주려는 선구의 제시
라 할 수 있다. 그러나 일반적이든 선적이든 교시를 하고 있다는 점에
서는 주장의 교술적 담화 방식을 사용했다고 할 수 있다. 앞 단락과
비교하면 수행자가 주관적 자기 독백을 하는 서정적 담화가 더 이상
나타나지 않고 교시를 위한 주장의 교술적 담화만 나타나는 변화를 보
여주고 있다. 교시의 효과를 높이기 위하여 논리적 방법과 초논리적
선적 방법을 모두 사용하여 작품을 마무리하고 있다.

제1단락인 (1)(6)에서는 중생인 화자가 자신의 처지와 정서를 교술
적, 정서적 화법으로 각각 말하고, 제2단락인 (2)(7)에서는 화두수행
법과 깨달음의 법열을, 제3단락인 (3)(8)에서는 오후보임의 방법과 구
경각의 법열을, 제4단락인 (4)(9)에서는 발심자의 수행 방법과 수행자

의 고뇌를, 정서적 화법으로 각각 말하고, 제5단락인 (5)(10)에서는 논리적 비논리적 교시를 교술적 화법으로 표현하였다. 그리고 작가는 차례대로 탄식, 달램과 감탄, 명령과 영탄, 명령과 고뇌, 명령과 공경의 어조를 각 단락에 더함으로써 구체적 교시자와 실천자의 입장을 사실적으로 드러내는 담화를 구사하였다.

　지금까지 서법을 기초로 몇 가지 담화 방식이 작품 전개에 따라 변전하는 것을 살펴보았다. 명령이나 청유가 교시자의 입장에서 교리나 행동 지침을 전할 때 사용하여 요구의 교술적 담화 방식이라면, 의문의 경우는 화두를 참구하는 경우를 제외하고는 대부분 문면과 반대의 내용을 강조하기 위하여 사용한 요구의 교술적 담화 방식이었다. 그리로 명백한 존재의 현실이나 주객을 아우르는 선구(禪句)를 구사하고 중생들이 처한 현실의 보편적 고통을 알리거나, 초논리적인 방법으로 대중을 깨우치고자 할 때 평서문의 서법을 사용하여 교술적 담화 방식을 구사했다. 감탄의 서법은 중생의 입장이나 깨달은 분상에서 가지는 개인적 정서, 법열의 정서를 시적 화자가 스스로 독백할 때 사용했다.

4. 단락 구성의 변전

　앞 두 절에서는 시적 화자의 입장과 그 입장에서 보여준 담화의 특징을 살펴보았다. 여기서는 이런 시적 화자가 담화의 방식을 통하여 무엇을 어떤 구도로 말하고 있는지를 살피고자 한다. 이것은 더 구체적으로 작자가 하나의 단락을 어떤 내용으로 구성하는가라는 문제와 연관 되어 있다. 한암의 〈참선곡〉은 전체 다섯 개의 단락으로 나누어지는데 서사와 결사가 각 한 단락이고 본사가 세 개의 단락으로 구성되어 있다. 이들 각 단락은 단락 내적으로 어떤 구성을 보이면서 변전하고 있는지를 논의하고자 한다.

(1)과 (6)은 한암 〈참선곡〉의 서사에 해당한다. 여기서 시적 화자인 중생은 자기의 현실과 정서를 매우 다양한 측면에서 말하고 있다. 삶의 실존을 심신(心身), 사후 문제, 세속 인연, 현실 등으로 유형화하여 시적 화자가 관련 사실을 제시하거나 당사자의 입장을 표현하고 있다. 먼저 인생이 허망하여 가련하다는 전제를 하고 얼굴의 검버섯, 눈물과 코물이 나고 정신이 희미해지는 것, 이슬과 등불과 같다는 것, 병으로 고통 받는 것 등은 심신에 나타나는 무상함이라는 객관 사실이다. 그리고 고통 때문에 염불 생각이 나지도 않고 사후에 갈 곳을 알 수 없다고 한 것은 죽은 후의 문제를 말한 것이고, 처자권속이나 금은옥백의 재물도 쓸데 없으며 버리고 간다는 것에서는 세속의 인연의 허망함을 말한 것이고, 다만 이전까지 쌓은 업만이 남아서 고통 받는 것이 자업자득이라고 하여 남을 원망할 것이 없다고 한 것은 피할 수 없는 시적 화자인 중생의 현실을 노래한 것이다. 서사에 보이는 이런 내용은 실제 한암이 독자적으로 사용한 것이 아니라 바로 직계 스승인 경허의 〈참선곡〉이나 〈법문곡〉에서 많이 인용해온 것이다. 그런데 경허도 자기가 처음 독자적으로 이런 내용을 노래한 것은 아니라 그 이전에 있었던 〈백발가〉, 〈자책가〉, 〈몽환가〉, 〈회심곡〉 등에서 가져온 내용들이다.[18] 그러나 이런 선행 작품들은 한암이 체계적으로 사용한 다양한 표현 가운데 특정 한두 구절만을 산발적으로 사용하면서 각 작품이 가지고 있는 교시의 목적을 달성하는데 사용하고 있다. 한암은 기존의 작품이 가지고 있는 인생 무상에 대한 여러 표현들을 총괄하면서 이를

---

18) '한암 〈참선곡〉의 텍스트 비평과 문화사적 의의(김종진, 『불교가사의 계보학, 그 문화사적 탐색』, 소명출판, 2009, 314~341쪽)' 참고.

심신, 사후문제, 세속 인연, 필연적 현실 등으로 체계화하여 관련 사실을 전달하거나 이를 나의 문제로 절실하게 표현함으로써 서사의 내용은 그가 이어서 요구하게 될 참선 수행에 나가지 않을 수 없게 만드는 매우 강력한 동인으로 작용하게 되었다고 할 수 있다.

(2)와 (7)은 이 작품의 본사의 첫 단락이다. (1)(5)에서 허망한 우리 인생을 읊다가 여기에서는 삶의 모범을 보인 '지혜인과 붓텨님'의 삶을 전제로 가져와서 닦기를 제안하고, 이어서 보인 닦는 길은 불교 경전의 내용이 아니라 '이것이 무엇인가?'라는 화두를 '거각(擧覺)'하는 구체적인 화두 참선법이다. 화두 수행에서는 교시자가 아닌 수행자로서 스스로 수행하는 모습으로 나타난다. 몸둥이는 송장이고 망상번뇌가 본래 고요하다고 전제하고서 일상에서 다양한 활동을 하는 '이것이 무엇인가?'라는 의심을 생활 속에서 끊임없이 지속하여 밥 먹고 잠자는 것도 잊는 지경에 이르면 홀연히 깨닫는다고 수행자의 입장에서 스스로 말하고 있다. 그리고 깨닫고 나서 일체 모양을 초월한 근원 자리를 알고서 '고조사(古祖師)'의 말이 허언이 아니었다는 것을 확인하는 기쁨을 표현하고 있다. 본사 첫 단락인 이 부분에서는 지혜인과 부처님의 가르침을 전반부에서 소개하면서 수행을 요구하고 '이뭣꼬?' 화두를 수행하는 자세한 과정과 깨달음, 깨달음의 기쁨을 표현하고 있다. (1)(5)에서 제시한 중생의 유한하고 피할 수 없는 현실과 절망에 대한 대안이 (2)(7)에서 보인 화두 참선법이다. (1)(6)의 내용은 대부분 〈자책가〉, 〈백발가〉, 〈회심곡〉, 〈몽환가〉와 같은 기존의 불교 가사에서 사용된 내용을 가져온 것인데 비하여 (2)(7)의 내용은 경허의 〈참선곡〉, 〈법문곡〉에서 주로 인용해 온 것이다. 기존 작품에서는 인생의 무상함을 작품의 서두로 제시하면서 염불을 권유하기 위한 전제로 사용하였는데 한암은 참선을 권하는 전제로 가져와서 사용하고 있는 것이다. (1)(5)

단락과 대비하면 시적 화자가 중생 관련 사실과 중생으로서 한탄하며
보여 주었던 시적 화자의 한계 현실에서부터 그 해결의 방안의 제시와
요구, 실천, 해결 결과 얻은 기쁨이라는 내용으로의 변전을 보여 준다.

한암은 참선 수행의 과정을 본사의 첫 단락에서 매우 구체적으로 보
여주고 있는데 지혜인과 부처와 같은 불교 관련 사실, 일상 속에서의
수행, 깨달음과 희열 등의 순서로 참선 수행 과정을 보여주고 있다.
즉 사실 전달과 교시, 수행과 깨달음이라는 일련의 과정은 본론 둘째
단락인 (3)(8)에까지 이어지는데, (3)(8)에는 초견성(初見性)[19]을 점검
하는 일과 깨달은 뒤에 다시 수행하는 모습[오후보임(悟後保任)], 궁극
적 깨달음을 얻고 자유자재한 삶과 스스로 교화에 나서는 모습이 더
나타난다. 수행과 깨달음이 (2)(7)의 내용과 차원이 달라진 이유가 바
로 여기에 있다. 선지식을 찾아 가서 인가를 받고 진수증(眞修證)과 진
방편(眞方便)이라는 여래의 가르침을 제시하고 그에 따라 계를 지키고
내외를 잘 살펴야 한다고 전제하고, 깨달음을 숨기고 보양(保養)을 하
며, 명예를 추구하지 말라는 데까지는 교시자가 교시한 내용이다. 고
요한 곳과 시끄러운 곳에서 인연 따라 지내면서 역순의 경계가 사라지
고 불성이 새롭게 된 뒤에 백우를 타고 태평곡을 연주하며 자유롭게
생활하면서 인연 있는 중생을 제도하고 자비를 발휘한다는 내용은 스
스로 실천하는 실천자가 보인 행동이다. 그래서 (2)(7)의 내용이 사실
전달과 참선 수행, 깨달음, 법열을 나타낸 데 비하여 (3)(8)에서는 깨
달음을 점검하는 것, 오후보임이라는 수행 방법의 제시, 오후보임의
수행 과정, 궁극적 깨달음과 자유, 중생 제도의 실천 등의 더 다양한
내용을 기존 작품의 표현은 거의 빌리지 않고 표현하고 있다. 깨달음

---

19) 이를 불교에서는 관행적으로 '初見性'이라고 한다. 이후 같은 의미로 이 단어를
   사용하고자 한다.

도 (2)(7)의 그것과 (3)(8)의 그것은 초견성과 구경각으로 그 성격이 달라졌고, 법열을 즐기는데 그치지 않고 깨달음의 자유를 누리고 그가 중생 제도에 나선 것 역시 변전의 내용이다.

(4)(9)에 오면 앞 단락과의 관계에서 또 한 번의 변전이 이루어진다. 시적 대상자인 유지장부(有志丈夫)를 설정하고 수행 관련 사실을 일부 제시하고, 수행의 지침을 명령조로 매우 강력하게 교시하다가 다시 수행자의 입장으로 돌아와 수행을 위하여 애쓰는 모습을 보여 주고 있기 때문이다. 인도(人道)에 닦아야 한다는 것, 인생의 무상이 신속하다는 것, 참선 잘한 도인을 모범으로 떠올리는 것은 사실을 제시한 것이고 불언을 믿으라는 것, 탐애정(貪愛情)을 베어 버리고 자기 보물을 살피라는 것은 명령을 통하여 교시한 것이고, 시간을 아끼고 잠을 이기고 공부하려는 노력 등은 수행자의 입장에서 한 말이다. 따라서 본사 세 번째 단락인 (4)(9)에서는 수행 관련 몇 가지 사실을 제시하고 여러 가지 실천해야 할 사항들을 실천하도록 명령하기도 하고, 그 가르침을 스스로 실천하는 과정을 보여 주기도 한다. 이런 내용은 (3)(8)에서 초견성을 한 사람에게 불조의 교시를 제시하고 오후보임을 명령하고, 다시 명령을 받은 사람이 스스로 오후보임행을 실천하고 자유인이 되어 교화에 나서는 내용과 대비하면 큰 변화를 보인 것이다. 즉 (4)(9)에서는 유지장부라는 불교 수행에 뜻을 둔 수준의 사람에게 수행 관련 사실, 중생 현실, 모범 사례를 제시하고 생활에서 실천할 덕목을 실천하도록 명령하고, 다시 대상이었던 유지장부 자신의 입장에서 고뇌하며 수행에 나서는 내용을 담고 있기 때문이다.

(5)(10)에서는 출격장부(出格丈夫)를 시적 대상으로 설정하고 그에게 지금까지의 가르침을 총괄하여 실천하도록 명령하고, 논리를 초월한 선구(禪句)를 사용하여 바로 그 자리에서 깨우쳐 주려는 의도를 나타냈

다. 논리적 가르침의 내용은 불조의 방편을 자기에게 돌이켜 진실하게 참구하는 것과 말을 따라 알음알이를 내지 말라고 하는 것이고, 초논리적 가르침은 다시 할 말이 있다고 하면서 오늘 날짜를 말하고, 또 다시 할 말이 있다고 하면서 기호(○)를 그려 보인 것이다. (5)(10)에서는 논리적 교화 방법과 초논리적[20] 교화 방편을 동시에 내용으로 가져와서, 사실을 제시하거나 명령조로 교시하기도 하고 스스로 실천하는 과정을 보여준 본사 전체 단락으로부터의 더 큰 변전을 보여 준다. 즉 교시자의 주장과 정보 전달, 수행 실천자의 행위를 함께 보여주는 데서 수행 실천자 없이 교시자만이 나오는 방향으로의 전변이 일어났기 때문이다. (5)(10)은 작품 전체의 결사로서 논리적 초논리적 교시의 내용을 분명히 드러내서 지금까지 교시자의 입장과 중생, 초심자, 오후보임자, 발심자라는 수행자의 입장에서 보여준 전달, 교시, 수행 실천의 내용을 차례로 병치하던 방식을 마무리하는 내용의 근본적 전변을 보여 주고 있다고 할 수 있다.

5. 화자·담화·단락의 변전

여기에서는 한암의 〈참선곡〉을 시적 화자, 담화 방식, 단락 구성이라는 세 가지 기준에서 논의했다. 작품에 나타난 사상이나 작품 표현의 유래를 밝히는 작업이 이미 이루어진 상황에서 작품 자체의 구조를 구명함으로써 불교 가사의 교술 문학적 성격을 밝혀 보고자 했다. 그

---

20) 선구나 선문답은 일반적 논리에 의하여 분석하고 따질 수 없는 성격을 가지고 있다. 그래서 논리적으로 설명이 가능한 것을 일반문이라 하고 논리적으로 설명이 불가능한 선의 이치를 담고 표현하고 있는 것을 선구라고 하고자 한다.

결과 하나의 작품 안에서 다양한 시적 화자를 등장시켜 다양한 담화 방법을 사용하고 교화에 필요한 다양한 내용을 폭넓게 담아냄으로써 작자가 의도한 여러 위계의 대중[21]을 교화하는 효과를 극대화할 수 있는 가능성을 높였다는 것을 확인했다.[22]

시적 화자는 작품이 다섯 단계로 진행되면서 지속적으로 변화하고 발전하는 모습을 보여 주었다. 서사에서 시적 화자는 불교에 입문하기 이전 인간이 가지는 근본적 한계 상황 관련 사실을 말하거나, 자기의 경험을 표현하는 중생이다. 그러나 본사 1단락에 이르러서는 지혜인의 사례와 부처의 가르침을 사례로 전하면서 교시를 내리는 교시자와 실제 화두 참선을 수행하고 초견성을 해서 법열을 느끼는 수행자가 시적 화자로 동시에 나온다. 본사 2단락에서는 초견성한 사람에게 실천할 덕목을 제시하여 교시하는 교시자와 초견성 이후 스스로 오후보임을 통해 자유자재하는 또 다른 수행자가 시적 화자로 나왔다. 본사 3단락에는 불교에 뜻을 둔 유지장부라는 대상 인물에게 가르침과 모범 사례를 제시하고 가르침을 내리는 교시자와 스스로 반성적으로 노력하는 수행자가 시적 화자로 나타났다. 그리고 결사에 오면 논리적 설명을 통한 교시와 초논리의 선적 방법을 통한 교시를 함께 내리는 교시자/만이 시적 화자로 등장했다. 작품의 서두에서 유한한 중생의 단일 화자에서 본사 세 단락에서는 교시자와 수행자라는 복수의 시적 화자를 내세워 교시와 그 실천을 잘 부각하다가, 결사에 와서는 시적 대상자 또는 독자 수준에 따라 교시의 효과를 낼 수 있도록 일반적, 선적 교시

---

21) 이렇게 함으로써 한암은 일반 중생, 초심자, 초견성자, 유지장부, 출격장부 등 다양 대중들에게 필요한 내용을 표현할 수 있는 장치를 마련했다고 할 수 있다.

22) 건봉사 참선 결사 대중을 향한 교시로서 구체적 현장에서 사용된 작품으로서 당시에 다양한 수준의 참여자를 대상으로 창작한 작품이기 때문이다.

를 동시에 내리는 선사가 새로운 시적 화자로 등장했다. 서사의 중생
이라는 단일 시적 화자에서 본사의 교시자와 수행자라는 복수 시적 화
자로 전변하고, 다시 결사에서는 교시자라는 단일 시적 화자로의 전변
을 일으켜 역동성을 보여주었다.

　시적 화자는 각자의 입지에 맞는 담화를 구사하고 있음을 확인했다.
우선 서사에서 중생인 시적 화자는 주로 감탄문과 설의적 의문문의 서
법을 통하여 자신이 처한 무상한 한계 상황을 탄식하거나 일부 평서문
의 서법을 통하여 그럴 수밖에 없는 중생의 객관적 현실을 제시했다.
일부에서 설명의 교술적 담화와 대부분에서 독백의 서정적 담화 방법
이 사용되고 있었다. 본사 1단락에 오면 교시자는 사례를 제시하거나
교시 내용을 청유법의 서법으로 완곡하게 권유하고, 수행자는 화두 참
선에 필요한 근원적 질문을 스스로에게 던지며 의문문의 서법을 사용
했고, 깨닫고 나서 얻은 기쁨을 감탄형의 서법으로 표현하였다. 교시
자는 어떤 가르침을 제시하거나 상대에게 실천하도록 설득의 어조로
권유하여 교술적 담화를 구사했고, 수행자는 자기 정서를 영탄조로 독
백하고 있어 서정적 담화 방식을 사용했다고 보았다. 본사2,3에서도
교시자와 수행자가 나왔는데 교시자가 부분적으로 사실을 제시하기도
했으나 명령문의 서법을 통하여 매우 강하게 시적 대상자에게 특정 행
동을 요구하였으며, 수행자는 매우 철저하게 자기 수행에 매진하여 궁
극적 깨달음을 얻는 모습을 감탄형이나 설의적 의문문의 서법을 통하
여 고양된 어조로 표현하고 있었다. 전자가 요구의 교술적 담화이고,
후자가 독백의 서정적 담화 방식인 것은 본사1과 같다. 결사에서는 명
령문의 서법을 통한 강한 교시와 평서문의 서법을 통한 선적 교시가
나타났는데 묶어 보면 교시라는 교술적 담화의 방식이었다. 서정적 담
화에서 시작하여 교술과 서정의 담화를 세 번 점층적으로 반복하다가

교술의 담화로 작품을 종결하고 어조도 그에 따라 바꾸어 담화에서도 지속적 전변이라는 역동성을 보여 주었다.

단락 구성의 내용을 보면 서사에서는 중생들 심신의 무상함, 사후의 고민, 속세의 인연, 당면한 현실에 대한 사실과 경험을 종합적으로 보여 주었다. 이런 내용은 그 이전 정토 사상의 여러 작품에서 집구하여 모은 것들이었다. 그러나 앞의 여러 작품에서는 산발적으로 한 두 구절씩 사용하던 것을 가져와 한암은 중생의 무상한 현실을 서사에서 체계적으로 새롭게 표현하여 독자들로 하여금 스스로 처한 현실을 극복해야 한다는 인식을 심어주었다. 그리고 본사에서는 작가의 스승인 경허의 〈참선곡〉 이외에 기존 작품의 표현은 많이 빌리지 않고 교시자와 수행자를 각 단계별로 내세워 초심자, 초견성자, 유지장부 등 시적 대상에 따라 수행의 사례와 부처의 교시, 삼세제불과 역대조사의 가르침, 불언(佛言)을 각각 제시하여 교시했고, 시적 대상 인물과 같은 이름의 수행자는 또 차례로 시심마 화두를 세밀하게 참구하고, 오후보임을 통하여 자유자재하며 중생교화에까지 나서고, 투철한 자기반성을 하면서 수행에 매진하는 모습을 각각 보여 주었다. 결사에서는 지금까지 교시한 전체 내용을 자기에게 돌이켜서 진실하게 수행하고 분별심을 내지 말라고 명령하고 두 차례에 걸쳐 선적 표현으로 교시를 내리는 것을 내용으로 하고 있다.

승려 창작의 불교 가사로서 귀결점을 보여주는 한암의 〈참선곡〉은 시적 화자의 배치, 담화의 방식, 단락 구성 등에서 매우 높은 완성도를 보여 준다고 할 수 있다. 화법에서 서정과 교술의 담화 방식을 교직(交織)하며 매우 체계적으로 구사하며, 시적 대상자를 중생, 초심자, 초견성자, 유지장부, 출격장부 등으로 나누어 이들에게 맞는 교시를 내리고 같은 이름의 이들 수행자의 얼굴을 통하여 구체적 수행의 모습을 드러내 보임으로써 여러 위계의 독자가 교시에 선택적, 단계적으로 쉽게 접근할 수 있는 길을 만들어 주었다. 또한 이론의 교시와 실천의 사례를 병치하는 방법도 자연스럽게 교화의 효과를 높이는 데 기여했다고 할 수 있다.

퇴경 권상로 불교 가사의 성격

1. 권상로의 불교 가사

권상로(1879~1965)는 19세기 후반에서 20세기 중반까지 살았던 승려이면서 지식인이다. 그는 집안 사정으로 출가하여 승려가 되었으나 근대 교육을 받으면서 지식인으로서의 역량도 획득하기에 이른다. 그는 출가하기 전부터 서당 교육을 받았고 출가하고 나서도 불가의 여러 스승에게서 불경을 익히는 등 전통적 서당 교육이나 승려 교육을 받았다. 그는 출가 전후에 받은 이와 같은 전통 교육에 만족하지 않고 기회 있을 때마다 근대 교육을 받음으로써 근대 사회의 변화에 눈을 뜨고 불교 사회 분야에서 여러 가지 활동을 전개한다.[1]

그의 이력을 보면 학문을 연마하고 교육에 종사하기도 했으나 학교를 설립하거나 사찰의 주지직을 수행하고 원종종무원의 편집부장으로 불교 종단의 업무를 담당하는 등 여러 가지 활동을 하였다. 문학과 연

---

1) 그의 이력에 대한 논의는 권상로 자신이 작성한 〈自敍年譜〉(권상로, 『退耕堂全書』 卷一, 퇴경권상로박사전서간행위원회, 이화문화사, 1990, 21~45쪽)와 권기현의 「권상로의 생애와 불교개혁사상」(『밀교학보』 6, 위덕대밀교문화연구소, 2004, 143~178쪽)에 의거했다.

관해 볼 때 그는 두 가지 방향에서 일을 했는데 그 하나는 문학을 대상
으로 연구하고 정리하는 작업이었고, 다른 하나는 그 스스로 문학 작
품을 창작하는 일이었다. 문학 연구에서는 문학사를 정리하여 『조선
문학사』라는 책으로 출판하고 기존의 문학 작품을 한역하거나 국역하
여 세상에 내놓기도 했다. 문학 창작에서는 9백여 수가 넘는 한시 작
품을 창작했으며 불교 가사를 네 편이나 남기고 있다. 당시 그가 불교
계나 사회에서 차지하는 위상으로 보아 그는 매우 영향력 있는 위치에
올라 있었다. 그래서 그의 문학 작품들 역시 이와 상관하여 비중 있게
다루어질 외부적 조건을 갖추고 있다. 그의 가사 작품은 『석문의범』[2]
에 실려 있어서 불교 의례나 행사를 거행할 때 항상 낭송되는 등 대중
적으로 향유되었을 가능성을 분명하게 보여 준다.

　그는 불교 사회에서 중앙과 지방을 왕래하면서 여러 가지 직책을 수
행했고 대학 교수, 대학 총장으로 취임하여 학자로서 학교 경영자로도
활동을 했다. 특히 그는 한용운보다 더 일찍이 불교개혁론을 발표하기
도 하였고 일제 강점기 친일승을 만나면서 친일 행위를 하는 등 당시
여러 가지 활동에 참여해 왔다.[3] 그가 이룬 업적, 당시 그가 자리한
입지, 불교 가사의 최후 모습을 보여주는 근대 불교 가사의 창작 등
일련의 사태를 고려할 때 그의 불교 가사 연구는 매우 중요한 의미를
가진다. 그래서 이 장에서는 그의 불교 가사 작품이 가진 성격을 몇
가지로 나누어 논의해 보고자 한다. 그는 전통 시가 갈래의 작품을 창작

---

2) 불교 의식집으로는 〈梵音集〉, 〈作法龜鑑〉, 〈同音集〉, 〈一判集〉 등이 있는데 근대
　에 와서 安震湖가 1931년에 기존의 불교 의식을 정리한 〈釋門儀範〉을 편찬했다.
　안진호는 권상로와 절친한 사이로 알려져 있어 권상로의 가사 작품이 이 책에 실린
　연유를 어느 정도 짐작할 수 있다.
3) 권상로는 출가 승려로 출발하였지만 그 뒤 환속에 가까운 생활로 생을 마감하여
　청정비구의 승려 불교 가사 작가로 보기는 어렵다.

하면서도 형식상 상당 부분 변형을 보여 주고 있고, 작품의 구체적 성격 상에서도 그 당대 다른 작가들의 가사 작품과는 차별성을 보여 주고 있다. 불교 가사 문학의 역사상 그의 불교 가사는 가장 후대의 것인데 어떤 성격을 보여 주고 있는가를 밝혀 당대 다른 작자의 불교 가사와 대비함으로써 당대 불교 가사의 성격을 동시에 가늠해 볼 수 있는 잣대 가 될 수도 있다. 사실상 그 이후에 불교 가사가 드물게 지어지는 상황 에서 그의 가사는 불교 가사 문학사의 흐름이 어떤 상태로 종결되어 가는지를 알려 주는 자료가 될 수도 있다.4) 그의 불교 가사 작품의 성격을 파악하기 위하여 그 당대 다른 불교 가사 작품과 대비하기도 하고, 그 자신의 다른 문학 작품인 한시 등과 대비하여 논의를 진행시킴 으로써 그의 불교 가사의 차별적 성격을 더 분명하게 드러내고자 한다.

연구 대상 자료는 『석문의범』,5) 임기중의 『불교가사 원전연구』에 실린 권상로의 불교 가사 작품을 중심으로 하고, 필요에 따라 당대 다 른 작자나 권상로 자신이 남긴 한시를 원용하여 그 성격을 찾아보고자 한다.

2. 교시적 성격

불교 가사는 종교 가사의 하위 갈래로서 불교라는 종교적 이념을 대 중들에게 전달하고 교시하려는 기본적 의도를 가지고 있다. 물론 불교

---

4) 가장 최근의 불교 가사로 운허(1892~1980)의 〈역경발원문〉, 〈화랑호국발원문〉, 〈이산선사발원문〉(월운 편, 『운허선사어문집』, 동국역경원, 1992)과 보문(1906~ 1956)의 〈권유문〉(보문문도회·김광식 엮음, 『보문선사』, 민족사, 2012)이 보이는 데 권상로의 작품보다 후대에 지어졌을 가능성이 높다.

5) 안진호 편, 『석문의범』, 만상회, 1935.

가사의 작자들이 수행 과정에 스스로 얻은 정서를 자족적으로 나타낸 작품도 없지 않았다. 그러나 심지어 그러한 자족적 작품조차도 간접적으로 출가 수행이 아름답고 본받을 만하다는 인식을 독자들에 자연스럽게 심어줌으로써 간접적이지만 교시적 기능을 수행한다고 할 수 있다. 교시성이라는 불교 가사의 이와 같은 기본 성격을 권상로는 작품에 어떻게 표현하고 있는지를 살펴야 할 이유가 바로 여기에 있다. 같은 불교 가사이면서 교시성을 드러내는 작자만의 독자적 방법을 밝힘으로써 이 작자의 가사 작품만이 가지고 있는 변별적 성격을 밝힐 수 있다.

여기서는 작자가 작품에서 누구의 목소리[화자]를 통하여 무엇을 누구[청자]에게 가르치고 있는가를 살펴보고자 한다. 교시가 이루어지기 위해서는 교시자가 있고 교시할 대상 인물이 있고 교시 내용이 있어야 한다. 교시자인 화자와 교시 대상 인물인 청자가 어떻게 나타나고 있으며 시적 화자는 청자를 향하여 어떤 담화 방식을 구사하고 있는지를 살펴보고자 한다.

(1) 兄弟야 兄弟야 우리 兄弟야　　　　　　　〈성도가(成道歌)〉一
　　三界導師 되었으니 우리 慈父 아니신가　〈성탄경축가(聖誕慶祝歌)〉四
　　二十一年 減壽하사 남은 福을 우리에게 〈퇴경선생열반가(退耕先生涅槃歌)〉
　　우리도 世尊을 效則하여서　　　　　　　　〈학도권면가(學徒勸勉歌)〉八

(2) 世尊의 歷史를 들어보시오　　　　　　　　〈성도가(成道歌)〉一
　　慶祝하세 慶祝하세 한 맘으로 慶祝하세　〈성탄경축가(聖誕慶祝歌)〉六
　　이런 恩德 못 갚으면 佛子義務 아니로세 〈퇴경선생열반가(退耕先生涅槃歌)〉
　　本分의 面目을 찾아 봅시다　　　　　　　〈학도권면가(學徒勸勉歌)〉八

(3) 淨飯王 太子로 誕生 하셔서

萬乘의 榮華를 버리시구요　　　　　　　　　〈성도가(成道歌)〉二)
깊은 恩德 갚으려면 물이 얕고 山이 낮아　〈성탄경축가(聖誕慶祝歌)〉四
拘尸羅成 나아가서 最後供을 받으시며
泥連河則 雙樹間에 涅槃하신 오늘일세 〈퇴경선생열반가(退耕先生涅槃歌)〉
늙기를 기다려 工夫하려고
年光을 허송함은 愚人이로세　　　　　　　　〈학도권면가(學徒勸勉歌)〉八

　먼저 시적 화자와 청자를 살피기 위해 (1)에서는 시적 화자와 청자의
표지가 나타난 대표적 사례를 인용해 왔다. 그의 네 작품에서 가져온
사례를 보면 알 수 있듯이 작자는 화자와 청자를 교시자와 피교시자로
구분하지 않고 통합하여 '우리'로 나타내고 있다. 그래서 '우리' 혹은
'우리 형제'는 화자가 포함된 청자라고 할 수 있다. 그런데 더 엄격하
게 말하자면 이 노래를 지은 사람이 '우리' 모두일 수는 없기 때문에
'우리' 안에 포함된 내가 이 작품의 화자인 셈이다. 유일하게 이런 포
함 관계가 아닌 별도의 청자를 보인 곳이 나타나기도 한다. 〈학도권면
가(學徒勸勉歌)〉 4장에 보면 '常法을 발휘하는 重大責任은/諸君의 어
깨 위에 負擔하였네'라고 하였는데 그 '제군(諸君)'이 바로 시적 화자
와 분리된 청자이기만 한 대상 인물이다. 이 한 번의 경우를 제외하고
이 작품 역시 화자와 통합된 '우리'를 청자로 내세우고 있다.
　작자가 시적 화자와 청자를 이렇게 하나로 묶어 일치되게 표현한 것
은 양자의 친밀감을 유발하여 교시의 효과를 높이기 위한 기도로 보인
다. 그렇게 마련된 친밀감에 어울리는 담화를 구사함으로써 교시적 효
과를 극대화할 수 있기 때문이다. 다시 말하자면 통합된 '우리'의 설정
은 청자와 거리를 가진 시적 화자가 일방적으로 교시를 내리고자 할
때 발생할 수 있는 심리적 거리감과 저항감을 피하고 화자가 내 세운
제안을 나의 일처럼 친숙하게 수용할 수 있는 심리적 토대를 마련하고

자 하는 의도의 실천으로 보인다. 화자와 청자를 이와 같이 통합하여 제시함으로써 그에 따르는 친숙한 화법을 사용하게 되고 시적 화자와 청자 간 자기 동일시의 정감을 더 강화할 수 있게 하는 단초를 마련했다고 할 수 있다.

인용문 (2)에 사용된 문장 종결의 방식이 그런 전제에 근거하여 나타난 특징적 담화 방식을 보여 준다. 인용문 가운데 첫 문장에서는 '들어보시오'(〈성도가〉)라고 하여 화자가 말할 내용을 들으라는 명령을 내리고 있다. 일반적으로 명령이면 강제가 따르는 화법이라서 저항감을 가질 만하지만 바로 앞 구절에서 '우리 형제'라는 말로 시적 청자를 불러줌으로써 우리의 필요에 의해서 우리 스스로에게 명령하는 형식이 되어 거부감보다는 공감의 효과를 가지게 된다. 우리로 일체화된 청자를 대상으로 하면서도 작가는 명령보다는 더 부드러운 어법을 사용한다. 그래서 명령 내린 것은 오히려 일부에 불과하고 작품이 진행되면서 화자는 청자에게 '工夫합시다(三, 四), 귀의합시다(六), 부르세(後念)'[6]라고 하여 특정한 일을 두고서 명령을 가장한 청유라는 더 부드러운 화법을 사용하고 있다. 〈성도가〉에 사용된 그 밖의 문장 종결의 사례를 보면 '받아 나셨네, 見性하셨네, 濟度하셨네, 제도하리요, 없다네, 떳구나, 못하네' 등으로 나타난다. 여기서 '제도하리요'라는 설의적 의문문을 한 번 사용한 경우를 제외하고 나머지는 모두 감탄문으로 되어 있다. 세존이 성도한 위대한 일과 이를 본받지 못하는 우리의 현실을 전자는 찬탄하고, 후자는 탄식하는 방식으로 감탄문을 사용하여 내용을 각각 강조하고 있다.

그리고 (2)에 인용한 〈성탄경축가(聖誕慶祝歌)〉六과 〈학도권면가(學

---

6) 〈성도가(成道歌)〉.

徒勸勉歌)〉八에서는 모두 청유의 화법을 구사하고 있다. 〈성탄경축가 (聖誕慶祝歌)〉의 그 나머지 부분에 나타난 문장 종결 방식의 사례를 보면 '누구신가, 높았어라, 탄강(誕降)했네, 꽃피었네, 아니신가, 없을 손가, 장할시고, 경축하세, 억만세라' 등으로 나타난다. '누구신가, 아니신가, 없을손가'와 같이 의문의 화법을 많이 사용했는데 이 경우에는 관심을 불러일으키고 내용을 강조하기 위하여 설의적 의문문을 주로 사용하고 있다. 그리고 '높았어라, 탄강(誕降)했네, 꽃피었네, 장할시고'라고 하여 더 많은 문장에서 감탄 종결의 문장 결구 방식을 보여 주고 있는데 이것은 작품 내적 대상의 위대함을 찬탄함으로써 그 내용을 강조하는 담화 방식이다. '경축하세'라는 청유문을 세 번이나 연이어 사용하여 요구의 담화를 강하게 표현하고 '억만세라'의 평서문을 통해서는 내용을 단정하여 강조의 효과를 거두고 있다.

그리고 (2)에 인용한 〈퇴경선생열반가(退耕先生涅槃歌)〉에서는 감탄문을 사용하여 강조의 담화를 구사하고 있다. '은덕을 못 갚으면 불자의 의무가 아니다.'라는 평서문을 사용해도 될 것을 굳이 감탄문을 사용하여 정서적 호소력을 강화하는 화법을 구사하고 있다. 이 작품의 나머지 부분에 사용한 문장도 살펴보면 '아시오, 되었구나, 오늘일세, 깰 수 없네, 아니로세, 새로워라, 만만세라' 등이 나타나는데 여기서도 '아시오'라는 하나의 의문문을 통하여 관심을 불러일으키고 나서, 부처 열반의 위대함과 우리 자신의 일을 두고 감탄문을 통하여 찬탄과 탄식이라는 강조의 담화 방식을 주로 구사하고 있다. '깰 수 없네, 아니로세'가 우리 자신의 일을 탄식하여 강조한 것이라면 그 나머지는 세존 열반의 위대함을 강조하는 찬탄의 역할을 하고 있기 때문이다.

예문 (2)에서 인용한 구절 이외 〈학도권면가(學徒勸勉歌)〉의 나머지 부분에 나타난 문장 종결 방식을 보면 '하시오, 하여라, 하실까, 이로

세, 하시네, 오겠나, 이로세, 모르느니라, 청년학도라, 된다네, 잊지마
시오, 속였으리까, 불법이로다, 필요하도다, 경쟁하셨네, 부르세, 만
만세' 등으로 매우 다양하게 나타난다. 작품의 제목에서 구체적 청자
를 '학도'라고 지적했기 때문인지 '하시오, 하여라, 잊지 마시오'라는
명령을 통한 요구의 담화 방식을 사용했고, '하실까, 오겠나, 속였으리
까'라는 설의적 의문문을 통하여 특정 내용을 강조하는 담화 방식도
구사하고 있다. 또한 이 작품에서도 '이로세, 하시네, 이로세, 된다네,
불법이로다, 필요하도다, 경쟁하셨네, 만만세' 등 감탄문을 가장 많이
사용하여 찬탄과 탄식을 통한 강조의 담화를 구사하고 있다. '모르느
니라, 청년학도라'과 같이 평서문을 사용한 경우에도 단정을 통하여
내용을 강조하는 강조의 담화 기능을 수행하고 있다.

이상에서 보았듯이 작가는 주로 청유문을 통하여 특정 행동의 실천
을 요구하는 담화 방식을 구사하고, 실천의 구체적 대상을 소개하거나
부정적 현실을 드러내고자 할 때 감탄의 어법을 많이 사용하여 강조의
담화 방식을 사용한다. 그리고 상당 부분 설의적 의문문을 사용하여
강조의 담화 방식을 구사하고 드물게 평서문을 통해서도 특정 내용을
단정하는 강조의 담화 방식을 구사하고 있었다.

(3)은 (1)에서 나타난 화자가 (2)에서 보인 담화 방식을 통하여 말하
고 있는 내용이 무엇인가를 알려주는 대표적 사례의 문장들이다. 예로
든 인용문을 보면 (3)의 첫째 문장에서는 태자가 출생하여 만승의 영
화를 버렸다는 내용을 말하고 있는데 이어서 차례대로 부처의 은덕을
갚아야 한다는 것, 부처의 열반, 늙기 전에 공부할 것 등을 내용으로
보여주고 있다. 인용하지 않은 나머지 부분의 내용도 작품의 제목으로
쉽게 짐작할 수 있다. 〈성도가〉에는 세존이 출가하여 도를 깨친 내용
을, 〈성탄경축가(聖誕慶祝歌)〉에는 세존의 출생을, 〈퇴경선생열반가(退

耕先生涅槃歌)〉에는 세존의 열반을 각각 칭송의 중심 내용으로 부각하고 있고, 〈학도권면가(學徒勸勉歌)〉는 학도들에게 부지런히 공부할 것을 권면하는 내용으로 되어 있기 때문이다. 세존의 출생, 성도, 교화, 열반의 모든 과정을 실제 한 작품 안에 거의 다 내용으로 가져 왔지만 역시 중심은 작품 제목이 말하는 핵심적 사건들이었다. 세존이라는 칭송의 대상을 제시하고 이를 따라 공부하고 노력하라는 것이 교시의 내용이라고 할 수 있다. 불교 수행의 모범 인물인 교조 세존을 칭송하여 드러내고 이를 따를 것을 '우리'라는 화자와 통합된 청자를 향하여 교시하고 있다고 할 수 있다.

지금까지 화자와 청자, 담화 방식, 담화 내용이라는 세 가지 요소를 가지고 교시적 성격을 논의해 보았다. 극히 일부 예외가 있기는 했으나 작가는 화자와 통합된 청자인 '우리'를 내세움으로써 친밀감과 자기 동일시의 정서를 발판으로, 감탄문이나 설의적 의문문으로 강조의 담화 방식에 따라 표현한 모범 인물인 세존을 따라 배울 것을 청유하여 요구하는 담화 방식을 구사하고 있다. 교시의 모범적 대상은 세존의 일생 가운데 중요한 국면인 출생, 성도, 교화, 열반의 행적을 각 작품에서 강조하여 드러내고 있었다. 이런 일련의 교시 요소인 화자와 청자, 시적 대상 내용, 담화 방식을 묶어서 보면 '우리 모두 위대한 세존을 숭앙하며 그를 따라서 공부합시다. 세존의 가르침 만세!'라는 도식이 드러난다. 이는 '우리 다 함께 세존을 받들고 공부를 합시다. 불교 만세! 만세!'라고 외치는 것이어서 선동적 성격을 드러낸다. 따라서 권상로의 가사 작품 전체 맥락이 연출하는 교시적 성격은 선동적이다.

3. 추상적 성격

앞 장에서 작품의 교시적 성격을 화자와 청자, 시적 대상 내용, 담화 방식 간의 유기적 상관 맥락을 살펴보았다. 이 장에서는 작가가 시적 화자를 통해서 교시하는 행위가 어떠한 성격을 가지는지를 살피고자 한다. 교시를 위하여 작자가 보여주는 내용은 두 가지로 나누어 말할 수 있다. 청자가 모범으로 삼고 따라 배워야할 대상 인물의 삶을 제시 하는 부분이 하나 있고, 그런 모범을 두고 시적 화자가 청자를 향하여 어떻게 하라고 가르치는 부분이 또 하나 있다. 여기서는 모범 대상인 세존 관련 내용을 말하면서 화자가 청자를 향하여 가르치는 측면을 주로 살피고자 한다. 화자가 청자에게 무엇을 어떻게 하라는 것인지를 살펴 교시 행위의 성격을 규명하고자 한다.

(4) 우리도 世尊을 模範하여서/ 大願을 세우고 工夫합시다(三) (중략)
  이 말을 가슴에 銘佩하여서/ 片時를 아끼어 工夫합시다(五) (중략)
  오늘로 시작해 盟誓하고서/三業을 던지어 歸依합시다(六) (하략)
  〈성도가(成道歌)〉

(5) 心香一炷 각자 들어 異口同音 慶祝하세(五) (중략)
  慶祝하세 慶祝하세 한 맘으로 慶祝하세(六) (중략)
  〈성탄경축가(聖誕慶祝歌)〉

(6) 二十一年 減壽하사 남은 福을 우리에게
  이런 恩德 못 갚으면 佛子義務 아니로세
  〈퇴경선생열반가(退耕先生涅槃歌)〉

(7) 佛敎의 事業을 成就 하려면/少年 强壯時에 着力 하여라(一) (중략)

妙하고 妙하다 佛法之趣는/年久치 않고는 모르느니라
常法을 발휘하는 重大責任은/諸君의 어깨 위에 負擔하였네(四) (중략)
이 時代 이름은 競爭時代니/無形的 競爭이 필요하도다(七) (중략)
우리도 世尊을 效則하여서/本分의 面目을 찾아 봅시다
실지로 활발히 進步하여서/慈容을 瞻仰하고 晩歲 부르세(八) (하략)

〈학도권면가(學徒勸勉歌)〉

　(4)를 보면 시적 화자는 통합적 시적 청자인 '우리'에게 세존을 모범
으로 하여 대원을 세우고 공부하자고 제안하고 있다. 이어서 여기서
생략된 이 작품 제4장의 이 몸을 금생에 제도해야 한다는 말과 범부와
성인이 따로 없다는 '경전(經典) 말씀'을 받아서 이를 가슴에 새기고
짧은 시간을 아껴서 공부하자고 역시 제안하고 있다. 그리고 끝 부분
에서 오늘부터 맹서를 하고 삼업을 던지고 귀의하자고 역시 제안하고
있다. 세 번에 걸쳐 '공부와 귀의'라는 행동 실천을 요구하고 있다. 그
런데 실제 어떻게 공부를 해야 하는지, 또 어떻게 귀의해야 하는 지에
대한 구체적 방법은 작품 어디에도 나타나지 않는다.

　세존을 모범으로 삼는다는 말도 매우 포괄적이고 막연하다. 모범인
세존에 대해서도 그의 구체적 어떤 면모를 말하는 것이 아니라 일반적
으로 불교에서 알고 있는 세존의 일생 전체일 뿐이다. 그런데 여기서
그런 세존을 모범으로 공부를 하자고 제안하고 있다. 제시된 세존의
삶의 과정이 일반적 불교 상식일 뿐 아니라 공부하는 구체적 방법도
나타나지 않아서 어떻게 공부해야 할지가 막연하다. 실제 세존이 사람
들에게 가르친 공부 방법은 매우 다양하고 구체적이었음에도 불구하
고 세존이 교시한 공부의 방법이 여기에는 드러나지 않고 있기 때문이
다. 그리고 〈성도가〉 제5장에서 받아온 '이 말'은 바로 앞 4장에 나온
내용을 말하는 것으로서 먼저 금생에 이 몸을 제도해야 하고 범부와

성인이 따로 없다는 말을 가슴에 새긴다고 했다. 이런 내용도 자세히 보면 불교 공부의 절박함을 나타내거나 불교 공부의 기본 전제가 될 뿐 '片時를 아끼어 工夫합시다.'라고 했을 때는 역시 구체적 공부 방법을 알려 주지는 않는다. 이어서 (4)의 마지막 문장의 맹서하고 귀의하자는 말도 마찬가지다. 불교에 귀의하자는 제안인데 그냥 불교를 믿자는 일반적 제안과 같은 말이다. 구체적으로 어떤 방법으로 공부를 하며 어떤 방법으로 불교에 귀의할 것인가에 대한 구체적 안내는 없고 다만 공부하고 귀의하자고 구호만 외쳐서 제안한 행동이 매우 추상적이고 막연하다. 다만 공부하고 귀의하자는 선전을 대중에게 하고 있을 뿐이다.

(5)에서는 '경축(慶祝)'하자는 제안을 하고 있다. 경축은 당연히 송도적인 것인데 경축해야 한다는 것을 가르친다는 점에서 교시적이다. 인용문 앞 구절에서 성탄절을 맞이하여 감격한 마음으로 한 가닥의 마음 향을 가지고 같은 소리로 경축을 하자고 제안하고 있다. 두 번째 구절에서는 경축하자는 말을 aaba의 문맥 구조를 통하여 신나게 노래하듯 표현하고 있다.[7] 이렇게 두 문장에서 네 차례에 걸쳐 세존의 탄생을 경축하자고 했으나 어떻게 하는 것이 경축하는 것인지는 역시 구체적으로 나와 있지 않다. 실제 한 가닥의 마음 향을 가지고 경축한다는 표현도 어떻게 하는 것인지 구체적이지 않고 매우 추상적이다. 불교에서는 모든 것을 수행과 연관하여 말하는 경향이 있는데 바른 수행이 바로 이 경축이라 할 수가 있겠으나 그런 맥락에서 수행의 구체적 방법도 제시하지 않고 있다. 불교에서는 삼학을 잘 실천하는 것을 향(香)에 비유하여 계향(戒香), 정향(定香), 혜향(慧香)이라는 표현을 하

---

7) '慶祝하세(a) / 慶祝하세(a) / 한 맘으로(b) / 慶祝하세(a)'는 민요에서 같은 구절을 aaba의 형식으로 반복하는 것과 같은 방식이다.

기도 하는데[8] 이런 내용조차도 전혀 제시하고 있지 않아서 경축하자는 교시 행위는 매우 막연하고 추상적인 것으로만 여겨진다.

이런 추상적 양상은 (6)에서도 계속된다. 여기서는 직접 어떻게 하자는 제안의 방식은 아니지만 문장의 함의를 보면 제안의 의미가 들어 있다. 세존이 100년을 살 운명을 타고 났으면서도 후대 중생들을 위하여 21년을 덜 살고 79세에 열반에 든 일을 이렇게 표현한 것이다. 세존이 덜 살고 21년을 남겨 우리들의 복으로 돌렸다는 것이다. 여기에 대하여 우리 불자의 의무는 은덕을 갚는 일이라는 말을 (6)과 같이 표현하고 있다. 그래서 세존의 은덕을 갚을 것을 사실상 요구하고 있다고 할 수 있다. 그런데 역시 문제는 어떻게 하는 것이 세존에게 은덕을 갚는 일인지는 나와 있지 않다. 사실상 앞의 다른 (4)(5)보다도 더 추상적인 발언을 하고 있다.

다른 작품에서는 '우리'라는 통합적 청자를 가장 많이 사용했지만 (7)에서는 학도라는 실제 시적 대상을 상대로 교시를 내리고 있어 실천해야 할 행위를 가장 많이 요구하고 있다. (7)의 첫 행에서는 불교의 사업을 성취하려면 소년이 강하고 씩씩할 때에 착력(着力)을 해야 한다고 주장하고 있다. 여기서는 우선 '불교 사업'이라는 것 자체가 무엇을 의미하는지 분명하지 않다. 또 그 분명하지 않은 것을 성취하기 위해서는 강장(强壯)한 소년들이 힘을 붙여야 한다고 하고 있다. 착력(着力)은 축자적으로 '힘을 붙이다'라는 뜻인데 '힘을 쓰다, 힘을 다하다'라는 의미다. 이를 합쳐서 보면 '불교 사업의 성취를 위하여 소년이 힘을 써야 한다.'는 내용이 된다. 불교 사업이 무엇을 의미하며 소년이 힘을 쓰는 것은 어떻게 하는 것인지 두 가지 모두 의미가 추상적이어서 이 가사를

---

8) 불교의 현행 〈예불문〉에 보면 맨 앞 부분에 '戒香 定香 慧香 解脫香 解脫知見香 光明雲臺 周邊法界 供養十方 無量佛法僧'이란 구절이 보인다.

듣거나 보는 사람으로 하여금 의아심 가지게 한다고 할 수 있다.

인용문(7) 가운데서 4장을 보면 '불법지취(佛法之趣)'는 '연구치 않고는 모른다'고 하고 '중대책임(重大責任)'은 '제군의 어깨 위에 부담하였네.'라고 읊고 있다. 불법의 뜻을 연구하지 않으면 모른다고 한 것이나 중대한 책임이 제군의 어깨에 놓였다고 한 경우에도 그 뜻을 정확히 알기 어렵다. 연구한다는 것은 어떻게 하는 것인지가 분명하지 않고 중대한 책임은 또한 구체적으로 무엇을 의미하는지가 분명하지 않다. 그리고 제군의 어깨에 놓였다는 말 역시 미래를 책임지고 간다는 당위 수준 이상의 구체적 의미는 추측하기 어렵다. 그리고 7장의 인용문 부분을 보면 '이 시대 이름은 경쟁시대니 무형적 경쟁이 필요하다'라고 하고 있다. 여기에 사용된 '무형적 경쟁'이라는 것이 무엇인지도 의미가 분명하지 않다. 그리고 같은 작품의 8장 부분을 보면 '세존을 본받아 본분의 면목을 찾아봅시다'라고 하고 '실지로 활발히 진보하여서'라고 말하고 있다. 여기서 '본분의 면목을 찾는 것'과 '활발히 진보한다'는 것도 무엇을 뜻하는지 구체적 의미가 드러나지 않는다. 요컨대 위에 인용한 문장들이 화자가 청자에게 실천하도록 요구한 행동의 핵심 내용인데 모두 무엇을 어떻게 해야 한다는 말인지 분명하지 않고 추상적 성격을 보여 준다.

지금까지 살폈듯이 권상로는 그의 불교 가사에서 교시의 내용을 구체적으로 드러내지 않고 추상적 당위만을 강조하는 특성을 보여 주고 있다. 이런 면모는 그와 비슷한 시대에 살았던 다른 작가의 작품과 대비하면 그 성격이 더욱 분명하게 드러난다. 예를 들어 경허는 그의 〈참선곡〉에서 실제 참선을 어떻게 하는지를 집중적으로 교시하고 있으며9) 그의 수제자 한암 역시 자신의 〈참선곡〉에서 스승보다 더 구체적으로 무엇을 어떻게 해야 할지에 대한 구체적 교시를 내리고 있다.10) 그 외에 학명이나 용성 등과 같은 그 당대 불교 가사 작자의 경우에도 각기 청자를 상대로 구체적 공부의 방법을 교시하고 있다.11) 교학적 공부에 그치지 않고 실제 불교 수행을 했던 작자들은 자신들의 경험에 비추어 매우 구체적으로 교시를 내리고 있다.12) 권상로와 비슷한 시대에 살면서도 불교의 전통적 수행법을 실천하고 전통 불교 가사의 창작 선례를 따른 작자들의 작품과 대비했을 때 권상로의 불교 가사는 이런 추상성을 보여 준다.

　그런데 같은 시대 작품이면서 전통적 가사 형식을 벗어나 개화 가사나 창가 가사와 유사한 형식적 특징을 보이는 다른 작자의 작품과 대비해 보면 앞에서 언급한 경우와는 달리 추상성이라는 성격 측면에서 권상로의 작품과 상당히 닮아 있다는 것을 알 수 있다. 김정혜가 지은 〈기념가(紀念歌)〉13)를 보면 '어와우리 동포들아 오날날을 알으시오/(중

---

9) 전재강, 「경허가사에 나타난 수행법과 표현 방식」, 『어문학』 99, 2008, 109~139쪽 참고.

10) 전재강, 「한암 선사 〈참선곡〉 구조의 역동성」, 『우리말글』 48, 2010, 147~176쪽 참고.

11) 전재강, 「학명의 불교 가사에 나타난 선의 성격과 표현 방식」, 『어문학』 107, 2010, 187~218쪽/ 전재강, 「백용성 불교 가사에 나타난 담화 방식과 대상 인식의 구도」, 『어문학』 103, 한국어문학회, 2009, 221~252쪽 참고.

12) 권상로의 불교 가사는 그 내용이 막연하게 서술되어 있어서 그 자체만으로는 구체적 교시의 내용을 알 수 없으나 작가의 실제 삶을 참고해 보면 그가 가사에서 말한 '공부하고, 칭송하고, 힘쓰는 것'이 어떤 것인지를 짐작할 수 있다. 권상로는 불교 경전을 주로 배우고 익히는 교학적 불교 공부에 몰두한 인물이다. 그는 여러 불교 경전을 많이 배우고 익혔고 학문적 연구를 지속하였다. 그가 실천하고 살았던 삶을 동시에 검토하면 공부가 경전 읽고 연구하는 것을 지칭할 수 있다는 것을 확인할 수 있다. 그러나 실제 가사를 향유하는 일반 대중들이 작자의 이력을 살펴서 작품의 함의를 밝히는 데까지 나갈 가능성은 없고 설령 그렇다고 하더라도 작품 자체의 추상성은 변함없이 그 가사의 성격으로 남는다.

13) 임기중, 『불교가사 원전연구』, 동국대학교출판부, 2000, 1037~1040쪽. 이 책에 따르면 원래 자료는 『조선불교월보』 7호(1912)에 실려 있으며 대구 동화사 포교당

략)/어화우리 동포들아 보불은덕 ㅎ야보세/(중략)/어화우리 동포들아 어
셔어셔 공부하야/ 포교ㅎ며 전도ㅎ야 보불은덕 ㅎ야보세'라고 하고 있
다. 세존의 은덕을 갚는 방법으로 불교를 공부하고 포교할 것을 권유
하고 있다. 공부하고 포교하자는 제안이 핵심 내용인데 여기서도 무슨
공부를 어떻게 하며 포교는 어떻게 해야 되는지는 나오지 않고 다만
그렇게 하자고 하여 내용이 매우 막연하고 추상적이다.[14] 당시 이들
작품이 권상로의 작품과 같이 추상성을 가지는 것은 불교의 행사나 의
례의 과정에서 대중들을 상대로 이들 작품을 주로 사용하면서 선언적
효과를 얻고자 하는 데서 비롯된 결과로 보인다.

4. 송도적 성격

여기서 송도라는 것은 특정 대상을 일방적으로 칭송하고 높이는 것
을 의미한다. 송도는 국가 기관에서 공식적으로 행하는 경우가 있고
한 개인에 의하여 사적으로 행해지는 경우가 있다. 조선 시대 〈용비어
천가〉나 〈월인천강지곡〉과 같은 노래가 국가의 공식적 송도 기능을
수행했던 작품이었다면 후대로 내려오면서 개인이 시조문학을 통하여
행한 송도는 사적이고 자연 발생적이었다.[15] 불교 악장으로서 갈래가

제1회 기념식에서 부르던 창가로 소개하고 있다. 작품이 사용된 정황도 권상로의
가사 작품의 경우와 유사하다.

14) 창가 가사나 개화 가사 형태의 작품은 김취허, 이응섭, 김태흡, 조학유 등에 의하
여 많이 창작되었는데 작품의 교시 내용이 추상적이거나 세존의 일생이나 위대함
을 일방적으로 칭송하는 데 그치고 있어서 정도의 차이는 있으나 추상적 성격을
거의 동일하게 가지고 있다.

15) 조선 초기 국가에 의해 주도되고 공적 행사에서 연행됐던 악장에 속한 작품들이
국가 차원의 공식적 송도시였다면 그 후대로 내려오면서 개별 시조 작자들이 군왕

다르지만 조선 초기의 〈미타찬〉, 〈본사찬〉, 〈관음찬〉, 〈관음찬가〉, 〈능엄찬〉 등이 본래 불교 의식에 사용된 노래들이었으나, 궁중 나례에 유입되어 국가 안녕이나 임금의 만수무강을 기원하는 악장으로 정착된 데[16]서 이들 작품은 국가 공식적 악장으로서의 송도성을 획득했다고 할 수 있다.

　이런 공식적 송도의 긴 연장선상에서 권상로 불교 가사도 이해할 수 있는데 그 작품이 보여주는 송도적 성격이 어떠한지를 살펴보고자 한다.

(8) (전략) 曠劫에 德行을 많이 닦으셔
　　　今生에 正法身 받아 나셨네(一)
　　　淨飯王 太子로 誕生 하셔서
　　　萬乘의 榮華를 버리시구요
　　　雪山에 六年을 苦行 하시고
　　　明星을 보시며 見性 하셨네(二)
　　　廣大한 法門을 演說하셔서
　　　無量한 衆生을 濟度 하셨네(三) (후략)　　　　　　　　〈성도가(成道歌)〉

(9) 世界肇判 億千劫에 第一成人 누구신가
　　三千年前 印度國에 淨飯王宮 높았어라(一)
　　甲寅四月 初八日에 우리 世尊 誕降했네
　　菩提樹에 봄이 드니 優曇鉢華 꽃피었네(二)
　　十方三世 第一이요 天上天下 獨尊이라

을 제외한 권력층의 인물이나 어떤 일을 두고 칭송하는 시조 작품을 사적인 송도시라고 할 수 있다.(전재강, 〈송도적 시조의 작가와 작품의 성격〉『시조 문학의 이념과 풍류』보고사, 2007, 44~72쪽 참고)

16) 구사회, 「불교계 악장문학-조선조 초기를 중심으로」, 『어문연구』22, 한국어문교육연구회, 1994, 125쪽.

苦海中에 빠진 衆生 건지고자 出現하셔(三)
三界導師 되었으니 우리 慈父 아니신가(四) (후략)

〈성탄경축가(聖誕慶祝歌)〉

(10) (전략)
七十九年 住世하셔 八萬 四千 法文으로
衆生濟度 하옵시고 一生能事 받으시며
拘尸羅成 나아가서 最後供을 받으시며
泥連河則 雙樹間에 涅槃하신 오늘일세 (후략)

〈퇴경선생열반가(退耕先生涅槃歌)〉

(11) (전략) 一朝와 一夕에 成佛 하실까/ 曠劫에 닦으신 結果이로세
人命이 瞬息間에 있다 하심은/聖人의 明訓이 自在 하시네(二) (중략)
萬歲야 萬歲야 佛敎 萬萬歲 (後念)   〈학도권면가(學徒勸勉歌)〉

(8)은 〈성도가(成道歌)〉의 앞부분이다. 작자는 여기서 세존이 과거의 긴 세월 동안[광겁(曠劫)] 덕행을 많이 닦아서 금생에 정법신(正法身)으로 태어나고, 특히 정반왕의 태자로 태어났으나 영화(榮華)를 버리고 출가하여 고행을 하고 명성(明星)을 보고 깨달아 광대한 법문으로 한량없는 중생을 제도했다는 그 일생의 전과정을 말하고 있다. 세존의 생애에서 일반적으로 중시하는 전생 선업, 태자로 탄생, 출가, 설산 고행, 깨달음, 중생 제도라는 일생의 중요 과정을 개괄하면서 '나셨네, 하셨네, 하셨네.'라는 감탄의 문장을 사용하여 찬탄하고 있다. 칭송의 대상을 이렇게 제시하고 나서 바로 뒤에 '공부합시다'라는 표현을 배치함으로써 칭송의 대상은 동시에 우리가 따라야 할 위대한 교시의 모범 대상으로 이해하도록 작품을 구성하고 있다. 세존의 이러한 일생은 칭송의 대상이면서 따라 배워야 할 모범 대상의 역할을 하고

있다. 그리고 이 작품의 마지막에 후렴(後念)에서 '一心을 받아서 萬歲 부르세/萬歲야 萬歲야 佛敎 萬萬歲'라고 하면서 세존이라는 인물의 가르침을 직접적 칭송의 대상으로 찬양함으로써 송도적 성격은 이중으로 강화되었다.

(9)는 〈성탄경축가(聖誕慶祝歌)〉의 앞부분이다. 첫 구절에서 부처가 태어난 왕궁을 높이고 그의 출생, 우담발화 꽃이 피는 것, 그리고 시방삼세와 천상천하에 '독존(獨尊)'하다는 것, 고해 중생을 건지고 삼계의 도사가 되며 우리의 자부가 되었다는 것을 칭송하고 있다. 1장 첫문장에서 '누구신가'라는 의문문으로 주의를 환기하고 이어서 '높았어라, 탄강했네, 꽃피었네'라는 감탄문을 통한 찬탄을 연발하고 마지막에 평서문을 통한 단정과 설의적 의문문을 통한 강조를 함으로써 칭송의 대상을 높이고 있다. 이 작품은 부처의 전체 일생을 다루면서도 그의 탄생과 중생 제도 부분을 부각하여 칭송하고 있다. 찬탄과 설의의 방법을 통하여 송도의 효과를 높이면서도 이 작품 5, 6장에서 '경축(慶祝)하세'를 네 번이나 반복하여 송도의 강도를 더욱 고조시키고 있다. 그리고 이 작품도 역시 작품의 말미 후렴(後念)에서 '萬歲萬歲 萬萬歲는 우리 佛敎 萬萬歲요/萬歲萬歲 億萬歲는 우리 敎黨 億萬歲라'고 하여 세존의 가르침이 영원할 것을 기원하고 있어 송도적 성격이 앞의 작품보다 더 강화되었다.

(8)번 작품이 송도적 내용을 작품의 전반부에 제시하고 중후반으로 오면서 이를 모범 대상으로 공부할 것을 주로 강조하는 교시적 내용을 배치하는 작품 구성을 보여 준다면 (9)번 작품은 위에 인용하지 않은 이 작품의 나머지 부분에서도 칭송으로 일관하고 있다. 인용 부분 다음에 바로 이어서 '경축하세'라고 강조하고, 작품의 마지막 후념에서 '우리불교와 우리 교당의 萬歲'를 부르짖어 송도적 효과를 높이기에

가장 효과적인 칭송의 표현법을 계기적으로 안배하고 있다.

(10)은 〈퇴경선생열반가(退耕先生涅槃歌)〉 중간의 일부분이다. 여기서 작자는 부처가 79년을 살면서 많은 법문으로 중생을 제도하고 열반한 과정과 바로 오늘이 열반절임을 '오늘일세'라는 감탄문으로 종결하여 찬탄을 통해 칭송하고 있다. 여기서는 열반 자체도 칭송의 대상으로 일컬어지고 있다. 그리고 인용하지 않은 나머지 부분에서 수명의 21년을 남겨서 '우리'에게 복을 주어 열반의 날 오늘은 감창(感愴)함이 새롭다고 표현하고 있다. 그래서 이 작품도 작품 중간에 '세계가 長夜가 되고 중생홍몽이 깰수 없네'라거나 은혜를 갚아야 한다는 두 구절을 제외하고는 모두 세존을 칭송하는 내용으로 되어 있다. 그리고 여기에 더하여 다른 작품과 마찬가지로 작품 말미에 후렴(後念)이라는 표지는 없이 '萬歲萬歲 萬萬歲는 우리 佛敎 萬萬歲라'라고 칭송을 거듭하여 네 편의 가사 가운데 가장 송도성이 강하다고 할 수 있다.

그런데 (11)〈학도권면가(學徒勸勉歌)〉에 오면 지금까지 작품에서와는 달리 칭송의 내용이 현저하게 줄어든 것을 발견할 수 있다. 인용 부분을 보면 칭송의 대상 내용으로 부처가 하루 아침, 하루 저녁에 성불한 것이 아니라 광겁의 긴 세월 닦아서 성불을 했다는 것과, 사람의 목숨이 순식간에 달려 있다는 성인의 가르침을 감탄문으로 나타내고 있다. 즉 행적과 가르침을 감탄문으로 칭송하여 송도적 성격을 드러냈다. 그리고 이런 칭송의 내용은 이 작품 3장에 오면 시간을 아껴 공부할 것을 권하는 교시적 모범으로서의 역할을 한다. 그리고 뒤 구절은 다른 세 작품에 보인 것과 같은 칭송의 후렴(後念)이라 할 수 있는데 역시 송도의 기능을 수행하고 있다. 여기에 더하여 칭송의 내용으로 제시한 것은 '慈悲가 너르신 우리 世尊도/彌勒과 工夫를 競爭하셨네'라는 부분이 또 있다. 미륵과 공부를 두고 경쟁했다는 것을 칭송하면서 이를 모범으로 학도들도 경쟁할 것을 가르치고 있다. 그래서 이것은 칭송의 대상이면서 교시의 모범으로서 이 작품의 청자인 학도들을 권면하는 자료로 사용되고 있다.

지금까지 네 작품이 보여 주는 송도적 성격을 분석해 보았다. 인용한 차례대로 (8)〈성도가(成道歌)〉, (9)〈성탄경축가(聖誕慶祝歌)〉, (10)〈퇴경선생열반가(退耕先生涅槃歌)〉, (11)〈학도권면가(學徒勸勉歌)〉를 전체적으로 묶어서 보면 (9)와 (10)은 송도적 성격이 작품 전체에 걸쳐 나타나고 (8)은 작품의 전반부에, (11)은 작품의 일부에만 송도적 성격이 나타난다. 이런 송도적 특성을 가진 작품들은 수록 문헌인 『석문의범』과 연관하여 이해할 필요가 있다. 이 문헌은 승가에서 일상적으로 행해지는 의례의 범례를 담고 있는 책인데 의례를 행할 때 교본으로 사용하던 이런 책에 이런 가사가 수록된 전후 문맥을 상기해야 한다. 불가에서 중요하게 다루는 기념일은 불탄일, 성도절, 열반절 등이다. 말하자면 불교 의례집에 이런 작품을 실었다는 것은 그런 불교 기념일에 이런 노래를 의례의 과정에서 낭송하거나 노래로 불렀을 높은 가능성을 보여 주는 근거가 된다. 그리고 (11)의 경우에는 기념일이 아닌 학승들이 모여 공부를 할 때 이런 노래를 먼저 동기 부여의 일환으로 불렀을 수도 있다.

그래서 행사 기념과 관련되는 작품일수록 송도성이 강하고 공부를 권면하는 작품의 경우 가장 송도성이 낮게 나타났다고 할 수 있다. 그런데 작자가 작품에서 보여준 송도의 성격이 '공적인가? 사적인가?'를 따져 보면 국가적 차원의 공적인 것도 아니고, 한 개인 차원의 사적인 것도 아니다. 작자가 전개한 사회 활동과 사회적 지위 등으로 보아 출가든 재가든 불교 집단을 향하여 이 작품들을 향유했다는 점에서 권상로의 불교 가사 작품의 송도성은 불교 사회 차원의 공적 송도라는 성격을 갖는 것으로 판단할 수 있다.

　작자는 가사 작품을 통하여 이와 같이 불교 사회의 공적 송도를 수행하고 사적 송도는 한시를 통하여 주로 수행하고 있다. 작자 권상로는 9백 여 수가 넘는 한시를 남기고 있는데 그 가운데 송도적인 작품은 만시(輓詩) 36수를 포함하면 80여 수 정도가 있다. 만시는 고인의 업적을 칭송하고 애도하는 것이어서 송도적인 성격을 일률적으로 가지는 것이어서 여기서는 그 외의 일상을 두고 읊은 송도시를 들어 보고자 한다. 그는 회광이라는 대표적 친일승의 수연(晬筵)을 칭송하면서 '큰 절에 주지하여 청복도 많은데 새로운 사조에 영합하고 또한 달관했도다! 멀리 손님과 친구들 연이어 수연 자리에 왔으니 화려한 백발 기쁜 얼굴에 홍조를 띠었네.'17)라고 수연을 칭송하고 있다. 수연을 지내는 인물이 큰 절 주지를 많이 하여 깨끗한 복이 많고 세상에 영합도 잘하여 달관한 인물이라고 칭송을 하고 있다. 송도적 내용을 담은 그의 한시 작품은 이와 같이 주로 개인의 회갑, 수연 등을 칭송한 경우가 많다.18) 그런데 드물기는 하지만 국가 공식적 일이나 어떤 단체의 행사를 두고 칭송한 작품도 있다. 예를 들면 해방 후 제2공화국이 수립되고 이를 찬양한 작품이 보인다. 〈하제이공화국수립(賀第二共和國樹立)〉이라는 제목으로 된 작품의 일부를 보면 '끊어진 곳에서 도리어 살길을 만났으니 천년 만에 황하가 특별히 맑아졌네. 하늘의 뜻이 돌아오

---

17) 住持巨刹多淸福 迎合新潮亦達觀 遙想賓朋 壽席 怡然華髮帶酡顔(〈晦光禪師晬筵〉, 『퇴경당전서』 권1, 동서간행위원회, 1990, 174쪽).

18) 輓詞를 제외하고 40여 수에 이르는 송도시 가운데 몇 작품(〈和醴泉邑龍鳳布教堂韻〉, 〈次中央布教堂韻〉, 〈庚子元旦題東國時報〉 등)을 제외한 나머지 작품이 개인을 사적으로 칭송하는 작품들이다. 몇 작품의 제목을 예로 들어보면 〈金都事甲宴〉, 〈次白雲山潤洙回甲韻〉, 〈賀何山族大夫丙洛氏回甲〉, 〈賀擎雲和尙出家回甲〉, 〈賀人壽〉 등과 같이 대부분의 작품이 개인을 사적으로 칭송하는 작품들이다.

기 좋아한다는 것 어찌 먼저 헤아렸겠는가? 백성의 마음 기쁘고 감격
스런 것 이루 말할 수 없네.'19)라고 읊고 있다. 일제 강점기의 상황을
끊어진 곳으로, 해방과 제2공화국의 수립을 살길을 만난 것으로 표현
하고, 이것은 황하가 맑아진 것이며 하늘의 뜻이라고 칭송하고 있다.
그래서 이 작품의 송도 대상은 국가적 행사이다. 그러나 이런 송도가
공적 기능을 수행하지 않고 작자 개인적 차원에서 이루어지고 있어서
역시 사적 송도에 해당한다.20)

지금까지 권상로의 가사가 가지는 송도적 성격을 살펴보았다. 조선
초기 송도적 작품이나 그의 다른 문학 작품인 한시와 대비하여 그 성
격을 더 구체적으로 밝혀보았다. 그는 불교 교조인 세존의 출생이나
성도, 열반 등을 불교 의례의 대중적 모임에서 칭송하고 찬양함으로써
사회적 차원의 공식적 송도성을 보여 주었다면 그의 한시는 주로 개별
인물을 칭송하고 드물게 사회 기관이나 국가 의식도 개인적 차원에서
칭송하는 데 그치고 있어서 사적 송도의 성격을 보여 주었다.

5. 교시적·추상적·송도적 성격

여기에서는 권상로의 불교 가사의 성격을 몇 가지로 나누어 살펴보
았다. 불교 가사의 전통을 이으면서도 창가 가사에 가까운 형식적 변

---

19) 堪憐絕處却逢生 千載黃河特地淸 天意好還詎逆料 民心欣感莫能名(〈賀第二共和
國樹立〉, 앞의 책 卷一, 287쪽).

20) 이는 조선시대 대표적 시조 작가의 한 사람인 강복중이 인조반정을 두고 이를
주도한 인물을 시조를 지어 개인적 이유에서 사적으로 찬양하는 것과 다르지 않
다.(전재강, 「송도적 시조의 작가와 작품의 성격」, 『시조 문학의 이념과 풍류』, 보
고사, 2007, 55~56쪽 참고)

화를 보이는 그의 작품은 겉으로 나타난 이런 변화에 못지않게 작품의 근본적 성격에서도 당대 다른 작가의 작품과 차이를 보여 주었다. 출가 승려로서의 삶에 그치지 않고 근대적인 지식인, 대학을 비롯한 불교 종단의 기관에 근무하기도 한 그는 가사에서도 이를 반영하듯 몇 가지 특성을 보여 주었다. 이러한 특성은 불교 가사의 역사적 전통에서 어떤 의미를 가지며 당대 여타 유사한 작품 부류의 성격이 어떠한지를 가늠하는 단초가 될 수도 있다. 지금까지의 논의를 요약하여 결론을 삼고자 한다.

먼저 권상로 불교 가사가 가지는 교시적 성격을 화자와 청자, 담화 방식, 담화 내용이라는 세 가지 요소를 가지고 논의해 보았다. 하나의 예외가 있기는 했으나 작자는 화자와 통합된 '우리'를 작품 내적 청자로 내세움으로써 화자와 청자 사이에 교시를 위한 친밀감과 자기 동일시의 정서적 발판을 마련했다. 그리고 이런 시적 청자에 어울리게 주로 청유라는 화법을 통하여 완곡한 요구의 담화를 구사하고, 감탄문이나 설의적 의문문으로 작품 내적 대상을 강조하는 담화 방식을 구사하였다. 즉 강조의 담화 방식으로 표현한 모범 인물인 세존을 따라 배울 것을 완곡하게 요구하는 담화 방식을 구사하였다. 그리고 교시를 위하여 강조한 담화의 내용은 세존의 전생, 출생, 성도, 열반, 교화라는 일반적 내용이고 그 외 구체적인 특별한 내용은 보여주지 않았다. 화자와 청자, 담화 방식, 작품 대상 내용이라는 작품 전체의 교시 요인을 유기적으로 묶어 보면 먼저 모범 대상인 세존을 찬양하고 이어서 따라 공부할 것을 요구하고 작품 끝에서 불교 만세를 외침으로써 교시성이 마침내 선전, 선동적 성격까지 가지게 되었다.

다음은 권상로 불교 가사가 가지는 추상적 성격을 살펴보았다. 권상로는 그의 불교 가사에서 교시의 세부적 내용을 구체적으로 드러내지 않고 추상적 당위만을 강조하는 특성을 보여 주었다. 이런 특성은 그와 비슷한 시대에 살았던 다른 작가의 작품에 대비했을 때 더욱 분명하게 드러났다. 경허가 그의 〈참선곡〉에서 실제 참선을 어떻게 하는지를 집중적으로 교시하거나 그의 수제자 한암이 자신의 〈참선곡〉에서 스승보다 더 구체적으로 화두를 어떻게 들어야 하고 공부 과정이 어떠하다는 등, 무엇을 어떻게 해야 할지에 대한 구체적 교시를 내린 것에 비하여 그의 가사는 매우 막연하고 추상적이었다. 이런 특성은 교학적 경전 공부에 그치지 않고 실제 불교 수행을 했던 작자들이 자신들의 수행 경험에 비추어 매우 구체적인 교시를 내리고 있는 것과는 대조적이었다. 권상로는 불교 경전을 주로 익히는 불교의 교학적 공부에 주로 몰두한 인물[21]로서 여러 불교 경전을 많이 배우고 익혔고 학문적 연구도 지속하였다. 이와 같이 그 자신이 견지한 공부의 구체적 방법도 작품에 표현하고 있지 않았다. 그래서 그의 불교 가사에서 화자가 청자에게 실천하도록 요구한 행동의 핵심이 도대체 무엇을 어떻게 해야 한다는 말인지 분명하지 않고 추상적 성격을 보여 주었다. 이런 성향은 권상로와 같은 시대에 전통적 가사 형식을 벗어나 개화기 가사나 창가 가사 형식의 작품을 남긴 다른 작가의 작품들과는 유사한 성격을 공유하고 있었다.

끝으로 권상로 불교 가사가 가지는 송도적 성격을 선대 작품들과 그의 다른 문학 작품인 한시와 대비하여 구체적으로 살펴보았다. 그의 가사가 불교 교조인 세존의 전생이나 출생, 성도, 교화, 열반 등을 작품의 내용으로 담아 표현했는데 불교의 대중적 모임에서 이 작품이 향

---

21) 권상로는 혜웅창유에게 『능엄경』, 『원각경』, 환경우인에게 『화엄경』, 『주역』, 『도덕경』, 포운정흔에게 『화엄경』, 『남화경』 등을 각각 배웠다(전재강, 「퇴경 권상로의 생평과 문학」, 『문경산북의 마을들』, 유교문화권 전통마을7, 예문서원, 2009, 166쪽).

유됨으로써 사회적 차원의 공식적 송도성을 중요한 성격으로 보여 주었다. 이런 사회적 송도성은 그가 한시에서 주로 개별 인물을 칭송하고 더 나아가 사회 기관이나 국가를 개인적 차원에서 칭송하는데 그친 사적 송도와는 성격이 다른 것이었다.

권상로 가사의 성격 연구는 그 당대 다른 작가들의 창가 가사체로 된 불교 가사를 이해하는 데에 중요한 출발점이 될 수 있다. 당시에 창가 가사체로 된 작품이 하나의 무리를 형성할 정도로 상당히 많이 창작되어 이들 창가 가사체 불교 가사를 하나의 유형으로 묶어 연구를 진행할 일이 과제로 남아 있다.

참고문헌

1. 기본자료

경　허, 『경허집』, 극락선원, 1990.

_____, 『鏡虛法語』, 경허성우선사법어집간행회, 인물연구소, 1981.

고봉원묘 원저, 고우 감수, 전재강 역주, 『선요』, 운주사, 2006.

권상로, 『退耕堂全書』卷一~卷十, 퇴경권상로박사전서간행위원회, 이화문화사, 1990.

김길상, 『고승법어』(1), 홍법원, 2007.

김달진, 『보고국사전서』, 고려원, 1987.

나옹 저, 백련선서간행회 번역, 『나옹록』, 장경각, 2001.

대혜 종고 원저, 고우 감수, 전재강 역주, 『서장』, 운주사, 2004.

동국대학교 한국불교전서편찬위원회 편, 『한국불교전서』 제7권, 동국대학교출판부, 1990.

동군 저, 김진무·노선환 공역, 『조사선』, 운주사, 2000.

만공, 『만공법어』 만공문도회, 1982.

만공 지음, 성각 엮음, 『사랑하고 또 사랑하라』, 오후에, 2006.

몽산화상, 『역주 몽산화상법어약록언해』, 세종대왕기념사업회, 2002.

백련선서간행회 역주, 『마조록·백장록』, 장경각, 1989.

_____, 『조주록』, 장경각, 1996.

_____, 『임제록·법안록』, 선림고경총서12, 장격각, 1997.

보문문도회·김광식 엮음, 『보문선사』, 민족사, 2012.

보조지눌, 『보조전서』, 보조사상연구원, 불일출판사, 1989.

서산휴정 저, 거부 역주, 『서산대사어록』, 무이정사, 2009.

서산휴정 저, 박경훈 역, 『청허당집』, 동국대학교 역경원, 1987.

釋惺牛, 「鏡虛集」, 『韓國佛敎全書』 第十一册, 동국대학교출판부, 1993.

석옥청공 저, 이영무 번역, 『석옥청공선사 어록』 역대고승총서9, 불교춘추사, 2000.

안경우 편역, 『彌陀淨土三部經』, 이화문화사, 1994.

안진호 편, 『석문의범』, 만상회, 1935.

연관 편역, 『학명집』, 성보문화재연구원, 2006.

영가현각 원저, 혜업 편역, 『禪宗永嘉集』, 삼영출판사, 1981.

용성진종, 『각해일륜』, 대각회 출판부, 1990.

_____, 『귀원정종』.

_____, 『수심론』, 대각회 출판부, 1978.

_____, 『용성선사어록』, 대각회 출판부, 1973.

월운 편, 『운허선사어문집』, 동국역경원, 1992.

이상보 편저, 『한국 불교가사 전집』, 집문당, 1980.

임기중 편, 『역대가사문학전집』 5, 동서문화원, 1987.

_____, 『역대가사문학전집』 32, 아세아문화사, 1998.

_____, 『역대가사문학전집』 41, 아세아문화사, 1998.

_____, 『역대가사문학전집』 45, 아세아문화사, 1998.

임기중, 『불교가사 원전연구』, 동국대학교출판부, 2000.

_____, 『불교가사연구』, 동국대학교출판부, 2001.

_____, 『불교가사』 1~5, 현대불교신서 74~78, 동국대학교 부설 역경원, 1993.

정철, 『숑松강江가歌ᄉ辭』, 星州本.

청허휴정 지음, 박재양·배규범 옮김, 『선가귀감』, 예문서원, 2003.

최석환 펴냄, 『태고보우국사』, 불교영상, 1998.

침굉현변 원저, 이영무 번역, 『침굉집』, 불교춘추사, 2001.

침굉현변, 『枕肱集』, 동국대학교본.

한암 대종사 지음, 홍신선 주해, 『할!喝』, Human & Books, 2003.

한암 재편, 『金剛經三家解』, 1937.

한암 저, 석명정 역주, 『한암집』, 통도사 극락선원, 1990.

_____, 한암문도회 편저, 『한암일발록』, 민족사, 1996.

慧諶, 『禪門拈頌』, 雲梯禪院.

혜심각운 지음, 김월운 옮김, 『선문염송·염송설화』 1권, 동국대역경원, 2005.

호광 외 41인 찬수, 『성리대전』 제1책, 산동성우의서사, 1989.

휴정 원저, 윤석민 외 2인 역주, 『선가귀감언해』 상하, 박이정, 2006.

휴정 저, 법정 역, 『깨달음의 거울-禪家龜鑑』, 불일출판사, 1990.

2. 단행본

고우 외 4인(조계종 전국선원수좌회), 『간화선』, 조계종출판사, 2008.

교육원 불학연구소 편저, 『수행법 연구』, 조계종출판사, 2005.

김동국, 『회심곡 연구』, 한국학술정보, 2008.

김승동, 『불교·인도사상사전』, 부산대학교출판부, 2001.

김종진, 『불교가사의 계보학, 그 문화사적 탐색』, 소명출판, 2009.

_____, 『불교가사의 연행과 전승』, 이회, 2002.

김주곤, 『한국불교가사연구』, 집문당, 1994.

김호귀, 『묵조선연구』, 민족사, 2001.

김호성, 『방한암선사』, 민족사, 1995.

대한불교조계종 포교원 포교연구실, 『간화선입문』, 조계종출판사, 2006.

대한불교조계종 교육원 불학연구소 편저, 『경허·만공의 선풍과 법맥』, 조계종출판사, 2009.

박희선 편저, 『학명큰스님 평전 흰학의 울음소리』, 불교영상회보사, 1994.

월운 감수, 이철교·일지·신규탁 편찬, 『선학사전』, 불지사, 1995.

육락 편저, 『버린 후엔 어느 곳을 향하는가?』, 적선사출판부, 1987.

윤천광, 『경허큰스님-착한일 많이 하게 그대가 부처일세』, 언어문화, 1996.

_____, 『만공큰스님』, 우리출판사, 2006.

이기영, 『불교개론』, 한국불교연구원, 1977.

이능화, 『조선불교통사』, 신문관.

이재창, 『한국불교사원경제연구』, 불교시대사, 1993

임기중, 『불교가사연구』, 동국대학교출판부, 2001.

정 휴, 『고승평전』, 우리출판사, 2000.

조계종교육원 불학연구소 편저, 『수행법연구』, 조계종 출판사, 2005.

조남현, 『개화가사』, 형설출판사, 1978.

조동일, 『한국문학통사』 3권, 지식산업사, 1994(제3판), 2005(제4판)

조태성, 『한국불교시의 탐구』, 한국학술정보, 2007.

차봉희, 『수용미학』, 문학과 지성사, 1987.

태　진, 『경허와 만공의 선사상』, 민족사, 2007.

한국불교대사전 편찬위원회, 『한국불교대사전』 1권, 4권.

한중광, 『경허』, 한길사, 1999.

3. 논문

강건기, 「수심결의 체계와 사상」, 『보조사상』 12, 보조사상연구원, 1999.

강전섭, 「전나옹화상작 가사 사편에 대하여」, 『한국언어문학』 23, 한국언어문학회,
　　1984.

경북대학교 대형과제 연구단, 「권상로의 생애와 저술」, 『근현대 대구·경북 지역
　　불교계의 지성과 개혁사상 연구』, 정림사, 2005.

구사회, 「불교계 악장문학−조선조 초기를 중심으로」, 『어문연구』 22, 한국어문교육
　　연구회, 1994.

구수영, 「나옹화상과 〈서왕가〉 연구」, 『국어국문학』 62·63, 국어국문학회, 1973.

권기종, 「태고 보우의 선사상과 그 사적 위치」, 『태고보우국사』, 불교영상, 1998.

권기현, 「권상로의 생애와 불교개혁사상」, 『밀교학보』 6, 위덕대밀교문화연구소,
　　2004.

김갑주, 「조선시대 사원 경제의 추이」, 『한국불교사의 재조명』, 불교시대사, 1994.

김경집, 「권상로의 개혁론 연구」, 『한국불교학』 25, 한국불교학회, 1999.

＿＿＿, 「만공의 선학원 활동과 선풍 진작」, 『경허·만공의 선풍과 법맥』, 조계종출
　　판사, 2009.

김광식, 「백학명의 불교개혁과 선농불교」, 『불교평론』 제7권 4호, 2005.

김기종, 「불교가사 작가에 관한 일고찰」, 『불교어문논집』 6, 한국불교어문학회,
　　2001.

＿＿＿, 「지형(智瑩)의 불교가사 연구」, 『韓國文學硏究』 24, 동국대 한국문학연구
　　소, 2001.

김기탁, 「나옹화상의 작품과 가사 발생 연원 고찰」, 『영남어문학』 3, 영남어문학회,
　　1976.

김대행, 「〈서왕가〉와 문학교육론」, 『한국가사문학연구』, 상산정재호박사화갑기념
　　논총, 1996.

김두재, 「퇴경 권상로의 조선불교 혁명론」, 『다보』 5, 대한불교진흥원, 1993.

김민경, 「지형의 불교가사에 나타난 연기론의 특징」, 계명 대학교 교육대학원 국어
　　　교육전공석사학위 논문, 2008.
김순석, 「한용운과 백용성의 근대 불교 개혁론 비교」, 『한국근현대연구』 35, 한국근
　　　대사학회, 2005.
김용태, 「조선중기 불교계의 변화와 '서산계'의 대두」, 석사학위논문, 서울대학교,
　　　1999
김종우, 「나옹화상의 승원가」, 『국어국문학』 10, 부산대 국어국문학회, 1971.
＿＿＿, 「나옹과 그의 가사에 대한 연구」, 『부산대학교 논문집』 17, 부산대학교, 1974.
김종진, 「〈자책가〉 이본 형성 연구」, 『한국어문학연구』 31, 한국어문학연구학회, 1996.
＿＿＿, 「서왕가 전승의 계보학과 구술성의 층위」, 『한국시가연구』 18, 한국시가학회,
　　　2005.
＿＿＿, 「침굉의 〈태평곡〉에 대한 현실주의적 독법」, 『한국시가연구』 19, 한국시가학
　　　회, 2005.
＿＿＿, 「〈회심가〉의 컨텍스트와 작가론적 전망」, 『한국시가연구』 23, 한국시가학
　　　회, 2007.
＿＿＿, 「〈회심곡〉 감상의 한 측면」, 『한국시가연구』 12, 한국시가학회, 2002.
＿＿＿, 「17세기 불교가사의 이치 표출의 양상과 의미」, 『불교민속학의 세계』, 집문
　　　당, 1996.
＿＿＿, 「불교가사의 口演과 주제구현 방식의 관련 양상」, 『국어국문학』 130, 국어
　　　국문학회.
＿＿＿, 「불교가사의 연행 연구」, 『동악어문논집』 27, 동국대학교, 동악어문학회,
　　　1992.
＿＿＿, 「불교가사의 유통사적 고찰」, 『한국문학연구』 23, 동국대학교 한국문학연
　　　구소, 2000.
＿＿＿, 「학명의 가사 〈선원곡〉에 대하여」, 『동악어문논집』 33, 동국대학교, 동악어
　　　문학회, 1998.
김주곤, 「〈曼說因果曲〉 연구」, 『영남어문학』 24, 영남어문학회, 1993.
＿＿＿, 「불교가사에 나타난 인과사상 연구」, 『韓國學論叢』(香山卞廷煥博士華甲紀
　　　念)논총간행위원회, 1992.
＿＿＿, 「佛敎歌辭에 나타난 忠」, 『韓國歌辭와 思想硏究』, 국학자료원, 1998.

김주곤, 「智瑩의 「勸禪曲」 硏究」, 『대구어문논총』 15, 대구어문학회, 1997.

_____, 「智瑩의 〈參禪曲〉에 나타난 禪」, 『韓國歌辭와 思想硏究』, 국학자료원, 1998.

_____, 「지형의 수선곡 연구」, 『한실 이상보 박사 고희 기념 논총』, 동기념회, 민속원, 1997.

_____, 「학명의 〈참선곡〉에 나타난 선사상 연구」, 『어문학』 63, 한국어문학회, 1998.

_____, 「한국불교 가사에 나타난 효사상 연구」, 『영남어문학』 28, 영남어문학회, 1995.

김풍기, 「침굉 가사의 은일적 성격과 그 의미」, 『한국가사문학연구』, 태학사, 1995

김호성, 「한암의 '도의-보조 법통설'-〈해동초조에 대하야〉를 중심으로」, 『보조사상』 2, 보조사상연구원, 1990.

남상득, 「〈회심곡〉에 나타난 불교사상의 혼용 양상」, 『한어문교육』 8, 한어문교육학회, 2000.

박영학, 「일제하 한국 선 중흥 운동과 소통에 관한 연구-백학명 선사를 중심으로」, 『원불교사상과 종교문화』 36, 원불교사상연구원 한국원불교학회, 2007.

박찬두, 「불교문학의 이론적 연구」, 『국어국문학논문집』 13, 동국대 국어국문학과, 1986.

박해당, 「만공의 삶과 그 의미」, 『2007만해축전』 하, 불교시대사, 2007.

배윤기, 「지형의 불교가사 연구」, 안동대학교 교육대학원 국어교육전공, 석사학위논문, 2007.

서종범, 「조선 중·후기의 禪風에 관한 연구」, 『한국종교사상의 재조명』, 한기두 박사 회갑기념논문집 간행위원회 편, 원광대 출판국, 1993.

신규탁, 「나옹화상의 선사상」, 『동야고전연구』 6, 동양고전학회, 1996.

신영심, 「나옹혜근의 선시연구」, 『연구논집』 13, 이화여자대학교 대학원, 1985.

염은열, 「〈서왕가〉의 인식적 특성 연구」, 『선청어문』 23, 서울대 사범대학교, 1995.

유탁일, 「선초문헌에 쓰여진 불가구결」, 『어문교육론집』 1, 부산대 사범대 국어교육과, 1976.

윤창화, 「한암의 자전적 구도기 '일생패궐'」, 『불교평론』 제5권 4호(통권17), 불교평론사, 1999.

이동영, 「나옹화상의 〈승원가〉와 〈서왕가〉 탐구」, 『사대논문집』 32, 부산대사범대, 1996.

이동영, 「권상로의 「조선문학사」 일고-그 수택본 소개를 겸하여」, 『국어국문학』 64, 국어국문학회, 1974.

이병주, 「퇴경당 권상로 선생」, 『법륜』 250, 법륜사, 1989.

이병철, 「나옹작 〈서왕가〉 일고」, 『한국사상과 문화』 43, 한국사상문화학회, 2008.

이상보, 「불교가사 연구 상」, 『조선시대 시가의 연구』, 이회문화사, 1993.

_____, 「불교가사 연구 하」, 『조선시대 시가의 연구』, 이회문화사, 1993.

_____, 「정토에의 몰입과 귀의」, 『불교문학 연구 입문』(율문·언어편, 이상보 외), 동화출판공사, 1991.

_____, 「한국불교가사의 역사적 고찰」, 『명지대학논문집』 4, 명지대학교, 1971.

이승남, 「불교 가사 〈회심가〉와 〈회심곡〉의 대비 고찰-작품 전개 방식을 중심으로」, 『어문학』 72, 한국어문학회, 2001.

이옥영, 「회심곡 연구」, 이화여자대학교 대학원 한국학과 석사논문, 1987.

이은상, 「침굉대사와 그의 가사」, 『국어국문학연구』 6, 청구대, 1962

이재헌, 「권상로 불교학의 근대적 성격」, 『불교학연구』 4, 불교학연구회, 2002.

_____, 「권상로의 불교 개혁 사상 연구」, 『보조사상』 13, 보조사상연구회, 불일출판사, 2000.

_____, 「근대 한국 불교학의 성립과 종교 인식-이능화와 권상로를 중심으로」, 한국정신문화연구원 한국학대학원 철학·종교 전공 박사학위 논문, 1998.

이종군, 「나옹화상의 삼가 연구」, 부산대학교 대학원 국어국문학과 박사논문, 1996.

이종찬, 「佛儒仙을 섭렵한 침굉」, 『한국불가시문학사론』, 불광출판부, 1993.

이철헌, 「나옹 혜근의 선사상」, 『한국불교학』 21, 한국불교학회, 1996.

전재강, 「불교가사 형성의 발생학적 정황」, 『우리문학연구』 31, 우리문학회, 2010.

_____, 「참선곡류 불교가사의 구조적 성격」, 『우리말글』 50, 우리말글학회, 2010.

_____, 「불교 관련시조의 사적 전개와 유형적 특성」, 『한국시가연구』 9, 한국시가학회, 2001.

_____, 「불교적 제재를 통한 시조의 주제표출 양상과 요인」, 『지역개발연구논문』 3, 동양대학교 지역개발연구소, 2000.

_____, 「침굉 가사 〈태평곡〉의 구조와 작품에 나타난 선의 성격」, 『안동어문학』 10, 안동어문학회, 2005.

_____, 「경허 가사에 나타난 수행법과 표현 방식」, 『어문학』 99, 한국어문학회,

2008.

전재강, 「나옹 가사에 나타난 시적 대상 내용과 대상 인물의 성격」, 『어문학』 111, 2011.

_____, 「나옹 문학의 담화 방식과 갈래 성격」, 『국어교육연구』 48, 국어교육학회, 2011.

_____, 「백용성 불교 가사에 나타난 담화 방식과 대상 인식의 구도」, 『어문학』 103, 한국어문학회, 2009.

_____, 「불교가사 형성의 발생학적 정황」, 『우리문학연구』 31, 우리문학회. 2010.

_____, 「송도적 시조의 작가와 작품의 성격」, 『시조 문학의 이념과 풍류』, 보고사, 2007.

_____, 「왕생가류 불교 가사의 표현 방식과 세계 인식」, 『고시가연구』 27, 한국고시 가문학회, 2011.

_____, 「참선곡류 불교가사의 구조적 성격」, 『우리말글』 50, 우리말글학회, 2010.

_____, 「침굉 가사에 나타난 선의 성격과 진술 방식」, 『우리말글』 37, 우리말글학 회, 2006.

_____, 「퇴경 권상로의 생평과 문학」, 『문경산북의 마을들』, 유교문화권 전통마을 7, 예문서원, 2009.

_____, 「학명의 불교 가사에 나타난 선의 성격과 표현 방식」, 『어문학』 107, 2010.

_____, 「한암 선사 〈참선곡〉 구조의 역동성」, 『우리말글』 48, 우리말글학회, 2010.

정대구, 「승원가의 작자 연구」, 『숭실어문』 1, 숭실어문학회, 1984.

정병삼, 「19세기의 불교사상과 문화」, 『추사와 그의 시대』, 돌베개, 2002.

_____, 「진경시대 불교의 진흥과 불교문화의 발전」, 『우리문화의 황금기 진경시대1』, 돌베개, 1998.

정병욱, 「가사 문학과 불교」, 『한국고전시가론』, 신구문화사, 1985.

정영복, 「불교가사연구-주로 「전설인과곡」을 중심으로」, 홍익대학교 교육대학원 국어교육전공 석사학위 논문, 1994.

정재호, 「〈서왕가〉와 〈승원가〉의 비교고」, 『건국어문학』 9·10, 건국어문학회, 1985.

_____, 「나옹작 가사의 작자 시비」, 『한국학연구』 19, 고려대학교 한국학연구소, 2003.

정진원, 「나옹호상 〈고루가〉 텍스트 분석」, 『텍스트언어학』 4, 한국텍스트언어학회,

1997.

정혜란, 「침굉 한시에 나타난 수행의 반려자로서의 달」, 『고시가연구』 15, 한국고시
　　가문학회, 2005.

　　　, 「침굉의 가사 문학 연구」, 전남대학교 대학원 국어국문학과 석사학위논문,
　　2003.2

조동일, 「7.8.경기체가·시조·가사의 형성」, 『한국문학통사』 2권 4판, 지식산업사,
　　2005.

　　　, 「19세기 가사에서 전개된 종교사상 논쟁」, 『고전시가론의 이념과 표상』임
　　하 최진원박사정년기념논총, 1991.

　　　, 「가사의 장르규정」, 『한국문학의 갈래 이론』, 집문당, 1992.

조윤희, 「회심곡 연구」, 창원대학교교육대학원 국어교육학 석사논문, 2004.

조혜룡, 「퇴경 권상로의 삶과 생각」, 『문학·사학·철학』, 한국불교사연구소 발해동
　　양학 한국학연구원, 2008.

지병규, 「〈회심곡〉의 연구」, 『어문연구』 21, 어문연구회, 1991.

최강현, 「서왕가 연구-주로 그 수록 문헌과 연대를 중심으로」, 『인문논집』 17, 고대,
　　1972.

최영희, 「학명선사의 불교문학 연구」, 『국어국문학』 126, 국어국문학회, 2000.

한중광, 「경허의 선사상-돈점관을 중심으로」, 『백련불교논집』 5·6, 백련불교문화
　　재단, 1996.

허흥식, 「13세기 고려 불교계의 새로운 경향」, 『한우근 박사정년기념사학론총』.

찾아보기

전재강

경북 안동 출생
경북대학교 인문대학 국어국문학과 졸업(문학사)
경북대학교 대학원 국어국문학과 졸업(문학 석사, 문학 박사)
동양대학교 교수 역임
안동대학교 인문대학 국어국문학과 교수 역임
현재 안동대학교 사범대학 국어교육과 교수

저서: 『상촌신흠문학연구』(형설출판사, 1997), 『한문의 이해』(형설출판사, 2003), 『사대부 시조작품론』(새문사, 2006), 『시조문학의 이념과 풍류』(2008대한민국학술원 선정 한 국학분야 우수학술도서)(보고사, 2007), 『선비문학과 소수서원』(박이정, 2008), 『남 명과 한강의 만남』(보고사, 2010)(2011년도 문화체육관광부 선정 우수학술도서)

역서: 『서장』(운주사, 2004), 『선요』(운주사, 2006)

논문: 「어부가계 시조 연구」, 「신흠 시의 구조와 비평 연구」, 「불교 관련 시조의 사적 전개와 유형적 연구」, 「침굉 가사에 나타난 선의 성격과 진술 방식」 외 다수

한국 불교 가사의 구조적 성격

2012년 12월 17일 초판 1쇄 펴냄

지은이 전재강
펴낸이 김흥국
펴낸곳 도서출판 보고사

책임편집 이경민
표지디자인 윤인희

등록 1990년 12월 13일 제6-0429호
주소 서울특별시 성북구 보문동7가 11번지 2층
전화 922-5120~1(편집), 922-2246(영업)
팩스 922-6990
메일 kanapub3@chol.com
http://www.bogosabooks.co.kr

ISBN 978-89-8433-482-3 93810
ⓒ 전재강, 2012

정가 25,000원